Republik Nowgorod
Moskau
Moskau
Russland
Litauen
Polen
Moldawien
Kronstadt
Rumänien
Wallachei
Tirgoviste
Bulgarien
SchwarzesMeer
Sofia
Makedonien
Edirne
Konstantinopel
Trabzon
Reich
Zypern
Königreich der Mameluken

Silvia Stolzenburg

Das Reich des Teufelsfürsten

Roman

Bookspot

Alle Akteure dieses Romans sind fiktiv, Ähnlichkeiten mit lebenden oder verstorbenen Personen wären rein zufällig und sind von der Autorin nicht beabsichtigt.

1. Auflage 2014
Satz/Layout: Martina Stolzmann
Karten Vorsatz/Nachsatz: Joachim Ullmer
Covergestaltung: Nele Schütz Design, München
Lektorat: Lena-Maria Frank
Korrektorat: Susanna Abt
Druck: CPI – Clausen & Bosse, Leck
Made in Germany
ISBN 978-3-937357-86-7
www.bookspot.de

Vorbemerkung der Autorin

Dies ist ein Roman über die historische Figur des Woiwoden Vlad Draculea, durch Bram Stoker weltbekannt als Graf Dracula. Es ist *keine* Geschichte über Vampire oder andere blutsaugende Kreaturen, welche die Nächte unsicher machen. Es ist die Geschichte einer Person aus Fleisch und Blut, die Geschichte eines Überlebenskampfes, eines Kampfes um Macht, Liebe und Anerkennung.

Dieser Roman schließt nahtlos an seinen Vorgänger »*Der Teufelsfürst*« an, dessen Gegenstand Kindheit und Jugend des Fürsten sind.

Namensverzeichnis

(historisch verbriefte Figuren sind *kursiv* hervorgehoben)

Vlad Draculea	Woiwode der Walachei
Stefan von der Moldau	Sein Vetter und später Woiwode des Fürstentums Moldau
Zehra von Katzenstein	Vlads Geliebte
Elisabeta	Seine Gemahlin
Radu	Sein Bruder
Carol	Sein Sohn
Sultan Mehmed	Sultan des Osmanischen Reiches
Matthias Corvinus	König von Ungarn
Sophia von Katzenstein	Eine junge Ulmerin
Utz von Katzenstein	Ihr Mann und Zehras Bruder
Johann von Katzenstein	Ihr Vater, ein Ritter
Hans und Jakob	Ihre beiden Söhne
Hans Multscher	Ulmer Bildhauer und Freund der Familie

Vorwort

Im Jahre des Herrn, Anno Domini 1456

Beinahe acht Jahre sind vergangen, seit Vlad Draculea nach seiner kurzen ersten Regierungszeit wieder aus der Walachei vertrieben worden und an den Hof des Sultans in Edirne zurückgekehrt ist. Nachdem er dort mit zahlreichen Wesiren und selbst mit seinem Erzfeind Prinz Mehmed ohne Erfolg konferiert hat, riskiert er den Bruch mit dem Sultan und flieht in das Fürstentum der Moldau zu seinem Vetter Stefan. Allerdings herrschen auch in Stefans Heimat turbulente Verhältnisse. Die beiden jungen Männer müssen den moldauischen Hof bei Nacht und Nebel verlassen, um den Feinden von Stefans Vater zu entkommen. Da dieser im Zuge einer Adelsverschwörung ermordet worden ist, droht auch seinem Sohn und dessen Verwandten ein gewaltsamer Tod. Mit feindlichen Reitern im Rücken überqueren die beiden Fürstensöhne den Bergsattel des Borgopasses und gelangen schließlich nach Transsylvanien. Dort bringen sie die folgenden Jahre damit zu, Verbündete unter den deutschen Händlern von Kronstadt und Hermannstadt zu suchen. Vlad knüpft Kontakte zu unzufriedenen walachischen Bojaren. Er verhandelt so intensiv, dass er schließlich das Interesse von Johann Hunyadi erregt – dem Mann, den er für den Tod seines Vaters und die Anwesenheit Wladislaws auf dem walachischen Thron verantwortlich macht. Hunyadi, der Reichsverweser des Königreichs Ungarn, teilt dem Kronstädter Magistrat in scharfem Ton mit, dass er keine Veranlassung sieht, Wladislaw zu ersetzen. Zudem fordert er die Transsylvanier auf, den Störenfried Vlad festzunehmen und aus dem Land zu jagen. Zu Vlads Glück nehmen die Kronstädter diesen Befehl nicht sehr ernst und er genießt weiter ihre Gastfreundschaft.

Dann geschieht etwas, das nicht nur bewirkt, dass Hunyadis Interesse an Vlad plötzlich schwindet, sondern das die gesamte westliche Welt erschüttert: Mehmed, der inzwischen Sultan des Osmanischen Reiches ist, erobert den alten Kaisersitz Konstantinopel. Dieser Schock sorgt dafür, dass Hunyadi alle alten Feindschaften vergisst und sich, unter anderem, auch mit Vlad Draculea aussöhnt. Er vertraut dem jungen Mann die Schutzwacht Transsylvaniens an, nachdem es mit seinem ehemaligen Protegé Wladislaw zum Streit gekommen ist. Als Sultan Mehmed mehr und mehr Landstriche in türkische Provinzen verwandelt und schließlich ganz Südserbien besetzt, ergreift Hunyadi Gegenmaßnahmen, da er einen Großangriff auf Ungarn fürchtet. Er nimmt Vlad Draculea mit an den ungarischen Hof in Buda, wo er ihn dem König vorstellt – ein Schritt, der allen deutlich signalisiert, dass der junge Walache wieder die Gunst der Mächtigen genießt. Während Vlad, mehr oder weniger zufrieden mit den Entwicklungen, nach Transsylvanien zurückkehrt, rüsten die Ungarn für die Schlacht, die inzwischen unausweichlich scheint. Sultan Mehmed befindet sich mit einer Streitmacht von über 100 000 Mann auf dem Weg nach Belgrad – dem »Schlüssel des ungarischen Königreiches«.

Die Geschwindigkeit, mit der sich das türkische Heer nähert, überrumpelt die Ungarn völlig. Daher stehen der osmanischen Streitmacht im Juli des Jahres 1456 gerade einmal 15 000 ungarische Streiter und 6 000 eingeschlossene Verteidiger gegenüber. Die riesigen Kanonen, denen schon die Stadtmauern von Konstantinopel nicht standhalten konnten, donnern Tag und Nacht. Den Ungarn bleibt nichts weiter übrig, als auf ein Wunder zu hoffen. Tatsächlich nimmt dieses Wunder in dem päpstlichen Legaten Capistrano Gestalt an. Wohingegen der ungarische Adel sich entmutigt abwendet, ziehen die feurigen Predigten des Franziskanermönches Bauern, Handwerker, Geistliche und Studenten an wie das Licht die Motten. Mit 35 000 schlecht bewaffneten Eiferern im Gefolge macht der Wanderprediger sich auf den Weg, um Belgrad vor den Osmanen zu retten. Es kommt zu einer wahrhaftig unglaublichen Schlacht um eine der wichtigsten Städte des Balkans, deren Ausgang den Lauf der Geschichte auf Jahrzehnte hinaus bestimmen soll.

Prolog

Belgrad, in der Nacht zum 22. Juli 1456

Wer Vater oder Mutter mehr liebt denn mich, der ist meiner nicht wert! Und wer Sohn oder Tochter mehr liebt denn mich, der ist mein nicht wert. Und wer nicht sein Kreuz auf sich nimmt und folget mir nach, der ist mein nicht wert. Wer sein Leben findet, der wird's verlieren; und wer sein Leben verliert um meinetwillen, der wird's finden! Und wer verlässt Häuser oder Brüder oder Schwestern oder Vater oder Mutter oder Weib oder Kinder oder Äcker um meines Namens willen, der wird's hundertfältig nehmen und das ewige Leben ererben!«

Die Stimme der Vogelscheuche, die sich am Kopf einer unübersichtlichen Menge zerlumpter Gestalten näherte, zerschnitt kreischend die Nachtluft vor der belagerten Stadt. Jedem Satz folgte frenetischer Jubel, kaum hatte ein weiterer, wesentlich korpulenterer Kuttenträger die lateinischen Worte übersetzt. Pechfackeln machten die Nacht zum Tage. Nicht nur Sultan Mehmeds Aufmerksamkeit schweifte einige Augenblicke lang von den Mauern ab. Nachdem es den Ungarn unter Johann Hunyadi vor einer Woche gelungen war, die türkische Flotte zu versenken, hatte sich das Blatt wieder gewendet. Mehmed war sich sicher gewesen, Belgrad noch in dieser Nacht einzunehmen. Doch das Nahen dieses aufgepeitschten Haufens eifernder Narren brachte ihn nichtsdestotrotz für einen kurzen Moment aus dem Gleichgewicht.

»Wer ist das?«, fragte Radu, der niemals von Mehmeds Seite wich. »Soll das ein Witz sein?«

Mehmed blähte verächtlich die Nasenflügel und schüttelte den Kopf. »Kein Witz, nur eine Ablenkung«, brummte er, wandte sich seinen Kanonieren zu und herrschte sie an: »Worauf wartet ihr? Wendet die Wagen und schießt diese *Giaur* dorthin zurück, woher sie gekommen sind!«

Mit der gewohnten Geschwindigkeit folgten die Männer seinem Befehl. Innerhalb weniger Minuten zeigten die Kanonenläufe auf die Herannahenden. Aber zum maßlosen Erstaunen des Sultans sorgten die ersten Schüsse nicht dafür, dass der Haufen auseinanderspritzte. Vielmehr brachen die Männer und Frauen in ein wildes Geheul aus und warfen sich mit ausgebreiteten Armen den Kanonenkugeln entgegen, während ihr Anführer schrill seine Worte wiederholte.

»Wer sein Leben verliert um meinetwillen, der wird's finden!«, tobte er. »Finden im Himmelreich, an der Seite des Herrn!« Als eines der Geschosse einen Mann dicht vor ihm in Fetzen riss, hob der Prediger die Hände zum Himmel und lächelte selig. Das Blut der Getöteten, das nicht nur ihn besudelte, schien ihn genauso wenig zu stören wie die Pfeile der Bogenschützen, die sich zu den Kanonenkugeln gesellten. »Folgt dem Ruf des Herrn, denn sein ist das Reich und die Kraft und die Herrlichkeit in Ewigkeit. Amen!«

»Amen!«, schmetterten tausende von Kehlen als Antwort und Mehmed spürte, wie sich die Haare in seinem Nacken aufrichteten. Hatten diese *Shaitane* denn keine Angst vor dem sicheren Tod?

»Gott will es!« Selbst das Donnern der Geschütze konnte den Ruf nicht übertönen. Mehmeds Blick hing noch wie gebannt an dem Anführer der einfältigen Angreifer, als ihn ein Gefühl beschlich, das er nur allzu gut kannte.

Mit einem Fluch wirbelte er zu der Stadt in seinem Rücken herum und sah gerade noch, wie sich die gewaltigen Flügel des Osttores öffneten. Die Ungarn versuchten, die Verwirrung auszunutzen und den Belagerern in den Rücken zu fallen! »Angriff!«, brüllte er den *Sipahi*-Reitern zu, die augenblicklich auf die Stadtmauer zupreschten. Doch der Befehl kam zu spät. Durch das Abwenden der Kanonen zum Mut der Verzweiflung angespornt, schwappten die Ungarn aus der Stadt wie eine gewaltige Woge. Innerhalb kurzer Zeit schlugen sie nicht nur die Sipahi zurück, sondern drängten auch die Janitscharen so weit in Richtung Donau, dass viele von ihnen in voller Rüstung in die Fluten stürzten und ertranken. Schneller als ein Kind eine Süßigkeit verschlingen konnte, sprengte der Feind die geordneten Reihen der Osmanen und sorgte – gemeinsam mit den immer näher rückenden Eiferern – dafür, dass die Sipahi zu hunderten von ihren Pferden stürzten. Entsetzt sah der Sultan dabei zu, wie seine Kanoniere mit Dreschflegeln und Mistgabeln zu Brei geprügelt oder aufgespießt wurden. Von heiliger Märtyrerwut ergriffen überrollten Bauern, Knaben und Frauen die türkischen Soldaten, schlugen ihnen die Schädel ein und warfen ihre Geschütze ins Wasser oder in die Gräben der Stadt. Grell loderte der Feuerschein in den Nachthimmel, als die Palisaden des osmanischen Schutzwalles in Flammen aufgingen. Das Undenkbare war passiert! Mehmed wendete seinen tänzelnden Hengst und drehte sich einmal um die eigene Achse. Doch egal, wohin er blickte, überall wichen seine Männer vor der Übermacht der Ungarn zurück.

»Erschießt den Prediger!«, donnerte er. Aber weder seinen Bogenschützen noch den wenigen verbliebenen Kanonieren gelang es, den Mann zu treffen. Beinahe schien es, als halte Gott seine schützende Hand über ihn. Mehmed stöhnte und bemerkte beunruhigt, dass sich der Ring der Janitscharen enger um ihn zog. Seine Leibwache fürchtete um sein Leben! Er wollte gerade das Krummschwert ziehen, um sich selbst um den Eiferer zu kümmern, als ihn etwas mit gewaltiger Wucht aus dem Sattel hob. Der Aufprall auf dem harten Boden sandte glühenden Schmerz durch seinen Körper. Erst als Radu mit kalkweißem Gesicht neben ihm auf die Knie fiel, spürte er die warme Feuchtigkeit unter seinem Kettenhemd.

»Ihr seid getroffen, *Padischah*!«, wisperte Radu. Allein die Tatsache, dass seinem Liebhaber Tränen in die Augen schossen, ließ Mehmeds Blut erkalten. »Nicht bewegen«, sagte Radu tonlos. Er bat mit einem Blick in Mehmeds Gesicht um die Erlaubnis, ihn vor den Janitscharen berühren zu dürfen.

»Mach schon«, presste dieser mühsam hervor und versuchte, sich aufzusetzen. Der Stich, der ihm dabei von der Schulter bis tief ins Mark fuhr, ließ ihn die Zähne zusammenbeißen. Doch erst als er die Befiederung des Pfeils sah, wurde ihm klar, was geschehen war. Er war getroffen! »Hilf mir zurück in den Sattel«, ächzte er, packte den Schaft und brach das Geschoss kurz über der Eintrittswunde ab. Obwohl ihm der Schmerz den kalten Schweiß aus den Poren treten ließ, stützte er sich schwer auf Radus Arm und ließ sich von ihm und seinem Steigbügelhalter zurück auf den Rücken des Hengstes helfen. Der *Hekim* konnte sich später um die Wunde kümmern! Jetzt musste Mehmed erst einmal dafür sorgen, dass seine Männer der religiösen Trunkenheit der Angreifer etwas entgegenzusetzen hatten.

Aber das hatten sie nicht. Schließlich, als das Morgengrauen bereits im Osten heraufzog, gab Mehmed den Befehl zum Rückzug. Er war geschlagen! Geschlagen von einem Haufen tollwütiger Hunde! Mehr als ein Viertel seiner Männer war gefallen und er war nicht bereit, noch mehr Soldaten zu opfern. Dem Toben dieser Fanatiker konnte er nichts entgegenhalten. Der Schmerz in seiner Schulter hatte sich inzwischen über seinen gesamten Oberkörper ausgebreitet. Auch die Furcht davor, was geschehen würde, wenn er die Pfeilspitze nicht bald aus der Wunde entfernen ließ, veranlasste ihn zu der schmachvollen Entscheidung. Um wenigstens einen Teil ihrer Ehre zu wahren, zogen sich die demoralisierten Truppen geordnet nach Süden zurück, wo sie die schrecklichen Verluste der Nacht in Sicherheit beweinen konnten. Nicht nur der Sultan selbst war verletzt – der Befehlshaber der Janitscharen war vom Pöbel zu Tode getrampelt und der gesamte Artilleriepark vernichtet worden. Es war eine so verheerende Niederlage, dass der Sultan sich fragte, ob *Allah* ihm zürnte.

Teil 1

Kapitel 1

Ulm, Ende Juli 1456

Gedankenverloren drehte Sophia von Katzenstein den Ring, den Utz ihr vor acht Jahren zur Geburt ihrer Kinder geschenkt hatte, am Finger hin und her. Rot wie Blut und funkelnd wie ein Wassertropfen bezauberte sie der Rubin immer wieder aufs Neue. In den breiten Goldreif waren ihr Name und ein frommer Spruch, der sie vor allem Bösen bewahren sollte, eingraviert. Manchmal vermeinte sie, sein Gesicht tief im Inneren des Steins ausmachen zu können. Doch das war nur Einbildung, das wusste sie. Zumal sie dieser Sinnestäuschung nur erlag, wenn Utz sich auf Geschäftsreisen befand. So wie jetzt. Vor vier Wochen war er nach Nürnberg aufgebrochen, um dort neue Kontakte zu knüpfen und einige Finanzgeschäfte abzuschließen, die ihm schon länger unter den Nägeln brannten. Davor war er in Venedig gewesen. Auf dem Weg nach Nürnberg hatte er lediglich ein paar Tage in Ulm Halt gemacht. Sophia seufzte. Wie hätte sie es ihm verübeln können? War es nicht *ihre* Schuld, dass Utz sein Haus mied als ob darin der Leibhaftige auf ihn warten würde? Lustlos kaute sie an einem bereits arg mitgenommenen Federkiel und starrte auf den Stapel Briefe vor sich. Wie viele Schuldner musste sie noch mahnen? Und warum überließ sie diese Arbeit nicht einfach Thomas, ihrem Verwalter? Weil es dich ablenkt, beantwortete sie sich ihre Frage selbst und holte tief Luft, um den Druck in ihrem Brustkorb loszuwerden.

Sophia griff nach einem kleinen Messerchen und spitzte die Feder neu an. Dann tauchte sie den Kiel in die Tinte und fuhr fort, die Patrizier der Stadt höflich aber bestimmt darauf hinzuweisen, dass der Kauf einer Ware auch deren Bezahlung erforderte. Lange Zeit saß sie tief über den Schreibtisch gebeugt da. Ihr Rücken fing bereits an zu schmerzen, als sie endlich helle Stimmen und das Toben von übermütigen Kindern im Untergeschoss vernahm.

»Fang mich doch!« Der Aufforderung folgte ein Lachen, das halb im Schlagen der Kirchturmuhr unterging.

»Da ist ja eine Schnecke schneller!«

Ein Lächeln erhellte Sophias Gesicht. Sie schob hastig den Stuhl zurück, um in den Korridor hinauszutreten. Der Wildfang, der ihr keine zwei Glockenschläge später um den Hals fiel, wedelte mit etwas in der Luft herum, das Sophia nicht erkennen konnte. »Sieh nur, Mutter«, schnaufte er, ließ von ihr ab und hielt ihr etwas unter die Nase, das aussah wie eine Holzscheibe mit seltsamen Mustern und einem Zeiger. »Magister Lieber hat mit uns ein Astrolabium gebaut!«

»Es ist kein echtes Astrolabium«, warf der zweite Knabe ein, der wesentlich langsamer die Treppe hinauf gekommen war. »Es soll nur die Funktionsweise darstellen.« Er reckte seiner Mutter die Wange entgegen, sodass diese einen Kuss darauf drücken konnte.

Wie weich die Haut der Kinder war, dachte Sophia. Ob sie jemals aufhören würde, sich darüber zu wundern?

»Aber wirklich ablesen kannst du darauf nichts«, fügte Jakob hinzu und warf seinem Bruder Hans einen tadelnden Blick zu. »Das hat der Magister doch lang und breit erklärt.«

»Ach, das ist mir doch egal«, hielt der Gescholtene dagegen, »für mich ist es ein echtes Astrolabium! Und ich kann darauf sehr wohl die Position der Sterne ablesen!« Er schob eigensinnig die Unterlippe vor.

»Schon gut«, beschwichtigte Sophia den Jüngeren der Zwillinge. Ihr Blick fiel auf die Scheibe, die der Ältere der beiden, Jakob, in der Hand hielt. Anders als das Astrolabium von Hans war Jakobs Scheibe kunstvoll verziert und zeugte von einer Sorgfalt, die für einen Achtjährigen ungewöhnlich war. »Jetzt wascht euch erst mal die Hände und kommt in die Stube. Es gibt bald Essen.«

Jakob nickte wortlos und schulterte sein Schulbündel, während Hans noch einen Moment lang ärgerlich die Stirn runzelte.

»Und es ist *doch* ein echtes Astrolabium«, murmelte er schließlich, ehe er seinem Bruder hinterher trottete.

Ob die beiden jemals einer Meinung sein würden? Sophia blickte nachdenklich auf die Tür, durch die auch Hans in die Kammer der Zwillinge verschwunden war. Wie konnten zwei Menschen, die sich glichen wie ein Ei dem anderen, nur so grundverschieden sein? Die Liebe für ihre beiden Söhne sorgte wie so oft dafür, dass ihr die Kehle eng wurde. Sie griff sich an die Brust und versuchte, all die furchtbaren Ängste im Zaum zu halten, die sie tagein, tagaus marterten. War es nicht beinahe ein Wunder, dass die beiden so gesund und munter waren, als ob Krankheit und Tod nur für andere existierten? Kannte sie nicht genügend Mütter, die zehn von zwölf Kindern zu Grabe getragen hatten? Was sollte sie nur tun, wenn Hans oder Jakob etwas zustieß? Der Gedanke bereitete ihr beinahe körperliche Pein. Dann bist du mutterseelenallein, flüsterte ihr eine Stimme tief aus ihrem Inneren zu. Ohne Mann und ohne Familie! Sie wischte sich eine Träne aus dem Augenwinkel und presste die Lippen aufeinander. Warum nur überkam sie manchmal solch unglaubliche Trauer über Verluste, die sie noch gar nicht erlitten hatte? Wer sagte denn, dass Gott sie noch mehr strafen wollte? Hatte er nicht schon dafür gesorgt, dass das Unrecht, das ihr Vater und ihre Großmutter über andere gebracht hatten, gesühnt worden war? Dadurch, dass Sophia nie wieder würde empfangen können!

Ehe ihre Gedanken unweigerlich zu ihrem Gemahl weiterwandern konnten, schüttelte sie die düsteren Ängste ab. Dann stieg sie die Treppe hinab, um der Köchin zu sagen, dass sie bald auftragen konnte. Als sie auf dem Rückweg allerdings einen Blick in den Hof erhaschte, wo ein Knecht gerade einen von Utz' Lieblingshengsten abrieb, begab sich ihr Verstand gegen ihren Willen erneut auf Wanderschaft. Wann würde er wohl aus Nürnberg zurückkehren? Wie lange würde er dieses Mal in Ulm bleiben? Ohne zu wissen warum, vermisste sie ihren Gatten in den langen, einsamen Nächten, in denen sie häufig kaum Schlaf fand. Allzu oft fühlte sie sich zurückversetzt in die schreckliche Zeit auf Burg Katzenstein. Obwohl Utz ein Teil dieser schlimmen Erfahrungen war, sehnte sie sich immer öfter danach, ihn zurück an ihrer Seite zu haben. Zwar hatte sie sich geschworen, nie wieder das Bett mit ihm zu teilen. Aber warum sollte es nicht möglich sein, in Freundschaft mit ihm zusammenzuleben? Immerhin hatte sie ihre Aufgabe als Ehefrau erfüllt. Gab es nicht viele Eheleute, die eher wie Bruder und Schwester lebten als wie Mann und Frau? Sie schüttelte den Kopf über sich selbst. Das war ganz gewiss nicht das, was Utz sich vorstellte! Mit einem Seufzen raffte sie die Röcke, um zurück ins Obergeschoss zu gehen. Doch ein Klopfen an der Eingangstür ließ sie mitten in der Bewegung innehalten. War Utz am Ende schon wieder in Ulm? Ihr Herzschlag beschleunigte sich und wie gebannt verfolgte sie, wie eine Magd das schwere Tor aufstemmte.

Das Gesicht, das sie erblickte, kaum dass der Spalt groß genug war, vertrieb ihre Aufregung allerdings schneller, als sie gekommen war. Resignation und kalter Zorn traten an ihre Stelle. Ihr Vater! Was, bei allen Heiligen, wollte er jetzt schon wieder von ihr? Hatte sie ihm bei seinem letzten Besuch nicht klar und deutlich gesagt, dass sie ihn nicht mehr sehen wollte? Wann würde sie diesen Fluch endlich abschütteln können? Sie bohrte den Blick in seine Augen. Ihre Züge verhärteten sich.

»Herrin?«, fragte die Magd schüchtern, da sie nicht wusste, was sie tun sollte. Nicht umsonst hatte Sophia allen

Bediensteten ihres Haushalts eingeschärft, niemanden ohne ihre ausdrückliche Erlaubnis ins Haus zu lassen.

»Sag ihm, ich habe keine Zeit«, erwiderte sie schroff, wobei sie ihren Vater kalt musterte. Was immer er wollte, von *ihr* würde er es ganz gewiss nicht bekommen! Vermutlich war er ohnehin nur gekommen, um sie um Geld anzugehen – schließlich wusste bereits die ganze Stadt, dass er so gut wie bankrott war. Und das, nachdem er durch seine Raffgier Mitschuld an ihrer unglücklichen Lage hatte! Ohne auf den fragenden Blick der Magd einzugehen, machte sie auf dem Absatz kehrt und hastete hinauf in die Stube zurück.

Kapitel 2

Kronstadt, Juli 1456

Sobald Wladislaw vertrieben ist, komme ich zurück«, versprach Vlad Draculea und machte sich von seinem Kronstädter Gastgeber los, der ihn in eine rippenbrechende Umarmung gezogen hatte. »Und dann wird Verlobung gefeiert.« Die Worte hinterließen einen schalen Geschmack in seinem Mund, doch er zwang sich zu einem dünnen Lächeln. Gegen seinen Willen schielte er dennoch zu der Tochter des Mannes, die sich halb hinter ihrem Vater versteckt hatte. Der Magistrat folgte seinem Blick, nickte und gab der jungen Frau mit einem Wink zu verstehen, sich ebenfalls von Vlad zu verabschieden. Mit schüchtern niedergeschlagenen Augen trat diese nach kurzem Zögern vor und deutete einen Knicks an, wobei ihr flammende Röte in die Wangen stieg. Ihr blondes Haar war im Nacken zu einer Schlaufe geflochten. Den Kopf bedeckte ein zwar durchsichtiger, aber züchtiger Schleier.

»Bis bald, Herr«, murmelte sie ohne Vlad anzusehen. »Gott schütze Euch.« Es fiel Vlad schwer, ein Stirnrunzeln zu unterdrücken, als er auf die zierliche Fünfzehnjährige hinabsah. Zwar war sie keineswegs unansehnlich – im Gegenteil – aber jede Geste und jedes Wort verrieten ihm, dass sie sich entsetzlich vor ihm fürchtete. Er strich sich mit der Linken über den dichten, schwarzen Schnurrbart, der seinen Mund umrahmte und ihm ein strenges Aussehen verlieh.

»Ich danke dir für die guten Wünsche, Elisabeta«, erwiderte er so sanft wie möglich und ignorierte das nur schlecht durch ein Räuspern überspielte Prusten in seinem Rücken. »Ich bin bald wieder bei dir«, log er. Dann nickte er seinem Gastgeber ein letztes Mal zu und bedeutete seinem Vetter Stefan von der Moldau ihm ins Freie zu folgen.

»Ich danke dir für die guten Wünsche, Elisabeta«, äffte Stefan ihn nach, kaum saßen die Männer im Sattel und trabten auf den Marktplatz zu. Dort wartete ein Teil der Reiterei, welche die Städter Vlad – auf Befehl des ungarischen Königs – zur Verfügung stellten. »Gib's zu, du hättest die Kleine doch schon längst am liebsten entjungfert«, lästerte der Moldawier. Er fuhr sich mit der Hand durch die lange blonde Mähne und stülpte sich seinen Helm auf den Kopf. »Sie ist aber auch wirklich ein süßer Happen«, platzte es aus ihm heraus, als er Vlads sauertöpfische Miene sah.

Sein Lachen steckte Vlad an, obwohl der Gedanke an Elisabeta ihn eigentlich nicht besonders erheiterte. Irgendwie gelang es seinem Vetter immer, seine düstere Stimmung aufzuhellen und Leichtigkeit zu finden, wo Vlad keine entdecken konnte. Seit ihrer Flucht aus dem Fürstentum Moldau waren Stefan und er – mit einigen Unterbrechungen – Gast im Hause des Kronstädter Magistrats gewesen. Vor sechs Wochen hatte dieser Vlad schließlich die Hand seiner Tochter angeboten. Allerdings erst, nachdem Johan Hunyadi dem jungen Walachen die Schutzwacht Transsylvaniens anvertraut hatte. Außerdem war klar geworden, dass der bisherige Woiwode der Walachei, Wladislaw, sowohl die Gunst des ungarischen Königs als auch die der transsylvanischen Händler endgültig verspielt hatte.

»Warum hast du nicht sofort zugegriffen?«, drang Stefan zum wiederholten Mal in ihn. Aber Vlad blieb dem Freund und Vetter auch an diesem Tag die Antwort schuldig, obwohl ein Teil von ihm sie laut herausschreien wollte. Er biss sich auf die Zunge. Mit keinem einzigen Wort wollte er die Erinnerung an Zehra beschmutzen. Kein Mensch würde von ihr und seinem Sohn erfahren, bis Vlad sie endlich wieder in den Armen halten konnte! Niemand, am allerwenigsten Stefan, würde jemals die Macht der Gefühle begreifen, die er für sie hegte. Der wohlbekannte Druck in seiner Magengegend führte dazu, dass sich seine Rüstung plötzlich wie Blei anfühlte und ihm das Atmen schwer fiel. Um eine ausdruckslose Miene bemüht, schüttelte er scheinbar tadelnd den Kopf und trieb sein Reittier an, sodass er eine halbe Pferdelänge vor Stefan trabte. Als nach einigen Minuten endlich die ersten berittenen Streiter vor ihnen auftauchten, war er froh über die Ablenkung.

»*Vodă* – mein Fürst«, begrüßte ihn einer der abtrünnigen walachischen Bojaren, die zu ihm übergelaufen waren. »Die Männer sind bereit.«

Vor den Mauern der Inneren Stadt warteten weitere Truppen, mit denen Vlad in Gewaltmärschen über die Karpaten in die Walachei ziehen würde. Der Sultan war geschlagen – diese Nachricht hatte sie kurz nach dem Wunder von Belgrad erreicht. Im selben Schreiben hatte der ungarische König den Befehl gegeben, Wladislaw zu entmachten. Schon bald würde Vlad wieder auf dem Thron sitzen, der ihm von Geburt wegen zustand!

»Vorwärts!«, donnerte er, sobald sich die Reiter um ihn und seinen Begleiter geschart hatten. Wenig später befanden sie sich in der Oberen Vorstadt, von wo aus die Straßen allesamt nach Süden zu den Bergpässen führten. Einige Meilen entfernt ragten die schroffen Gipfel der Karpaten empor, auf denen immer noch ein wenig Schnee lag. Wenn sie sich beeilten und Pferde und Menschen bis zum Äußersten antrieben, konnten sie in zwei Tagen vor Tirgoviste stehen – der Hauptstadt seines Reiches. Dann würde Wladislaw das Schicksal teilen, das Vlads Bruder Mircea und seinen Vater vor beinahe zehn Jahren ereilt hatte! Er presste die Kiefer aufeinander und ließ zu, dass die Vorfreude auf die kommende Schlacht Besitz von ihm ergriff und die Gefühle für Zehra betäubte. Er fasste die Zügel kürzer. Als sie sich einen halben Tag später hoch im Gebirge befanden, reckte er die Nase in die Luft und atmete tief ein und aus. Bildete er es sich nur ein oder konnte er die Heimat bereits riechen?

Es dauerte ein wenig länger Tirgoviste zu erreichen, als er gedacht hatte, da sie bereits in den Bergen in einige kleinere Geplänkel verstrickt wurden. Aber am vierten Tag nach ihrem Aufbruch aus Kronstadt marschierte Vlad mit seinen Truppen auf die Hauptstadt der Walachei zu. Diese buk wie ein Fladen in der Sommerhitze. Auf den Feldern des Umlandes waren die Bauern dabei, die erste Ernte einzubringen. Golden erstreckte sich ein Meer aus Ähren bis zum Horizont, der von Hitzeschleiern verwischt wurde. Gierig sog Vlad den wohlbekannten Duft der Flussniederung ein. Er zügelte sein Ross, um die Stadt ins Auge zu fassen, die ihm bald zu Füßen liegen würde. Der Anblick der Mauertürme und Bojarenhäuser, der Gehöfte und Kirchen trieb ihm Tränen der Freude in die Augen. Allerdings währte diese Sentimentalität nicht lange. Gewarnt von seinen Spionen brach Wladislaw aus der Stadt hervor, kaum hatte Vlad die Dächer des Fürstenpalastes ausgemacht. Die Freude über die Heimkehr wich dem Blutdurst. Wäre Wladislaw nicht gewesen, hätte Vlad nicht aus der Walachei fliehen und Zehra zurücklassen müssen! Sein Herz verkrampfte sich bei dem Gedanken an die zahllosen Stunden, in denen er gefürchtet hatte, sie nie wiederzusehen. Ein alles überwältigender Hass ergriff Besitz von ihm.

»Löscht diese Verräter aus!«, donnerte er, zog sein Schwert und presste seinem Hengst die Fersen in die Flanken. Dann preschten er und seine Kämpfer über den von der Hitze ausgedörrten Boden und fuhren zwischen die Verteidiger, ehe diese begriffen hatten, wie ihnen geschah. Unaufhaltsam mähte Vlad einen Feind nach dem anderen nieder. Schon bald stank die Luft nach Blut, Pferdeschweiß und Exkrementen. Wer nicht sofort sein Leben aushauchte, wurde von den Hufen zu Tode getrampelt. Das Geschrei der Verwundeten verjagte selbst die Vögel am Himmel. Mehrere Stunden dauerte das Schlachten, doch dann warfen die ersten Bojaren ihre Waffen zu Boden und ergaben sich den Angreifern.

»Verschont unser Leben«, flehte ein Kämpfer, dessen Gesicht Vlad allzu bekannt vorkam. War er nicht schon an der Seite seines Vaters in die Schlacht gezogen? Seine Schwerthand zuckte, aber in letzter Sekunde hielt er sich davon ab, den Mann zu töten. Er sollte langsam sterben! So, wie es ein Verräter verdiente!

»Treibt die Gefangenen zusammen«, befahl er seinen Männern. Dann richtete er seine Aufmerksamkeit zurück auf das letzte Häuflein verzweifelter Ritter, die versuchten, ihren Fürsten vor dem sicheren Ende zu bewahren. Eingekeilt zwischen der Stadtmauer und Vlads Truppen fochten sie einen aussichtslosen Kampf, der eine Stunde später beendet war.

Inmitten von Erschlagenen funkelte Wladislaw seinen Widersacher mordlustig an, spuckte zu Boden und fauchte: »Ich hätte dich zertreten sollen, wie eine Ameise, als ich Gelegenheit dazu hatte!« Vlad lachte freudlos und gab seinen Gefolgsleuten ein Zeichen, den Besiegten in Ketten zu legen.

»Das hättest du«, versetzte er kalt. »Aber jetzt werde wohl eher ich dich zertreten.« Mit diesen Worten wandte er sich von Wladislaw ab, um sich nicht durch eine unbedachte Handlung um das Schauspiel einer öffentlichen Hinrichtung zu bringen. Den Einwohnern von Tirgoviste musste unmissverständlich klar gemacht werden, wer der neue Machthaber war! Ansonsten würde man ihn für schwach oder gar milde halten. Etwas Schlimmeres konnte einem Fürsten nicht passieren!

Die Sonne stand immer noch hoch am Himmel, als Wladislaw auf das Schafott am Marktplatz geführt wurde. Die ganze Stadt war zusammengeströmt, um sich dem Bezwinger zu unterwerfen und das Ende des Besiegten mit anzusehen. Einige zornige Augenblicke lang hatte Vlad erwogen, auch unter den einfachen Männern und Frauen Exempel zu statuieren. Doch dann hatte er es sich anders überlegt. Was war ein Fürst ohne Untertanen? Er ließ den Blick über die verängstigten Menschen wandern, die mucksmäuschenstill verfolgten, wie Wladislaw entkleidet und von zwei Henkersknechten gegeißelt wurde. So komplett war die Stille, dass die Hiebe – gefolgt von Wladislaws gepresstem Stöhnen – von den Häuserwänden widerhallten wie Kanonenschüsse. Als der Rücken des entmachteten Woiwoden nur noch ein blutiger Brei war, schnitt Vlad ihn eigenhändig los und zwang ihn auf die Knie. Dem Priester, der dem Todgeweihten die Beichte abnehmen wollte, setzte er die Klinge auf die Brust und knurrte: »Geh, alter Mann. Dieser hier gehört dem Teufel.«

Obgleich der Pater den Mund zu einem Protest öffnete, besann er sich eines Besseren, senkte den Kopf und bekreuzigte sich. Wladislaw hob flehend die geröteten Augen, aber ein Blick in Vlads steinerne Miene sagte ihm, dass er nicht auf Gnade hoffen konnte. »Eigentlich sollte ich dich langsam und qualvoll zugrunde gehen lassen«, zischte Vlad – dicht am Ohr des gefallenen Fürsten. »Allerdings hast du als Woiwode das Recht auf einen schnellen Tod.« Damit schwang er das Schwert hoch über den Kopf und enthauptete den Knienden mit einem einzigen glatten Schnitt. Das Geräusch, mit dem

Wladislaws Haupt auf dem hölzernen Schafott auftraf, erfüllte ihn mit so gewaltiger Genugtuung, dass er in Lachen ausbrach. Während das Blut des Erschlagenen auf seine Stiefel tropfte, legte er den Kopf in den Nacken und lachte bis ihm der Hals schmerzte. Als er sich wieder gefasst hatte, wischte er sein Schwert an einem Fetzen Sackleinwand ab und ließ es zurück in die Scheide gleiten. Dann sprang er leichtfüßig zu Boden. »Schafft die gefangenen Verräter her und pfählt sie einen nach dem anderen«, befahl er seinen Männern. »Die Stadt soll tagelang von Wehklagen erfüllt sein, damit niemals wieder jemand vergisst, was es bedeutet, sich gegen Vlad Draculea zu stellen!«

Kapitel 3

Ein Kloster in den Karpaten, August 1456

Herr, vergib mir meine Eitelkeit«, wisperte Zehra von Katzenstein und wischte erneut mit dem Ärmel ihres einfachen Gewandes über die winzige Spiegelscheibe. Eigentlich waren solch weltliche Dinge hinter Klostermauern nicht gern gesehen, aber sie hatte einfach nicht vollkommen entsagen können. Auch wenn sie sich dafür schämte, gelang es ihr nicht, ein so gänzlich gottgefälliges Leben zu führen wie die Mönche, in deren Obhut sie und Carol sich seit drei Jahren befanden. Seit Wladislaw durch einen Verräter in Erfahrung gebracht, dass sie existierten, mussten sie sich hier verstecken. Ihre Fingerkuppe wanderte unbewusst zu der kleinen Narbe an ihrem Kinn, die sie einem Sturz im vergangenen Winter zu verdanken hatte. Damals, an einem eisigen Januartag, hatte sie mit Carol im Schnee getollt und war auf einer Eisplatte ausgerutscht. Ein Lächeln stahl sich auf ihr Gesicht, als sie an das zerknirschte Gesicht ihres Sohnes dachte, sobald dieser begriffen hatte, dass seine Mutter sich wehgetan hatte. Mit großen Augen war er vor ihr gestanden, den Mund fassungslos geöffnet, bis Bruder Petros Zehra schließlich aufgeholfen und beide ins Warme gebracht hatte. »*Scănteiuță*«, sagte sie leise. Wie passend dieser Kosename war, den Vlad seinem Sohn gegeben hatte. Denn genau das war Carol: ihr kleiner Funke. Sie legte den Spiegel zur Seite und griff nach dem letzten Brief, den Vlad ihr geschrieben hatte. Obwohl sie ihn – genau wie all die anderen – auswendig kannte, las sie ihn ein weiteres Mal und etwas Hartes nistete sich in ihrer Kehle ein. Sie war schon lange am Ende angekommen, als sie bemerkte, dass sie zitterte. Acht lange Jahre hatte sie gehofft und gefleht, dass Vlad nichts zustoßen und sie ihn bald wiedersehen würde. Jetzt, endlich, war die Zeit gekommen – nachdem sie über zehn Monate nichts mehr von ihm gehört hatte!

Der Klumpen in ihrer Kehle löste sich in ein Brennen auf. Tränen, die sie viel zu lange zurückgehalten hatte, fielen in dicken Tropfen auf das dicht beschriebene Blatt Papier. »Oh, Vlad«, flüsterte sie erstickt und sank mit schwachen Knien auf einen Holzstuhl. Der Brief segelte mit einem leisen Rascheln zu Boden, als sie das Gesicht in den Händen vergrub und wohl zum tausendsten Mal nach den verblassten Bildern in ihrer Erinnerung suchte. Nach den glücklichsten Wochen ihres Lebens. Der Druck irgendwo tief in ihrem Inneren verstärkte sich, bis er sich schließlich mit einem Schluchzen Luft machte. »Heiliger Vater im Himmel …«, murmelte sie, aber ein weiteres schluckaufartiges Schluchzen raubte ihr die Stimme. Sie sackte auf dem Stuhl in sich zusammen. Lange Zeit weinte sie haltlos – ließ zu, dass ihre wunde Seele sich Linderung verschaffte. Doch als ihr bereits die Seiten schmerzten, richtete sie sich auf und trocknete sich das Gesicht. Die Zeit der Trauer war vorbei! Nicht mehr lange, dann würden sie und Vlad wieder vereint sein. Sie blinzelte und strich sich einige verirrte Strähnen aus der Stirn. Wie oft hatte sie sich gefragt, ob es richtig gewesen war, ihren Bruder Utz nicht zurück in die Heimat zu begleiten! Und wie oft hatte sie sich in den vergangenen Jahren gewünscht, sie hätte klüger gehandelt! Aber jetzt, da sie wusste, dass Vlad sie weder vergessen noch für eine andere verlassen hatte, fielen all diese Zweifel und Ängste wie Schuppen von ihr ab.

Sie erhob sich mit wackeligen Beinen und verstaute den Brief wieder in der Holzschatulle, in der sie alle Nachrichten von Vlad aufbewahrte. Als der Deckel sich über dem Stapel geschlossen hatte, nestelte sie nervös an dem Gürtel ihres Gewandes. Wann würde er sie zu sich holen? Sie ließ den Gürtel fahren und begab sich wieder zu dem Tischchen, an dem sie eben noch gesessen hatte. Wann würden sie endlich auch vor Gott Mann und Frau sein? Wie lange konnte es dauern, bis ein neuer Staatsrat gebildet und die wichtigsten Regierungsangelegenheiten geregelt waren? Der Bote hatte ihr doch ausrichten lassen, dass Vlad sobald wie möglich zu ihr in die Berge reiten würde! Ihr Blick wanderte wie magisch angezogen wieder zu dem kleinen Spiegelchen. Die Zweifel kehrten zurück. Was, wenn es in der Zwischenzeit doch eine andere Frau in seinem Leben gab? Ein junges Mädchen, dessen Brüste nicht schwer waren von der Geburt eines Kindes? Eine Frau, deren Schoß nicht durch Sünde befleckt war? Sie starrte sich selbst in die Augen und versuchte, darin zu lesen. Waren dies dieselben Augen, mit denen sie Vlad vor acht Jahren verzaubert hatte? Oder waren es die Augen einer alten Frau? Sie blinzelte heftig und trat von der polierten Scheibe zurück. Widerstrebend hob sie die Röcke und betrachtete ihre Beine und ihren Bauch. Seit Carols Geburt hatten ihre Glieder die Schlankheit verloren. Auch ihre Haut schien nicht mehr das Glühen der Jugend zu besitzen. Was, wenn sie Vlad nicht mehr gefiel? Hastig ließ sie den Stoff wieder los und kehrte ihrem Spiegelbild den Rücken. Sie musste aufhören, sich mit solchen Gedanken zu martern! Würde Vlads Herz einer anderen gehören, hätte er ihr gewiss nicht geschrieben! Die Liebe, die aus seinen Worten sprach, konnte man nicht heucheln! Sie betrachtete ihre Hände. Außerdem war sie nicht die Einzige, die älter geworden war! Ehe sie sich weiter mit Unsicherheit quälen konnte, wurde sie von einem Klopfen abgelenkt.

»Ein Bote wartet auf Euch«, ließ sie ein Mönch wissen, kaum hatte sie die Tür geöffnet. Schon wieder? Schrecken vermischte sich mit ungebändigter Vorfreude. Was konnte es diesmal sein? War Vlad bereits auf dem Weg? Einen Dank murmelnd, drückte sie sich an dem Bruder vorbei und eilte kopflos den Gang entlang hinaus ins Freie.

In der Bibliothek des Klosters rieb Carol sich die müden Augen und sog den Geruch von Staub und Leder ein. Obschon vor den winzigen Fenstern strahlender Sonnenschein herrschte, war das Licht in der Bibliothek genauso dämmrig wie immer. Zwar hatte Carol eine dicke Wachskerze entzündet, dennoch verschwammen die Buchstaben vor seinen Augen. Außer ihm befanden sich noch vier Mönche im Raum, deren Aufgabe es war, Texte zu illustrieren. Das Kratzen der Federkiele war das einzige Geräusch in der ansonsten vollkommenen Stille. Er blinzelte und legte besitzergreifend die Hand auf das kostbare Buch, das er erst vor sechs Wochen entdeckt hatte. *De rerum natura* – von der Natur der Dinge – lautete der Titel. Außer ihm schien sich niemand für diesen Schatz zu interessieren. Falsch, dachte er. Außer ihm schienen alle Angst vor dem zu haben, was darin geschrieben stand. Bruder Petros, der ihm im Alter von nicht ganz fünf Jahren Latein beigebracht hatte, war der Einzige, der Carols Neugier teilte. »Ein Mönch aus Deutschland hat es dem Abt als Geschenk mitgebracht«, hatte er den Knaben wissen lassen. »Aber der hat nicht einmal hinein geschaut, sondern es ins hinterste Regal stellen lassen. Ihn interessieren ausschließlich die griechischen Texte.« Inzwischen vermeinte Carol zu wissen warum. Auch wenn sein Latein stellenweise lückenhaft war und er oft große Schwierigkeiten hatte, den Hexametern zu folgen, spürte er, dass von diesem Buch etwas Eigenartiges ausging. Etwas, das ihn gleichzeitig verwirrte und faszinierte. Viele Dinge verstand er nicht – zum Beispiel bereitete ihm die Vorstellung von der sterblichen Seele Kopfzerbrechen. Dieser Begriff hatte ihm bereits im Bibelunterricht Schwierigkeiten bereitet. Was genau sollte die Seele überhaupt sein? Wo im Körper befand sie sich? Woran erkannte man, ob eine Seele sterblich oder unsterblich war? Konnte man die Seele sehen oder spüren? Diese und viele andere Fragen hatten dafür gesorgt, dass er die Lektüre hatte aufgeben wollen. Aber als er gestern beim Durchblättern des dicken Folianten auf eine Stelle gestoßen war, in welcher der Verfasser Lucretius behauptete, dass alles, absolut alles, aus denselben Teilchen bestehe, war seine Neugier von neuem entfacht worden. Zuerst hatte er gedacht, er habe die Worte falsch übersetzt. Wie konnte es sein, dass er selbst aus dem gleichen Stoff war wie die Sterne, die Sonne, der Regen und die Berge? Er war bereits aufgesprungen, um einen der Mönche um Hilfe zu bitten. Doch dann hatte er es sich anders überlegt. Falls seine Übersetzung stimmte, würde man ihm das Buch gewiss wegnehmen. Auch heute blieb die Bedeutung dieselbe, ganz egal, wie er die Worte drehte und wendete.

»Sed quia vera tamen ratio naturaque rerum cogit, ades, paucis dum versibus expediamus esse ea quae solido atque aeterno corpora constent, semina quae rerum primoriaque esse docemus , unde omnis rerum nunc constent summa creata.«

Aber da wahre Vernunft es doch und das Wesen der Dinge es erzwingen, so habe Geduld, bis in wenigen Versen ich entwickle, es gibt sie, die aus ewigem, festem Körper bestehen, die Samen und Ursprungskörper der Dinge nach unsrer Lehre, woraus das All erschaffen besteht jetzt.«

Er zog die Unterlippe zwischen die Zähne und kaute nachdenklich daran. Dann ließ er beinahe andächtig die Fingerkuppen über die Tischplatte vor sich gleiten; betastete das alte Pergament des Buches, den metallenen Deckel des Tintenfasses, den Lesestein auf dem Pult und die Haut seines Handrückens; verglich die Wärme seiner Haut und des Holzes mit der Kühle des Metalls und der Stumpfheit von Stein und Papier. Sein Blick wanderte zum Fenster und er wünschte sich, es wäre Nacht. Dann könnte er versuchen, die Sterne – nicht wie früher zu zählen – sondern zu begreifen. Wenn er aus demselben Stoff war wie die Sterne, konnten sie doch keine Geheimnisse vor ihm haben, oder? Dann würden sie ihm verraten, warum sie sich ständig in Bewegung befanden, sobald er ihnen offenbarte, dass er ihr Geheimnis teilte.

Er seufzte leise und lenkte seine Aufmerksamkeit zurück zu dem Folianten. Was für Wunder verbargen sich noch darin? Konnte das Buch ihm auch erklären, warum er sich nicht darauf freute, seinen Vater kennenzulernen? Er wusste nicht, wo der Gedanke herkam, aber er sorgte dafür, dass er schuldbewusst den Kopf zwischen die Schultern zog. Da, wo vor wenigen Momenten noch ein Schatz unglaublichen Wissens gelockt hatte, starrten ihm jetzt lediglich nichtssagende Buchstaben entgegen. Geistesabwesend ließ er eine der kunstvollen Majuskeln vor den Augen verschwimmen und versuchte, sich den Mann vorzustellen, dessen letzter Brief seine Mutter vollkommen verändert hatte. Zwar hatte sie ihn auch früher schon Scănteiuţă genannt. Aber seit einigen Tagen rief sie ihn nur noch mit diesem Kosenamen. Seit sie Nachricht erhalten hatte, dass sein Vater bald kommen würde. Wie er den Namen hasste! Er hieß Carol, nicht Scănteiuţă! Nur Kleinkinder wurden mit Kosenamen gerufen! Er war aber schon lange kein Kleinkind mehr! Er war schon fast acht Jahre alt! Carol begann, mit dem Zeigefinger der rechten Hand unsichtbare Kreise auf das Pult zu malen, während sich seine Linke zur

Faust ballte. Warum konnte sein Vater nicht dort bleiben, wo er all die Jahre über gewesen war? Warum musste er ausgerechnet jetzt auftauchen und Carol die Mutter stehlen? Die Heftigkeit seiner Empfindungen erschreckte ihn. Er sah sich insgeheim um, ob ihm irgendjemand seine Gedanken angesehen hatte. Die Mönche waren jedoch so in ihre Arbeit versunken, dass sie vermutlich nicht einmal ein Feuer aus der Vertiefung gerissen hätte. »Dein Vater ist ein genauso mutiger und großer Krieger wie der Heilige Georg«, hatte Petros ehrfürchtig gesagt, als er von der bevorstehenden Ankunft Vlad Draculeas erfahren hatte. »Ein Mann, der eher sterben würde, als seinen Glauben zu verraten.« Diese Worte hatten zuerst dafür gesorgt, dass Carol einige Tage mit stolzgeschwellter Brust durch das Kloster stolziert war. Aber sobald er bemerkt hatte, was für eine Wirkung die Neuigkeiten auf seine Mutter hatten, war der Stolz einem anderen Gefühl gewichen. Er schob trotzig das Kinn nach vorne. Ganz egal, wie tapfer sein Vater war, seine Mutter würde er sich von niemandem wegnehmen lassen!

Kapitel 4

Der Sultanspalast in Edirne, August 1456

Du darfst dich nicht zu sehr anstrengen.« Radus Augen lagen besorgt auf dem bleichen Gesicht des Sultans, als dieser sich von seinem Diwan in die Höhe stemmte. Bei der Ankunft seines Liebhabers hatte Mehmed all seine Diener aus den Gemächern gejagt. Er hasste es, von ihnen umsorgt zu werden wie ein gebrechlicher Greis.

»*Nygjâr*«, seufzte der Herrscher und Radus Herz machte bei der intimen Anrede einen Satz. »Ich weiß, dass du es gut meinst«, fuhr Mehmed fort und griff nach seinem Turban.

»Aber du solltest nicht vergessen, dass ich der Sultan zweier Kontinente und der Beherrscher zweier Meere bin.«

Obgleich er die Worte mit einem Schmunzeln abmilderte, ließ Radu die Hand sinken, mit der er dem Geliebten in den Kaftan hatte helfen wollen. Seit der Schmach der Niederlage von Belgrad waren die Launen des Sultans noch unberechenbarer als sonst. Auf keinen Fall wollte Radu einen der furchtbaren Wutanfälle auslösen – immerhin hatte der letzte dazu geführt, dass der Sultan seinen Großwesir Halil Pascha hatte hinrichten lassen. Gut, die beiden waren seit Mehmeds erster, missglückter Regentschaft vor zwölf Jahren erbitterte Feinde gewesen; dennoch hatte der Schritt nicht nur Radu schockiert. Er verfolgte schweigend, wie der Sultan Schärpe und Turban band, dann in perlenbestickte Schuhe schlüpfte.

Sobald Mehmed vollständig angekleidet war, befahl er: »Begleite mich in den Tulpengarten.« Auf einen vergoldeten Stock gestützt steuerte er auf die bewachte Pforte zu und gab Radu mit einer Kopfbewegung zu verstehen, dass er ihm den Arm bieten durfte.

Kaum legte Radu die Hand auf den Stoff des farbenprächtigen Kaftans, spürte er die Wärme seines Geliebten darunter. Ein leichtes Schauern durchrieselte ihn. Als erahnte der Sultan die Erregung seines Begleiters, warf er Radu einen Blick zu, der dem Neunzehnjährigen durch Mark und Bein ging. Mehmeds Muskeln spannten sich beim Anheben des Armes und Radu sandte ein Gebet zu Allah, dass der Sultan bald wieder völlig hergestellt sein möge.

Beim Verlassen des Hauptgebäudes wollte sich die Leibgarde den beiden Männern anschließen, aber Mehmed winkte sie ungeduldig zur Seite. »Wir gehen lustwandeln, nicht jagen«, brummte er. Etwas Unverständliches murmelnd zog er Radu auf eine der kleinen Inseln inmitten der Tunca zu, die durch elegant geschwungene Brücken miteinander verbunden waren. Links von ihnen erhob sich das mächtige Kuppeldach der Moschee, während hinter ihnen die Gebäude des Harems in der Sonne leuchteten. In der Ferne, hinter den Mauern des Palastes, konnte Radu den *Bedestan* – den überdachten Markt von Edirne – sehen, über dem unzählige Vögel kreisten. Einige der bunt befiederten Diebe hatten sich in den Zypressen und Olivenbäumen des Palastes niedergelassen. Dort warteten sie auf die Gelegenheit, eine Leckerei zu stehlen. Eine Handvoll Ziervögel schaukelte in den Kletterpflanzen, welche Säulen, Fenster und Balkone umrankten. Das Summen von Bienen lag in der Luft. Blendend weiße Vollblüter drängten sich vor den Ställen. Überall blitzen die bunten Farben von Prunkgewändern durch das Grün der üppigen Vegetation. Vorbei an Springbrunnen, Zierbasins, Wasserspielen und dem Jagdhaus näherten sich die beiden Männer den Blumengärten, deren Zentrum der *Lale bahçesi* – der Tulpengarten – bildete. Eingerahmt von symmetrisch angeordneten Beeten thronte ein *Köşk* – ein Gartenpavillon – auf einer kleinen Erhebung, auf die Mehmed zielstrebig zusteuerte. Da die Sonne aus einem wolkenlosen Himmel stach, stand nicht nur Radu bereits nach wenigen Schritten der Schweiß auf der Stirn. Auch der Sultan wirkte sichtlich erschöpft, als sie sich im Schatten des Pavillons niederließen.

»Es ist so friedlich hier«, sagte Radu leise und betrachtete Mehmed von der Seite. Der rötliche, kurz gehaltene Vollbart hob die Blässe seiner Haut hervor. Die schmale Hakennase schien schärfer geschnitten als sonst. Als der Sultan den Blick der hellbraunen Augen auf seinen Geliebten richtete, gelang es Radu nicht rechtzeitig, die Lider zu senken.

»Weißt du«, hub Mehmed an und legte eine Hand auf Radus glattrasierte Wange, »unsere kleinen Ausflüge haben mir gefehlt.« Er hielt einen Augenblick inne und betrachtete Radu, als wären ihm die Züge des jungen Mannes in den vergangenen beiden Wochen fremd geworden. »Untätigkeit bekommt mir nicht.«

Radus Mundwinkel stahlen sich kaum merklich nach oben. Er nickte. »Es wird nicht mehr lange dauern«, sagte er. »Denk an das, was der Hekim gesagt hat. Sobald der Muskel geheilt ist, kannst du dich wieder bewegen, als hätte dieser Pfeil dich niemals getroffen.«

Mehmeds Mund verzog sich zu einer bitteren Linie. »Warum habe ich nur auf den Diwan gehört und das Konstantinopel-Geschütz nicht mit nach Belgrad genommen? Dann wäre diese Schmach nie möglich gewesen!« Er beugte sich zur Seite, riss eine Blüte von einem Busch und roch daran. »Was hätte es geschadet, wenn der Ausbau der Straßen ein paar Wochen länger gedauert hätte?«

Radu räusperte sich und beschloss zu schweigen. Offensichtlich wollte Mehmed keine Antworten auf diese Fragen, da sie viel zu eindeutig waren. Wenn die Straßentrupps schon Wochen vorher gesichtet worden wären, hätte der Prediger Zeit gehabt, noch mehr Eiferer um sich zu scharen. Diese Wahnsinnigen hätten ganz gewiss nicht einmal vor der größten und stärksten Kanone der Welt haltgemacht.

»Wenigstens hat Allah die Ungläubigen gestraft«, bemerkte Mehmed nach einigen Augenblicken des Schweigens. Als die Nachricht am Hof eingetroffen war, dass sowohl Johann Hunyadi als auch der Wanderprediger Capistrano der Pest erlegen waren, hatten die Männer tagelang frohlockt.

»Irgendwann wird Belgrad fallen«, entgegnete Radu mit mehr Zuversicht in der Stimme als er im Moment verspürte. Zu deutlich war der Nachhall der Niederlage.

»Das wird es ganz gewiss!« Mehmeds Augen leuchteten auf. »Und nicht nur Belgrad«, fuhr er fort. »Bald wird auch der ungarische König mir den Treueeid leisten und genauso Tribut bezahlen wie dein Bruder.«

Vlads Erwähnung bewirkte, dass Radu das Gefühl hatte, in etwas Fauliges gebissen zu haben. Plötzlich flammten Erinnerungen auf, die er am liebsten so tief begraben hätte, dass sie für immer verschwanden. »Verräter«, hatte Vlad ihn genannt, bevor er vor sieben Jahren Edirne fluchtartig ohne Erlaubnis des Sultans verlassen hatte. »Du bist eine Schande für dein Vaterland!« Diese Worte hatten Radu direkt ins Herz getroffen. »Siehst du denn nicht, was aus dir geworden ist?« Als Antwort hatte Radu den Bruder lediglich kalt gemustert und die hitzigen Worte hinunter geschluckt, die ihm auf der Zunge gelegen hatten. Er war es nicht wert – weder den Hass, noch die Trauer, noch das andere Gefühl, das Radu öfter überkam, als ihm lieb war. Sein Bruder war gar nichts wert! Vlad hatte *ihn* verraten, nicht umgekehrt. Wie für seinen Vater und sein Volk war er auch für Vlad nur Mittel zum Zweck gewesen. Mehmed war der Einzige, dem wirklich etwas an ihm lag! Sorgsam darauf bedacht, seine Gefühle nicht zu zeigen, schlug er die Augen nieder und sah dabei zu, wie der Sultan eine weitere Blüte abriss und an den Blättern zupfte. »*Ein* Gott herrscht im Himmel«, verkündete der Herr des Osmanenreiches. »Es ziemt sich, dass auch auf der Erde *ein* Fürst herrsche! Und dieser Fürst werde *ich* sein!«

Kapitel 5

Ulm, September 1456

Ihr seid zurück.« Es war eine Feststellung, keine Frage, mit welcher der Bader Utz von Katzenstein willkommen hieß. Die Badestube war zu dieser Stunde kaum besucht. Der Geruch von kaltem Rauch hing in der Luft. Lediglich ein aufgekratztes Kichern irgendwo aus den Tiefen des Gebäudes verriet, dass Utz nicht der einzige Gast war. »Womit kann ich Euch dienen?«

Utz, dessen Kleider vom Schmutz der Straße staubig waren, verdrehte die Augen und brummte: »Frag nicht so scheinheilig, du weißt doch ganz genau, warum ich hier bin. Ganz bestimmt nicht, damit du mir einen Zahn ziehst!«

Der Bader verneigte sich leicht. »Gewiss doch. Ich wollte nur wissen, ob Ihr vorher ein Bad nehmen wollt.« Ein listiger Ausdruck trat auf sein Gesicht. Utz fragte sich, ob er seit seinem letzten Besuch die Preise erhöht hatte. »Wir haben einen Neuzugang«, beantwortete der Mann die unausgesprochene Frage. »Blond wie ein Engel und heißblütig wie ein ungezähmtes Fohlen.«

Das ist mir scheißegal, hätte Utz ihm am liebsten ins Gesicht geschleudert. Hauptsache sie lässt mich an ihren Schoß! Stattdessen sagte er: »Bring mir etwas zu essen und lass ein Bad bereiten. Sie soll sich zu mir setzen.« Sein Blick fiel auf die kaum mehr leserliche Badeordnung, welche an einer der Wände angeschlagen war. Er fragte sich, wann in diesem Haus das letzte Mal die Vorschriften über züchtiges Verhalten eingehalten worden waren, folgte dann dem Bader in eine abgetrennte Nische, legte sein Bündel ab und schälte sich aus seinen Kleidern. Nur noch mit seiner *Bruch* – einer weißen Leinenunterhose – bekleidet sah er dabei zu, wie der Baderknecht den Holzbottich mit heißem Wasser füllte und ließ sich wenig später in den Zuber sinken. Das Gefühl des Wassers auf seiner Haut war so wunderbar, dass er einen Moment lang die Augen schloss und sich wünschte, er könne für immer so verweilen.

Die Ruhe brachte allerdings auch die Gedanken zurück, die drohten, ihm den Aufenthalt in der Badestube zu vergällen: die Gedanken an seine Gemahlin. Er stöhnte leise und tauchte unter – als könne er die Bilder in seinem Kopf dadurch abwaschen. Während der Druck in seinen Ohren mit jedem Herzschlag zunahm und seine Augen anfingen zu brennen, öffnete er den Mund zu einem lautlosen Schrei, der in Blasen an die Oberfläche stieg. Als seine Lungen bereits anfingen zu protestieren, tauchte er prustend wieder auf und wischte sich das nasse Haar aus der Stirn. In der Zwischenzeit war ein Tablett mit Wein, Brot, Käse und kaltem Braten auf dem Tisch in der Kammer aufgetaucht, aber er hatte keinen Hunger mehr. Warum marterte er sich nur andauernd mit Schuldgefühlen? Er lehnte sich mit dem Rücken gegen die Holzwand des Zubers. Hatte es Sophia sich nicht selbst zuzuschreiben, dass er die Erfüllung seiner Bedürfnisse außer Haus suchen musste? War es nicht *sie*, die ihn dazu zwang? Die wohlbekannte Schwere griff nach seinem Herzen. Doch als das leise Tapsen nackter Füße die Ankunft des angepriesenen Neuzugangs verkündete, drängte er alle Schwermut zurück und drehte neugierig den Kopf. Was er sah, fegte auch den letzten Rest Reue weg. Der Bader hatte nicht gelogen! Haar von der Farbe reifen Weizens umrahmte ein schmales Gesicht, das von einem Paar unschuldiger blauer Augen beherrscht wurde. Eine kleine Stupsnase und ein voller, kirschroter Mund vollendeten den Eindruck der Unbeflecktheit. Der Körper der jungen Frau zeichnete sich überdeutlich unter einem dünnen Gewand ab, das sie mit einer geschickten Bewegung abstreifte. Einige Sekunden lang verharrte sie reglos auf der Stelle. Wäre Utz nicht mit der Reaktion seines eigenen Körpers beschäftigt gewesen, hätte er sich gefragt, ob sie sich ihrer Macht bewusst war. So allerdings ließ er den Blick gierig von ihrer vollen Brust über die schlanke Mitte zu der haarlosen Scham gleiten, an der er wie gefesselt hängen blieb. Ehe er einen klaren Gedanken fassen konnte, erklomm sie das kleine Treppchen vor dem Bottich und glitt anmutig zu ihm ins Wasser.

Die Befriedigung, welche ihm die Begegnung bereitete, hielt nicht lange an. Kaum hatte das Mädchen ihn wieder verlassen, schlich sich ein schales Gefühl ein. Utz hätte sich am liebsten verflucht. Warum musste er sich nur immer wieder so vor sich selbst erniedrigen? Weshalb konnte er nicht einfach nach Hause gehen und sich von Sophia nehmen, was sie ihm als seine Gemahlin schuldete? Er zog lustlos seine Kleider wieder an. Wieso ließ er sich von ihr behandeln wie ein Aussätziger? Weil er sie immer noch liebte? Oder weil er sie inzwischen hasste? Er fuhr mit der Hand über die Bartstoppeln an seinem Kinn. Oder weil sie die Mutter seiner Söhne war? Er wusste es nicht. Missmutig drückte er dem Bader die Bezahlung in die Hand und trottete zum Stall, wo ein Bursche ihm seinen Rappen aus der Box holte. Die Männer, die ihn auf der Handelsreise begleitet hatten, waren schon längst zu seinem Haus zurückgekehrt, wo die meisten von ihnen wohnten. Somit wusste Sophia ohne Zweifel, dass er sie mied. Er ließ sich in den Sattel helfen und trabte vom Hof des Badehauses. Hätte ihn nicht die Sehnsucht nach seinen beiden Söhnen angetrieben, hätte er der Versuchung nachgegeben, bei seinem Freund Hans Multscher anzuhalten. Da er es – jetzt, wo seinen anderen Bedürfnissen Genüge getan war – jedoch kaum erwarten konnte, seine Kinder wiederzusehen, ritt er schnurstracks in Richtung Münster. Dort, keine halbe Meile von dem gewaltigen Kirchenbau entfernt, buk sein Heim in der Hitze des Spätsommertages. Obschon sich der wilde Wein bereits rot färbte, war es immer noch so warm, dass viele der einfachen Leute hemdsärmelig ihrem Tagwerk nachgingen.

Die Begrüßung war herzlich, als er durch das Tor ritt. Sein Verwalter Thomas war einer der Ersten, die ihn mit einem festen Handschlag willkommen hießen.

»Wie gut, dass Ihr da seid«, sagte er, sobald Utz sein Reittier abgegeben hatte. »Gestern sind Kaufleute aus Ungarn eingetroffen. Sie wollen mit Euch über ein Abkommen verhandeln.«

Utz hob erfreut die Brauen. Der Donauhandel war ein florierendes Geschäft. Jede Verbindung in diese Gegend war wichtig. Schließlich war die Nachfrage nach Stahl, Eisen, Ochsenhäuten und vor allem Waffen immens. Die Märkte im Osten verlangten jährlich größere Mengen an Kürschnerwaren, Leinwand und dem berühmten Ulmer Barchent – einem Mischgewebe aus Leinen und Baumwolle.

»Ich habe sie im Gästehaus untergebracht«, erklärte Thomas mit einem Blick über die Schulter.

Utz nickte. »Schick sie in einer halben Stunde ins Kontor«, sagte er. »Ich muss mir erst etwas anderes anziehen.« Damit kehrte er Thomas den Rücken zu und betrat die Kühle der Einfahrtshalle seines Hauses. Wie immer stapelten sich hier die unterschiedlichsten Waren, die darauf warteten, von den Fuhrleuten ausgeliefert zu werden.

»Vater!« Aus dem Zwielicht der Halle flog eine Gestalt auf ihn zu. Wenig später klammerte sich sein Sohn Hans an ihn. »Vater!«, stieß er aufgeregt hervor. »Hast du uns etwas mitgebracht?« Sein Gesicht war gerötet vor Aufregung und das dunkle Haar stand in allen Richtungen von seinem Kopf ab. »Ich habe aus dem Fenster gesehen«, verkündete der Knabe. »Weil ich wusste, dass du kommst.«

Utz schmunzelte. Natürlich hatten die Kinder bei der Ankunft seiner Begleiter die richtigen Schlüsse gezogen. »Wo ist dein Bruder?«, fragte er.

Die Miene seines Sohnes verfinsterte sich. »Schnitzen«, erwiderte er verächtlich und griff nach der Hand seines Vaters.

Mit einem Schmunzeln auf dem Gesicht ließ Utz sich von Hans in Richtung Treppe ziehen. Als eine der Küchenmägde einen Knicks vor ihm machte, trug er ihr auf:

»Lass etwas zu trinken ins Kontor bringen. Und auch Gebäck.« Dann folgte er seinem Sohn, der ihm aufgeregt erzählte, dass er ein Lob von seinem Rechenlehrer erhalten hatte.

»Er meinte, aus mir würde einmal ein guter Kaufmann werden«, plapperte der Knabe weiter. Doch Utz hörte ihm bereits nicht mehr zu. Sie hatten den Treppenabsatz erreicht, und die leicht offenstehende Tür seines Kontors verriet ihm, dass Sophia sich darin aufhielt.

»Hier«, sagte er und zog ein Beutelchen mit Konfekt aus der Tasche, woraufhin sich die Augen des Kindes gierig weiteten. »Geh und teile mit deinem Bruder.« Kaum war der Junge mit seinem Geschenk davongestoben, holte er tief Luft und betrat die Schreibstube. Dort – gebadet im Sonnenlicht, das durch das offene Fenster hereinfiel – saß Sophia an seinem Schreibtisch und zählte Münzen in eine Schublade. Als sie ihn den Raum betreten hörte, hob sie den Kopf. Einen winzigen Augenblick lang vermeinte Utz Freude in ihren Augen zu erkennen. Doch dann senkte sie den Blick und erhob sich.

»Gemahl«, sagte sie förmlich. In diesem Moment hätte Utz sie am liebsten gepackt und geschüttelt. Trotz besseren Wissens war ein Funke Hoffnung in ihm gewesen, dass die Dinge anders sein würden, wenn er dieses Mal heimkehrte.

Kapitel 6

Der Fürstenpalast in Tirgoviste, September 1456

Die Stille im Saal war beinahe vollkommen – lediglich unterbrochen vom Rascheln der Gewänder und dem unterdrückten Husten eines alten Ratsmitgliedes. Beinahe lässig lehnte Vlad Draculea in dem thronartigen Stuhl, von dem aus er die Bojaren und kirchlichen Würdenträger ins Auge fasste. Vor drei Tagen hatte er als neuer Woiwode der Walachei dem ungarischen König den Treueeid geleistet und ein Abkommen mit den beiden transsylvanischen Städten Kronstadt und Hermannstadt getroffen. Als Gegenleistung dafür, dass er die alten Handelsbeschränkungen wie das Stapelrecht aufhob, hatten ihm die Transsylvanier Waffenhilfe gegen die Türken und Asyl im Falle einer Vertreibung zugesichert. Heute, kaum war die Tinte getrocknet und die Gesandten auf dem Rückweg in ihre Heimat, warteten die Sendboten des Sultans vor seiner Tür.

Zweifelsohne mit dem Befehl, sich dem verhassten Mehmed zu unterwerfen!

»Was wollt Ihr tun, Vodă?«, fragte Grigore, ein Bojar, dessen Familie schon Vlads Vater treu ergeben gewesen war. Das konnte der junge Woiwode von einem Großteil der anderen Ratsmitglieder nicht behaupten. Seine Nasenflügel blähten sich verächtlich, als er sich fragte, wie viele der Anwesenden ihn ohne mit der Wimper zu zucken verraten würden. Ein Vipernnest – das war es, worin er sich augenblicklich befand! Er ließ den Blick über die zum Teil arroganten Mienen wandern und erwiderte schließlich gelassen: »Nun, ich werde sie empfangen, was sonst?«

Einige der bärtigen Gesichter verdunkelten sich, doch Vlad ließ sich nicht aus der Ruhe bringen. Wenn er nicht bereits morgen mit einem Dolch im Rücken aufwachen wollte, musste er den Bojaren zeigen, wer das Sagen hatte. »Führt die Türken herein!«, befahl er den Dienern, welche die Flügeltür des Saales flankierten.

Die Abgesandten des Sultans betraten deutlich verärgert den Raum.

»Warum hat man uns so lange warten lassen?«, forderte ihr Anführer zu wissen. Seine dunklen Augen funkelten hasserfüllt und die Hand an seinem Krummschwert zitterte leicht. Vlad erhob sich beleidigend langsam, machte jedoch keinerlei Anstalten, von dem erhöhten Podest herunterzusteigen, sodass die Osmanen zu ihm aufsehen mussten.

»Eine dringende Angelegenheit, vergebt mir«, log er glatt und legte den Kopf ein wenig zur Seite. »Was führt euch zu mir?« Die dichten Brauen des Anführers schoben sich zusammen.

»Eine Angelegenheit, die keinen Aufschub duldet«, sagte er schließlich gezwungen ruhig. »Der Sultan fordert, dass Ihr Euch ihm unterwerft. Als sein Vasall schuldet Ihr ihm einen jährlichen Tribut von 2 000 Dukaten und das Recht auf freien

Durchzug nach Ungarn. Zudem fordert der Padischah, dass künftig vor der Wahl eines Fürsten seine Erlaubnis eingeholt wird.« Die Worte verfehlten ihre Wirkung nicht. Zwar gelang es Vlad, eine unberührte Miene zur Schau zu stellen, allerdings lief ein Raunen durch die Reihen der Ratsmitglieder. Sichtlich erfreut über diese Reaktion, fuhr der Türke fort: »Der Sultan verlangt, dass Ihr den Tribut persönlich überbringt und als Zeichen der Unterwerfung den Saum seines Gewandes küsst.«

Am liebsten hätte Vlad den Dolch gezogen und dem Kerl die Zunge aus dem Hals geschnitten. Stattdessen lächelte er zuckersüß und erwiderte: »Es ist mir eine Ehre, dem Großherrn die Gefolgschaft zu schwören. Sobald der Tribut eingezogen ist, werde ich seinem Befehl Folge leisten.« Er spürte den fragenden Blick von Grigore auf sich. Meint Ihr das ernst, Vodă, stand in seinen Augen geschrieben. Wollt Ihr zum Türkenfreund werden? Diese Fragen spiegelten sich auch in den Zügen der anderen Ratsmitglieder wieder. Vlad verneigte sich höflich und signalisierte den Dienern, die Osmanen aus dem Raum zu führen. »Ihr wollt heute noch aufbrechen, nehme ich an?«, fragte er. Allein diese Frage reichte aus, dass Grigores Sorgenfalten sich wieder glätteten.

Kaum war die Tür hinter der Gesandtschaft des Sultans ins Schloss gefallen, legte Vlad den Kopf in den Nacken und lachte brüllend. Zuerst hallte nur *sein* Gelächter von den Wänden wider. Doch dann stimmten nach und nach auch die anderen mit ein, da sie begriffen, dass ihr Fürst nicht im Traum daran dachte, dem Sultan Tribut zu leisten. Als sich die Heiterkeit erschöpft hatte, klatschte Vlad in die Hände und verkündete: »Die Versammlung ist aufgehoben!« Obgleich es noch zahllose Dinge zu besprechen gab, hatte er nicht vor, sie mit den gegenwärtigen Mitgliedern des Rates zu diskutieren. Zuerst musste die Spreu vom Weizen getrennt werden. Er musste die ihm ergebenen Adligen von den widerspenstigen

Bojaren unterscheiden. Erst wenn der Hofrat neu besetzt war, konnte er darangehen, mit dessen Hilfe die Wirtschaftskraft der Walachei zu stärken, die Voraussetzung für ein stehendes Heer zu schaffen und die innere Ordnung zu stabilisieren. Seit dem Tod seines Vaters hatte die Souveränität des Fürstentums entschieden gelitten. Er wartete bis nur noch Grigore und eine Handvoll Männer, denen er ebenfalls traute, im Raum waren. »Grigore«, sagte er, »ich werde ein paar Tage in den Bergen sein. Sieh zu, dass sich niemand hier einnistet, der hier nichts zu suchen hat.«

Der alte Mann nickte. Er wusste, was Vlad meinte. Sollte es sich einer der machthungrigen Großbojaren in den Kopf setzen, während der Abwesenheit des Woiwoden mit seinen Truppen in Tirgoviste einzufallen, würde er die Stadt mit Zähnen und Klauen verteidigen.

Allerdings glaubte Vlad nicht, dass seine Gegner so schnell zum Angriff übergehen würden. Wenn er sie richtig einschätzte, würden sie erst einmal abwarten, ob sich der neue Woiwode nicht eher wie eine Gliederpuppe spielen ließ. Das war weitaus weniger aufwändig und hatte in der Vergangenheit oft genug Erfolg gezeigt.

Er eilte die Treppen hinab über den Hof zu den Ställen, wo er einem Burschen den Auftrag gab, sein Pferd zu satteln.

»Willst du ohne Leibwache über die Pässe reiten?«, fragte eine Stimme in seinem Rücken und Vlad wirbelte herum. Die grauen Augen seines Vetters Stefan funkelten amüsiert. »Du willst die Kleine wohl in aller Heimlichkeit über die Grenze schaffen?« Einen Moment lang wusste Vlad nicht, wovon er sprach. Schließlich hatte er Stefan nie von Zehra erzählt. Und das Kloster, in dem sie sich aufhielt, befand sich auf walachischem Boden, nicht jenseits der Grenze. Doch dann begriff er und winkte mit einem Stöhnen ab.

»Ich hatte nie vor, Elisabeta zu heiraten«, sagte er mürrisch und pfiff einen Pagen herbei. »Geh und richte dem Stallmeister aus, dass ich ein Dutzend Reiter mitnehmen will. Sie sollen sich in einer Stunde zum Aufbruch bereithalten.« Sobald der Knabe davongestoben war, wandte er sich zurück zu Stefan. »Wozu sollte ich sie denn jetzt noch brauchen? Ich habe, was ich will.« Er zuckte die Achseln. »Und ihr Vater wird sich ganz gewiss nicht beschweren, nachdem seine Stadt nun wieder die alten Handelsprivilegien genießt.«

Stefan hob die Brauen und beäugte Vlad kritisch. Dann versetzte er: »Aber es ist eine Frau, wegen der du den Palast verlässt. Das sehe ich dir an.«

Vlad spürte, wie ihm das Blut in den Kopf stieg. Er wandte sich verärgert von Stefan ab.

»Solltest *du* dich nicht besser um deine eigenen Angelegenheiten kümmern«, knurrte er und stürmte in das nächstgelegene Stallgebäude. Dem Burschen, der noch damit beschäftigt war, seinen Falben zu satteln, versetzte er einen Stoß und riss ihm den Sattelgurt aus der Hand. »Verschwinde!«, schnaubte er und zog den Gurt so fest an, dass sein Reittier mit einem Wiehern protestierte. Es versetzte ihn in Rage, dass Stefan richtig geraten hatte, wollte er doch Zehras Existenz geheim halten. Die vergangenen Wochen hatten ihn an den Rand des Wahnsinns gebracht. Wenn er Zehra nicht endlich wiedersah, würde die Dunkelheit, gegen die er täglich mit mehr Kraft ankämpfte, irgendwann endgültig Besitz von seiner Seele ergreifen. Er lehnte sich mit der Stirn gegen die Flanke seines Pferdes und wartete, bis sein Herzschlag sich ein wenig beruhigte. Nicht mehr lange, dann würde sie wieder Licht in sein Leben bringen!

Kapitel 7

Ein Kloster in den Karpaten, September 1456

Das Klappern der Hufe war zu hören, bevor die Reittiere der Männer den steilen Abhang völlig erklommen hatten. Die hohen Mauern, welche das Kloster Bistriţa einschlossen, sorgten zwar dafür, dass die Geräusche gedämpft klangen. Aber Zehra schien es beinahe, als trügen die Reiter Glocken um den Hals. Seit der vorausgeschickte Bote ihr vor wenigen Stunden berichtet hatte, dass Vlad sich nun endlich auf dem Weg zu ihr befand, wirkte die Sonne am Himmel heller, das Grün der Wälder saftiger und das Zwitschern der Vögel heiterer. Der rote Stein, aus dem die Gebäude des Klosters erbaut waren, leuchtete beinahe genauso kräftig wie die Blüten der Rosenbüsche in den Gärten rings um den quadratischen Hof. Auch schien der Duft der Blumen mit jedem Augenblick, der verstrich, intensiver zu werden. Mit heftig hämmerndem Herzen umklammerte sie Carols Hand, bis ihr Sohn mit einem Schmerzenslaut versuchte, sich aus ihrem Griff zu befreien.

»Du tust mir weh, Mutter«, beklagte er sich. Zehra ließ ihn erschrocken los.

»Das wollte ich nicht, Scănteiuţă«, murmelte sie und strich ihm entschuldigend übers Haar – ohne den Ausdruck zu bemerken, der bei dem Kosenamen über sein Gesicht huschte. Dann richtete sie den Blick zurück zum Tor und versuchte, die Unruhe in ihrem Inneren unter Kontrolle zu bringen. Ehe ihr dies auch nur in Ansätzen gelingen konnte, tauchte ein Reiter im Durchgang des Torturmes auf. Sein Anblick ließ ihr die Beine schwach werden. Aufrecht und furchteinflößend, in voller Rüstung und mit steinerner Miene, trabte Vlad an der Spitze der Abordnung in den Hof. Ein dicker, schwarzer Schnurrbart verlieh seinem Gesicht etwas Düsteres, das durch das dunkle lange Haar und die dichten Brauen unterstrichen wurde. Misstrauisch, den Kopf hoch erhoben, musterte er nach und nach die einzelnen Gebäude, die Zinnen der Mauer und die versammelten Kirchenmänner. Einen kurzen Moment lang bohrte sich sein Blick in Zehras Augen. Doch gerade als sie den Mund zu einer Begrüßung öffnen wollte, wandte er sich den Mönchen zu und rief seinen Begleitern einen Befehl zu. Diese schwärmten daraufhin augenblicklich aus und begannen, den Hof, die Gärten und selbst die Ställe zu durchkämmen. Wie vom Donner gerührt verfolgte Zehra, wie Vlad sich aus dem Sattel schwang und den Klostervorsteher begrüßte, während Enttäuschung nach ihrem Herzen griff. Warum hatte er sie so kalt angesehen?

Carol, auf den die Ankunft seines Vaters offenbar einen ähnlichen Eindruck gemacht hatte, wand sich solange, bis sie ihn losließ und er sich hinter ihrem Rücken verbergen konnte. Offenbar flößte ihm sein Vater Furcht ein. Das konnte Zehra dem Knaben nicht einmal verdenken. Während die Männer Höflichkeiten austauschten und darauf warteten, dass Vlads Begleiter die Überprüfung des Geländes abschlossen, spürte Zehra, wie sich Unbehagen in ihr ausbreitete. Was war nur in der Zwischenzeit geschehen, fragte sie sich und verfolgte, wie Vlad die ledernen Handschuhe abstreifte. Denn eines wurde ihr mit jeder Sekunde immer klarer: Der Mann, der sich kein Dutzend Schritte von ihr entfernt mit dem Abt unterhielt, hatte entsetzlich wenig Ähnlichkeit mit dem Mann, der sich vor acht Jahren zärtlich von ihr verabschiedet hatte. Von dem Krieger, der sich in diesem Moment zu ihr umwandte, ging Gewalt aus. Gewalt, die so deutlich zu spüren war, dass sie selbst Carol nicht entgangen war. Dass er gefährlich war, hatte sie schon bei ihrer ersten Begegnung gespürt. Auch damals hatte es Augenblicke gegeben, in denen die Gewalt, die in ihm wohnte, so deutlich zu sehen war, dass sie vor ihm zurückschrak. Doch diese Momente waren rar gewesen. Meistens hatte sie Empfindsamkeit und tiefe, unendliche Trauer in seinen Augen lesen können – Züge, von denen weit und breit keine Spur mehr zu entdecken war.

Das Herz in ihrer Brust flatterte wie ein Vogel, als Vlad sich von der Gruppe löste und auf sie zusteuerte. Sie schluckte mühsam und widerstand dem Drang, vor ihm zurückzuweichen, als er ihr immer näher kam. Da sie jedoch Carols Furcht genauso deutlich spüren konnte wie Vlads Härte, zwang sie sich zu einem Lächeln und mied seinen Blick, bis er direkt vor ihr stand. Einige Wimpernschläge lang starrte sie seinen Brustpanzer an und kämpfte gegen das Durcheinander der Gefühle. Dann erst wagte sie es, den Kopf zu heben und ihm ins Gesicht zu blicken. Langsam, beinahe scheu glitten ihre Augen von seinem Kinn über seinen Mund zu seiner Nase, wo sie einen Moment lang verweilten – beinahe, als fürchte sie das, was sie in seinem Blick finden würde. Als ihre Augen schließlich nach quälend langen Momenten des Zögerns auf die seinen trafen, entfuhr ihr ein überraschter Laut. Innerhalb der wenigen Schritte, die sie von ihm getrennt hatten, schien er sich in einen anderen Menschen verwandelt zu haben. Zehra durchrieselte ein Gefühl, das ihr die Knie weich werden ließ. Es war, als blickte sie in den Spiegel ihrer eigenen Sehnsucht. Während sie sich wortlos anstarrten, fiel die Härte wie eine Maske von ihm ab. Die Empfindungen, die sich stattdessen auf seinen Zügen widerspiegelten ließen Zehra Tränen in die Augen stiegen.

»Vlad«, stieß sie erstickt hervor und versuchte erfolglos, die Tränen zurückzublinzeln.

»Zehra.« Auch seine Stimme klang belegt. Die Hand, die sich auf ihre Wange legte, zitterte leicht. Die Berührung sandte einen Schauer über Zehras Rücken, der nichts mit Furcht zu tun hatte. Statt des bedrohlichen Kriegers, der vor wenigen Minuten durch den Torweg geritten war, stand derselbe Mann vor ihr, um den sie acht Jahre lang gebangt hatte. Der erste Eindruck war nichts weiter als eine Täuschung gewesen! Eine

Täuschung, die darauf zurückzuführen war, dass Zehra seit der Geburt ihres Sohnes die Gabe verloren hatte, das Wesen der Menschen auf einen Blick zu erkennen. Anders war es nicht zu erklären, dass sie – wenn auch nur einige Momente lang – ihren Geliebten verkannt hatte! Sie schluchzte auf und ließ sich von Vlad in eine Umarmung ziehen. Weinend schmiegte sie sich an den harten Panzer und umklammerte seinen Rücken, als wolle sie ihn bis ans Ende aller Tage so halten. Das Kinn in ihrem Haar vergraben presste auch er sie so fest an sich, dass sie das Gefühl hatte, er wolle mit ihr zu einem Wesen verschmelzen. All die Trauer, Sorgen und Ängste der vergangenen Jahre schienen sich in der Wärme seiner Berührung in Nichts aufzulösen und zu verpuffen. Lange Zeit standen sie eng umschlungen da – blind und taub für die Dinge in ihrer Umgebung. Erst als ein schüchternes »Vodă?« ihren Glückstaumel durchbrach, löste Zehra sich schweren Herzens von Vlad und fuhr sich mit dem Ärmel über die Augen. Vlad, dessen Augen ebenfalls verdächtig gerötet waren, richtete sich wieder zu seiner vollen Größe auf. Ehe er sich zu dem Bewaffneten umwandte, der ihn angesprochen hatte, verhärtete sich seine Miene wieder. Sein Mund wurde zu einer schmalen Linie.

»Was ist?«, fragte er schroff. »Versorgt die Pferde und lasst euch die Unterkünfte zuweisen!«

Der Mann senkte gescholten den Kopf und wies auf den inzwischen verwaisten Hof.

»Das ist bereits geschehen.« Es war ihm deutlich anzusehen, wie unwohl er sich in seiner Haut fühlte. »Der Vorsteher lässt Euch fragen, in welchem Bereich des Klosters Ihr wohnen wollt.« Er bemühte sich, nicht in Zehras Richtung zu sehen.

»Im Bereich meiner zukünftigen Gemahlin natürlich!«, gab Vlad hitzig zurück.

Zehra stiegen erneut Tränen in die Augen. Hastig kehrte sie dem Mann den Rücken zu und erschrak. Wo war Carol?

Bestürzung vertrieb das Hochgefühl und der Schreck bohrte sich brennend in ihren Magen.

»Habt Ihr meinen Sohn gesehen?«, fragte sie den Bewaffneten, als dieser sich bereits wieder zum Gehen gewandt hatte.

»Euren Sohn? Nein«, erwiderte er mit einem Schulterzucken.

»Wo ist er?«, wollte Vlad wissen. »Ich habe ihn nicht bei dir gesehen.«

Zehra biss sich auf die Zunge, um ihm nicht zu sagen, dass sein Sohn sich so sehr vor ihm fürchtete, dass er sich versteckt hatte. »Vielleicht ist er in der Bibliothek«, mutmaßte sie. »Er ist ein richtiger kleiner Gelehrter.«

Vlad hielt sie mit einem sanften Griff am Arm davon ab, fortzueilen. »Bald schon wird er ein richtiger Krieger sein«, sagte er stolz und beugte sich zu Zehra hinab, um ihr einen Kuss auf die Lippen zu drücken, der die Suche nach Carol für einige Augenblicke in den Hintergrund drängte.

Kapitel 8

In seinem Versteck in der Bibliothek des Klosters lauschte Carol auf die Geräusche der Bücher. Obwohl keiner der Mönche anwesend war, knisterte und raunte, raschelte und ächzte es im Raum. Wie immer, wenn er alleine war mit den Pergamentrollen und Büchern, hatte er das Gefühl, dass sie um ihn herum lebendig wurden. Sobald es im Herbst kälter wurde, knarzte das Leder der Einbände. Brannten viele Kerzen in den Haltern, schien sich das Papier knisternd vor dem Feuer in Sicherheit bringen zu wollen. Wenn es dunkel wurde, schien es Carol, als ob das Holz der Regale sich schützend um die Schätze zusammenzog. Er konzentrierte sich auf die Kühle des Leders in seiner Hand, auf die scharfen Kanten des Papiers und auf den Geruch, welchen seine Kopie von *De rerum natura* ausströmte. Das Buch vermittelte ihm ein Gefühl von Sicherheit. Ein Teil der Furcht, die ihn beim Anblick seines Vaters ergriffen hatte, war von ihm abgefallen, sobald er sich mit dem Folianten hinter eines der Schreibpulte gekauert hatte. Die Furcht und die Wut, die ihm Magenschmerzen bereitete und böse Gedanken über seine Mutter in seinen Kopf pflanzte. Er liebkoste den narbigen Einband mit den Fingerkuppen und nagte an seiner Unterlippe, während er immer wieder das Bild des schrecklichen Mannes mit dem Bild verglich, das er sich von seinem Vater gemacht hatte. Wie sollte er *diesem* Riesen jemals die Stirn bieten? Er zog die Beine näher an den Körper, sodass das Buch zwischen seinen Oberschenkeln und seiner Brust eingeklemmt war und schlang die Arme um die Knie. Wie sollte er verhindern, dass dieser Mann ihm seine Mutter wegnahm? Die Magenschmerzen kehrten zurück. Hatte er das nicht schon? Kaum hatte er in ihre Richtung geblickt, hatte sie Carol vergessen und nicht einmal gemerkt, wie er sich von ihr gelöst und hinter der Pferdetränke verborgen hatte! In diesem Moment war es ihm so vorgekommen, als ob seine Mutter nie wieder Augen für irgendjemand anderen haben würde, als für diesen hässlichen, riesigen *Teufel*. Der Gedanke erschreckte ihn so sehr, dass er sich hastig bekreuzigte und tiefer in die Ecke rutschte. Wie hatte Petros nur behaupten können, dass Vlad Draculea Ähnlichkeit mit dem Heiligen Georg hatte? Hell und strahlend, heldenhaft und schön – das alles waren Attribute, die auf seinen Vater ganz gewiss nicht zutrafen.

Wie so oft seit seine Mutter Nachricht erhalten hatte, dass sein Vater bald in das Kloster kommen würde, fragte sich der Junge, warum Vlad Draculea nicht dort geblieben war, wo er all die Jahre über gewesen war. Er spürte, wie ihm die Verzweiflung die Luft abschnürte. Ohne zu begreifen warum, wusste er, dass er seinen Vater hasste! Die Vorstellung, ihn von nun an öfter zu sehen oder gar mit ihm zu reden, bereitete ihm

Übelkeit. Tief am Grunde seiner Seele war er sich absolut sicher, dass Vlad Draculea nichts als Schmerz und Elend über ihn und seine Mutter bringen würde. Er fuhr zusammen, als sich Schritte der Bibliothek näherten. Vor den Fenstern herrschte immer noch strahlender Sonnenschein, allerdings würde es vermutlich nicht mehr lange dauern, bis die Dämmerung hereinbrach.

»Das ist der Ort, an dem er die meiste Zeit verbringt«, hörte Carol einen der Ordensbrüder sagen und verfluchte ihn für diesen Verrat. Keine Sekunde zweifelte er daran, dass sein Vater nach ihm suchte. Bitterkeit stieg in ihm auf und vermischte sich mit der zurückkehrenden Angst. Deutlich spürte er die Anwesenheit *des* Mannes, dem er am liebsten niemals begegnen würde.

»Was ist mein Sohn?«, grollte eine tiefe Stimme. »Ein Bücherfreund? Habt ihr ihm nichts anderes beigebracht?«

Verachtung schwang in diesen Worten mit und Carol wünschte, dass er sich unsichtbar machen könnte. Da die schweren Schritte jedoch verrieten, dass die Männer den Nebenraum betreten hatten, rappelte er sich hastig auf und huschte hinter eines der Regale. Dort verbarg er den Folianten und sah sich verzweifelt nach einem besseren Versteck um. Er hatte gerade eine Nische zwischen der Wand und einem alten Lesepult entdeckt, als ein Schatten auf ihn fiel und er mitten in der Bewegung erstarrte.

»Scănteiuţă«, hörte er seine Mutter aus dem Hintergrund rufen. Am liebsten wäre er zu ihr herumgefahren und hätte ausgerufen: »Ich heiße Carol!« Da sich jedoch in diesem Moment eine Hand schwer auf seine Schulter legte und ihn herumdrehte, als wäre er ein Kreisel, schluckte er die Worte und starrte bockig zu seinem Vater empor. Dieser musterte ihn mit einer Mischung aus Neugier und Missfallen, sodass Carols Wangen anfingen zu brennen. Bevor er reagieren konnte, ging Vlad Draculea in die Knie, packte ihn unter den Achseln und hob ihn vom Boden auf. Trotz der Kraft, die in dem Griff lag, verspürte Carol keinen Schmerz, als sein Vater ihm auf Augenhöhe ins Gesicht blickte. Aus der Nähe wirkte er noch abschreckender als von weitem. Carol konnte nicht verhindern, dass seine Unterlippe anfing, leicht zu zittern. Die Flügel der Adlernase bebten, als Vlad Draculea jeden Quadratzoll des Gesichtes seines Sohnes abtastete. Carols Haut schien unter dem Blick immer heißer zu werden. Es fiel ihm schwer, nicht zu zappeln wie ein gefangener Fisch. Ein Muskel zuckte im Gesicht seines Vaters und ein seltsamer Ausdruck schlich sich in seine Augen. Hätte Carol sich nicht so sehr vor ihm gefürchtet, wäre ihm die Betroffenheit aufgefallen, die Vlads Miene überschattete, ehe er seinen Sohn wieder abstellte als hätte er sich an ihm verbrannt.

Wie vor den Kopf gestoßen sah Vlad seinen Sohn noch einige Momente lang an, bevor er sich räusperte und heiser bemerkte: »Er ist groß für sein Alter.« Die Worte klangen hohl. Er wusste, dass Zehra etwas mehr Herzlichkeit von ihm erwartete. Doch der Schock saß ihm zu tief in den Gliedern: Carol war Radu wie aus dem Gesicht geschnitten! Einen Moment lang hatte er gedacht, in die Augen seines Bruders zu blicken. Urplötzlich hatte er sich in Gedanken an einem Ort wiedergefunden, den er schon längst hatte vergessen wollen: in dem Kerker am Osmanischen Hof, wo er für Radu durch die Hölle gegangen war. Nur, um von seinem Bruder für die Annehmlichkeiten des Hoflebens verraten zu werden! Er wandte den Blick von dem Jungen ab, um seine Abscheu vor ihm zu verbergen. Schließlich konnte er nichts für die Fehler seines Onkels!

»Warum verkriechst du dich hier?«, fragte er endlich, um die erdrückende Stille zu durchbrechen. »Solltest du nicht bei den Pferden sein und lernen, wie man gegen einen Feind anreitet?« Zu seinem Ärger senkte der Knabe den Kopf und trat beklommen von einem Fuß auf den anderen.

»Es hat ihm niemand beigebracht, auf etwas anderem als einem Maultier zu reiten«, kam ihm einer der Ordensbrüder schließlich zur Hilfe. »Wir sind keine Krieger, Vodă, sondern Männer Gottes.«

Ein Teil von Vlad war dankbar dafür, dass die Ordensbrüder Carol vor Schaden bewahrt hatten. Aber ein anderer Teil sträubte sich dagegen, dass sein Sohn ein verweichlichtes Muttersöhnchen war. Scănteiuţă, dachte er bitter. Wie wenig Ähnlichkeit sein Sohn mit einem Funken hatte! Er verkniff sich die Bemerkung, die ihm auf der Zunge lag, da er nicht vorhatte, das Wiedersehen mit Zehra durch einen Streit zu überschatten. Auch wenn diese Geste ihn Mühe kostete, legte er Carol die Hand auf den Schopf und gab vor, nicht zu bemerken wie der Knabe zusammenzuckte.

»Lasst uns etwas essen«, sagte er versöhnlich. Er hatte Hunger. Dann würde er die Enttäuschung über seinen Sohn vergessen und sich mit Zehra in den Flügel des Klosters zurückziehen, den der Vorsteher für ihn hatte vorbereiten lassen. Die Vorfreude auf das, was dann kommen würde, vertrieb auch den letzten Rest Ernüchterung. Sobald Zehra vor Gott seine Gemahlin war, würde er dafür sorgen, dass Carol auch der kleinste Rest Ähnlichkeit mit Radu ausgetrieben wurde!

Kapitel 9

Ulm, Ende September 1456

»Er hat wirklich unglaubliches Talent.« Sophia von Katzenstein sah von Hans Multscher zu ihrem Sohn Jakob und zurück. Der Junge hielt eine kleine Holzskulptur in der Hand. Diese zeigte einen Mann in einem langen Gewand, dessen Falten sorgfältig herausgearbeitet waren. Den Kopf der Skulptur schmückte neben einer wallenden Lockenpracht ein spitzer Hut mit einer breiten Krempe. Zwar waren die Arme ein wenig zu kurz und der Kopf eine Winzigkeit zu groß, aber alles in allem war die Leistung beeindruckend.

»Bitte Mutter«, flehte Jakob und presste die Figur an sich, als wolle sie ihm jemand wegnehmen. »Ich will nicht Kaufmann werden!« Sein Gesicht spiegelte die Abneigung für den Beruf, den sein Vater für ihn vorgesehen hatte, wider. »Bitte!«

Hans Multscher trat hinter den Knaben und nahm ihn väterlich bei den Schultern. »Warum gehst du nicht und lässt dir von Gottschalk zeigen, wie man raue Oberflächen bearbeitet?«, schlug er vor. Er schob den Jungen sanft in Richtung Werkstatt. Von dort drangen das Hämmern von Klöpfeln und das Raspeln von Feilen herüber. Der Duft von frisch behauenem Holz verriet, dass die Bildhauer fleißig bei der Arbeit waren.

Sophia wartete, bis Jakob verschwunden war, dann ließ sie sich auf einem Stuhl nieder und faltete die Hände im Schoß. »Ich werde versuchen, Utz davon zu überzeugen, dass es nur zu Streit führt, wenn *beide* Söhne in seine Fußstapfen treten«, seufzte sie. Einerseits verstand sie die Argumente ihres Gemahls – obwohl sie ihr wehtaten – es lag an ihr, dass er auf keine weiteren Erben hoffen konnte. Andererseits würde es ihr das Herz brechen, Jakob unglücklich zu sehen.

»Ich werde ihm auf alle Fälle eine Lehrstelle freihalten«, versprach Hans Multscher. »Wenn Utz nicht zu erweichen ist, kann auch gerne ich einmal mit ihm reden.« Er strich sich mit der Linken über das graue Haar, das trotz seiner fünfundfünfzig Jahre noch dicht und kräftig war.

Sophia nickte erleichtert. »Das wäre eine große Hilfe. Dir wird er ganz gewiss nichts abschlagen.« Schließlich hatte der Bildhauer Utz vor acht Jahren mit Rat und Tat zur Seite gestanden, als Sophias Vater und ihre Großmutter versucht hatten, ihn zu ruinieren. Der altbekannte Dorn des Schuldgefühls machte sich bemerkbar. Sie sagte sich zum wohl tausendsten Mal, dass sie nicht ewig für die Sünden ihrer Familie büßen musste. Schließlich hatte sie ihren Teil der Schuld gesühnt! Was sollte sie noch tun? Deinem Gemahl eine Ehefrau sein, so wie es sich gehört, raunte es in ihrem Kopf. Ihn nicht dazu zwingen, seine Ehre mit Freudenmädchen zu beflecken. Sie wischte die unangenehmen Gedanken mit einer unbewussten Geste beiseite und erhob sich wieder.

»Kann er noch ein wenig bei dir bleiben?«, fragte sie den Paten ihrer Söhne. »Ich muss noch ein paar Dinge erledigen, die ihn ganz gewiss langweilen.«

Hans Multscher nickte. »Sicher. Lass es mich wissen, wenn du meine Hilfe mit deinem starrköpfigen Gemahl brauchst.« Ein Lächeln ließ seine Augen leuchten und Sophia war erneut dankbar dafür, einen solch treuen Freund zu haben. Ohne Hans Multscher wäre sie in den ersten Monaten nach ihrer Niederkunft vor Einsamkeit eingegangen wie eine Blume ohne Wasser. In der Zeit, als Utz sich auf die Suche nach seiner Schwester Zehra gemacht hatte, hatte sie an manchen Tagen nicht gewusst, ob sie lieber leben oder sterben wollte.

Sie verabschiedete sich und trat in den zwar kühlen, aber sonnigen Septembernachmittag hinaus. Nach einem nebelverhangenen und trüben Morgen war es der Sonne gegen Mittag schließlich gelungen, die dichten Schwaden zu vertreiben. Die Stadt wirkte trotz der fallenden Blätter aufgeräumt und blankgeputzt. Auch der Gestank der letzten Tage hatte sich verzogen, sodass die Luft beinahe frisch zu nennen war. Froh darüber, Jakob in guten Händen zu wissen, machte Sophia sich auf den Weg zum Marktplatz. Dort, im Gesellschaftshaus der Patrizier – der sogenannten Oberen Stube – hoffte sie, einen Großteil ihrer Mahnungen loszuwerden. Den Rest würde sie dann in den Wohnhäusern der säumigen Schuldner abgeben. Sollte dann noch Zeit bleiben, würde sie den *Bancherius* aufsuchen, um sich seinen Vorschlag zur Vereinfachung der Zahlungsweise anzuhören. Vielleicht war es ja so möglich, sich die Gänge zu ersparen, die sie als Tochter eines Adeligen als erniedrigend empfand. Da mochten die Ulmer Patrizier noch so reich sein! Sie schnitt eine Grimasse und nützte eine Lücke zwischen zwei Fuhrwerken aus, um über den Holzmarkt zu hasten. Auf der anderen Seite angekommen, wollte sie gerade die *Gräth* – das Zollhaus – passieren, als sie eine Gestalt um die Ecke biegen sah, die genau auf sie zusteuerte. Verdammt, fluchte sie innerlich. Sie sah sich nach einem Ausweg um. Doch es war zu spät, da ihr Vater sie bereits entdeckt hatte. Sie schickte ein Stoßgebet zum Himmel, um für den Fluch um Vergebung zu bitten, und wappnete sich für die Begegnung, die nicht mehr zu vermeiden war. Was auch immer er von ihr wollte, sie würde ihm nicht nachgeben. Nicht jetzt und nicht in Zukunft!

Während Sophia sich auf dem Weg zur Oberen Stube befand, grübelte Utz in seinem Kontor über das Angebot der Händler aus Ungarn nach. Vor fünf Tagen hatten sie Ulm verlassen, um weiter nach Augsburg zu reisen, aber auf dem Rückweg erwarteten sie eine Antwort von ihm. Er schob geistesabwesend das Tintenfass vor sich hin und her. Ihr Angebot war verlockend: Pelze, Stahl, Eisen und Waffen aus dem Norden und Osten und die Abnahme von soviel Barchent, wie er nur liefern konnte. Wenn er nicht schon ein reicher Mann gewesen wäre, hätte ihn dieser Handel dazu gemacht. Noch immer fragte er sich, ob die Sache irgendwo einen Haken hatte. Allerdings hatten die Männer ein Schreiben von einem Händler in Kronstadt dabei gehabt, dessen Bekanntschaft Utz vor acht Jahren gemacht hatte – als er sich auf der Suche nach seiner Schwester Zehra befunden hatte. Mit diesem Händler, einem Mann namens Andreas Pfeiler, stand er seitdem in regem Kontakt. Die Briefe, welche er immer wieder an Zehra geschickt hatte, gingen über seine Adresse. Er vertraute dem Mann. Nicht nur jede seiner eigenen Nachrichten hatte ihr Ziel erreicht, auch Zehras Antworten waren zuverlässig bei ihm eingetroffen. Bis sie ihm vor drei Jahren mitgeteilt hatte, dass sie ihm nicht mehr schreiben würde. Obwohl er eigentlich andere Sorgen hatte, schweifte er zu ihr ab. Warum sie den Kontakt abgebrochen hatte, wusste er nicht. Allerdings hatte sie deutlich gemacht, dass er sich nicht um sie sorgen sollte. Es schien ihr gut zu gehen, besser als zuvor, und Utz wünschte ihr von Herzen, dass sie endlich ihr Glück finden würde. Er grollte ihr schon lange nicht mehr, weil sie ihn damals fortgeschickt hatte, um auf einen Mann zu warten, den sie kaum kannte. Was die Liebe mit dem Verstand machte, wusste er inzwischen selbst nur allzu gut.

Er seufzte und fuhr sich mit den Fingern in die Haare, um seine Kopfhaut zu massieren. Wenn es ihm doch nur gelingen würde, den Panzer zu durchbrechen, mit dem Sophia sich umgab, sobald er in ihre Nähe kam! Jede einzelne Nacht unter demselben Dach mit ihr war eine Qual. Die Frau, für die er mehr empfand, als ihm lieb war, schlief keine zehn Fuß von ihm entfernt. Dennoch war es, als würden ganze Welten sie voneinander trennen. Tat er, wozu ihm alle rieten und sich in den Stadtrat wählen ließ, würde sich das gewiss auch positiv auf seine Geschäfte auswirken. Aber ein Posten im Rat bedeutete auch, dass er Ulm nicht mehr so oft verlassen konnte wie bisher. Dass er Sophias Ablehnung jeden Tag spüren und sich jede Sekunde fragen musste, wie lange er diese Tortur noch aushalten konnte. Nein! Er hieb ärgerlich mit der Handfläche auf die Tischplatte. Er würde sich nicht immer weiter erniedrigen, nur weil er vor acht Jahren getan hatte, wozu Sophias Vater und ihre Großmutter ihn gezwungen hatten! Er konnte doch genauso wenig für die erzwungene Ehe wie sie!

Warum konnte sie ihm nicht endlich die entsetzliche Hochzeitsnacht vergeben und zulassen, dass er sie liebte wie es einem Ehemann gestattet war? Er sprang aus dem Sessel auf und verharrte einige Momente lang unschlüssig im Raum. Dann schlüpfte er in die Stiefel, die er an der Tür abgestellt hatte, und begab sich in den Stall. Er würde zur Koppel reiten, um dort freier denken zu können. Hier im Haus lenkten ihn zu viele Dinge ab. Blieb er in Ulm, würde er sich Tag für Tag mit falschen Hoffnungen martern. Trat er hingegen die lange und einträgliche Reise in den Osten antrat, ersparte er sich die Gleichgültigkeit und Kälte seiner Gemahlin. Er lenkte sein Reittier zum Tor. Wenn er dann noch seine beiden Söhne als Lehrlinge mit auf die Reise nahm, machte ihr das vielleicht klar, dass sie mit ihrer Abneigung nicht nur *ihn* aus dem Haus trieb!

Kapitel 10

Konstantinopel, Oktober 1456

Eine seltsame Beklommenheit breitete sich in Radu aus, als er hinter der Sänfte des Sultans durch das Goldene Tor in die Stadt Konstantinopel einritt. Obgleich es einfacher gewesen wäre, ein Tor in der Westmauer zu passieren, hatte Mehmed darauf bestanden, die Via Triumphalis zu benutzen; da er, der Eroberer der alten Metropole, sich als Nachfolger der byzantinischen Kaiser verstand. Wie immer war Mehmed nach Radus Ansicht mit viel zu wenig Geleitschutz unterwegs. Aber die Abneigung gegen Menschenansammlungen schien sich seit der verlorenen Schlacht um Belgrad noch verstärkt zu haben. Während Radu seinen Araberhengst zügelte, um die Träger des Padischahs nicht zu überholen, ließ er den Blick von Westen nach Osten schweifen und registrierte die Veränderungen.

Die Narben, welche die Kanonenkugeln der Osmanen bei der Eroberung vor drei Jahren in der Mauer und deren Befestigungstürmen hinterlassen hatten, waren zwar noch deutlich zu sehen. Doch sowohl die Zinnen der Brustwehr, als auch der offene Umgang – der *Peribolos* – waren mit neuem, hell leuchtendem Stein ausgebessert worden. Noch immer erstreckten sich zwischen den einzelnen Stadtvierteln Felder und Obstgärten und auf den Abhängen der Hügel grasten Ziegen und Schafe zwischen wilden Rosenbüschen. Aber die Zahl der Ruinen hatte deutlich abgenommen. Eines der gewaltigen Marmorgeschosse war von einem findigen Hausbesitzer zu einer Stütze für einen Tisch umfunktioniert worden. Allerdings konnte man selbst von weitem noch erkennen, wo die Kugel ihren Pfad der Zerstörung hinterlassen hatte. Radu erschauerte, als ihn Bilder der Eroberung belagerten. Mit Grauen dachte er an den schicksalshaften Tag im Mai zurück, an dem Mehmed die besiegte Stadt zur Plünderung freigegeben hatte. Als sie die Via Triumphalis entlang ritten – vorbei an meist verlassenen Wohnhäusern und Läden – vermeinte er einige schreckliche Momente lang, den Gestank des Blutes zu riechen und das Geschrei der verzweifelten Einwohner zu hören; sah die entsetzten Gesichter der Frauen und Mädchen, deren Kopftücher und Schleier zerrissen und als Fesseln benützt wurden; sah die Plünderer Bücher aus den Bibliotheken tragen, zu Haufen aufschichten und anzünden; und verfolgte, wie Ikonen, Mosaike und Fresken zerstört wurden. Als wäre es vor weniger als einem Tag geschehen, schien er sich erneut an Mehmeds Seite in dem Umzug durch die geplünderte Stadt zu befinden.

Das Wiehern seines Hengstes brachte ihn zurück in die Gegenwart. Hastig zog er am Zügel, um einem toten Esel auszuweichen, der mitten auf der Straße lag. Ein Heer von grünlich schillernden Fliegen umtanzte das aufgedunsene Tier und nicht nur Radu rümpfte die Nase. Auch den Männern der Leibgarde des Sultans war deutlich anzusehen, dass der stinkende Kadaver sie ekelte. Offensichtlich waren sie genauso wenig angetan von der Vorstellung, länger in der Stadt zu verweilen. Allerdings hatte Mehmed – gelangweilt und unleidlich wegen der Wunde, die ihn immer noch behinderte – beschlossen, einen Palast in Konstantinopel errichten zu lassen.

»Ich bin der Erbe der Cäsaren«, hatte er vor zwei Wochen verkündet. »Was bedeutet, dass ich auch in der Stadt der Kaiser residieren muss!« Zwar hatte er erst vor einigen Monaten seinen Baumeistern befohlen, einen neuen Palast in Edirne zu errichten, doch schien er es sich über Nacht anders überlegt zu haben. Vielleicht lag es an den hübschen griechischen Knaben, von denen es in der Stadt nur so zu wimmeln schien, dachte Radu mürrisch. Er schnitt eine säuerliche Grimasse. Wie viele Tage würde er hier wohl die ungeteilte Aufmerksamkeit des Padischahs genießen? Vermutlich nicht besonders viele! Er fuhr sich mit der Linken über das Kinn, das sich trotz der scharfen Rasur am Morgen bereits wieder rau anfühlte. Er fragte sich, wie lange Mehmed ihn noch zu sich rufen würde. Seit ein Bart seinen Wangen die zarte Geschmeidigkeit der Jugend geraubt hatte, schien Mehmed sich nur noch halb so oft nach ihm zu verzehren wie früher. Ob es nun an seiner neuen Konkubine lag oder daran, dass Radu langsam aber sicher dem Knabenalter entwuchs, war dem jungen Walachen egal. Alles, was für ihn zählte war, dass der Padischah ihn nicht genauso von sich stieß, wie es bisher alle getan hatten, die ihm etwas bedeuteten!

Kapitel 11

Der Fürstenpalast in Tirgoviste, Oktober 1456

»Ich fürchte, deine Hochzeitsvorbereitungen werden noch ein wenig warten müssen«, bemerkte Stefan mit einem ungerührten Blick auf das, was von dem Boten aus Transsylvanien übrig war. »Ich hatte doch gesagt, es ist ein Fehler, das Stapelrecht wieder einzuführen«, setzte er hinzu.

Vlad wischte das Blut von seinem Schwert und rammte es mit soviel Gewalt zurück in die Scheide, dass der Stahl mit einem dumpfen Laut protestierte. Der Kopf des Abgesandten lag ein halbes Dutzend Schritte von seinem Körper entfernt und die Blutlache um ihn herum breitete sich mit rasender Geschwindigkeit aus. »Lass das wegräumen!«, knurrte Vlad einen Soldaten an, machte auf dem Absatz kehrt und stürmte zurück in den Palast. »Wofür halten sich diese Würmer?«, tobte er und rauschte an einer Gruppe verängstigter Mägde vorbei die Treppe hinauf in seine Gemächer.

Stefan, der sich von der Gewitterstimmung wenig beeindruckt zeigte, folgte seinem Vetter. »Warum hast du das getan?«, fragte der Moldawier und hob warnend die Hand, als Vlad Anstalten machte, ihm an die Kehle zu gehen. »Beruhige dich!«, sagte er scharf. »Ich verstehe nur nicht, warum du deine Verbündeten ausgerechnet jetzt vor den Kopf stoßen musst.« Er grinste flegelhaft. »Oder eher ihnen den Kopf abschlagen musst.«

Vlad riss sich ungehalten den Mantel von den Schultern und schleuderte ihn auf einen Stuhl. Dann trat er gegen den Sockel des Kamins und griff nach dem eisernen Schürhaken. Diesen wog er einige Augenblicke drohend in der Hand, ehe er ihn zurück in seine Halterung fallen ließ. »Wenn ich nicht zusehe, dass ich die Kassen so schnell wie möglich fülle, dann gibt es bald kein Fürstentum mehr, das ich regieren kann!«, schnaubte er. »Begreifst du denn nicht, wie wichtig es ist, die Wirtschaftskraft zu stärken?«

Stefan ließ sich in einen Sessel fallen und platzierte ungeniert seine Stiefel auf dem Tisch davor. »Ich weiß, was du vorhast«, entgegnete er. »Aber selbst *du* kannst nicht mit dem Kopf durch die Wand rennen. Hättest du noch ein bisschen damit gewartet, hätten sich die Transsylvanier vielleicht nicht ganz so aufgeregt.« Er öffnete den Mund und bohrte mit dem Fingernagel in einem Backenzahn. »Glaube mir, da steckt Elisabetas Vater dahinter«, nuschelte er. »Es war ein Fehler, sie nicht gleich zu heiraten.«

Vlad trat an den Tisch und fegte Stefans Füße mit einer ungehaltenen Geste herunter.

»Ich will diese dumme Gans nicht heiraten! Ich habe bereits eine Braut!«, spuckte er aus. »Elisabeta hat ihren Zweck erfüllt! Wenn ihr Vater und diese verfluchten Kronstädter meinen, sie müssten einen Gegenkandidaten auf meinen Thron heben, dann werden sie das bereuen. Bei Gott, das schwöre ich!« Er spürte, wie die Wut sein Blut zum Kochen brachte.

Stefan seufzte und stützte die Ellenbogen auf die Oberschenkel. Mit keiner Silbe ging er auf Vlads Braut ein, von der er erst vor Kurzem erfahren hatte. »Gut, dass du den walachischen Handel stärken willst, verstehe ich vielleicht noch«, sagte er. »Allerdings begreife ich beim besten Willen nicht, warum du dich gleichzeitig auch noch mit dem ungarischen König anlegen musst.«

Einen Augenblick sah es so aus, als wolle Vlad sich auf ihn stürzen, doch dann ließ er sich ebenfalls in einen Sessel sinken und stieß gepresst hervor. »Obwohl Făgăraş und Amlas in Transsylvanien liegen, gehören diese beiden Lehen zur Walachei. Ich kann und werde es nicht dulden, dass sich meine Verbündeten unrechtmäßig Gebiete aneignen, die *mir* gehören!« Seine Stimme klang heiser.

Einige Atemzüge lang herrschte Stille im Raum, dann fragte Stefan: »Ich glaube nicht, dass dir dieser Dan, den die Kronstädter als Gegenkandidat aufgestellt haben, gefährlich werden kann. Aber was ist mit dem Kandidaten der Hermannstädter, Vlad Călugărul? Dein Halbbruder, der Mönch?«

Am liebsten hätte Vlad bei der Erwähnung dieses Bastards ausgespuckt. Allerdings würde er ganz gewiss nicht wegen dieses feigen Betbruders sein eigenes Nest beschmutzen! »Ich werde den Transsylvaniern die Gelegenheit geben, ihren Fehler zu korrigieren«, zischte er. »Das Stapelrecht bleibt. Wenn sie Dan und Călugărul nicht dorthin zurückjagen, wo sie hergekommen sind, dann werden sie schon bald sehen, was es heißt, sich mit Vlad Draculea anzulegen!« Er sprang auf, eilte zur Tür und brüllte in den Gang hinaus: »Ilie, lass einen der deutschen Händler herbeischaffen!« An Stefan gewandt, schnaubte er: »Warum einen eigenen Boten schicken …?« Als sein Vetter ihn lediglich mit zusammengekniffenen Augen musterte, brauste er auf: »Worauf wartest du? Dieser *fiu de curva* – dieser Hurensohn – Stourdza ist immer noch am Leben! Es wird höchste Zeit, dass er aus dem Weg geräumt wird. Er sammelt hinter meinem Rücken Gegner!« Wenngleich ein Schatten des Unwillens über Stefans Gesicht huschte, stemmte er sich in die Höhe und nickte. »Nimm dir vier Dutzend Reiter und locke ihn in eine Falle. Vielleicht ist es den anderen Bojaren eine Lehre, wenn er verschwindet.« Mit diesen Worten kehrte Vlad seinem Vetter den Rücken und verschränkte die Arme vor der Brust, während er darauf wartete, dass man den Händler zu ihm brachte. Wie die anderen sechs Bojarenfamilien, die er seit seiner Machtübernahme ausgerottet hatte, würden auch die Stourdzas sich bald wünschen, niemals gegen ihn intrigiert zu haben! Schon bald würden alle Sitze im Kronrat mit Niederadeligen besetzt sein, die ihm zu ewigem Dank verpflichtet waren, weil er ihnen die Besitzungen der entmachteten Großbojaren zugeteilt hatte.

Er trat ans Fenster und starrte auf die unfertigen Mauern des *Turnul Chindiei* – des Turms der Abenddämmerung – dessen Bau er angeordnet hatte. Von dort oben würden die Stadtwachen in Zukunft das Schließen der Stadttore bei Einbruch der Nacht verkünden. Sein Blick blieb an einer schlanken Gestalt auf dem hölzernen Gerüst haften, die sich mit der Geschmeidigkeit einer Katze bewegte. Einige Zeit lang sah er dem Burschen dabei zu, wie er Eimer mit Mörtel in die Höhe zog. Dann schweifte sein Blick nach Norden, wo sich die Gipfel der Karpaten in den milchigen Himmel erhoben. Wenn doch nur Zehra bei ihm wäre! Er grub die Hände in den Stoff seines Rockes und versuchte, nicht an den Duft ihres Haares oder die Weichheit ihrer Brüste zu denken. Versuchte, sich nicht erneut zu fragen, ob die Glückseligkeit, die er in ihrer Gegenwart empfand, nichts weiter war als ein Traum; die Helligkeit, die in ihrer Nähe die Dunkelheit aus seiner Seele zu vertreiben schien, nicht mehr war als eine Illusion. Warum hatte er nur auf die Stimme der Vernunft gehört und sie im Kloster Bistrița zurückgelassen, als ihn die Kunde von dem Verrat der Transsylvanier erreicht hatte? Wieso hatte er sie nicht einfach mit nach Tirgoviste genommen, um unverzüglich Hochzeit zu feiern? Die Antwort war einfach, aber sie wollte ihm nicht gefallen, da sie ihm schmerzlich klar machte, wie wenig gefestigt seine Position war. Er wusste ganz genau, dass er Zehra noch nicht an den Hof geholt hatte, weil er um ihr Leben fürchtete. Solange seine Gegner im Staatsrat nicht bis auf den letzten Mann ausgerottet waren, bestand nicht nur für ihn Gefahr, sondern auch für Frau und Kind. Vor allem jetzt, wo die Transsylvanier seinen Halbbruder Călugărul, den Mönch, unterstützten!

Von Călugărul war es nur ein kleiner Schritt zu seinem Sohn Carol und eine Idee nahm in seinem Kopf Gestalt an. Auf keinen Fall würde er zulassen, dass Carol zu einem ebenso verweichlichten Schwächling heranwuchs wie Radu und

Călugărul! Wenngleich er seinen Sohn nicht an den Hof holen konnte, war es dennoch seine Pflicht, ihn zu einem Krieger ausbilden zu lassen. Gab es nicht genug Männer, denen er trotz allem voll und ganz vertrauen konnte? Ehe er den Gedanken weiterspinnen konnte, klopfte es an der Tür.

»Der Händler, Vodă«, verkündete der Bedienstete, sobald Vlad ihn eingelassen hatte. Hinter ihm – im Griff von zwei hünenhaften Wachen – zappelte ein verängstigter Transsylvanier. Die Augen des Gefangenen drohten, ihm aus dem Kopf zu treten.

»Sehr gut«, brummte Vlad und gab den Männern zu verstehen, den Händler loszulassen. Dieser sackte bebend in sich zusammen und wimmerte: »Bitte, Herr, verschont mich. Ich habe nichts getan!«

Grimmige Zufriedenheit malte ein freudloses Lächeln auf Vlads Gesicht. Es war doch immer wieder erstaunlich, was für ein mächtiges Mittel die Angst war. »Ich habe einen Auftrag für dich«, hub er an. »Du wirst dem Magistrat von Kronstadt und Hermannstadt ausrichten, dass sie die beiden Verräter, denen sie Zuflucht gewähren, umgehend an mich ausliefern sollten.« Er machte eine gefährliche Pause. »Sollten sie der Forderung nicht nachkommen, werde ich Vergeltung üben!« Er bedeutete seinen Wachen, den Mann fortzuschaffen. »Gebt ihm den Kopf des Boten mit«, schickte er ihnen hinterher. »Damit niemand auf den Gedanken kommt, es könnte mir nicht ernst sein.«

Kapitel 12

Ulm, Oktober 1456

Der Nebel bedeckte die Stadt seit Tagen wie ein Totentuch. Bedrückend und unheimlich stahl er Mensch und Tier gleichermaßen die Farben und hüllte alles in einen undurchdringlichen Mantel aus Feuchtigkeit und Kälte. Immer dichter schienen die Schwaden von der Donau aufzusteigen und selbst bis in die engsten Gässchen vorzudringen. Am heutigen Dienstag waren nicht einmal die Spitzen der Chortürme des Münsters zu sehen. Hie und da ragten einige fast kahle Äste wie aus dem Nichts in den Weg, als Utz mit hochgezogenen Schultern von der Gräth über den Kirchhof zu seinem Haus zurückkehrte. Das Laub unter seinen Füßen raschelte bei jedem Schritt. Die verwitterten Grabsteine schienen sich in dem unwirklichen Licht hin und her zu bewegen, als wollten sie sich von ihren Begrenzungen befreien. Einige der steinernen Platten wirkten wie hohle Zähne. Es schien als würden sie bei der kleinsten Belastung auseinanderbrechen. Schaudernd zog Utz den breiten Pelzkragen seiner *Schaube* – eines langen, wollenen Mantels – enger und beschleunigte die Schritte. Auch wenn er kein abergläubischer Mensch war, machte ihm die Totenstille auf dem Kirchhof Angst. Nicht einmal eine der ansonsten allgegenwärtigen Krähen beschimpfte den Eindringling. Während er nach dem Tor zur Kramgasse Ausschau hielt, fragte Utz sich, ob an Tagen wie diesem die Seelen der Sünder auf Wanderschaft gingen. Bevor sich das mulmige Gefühl weiter ausbreiten konnte, erspähte er die rostigen Spitzen des Tores, dessen Anblick ihn mit mehr Erleichterung erfüllte, als er sich eingestehen wollte. Froh, die bedrohlich aufragenden Mauern des Münsters hinter sich zurück zu lassen, griff er nach dem Torknauf und atmete befreit auf, als er die Laterne eines Fuhrwerkes auf sich zukommen sah.

Rumpelnd holperte das Gefährt an ihm vorbei. Erst im letzten Moment erkannte er den Mann auf dem Bock als einen seiner eigenen Fuhrleute. Er erwiderte den Gruß des Wagenlenkers mit einem Nicken, doch der Karren wurde bereits wieder vom Nebel verschluckt. Mit jedem Schritt, den Utz sich vom Kirchhof entfernte, verschwand die Beklemmung weiter und der Tatendrang kehrte zurück. Nachdem am gestrigen Abend die ungarischen Händler wieder in Ulm angekommen waren, hatte Utz sich bei Tagesanbruch auf den Weg zur Gräth gemacht, um sich dort um das Prüfen, Messen, Wiegen und Verzollen der Waren zu kümmern, die er mit in den Osten nehmen würde. Seine Entscheidung war gefallen: Er würde noch in diesem Monat mit den Händlern der Donau entlang nach Transsylvanien ziehen, um die erste Großlieferung Barchent gegen Stahl, Eisen und Waffen einzutauschen. Vor allem die Einfuhr von Waffen erforderte eine kaiserliche Genehmigung, auf deren Ausstellung Utz warten musste. Sobald das Dokument gesiegelt und unterzeichnet war, stand der Handelsreise nichts mehr im Weg. Das wohlbekannte Prickeln der Vorfreude erfüllte ihn und sorgte dafür, dass die unangenehmen Gefühle keinen Platz fanden. Über Sophia wollte er jetzt nicht nachdenken, da alles Kopfzerbrechen ihn immer wieder zu demselben Schluss führte. Er würde das Versprechen, das er vor Gott gegeben hatte, erfüllen, aber mehr nicht. Sie wollte und konnte ihn offenbar nicht lieben. Das würde sich vermutlich auch niemals ändern. Um sich nicht selbst tagein, tagaus zu quälen, musste er Abstand halten – auch wenn ihn diese Erkenntnis mit Bitterkeit erfüllte.

Schon bald tauchten die Umrisse seines Hauses vor ihm auf. Mit einem Mal sehnte er sich nach einem Feuer. Obwohl die Luft noch nicht so kalt war, dass er Handschuhe brauchte, hatte der Gang von der Gräth durch die Stadt dafür gesorgt, dass sich seine Hände anfühlten wie Eiszapfen. Ich hätte ein Pferd nehmen sollen, dachte er. Aber hinterher war man immer klüger. Er wollte gerade die Einfahrtshalle seines Heims betreten, als ihn eine tiefe Stimme dazu brachte, abrupt stehenzubleiben.

»Ich dachte schon, der Nebel hätte dich verschluckt.« Ein warmes Lachen folgte. Utz wirbelte mit einem Strahlen auf dem Gesicht zu seinem Freund Hans Multscher herum.

»Hans!«, rief er aus. »Das nenne ich eine Überraschung! Was führt dich her?« Er zog sich den Filzhut vom Kopf. Mit einer Handbewegung lud er Hans ein, ihm zu folgen. »Lass uns in die Stube gehen. Ich brauche dringend etwas Warmes zu trinken und ein Feuer.« Schweigend erklommen die beiden Männer die Stufen ins Obergeschoss, wo Utz einer Magd auftrug, heißen Wein aufzutragen. Dann ließen sie sich neben dem Kachelofen nieder und Hans Multscher erklärte, warum er gekommen war.

»Dein Sohn war bei mir und hat mir sein Herz ausgeschüttet«, sagte er. Utz runzelte die Stirn.

»Jakob?«, fragte er. Keinen Augenblick nahm er an, dass es sich um Hans handeln könnte.

»Ja«, entgegnete der Bildschnitzer. »Er hat mir erzählt, dass du ihn und Hans mit auf eine Handelsreise nehmen willst.« Er hielt einen Moment inne, ehe er fortfuhr. »Dass du beschlossen hast, ihn zum Kaufmann auszubilden.«

Utz spürte Ärger in sich aufsteigen, da er ahnte, wohin das Gespräch führte. »Und er hat dich gebeten, ein gutes Wort bei mir einzulegen, damit er sich vor seiner Pflicht als Sohn drücken kann«, gab er spitz zurück. Was dachte sich der Bengel eigentlich?

»So würde ich es nicht ausdrücken«, erwiderte Hans Multscher, »aber ja, er hat mich gebeten, dir zu sagen, dass er lieber Bildhauer werden möchte. Er hat mehr Talent, als manch einer meiner Gesellen«, setzte er hinzu, als Utz aufbrausen wollte. »Ich könnte einen Lehrling wie ihn gut gebrauchen.«

Einige Sekunden lang musste Utz gegen die Versuchung ankämpfen, aufzuspringen, nach Jakob zu suchen und ihm eine Tracht Prügel zu verabreichen, die der Junge nie vergessen würde. Doch dann zwang er sich dazu, ruhig zu atmen und faltete die Hände vor sich auf dem Tisch.

»Ich weiß, dass du wütend auf ihn bist«, fuhr Hans Multscher fort. »Aber ist es denn nicht vernünftiger?«

Utz verengte die Augen. Er sah den Bildschnitzer verdrießlich an.

»Sollte euch auf der Reise etwas zustoßen – was Gott verhindern möge«, sagte sein Besucher, »dann kann wenigstens einer deiner Söhne das Geschäft weiterführen.«

»Ach, und wie soll er das machen, wenn er eine Ausbildung bei *dir* macht?«, erboste sich Utz. »Bringst *du* ihm etwa bei, wie man Waren ein- und verkauft? Was man mit den Gewinnen aus den Verkäufen anfängt und wie man seinen Land- und Grundbesitz verpachtet? Wirst du ihm zeigen, wie man durch Darlehensgeschäfte sein Vermögen vergrößern kann? Oder sich in die Silber- und Goldgewinnung einkaufen kann?« Mit jeder Frage redete er sich mehr in Rage.

»Nein, das werde ich nicht«, entgegnete Hans Multscher ruhig. »Aber ich bin mir sicher, dass er all diese Dinge schnell lernen wird, sollte es soweit kommen, dass die Verantwortung auf seinen Schultern lastet.«

Utz machte eine wegwerfende Handbewegung.

»Lass es dir in aller Ruhe durch den Kopf gehen«, bat sein Gegenüber. »Ihr müsst ja nicht gleich morgen aufbrechen. Vielleicht änderst du deine Meinung.« Damit erhob er sich und bot Utz die Rechte. »Ich will nicht, dass diese Angelegenheit unsere Freundschaft trübt«, beschied er. »Ganz egal, wie du dich entscheidest.« Er wandte sich zum Gehen. »Komm in der Werkstatt vorbei, bevor du abreist«, bat er. »Ich möchte euch meine guten Wünsche mit auf den Weg geben.«

Kapitel 13

Sophia wusste, wie Utz sich entschieden hatte, sobald er die Stube verließ und mit mürrischem Gesicht auf sein Kontor zusteuerte. Er würde Jakob mitnehmen! Als er wortlos an ihr vorbeirauschte und Anstalten machte, die Tür zuzuknallen, traf sie einen Entschluss, der sie selbst überraschte. Ohne weiter darüber nachzudenken, was ihr Handeln für ihre Zukunft bedeuten würde, verhinderte sie das Zuschlagen der Tür und trat hinter Utz in den Raum. Immer noch wütend über den Besuch des Bildhauers fuhr er zu ihr herum und wollte sie unfreundlich anfahren. Als er allerdings den Ausdruck auf ihrem Gesicht sah, verstummte er abrupt. Jedenfalls hoffte sie, dass Utz das kunstvoll aufgesetzte Lächeln und die leicht geöffneten Lippen wahrnahm und nicht die widerstreitenden Gefühle, die sie innerlich zu zerreißen drohten.

»Sophia«, stammelte er verdutzt. »Ich dachte, du wärst außer Haus.« Sie nickte und fuhr sich mit der Hand über den Arm wie sie es so oft bei den kokettierenden Damen der Stadt gesehen hatte.

»Das war ich auch«, erwiderte sie. »Aber es hat nicht solange gedauert, wie ich dachte.« Sie fühlte Hitze in ihren Wangen und Kälte in ihren Fingerspitzen aufsteigen. Beinahe war es, als wüsste ihr Körper nicht, ob er frieren oder schwitzen sollte. »Ich möchte, dass du heute Nacht das Bett mit mir teilst«, hörte sie sich sagen und erschrak über die Wirkung, die diese Worte auf ihren Gemahl hatten.

»Was?!«, platzte er heraus. »Was soll das?«

Die Frage war wie ein Schlag ins Gesicht. Eine Sekunde lang erwog Sophia, ihren Entschluss zu verwerfen. Doch dann müsste sie nicht nur auf *einen* Sohn verzichten, sondern auf beide! Das durfte sie auf keinen Fall zulassen.

»Es tut mir leid, wenn ich dir in den vergangenen Jahren eine schlechte Frau war«, murmelte sie und sah zu Boden, um Utz nicht in die Augen blicken zu müssen. »All diese Reisen«, ihre Stimme erstarb. Eine Zeit lang war nur ihr Atmen zu hören. »Ich möchte, dass du hier bei mir bleibst«, beendete sie den Satz schließlich. »In Ulm.« Das Keuchen ihres Ehemanns sagte ihr, dass er nicht mit dieser Bitte gerechnet hatte.

»Schick Thomas auf die Reise«, fügte sie hinzu. »Er kann die Geschäfte doch genauso gut abwickeln wie du.« Als sie es endlich über sich brachte, den Blick zu heben und Utz anzusehen, schmerzte sie die Mischung aus Freude, Hoffnung und Ungläubigkeit, die sich auf seinen Zügen abzeichnete. Barmherziger Vater, vergib mir diese Lüge, flehte sie lautlos.

»Ich verstehe nicht …«, flüsterte er. »Ich dachte, du hasst mich.« Seltsamerweise berührten diese Worte sie so sehr, dass ihr Tränen in die Augen schossen.

»Nein«, presste sie hervor, »ich hasse dich nicht.« Sie wischte sich mit dem Handrücken über das Gesicht. »Ich …« Sie verstummte, weil sie nicht wusste, wie sie ihm erklären sollte, was sie selbst nicht verstand. »Bleib bei mir«, wiederholte sie. Utz schwieg so lange, dass sie befürchtete, er hätte ihre wahren Motive durchschaut. Dann allerdings stieß er einen Seufzer aus und trat auf sie zu. Obschon ihr erster Reflex war, vor ihm zurückzuweichen, ließ sie zu, dass er die Hände auf ihre Wangen legte und sich zu ihr hinabbeugte, um sie zu küssen.

»Ich werde die Knechte heute früher entlassen«, sagte er heiser. Das Leuchten in seinen Augen ließ Sophia erschauern. Wenn sie ihr Ziel erreichen wollte, durfte sie keinen Rückzieher machen! Ganz egal, was es sie kostete!

Als sie einige Stunden später die Öllampen in ihrer Kammer entzündete, schienen ihre Glieder ihr nicht mehr gehorchen zu wollen. Sie hatte sich direkt nach dem Abendessen verabschiedet, um sich auf den Moment vorzubereiten, den sie all die Jahre lang mehr gefürchtet hatte als den Leibhaftigen. Mit zitternden Händen stellte sie die größte der Lampen zuerst auf das Sims des Kamins, dann auf das Tischchen neben ihrem Bett, um es schließlich hinter einem der Vorhänge zu verstecken. Je weniger Licht, desto besser, dachte sie und kaute an ihrem Daumennagel. Dann setzte sie sich auf ihr Bett und wartete. Es ist nicht wie damals, versuchte sie sich einzureden.

Keiner würde im Raum sein außer Utz und sie selbst; niemand würde ihre Scham vergrößern! Ein stechender Schmerz in ihrem Daumen warnte sie, dass sie das Nagelbett erreicht hatte. Ihre Zähne wanderten weiter zu dem nächsten Finger. Bevor sie auch diesen blutig kauen konnte, vernahm sie das Knarren der Flurdielen. Als sich der Türknauf drehte, schien die Luft im Raum mit einem Mal zu dünn zum Atmen. Während sich eine Gänsehaut über ihren gesamten Körper ausbreitete, trat ihr gleichzeitig der Schweiß aus allen Poren. Das Hämmern ihres Herzens stieg in ihre Kehle. Ehe sie wusste, wohin mit ihren Händen, stand Utz im Rahmen. Die Kerze in seiner Hand beleuchtete sein Gesicht von unten und malte gespenstische Schatten unter seine Augen. War er schon immer so groß gewesen? Sophia schluckte mühsam und ihr Blick zuckte von Utz zum Bett und zurück. Er hatte seine Kappe bereits abgelegt. Das dunkle Haar hing ihm wirr in die Stirn. Mit einer geübten Bewegung schloss er mit dem Ellenbogen die Tür, dann blies er die Kerze aus. Ohne den Blick von ihr zu lassen, näherte er sich der Stelle, an der sie wie erstarrt auf ihn wartete und sah forschend auf sie hinab.

Es war Zeit! Sie musste sich zusammennehmen! Mit einem steifen Lächeln kam sie auf die Beine. Sie mied seinen Blick während sie die Knöpfe ihrer *Fucke* löste und fahrig an ihrem Gürtel herumnestelte. Gerade wollte sie das Obergewand zu Boden fallen lassen, als sich Utz' Hand auf ihren Arm legte. Sie schrak zusammen.

»Sollten wir uns nicht ein wenig Zeit lassen?«, fragte er. Aber das war das Letzte, was Sophia wollte. Wenn sie diese Prüfung nicht so schnell wie möglich hinter sich brachte, würde ihr Mut sie verlassen.

»Wir haben uns doch schon so viel Zeit gelassen«, brachte sie heiser hervor und schlüpfte aus der Fucke. Nur noch mit einem dünnen Untergewand bekleidet begab sie sich zu einem der Betten und kniete sich wartend darauf. Ihr war klar, was jetzt geschehen würde, jede Faser in ihrem Körper sträubte sich dagegen. Doch manchmal musste man Opfer bringen. Utz zuckte die Achseln und begann ebenfalls, sich zu entkleiden. Als er mit entblößtem Oberkörper vor ihr stand, durchfuhr Sophia zu ihrer Überraschung ein heißes Gefühl, das sich auch zwischen ihren Beinen bemerkbar machte. Allerdings wich diese Wärme augenblicklich der Abscheu, sobald Utz sich seiner *Bruch* – der weißen Leinenunterhose – entledigt hatte. Noch furchterregender als Sophia sie in Erinnerung hatte, stand seine Männlichkeit hab Acht. Die Kraft, die unvermittelt aus jeder der Bewegungen ihres Gemahls sprach, veranlasste sie dazu, sich heftig auf die Unterlippe zu beißen, um nicht aufzuschreien. Warum konnten die Schatten im Raum nicht auch dieses hässliche Ding zwischen seinen Beinen verschlucken, fragte sie sich. Doch es war beinahe, als konzentriere sich alles Licht auf seine Erregung. Schaudernd rutschte sie Stück für Stück auf der Matratze zurück, bis das hölzerne Kopfteil ihren Rückzug aufhielt.

Stolz und aufrecht, so wie Gott ihn geschaffen hatte, stand Utz schließlich vor ihr – als wäre ihm die Peinlichkeit der Situation nicht im Geringsten bewusst.

»Willst du dein Untergewand anlassen?«, fragte er. Sophia nickte dankbar. Wenn sie sich nicht völlig vor ihm entblößen musste, würde sie die Nacht besser überstehen! Hastig floh sie unter die Bettdecke und wartete mit geschlossenen Augen darauf, dass Utz sich neben sie legte. Sobald sie die Wärme seines Körpers durch den Stoff ihres Untergewandes spürte, kehrte das merkwürdige Gefühl zwischen ihren Beinen zurück – um sich allerdings sofort zu verflüchtigen, sobald Utz sich näher an sie drängte. Sie fühlte seinen Atem auf ihrem Gesicht, aber als er versuchte, sie zu küssen, drehte sie mit einem leisen Laut den Kopf zur Seite. Sie konnte es nicht! Seine Lippen liebkosten ihr Ohr, während eine seiner Hände sich vorsichtig unter ihren Rock stahl. Ohne darüber nachzudenken, presste sie jedoch sofort die Oberschenkel zusammen und versteifte sich. Einige Augenblicke lang geschah gar nichts. Dann zog Utz die Hand zurück und setzte sich mit einem ärgerlichen Schnauben auf.

»Ahnte ich es doch!«, knurrte er. Als hätte sie Schuld an allem, warf er die Decke zur Seite. »Du wolltest nur verhindern, dass ich Hans und Jakob mit mir fortnehme!« Sophia erbleichte. Wieso hatte er so schnell den Grund für ihr Handeln erraten? War sie so einfach zu durchschauen?

Ein Schatten des Mitleids huschte über das Gesicht ihres Gemahls, dann verhärtete sich seine Miene. Wütend zog er seine Kleider wieder an und warf Sophia einen letzten ungehaltenen Blick zu, ehe er nach dem Türknauf griff. »Ich bin im Badehaus!«

Eine halbe Meile entfernt kehrte Johann von Katzenstein volltrunken aus einer Schenke zurück, in der er den ganzen Abend gezecht hatte. Zwar konnte er sich derlei Ausschweifungen eigentlich nicht mehr leisten, doch wen scherte das schon? Nach seiner letzten Begegnung mit Sophia war er sich sicher, dass er seine Tochter irgendwann dazu bringen würde, ihm finanziell unter die Arme zu greifen. Obgleich sie es vehement von sich gewiesen hatte, wusste er, dass sie sich ihm immer noch verpflichtet fühlte. Immerhin war er ihr Vater! Daran konnte nichts und niemand etwas ändern! Er torkelte von einer Seite der Gasse zur anderen und wäre um ein Haar über einen herausstehenden Pflasterstein gestolpert, der sich ihm böswillig in den Weg zu stellen schien. »Verfluchtes Mistding!«, lallte er und schlug einen Haken. Dieser beförderte ihn so dicht an eine Fackel neben einem Hauseingang, dass die Feder an seinem Hut mit einem Zischen ein Stückchen abbrannte. Der Gestank, der kurz darauf die Nachtluft erfüllte, stach ihm in die Nase. »Was'n ...«, murmelte er, hielt jedoch mitten im Satz inne, da ihm eine Gestalt entgegenkam, die er trotz seiner Benebelung nur zu gut erkannte. Mit energischem Schritt, das Kinn kampfeslustig vorgestreckt, stürmte der Gemahl seiner Tochter an ihm vorbei, ohne ihn zu erkennen. Keine zwei Steinwürfe weiter südlich verschwand er in einem der Badehäuser, welche die Gegend zu einem beliebten Ziel für Nachtschwärmer machte. Warum war der Kerl schon wieder in Ulm, fragte Johann sich und schüttelte den Kopf – wie um die Trunkenheit loszuwerden. Allerdings sorgte die heftige Bewegung lediglich dafür, dass ihm schwindelig wurde. Er hielt sich hastig an der Hauswand zu seiner Rechten fest. Einige schwammige Momente lang starrte er auf die Stelle, an der Utz verschwunden war. Dann nahm er seinen Weg wieder auf und trottete in Richtung Hahnengasse davon. Da er sowohl Burg als auch Ländereien in der Auseinandersetzung vor acht Jahren verloren hatte, waren seine Mittel mehr und mehr zusammengeschmolzen. Sodass er im vergangenen Herbst das prachtvolle Haus in der Hirschstraße verkauft und eine bescheidenere Behausung in der Hahnengasse bezogen hatte. Seine Gemahlin Anna hatte zwar ein Gesicht gezogen, aber wo nichts war, konnte man nichts holen. Als er um die Ecke bog, wehte ihm der Gegenwind seinen eigenen sauren Atem entgegen. Angeekelt rümpfte er die Nase. Kein Wunder, dass Anna es nur noch von hinten mit ihm treiben wollte! Das übliche Gesindel drückte sich in den Kelleraufgängen und Hinterhöfen herum, allerdings war Johann viel zu betrunken, um sich Sorgen um seine Haut oder gar seine Börse zu machen. Diese war ohnehin leer! Er rülpste und klopfte sich auf die Brust. Sobald Utz von Katzenstein Ulm wieder verlassen hatte, würde er Sophia einen weiteren Besuch abstatten. Zwar zeigte sie ihm nach wie vor die kalte Schulter, doch lange würde sie nicht mehr standhaft bleiben. Wenn sie dachte, sie könnte ihn abschütteln wie eine lästige Fliege, dann hatte sie sich geirrt!

Kapitel 14

Ein Kloster in den Karpaten, Oktober 1456

Die Kerzenflamme zuckte wild in der Zugluft hin und her, aber weder Vlad noch Zehra spürten die Kälte. Eng umschlungen, in einem tiefen Kuss versunken, suchten sie hungrig nach der Wärme, dem Geschmack des anderen, während ihre Körper einander zu verbrennen drohten. Vlads Herz hämmerte so heftig gegen seinen Brustkorb, dass Zehra jeden einzelnen Schlag spüren konnte – genauso, wie seine pulsierende Erregung. Mit einem Laut, der halb Stöhnen, halb Knurren war, grub Vlad die Hände in ihr Haar und zog sie noch näher an sich, um seine rauen Lippen von ihrem Mund ihren Hals hinab zu ihrem Busen wandern zu lassen. Hart und dennoch vorsichtig umschloss er ihre Brüste, küsste sie und glitt mit den Händen an ihren Seiten entlang, bis er ihre Hüften erreichte. Dort angekommen forschte er weiter und wenige Sekunden später explodierte ein Feuerwerk der Lust in Zehras Körper. Während ihre Sinne in einem wilden Tanz durcheinanderwirbelten, gab sie sich Vlads Berührungen hin, bog sich ihm entgegen und verschmolz schließlich mit ihm. Es war wie ein Rausch, eine Droge, die den Verstand stahl und für immer süchtig machte. Die Bewegungen, mit denen sie ihre Lust immer weiter steigerten, waren mühelos und kraftvoll zugleich. Als sie endlich gleichzeitig den Punkt erreichten, an dem Zehra nie wusste, ob sie jemals wieder ohne dieses Gefühl leben konnte, ließ sie sich fallen so tief sie konnte. Sie dachte, immer noch zu fallen, als Vlad sich ermattet und schwer auf sie sinken ließ. Sein Atem kam heftig und stoßweise. Genau wie ihr Körper, war auch der seine mit einem Schweißfilm bedeckt. In seinem Bart glitzerten winzige Tropfen. »Du bist so wunderbar«, murmelte er. Sein langes Haar klebte an seinen Wangen und Zehra wischte ihm zärtlich die Strähnen aus dem Gesicht.

»Ich liebe dich«, sagte sie schlicht. Diese Worte drückten alles aus, was sie fühlte. »Ich will keine einzige Nacht mehr ohne dich sein.« Ihre Stimme zitterte leicht.

Vlad presste sie an sich, vergrub den Mund in ihrer Halsbeuge und flüsterte: »Jeder Moment ohne dich ist eine Qual.« Er seufzte und legte die Decke über sie, da die Härchen auf ihren Armen sich aufrichteten. »Aber ich kann dich erst mit mir nehmen, wenn meine Feinde besiegt sind.«

Das Gefühl der Schwerelosigkeit wich Zehras Angst, Vlad zu verlieren. Der Angst, die sie auch beim letzten Mal beschlichen hatte, als Vlad sich von ihr verabschiedet hatte, um ohne sie zurück nach Tirgoviste zu reiten. »Wenn Gott doch nur ein Einsehen hätte!«, wisperte sie. »Warum kann nicht endlich alles gut werden?«

Vlad stemmte sich auf den Ellenbogen und sah sie an. »Es wird alles gut, glaube mir.« Seine grünen Augen waren dunkel vor Empfindung.

Wie bei ihrer ersten Begegnung vermeinte Zehra, bis auf den Grund seiner Seele blicken zu können. Er zog sie an wie ein Magnet – ein mächtiger Stein, dem selbst Eisen nicht widerstehen konnte. Je öfter sie von dem Rauschmittel seiner Anwesenheit kostete, desto weniger konnte sie sich vorstellen, wie sie ohne ihn leben sollte. Jeder Moment, den sie mit ihm teilte, war wie ein Geschenk des Himmels – so unendlich kostbar, dass ihr Glück Gottes Wille sein musste. Bei dem Gedanken an Gott wurde Zehra sich einen Augenblick lang ihrer Sünde bewusst. Doch Vlads nächste Worte waren wie Balsam für ihr schuldiges Gewissen.

»Noch bevor das Jahr zu Ende ist, werden wir auch vor Gott Mann und Frau sein«, versprach er. »Koste es, was es wolle!« Er warf den Kopf in den Nacken, da ihm die Locken schon wieder in die Stirn hingen und fügte hinzu: »Sobald meine Feinde nur noch ein Gespenst aus der Vergangenheit sind, wirst du meine Gemahlin. Und zwar dort, wo es sich für einen Fürsten gehört: in meinem Palast!«

Die Erwähnung seiner Feinde brachte für einen einzigen Wimpernschlag das Wesen zum Vorschein, das er abstreifte wie einen Mantel, wenn er zu Zehra kam; das Wesen, vor dem sie sich fürchtete, weil sie nicht wusste, wie viel Gewalt es über seine Seele hatte; das Wesen, dessen Vorhandensein sie manchmal sehen konnte und das ihn zu etwas machte, das sie nicht begriff. Wie immer, sobald dieses Ungeheuer hervorblitzte, erfüllte sie eine entsetzliche Angst, die drohte, sie zu lähmen. Das Lächeln, mit dem Vlad sie bedachte, verscheuchte die Bestie jedoch so schnell, wie sie zum Vorschein gekommen war. Wie jedes Mal, wenn das passierte, redete Zehra sich ein, dass sie sich getäuscht hatte.

»Carol wird dann schon ein richtiger kleiner Krieger sein, auf den du stolz sein kannst«, versprach Vlad.

Bei der Erwähnung ihres Sohnes wichen alle anderen Gefühle augenblicklich der Unsicherheit und die verdrängte Sorge kehrte zurück. »Bist du sicher, dass es das Richtige für Scânteiuţă ist?«, fragte sie mit belegter Stimme. »Wird er nicht all das hier vermissen?«

Vlads Augen verengten sich und kaum wahrnehmbare Falten traten auf seine Stirn. »Sollte er mir irgendwann auf den Thron nachfolgen, muss er lernen, ein Mann zu sein«, brummte er. »Mit Buchwissen hat noch niemand einen Feind in die Flucht geschlagen. Wenn er sich weiterhin hier versteckt, dann wird ein Pfaffe aus ihm, kein Fürst.« Obwohl Zehras Herz bei der Vorstellung, ihren Sohn nicht mehr jeden Tag zu sehen, schmerzte, wusste sie, dass Vlad recht hatte. Carol war in dem Alter, in dem alle jungen Adeligen ihre Ausbildung zum Ritter antraten. Sollte er die Erwartungen seines Vaters jemals erfüllen, dann musste sie ihn jetzt gehen lassen. Es war besser für ihn! Jedenfalls versuchte sie, sich selbst davon zu überzeugen, seit Vlad verkündet hatte, dass er Carol mit nach Tirgoviste nehmen würde. Dort wollte er ihn einem seiner Vertrauten übergeben, der ihn in die ritterlichen Künste einführen würde. »Wir werden gleich morgen früh aufbrechen«, sagte Vlad und beugte sich erneut über sie, um sie zu küssen. »Aber bis dahin sollten wir uns um andere Dinge kümmern.«

Draußen vor der Tür der Schlafkammer seiner Eltern zuckte Carol von dem rauen Holz zurück, gegen das er bis gerade eben noch sein Ohr gepresst hatte. Hatten ihn die seltsamen Laute in der Kammer schon erschreckt, ließen ihn die Worte seines Vaters nun vor Entsetzen erstarren. Man wollte ihn von hier fortbringen! Während in dem Raum die Stimmen verstummten und durch andere Geräusche ersetzt wurden, kroch er auf allen Vieren von der Tür fort und kauerte sich mit dem Rücken an der Wand zusammen. Sein Herz schien aus seiner Brust fliehen zu wollen, da es mit aller Gewalt in seiner Kehle, seinen Ohren und seinen Schläfen schlug. Die Dunkelheit um ihn herum verdichtete sich mit jedem viel zu schnellen Atemzug und drohte, ihn zu ersticken. Sein Kopf war wie leergefegt – eine Tatsache, die ihn beinahe noch mehr erschreckte, als das, was er gerade gehört hatte. Noch nie in seinem Leben hatte er sich so hilflos gefühlt wie in diesem Moment, in dem er zu nichts imstande war, außer sich kleiner zu machen und wie festgenagelt auf dem Boden zu verharren. Während sein Pulsschlag sich immer weiter beschleunigte, spürte er, wie seine Handflächen feucht und sein Mund trocken wurden. Was sollte er tun? Obgleich er nicht einmal die Hand vor Augen erkennen konnte, blickte er starr geradeaus, bis unheimliche Formen in der Schwärze zu entstehen begannen. Was sollte er nur tun? Panik stieg in ihm auf und ließ die Erstarrung von ihm abfallen, als irgendwann das Knarren des Bettes und der Bodendielen verriet, dass jemand aufgestanden war. Ein Husten erklang viel zu nah an der Tür und Carol rappelte sich am ganzen Leib bebend auf. Obwohl es stockdunkel war, sah er sich um wie ein gehetztes Tier, ehe er blindlings den Korridor entlang davonstob. Um ein Haar wäre er über seine eigenen Füße gestolpert, als er nach scheinbar endlosen Sekunden der kopflosen Hast den Kreuzgang erreichte und einen Haken nach rechts schlug. Keuchend hielt er einen Augenblick inne und krümmte sich zusammen, um das Stechen in seinen Seiten zu unterdrücken. Dann lauschte er, ob ihn jemand verfolgte. Die Klosteranlage um ihn herum lag allerdings nach wie vor totenstill da – ein Zustand, der sich schon bald ändern würde, wenn die Glocken zum *Orthros* – dem Gebet bei Sonnenaufgang – riefen.

Er musste fliehen! Dieser Gedanke hatte sich mit jedem Mal, das seine dünnen Sohlen auf dem Steinfußboden auftrafen, deutlicher aus dem Dunst der Verunsicherung herausgeschält. Als Carol vor dem *Dormitorium* ankam, in dem er zusammen mit elf Novizen schlief, stand sein Entschluss fest. Er hatte gespürt, dass Vlad Draculea nichts als Schmerz und Elend bringen würde! Dass seine Mutter ihn jedoch für diesen Fremden verraten würde, hatte er nicht gedacht! Der Schmerz bohrte sich wie ein Messer in seine Eingeweide – ein Messer, das von einer grausamen Hand immer wieder hin und her gedreht wurde. Mit einem unterdrückten Stöhnen sackte er in die Knie und kämpfte gegen die lähmende Furcht an, die unvermittelt drohte, ihn zu überwältigen. Tränen rannen seine Wangen hinab und tropften auf den kalten Stein. Nach einer scheinbaren Ewigkeit rang er schließlich die Angst nieder. Eine Mischung aus Hass, Wut und Trauer trat an ihre Stelle. Seine Flucht würde seiner Mutter das Herz brechen. Aber sie ließ ihm keine andere Wahl! Warum hatte sie zugelassen, dass dieser Teufel sie ihm wegnahm? Er biss die Zähne aufeinander, um seinen Hass nicht lauthals hinauszubrüllen. Immer noch zitternd vor Aufgewühltheit kämpfte er sich zurück auf die Beine und zwang sich, ruhiger zu atmen. Er durfte die anderen nicht aufwecken! Wenn einer der Novizen Alarm schlug, war sein Plan vereitelt. Unter Aufbietung aller Selbstbeherrschung gelang es ihm, die Kontrolle über seinen Körper zurückzugewinnen. Nach einem letzten tiefen Ein- und Ausatmen öffnete er vorsichtig die Tür und huschte zu seinem Bett. Mucksmäuschenstill tastete er nach seinen Habseligkeiten, stopfte diese in den Bezug seines Kissens und schlich kurz darauf auf Zehenspitzen zurück auf den Korridor. Dann stahl er sich zur Bibliothek, eilte auf leisen Sohlen zu dem Versteck und zog seinen größten Schatz hervor. Mit prickelnden Fingerkuppen ließ er die Abschrift von *De rerum natura* den Kleidern folgen. Er schickte ein Gebet zum Himmel und bat um Vergebung für diesen Diebstahl. Allerdings konnte er auf keinen Fall ohne das Buch für immer aus dem Kloster fliehen! Später – sobald er irgendwie Geld verdienen konnte – würde er dafür bezahlen. Aber bis dahin konnte er nicht warten.

Mit der Last der Schuld auf den schmalen Schultern drückte er sich aus dem Raum. Er eilte in den Hof hinaus, wo er noch einmal in die Dunkelheit lauschte. Außer den Geräuschen der Nacht war nichts zu hören, sodass er sich schleunigst zu dem winzigen Durchgang begab, den er vor einigen Wochen entdeckt hatte. Zwar war auch dieses Tor nachts verschlossen, aber dicht an der Mauer wuchs ein knorriger Birnbaum, den er geschickt erklomm. Ein kurzer Sprung beförderte ihn auf die Mauer. Keine zehn Sekunden später trafen seine Füße auf dem Boden außerhalb des Klosters auf. Mit rasendem Puls rannte er auf den Schutz des nahegelegenen Waldes zu, wo er sich ein letztes Mal umdrehte, um Abschied zu nehmen. Außer einem bleichen Mond erhellte kein Licht die Finsternis, und doch hoben sich die Umrisse der Abtei deutlich vom Nachthimmel ab. Carol wünschte sich, er könne umkehren.

»Lebt wohl«, flüsterte er erstickt, dann schulterte er den Sack und wandte sich den Bergen zu. Er würde versuchen, die Karpaten zu überqueren und in Ungarn Zuflucht in einem Kloster zu finden. Vielleicht konnte er von dort aus seiner Mutter eine Nachricht zukommen lassen, die sie ihren Fehler erkennen ließ. Er schrak zusammen, als ein Ast mit einem lauten Knacken unter seinen Füßen zerbrach. Doch außer dem Ruf einer Eule blieb der Wald um ihn herum ruhig. Ganz gewiss hatte sie ihn nicht absichtlich verraten! Wenn ihr erst einmal klar wurde, warum Carol geflohen war, würde sie bestimmt alles in ihrer Macht Stehende unternehmen, um ihn vor seinem Vater zu beschützen. Ein eisiger Schauer kroch seinen Rücken hinauf, als er sich vorstellte, was Vlad Draculea mit ihm machen würde, falls seine Flucht zu früh entdeckt wurde. Geduckt huschte er durch das Unterholz und machte so schnell wie möglich, dass er fortkam.

Kapitel 15

Ein Kloster in den Karpaten, Oktober 1456

»Was hat er getan?!« Vlads Stimme war gefährlich ruhig, aber auf seiner Stirn pulsierte eine dicke Zornesader. Die Wut strahlte mit solcher Gewalt von ihm aus, dass Zehra sie so deutlich spüren konnte, als ob sie in ihr selbst kochen würde. Die Aufgebrachtheit verlieh ihm etwas Furchtbares, etwas Unmenschliches und einen Augenblick lang fürchtete Zehra, er könne Bruder Petros erschlagen. Die Rechte hatte das Schwert an seiner Seite schon halb aus der Scheide gezogen. Doch im letzten Moment schien er sich darauf zu besinnen, wo er war, da er die Waffe mit einem Zischen wieder losließ.

»Sein Bett war unberührt«, murmelte der alte Mönch. »Nur der Kissenbezug fehlt, genauso wie seine Kleider und

Schuhe.« Er senkte den Kopf, als wäre es seine Schuld, dass Vlad herausfinden musste, dass sein Sohn geflohen war.

»Wie konnte er das Kloster verlassen?«, tobte dieser.

Zehra hob die Hand, um sie ihm beschwichtigend auf den Arm zu legen. Die Anspannung, die seine Muskeln zucken ließ, veranlasste sie jedoch dazu, die Hand schnell wieder fallen zu lassen und verstört den Blick zu senken. War Carol wirklich fortgelaufen, oder verbarg er sich irgendwo? Warum tat er das? In ihrer Brust schien sich ein Klumpen aus Eis eingenistet zu haben, der ihr Blut und ihren Verstand einzufrieren drohte.

»Es gibt eine Stelle, an der es nicht schwer ist, die Mauer zu überwinden«, sagte Petros kleinlaut.

»Zeig sie mir!«, befahl Vlad und packte den Mönch an der Kutte. An Zehra gewandt, spuckte er aus: »Der Bengel muss irgendwie herausgefunden haben, dass er von hier fort sollte. Hätte er eine ordentliche Erziehung genossen, wäre das nicht passiert!« Er zog die Oberlippe hoch, sodass es beinahe aussah, als fletsche er die Zähne. »Wenn ich ihn finde, wird er sich wünschen, er hätte sich mir niemals widersetzt!«

Zehra spürte, wie Furcht um ihren Sohn nach ihr griff. »Er wollte sicher nicht …«, hub sie an.

Aber Vlad schnitt ihr mit einer ärgerlichen Geste das Wort ab. »Was er wollte, ist nicht von Bedeutung. Er muss lernen zu gehorchen! Hätte man ihn hier ein wenig härter angepackt, wäre es ihm niemals in den Sinn gekommen zu fliehen!« Das furchtbare Wesen in ihm zeigte erneut sein Gesicht und ließ Vlads Züge zu einer Maske erstarren.

Zehra wich fassungslos vor ihm zurück. Wo war der zärtliche Liebhaber, in dessen Armen sie noch vor kurzem die ganze Welt vergessen hatte? Eine eiserne Klaue packte ihr Herz und drohte, es zu zerquetschen.

»Lass die Pferde satteln!«, hörte sie Vlad knurren. Dann stieß er einen unterdrückten Fluch aus und stürmte den Kreuzgang entlang hinaus in den Hof.

»Vlad!«, flehte sie kaum hörbar und wollte ihm nacheilen. Aber ihre Beine wollten ihr nicht gehorchen. Zitternd hielt sie sich an einer Säule fest, während sich ihre Augen mit Tränen füllten.

Gott wollte ihn bestrafen!

»Du sollst nicht stehlen!«, schien eine Stimme in Carols Kopf zu dröhnen und er flehte lautlos um Vergebung für sein Verbrechen. Schlotternd vor Kälte klammerte er sich an dem Stamm des Baumes fest, auf den er sich in allerletzter Sekunde geflüchtet hatte. Keine fünf Meilen hatte er hinter sich gebracht, als das erste Heulen scheinbar aus weiter Ferne an sein Ohr gedrungen war. Zuerst hatte er gedacht, die Wölfe wären tief unter ihm in einem der Täler. Doch dann hatten sich ein zweites und drittes Heulen zu dem ersten gesellt. Schon bald kam der unheimliche Gesang scheinbar von allen Seiten. Inzwischen hatte das Rudel ihn eingeholt. Nicht nur das Leittier sprang immer wieder am Stamm der Eiche hoch, als könne Carol dadurch zu Boden geschüttelt werden. Die Morgendämmerung war bereits angebrochen und Carol fragte sich, wann die Wölfe wohl verschwinden würden. Jagten sie nicht nachts? Sollte das Sonnenlicht sie nicht vertreiben? Schaudernd sah er dabei zu, wie der riesige Leitwolf die Lefzen hochzog und die Krallen in die Rinde schlug, während sich die Muskeln seiner Hinterläufe spannten. Konnten Wölfe klettern? Ein Wimmern fand den Weg über seine Lippen und er klammerte sich noch fester an den Stamm. Über ihm ballten sich dicke Wolken, die sich an den Gipfeln der Berge zu einer Wand zusammenschoben. Der erste Donner grollte beinahe zeitgleich mit einem wütenden Knurren am Fuß des Baumes und eine kalte Windböe ließ Carol frösteln. Zwar hatte er seine fellgefütterte Jacke bis zum Hals zugezurrt, dennoch wurde ihm mit jeder Minute kälter. Vermutlich lag es daran, dass er wusste, was mit ihm geschehen würde, sollte er den Halt verlieren. Ein weiteres Donnern ließ ihn zusammenschrecken und einen ängstlichen Blick über die Schulter werfen. Ein Blitz zuckte grell über den Himmel und schien einen Augenblick lang die Wolken zu zerreißen. Dann verblasste er und wenig später folgte der nächste Donner. Auch wenn Carol erst vor kurzem in *De rerum natura* gelesen hatte, wie Gewitter zustande kamen, tröstete ihn dieses Wissen im Moment nicht im Geringsten. Genauso wenig, wie das Bewusstsein, dass die Wolken, der Regen und selbst die Wölfe tief unter ihm aus dem gleichen Stoff gemacht waren, wie er selbst. Was hatte er davon, wenn die Bestien ihn zerrissen? Würden ihre Zähne dann keinen Schmerz verursachen, wenn sie sich in sein Fleisch schlugen?

Er presste die Lider aufeinander und begann zu beten, als eines der Tiere Anlauf nahm und versuchte, den untersten Ast der Eiche zu erklimmen. »Unter Deinen Vorsitz flüchten wir, heilige Gebärerin Gottes. Von unsrem Flehen sieh' nicht weg in der Not, sondern von jeglicher Gefahr befreie uns stets, Jungfrau, erhaben und gesegnet«, murmelte er. Dann schlang er auch die Beine um den Stamm, schloss die Augen und wünschte sich an einen anderen Ort. Vielleicht hatte die Jungfrau, wenn er die Augen wieder aufschlug, seinen Wunsch erfüllt und die Wölfe waren genauso verschwunden, wie die Wolken am Himmel. Doch selbst durch die geschlossenen Lider sah er die Blitze, die immer dichter aufeinanderfolgten. Die unterschiedlichen Donnerschläge verschmolzen schon bald zu einem langgezogenen Grollen. Wenig später setzte ein eisiger Regen ein. Zwar hielt das bunte Laubdach der Eiche die Nässe ein wenig ab, aber es dauerte nicht lange, bis Carol spürte, wie seine Kleidung durchweichte. Auch die Rinde des Baumes wurde zusehends glitschiger, sodass er schließlich fürchtete, den Halt zu verlieren. Seine Schultern schmerzten und seine Arme und Beine verkrampften sich. Wenn nicht bald ein Wunder geschah, würde er den Halt verlieren und in den sicheren Tod stürzen. Er presste die Wange gegen die Rinde. Abermals rief er Gott um Rettung an. Wenn der Barmherzige ihn vor dieser Gefahr bewahrte, würde er ins Kloster zurückkehren und alles auf sich nehmen, was das Schicksal für ihn bereit hielt. Dann würde er das gestohlene Buch zurückgeben und sich jeder Buße unterwerfen, die der Abt ihm auferlegte! »Bitte, Herr«, flehte er. »Vergib mir meinen Ungehorsam.« Seine Zähne schlugen so heftig aufeinander, dass das Klappern die Geräusche um ihn herum beinahe übertönte. Daher dachte er zuerst, er würde sich die Rufe einbilden. Dann allerdings verstummte das Knurren der Wölfe und die Tiere wandten sich mit gesträubtem Nackenhaar von Carols Baum ab.

Er schob die Hand in den Mund, um das Zähneklappern zu unterbinden und verfolgte mit ungläubig aufgerissenen Augen, wie sich eine Schar Reiter aus dem Dunst der Feuchtigkeit schälte. Allen voran ritt sein Vater, dessen zornige Miene Carol unter normalen Umständen mit Furcht erfüllt hätte. Da die Männer jedoch die Schwerter zogen und auf die Wölfe zusteuerten, schluchzte der Knabe vor Erleichterung auf. Einen Augenblick lang schien es, als wollten die hungrigen Tiere es auf einen Kampf ankommen lassen. Dann zog sich das Leittier allerdings mit einem kehligen Knurren zurück. Die übrigen Wölfe folgten ihm in das dichte Unterholz des Waldes. Während Carol dabei zusah, wie auch das letzte zottige Tier zwischen tiefhängenden Ästen verschwand, hörte er die Männer unter sich aus den Sätteln springen. Aber es war erst die absolute Stille, das Schweigen seiner Retter und das Verstummen des Donners, das Carol schließlich den Blick zu Boden senken und zur Salzsäule erstarren ließ.

In keinem der Gesichter zuckte ein Muskel und in den Augen seines Vaters konnte er selbst aus der Höhe den Funken des Zorns glimmen sehen. Die Hand, mit der Vlad Draculea sein Schwert umfasst hielt, zitterte leicht und seine Wangenmuskeln arbeiteten. Nachdem er seinen Sohn einige Lidschläge lang angestarrt hatte, stieß er schließlich mühsam beherrscht hervor: »Komm herunter!« Sein Tonfall drückte alles aus, was der Woiwode empfand.

Carol fragte sich, ob es nicht besser gewesen wäre, die Wölfe hätten ihn zerrissen. Wie um die Gefahr, die immer noch am Fuß des Baumes auf ihn wartete, zu unterstreichen, setzte der Donner wieder ein, während ein Blitz nach dem anderen den Himmel erhellte. »Soll ich dir Beine machen?«, zischte Vlad Draculea, als Carol keinerlei Anstalten machte, seinem Befehl Folge zu leisten. Er winkte zwei seiner Begleiter herbei und versetzte kalt: »Holt ihn!« Ohne auf den Regen zu achten, der ihnen ins Gesicht peitschte, griffen die beiden Männer nach zwei der tiefhängenden Äste und zogen sich daran empor. Dann erklommen sie die Eiche, als handle es sich um eine Leiter. Carol hatte nicht einmal Zeit, sich von dem Stamm zu lösen und die Flucht nach oben anzutreten, als sie ihn bereits erreicht hatten. Wortlos packte einer der beiden ihn beim Kragen, während der andere nach dem Bündel griff, das Carol in einer Astgabel abgelegt hatte. Der Bewaffnete warf sich den Jungen wie einen Sack über die Schulter. Wenig später fand sich Carol auf ebener Erde wieder. Zitternd vor Furcht und Kälte sah er zu seinem Vater empor, der wie ein Racheengel auf ihn hinabblickte.

Nur mühsam beherrschte Vlad seine Wut. Er ist dein Sohn, schärfte er sich ein, als die Hand mit seinem Schwert in die Richtung des Jungen zuckte. Dein Sohn! Seine Wangenmuskeln spannten sich erneut, als er die Kiefer so fest aufeinander presste, dass er fürchtete, sein Kopf könnte zerspringen. Die blauen Augen in dem bleichen Gesicht des Knaben flehten um Milde. Aber wenn er nicht zum Gespött des ganzen Fürstentums werden wollte, musste er ihn so hart bestrafen, wie er es verdiente. Nein, flüsterte ihm sein Verstand zu. Dann müsstest du ihn auf der Stelle töten! Immerhin hatte der Bengel sich ihm widersetzt! Einzig die Tatsache, dass keiner seiner Männer wusste, warum Carol fortgelaufen war, machte es möglich, ihn zu verschonen. »Zieh die Jacke aus«, sagte er heiser. Als der Knabe ihn lediglich verständnislos ansah, nickte er einem der Soldaten zu, der dafür sorgte, dass Carol wenig später im Hemd vor seinem Vater stand. Waren das Tränen in seinem Gesicht oder war es der Regen, der aus dem dunklen Haar tropfte und ihm über Stirn und Wangen rann? Vlad kniff die Augen zusammen und ließ das Schwert zurück in die Scheide gleiten. Dann wandte er sich wortlos von seinem Sohn ab, trat an sein Pferd und machte eine kurze Peitsche vom Sattelknauf los. Mit dieser in der Hand kehrte er zu Carol zurück und bellte: »Das Hemd!« Zwei schleimige Spuren unter der Nase hatten sich zu den Tropfen auf der Haut des Jungen gesellt. Vlad wurde voller Verachtung klar, dass sein Sohn heulte noch bevor er den ersten Schlag geführt hatte. Was für ein Weichling! Genau wie Radu! Wie eine schwarze Wolke der Erbitterung hüllte der Gedanke an den Bruder seinen Verstand ein. Eigenhändig half er dabei, seinem Sohn das Hemd vom Leib zu reißen. Als der Junge mit bloßem Oberkörper vor ihm stand, packte er ihn im Nacken, drehte ihn um und stieß ihn auf die Knie.

»Vater«, wimmerte der Knabe. Doch ehe er sich und Vlad durch weiteres Gejammer erniedrigen konnte, setzte sein Vater zum ersten Hieb an.

Mit voller Kraft ließ er den Riemen auf den Rücken des Jungen niedersausen, wo sich augenblicklich ein roter Striemen abzeichnete. Der Schmerzenslaut, den Carol von sich gab, verstärkte Vlads Wut und er führte den zweiten Schlag mit noch mehr Wucht. Diesem folgte ein Dutzend weiterer Hiebe, die schon bald bewirkten, dass die Haut aufplatzte und Blut über Carols Rücken rann. Wie ein Besessener drosch Vlad auf den zusammengekauerten Jungen ein – fest entschlossen, alle Ähnlichkeit mit Radu, alle Verweichlichung aus ihm herauszuprügeln. Das Weinen des Knaben fachte seinen Zorn immer weiter an. Vermutlich hätte er noch länger auf ihn eingeschlagen, wenn nicht ein schriller Schrei die Luft durchschnitten hätte.

»Scănteiuţă!«, gellte Zehras Stimme durch den Wald. »Oh mein Gott, nicht!« Vlad hatte gerade die Hand gehoben, um einen weiteren Hieb zu führen, als Zehra auf ihn zuflog und sich ihm mit flehend erhobenen Händen in den Weg stellte. »Bitte, verschone ihn!«, schluchzte sie. »Um meinetwillen.« Ihre Augen waren vom Weinen gerötet. Auf ihren Wangen tanzten zwei rote Flecken. »Bitte, Vodă«, bettelte sie und ließ sich vor ihm auf die Knie fallen. »Bitte.« Ihre Stimme erstickte und das Schluchzen, das ihren Körper schüttelte, brachte Vlad wieder zu Verstand. Mit einem leisen Fluch ließ er die Geißel sinken und gab seinen Männern mit einem Nicken zu verstehen, Carol auf die Beine zu ziehen. Dieser krümmte sich wimmernd zusammen, als einer der Soldaten ihm das Hemd über den Kopf zog und ihn auf das Pferd zustieß, das Vlad für ihn mitgebracht hatte.

»Du hättest im Kloster bleiben sollen«, brummte er und beugte sich zu Zehra hinab, um ihr aufzuhelfen. Ihr Gesicht war totenbleich und ihre Augen wirkten stumpf. »Er kommt mit mir«, sagte er schroff. »Ein Fürst muss lernen zu gehorchen, ehe er befehlen kann«, setzte er hinzu. Dann fuhr er einen der Mönche an, die keuchend hinter Zehra hergeeilt waren. »Bringt sie zurück. Und passt auf, dass ihr in meiner Abwesenheit nichts zustößt.« Mit diesen Worten kehrte er Zehra den Rücken, um das Aufkeimen des Ärgers vor ihr zu verbergen. Sie hätte sich ihm nicht vor seinen Leuten in den

Weg stellen sollen! Jetzt musste er Carols Strafe verschärfen, damit niemand den Eindruck gewann, er lasse sich von einer Frau gängeln. Ohne auf ihr Aufkeuchen zu achten, setzte er den Fuß in den Steigbügel und zog sich auf den Rücken seines Hengstes. Er durfte jetzt nicht weich werden! Wenn er noch einmal in ihre Augen sah, würde er nicht befehlen können, was nötig war. Der Bengel hatte Züchtigung verdient! Mit einem Schnalzen der Zunge trieb er sein Reittier an. Kurze Zeit später trabte die Abordnung an den Mauern des Klosters vorbei den Abhang hinunter, den Vlad erst vor einem Tag erklommen hatte. Die Wut, die immer noch in ihm kochte, verstärkte sich, als ihm klar wurde, dass sein Sohn die Schuld an Zehras Schmerz trug. Warum hatte der Bursche das Glück zerstören müssen, das Vlad und sie noch vor kurzem erfüllt hatte? Weshalb konnte er sich nicht einfach stillschweigend in sein Schicksal fügen? Wieso war er überhaupt ausgerissen? Hatte er gewusst, dass Vlad ihn mitnehmen wollte? Seine Miene verdüsterte sich erneut. Das würde bedeuten, dass er gelauscht hatte! Dafür hätte Vlad ihn am liebsten eigenhändig weiter geprügelt. Sobald sie in Tirgoviste ankamen, würde er den Jungen an Grigore übergeben, mit dem Befehl, ihn eine Woche lang jeden Tag bis aufs Blut zu geißeln! Vielleicht würde dann die Weichheit aus seinen Zügen verschwinden und der böse Spuk seiner Ähnlichkeit mit Radu weggewischt werden.

Teil 2

Kapitel 16

Der Sultanspalast in Edirne, Februar 1457

Angeekelt von sich selbst starrte Radu auf den Knaben hinab, dessen Rücken so mager war, dass die Rippen sich deutlich unter der Haut abzeichneten. Seine Hinterbacken waren genau wie der Rest seines Körpers noch unbehaart und geschmeidig. Einfach göttlich. Aber die Erfüllung, die Radu noch vor kurzem durch die Lenden geschossen war, wich bereits einem beängstigenden Gefühl der Enge. Es war das erste Mal gewesen – für den Jungen genauso wie für ihn – und plötzlich fühlte er sich schmutzig. Wie anders es war, die Oberhand bei diesem Spiel zu haben, das er bisher nur in der Stellung erlebt hatte, welche der Knabe immer noch innehatte. Wie berauschend und dennoch furchtbar. Er zitterte. »Zieh dich an«, brachte er schließlich tonlos hervor und sah dabei zu, wie sich der Page mit unsicheren Händen die Kleider überstreifte. Als er sich zu ihm umwandte, entdeckte er Spuren von Tränen auf der Haut des Jungen. Ohne Vorwarnung blitzten längst vergessen gewähnte Bilder in seiner Erinnerung auf. Während diese wie ein Wirbelsturm durch seinen Kopf tobten, wurden ihm die Knie schwach. Er fasste hinter sich, um sich an einer der Säulen abzustützen. Einen flüchtigen Augenblick lang war es, als habe ihm jemand die Faust in den Magen getrieben. Doch dann verschwand die Beklemmung und ließ ihn ausgelaugt, aber entschlossen zurück. Warum machte er sich Vorwürfe? Hatte *er* die erste, raue Werbung des Sultans nicht auch überlebt? War es für den Burschen nicht genauso eine Ehre, *ihm* zu Gefallen zu sein, wie es eine Ehre für ihn gewesen war, dass Mehmed ihn erwählt hatte?

War nicht auch *seine* Furcht vor dem Liebhaber bald dem Wunsch gewichen, nie mehr ohne ihn zu sein? Er wischte die Gedanken mit einer heftigen Bewegung fort und kramte in seiner Geldkatze. Dann drückte er dem Jungen zehn *Asper* in die Hand und murmelte: »Kauf dir etwas auf dem Bazar.« Und komm das nächste Mal schneller, wenn ich dich rufe, wollte er hinzusetzen. Als der Knabe sich jedoch abwandte und hastig aus dem Raum floh, schluckte er diesen Gedanken hinunter und fuhr sich mit den Handflächen über das erhitzte Gesicht.

Es war Zeitverschwendung, sich mit Selbstvorwürfen zu quälen. So war nun einmal der Lauf der Dinge: Der Schwache musste sich dem Starken unterwerfen. Wenn der Knabe klug war, würde ihm ganz gewiss kein Nachteil aus Radus Aufmerksamkeit erwachsen. Er bückte sich, um die eigenen Kleidungsstücke aufzuheben, schlüpfte in *Shalvar*, *Gömlek*, *Entari* und Kaftan und band sich den Turban. Diesen befestigte er mit einer Spange, die ein taubeneigroßer Rubin und zwei Pfauenfedern schmückten. Dann steckte er sich seine Ringe an die Finger, legte den juwelenbesetzten Gürtel um und zog sich Schuhe an. Er würde ein wenig an die frische Luft gehen. Da die Witterung in diesem Winter ungewöhnlich mild war, blühten sogar noch einige Büsche in den Gärten und selbst die Vögel versteckten sich nicht in ihren goldenen Käfigen. Als er den Hof erreichte, wandte er rasch den Blick von den Fenstern der Sultansgemächer ab, um nicht in Eifersucht zu entbrennen. Irgendwann würde Mehmed der Schoß seiner neuen Konkubine langweilig werden und er würde sich an Radu erinnern. Bis dahin würde Radu einfach die Freuden genießen, welche ihm seine Stellung als Wesir ermöglichte! Er runzelte ärgerlich die Brauen und rauschte an den Janitscharen vorbei, die das innere Tor bewachten. In Gedanken halb bei Mehmed, halb bei dem Pagen, fand er sich kurz darauf auf einer der Inseln in der Tunca wieder, deren *Köşk* – der Gartenpavillion –

bereits für das Beschneidungsfest geschmückt war. Zwar würde die Zeremonie erst im März stattfinden, aber der Sultan hatte Befehl gegeben, bereits jetzt mit der Dekoration zu beginnen. Warum, wusste Radu nicht. Vermutlich wollte Mehmed sich zwischen verschiedenen Vorschlägen entscheiden. Doch das war ihm im Moment auch vollkommen egal. Das Einzige, was für ihn eine Rolle spielte, war, dass Mehmed wieder er selbst wurde.

Er ließ sich auf einer der Bänke nieder, auf denen er so oft mit seinem *Gül-jüz* – seinem Rosenantlitz – gesessen hatte. Der Kosename hatte Mehmed zum Lächeln gebracht, als Radu ihn zum ersten Mal verwendet hatte. Die Tatsache, dass er seine neue Konkubine *Çiçek* – Blume – nannte, war wie ein Schlag ins Gesicht. Was hatte Radu getan, um verstoßen zu werden? Warum zog der Sultan den Schoß einer Frau den Freuden vor, die er mit ihm geteilt hatte? Die Antwort war einfach, dennoch fuhr er sich ärgerlich mit der Hand über das Kinn. Vermutlich lag es nicht an dem Haar, das plötzlich überall zu sprießen schien, sondern daran, dass Mehmed so viele Söhne wie möglich zeugen wollte – auch wenn der von ihm erwählte Thronfolger seine Brüder umbringen lassen musste, wenn die Zeit der Machtübernahme gekommen war. Dies, so hatte er Radu informiert, würde er als Gesetz festschreiben lassen, damit es im Osmanischen Reich niemals wieder zu einem Bürgerkrieg kommen würde, wie nach dem Tod Sultan Bayezids vor etwas über fünfzig Jahren. Radu seufzte und pflückte eine verwelkte Blüte von einem Busch, so wie Mehmed es zu tun pflegte, wenn er nachdachte. Obgleich ihn der Ausflug nach Konstantinopel nicht unbedingt mit Begeisterung erfüllt hatte, wünschte er, sie wären nicht so schnell wieder von dort aufgebrochen. Wenigstens waren dort keine Frauen um den Sultan herumgeschwirrt wie Bienen um ein Honigfass! Er zerrieb die Blütenblätter und roch an seinen Fingerkuppen. Beinahe wünschte er sich wieder einen Krieg herbei! Schließlich war

Mehmeds Wunde ausgeheilt und er hatte seine Bewegungsfreiheit wieder. Worauf wartete er dann noch? Gab es nicht genügend Fronten, an denen gekämpft werden musste? Radu warf die Überreste der Blüte ins Gras und wischte die Finger an der Bank ab. Er musste geduldig sein! Bald würde die Zeit wieder kommen, in der er und sein Gül-jüz sich nachts ein Zelt teilten!

Kapitel 17

Kronstadt, Februar 1457

Endlich! Keine zwei Meilen mehr und sie waren am Ziel! Mit einer Hand, die trotz der dicken Kaninchenfellhandschuhe steif gefroren war, tastete Utz von Katzenstein nach seinem Kopf und zog die Zobelmütze noch ein Stückchen tiefer ins Gesicht. Seine Nasenspitze, seine Wangen und sein Kinn fühlten sich an, als ob sie nie wieder auftauen würden. Der Inhalt seiner Nase schien sich in winzige Eiszapfen verwandelt zu haben. Seit Stunden schmerzten ihm die Augen von dem Anblick der scheinbar endlosen, blendend weißen Schneedecke. Zum Glück war die Sonne vor einigen Minuten hinter den Wolken verschwunden. Die Bärte der ungarischen Händler zierten Reif und Schnee. Wenn Utz genauso aussah wie sie, dann mussten die Bewohner der einsamen Katen sie für Erscheinungen aus einer anderen Welt halten. Der Fluss, dem sie seit beinahe zwei Monaten folgten, war von einer zolldicken Eisschicht bedeckt und Harsch knirschte unter den Hufen ihrer Reittiere. Aus den Schornsteinen der Bauernhöfe kräuselte sich schwarzer Rauch in den Himmel, dessen Bleigrau neuen Schneefall ankündigte. Die Luft roch nach Holzfeuer und nicht nur Utz reizte der beißende Gestank immer wieder zum Husten. Die Krähen, welche reglos in den kahlen

Baumskeletten hockten, schien all das nicht zu stören, da sie kaum die Köpfe wandten, als die Reiter an ihnen vorbeizogen. Außer dem gelegentlichen, durchdringenden Krächzen waren das Schnauben der Pferde und das Knirschen des Schnees die einzigen Geräusche, die weit und breit zu vernehmen waren. Aber auch diese Laute gingen viel zu schnell verloren in der klirrenden Kälte – als würden sie von einer unsichtbaren Hand aus der Luft gewischt.

Kleine Wölkchen pufften aus den Nüstern der Packtiere. Utz konnte seinen Atem ebenfalls vor sich sehen, ehe er sich vor seinen Augen auflöste. Den ungarischen Händlern schien die Kälte nicht das Geringste auszumachen. Aber Hans, der an der Seite seines Vaters ritt, hatte bereits wieder blaue Lippen. Seit einigen Tagen plagte den Jungen zudem ein hässlicher Husten, der nichts mit den Rauchschwaden zu tun hatte. Utz sah zu ihm hinab und fragte sich – nicht zum ersten Mal – ob es nicht doch besser gewesen wäre, wenn er ihn in Ulm gelassen hätte. Wie seinen Bruder Jakob.

»Bitte tu mir das nicht an«, hatte Sophia ihn schluchzend angefleht.

Trotz der Wut wegen der Art und Weise, wie sie ihn von der Abreise hatte abhalten wollen, war gegen seinen Willen Mitleid in ihm aufgestiegen. Ihre Abscheu kränkte und verletzte ihn, aber er begriff, wie viel Überwindung es sie gekostet haben musste, sich ihm anzubieten. All das hatte sie nur getan, um ihn davon abzuhalten, ihr die Söhne wegzunehmen. Selbst, wenn er sie für ihre Falschheit hätte bestrafen wollen, brachte er es nicht über sich, seinem Sohn Jakob das Herz zu brechen. Dieser hatte gebettelt und gedrängt, Utz beschworen und bestürmt, ihn eine Ausbildung bei Hans Multscher machen zu lassen. Als dann der alte Freund ein weiteres Mal in dieselbe Kerbe gehauen hatte, war der Widerstand in Utz zum Erliegen gekommen und er hatte eingewilligt, nur Hans mit auf die Reise zu nehmen. Ein trockenes Husten ließ ihn hoffen, dass er keinen Fehler gemacht hatte. Was, wenn der Junge ernsthaft erkrankte? Furcht griff nach seinem Herzen. Er fragte sich, ob er es sich jemals würde verzeihen können, wenn Hans etwas zustieß.

»Wir sind bald da«, sagte er und legte seinem Sohn eine Hand auf die Schulter. »Dann stecken wir dich in einen Zuber mit heißem Wasser, bis dir der Dampf aus den Ohren kommt«, scherzte er lahm.

Hans sah zu ihm auf und lächelte schwach. Die dunklen Ringe unter seinen Augen waren in den letzten beiden Tagen tiefer geworden. Sein bleiches Gesicht verhieß nichts Gutes. »Ich habe Hunger«, erwiderte er und leckte sich die aufgeplatzten Lippen.

Utz spürte Erleichterung an die Stelle der Sorge treten. Solange der Junge Hunger hatte, war die Krankheit nicht lebensbedrohlich. Erst, wenn einem Kranken der Appetit verging, wurde es gefährlich – soviel wusste selbst er. Er erwiderte das Lächeln und deutete auf die schneebedeckten Berge, an deren Fuß sich eine beeindruckende Stadt in eine Senke duckte. »Das ist Kronstadt. Dort bleiben wir bis der Schnee wieder schmilzt und der Frühling kommt.«

Einer der ungarischen Händler vor ihm lachte und warf über die Schulter: »Was habt Ihr nur gegen das bisschen Schnee? Ihr solltet sehen, wie es in den Bergen aussieht.«

Nein danke, dachte Utz. Wenn er gewusst hätte, wie beschwerlich die Reise werden würde, hätte er darauf bestanden, erst im Frühling aufzubrechen. Wer hatte ahnen können, dass die Ungarn etwas anderes unter »gut begehbar« verstanden, als der Rest der Welt? Nun, dachte er, wenigstens schnappt mir so niemand das Geschäft vor der Nase weg. Sobald alles unter Dach und Fach war, würden er und Hans auf die Schneeschmelze warten. Solange konnte er sich in Ruhe nach weiteren Handelspartnern umsehen.

Eine halbe Stunde später ritten sie durch das Stadttor von Kronstadt in die Innere Stadt ein. Auf einer schroffen Erhebung im Süden thronte eine Zinnenburg, welche über die Stadt wachte. Die Dächer der Wehrtürme zierten glitzernde Schneekappen, aber die Straßen waren sorgfältig freigeräumt. Dicht an der Stadtmauer glichen die Holzhäuser Bauernhöfen, doch je näher sie der Ratsstube und dem Wachturm am Marktplatz kamen, desto mehr schien Stein das bevorzugte Baumaterial zu sein. Trotz der eisigen Temperaturen wimmelte es in den Straßen von Händlern, Bauern, Kirchenmännern und hohen Herren. Utz stellte erstaunt fest, dass sich seit seinem letzten Besuch einiges getan hatte. Schäbige Gebäude waren verschwunden und prächtigeren Bauten gewichen, die Anzahl der reichen Bürger schien zugenommen zu haben. Auch sein Geschäftspartner, Andreas Pfeiler, hatte sich finanziell verbessert, da seine Behausung inzwischen mit dem Nachbargebäude zusammengewachsen war.

»Er ist seit dem letzten Jahr Mitglied des Rates«, informierte ihn einer seiner Begleiter, als sie vor dem eisenbeschlagenen Hoftor des Händlers absaßen.

»Entschuldigt, was habt Ihr gesagt?« Utz' Gedanken waren beim Anblick des bekannten Tores zu Zehra abgeschweift, sodass er nur mit halbem Ohr zugehört hatte. Ob sich wohl eine Möglichkeit finden ließ, sie zu sehen?

»Er ist inzwischen Magistrat«, wiederholte der Mann und verneigte sich leicht, als der Herr des Hauses höchstpersönlich das Tor öffnete.

»Ihr seid da! Wie schön!«, rief er aus und bot Utz die Hand, in die dieser mit Freude und trotz des dicken Handschuhs einschlug. »Kommt schnell ins Warme. Diese Kälte lässt einem ja die Haare auf dem Kopf gefrieren«, sagte sein Gastgeber und winkte eine Handvoll Knechte herbei. »Bringt die Pferde in den Stall und versorgt sie.« An die Reiter gewandt, schlug er vor: »Wie wäre es mit einem Krug heißen

Wein und einem feurigen *gulyás*? Glaubt mir, etwas Besseres gibt es nicht bei diesem Wetter!«

Kapitel 18

Ulm, Ende Februar 1457

»Ich weiß nicht, wie oft ich es dir noch sagen muss, aber du bist hier nicht willkommen. Bitte geh, oder ich muss den Verwalter rufen.« Sophias Stimme hätte Glas schneiden können. Sie verschränkte die Arme vor der Brust und sah ihren Vater mit einer Miene an, die ihn hoffentlich davon abhielt, sie länger zu belästigen. Allerdings schien Johann von Katzenstein wenig beeindruckt von dem frostigen Empfang, da er den Abstand zwischen sich und seiner Tochter verringerte. Auf seinem kahlen Schädel saß eine Mütze, deren Fell wie das einer räudigen Katze aussah. Das Pferd, mit dem er gekommen war, hatte ebenfalls bessere Tage gesehen. Gegen ihren Willen empfand Sophia etwas Ähnliches wie Mitleid für ihren Vater. Er hat es nicht verdient, rief ihr Verstand ihr zu. Aber ihr Herz sagte etwas Anderes. Die vergangenen acht Jahre hatten ihn gebeugt, und aus dem breitschultrigen Haudegen war ein alter Mann geworden. Dicke Tränensäcke unter den Augen verliehen seinem Gesicht ein müdes und verlebtes Aussehen. Die Haare, die ihm aus Nase und Ohren sprossen, waren schlohweiß. Mit seinen vierundfünfzig Jahren war er ein Greis – eine Erkenntnis, die Sophia wie ein Blitz aus heiterem Himmel traf. Was war aus dem sturköpfigen Polterer geworden, auf dessen Stärke sie als Kind vertraut hatte? Und wo war der Ritter geblieben, der so viele Gegner im Turnier bezwungen hatte? Sie vertrieb die ungebetenen Gedanken mit einem Stirnrunzeln und wich seinem Blick aus.

»Willst du mich nicht wenigstens hereinbitten? Es ist saukalt, du kannst mich doch nicht einfach auf der Straße stehen lassen!«, brummte Johann von Katzenstein.

»Ach, und warum nicht?«, schoss Sophia spitz zurück, machte ihm jedoch den Weg frei, als er an ihr vorbei in die Einfahrtshalle des Hauses drängte.

»Weil es gegen alle Regeln des Anstandes verstößt«, erwiderte ihr Vater.

»Seit wann interessieren *dich* die Regeln des Anstandes?«, fragte sie und schrak zusammen, als er zu ihr herumfuhr.

»So redet man nicht mit seinem Vater!«, grollte er, hob aber sofort beschwichtigend die Hände, als Sophia Anstalten machte, jemanden herbeizurufen. »Können wir nicht endlich wieder miteinander verkehren wie zivilisierte Menschen?«, fragte er.

Sophia stieß abfällig die Luft aus. »Du meinst so zivilisiert wie damals, als du Utz entführt und mich dazu gezwungen hast, ihn zu heiraten?« Ihre Stimme überschlug sich beinahe vor Erregung. »Oder eher so zivilisiert wie davor, als Großmutter und du seinen Vater ermordet und versucht habt, ihm seinen Besitz zu stehlen? Ist das die Art von Umgang, die dir vorschwebt?« Johann presste die Lippen aufeinander und hob erneut abwehrend die Hände.

»Mit dem Mord an seinem Vater hatte ich nichts zu tun. Das war einzig und allein Helwigs Idee.«

»Behauptest *du*!«, zischte Sophia. »Woher soll ich wissen, dass es nicht dein Einfall war? Und du jetzt etwas Ähnliches planst?« Sie trat demonstrativ einen Schritt von ihm zurück. »Willst du jetzt *mich* töten und meinen Mann, sobald er zurück ist? Und dann meine Kinder? Oder warum belästigst du mich andauernd?« Ihre Wut verstärkte sich mit jedem Wort. Was dachte er sich eigentlich? Hatte er nicht ihr ganzes Leben zerstört? »Ich sollte die Wache rufen und dich von hier fortschaffen lassen!«, erboste sie sich. »Es ist *mein* Haus und du hast kein Recht, hier einzudringen.«

Johann holte tief Luft und seufzte. »Ich bin nicht eingedrungen. Du hast mich hereingelassen.«

»Ja, das habe ich wohl offensichtlich. Leider!« Sie trat einen Moment lang unschlüssig von einem Fuß auf den anderen, dann ging sie zurück zum Tor und schob es wieder auf. »Bitte geh«, wiederholte sie und hielt die Luft an, als Johann Anstalten machte, ihrer Aufforderung Folge zu leisten. Kurz bevor er den Ausgang erreicht hatte, hielt er jedoch an und zog sie ohne Vorwarnung in eine Umarmung, die ihr den Atem raubte. Obwohl sie sich im ersten Moment gegen ihn wehren wollte, gab sie den Widerstand nach wenigen Augenblicken auf und ließ zu, dass er ihr Gesicht an seine Brust drückte.

»Es tut mir Leid, was damals geschehen ist«, flüsterte er. Seine Stimme war belegt. »Ich wünschte, ich könnte es ungeschehen machen.«

Die Versuchung, sich an ihn zu klammern, wie sie es als Kind so oft getan hatte, war groß. Der wohlbekannte Geruch von Leder, Waffenöl und Pferdeschweiß war so einlullend wie ein Schlaflied. Erinnerungen an eine Zeit, in der sie noch an das Gute in ihm geglaubt hatte, ließen ihr Tränen in die Augen schießen. Wie sehr sie sich nach Wärme und Geborgenheit sehnte! Sie spürte seine Hand auf ihrem Rücken und hätte sich am liebsten an ihn gepresst, wie vor viel zu vielen Jahren, als er noch ihr Fels in der Brandung gewesen war; derjenige, der sie vor der Bosheit ihrer Großmutter beschützt hatte. Doch kurz bevor sie aufgab und sich von ihrer Sehnsucht nach Liebe davontragen ließ, meldete sich ihre Vernunft wieder zu Wort und warnte sie vor Gefahr. Er war ein Lügner! Ein Lügner und Betrüger! Vielleicht sogar ein Mörder! Mit einem Schniefen machte sie sich von ihm los, wischte sich mit dem Handrücken über die Augen und brachte Abstand zwischen sich und ihn.

»Mir tut es auch leid«, sagte sie leise. »Aber ich kann dir nicht verzeihen, was du Utz und mir angetan hast.« Johann blinzelte. Zu ihrer Überraschung sah Sophia, dass seine Augen ebenfalls verdächtig gerötet waren.

»Ich weiß, dass es viel verlangt ist«, sagte er kaum hörbar, »aber vielleicht lässt du zu, dass ich dich ab und zu besuche.« Er senkte den Kopf. Erneut fiel Sophia auf, wie alt er geworden war. »Wenn nicht, kann ich es dir nicht verdenken.« Er lächelte zaghaft und griff nach dem Zügel seines Reittieres. »Überleg es dir.« Mit diesen Worten saß er auf und trabte nach einem letzten Gruß durch das Tor nach Osten davon.

Wenngleich der Ärger inzwischen wieder die Oberhand gewann, sah Sophia ihm mit gemischten Gefühlen nach, bis er um eine Häuserecke verschwand. Er wollte etwas von ihr, soviel war ihr klar. Vermutlich Geld. Aber warum brachte er es nicht einfach hinter sich und bat sie darum? Warum dieses für beide Seiten erniedrigende Schauspiel? Sie verharrte einige Augenblicke in der Kälte, dann kehrte sie fröstelnd zurück ins Haus. Auch bei ihrer letzten Begegnung auf dem Holzmarkt hatte er nicht gesagt, was er eigentlich von ihr wollte, obgleich sie es tief in ihrem Inneren wusste. Allerdings hatte sie ihn damals kaum zu Wort kommen lassen – wie die anderen Male zuvor auch. Wenn Utz jemals davon erfuhr, dass sie überhaupt mit ihrem Vater in Kontakt war, würde er seine Drohung wahr machen und dafür sorgen, dass Johann von Katzenstein – genau wie seine Mutter Helwig – im Narrenhaus der Stadt verrottete. Diese Drohung nahm auch Johann ernst, das wusste sie. Er belästigte sie ausschließlich dann, wenn von Utz weit und breit keine Gefahr drohte. Sie erklomm die Stiege ins Obergeschoss und zog sich ins Kontor zurück. Zum Glück war das Haus voller starker Männer! Hätte ihr Vater etwas Unlauteres vor, würde es ihm nicht gelingen, bis zu ihr oder ihrem Sohn vorzudringen! Sie trat an den Schreibtisch und schob blicklos einen Stapel Briefe hin und her. *Einem* ihrer Söhne! Die Sehnsucht nach Hans und Jakob ließ die Gedanken an ihren Vater in den Hintergrund treten. Warum fühlte sie sich nur so entsetzlich alleine? Kam Jakob nicht jeden Abend aus Hans Multschers Werkstatt nach Hause zurück, um die Nacht unter ihrem Dach zu verbringen? War es nicht ein Trost, dass wenigstens *er* in Sicherheit war und nicht den Gefahren einer langen Reise trotzen musste? Die Tränen kehrten zurück und sie schlug die Hände vors Gesicht. Warum hatte sie es nur nicht zustande gebracht, Utz zu geben, was er von ihr verlangte? Sie war vollkommen durcheinander! Warum konnte sie nicht stark sein, so wie all die Heiligen, zu denen sie tagein, tagaus betete? Blind vor Tränen ließ sie sich auf die Dielen sinken und kauerte sich zusammen, während der Schmerz sich immer tiefer in ihr Herz bohrte.

Mit gesenktem Kopf ritt Johann von Katzenstein zurück zur Hahnengasse. Die Begegnung mit seiner Tochter hatte ein schales Gefühl hinterlassen – auch wenn er spürte, dass er seinem Ziel ein Stückchen nähergekommen war. Lange würde sie ihn nicht mehr von sich weisen können, dessen war er sich inzwischen vollkommen sicher. Er hatte immer noch Macht über sie, über Gefühle, derer sie nicht Herr zu sein schien. Gefühle, die dafür sorgen würden, dass er zurückbekam, was Sophias Mann ihm weggenommen hatte! Sein ganzer Körper verkrampfte sich, als er sich vorstellte, wie es sein würde, endlich wieder Herr von Burg Katzenstein zu sein. Endlich wieder in dem Wald zu jagen, den er als Knabe voller Begeisterung und Ehrfurcht zugleich durchstreift hatte. Er lenkte sein Reittier nach Osten und kniff die Augen zusammen, um besser sehen zu können. Während er bei Sophia im Haus gewesen war, hatte es wieder angefangen zu schneien.

Die Flocken wirbelten in wildem Tanz durch die Luft. Einige davon schmolzen in der Mähne seines Falben, aber auf seinen Ärmeln bildete sich schon bald ein zuckerfeiner Schneeüberzug. Er durfte nicht sentimental werden! Immerhin hatte er einen zehnjährigen Sohn, dem er etwas Besseres bieten musste, als das, was sich immer deutlicher in der Zukunft abzeichnete. Wenn er nicht bald eine neue Geldquelle erschloss, würde er auch noch seine restlichen Pferde verkaufen und Mieter ins Haus nehmen müssen. Und das als Spross eines alten Adelsgeschlechtes!

Gegen seinen Willen hallte die letzte Unterhaltung mit seiner Mutter in seinem Kopf wider und er sah ihre verzerrte Fratze vor sich. »Dein leiblicher Vater war nichts weiter als ein widerlicher, einfältiger Dorfschmied!«, hatte sie gekeift, kurz bevor Johanns Hände sich um ihren Hals geschlossen hatten. »Ein Bock, der seinen Schwanz nicht in der Hose behalten konnte! Und der Feigling, den du all die Zeit für deinen Vater gehalten hast, war nichts weiter als genau das: Ein Feigling!« Er umklammerte die Zügel fester und spuckte aus, als könne er so die Worte vertreiben, die ihn seit Jahren verfolgten. Hatte er sich nicht geschworen, nicht mehr an Helwig und ihre Lügen zu denken? Sein Vater war ein Adeliger gewesen! Daran konnte selbst Helwigs Gift nichts ändern! Ohne es zu bemerken, hatte er einen Umweg gemacht und den Seelengraben erreicht. »Du bist ein Narr«, murmelte er, als das Zundeltor vor ihm auftauchte und wendete sein Pferd. »Ein dummer, alter Narr.« Auf Helwigs Lügen zu hören war genauso dumm, wie zu glauben, dass man einen Handel mit dem Teufel eingehen konnte. Er musste ihre Behauptungen endlich vergessen, sonst würde er wirklich den Verstand verlieren! Nach einigen Minuten tauchte endlich das windschiefe Haus, das er vermutlich nicht mehr lange sein Eigen nennen würde, aus dem Schneegestöber auf. Die Gestalt, die soeben die Tür hinter sich zuzog und in Richtung Zeughaus davonhuschte, ließ Johann einen gotteslästerlichen Fluch ausstoßen. »Dieses verdammte kleine Flittchen!«, grollte er und sprang vor dem Hoftor aus dem Sattel. Dachte sie, er durchschaute nicht, was sie direkt vor seiner Nase trieb? Er zog seinen Falben in den Hof und schob ihn in den winzigen Stall, wo er ihn an einem Pfosten festmachte. Er konnte ihn später absatteln. Zuerst musste er seiner Gemahlin ein für alle Mal klar machen, dass er es nicht duldete, dass sie ihn mit irgendwelchen jungen Burschen betrog! Kochend vor Zorn stürmte er ins Haus, riss sich den Mantel von den Schultern und trampelte die Stufen hinauf ins Obergeschoss. Dort trat er die Tür seiner Schlafkammer auf und spuckte eine weitere Verwünschung aus. Seine Frau Anna presste erschrocken das dünne Laken gegen ihre bloßen Brüste, die noch gerötet waren von den Händen, die sie offenbar vor kurzem geknetet hatten. Wut, wie er sie schon lange nicht mehr empfunden hatte, wallte in Johann auf und ließ ihn einen heiseren Schrei ausstoßen. Sie trieb es in seinem eigenen Bett mit ihren Liebhabern!

Kapitel 19

Einen halben Tagesritt von Tirgoviste entfernt, März 1457

»Er spürt deine Angst.« Carol zuckte zusammen und sah sich verwirrt im Stall um. Aber die dünne Mädchenstimme, die ihn erschreckt hatte, schien aus dem Nichts zu kommen.

»Solange du dich vor ihm fürchtest, wird er niemals zulassen, dass du ihn reitest«, fuhr die Stimme fort.

Carol hob ungläubig den Blick. Über ihm – keine zehn Zoll von seinem Scheitel entfernt – baumelten die Füße eines etwa siebenjährigen Mädchens, das ihn mit einem Zahnlückenlächeln bedachte. Ihre Röcke waren schmutzig und zu seinem Schrecken stellte er fest, dass er ihre bloßen Beine sehen konnte. Er senkte schamhaft den Blick und zerrte weiter am Halfter des riesigen Hengstes, den Grigore, sein Lehr- und Waffenmeister, ihm anvertraut hatte.

»Ich habe keine Angst«, brummte er und schob das Tier mit der Schulter näher an die Boxenwand.

»Du musst ihm den Hals tätscheln«, fuhr die Kleine ungerührt fort und sprang leichtfüßig zu Boden. »So, siehst du.« Sie baute sich vor dem Tier auf, das Carol inzwischen in die Sattelgasse geführt hatte, und klopfte ihm furchtlos den Hals. Zu Carols Erstaunen senkte der Fuchs den Kopf, damit sie ihn besser erreichen konnte, und stieß ein zufriedenes Schnauben aus.

»Wie kommst du darauf, dass ich Angst vor ihm habe?«, fragte er und zog das Tier näher zu sich, um ihm das Halfter abzunehmen. Dann schob er ihm die Trense ins Maul und zurrte das Zaumzeug fest.

»Alle fürchten sich vor ihm«, sagte das Mädchen. Es trat zur Seite, damit Carol die Hufe des Hengstes heben konnte, um nachzusehen, ob sie sauber waren.

»Ich nicht«, versetzte der Junge mürrisch, während er mit dem Gewicht des Tieres kämpfte. Und überhaupt, was geht es dich an, wollte er hinzusetzen, schluckte die Worte jedoch, da er in den vergangenen Monaten gelernt hatte, seine Zunge zu hüten.

»Weißt du, er ist nämlich gar nicht wild«, versetzte die Kleine und zog die Nase hoch. »Er will nur nicht immer geschlagen werden.«

Carols Hände schlossen sich so krampfartig um die Fesseln des Hengstes, dass dieser nach einigen Augenblicken mit einem Wiehern protestierte. Schuldbewusst ließ er den Huf fahren. Er richtete sich auf, während er versuchte, das Geräusch aus seinem Kopf zu verbannen, das ihn immer noch bis in den Schlaf verfolgte. Als geschähe es in diesem Moment, hörte er den Riemen der Peitsche durch die Luft sausen und auf seinen Rücken klatschen. Mit der Erinnerung kehrte der Schmerz zurück und er zog unwillkürlich die Schultern ein. Noch immer wachte er in manchen Nächten schweißgebadet auf, weil er sich im Traum in dem Wald in der Nähe des Klosters befand – vor seinem Vater auf den Knien liegend. Die verzerrten Züge des Mannes, den er mehr hasste, als er es jemals für möglich gehalten hatte, schienen ihn überallhin zu verfolgen. Nicht nur, dass er auf ihn eingedroschen hatte, als wolle er ihn zu Tode prügeln; er hatte zudem noch Grigore befohlen, Carol eine Woche lang ohne Erbarmen zu züchtigen. Ein Befehl, dem sich der Bojar nicht zu widersetzen gewagt hatte – obwohl Carol Mitleid in seinen Augen gelesen hatte. Ein Schauer kroch ihm über den Rücken und er griff hastig nach dem nächsten Huf. Er durfte nicht an seinen Vater denken! Ansonsten würde der Hass in ihm überkochen und irgendwann die Traurigkeit zurückbringen. Er spannte die Kiefermuskeln an und konzentrierte sich auf seine Arbeit. Seine Mutter verdiente es nicht, dass er ihr auch nur eine einzige Träne nachweinte! Hatte sie ihn nicht ohne mit der Wimper zu zucken in Vlad Draculeas Obhut geben wollen? War sie nicht bereit gewesen, ihn zu verlassen? Die Liebe, die er trotz allem noch für sie empfand, war wie ein beständiger Bauchschmerz. An manchen Tagen fühlte es sich an, als habe jemand ein Loch in ihn geschnitten, das nie wieder zuwachsen würde.

»Warum schaust du so böse?«, riss ihn das Mädchen in die Gegenwart zurück. Sie zog die Brauen hoch, die genauso rabenschwarz waren wie ihr langes, geflochtenes Haar. In ihren braunen Augen lag eine Mischung aus Neugier und Mitleid. Sie war eine Tochter des Bojaren, das wusste er. Allerdings hatte er sie bisher nur selten zu Gesicht bekommen. Warum war sie nicht bei den anderen Frauen? Sollte sie nicht lernen, wie man kochte, den Haushalt führte, webte oder stickte?

»Floarea!«, dröhnte es durch die Sattelgasse. Die beiden erstarrten mitten in der Bewegung. »Habe ich dir nicht schon tausendmal gesagt, dass du dich nicht immer im Stall herumtreiben sollst?« Das Gesicht des Bojaren war streng, als er sich den beiden näherte, aber seine Augen verrieten, dass er nicht wirklich zornig war.

»Vater!«, rief das Mädchen aus und rannte auf ihn zu, um zu ihm aufzusehen. »Wann darf *ich* endlich reiten lernen?«

Carol hielt unwillkürlich die Luft an, als Grigore die Hand hob. Doch anstatt seiner Tochter eine Ohrfeige zu geben, strich er ihr zärtlich übers Haar und schüttelte den Kopf. »Floarea«, seufzte er, »geh ins Haus und hilf deinen Schwestern beim Backen. Du weißt, dass du noch nicht alt genug bist.« Er versetzte ihr einen Klaps auf den Rücken und sah ihr nach, als sie mit hängendem Kopf davonschlich. Einige Augenblicke lang herrschte Schweigen im Stall, dann warf der Hengst ungeduldig den Kopf und stieß ein forderndes Wiehern aus. »Wie weit bist du?«, fragte Grigore. Er trat auf Carol zu. Dieser versuchte, seine Furcht vor dem Waffenmeister zu überspielen. Er reckte sich auf die Zehenspitzen, um dem Fuchs den Zügel über den Kopf zu werfen.

»Nur noch der Sattel«, murmelte er.

»Gut«, entgegnete Grigore und rief einen der Stallburschen herbei, um ihm aufzutragen, sein eigenes Tier ebenfalls zu satteln. »Sobald du fertig bist, sitz auf und reite mit ihm in den Hof.« Er musterte Carol von oben bis unten. »Wo ist deine Armbrust?«, fragte er. »In der Box«, erwiderte Carol und fragte sich, ob er wieder einen Fehler begangen hatte, der Strafe nach sich ziehen würde. Der Ritter gab jedoch lediglich ein Brummen von sich und kehrte Carol den Rücken zu, um sich um sein eigenes Pferd zu kümmern. »Vergiss die Winde nicht«, erinnerte er den Knaben und verschwand in den Tiefen des Stallgebäudes.

Fünf Minuten und einen Kampf mit Schemel und Steigbügel später thronte Carol im Sattel des riesigen Tieres. Die Kraft des Hengstes schien unter ihm zu pulsieren und er fühlte sich seltsam unantastbar so hoch über dem Boden. Zwar hatte er zu Beginn seiner Reitausbildung Respekt vor den feurigen Tieren des Bojaren gehabt, doch sobald er das erste Mal den Rücken einer Vollblutstute erklommen hatte, war es gewesen, als habe er sein ganzes Leben nichts anderes getan als Reiten. »Das hast du offenbar in die Wiege gelegt bekommen«, hatte Grigore festgestellt. Trotz der Abneigung gegen seinen Vater war Stolz in Carol aufgekeimt. Er vermisste die Mönche, die Bibliothek und all die Bücher. Aber die Zeit, die er im Sattel verbrachte, erfüllte ihn mit beinahe genauso viel Glückseligkeit wie die Zeit in der Bibliothek. Wenn er an diese Zeit zurückdachte, war es nur ein kleiner Gedankenschritt zu dem gestohlenen Buch, das er noch nicht hatte zurückgeben können. Tag für Tag meldete sich sein schlechtes Gewissen. Dennoch war er froh, dass niemand *De rerum natura* entdeckt hatte. So konnte Lucretius ihm wenigstens im Geheimen etwas Trost spenden – bis er Gelegenheit fand, das Buch wieder dorthin zu bringen, wo es hingehörte. Mit dem Diebstahl hatte er gegen Gottes Gebote verstoßen. Keine Sekunde zweifelte er daran, dass die Härte seiner Bestrafung in direktem Zusammenhang mit dieser Sünde stand.

»Halte die Zügel kurz«, ertönte plötzlich Grigores Stimme hinter ihm.

Wenig später gab Carol dem Tier die Sporen. Zwischen Grigore und drei weiteren Begleitern trabte er auf die Pforte der inneren Festung zu und genoss das Gefühl der spielenden Muskeln unter sich. Er hatte das Gefühl, auf einem Pulverfass zu sitzen. Kaum hatten sie die Pforte erreicht, kam die kleine Abordnung bereits wieder zum Stehen. Einer der Wächter rannte aus dem Wachhäuschen auf Grigore zu und deutete auf eine Gruppe Soldaten, die Carol erst jetzt sah. Da der Wind in den Wipfeln der Bäume rauschte, verstand er nur die Hälfte dessen, was der Mann sagte. Doch zwei Worte drangen wie Pfeile zu ihm vor: »Vlad Draculea.« Allein die Erwähnung des Namens führte dazu, dass Furcht in ihm aufstieg und er seinem Reittier die Knie heftig in die Seiten presste. Als der Hengst versuchte, tänzelnd auszubrechen, zog Carol grob am Zügel und lockerte den Druck seiner Schenkel.

Der Austausch zwischen dem Wächter und Grigore dauerte kein Dutzend Atemzüge lang. Als der Bojar sich schließlich zu Carol und seinen Männern umwandte, rutschte dem Knaben das Herz in die Hose, da der Ritter ihm direkt in die Augen sah. Es war soweit! Sein Vater befahl ihn an den Hof! Einen Moment lang fürchtete er, sich übergeben zu müssen. Doch der forschende Blick seines Lehrmeisters sorgte dafür, dass er die bittere Galle seine Kehle hinabzwang und mit steinerner Miene die Nachricht erwartete, vor der er sich all die Monate gefürchtet hatte. Von Anfang an war klar gewesen, dass sein Vater ihn irgendwann als Page an den Hof holen würde. Allerdings sollte Grigore ihm zuerst die grundlegenden Dinge beibringen, die ein junger Adeliger beherrschen musste. Hatte er zu schnell gelernt? Hätte er sich ungeschickter anstellen und mehr Strafe in Kauf nehmen sollen? In Anbetracht dessen, was ihm vermutlich am Hof bevorstand, beantwortete er diese Frage im Stillen mit einem »Ja«.

Grigore räusperte sich. »Der Fürst hat Befehl gegeben, dass wir nach Tirgoviste aufbrechen sollen«, verkündete er. »Er erwartet uns noch vor dem Schließen der Stadttore.« Ein gellender Pfiff brachte eine Handvoll *robi* – Sklaven – herbei, denen Grigore auftrug, das Nötigste einzupacken. Dann ging er auf die Männer des Fürsten zu und begann, heftig gestikulierend auf sie einzureden. Es dauerte nicht lange, bis die Sklaven mit den Bündeln zurückkehrten. Carol war froh, dass er nur wenige Habseligkeiten besaß. Ein heimlicher Griff an den Boden seines Sackes verriet ihm, dass die Burschen selbst sein

Buch dort gelassen hatten, wo er es seit seiner Flucht aus dem Kloster verbarg. Offenbar hatten sie einfach alle Kleidungsstücke, die sie hatten finden können in den Beutel gestopft und diesen – zusammen mit einem Schlauch Wasser und etwas zu essen – in den Hof gebracht. Da die Männer auf dem Weg zur Jagd waren, hatten alle ihre Waffen umgegürtet, sodass die Gruppe keine zehn Minuten später aufbrechen konnte.

»Sag den übrigen Männern, dass sie uns so schnell wie möglich folgen sollen«, hörte Carol den Bojaren zu einem der Wächter sagen.

Er fragte sich, warum sein Vater auch die *arnauti* – die Söldner des Ritters nach Tirgoviste zitierte.

Kapitel 20

Einen halben Tag später erhielt er Antwort auf seine Fragen. Die Sonne verschwand bereits am Horizont, als die Abordnung das Stadttor von Tirgoviste passierte. Die Pflastersteine der Hauptstraße waren glitschig vom Regen, der vor einer Stunde eingesetzt hatte. Carol hatte mehr als einmal Mühe, seinen Hengst zu halten. Der ungewohnte Untergrund schien das Tier zu verunsichern, da seine Hufe immer wieder ausglitten. Obwohl die vergangenen Tage sonnig und frühlingshaft gewesen waren, roch es in der Stadt nach Kälte und Winter, was vermutlich auch an den zahllosen rauchenden Schornsteinen lag. Die Fenster der ärmlicheren Behausungen waren mit Brettern verrammelt, wohingegen hinter den Glasscheiben der Reichen warmes Kerzenlicht tanzte. Erstaunt stellte Carol fest, dass die Bojaren auch hier in der Hauptstadt festungsartige Häuser errichtet hatten – mit dicken Steinmauern, Türmen und ausladenden Dächern. Trotz der Tatsache, dass es noch nicht ganz dunkel war, schienen die Straßen wie leergefegt. Carol fiel auf, dass weit und breit kein Unrat zu sehen war. Nicht einmal Pferdemist verunzierte die Gassen, geschweige denn Tierkadaver, fauliges Gemüse oder der Kot von Katzen und Hunden. Eine seltsame Stimmung hing über der Stadt. Sie wirkte wie ausgestorben. Wo waren all die Menschen? Selbst in den Klöstern, in denen Carol die ersten Jahre seines Lebens verbracht hatte, war es nicht so still gewesen wie hier in der Hauptstadt der Walachei. Er sah sich beklommen um. Eine Stadt hatte er sich anders vorgestellt. Hatte seine Mutter nicht oft von Ulm erzählt – einer Metropole voller Leben und Getümmel? Er schob den Gedanken an seine Mutter ärgerlich beiseite und trabte hinter Grigore und seinen Männern auf den Palast des Woiwoden zu, während ihm der Regen in den Kragen lief.

Eigentlich hätte ihm kalt sein müssen, aber die Mischung aus Aufregung und Furcht machte ihn unempfindlich für die Nässe und den inzwischen schneidenden Wind. Mit jedem Schritt, den sein Hengst auf das Palasttor zutrat, wurde ihm mulmiger. Als die Abordnung schließlich Halt machte, um die Wachen um Einlass zu bitten, war ihm beinahe schlecht vor Angst. »Der Fürst erwartet Euch«, hörte er einen der Soldaten sagen. »Ihr sollt in die Halle kommen.« Carols Begleiter setzten sich schweigend wieder in Bewegung. Einen Moment lang hatte er den Eindruck, als verspürten auch sie die Beklemmung, welche ihm die Brust eng werden ließ. Mit dem Durchreiten des Tores schien auch der letzte Rest Tageslicht zu verschwinden – verschluckt von den abweisenden Mauern und Türmen der Festung. Sie hatten noch keinen halben Steinwurf hinter sich gebracht, als hoch über ihren Köpfen die Glocke der palasteigenen Kirche erklang. Hohl und dumpf hing ihr Ton in der Luft und schien – genau wie die tiefen Schatten der Gebäude – Unheil zu verkünden. Rechts und links des Vorhofes erstreckten sich mehrere Stallungen, hinter denen sich zahllose Wirtschaftsgebäude zusammen drängten. Alles wirkte düster und bedrückend, selbst den weiß gekleideten Mägden gelang es nicht, das Bild aufzuhellen. Mit scheu gesenkten Köpfen huschten diese an der Mauer entlang zu einem Komplex, in dem Carol Backstube und Küche vermutete. In Haltern entlang der Außenwände des Palastes flackerten Fackeln im Wind und malten verzerrte Muster auf den Boden.

»Darf ich Euch helfen?«, fragte ein Knabe in Carols Alter, kaum hatten sie eines der Stallgebäude erreicht. Er hielt ihm eine helfende Hand entgegen.

Meint er tatsächlich mich, fragte Carol sich eine Sekunde lang, ehe ihm klar wurde, dass es sich bei dem Burschen um einen Sklaven handelte. Wie so viele der robi auf Grigores Festung hatte auch dieser Junge die dunklen Züge der Zigeuner – die braune Haut und die kohlschwarzen Augen.

»Ich sattle ihn für Euch ab«, sagte der Knabe mit einem Lächeln und bot Carol die verschränkten Hände, damit dieser leichter zurück auf den Boden gelangen konnte.

Zu stolz auf die Tatsache, einen so großen Hengst ohne Schwierigkeiten gemeistert zu haben, schüttelte Carol den Kopf und sprang betont lässig zu Boden. Dann tätschelte er seinem Reittier die Flanke und übergab dem robi die Zügel. »Beeil dich«, drängte Grigore, dessen Gesicht mit einem Mal angespannt wirkte. »Den Fürsten darf man nicht warten lassen!« Bei der Erwähnung seines Vaters senkte sich ein Gewicht auf Carols Schultern und er fühlte sich plötzlich furchtbar klein. Ob es daran lag, dass er nicht mehr im Sattel thronte oder daran, dass er lieber dem Teufel ins Auge geblickt hätte als seinem Vater, wusste er nicht. Das Einzige, was er sicher wusste, war, dass er alles getan hätte, um Vlad Draculea nie wieder zu begegnen. Grigores Hand legte sich auf seinen Arm, um ihn in Richtung Ausgang zu bugsieren. Noch immer hing der Ton der Glocke über dem Palasthof. Carols Nackenhaare richteten sich auf, als sich die Tür der Kirche wie von Zauberhand öffnete. Einen Augenblick lang dachte er, die Gestalt, die kurz darauf im Rahmen erschien, wäre seine Mutter. Allerdings erkannte er beim Näherkommen, dass es weder eine Frau noch seine Mutter war, sondern ein junger Priester. Er hatte die Frage den ganzen Weg über verdrängt, aber jetzt bahnte sie sich den Weg in den Vordergrund seines Bewusstseins: Hatte Vlad Draculea ihn gerufen, weil er Hochzeit feiern wollte? Bei dieser Vorstellung fühlte er wie eine Faust seine Eingeweide zusammenquetschte. Wie bei der Nachricht, dass sie an den Hof gerufen wurden, überkam ihn Beklommenheit. Bevor er sich dagegen wehren konnte, sah er seine Mutter vor seinem geistigen Auge durch den Palast wandeln – kühl und fremd, als habe er ihr nie etwas bedeutet. Während er neben Gigore auf den Eingang des Hauptgebäudes zustolperte, hob er den Blick zu den verglasten Fenstern und fragte sich, ob sie hinter einer der bunten Scheiben stand und ihn beobachtete. Hatte sie seinen Vater gar dazu gebracht, ihn nach Tirgoviste zu holen? Fehlte er ihr vielleicht doch? Zu seinem Entsetzen verschwamm die Umgebung vor seinen Augen, als ihm Tränen in die Augen stiegen. Warum hatte sie ihn nicht besser vor Vlad Draculea beschützt? Diese Frage marterte ihn seit dem Tag, an dem sein Vater wie ein Wahnsinniger auf ihn eingedroschen und seine Mutter sich vor dem Tobenden auf die Knie geworfen hatte. Warum hatte sie nur zugelassen, dass all dieses Unglück über ihren Sohn kam? Irgendwo, tief am Grund seiner Seele, wusste er, dass er ihr Unrecht tat. Aber weder sein Herz noch sein Geist wollten diese Tatsache wahrhaben.

Die Bitterkeit verflüchtigte sich, sobald sie das Haupttor passierten und einen Gang entlang eilten, dessen steinernes Kreuzrippengewölbe an ein Gotteshaus erinnerte. Mächtige Säulen stützten die Decke. Dicke Eichentüren zu beiden Seiten wurden von reglos dastehenden Hünen bewacht. Am Ende des Ganges führte eine breite Treppe hinab in eine Halle, aus der erzürnte Stimmen an Carols Ohr drangen. Geduckt wie ein geprügelter Hund folgte er Grigore in den Raum und prallte beinahe mit einem dunkelblonden Krieger zusammen, der mit hochrotem Kopf an ihnen vorbeirauschte.

»Dieses eine Mal noch«, grollte der Blonde, »aber dann wirst du dein Versprechen endlich wahr machen müssen!« Mit diesen Worten verließ er die Halle.

Am Kopfende des fensterlosen Raumes thronte Vlad Draculea auf einem erhöhten Stuhl – umgeben von teils unterwürfig, teils beunruhigt dreinschauenden Männern. Sein Gesicht wirkte wie aus Stein gemeißelt, als er dem blonden Ritter hinterher starrte und eine Verwünschung murmelte. Carol schluckte trocken. Der Anblick seines Vaters ließ ihn von innen heraus anfangen zu zittern.

»Lasst uns allein!«, herrschte Vlad die Versammelten an. Sobald diese die Halle verlassen hatten, erhob er sich mit der Geschmeidigkeit eines Raubtieres. Der Blick seiner grünen Augen wanderte von Grigore zu Carol und verengte sich, woraufhin der Knabe sich sofort nackt, klein und schutzlos fühlte. Wie bei ihrer ersten Begegnung brachte die scharfe Betrachtung seine Wangen zum Glühen. Scham ergriff Besitz von ihm, obwohl er nicht wusste, wofür er sich eigentlich schämte. Eine Ewigkeit lang lagen Vlad Draculeas Augen auf ihm, dann wandte er sich Grigore zu und fragte ohne Vorrede: »Wann treffen die restlichen Männer ein?«

Der Bojar verneigte sich leicht und erwiderte: »Spätestens im Lauf des morgigen Tages, Vodă.«

»Das ist gut«, knurrte Carols Vater, »dann sind bald alle versammelt.« Er ließ die Finger knacken und wies mit dem Kinn in den Korridor hinaus. »Lass dir eine Kammer zuweisen, Grigore«, sagte er. »Und du kommst mit mir!«, fügte er an Carol gewandt hinzu. Dann nickte er dem Bojaren zu, packte seinen Sohn beim Kragen und beugte sich zu ihm hinab. »Ich hoffe, du hast in den letzten Monaten gelernt, was es heißt zu gehorchen«, flüsterte er so dicht an Carols Ohr, dass der Junge seinen Atem spüren konnte. »Die nächsten Wochen wirst du nicht von meiner Seite weichen!«

Carol wurde schlecht. Hätte ihn Vlad Draculeas Blick nicht auf der Stelle festgenagelt, wäre er Hals über Kopf davongerannt, um sich im tiefsten Mauseloch zu verkriechen, das er finden konnte. Stattdessen kämpfte er tapfer gegen die Furcht an, schlug die Augen nieder und schwieg. Einige grässliche Momente lang dachte er, sein Vater erwarte eine Antwort.

Doch dann richtete sich Vlad Draculea wieder auf und ergriff seinen Arm. »Von heute an bist du mein Page«, teilte er seinem Sohn mit, der das Gefühl hatte, der Boden würde sich unter seinen Füßen auftun.

Während Vlad seinen Sohn die Treppen hinauf in seine Gemächer führte, arbeitete es fieberhaft in seinem Kopf. Zwar wirkte der Bengel immer noch ein wenig verängstigt, aber Grigores harte Schule schien ihm gut getan zu haben. Von der ehemaligen Weichheit in seinen Zügen war nicht mehr viel zu entdecken. Er sah auch nicht mehr so mager und mönchisch aus. Dennoch war es höchste Zeit, dass er an den Hof kam. Obgleich Vlad noch immer nicht wusste, wem er trauen konnte und wem nicht. Er lächelte freudlos. Wenn der Junge erst einmal eine richtige Schlacht mitgemacht hatte, würde keine, aber auch gar keine Ähnlichkeit mehr mit Radu übrigbleiben. Er musterte seinen Sohn von oben und stellte zufrieden fest, dass er die Schultern gestrafft hielt. Er würde Grigore fragen, ob der Bursche bereits zielsicher mit einer Armbrust umgehen konnte. Dann nämlich würde ihn schon bald eine Feuertaufe erwarten, die er nicht so schnell vergessen würde. Seine Miene verfinsterte sich. Irgendwie mussten die versäumten Jahre aufgeholt werden! Immerhin war Vlad selbst im Alter seines Sohnes schon längst Page am Hof des Kaisers von Konstantinopel gewesen und hatte seinen Vater bereits in mehrere Schlachten begleitet. Wie sollte der Knabe sonst je das Handwerk eines Kriegers lernen? Sie hatten die Tür zu seinen Gemächern erreicht und er brachte den Jungen mit einem harten Griff zum Stehen.

»Du schläfst in der Kammer nebenan«, sagte er und ignorierte die Tatsache, dass Carol erbleichte. »Du wirst mich bei Tisch bedienen, ich will dich immer im Auge haben. Ohne meine Erlaubnis gehst du nirgendwo hin.« Er schüttelte seinen Sohn leicht. »Hast du verstanden. Nirgendwo!«

»Ja, Vater«, brachte Carol schließlich hervor. Vlad ließ ihn los und schob den Schlüssel, den er niemals aus der Hand gab, in das alte, rostige Schlüsselloch.

»In Anwesenheit von anderen wirst du mich Vodă nennen«, zischte er. Seine Wangenmuskeln spannten sich, als er hinzusetzte: »Solltest du auch nur im Traum daran denken, nicht jedem meiner Befehle aufs Wort zu folgen, dann Gnade dir Gott!« Er hob den Schoß seines Rockes und zeigte auf die Peitsche, die er an seinem Gürtel befestigt hatte. Dann stieß er den Knaben in den Raum und warf die Tür hinter sich zu. »Mach ein Feuer und dann lass mich allein!«, befahl er. »Ich muss nachdenken«, setzte er murmelnd hinzu und legte Rock, Mütze und Schwertgürtel ab. Während Carol Scheite im Kamin aufschichtete und versuchte, sich so lautlos wie möglich zu bewegen, trat Vlad ans Fenster. Wie ständig in den vergangenen Monaten, starrte er auf den Turm der Abenddämmerung – dessen Bau in den Wintermonaten ruhte.

Von hier oben konnte er deutlich die Überreste der dichten Schneedecke sehen, welche das Fürstentum im Winter beinahe erstickt hatte. Obgleich er eigentlich über seinen Vetter Stefan und dessen Forderungen nachdenken wollte, lenkte ihn die Anwesenheit seines Sohnes ab. Daher dauerte es nicht lange, bis seine Gedanken zu Zehra und der Hochzeit abschweiften, die er kaum mehr erwarten konnte. Viel zu lange war es her, dass er sie das letzte Mal gesehen hatte! Nach dem Vorfall mit Carol hatte sie ihn zuerst kühl und distanziert empfangen. Allerdings hatte es nicht lange gedauert, bis Vlad sie davon überzeugt hatte, dass es besser für ihren Sohn war, von einem Krieger erzogen zu werden, als bei Mönchen zu verweichlichen. »Er kann nicht ewig am Rockzipfel seiner Mutter hängen«, hatte er erbost hervorgestoßen, als sie ihn mit verwundeten Augen angesehen hatte. »Alle Edelknaben in seinem Alter treten in den Dienst eines Herrn.« Sie hatte geweint und ihn gebeten, Grigore um Milde zu bitten. Schließlich hatte Vlad sie belogen und ihr versprochen, dass die Bestrafung, die Carol erfahren hatte, eine Ausnahme bleiben würde. Er schloss die Augen und erinnerte sich an die Dinge, die sie daraufhin miteinander getan hatten. Irgendwann gestand er sich ein, dass er sie auch in Zukunft belügen würde, um in ihren Armen den Trost zu finden, der ihm schon wieder so schmerzlich fehlte.

Die Gestalt seines Vetters tauchte auf dem Hof auf und brachte seine Gedanken zurück zu dem Problem, das Stefan darstellte. Immer widerwilliger ritt Stefan in Vlads Auftrag aus, um feindliche Bojaren in Fallen zu locken oder deren Ländereien zu verwüsten. Die ewige Kritik an Vlads Entscheidungen drohte, ihm den letzten Nerv zu rauben.

»Es war vereinbart, dass du *mir* hilfst, den Thron meines eigenen Fürstentums zurückzuerobern, sobald du Woiwode der Walachei bist«, hatte Stefan vor einigen Tagen betrunken geschmollt. »Jetzt legst du dich mit den Ungarn, den Händlern in Kronstadt und den Bojaren gleichzeitig an. Ich werde dir nicht ewig helfen!« Er hatte einen viel zu großen Schluck Wein genommen und hinzugefügt: »Hättest du diese Elisabeta geheiratet, wäre all das nicht geschehen!«

Vlad seufzte. Vermutlich hatte sein Vetter recht. Aber er konnte nicht zulassen, dass Stefans Genörgel seine Autorität untergrub. Schließlich hatte er in den vergangenen Monaten alles darangesetzt, die ihm feindlich gesonnenen Bojaren auszurotten und den Staatsrat neu zu besetzen – wenn auch mit mäßigem Erfolg. Zu mächtig waren die Verbündeten seiner Feinde, zu entlegen ihre Festungen, als dass er ihnen dauerhaften Schaden hätte zufügen können. Das Geräusch von knisternden Flammen erfüllte den Raum. Wenig später spürte Vlad die Wärme des Feuers. Eigentlich hätte Zehra schon längst seine Gemahlin sein sollen! Das Aufräumen im Reich ging viel zu langsam vonstatten! So viele seiner Feinde waren inzwischen nach Transsylvanien geflohen – weshalb der Rachefeldzug, zu dem er in den nächsten Tagen aufbrechen würde, besonders wichtig war. Nicht mehr lange, dann würden seine Nachbarn begreifen, dass es nicht ratsam war, sich gegen Vlad Draculea zu stellen!

Kapitel 21

Edirne, März 1457

Radu war im siebten Himmel. Es hatte keinen Krieg gebraucht, um seinen Gül-jüz zurück in seine Arme zu bringen! Die Nachricht, dass die Konkubine des Sultans ein Kind trug, hatte ausgereicht, um Mehmed dazu zu veranlassen, seine Aufmerksamkeit wieder seinem Geliebten zu widmen. Ob es lediglich an Çiçeks Zustand lag oder daran, dass Radu sich einem Anderen zugewendet hatte, war ihm im Moment vollkommen gleichgültig.

Am Morgen eines Tages zu Beginn des Monats *Rabi al-achir* war Mehmed in seinem Gemach erschienen und hatte den Knaben zu Radus Füßen ergreifen und fortschaffen lassen. Nachdem seine Leibgarde auf einen Wink hin verschwunden war, hatte er die Fäuste in die Hüften gestemmt.

»So hast du dir das also vorgestellt«, hatte er geknurrt. Einen flüchtigen Moment hatte Radu befürchtet, der Padischah wollte ihn für etwas bestrafen, das er ihm ausdrücklich gestattet hatte. »Wie kommst du darauf, dass ich dich freigegeben habe?« Mehmeds Augen hatten mutwillig geleuchtet.

Erst als der Sultan begonnen hatte, sich zu entkleiden, war Radu klar geworden, dass er ihm nicht zürnte. Seitdem befand sich Radu in einer Art Rauschzustand, der nichts mit den zahllosen Krügen Wein zu tun hatte, welche Mehmed und er sich geteilt hatten. Auch heute – am dritten Tag des viertägigen Beschneidungsfestes für Mehmeds Söhne Bayezid und Mustafa – war der Sultan in Hochstimmung, obgleich nicht alle geladenen Gäste erschienen waren. Unter anderen hatte sich Francesco Foscari, der Doge von Venedig, entschuldigen lassen, was Mehmed einen Augenblick lang an die Schmach von Belgrad erinnert hatte.

»Wäre die Stadt gefallen, hätte er sich diese Unverschämtheit nicht erlaubt«, hatte er geschnaubt. Sobald die Feierlichkeiten vorbei waren, plante er einen neuen Feldzug, hatte er Radu wissen lassen.

Das Zwitschern von Singvögeln drang aus den Gärten an Radus Ohr. Vorsichtig legte er die Hand auf Mehmeds sonnenbeschienenen Rücken. Die Stelle kurz unterhalb des Schulterblattes, wo der feindliche Pfeil ausgetreten war, hatte noch immer einen dunklen Rotton. Doch die Wunde war besser verheilt, als Radu es für möglich gehalten hatte. Die Bewegungsfreiheit seines Geliebten war genauso uneingeschränkt wie zuvor – ein Gedanke, der Radu die Hitze der Lust in die Wangen trieb. Allerdings blieb keine Zeit mehr für die Erfüllung seiner Wünsche, da in weniger als zwei Stunden die Kampfspiele zu Ehren des Padischahs beginnen würden.

»Gül-jüz«, flüsterte er dicht an Mehmeds Ohr. »Die Gäste …«.

Das Trompeten von Elefanten unterbrach ihn. Kurz darauf folgten das Wiehern aufgeregter Pferde und das Klirren von Rüstungen – ein Zeichen dafür, dass sich die Kämpfer bereits auf dem Weg zum Turnierplatz befanden. Aufgeregte Stimmen vor dem Gemach des Sultans verrieten, dass sowohl Mehmeds *Sarıkçıbaşı* – der Herr der Turbane –, als auch sein *Silâhdar* – sein Waffenträger und Steigbügelhalter – bereits auf das Erscheinen ihres Herrn warteten. Alle anderen Diener hatte Mehmed aus seiner Gegenwart verbannt, da sie »seine Kreise störten«, wie er Archimedes zitiert hatte.

»Wir müssen uns ankleiden«, murmelte Radu. Er lächelte, als Mehmed ein unwilliges Grunzen von sich gab. Seine Wangen waren vom Schlaf gerötet und trotz des Vollbartes wirkte sein Gesicht jugendlich und frisch.

»Leg dich wieder zu mir«, forderte er, aber Radu schälte sich mit einem Kopfschütteln aus den Decken.

»Auch wenn du mich für meinen Ungehorsam bestrafst«, sagte er neckend, »geht das nicht.«

Mehmed öffnete widerstrebend ein Auge und tat sein Bestes, Radu böse anzufunkeln. Allerdings misslang der Versuch kläglich, da sein Blick zu der geschmeidigen Flanke des jungen Mannes wanderte.

»Später«, tröstete Radu. Er bot dem Sultan die Hand, um ihm aufzuhelfen. Dann glitt er aus dem Bett und sammelte die Gewänder des Sultans ein. Immer noch unbekleidet half er Mehmed in perlenbestickte Schuhe, Shalvar, Gömlek, Entari und Kaftan. Dann warf er sich selbst etwas über, öffnete die Tür und ließ den Herrn der Turbane ein. Sobald Mehmed angekleidet war, begleitete er ihn ins *Hamam*. Dort genossen beide ein Bad und ein ausgiebiges Frühstück, woraufhin sich die Zeremonie des Ankleidens wiederholte.

Die Gäste waren bereits rings um den Kampfplatz versammelt, als Radu schließlich an der Seite des Sultans vor dem königlichen Zelt in der Mitte der Insel ankam, auf der das Fest stattfand. Dort warteten die vier Muftis und Efendis, welche am ersten Tag der Feierlichkeiten die Lesung des Korans kommentiert hatten, und seine frisch beschnittenen Söhne. Die übrigen Anwesenden fächerten sich zu beiden Seiten auf – wobei die Entfernung zum Padischah abnahm, je höher der Rang war. Radus Blick blieb kurz auf Bayezid und Mustafa haften. Er fragte sich, ob die beiden sich darüber im Klaren waren, dass einer von ihnen durch die Hand des anderen sterben würde. Sobald Mehmed sich für einen Thronfolger entschied, würden alle anderen Söhne ihres Lebens nicht mehr sicher sein. Er riss sich von den unschuldigen Gesichtern los und nahm als einer der wichtigsten Wesire des Diwans unmittelbar zur Rechten des Sultans Platz. Sobald dieser die Huldigung des Volkes entgegengenommen hatte, ließ er die Borusspieler in ihre Hörner stoßen und eröffnete mit einer Handbewegung die Spiele. Anders als am Tag zuvor – an dem die Armen von Edirne in den Genuss eines Festmahles gekommen waren – tummelten sich heute Vermögende und Ehrengäste im Palast. Da alle ihre kostbarsten Gewänder angelegt hatten, blendeten die Farben das Auge. Saphirblau und Smaragdgrün waren gemischt mit Safrangelb und der Farbe des Sonnenaufganges. Gold- und Silberfäden glänzten wie gesponnenes Mond- und Sonnenlicht und die Federn auf den Turbanen wirkten unecht in ihrer Pracht. Hätte man das Geschmeide der Besucher eingesammelt und zu einem Haufen aufgetürmt, wäre dieser gewiss übermannshoch gewesen.

Die Parade von Kriegselefanten und Kamelen, welche sich über vier verschiedene Brücken näherte, lenkte Radu von den Gästen ab. Auch die Tiere waren verschwenderisch herausgeputzt, genau wie ihre meist blutjungen Führer. Begleitet von einer *Mehterhâne*-Kapelle mit Kesseltrommeln, Trompeten, Hörnern und Standarten reihten sich die Elefanten an beiden Enden des Platzes auf und gingen auf Befehl ihrer Führer in die Knie. Sobald die Musik verstummte, preschte ein Trupp berittener Bogenschützen in halsbrecherischem Tempo auf den Platz und begrüßte den Sultan mit einem Kriegsruf. Dann hoben sie die Waffen und legten an. Scheinbar ohne zu zielen ließen sie in so dichter Abfolge Pfeile von den Sehnen schnellen, dass das bloße Auge die einzelnen Geschosse kaum erkennen konnte. Nicht ein einziger Schuss verfehlte sein Ziel, eine hölzerne Säule in der Mitte des Feldes. Zu Beginn zuckte Mehmed bei dem Geräusch der Einschläge kaum merklich zusammen. Doch dann entspannte er sich und ließ sich von einem taubstummen Diener einen Becher Wein reichen.

Sobald die Bogenschützen ihre Geschicklichkeit unter Beweis gestellt hatten, verließen sie die Insel. Eine weitere Gruppe Reiter trabte heran, um den Großherrn zu begrüßen. Es war Zeit für das Pferderennen. Waren die Zuschauer bisher eher zurückhaltend gewesen, lief ein Raunen durch die Reihen, sobald die Reiter mit ihren feurigen Vollblütern Aufstellung nahmen. Mehr als ein ausländischer Gast wandte sich seinem Nachbarn zu, um eine Wette auf den Sieger abzuschließen. Über vierhundert *Mimari arşın* – etwa drei gute Bogenschüsse – war das Feld lang; eine Strecke, die genügte, damit die Tiere sich im vollen Galopp messen konnten. Auf ein Zeichen des Sultans hin gaben die Männer ihren Tieren die Sporen. Wenig später ließen die donnernden Hufe den Boden erzittern.

»Ich kann es kaum mehr erwarten, endlich wieder selbst im Sattel zu sitzen«, sagte Mehmed mit einem wehmütigen Ausdruck in den Augen, als der Sieger durchs Ziel gegangen war und eine Handvoll Tänzerinnen auf den Rasen schwebte.

Ich auch nicht, dachte Radu. Während er desinteressiert und nur mit halbem Auge den Mädchen zusah, fragte er sich, wohin der nächste Feldzug den Sultan wohl führen würde. Hatte er vor, sich Ömer Beğ bei der Belagerung von Athen anzuschließen? Oder wollte er einen Feldzug in die Peloponnes – die Morea – unternehmen, wie so oft angekündigt. Die nächste Expedition könnte sie auch zurück auf den Balkan führen, wo es immer noch galt die Ungarn zu besiegen. Und Radus Bruder! Er verzog das Gesicht und versuchte, nicht daran zu denken, was geschehen würde, wenn er Vlad im Kampf begegnete. Zwar hatte sein Bruder dem Padischah vor einem halben Jahr den Treueeid geleistet, doch die Tributzahlungen ließen, genau wie Vlads Unterwerfung in Edirne, nach wie vor auf sich warten. Zudem kursierten Gerüchte, dass er dem König von Ungarn ebenfalls einen Eid geleistet hatte. Das sprach für die Doppelzüngigkeit, die Radu am eigenen Leib erfahren hatte. Ehe der Hass auf Vlad ihm die Freude an dem Schauspiel nehmen konnte, lenkte er seine Aufmerksamkeit zurück zu den Mädchen. Er stimmte in den Jubel mit ein, als diese in einer Flut aus farbenfroher Seide zu Boden sanken.

Kapitel 22

Kronstadt, März 1457

Der Tag begrüßte Utz von Katzenstein mit einer frühlingshaften Brise. Das erste Mal seit die Vögel vor einigen Tagen begonnen hatten zu zwitschern, hatte er die Fensterläden nicht verschlossen. Die Morgenluft roch nach frischem Brot, Holzfeuer und feuchter Erde. Der Wind strich über die Haut seiner Arme wie die zärtlichen Finger einer Liebhaberin. Er warf einen schuldbewussten Blick auf die junge Frau, die immer noch selig in seinem Bett schlummerte. Bereits seit dem Weihnachtsfest verbrachte er die Nächte mit ihr. Noch immer konnte sie ihn mit ihren üppigen Rundungen um den Verstand bringen. Er warf sich eine Hand voll Wasser ins Gesicht, kämmte sich die Haare und schlüpfte in Hemd und Hose. Dann zog er die Stiefel an, während er halb bedauernd, halb erfreut daran dachte, dass die Nächte mit der ungarischen Schönheit vermutlich bald ein Ende haben würden. Wenn der Schnee weiterhin so schnell schmolz, dann würden Hans und er sich bald auf den Weg zurück nach Ulm machen können – beladen mit Pelzen, Stahl, Eisen und Feuerwaffen. Er knöpfte sein Wams zu und warf sich den gefütterten Mantel über, ehe er sich aus der Kammer stahl, um mit seinem Gastgeber, Andreas Pfeiler, ein ausgiebiges Frühstück zu teilen. Wie vermutet, warteten der gutmütige Mann mit den roten Wangen und seine Gemahlin bereits in der Stube auf ihn. Auch Utz' Sohn Hans und die sechs Kinder des Händlers waren schon um den Tisch versammelt.

»Ihr seht gut erholt aus«, flachste der Hausherr mit einem wissenden Grinsen. Utz konnte nicht anders, als ebenfalls zu feixen. »Das liegt sicher daran, dass die Nächte nicht mehr so kalt sind«, fuhr der Kronstädter mit unschuldiger Miene fort.

»Vermutlich«, erwiderte Utz und hielt der Magd eine Holzschale entgegen, damit diese sie mit heißem Haferbrei füllen konnte. »Wie weit ist es bis zu der Waffenschmiede?«, fragte Utz, nachdem das Tischgebet gesprochen und auch die übrigen Schüsseln gefüllt waren.

»Etwas mehr als zehn Meilen«, gab sein Gastgeber zurück. »Ich habe den Knechten Anweisung gegeben, Euch zu begleiten.« Er fuhr sich mit der Hand durch den grauen Bart und legte den Kopf schief. »Ich hoffe nur, Ihr stoßt nicht auf Schwierigkeiten. Ich fürchte immer noch, dass dieser Vlad Draculea es nicht einfach auf dem beruhen lassen wird, was der Rat beschlossen hat.«

Die Erwähnung des walachischen Woiwoden veranlasste Utz, ein saures Gesicht zu ziehen. Eigentlich hatte er den Aufenthaltsort seiner Schwester ausfindig machen wollen, sobald die Bergpässe besser begehbar waren. Aber der Zwist zwischen den transsylvanischen Händlern und Vlad Draculea ließ es nicht ratsam erscheinen, sich auf dessen Gebiet vorzuwagen.

»Er ist sicherlich im Moment nicht besonders gut auf deutsche Händler zu sprechen«, hatte Andreas Pfeiler ihn gewarnt. »Viele der Familien, die Niederlassungen in der Walachei haben, fürchten um das Wohl ihrer Leute dort.«

Utz hatte die Worte, die ihm auf der Zunge gelegen hatten, herunter geschluckt, da er nicht wollte, dass irgendjemand von Zehras Verbindung zu dem Fürsten erfuhr.

»Ich habe im Rat für eine friedliche Lösung gestimmt«, fuhr Andreas Pfeiler fort. »Aber viele der anderen sind so erzürnt über das Stapelrecht, dass sie es für besser halten, an dem Gegenkandidaten festzuhalten.«

Utz biss in ein Stück Brot, das mit Speck und Zwiebeln gebacken war, und schwieg. Seit er erfahren hatte, dass sowohl Kronstadt als auch Hermannstadt je einen Gegenkandidaten zu Vlad Draculea aufgestellt hatten, fragte er sich, was geschehen würde, wenn eine der Städte tatsächlich Erfolg hatte. Würde Zehra dann noch in Sicherheit sein? Oder drohte ihr dann ebensolche Gefahr wie ihrem Geliebten? Utz kaute so heftig, dass seine Zähne knirschten. Hätte er sie doch nur überzeugen können, mit ihm nach Ulm zurückzukehren! Bitterkeit wollte sich in seiner Brust einnisten, aber er vertrieb sie mit einem tiefen Schluck Wein. Seine Schwester war alt genug, um eigene Entscheidungen zu fällen! Das Einzige, das ihn zu interessieren hatte, war, so schnell wie möglich mit einem gesunden Sohn und allen Waren abzureisen! Er biss erneut in das Brot und versank im Grübeln. Der Rest der Mahlzeit verlief mehr oder weniger schweigend, da auch der Hausherr seinen Gedanken nachhing.

Eine halbe Stunde später machten sie sich auf den Weg ins Freie.

»Bartholomäus ist ein zuverlässiger Mann«, sagte der Magistrat, während Utz, Hans und die Knechte die Pferde bestiegen. »Seine Waffen sind die besten im ganzen Land.«

Utz nickte und hob zum Abschied die Hand.

»Geht mit Gott«, schickte Andreas Pfeiler ihnen hinterher, als sie durch das eisenbeschlagene Hoftor auf den Marktplatz trabten.

Utz reckte die Nase in die Luft und sog gierig die frische Bergluft ein, die von Süden und Osten in das Hochtal getragen wurde. Die Schatten der umliegenden Berge waren noch lang und düster. Aber die Sonne hatte schon so viel Kraft, dass Utz ihre Wärme auf seinem Gesicht spüren konnte. Trotz der frühen Stunde drängten sich Bauern und Händler aus dem Umland am Fuß des Wachturms, auf dessen Dach sich noch der letzte Schnee hielt. In den Gassen waren Eis und Schnee dort, wo die Sonnenstrahlen den Boden wärmten, bereits getaut. Zahllose kleine Rinnsale bildeten sich zwischen den Pflastersteinen, vermischten sich mit dem Urin der Nutztiere und sammelten sich in den Rinnsteinen. Allerdings lag an diesem Tag kein Gestank von Sickergruben, Misthaufen oder verrußten Schornsteinen in der Luft, sondern das Versprechen milderer Tage. Es dauerte nicht lange, bis sie das Stadttor erreicht hatten und sich am Ufer des Flusses befanden, dem sie bis zum Hammerwerk folgen würden. Dieses lag westlich von Kronstadt – am Ausgang eines Karpatenpasses. Laut Andreas Pfeiler war Bartholomäus weit und breit der beste Waffenschmied, von dem Utz außer den bestellten Hakenbüchsen auch noch Stahlbarren erstehen konnte. Die nötigen Papiere waren unterzeichnet, das Geld bereits beim Bancherius des Schmiedes hinterlegt; schon bald würde Utz sich mit dem Dutzend Karren, das er gemietet hatte, auf den Weg gen Westen machen. Obwohl er die weichen Brüste und den warmen Körper seiner Bettgefährtin vermissen würde, drängte es ihn zurück in die Heimat. Auch wenn der Gedanke an Sophia ihn mit gemischten Gefühlen erfüllte.

Er stand gerade an der Schwelle der Tür, hinter der er die Erinnerung an ihre letzte, missglückte Nacht miteinander verbarrikadiert hatte, als er etwa eine Meile flussabwärts eine

Rauchsäule in den Himmel steigen sah. Dieser folgten eine zweite und eine dritte, nicht nur Utz zügelte unsicher sein Pferd.

»Was ist das, Vater?«, fragte Hans mit einer Mischung aus Furcht und Neugier. »Brennt der Wald?«

Die Knechte, die Andreas Pfeiler ihnen zum Schutz mitgegeben hatte, tauschten aufgeregte Worte auf Ungarisch aus und bildeten einen Halbkreis um Utz und Hans.

»Was ist los?«, wollte nun auch Utz wissen, da der Wind den unverkennbaren Geruch von Feuer herantrug und die Pferde unruhig werden ließ.

»Das sieht nicht gut aus«, murmelte einer der Männer. Er wies auf eine winzige Gestalt, die sich am Horizont vom Waldrand löste. Diese bewegte sich in Richtung Fluss, wo wenig später ein nicht viel größerer Reiter auftauchte. Sobald die beiden Gestalten aufeinander trafen, verwischte die Entfernung ihre Konturen. Doch es war nur noch *eine* Silhouette, die sich kurz darauf von dem schneefleckigen Feld im Hintergrund abhob.

»Was zum Teufel …?«, fluchte einer der Ungarn. Er stieß eine noch derbere Verwünschung aus, als sich weitere Reiter zu dem ersten gesellten.

»Sie tragen Fackeln!«, rief sein Nebenmann.

Eine kalte Hand griff nach Utz' Herz. Gefahr, schrie sein Verstand ihm zu, aber sein Körper war wie erstrarrt. Viel zu lange verharrten sie auf der Stelle, um dabei zuzusehen, wie sich die Reiter ihnen näherten.

Bis endlich einer der Ungarn den Bann brach und brüllte: »Zurück in die Stadt!«

Inzwischen waren die anderen Reiter so nah, dass Utz ihre gezogenen Schwerter und ihre spitzen Fellmützen erkennen konnte. Ihre dunklen Umhänge flatterten im Wind und gaben den Herannahenden das Aussehen von großen, bedrohlichen Raubvögeln, die ihre Krallen in die Rücken der Pferde geschlagen hatten. Während Utz und seine Begleiter die Reittiere wendeten, preschte der Großteil weiter auf ihre kleine Gruppe zu, wohingegen sich etwa eine Handvoll der Angreifer zurückfallen ließ. Diese galoppierten auf einen ärmlichen Hof zu. Als Utz sich wenig später umwandte, um zu sehen, wie nah die Verfolger waren, ging das strohgedeckte Dach des Gehöfts gerade in Flammen auf. Das Geschrei der überfallenen Bauern drang bis zu ihnen vor und ließ ihm das Blut in den Adern gefrieren. Als er sah, wie einer der Männer einer Fliehenden den Kopf abschlug, bohrte er seinem Reittier die Fersen noch härter in die Flanken und stob davon, als sei ihm der Leibhaftige auf den Fersen. Der Boden flog so schnell unter den Hufen seines Rappen dahin, dass sich die Farben von Schnee und Matsch vermischten und zu einem undefinierbaren Ton verschmolzen. Der Wind, der ihm noch vor wenigen Minuten angenehm und frühlingshaft erschienen war, schnitt ihm plötzlich mit eisiger Schärfe ins Gesicht. Überall schienen tückische Eisplatten aufzutauchen. Sein Sohn ritt dicht an seiner Seite – das Gesicht verzerrt vor Furcht und Entsetzen. Keiner der Reiter wagte, Zeit damit zu verschwenden, sich noch einmal im Sattel umzudrehen. So kamen die Pfeile wie aus heiterem Himmel.

Zuerst dachte Utz, das Surren rühre von den tiefhängenden Ästen her, die einige der Ungarn zur Seite schlugen. Als sich allerdings ein grellrot befiederter Armbrustbolzen dicht vor ihm in den Boden grub, begriff er, dass sie unter Beschuss standen. Er wollte gerade seinen Rappen zwischen Hans und die Feinde lenken, als sein Sohn im Sattel nach vorn geschleudert wurde und leblos über dem Hals seiner Stute zusammensackte. Keinen Atemzug später wurde auch das Tier getroffen, sodass es mit einem schrillen Wiehern in die Knie brach. Schneller, als Utz reagieren konnte, wurde Hans unter dem Körper des Pferdes begraben. Der Schrei, der aus ihm hervorbrach, klang wie das Brüllen eines verwundeten Tieres.

»Weiter!«, brüllte einer der Männer hinter ihm, sobald Utz am Zügel riss und Anstalten machte zu wenden. »Ihr könnt ihm nicht mehr helfen! Wenn Ihr jetzt anhaltet, seid Ihr ein toter Mann!« Er drosch Utz' Rappen mit einer Peitsche auf die Hinterhand und hieb seinem eigenen Pferd den Riemen über den Hals. »Sie holen immer weiter auf!«

Schon nach wenigen Sekungen befanden sich die Verfolger fast auf der Höhe der gestürzten Stute. Obwohl es Selbstmord war, zwang Utz sein Pferd dennoch mit einem heiseren Schrei zum Stehen. Rings um ihn herum schlugen Pfeile in Baumstämme, Gras und Schneehaufen ein. Aber er sah weder die tödliche Gefahr, noch die Flammen, die inzwischen überall zu sein schienen. Das Einzige, das für ihn existierte, war die Stelle, an der kein Lebenszeichen mehr von Hans zu sehen war; und das Gesicht, das ihm verzerrt und mordlustig aus der Meute der Angreifer entgegenglotzte. Wie ein hässlicher Dämon flog Vlad Draculea auf ihn zu, die Hand an einem geschwungenen Bogen, mit dem er in diesem Augenblick auf Utz anlegte. Keine Pferdelänge hinter ihm galoppierte ein Knabe, kaum älter als Hans, dessen totenblasses Gesicht sich deutlich von seiner dunklen Kleidung abhob. Während ungezügelter Hass drohte, ihm die Besinnung zu rauben, befreite Utz sein Schwert aus der Scheide und bereitete sich auf einen Kampf vor, den er nicht überleben würde. Allerdings kam es nicht so weit. Ehe er eine Dummheit begehen und auf die Mörder seines Kindes zustürmen konnte, traf ihn ein Schlag am Kopf. Die kurze Zeit, die dieser Hieb ihm die Orientierung raubte, reichte aus, damit einer der Ungarn seine Zügel ergreifen und Utz' Pferd zu einem halsbrecherischem Galopp in Richtung der Stadttore antreiben konnte. Er kam gerade wieder richtig zu sich, als sich die schwere Pforte hinter ihnen schloss und die ersten Fackeln über die Mauern geschleudert wurden.

Kapitel 23

Im Umland von Kronstadt, März 1457

Carols Zähne schlugen so heftig aufeinander, dass er fürchtete, sein Kopf könnte zerspringen. Mit zitternden Beinen betrat er das Zelt, in dem Vlad Draculeas Beichtvater auf ihn wartete, nachdem der Fürst es verlassen hatte. Der Prediger – der Mann, den er in Tirgoviste zuerst für seine Mutter gehalten hatte – sah ihn mit wissenden Augen an und begrüßte ihn mit einem vor der Brust geschlagenen Kreuz. Carol fragte sich, ob das Blut, das er heute vergossen hatte, ihn für immer befleckt hatte. Unsicher schielte er auf seine Hände, doch diese waren lediglich rot von dem eisigen Wasser, in dem er sie endlos lange geschrubbt hatte – als ob er dadurch die Schuld loswerden konnte, die er auf sich geladen hatte! Ihm war kalt. Die Schwere, die auf ihm lastete seit das Morden begonnen hatte, drohte, ihn zu Boden zu drücken. Schaudernd ließ er sich nach einigen schweren Atemzügen auf die Knie fallen und flehte im Stillen, dass der Barmherzige ihn von seinem Los befreien würde. Während der Prediger ein Gebet sprach, wich er dem Blick des Mannes aus. Als dieser ihm schließlich das Kruzifix an seinem Hals entgegenhielt, damit er es küssen konnte, schrak er davor zurück. Würde Gottes Hand auf ihn herabfahren und ihn erschlagen, weil er es wagte, das Zeichen Christi zu entweihen? Er schluckte schwer und biss sich auf die Lippe. »Küss es«, sagte der Priester schließlich. Er presste das kalte Metall auf Carols Mund. Dann legte er die Handflächen aneinander und wartete darauf, dass der Knabe sein Herz erleichterte.

Carol stöhnte innerlich auf und rang den Drang nieder, aus dem Zelt zu fliehen. War das, was er getan hatte, nicht so schrecklich, dass Gott ihm niemals würde vergeben können? Die Tränen, die er seit dem Schuss auf den fremden Jungen zurückgehalten hatte, stiegen ihm in die Augen und raubten ihm die Stimme. »Der Herr ist gnädig«, erinnerte er sich an Petros' Worte. »Was auch immer du tust, Er wird dir vergeben, wenn du aufrichtig bereust.« Dieses Mal gelang es ihm nicht, das Stöhnen zu schlucken. Der Laut ließ ihn unwillkürlich zusammenzucken. Wie sehr er bereute! Noch niemals in seinem ganzen Leben hatte er etwas mehr bereut, als den Moment, in dem er dem Befehl seines Vaters Folge geleistet und – wie die anderen Männer – Pfeile auf die Reiter vor ihnen abgefeuert hatte. Wenn es nun tatsächlich *sein* Bolzen gewesen war, der den Knaben getroffen hatte? Was, wenn *er* ein Leben ausgelöscht hatte, das kaum älter war, als sein eigenes? Er spürte die Tränen seine Wangen hinab strömen und schluchzte auf.

»Sag mir, was dich bedrückt, mein Sohn«, hörte er die Stimme des Paters. Deren Sanftheit war beinahe schlimmer, als die Härte seines Vaters.

Seit dem Aufbruch aus Tirgoviste hatte Carol Dinge gesehen, die so furchtbar waren, dass sie ihn bis an sein Lebensende verfolgen würden. Carol war Zeuge geworden, wie die Soldaten auf der Suche nach dem Prätendenten Vlad Călugărul im transsylvanischen Amlas eingefallen waren und Dörfer und Höfe niedergebrannt hatten. Er vergrub das Gesicht in den Händen und weinte haltlos. Jeden Abend, wenn das Lager errichtet wurde, hörte er die Schreie der Gefangenen, die in der Walachei ein schreckliches Los erwartete.

»Jeder Einzelne von ihnen wird auf dem Pfahl sterben«, hatte Vlad Draculea mit steinerner Miene versprochen. Carol hatte ungläubig dabei zugesehen, wie Frauen, Kinder und Greise in Verschlägen zusammengepfercht worden waren.

Das eiserne Band, das seit seiner misslungenen Flucht aus dem Kloster um seinen Brustkorb zu liegen schien, zog sich zusammen und raubte ihm den Atem. Als wolle eine unsichtbare Hand alles Leben aus ihm herausquetschen, presste etwas seine Rippen zusammen und drückte ihn zu Boden. Keuchend ließ er sich vornüber fallen. Nach einigen Momenten des stillen Kampfes erbrach er sich vor die Schuhe des Predigers. Dann – das Gesicht dicht neben der stinkenden Lache – blieb er reglos liegen und wünschte sich, dass der Gottesmann ihm den Gnadenstoß versetzte. Stattdessen fuhren ihm irgendwann Hände unter die Achseln. Der Pater half ihm zurück auf die Knie. Keine Regung in seinem Gesicht verriet, was er dachte.

»Du musst deine Sünden beichten«, sagte er ruhig, griff nach Carols eiskalter Hand und umfasste mit ihm zusammen das Kruzifix. »Nur, wenn du Buße tust, wird es dir besser gehen«, drängte er. Etwas in seiner Stimme gab Carol die Kraft, den ersten Satz zu stammeln.

»Pater, ich habe gesündigt.« Die Worte klangen so unangemessen für das, was er getan hatte, aber der Prediger ermunterte ihn fortzufahren. »Ich habe heute eine Todsünde begangen«, murmelte der Knabe. »Ich habe einen Menschen getötet.« Seine Stimme erstarb. Ein weiterer Krampf in seiner Brust drohte, ihm erneut die Luft abzuschnüren.

»Hast du es ohne Reue getan?«, fragte der Kirchenmann und Carol holte erschrocken Atem.

»Nein!«, sprudelte es aus ihm heraus. »Ich habe auf den Befehl des Fürsten gehandelt.« Der Pater nickte langsam. »Wenn du die Tat vor Gott bereust, dann wird er dir vergeben.«

Carol glaubte, seinen Ohren nicht zu trauen.

»Bereust du?«

»Ja«, hauchte er erstickt. »Ich bereue!«

»Dann bete zur Buße sieben Ave-Maria, auf dass die Muttergottes dir Reinheit des Geistes gebe und die Bereitwilligkeit der Hinnahme eines Willens, der vielleicht nicht deinem Willen entspricht.« Er schlug ein weiteres Kreuz über Carols Kopf, berührte die Stirn des Knaben mit den Fingerspitzen und zog ihn dann in die Höhe. Nachdem er ihn in Richtung

Osten umgewendet hatte, stellte er sich neben ihn, legte ihm das *Epitrachil* – eine Stola – auf den Kopf und sprach ein Absolutionsgebet: »Barmherziger Gott, ich bitte dich für diesen Sünder um Vergebung, Versöhnung, Wiedervereinigung mit dem Leib Christi und Erneuerung durch den Heiligen Geist. Amen.« Er nahm das Epitrachil wieder an sich. »Du darfst gehen.«

Ungläubig starrte Carol den Pater an, während er versuchte, die Worte zu verarbeiten. Als dieser erneut ein Kreuz schlug, stammelte er einen Dank, wandte sich hastig ab und stolperte ins Freie. Um augenblicklich keuchend zurückzutaumeln, als ihm plötzlich der Gestank von verbranntem Fleisch in die Nase stieg. Über der inzwischen nächtlichen Landschaft lag das unheimliche Glühen einer Feuersbrunst, deren Flammen am Horizont in den Himmel züngelten. Hörte das Morden denn nie auf? Er spürte erneut Übelkeit in sich aufsteigen und hätte sich beinahe ein weiteres Mal übergeben. Doch die tiefe Stimme seines Vaters ließ ihn zusammenfahren und die bitteren Magensäfte schlucken. »Warum hat das so lange gedauert?«, wollte Vlad Draculea wissen. »Hattest du so viel zu beichten?« Einen furchtbaren Moment lang dachte Carol, sein Vater wolle in das Zelt stürmen, um dem Priester die Geheimnisse seines Sohnes zu entlocken. Als der Fürst ihn allerdings lediglich mit ausdruckslosem Blick musterte, legte sich diese Angst. Stattdessen stieg eine andere Furcht ihn ihm auf.

Vlad betrachtete seinen Sohn noch einige Atemzüge lang, dann nahm er ihn am Arm und führte ihn auf das Zelt zu, das sie sich teilten. Als der Knabe husten musste, schlug ihm ein säuerlicher Geruch entgegen. Er rümpfte die Nase. Der Bengel stank nach Erbrochenem! Die hochgezogenen Schultern und das kalkweiße Gesicht ließen Vlad vermuten, dass der Junge durch eine Hölle ging, die er selbst nur allzugut kannte. Er sah weiter auf den Knaben hinab und bemerkte die starre Haltung und die fest aufeinander gepressten Lippen. Ohne Vorwarnung stieg Mitleid in ihm auf. Das Gefühl war so heftig, dass er spürte, wie sich seine Hand um den Arm seines Sohnes krampfte. Er hörte den Knaben erschrocken die Luft einziehen. Aber der Drang, vor Carol niederzuknien, ihn in die Arme zu nehmen und ihm Trost zu spenden war so gewaltig, dass er für den Bruchteil einer Sekunde zu keiner Bewegung fähig war. Plötzlich schien die Luft zu schwer zum Atmen und das Feuer am Horizont so nah, dass die Hitze zu spüren war. Das Zittern seines Sohnes übertrug sich auf ihn und unvermittelt befand er sich in seiner Erinnerung wieder in Albanien, roch den Ruß und den Gestank der verbrannten Leichen und hörte die Schreie der Männer, die er hatte foltern müssen. Wie eine Spinne mit eisigen Beinen kroch ihm ein Schauer über den Rücken. Doch der Spuk verging genauso schnell, wie er gekommen war. Als existiere die Vergangenheit nicht, für deren Vergessen er jeden Tag betete, verbannte er die Bilder dorthin zurück, wo sie keinen Schaden anrichten konnten.

Ehe sein Sohn begreifen konnte, dass sein Vater einen Augenblick der Schwäche durchlitten hatte, war Vlad wieder Herr seiner Gefühle und stieß den Knaben weiter auf ihre Unterkunft zu. »Iss etwas und dann schlaf«, befahl er heiser. »Morgen wird ein anstrengender Tag.« Während er verfolgte, wie der Junge mit unsicheren Händen nach einem Stück Brot griff, den Braten von sich schob und schweigend aß, fragte er sich, ob er die Last von seinem Gewissen nehmen sollte. Keinen Augenblick zweifelte er daran, dass Carol dachte, dass *sein* Pfeil den Knaben aus Kronstadt zu Fall gebracht hatte. Allerdings hatte Vlad gesehen, wie der Bolzen eines Bojaren die Schulter des jugendlichen Reiters durchbohrt hatte. Wohingegen Carols Pfeil das Ziel um mehr als drei Fuß verfehlt hatte. Er ließ sich ebenfalls am Tisch nieder und griff nach einem Stück Hirschkeule. Sobald sie zurück in der Walachei waren, würde Grigore sich darum kümmern müssen, dass der Bengel lernte zu zielen! Zwar ritt er bereits besser als mancher Ritter, doch mit seinen Waffenfertigkeiten war es nicht besonders weit her. Hatte Grigore ihn verhätschelt? Er fixierte den Knaben, der mit leeren Augen auf einen Punkt irgendwo zwischen Vlads Brust und seinem Bauchnabel starrte, und verkniff sich ein Seufzen. Vielleicht sollte er ihn in Zukunft etwas weniger hart anfassen. Sein Herz drängte ihn zu mehr Milde. Aber sein Verstand sagte ihm, dass er seinen Sohn in Lebensgefahr brachte, wenn er ihn nicht mit aller Härte zu einem Krieger erzog. Er grub die Zähne in das Fleisch und schalt sich einen sentimentalen Narren. Er selbst hatte für seine Heimat Opfer bringen müssen, die ihn beinahe zerbrochen hatten. Das Gleiche musste er von seinem Sohn erwarten. Ansonsten waren all das Leid, all die Demütigungen und Erniedrigungen, welche Vlad als Geisel des osmanischen Sultans hatte erdulden müssen, umsonst gewesen!

Kapitel 24

Ulm, März 1457

Sophia von Katzenstein fuhr mit einem Wimmern aus dem Schlaf auf. Obwohl es in ihrer Schlafkammer kühl war, stand Schweiß auf ihrer Stirn und das Nachtgewand klebte an ihrem Körper. Ihr Herz raste. Die Bilder aus ihrem Traum schienen immer noch vor ihr in der Luft zu schweben. Schaudernd griff sie nach dem Kienspanhalter auf ihrem Nachttisch. Sie blies das schwach glimmende Holz an, bis dieses sich erneut entzündete und wenigstens etwas Licht spendete. Desorientiert sah sie sich im Raum um, als fürchte sie, das grässliche Schreckensgespenst könnte aus ihrem Traum geflohen sein und sie aus einer der dunklen Ecken anspringen. Ihre Brust und ihr Kopf schmerzten und ihr Mund war staubtrocken. Nachdem sie eine Weile auf das Glühen des Kienspanes gestarrt hatte, begannen ihre Augen zu brennen. Doch sie wagte nicht, sie wieder zu schließen – aus Furcht, der Alptraum könne zurückkehren. Während sie auf den Wind lauschte, der an den Fensterläden rüttelte, versuchte sie, sich zu beruhigen. Es war nichts weiter als ein Traum! Ein Traum, an den sie sich nicht einmal mehr genau erinnern konnte! Alles, was sie noch wusste, war, dass sie gesehen hatte, wie ein riesiges, schwarzes Ungeheuer auf ihren Sohn Hans herabgestoßen war und ihn mit seinen Klauen zerrissen hatte. Sie blinzelte, aber es war, als ob sich das Bild von innen in ihre Lider gebrannt hätte. Auch wenn sie die Augen nur ganz kurz schloss, sah sie ihren blutüberströmten Sohn, wie er erfolglos um sein Leben kämpfte. Sie zog die Decke bis ans Kinn und murmelte ein Gebet. Vielleicht war ihr tägliches Flehen zu Gott nicht genug, um Hans zu beschützen! Vermutlich sollte sie mehr Zeit auf der Kniebank ihres Hausaltars verbringen als bei der Arbeit im Kontor, die ihr schon längst zuwider war. Inzwischen erschien ihr selbst die Festung ihres Vaters, auf der sie aufgewachsen war, heimeliger und einladender als ihr Haus.

Seit Jakob immer öfter bei Hans Multscher schlief, um früher in der Werkstatt sein zu können, fühlte sie sich noch einsamer als zuvor. Selbst die vielen Mägde und Knechte, die unter ihrem Dach wohnten, konnten die Räume nicht mit Leben füllen. Sie fuhr sich mit den Handflächen über das Gesicht und erschrak über die Hitze ihrer Haut. Hatte sie Fieber? War das der Grund für den Alptraum? Sie betastete ihren Hals, aber dieser schmerzte weder von außen noch von innen. Sie fühlte sich kerngesund. Mit einem leisen Stöhnen rutschte sie zurück unter die Decke und starrte Löcher in die Luft. Bald würde der Tag anbrechen und sie von ihren Ängsten ablenken. Sie zog die Unterlippe zwischen die Zähne und bearbeitete diese so heftig, dass sie wenig später Blut schmeckte. Es waren sicher nur ihre Ängste, die ihr vorgaukelten, dass Hans sich in tödlicher Gefahr befand. Ihr Pulsschlag beschleunigte sich erneut, als sie daran zurückdachte, wie es gewesen war, als Hans an dem gefährlichen Scharlachfieber erkrankt war. Hatte sie nicht ganz genau gespürt, wie schlecht es ihm ging? Hatte sie nicht nur deshalb rechtzeitig nach dem Arzt geschickt, weil sie gefühlt hatte, dass ihr Sohn an der Schwelle des Todes stand? Sie stieß einen Seufzer aus und versuchte, sich zu beruhigen. Allerdings misslang der Versuch gründlich, sodass sie kurze Zeit später die Decke abwarf, sich aufsetzte und mit dem Kienspan eine Kerze entzündete. Es hatte keinen Zweck, sich in einer halbdunklen Kammer zu grämen. Im Dunkeln geschahen Dinge mit ihren Gedanken, die ihr nicht gefielen. Sie würde sich anziehen und der Köchin auftragen, ihr ein zeitiges Frühstück zuzubereiten. Dann würde sie sich auf den Weg zu ihrem Bancherius machen, um endlich dafür zu sorgen, dass auch die restlichen Kunden ihre Schulden bezahlten. In Zukunft würde sie nur noch Patriziern Kredit gewähren, die ebenfalls ein Konto bei ihrem Bancherius unterhielten, da dieser versprochen hatte, für die Außenstände einzuspringen. Mit schweren Gliedern schleppte sie sich zu dem Waschgestell neben dem mit Schnitzwerk verzierten Schrank und griff nach ihrer Zahnbürste.

Ungefähr eine halbe Meile vom Haus seiner Tochter entfernt grübelte Johann von Katzenstein darüber nach, wie er die Abwärtsbewegung des Rades der Fortuna aufhalten konnte. Seit er das Haus in der Hirschstraße verloren hatte, schien sich auch das letzte Fünkchen seines Stolzes verflüchtigt zu haben, da es ihn inzwischen nicht einmal mehr störte, dass seine Gemahlin direkt unter seiner Nase mit anderen Männern schlief. Zwar hatte er sie noch vor einigen Wochen für diesen Betrug verprügelt und erwogen, sie aus dem Haus zu jagen. Doch als sie – mit aufgeplatzter Lippe und einem blauen Auge – unter das Kissen gegriffen und das »Geschenk« ihres Amors hervorgezogen hatte, war Johanns Zorn deprimierend schnell verpufft. Seitdem gestattete er ihr die Eskapaden, solange sie die »Zuwendungen« an ihn abtrat. Er tastete im Dunkeln nach der kleinen Truhe, die er stets unter seinem Bett aufbewahrte, und grinste. Neben ihm verrieten die Atemzüge seiner Frau, dass diese tief und fest schlief. Er fragte sich, was geschehen würde, sollte sie ein Kind von einem ihrer Liebhaber empfangen. Würde sie sich weigern zu tun, was getan werden musste? Oder würde sie ihm vorlügen, dass es von ihm war? Immerhin nahm er sich auch gelegentlich, was ihm zustand. Er drehte sich um und presste den Bauch an ihre weiche Rückseite. Anders als früher meldete sich seine Männlichkeit jedoch nicht sofort zu Wort, sondern erwachte eher träge zum Leben. Das hatte man davon, wenn man alt wurde, dachte er grimmig. Nicht nur, dass man kaum mehr drei Fuß weit pinkeln konnte! Man musste auch jedesmal das, was man früher für seinen ganzen Stolz gehalten hatte, nach oben beten! Er fuhr mit der Hand unter die Decke und griff sich zwischen die Beine. Der Teufel sollte ihn holen, wenn er sich von den Gebrechen des Alters die Laune verderben lassen würde.

Seine Bemühungen blieben jedoch fruchtlos. Scheinbar hatte nur ein Teil von ihm das Bedürfnis, Annas nicht mehr ganz so pralle Brüste zu umfassen und in ihre warme Feuchtigkeit einzutauchen. Der andere Teil zog es vor, noch ein wenig zu schlafen. Er verkniff sich eine Verwünschung und zog die Hand zurück. Vermutlich waren es all die unerfreulichen Gedanken in seinem Kopf, die ihn von der Befriedigung seiner Bedürfnisse abhielten! Er drehte sich auf den Rücken und verschränkte die Hände hinter dem Kopf. Nicht nur, dass ihn das schlechte Gewissen wegen Sophia immer häufiger plagte; das Ziel, seine Burg in Katzenstein zurückzubekommen, rückte auch in immer unerreichbarere Ferne. Er hatte gehofft, irgendwann einen Kredit von seiner Tochter zu erwirken. Mit diesem konnte er vielleicht Ulrich von Helfenstein die Festung wieder abkaufen, die er bei dem Streit vor neun Jahren an diesen verloren hatte. Allerdings schien der ständig überschuldete Helfensteiner die Burg inzwischen an das Geschlecht der Oettinger weiterveräußert zu haben – ein Umstand, der Johann Sorgen bereitete. Die Familien der Oettinger und Katzensteiner waren nicht nur Nachbarn und seit Generationen durch Heirat miteinander verbunden; sie waren auch erbitterte Rivalen. Niemals würde ein Oettinger ihm seinen Besitz zu einem Preis verkaufen, der angemessen war. Eher würden die Heiden im Orient zum Christentum übertreten! Die Frau an seiner Seite bewegte sich und als sich ihr Schenkel über den seinen legte, erwachte das tote Stück Fleisch zwischen seinen Beinen doch noch zum Leben.

Kapitel 25

Im Umland von Tirgoviste, April 1457

»Sieh hin!«, herrschte Vlad seinen Sohn an, der mit gesenktem Kopf halb hinter ihn getreten war. »Sieh dir genau an, was mit den Feinden meines Fürstentums geschieht«, knurrte er. Er fuhr Carol mit der Hand unter das Kinn und zwang ihn, dabei zuzusehen, wie eine etwa zwanzigjährige transsylvanische Gefangene auf einen Pfahl gezogen wurde.

Ihre Schreie waren ohrenbetäubend und nicht nur Carol hatte den Blick von der Hinrichtungsstätte abgewandt. Auch einige der freien Bauern, die seit einiger Zeit zu Vlads Heer zählten, rangen offensichtlich mit dem Drang, davonzulaufen. Vlads Schergen hatten der Frau die Kleider vom Körper gerissen und sie auf die Knie gezwungen, damit sie ihr grausiges Handwerk leichter ausführen konnten. Während drei der Männer sie festhielten, trieben zwei weitere ihr einen angespitzten Pfahl von hinten in den Leib. Blut rann an ihren Beinen hinab und bildete innerhalb weniger Augenblicke eine Lache zwischen ihren Knien. Ihre Haut wirkte wächsern im Licht der Frühlingssonne. Die erwachende Natur schien dem grausamen Schauspiel vor den Stadtmauern von Tirgoviste spotten zu wollen. In den Wipfeln der Bäume trällerten Lerchen und die Farbpracht der Blüten wirkte unangemessen als Hintergrund zu den brüllenden Gefangenen. Über drei Dutzend Unglückliche hatten bereits ihr Leben ausgehaucht – »Reiten auf dem einbeinigen Ross« nannte der Volksmund die grausame Hinrichtungsart. Weitaus mehr warteten noch auf den langsamen und qualvollen Tod. Selbst Kinder waren unter den Zusammengepferchten – manche von ihnen zu klein, um zu begreifen, was vor sich ging.

»Sieh hin, habe ich gesagt!«, wiederholte Vlad. Er umfasste Carols Kopf in einem schraubstockartigen Griff. »Diese Verräter sind deine und meine Feinde«, zischte er. »Und die Feinde eines jeden ehrlichen Walachen!« Er spürte, wie ein Zittern durch Carols Körper lief, und schüttelte den Jungen. »Man muss mit eiserner Härte gegen sie vorgehen, damit sie sich nicht vermehren wie Ungeziefer.« Er fühlte das Würgen des Knaben, bevor er es hörte und presste seinem Sohn die Hand auf den Mund. »Wenn du mich vor all meinen Männern demütigst, lasse ich dich an einen Pfahl binden und die Nacht hier verbringen«, sagte er so ruhig, als teile er Carol die Farbe eines neuen Gewandes mit. Während er den Griff um Carols Kopf noch weiter verstärkte, beschleunigte sich der Atem des Jungen zu einem abgehackten Keuchen. Einen Moment lang dachte Vlad, er würde die Besinnung verlieren. Kalter Schweiß trat aus den Poren des Knaben. Vlad nahm den Geruch des Entsetzens wahr. Eine Winzigkeit lang hasste er sich für das, was er seinem Sohn antat. Doch sein Verstand mahnte ihn zur Unnachgiebigkeit. Carol musste lernen, was ein Fürst zu tun hatte, wenn man sich gegen ihn stellte! »Hör auf, sie als Menschen zu sehen. Es sind Feinde, und Feinde haben keine Gesichter«, sagte er, als Carols Atem sich allmählich wieder beruhigte. Carols Schweiß sorgte dafür, dass Vlad seinen Griff ein wenig lockern musste. »Ein Herrscher muss tun, wozu ihn die Notwendigkeit zwingt!« Er gab seinen Männern ein Zeichen, woraufhin diese den nächsten Gefangenen – einen alten Mann – herbei schleiften.

Dieser brach im Gegensatz zu seinen Leidensgefährten nicht in Jammern und Flehen aus, sondern richtete die stumpfen Augen auf Vlad und stieß hervor: »Der Teufel soll deine Seele holen und sie für immer an sich ketten. Fahr zur Hölle und brenne bis in alle Ewigkeit.« Dann warf er sich auf den Boden und begann zu beten.

Als die Schergen sich mit dem Pfahl näherten, beschleunigte sich Carols Atem erneut. Vlad hörte, wie seine Zähne klapperten. Obschon er fest entschlossen war, dem Knaben keine Schwachheiten zu erlauben, drehte er ihn schließlich mit einem leisen Fluch um und stieß ihn von der Richtstätte fort.

»Grigore!«, brüllte er. »Bring ihn an den Hof.« Dann wandte er sich brüsk ab und befahl den Henkern: »Nehmt einen stumpfen Pfahl. Er soll lange leiden!« Mit diesen Worten kehrte er dem Schauspiel den Rücken und steuerte auf die Pferde zu.

Eine halbe Stunde später befand er sich im Hof seines Palastes. Von Grigore und Carol war weit und breit keine Spur mehr zu sehen. Er fragte sich, ob er den Knaben für seine Schwäche bestrafen lassen sollte. Gerade wollte er sich in den Stall begeben, um zu sehen, wie es inzwischen um den Jungen bestellt war, als sein Vetter Stefan auf ihn zugestürmt kam und sich mit Gewittermiene vor ihm aufbaute.

»Wann machst du endlich dein Versprechen wahr?«, fragte er so laut, dass das Gesinde neugierig die Köpfe wandte. »Ich habe dir geholfen, jetzt wirst du mir helfen.« Er hob die Hand, als Vlad den Mund zu einer Erwiderung öffnete. »Ich will keine Ausflüchte mehr hören! Du hattest genug Männer, um in Transsylvanien einzufallen. Also hast du auch genug Männer, um mir welche mitzugeben.« Er machte eine ausladende Handbewegung. »Sieh dich um. Ohne mich würde all das immer noch Wladislaw gehören!«

Vlad schnaubte. »Wohl eher ohne die Hilfe der Ungarn«, erwiderte er spitz. Da Stefans ewiges Genörgel wohl nie aufhören würde, lenkte er ein. »Du kannst 500 Reiter haben.«

Stefan lachte freudlos. »Was soll ich mit 500 Reitern anfangen? Ein Kloster einnehmen? Wir reden von meinem Fürstentum!« Er stemmte die Fäuste in die Hüften. »Gib mir 6 000 Mann und ich werde dir doppelt so viele zurückschicken, sobald ich Woiwode der Moldau bin.«

Vlad sah ihn fassungslos an. Hatte sein Vetter den Verstand verloren? Wie sollte er ausgerechnet jetzt, wo der Zwist mit den Transsylvaniern zu eskalieren drohte, 6 000 Reiter entbehren?

Stefans Schnurrbart zitterte, als dieser die Lippen aufeinanderpresste und Vlads Blick eisig erwiderte. »Was ist?«, fauchte er. »Soll ich noch mehr Bojaren für dich umbringen? Hattest du vor, mich ewig als deinen Handlanger zu behandeln?« Seine grauen Augen wirkten wie aus Stein gemeißelt. Als er einen drohenden Schritt auf Vlad zutat, wurde diesem klar, dass er ihn nicht länger hinhalten konnte. Stefan hatte recht: Sie hatten sich einen Eid geschworen, dass jeder von ihnen dem anderen helfen würde, sein rechtmäßiges Erbe zurückzuerlangen. Koste es, was es wolle.

Also machte er gute Miene zum bösen Spiel und seufzte. »Also gut, du kannst die Männer haben.« Er überschlug, wie viele unerfahrene Reiter er zur Verfügung hatte, deren Verlust ihn nicht ganz so schmerzlich treffen würde. »Aber ich erwarte, dass du dein Versprechen bis in drei Monaten erfüllst.« Die Schärfe in seinem Ton ließ keinen Zweifel daran, dass er Stefan ansonsten ebenfalls als seinen Feind betrachten würde.

»Du hast mein Wort!«, sagte dieser und streckte Vlad die Hand entgegen. Nachdem der Handel besiegelt war, kehrte Stefan seinem Vetter den Rücken und eilte davon, um sich um die Vorbereitungen für seinen Aufbruch zu kümmern.

Vlad sah ihm nach, bis er im Hauptgebäude des Palastes verschwunden war und rang den Zorn nieder, der in ihm aufsteigen wollte. Er hätte an Stefans Stelle genauso gehandelt. Es war ihre heilige Pflicht, die Feinde ihrer Väter zu vertreiben und endlich dafür zu sorgen, dass ein undurchdringliches Bollwerk gegen die Türken entstand. Wie sollte die Geißel der Christenheit sonst jemals vernichtet werden? Er erinnerte sich daran, was er hatte tun wollen, ehe Stefan ihm über den Weg gelaufen war. Daher schluckte er auch den Rest Unmut hinunter und eilte zu den Stallungen, wo er Carol und Grigore in ein ernstes Gespräch vertieft antraf. Die Hand des Bojaren ruhte auf der Schulter des Knaben, dessen Gesicht tränennass glänzte. Der Anblick schnitt Vlad ins Herz. Obwohl er eigentlich fest dazu entschlossen gewesen war, Carol für jedes weitere Zeichen der Schwäche zu züchtigen, zog er sich zurück, bevor die beiden ihn bemerken konnten. Mit einem seltsamen Gefühl in der Brust begab er sich in seine Gemächer, ließ sich etwas zu trinken bringen und griff nach Federkiel und Tinte. Er hatte einen Brief zu schreiben.

»An den Magistrat von Kronstadt«, begann er.

»Das, was geschehen ist, wäre vermeidbar gewesen, wenn Ihr Unsere Forderungen erfüllt hättet. Unterlasst es, Unseren Gegnern

weiterhin Asyl zu gewähren und weist sie umgehend aus. Ansonsten wird schon bald noch mehr Blut an Euren Händen kleben.

Vlad Draculea, Woiwode der Walachei.«

Jedes weitere Wort war unnötig nach dem, was er und seine Truppen in Amlas und in der Gegend um Kronstadt hinterlassen hatten: verbrannte Erde und zahllose Tote. Er erhitzte Wachs über einer Kerzenflamme und drückte das Siegel mit dem Drachen in den Tropfen auf dem Papier. Dann steckte er das Schreiben in sein Wams und begab sich hinab in die Halle. Er hatte Hunger. In weniger als einer halben Stunde würde das Nachtmahl aufgetragen werden.

Die Zeit des Zubettgehens kam viel zu schnell. Nachdem Grigore ihn im Stall alleine gelassen hatte, war Carol in die Box seines Hengstes gekrochen und hatte sich dort im Stroh verborgen. Zwar wusste er, dass Vlad Draculea ihn bestrafen würde, wenn er ihn so vorfand. Aber das Grauen hatte ihn so heftig überfallen, dass er neben den Hufen des Fuchses zu Boden gesunken war. Bemüht, leise zu weinen, hatte er sich zu einem Ball zusammengerollt und versucht, die entsetzlichen Bilder und Geräusche aus seinem Kopf zu verbannen. Ohne Erfolg. Irgendwann hatte ihn ein robi gefunden und ihm gesagt, dass sein Vater nach ihm suchte. Als er schließlich in die Halle gestolpert war, um seinen Pagendienst bei Tisch zu tun, war es gewesen, als ob ein Fremder in seinem Körper wohnte. Während seine Hände all die gewohnten Bewegungen ausgeführt hatten, war sein Geist zu Lucretius geflohen. Doch auch das stille Aufsagen der lateinischen Verse hatte den Aufruhr in seinem Inneren nicht beruhigt. Vielmehr hatte das wohlbekannte Schuldgefühl sein Haupt gehoben. Wohl zum tausendsten Mal hatte er sich gefragt, ob all die furchtbaren

Dinge, die ihm widerfuhren, eine Strafe für seine Sünden waren.

Jetzt, viele Stunden später, wälzte er sich auf seinem Lager hin und her und grübelte darüber nach, wie er, die Opfer und sein Vater alle aus dem gleichen Urstoff beschaffen sein konnten. War so etwas überhaupt möglich? Oder hatten die Zweifler recht und Lucretius' Werk war nichts weiter als die Lügen eines Lästerers? Er zog die Decke enger um sich und drückte die Nase in sein Kissen. Während er erneut versuchte, die schrecklichen Ereignisse des Tages zu vergessen, ging sein Verstand eigene Wege. Ohne dass Carol etwas dagegen tun konnte, befand er sich unvermittelt wieder auf dem Richtplatz. Und ohne Vorwarnung kehrten die Gräuel der vergangenen Wochen ein weiteres Mal zurück. Als habe ihn jemand mit Eiswasser übergossen, breitete sich Kälte in ihm aus und ließ ihn schlottern. Plötzlich lag der Gestank von Rauch und verbranntem Fleisch in der Luft und von allen Seiten bedrängten ihn die Geister der Gemarterten. Der Knabe, dessen Leben Carol mit seinem Pfeil ausgelöscht hatte, tauchte in seiner Erinnerung auf und schien ihm etwas zurufen zu wollen. Allerdings kam kein Laut über seine bleichen Lippen. Der Pfeil steckte immer noch in seiner Brust und sein Blut vermischte sich in der Dunkelheit mit dem Blut der Gepfählten. Die Kälte wich einer Welle der Übelkeit, die bewirkte, dass Carol sich mit einem Stöhnen zusammenrollte. »Es sind Feinde, und Feinde haben keine Gesichter«, hörte er seinen Vater sagen. Doch all die Gesichter um ihn herum straften diese Worte Lügen. Bittere Galle schoss ihm in die Kehle. Gerade noch rechtzeitig gelang es ihm, die Nachtpfanne unter seinem Lager hervorzuziehen. Während er immer und immer wieder würgte, legte sich eine unsichtbare Klaue um seinen Hals und schnürte ihm die Luft ab. Die Geister der Toten wollten ihn holen, dachte er voller Panik. Alle Weisheiten aus *De rerum natura* lösten sich im Nebel der Furcht auf.

Kapitel 26

Ein Kloster in den Karpaten, April 1457

Zehra wusste nicht, was sie mehr aufwühlte: die Tatsache, dass sie ihren Sohn bald wiedersehen würde, oder die Vorstellung, Vlad in den Armen zu halten. Seit seinem letzten Besuch im März schienen Jahre ins Land gegangen zu sein. Nur das Frühlingserwachen um sie herum hatte verhindert, dass sie in einem bodenlosen Abgrund versank. Das Zwitschern der Vögel, die dicken Knospen und der Duft der Blüten gaben ihr das Gefühl, noch am Leben zu sein – auch wenn sie sich in den langen Wintermonaten oft genauso tot gefühlt hatte, wie die Bäume im Klostergarten.

»Er ist bereits auf dem Weg«, versicherte der Bote, den Vlad vorausgeschickt hatte. »Spätestens zur *Hektē Hōra* – zum Mittagsgebet – wird er hier sein.«

Zehra schenkte ihm ein schwaches Lächeln und sah ihm nach, als er in Richtung der Ställe verschwand. Die Sonne trat zwischen den Ästen einer uralten Eiche hervor und blendete sie, sodass sie den Blick zu Boden senkte und ihren Weg in die Gärten wieder aufnahm. Der Geruch von feuchter Erde und das Versprechen neuen Lebens, das dort überall zu erahnen war, halfen ihr, die Gedanken zu ordnen und einen klaren Kopf zu bekommen. In den tiefen Schatten der Mauern und Klostergebäude hielt sich noch der Reif der kalten Nacht und verlieh den letzten Schneeglöckchen ein verzaubertes Aussehen. Zehras Augen wanderten von den weißen Blumen zu den Buschwindröschen und blieben schließlich an dem ersten, zarten Laub der Beerenbüsche hängen. Nicht mehr lange und aus den Blüten würden winzige, grüne Früchte werden, die dann in voller Reife Vögel und andere Tiere anlockten. Wie rasend schnell die Zeit verging! Sie streckte die Hand aus, um einen Ast des knorrigen Birnbaums zu berühren, den Carol vor einem halben Jahr für seine Flucht benutzt hatte. Irgendwie wurde sie wie magisch von der Stelle angezogen, an der sie ihren Sohn verloren hatte. Lange Zeit starrte sie einfach nur auf die moosbewachsene Rinde und ließ die unterschiedlichen Farbtöne vor den Augen verschwimmen.

Das Kreischen eines Eichelhähers schreckte sie auf. Sie schluckte, als sie unvermittelt an die furchtbare Szene im Wald zurückdenken musste. Seit Carol nicht mehr bei ihr war, führte die Erinnerung an diesen Vorfall sie immer öfter zurück in ihre eigene Vergangenheit. Sie sah sich selbst am Boden kauern, während der Zigeuner, der sie damals an Vlad verkauft hatte, mit seinem Gürtel auf sie einschlug. Schaudernd zog sie das Tuch um ihre Schultern enger und bohrte mit der Spitze ihres Schuhs in der weichen Erde. Was wäre wohl geschehen, wenn ihre Flucht aus Ulm sie nicht zu den Zigeunern geführt hätte? Wäre sie dann inzwischen wieder in der Heimat – glücklich verheiratet an der Seite eines Ulmer Gatten? Das altbekannte Heimweh griff nach ihrem Herzen. Doch ehe es sie überwältigen konnte, hörte sie die Stimmen zweier Männer. Eine davon gehörte dem Boten aus Tirgoviste, die andere dem Mönch Petros.

»Er hat verboten, die Toten von den Pfählen zu nehmen?«, fragte Petros soeben. »Dann wird ihnen kein christliches Begräbnis zuteil?«

Der Reisige lachte freudlos. »Wenn ihnen überhaupt etwas zuteil wird, dann ist es die Ehre, mit ihrem Geschrei andere Verräter abgeschreckt zu haben«, gab er schneidend zurück. »Ihr tätet besser daran, Eure Zunge zu hüten! Sonst findet Ihr Euch vielleicht selbst auf einem Pfahl wieder.«

»Aber …«, hub der Mönch an, doch der Bewaffnete schnitt ihm ungeduldig das Wort ab.

»Es wäre besser, Ihr schweigt«, sagte er gefährlich ruhig und wies mit dem Kinn auf die Klosterkirche, deren Glocke in diesem Moment anfing zu läuten. »Werdet Ihr nicht zum Gebet erwartet?«

Zehra hatte sich den beiden genähert und beobachtete sie hinter einem Rosenbusch hervor. Einen Augenblick lang sah es aus, als wolle Petros etwas Hitziges erwidern. Dann allerdings faltete er die Hände vor dem Bauch, nickte dem Soldaten zu und machte sich auf den Weg in die Kirche.

Was hatte der Mann gemeint, fragte Zehra sich. Hatten sie sich über Vlad unterhalten? Falls ja, wie war es möglich, dass die Gepfählten noch schreien konnten? Sie schlang die Arme um ihren Oberkörper und wünschte, Vlad wäre bereits hier, damit er den Worten des Reisigen widersprechen konnte. Auch in ihrer Heimat war das Pfählen eine beliebte Hinrichtungsart – vor allem bei Notzucht, Ehebruch, Mord und Blutschande. Aber die Opfer wurden vorher getötet! Die Vorstellung, dass jemanden die Strafe bei lebendigem Leib ereilt haben sollte, ließ ihr die Knie schwach werden. Der Mann musste sich geirrt haben! Niemals hätte Vlad eine solche Grausamkeit befohlen! Ärgerlich über sich selbst kämpfte sie gegen den leisen Zweifel an, der an ihr nagte, und schob die Unsicherheit beiseite. Bevor sie an das furchteinflößende Wesen denken konnte, das sich manchmal in seinem Gesicht zeigte, wenn Vlad die Kontrolle über sich verlor, verkündete der Hufschlag mehrerer Reittiere, dass sich die so sehnsüchtig Erwarteten näherten. Alle Gedanken an getötete oder gefolterte Menschen lösten sich in dem Strudel der Freude auf. Ohne an die Unschicklichkeit ihres Verhaltens zu denken, raffte sie die Röcke und eilte den Neuankömmlingen über den Hof entgegen. Kurz vor dem Tor kam sie atemlos zum Stehen und wartete mit klopfendem Herzen darauf, dass die beiden Menschen, die ihr mehr bedeuteten, als ihr eigenes Leben, in das Kloster einritten. Allerdings entfuhr ihr kein halbes Dutzend Wimpernschläge später ein erschrockener Ausruf. Hatte ihr Magen noch eine Sekunde zuvor – beim Auftauchen ihres Geliebten – einen Überschlag gemacht, traf sie der Anblick ihres Sohnes wie ein Schlag ins Gesicht. »Heilige Mutter Gottes!«, flüsterte sie fassungslos, als ihr Blick auf Carol zum Ruhen kam. Hoch im Sattel eines viel zu großen Pferdes thronte ein Edelknabe, den sie kaum mehr als ihren Sohn wiedererkannte. Nicht nur, dass er in den vergangenen Monaten in die Höhe geschossen war; sein ehemals kindlich rundes Gesicht hatte an Fülle verloren und wirkte auf sie hohlwangig und ausgezehrt. Doch es waren seine Augen, die Zehra die Hand vor den Mund schlagen ließen. Stumpf und ausdruckslos verweilten sie einen kurzen Moment lang auf dem Gesicht seiner Mutter. Dann schlug der Junge die Lider nieder und folgte seinem Vater in den Hof.

Kaum waren die Männer aus den Sätteln geglitten, flog Zehra auf ihren Sohn zu. Sie schlang die Arme um ihn. »Scănteiuţă«, flüsterte sie erstickt und sog seinen Geruch ein. »Oh, mein kleiner Liebling!«

Zuerst versteifte sich Carol in ihren Armen. Aber als sie seine Stirn mit Küssen bedeckte und ihn noch fester an sich drückte, lief ein Zittern durch seinen Körper und er klammerte sich an sie, wie er es früher getan hatte. »Mutter«, murmelte er und Zehra bemerkte zu ihrem Schrecken, dass er kurz davor war, in Tränen auszubrechen.

»Mein Gott, Scănteiuţă …« Ihre Stimme erstarb, als sich eine Hand von hinten auf ihre Schulter legte und sie sanft von Carol fortzog.

»Das genügt«, grollte Vlads tiefe Stimme. »Du willst den Jungen doch nicht vor den Männern lächerlich machen?« Er drehte sie zu sich um und fasste ihr unter das Kinn. Immer noch schockiert über die Veränderung, die so deutlich im Gesicht, in der Haltung und in der Stimme ihres Sohnes zu lesen war, sah Zehra nach kurzem Zögern zu ihm auf. Das dünne Lächeln, zu dem er sich offensichtlich zwingen musste, verschwand hinter dem dichten Schnurrbart, was seinem Gesicht ein besonders düsteres Aussehen verlieh. Die Falten um seinen Mund schienen im Licht der Frühlingssonne wie mit einem Messer gezogen. Zehra spürte, wie sich eine Gänsehaut über ihren Rücken ausbreitete. Die grünen Augen, in denen sonst so viel Liebe lag, wenn sie auf ihr lagen, wirkten kühl und distanziert. »Freust du dich denn mehr, deinen Sohn zu sehen, als mich?«, fragte Vlad nach einigen Augenblicken des Schweigens. Nach einem kaum wahrnehmbaren Zögern stellte Zehra sich auf die Zehenspitzen, um ihm artig die Wange entgegenzuhalten.

Vlad beherrschte nur mühsam seinen Ärger, als er Zehras Wange flüchtig mit den Lippen streifte. War das der Empfang, den man seinem zukünftigen Gemahl bereitete? Er richtete sich wieder zu seiner vollen Größe auf und blickte auf sie hinab. Obschon ihre Hände noch in den seinen ruhten, zuckte ihr Blick bereits wieder zu Carol, dem einer der Stallburschen des Klosters das Reittier abgenommen hatte. Eifersucht flammte in ihm auf, aber er unterdrückte das Gefühl. Er presste Zehras Hände an sich und schrak zusammen, als sie ein Zischen von sich gab. Erschrocken ließ er sie los und starrte auf die roten Druckstellen zurück, die seine Finger auf ihrer Haut hinterlassen hatten. »Es tut mir leid«, stammelte er und fühlte sich einen Moment lang wie ein Narr. Dann fasste er sich jedoch wieder und bot ihr den Arm, damit sie ihn in den Bereich des Klosters begleiten konnte, in dem sie alleine sein konnten. Vorbei an dem Kapitelsaal der Mönche und deren Dormitorium schritten sie den Kreuzgang entlang, bis sie den Eingang zu Zehras Gemächern erreichten. Diese waren in den vergangenen Monaten weitaus wohnhafter geworden, da Vlad nicht wollte, dass es ihr an irgendetwas fehlte.

So waren die groben Steinquader der Wände inzwischen mit kostbaren Teppichen bedeckt und in den Ecken brannten vielarmige Kerzenleuchter. Kohlebecken sorgten – neben einem Kamin – für eine angenehme Temperatur und die Fenster waren verglast worden. Auch das Bett in ihrer Kammer hatte nichts mehr mit der harten Liege der Mönche gemein, auf der sie vorher die Nächte verbracht hatte. Sobald sie die Tür hinter sich zugezogen hatten, warf er den Mantel über eine Stuhllehne und beugte sich zu ihr hinab, um sie endlich richtig zu küssen.

Anstatt die Zärtlichkeit zu erwidern, wich sie ihm jedoch mit einer schlangengleichen Bewegung aus, griff nach seinem Mantel und nestelte daran herum.

»Man muss ihn ausbürsten«, murmelte sie und sah sich um, als ob noch jemand mit im Raum wäre. Ihre Körperhaltung erinnerte ihn an Elisabeta. Als er bemerkte, dass sie seinen Blick mied, wurde ihm klar, dass sie sich vor ihm fürchtete.

»Was ist los mit dir?«, fragte er barsch und trat auf sie zu, um sie an den Schultern zu packen. Ein Verdacht keimte in ihm auf und vertrieb alles Blut aus seinem Gesicht. Seine Hände schlossen sich fester um sie – wie Schraubzwingen – und er spürte deutlich ihre Knochen.

»Du tust mir weh«, hauchte sie. Aber der Schatten der Unehrlichkeit in ihren Augen veranlasste Vlad dazu, noch fester zuzudrücken. »Bitte«, flehte sie und wand sich in seinem Griff.

Einige heftige Atemzüge lang starrte er auf sie hinab und kämpfte den Drang nieder, die Wahrheit aus ihr herauszuschütteln. Als ihr bereits Tränen in die Augen stiegen, ließ er sie los und stieß sie von sich. Er ballte die Hände zu Fäusten und schob sie unter die Achseln, um sich davon abzuhalten, sie zu benutzen. »Was ist los?«, wiederholte er gepresst. »Warum benimmst du dich wie eine Fremde?« Er sah, wie ihre Zungenspitze über ihre Lippen zuckte, während sie ihre

Schultern mit den Händen bedeckte – als könne sie das vor seinem Zorn schützen. Ihre Augen glitten zu seinem Schwert, ehe sie auf dem Boden haften blieben.

»Es ist nichts«, log sie.

Er fühlte die Wut mit solcher Macht anschwellen, dass er hastig Abstand zwischen sie und ihn brachte. »Ich glaube dir nicht«, presste er hervor. »Du solltest mir besser sofort sagen, was los ist, oder …« Er ließ den Satz unbeendet. Aber die Drohung war genug, um Zehra aufkeuchen zu lassen.

»Was?«, hauchte sie und sah ihn anklagend an. »Lässt du mich dann auch bei lebendigem Leib pfählen?« Zwei rote Flecken breiteten sich auf ihren Wangen aus. »Ist es wahr?«, fragte sie nach einigen Sekunden der Stille schließlich tonlos. »Hast du wirklich …?«

Sein Blick brachte sie zum Schweigen. Er ließ die Hände zurück an seine Seiten fallen und fragte sich, ob er erleichtert oder erbost sein sollte. Sein Verdacht war unbegründet. Aber sie wagte es, seine Entscheidungen in Frage zu stellen! Eigentlich musste er sie dafür augenblicklich so in die Schranken weisen, dass ihr ein für alle Mal klar wurde, wer der Herr war. Allerdings brachte er es nicht über sich, da er fürchtete, etwas zu zerstören, das dann unwiederbringlich verloren sein würde. Dafür bedeutete ihm ihre Liebe zu viel. Die Sehnsucht nach der Reinheit und Unschuld, die ihn sonst in ihrer Nähe eingehüllt hatte, verscheuchte den Zorn. Er seufzte. Sie verdiente eine Antwort.

»Ja«, erwiderte er ruhig. »Ich musste es tun. Wenn ich nicht unmissverständlich klar mache, was meine Feinde erwartet, dann wird es in Tirgoviste niemals sicher genug sein für dich!« Er spürte Verzweiflung in sich aufsteigen. Er brauchte sie! Wenn sie nicht bei ihm war, herrschte Dunkelheit, in der kein Fünkchen Hoffnung glomm. Er holte tief Atem und näherte sich ihr. »Glaube mir, es hat mir keine Freude bereitet.« Er fuhr sich mit den Handflächen über das

Gesicht, als könne er so das Geschehene auslöschen. »Alles, was ich tue, tue ich auch für dich!« Er sah, wie der Schatten aus ihrem Blick schwand und ein liebevoller Ausdruck an seine Stelle trat, der Vlad mit Wärme erfüllte. Als er erneut die Arme um sie schlang und sein Mund sich dem ihren näherte, wich sie ihm nicht mehr aus, sondern erwiderte den Kuss, so wie sie es in der Vergangenheit immer getan hatte.

Dennoch war es das erste Mal, dass ihn der Liebesakt mit ihr nicht vollkommen befriedigte. Obgleich sie sich ihm willig hingab, hatte er die ganze Zeit über das Gefühl, dass ihre Gedanken nicht bei ihm waren. Als sie lange Zeit später, kurz vor Sonnenuntergang, fragte, was mit Carol geschehen war, kehrte seine Eifersucht zurück.

»Nichts«, gab er widerwillig zurück. »Er wird nur allmählich zum Mann.« Er befreite sich von der Decke und streifte ihre kühlen Hand ab, die auf seinem Rücken ruhte. »Er ist jetzt mein Page, deshalb muss er immer an meiner Seite sein.« Er hörte an ihrem scharfen Einatmen, dass sie begriff, was das bedeutete. »In ein oder zwei Jahren werde ich ihn zum Knappen machen, dann wird bald ein Ritter aus ihm, auf den du stolz sein kannst.« Sie schwieg, aber Vlad hatte das Gefühl, hören zu können, was sie dachte. »Es ist die Pflicht eines jeden jungen Mannes«, sagte er und kam auf die Beine, um sich anzukleiden. »Du solltest dir keine Sorgen um ihn machen. Es geht ihm gut.« Die Lüge fühlte sich bitter an in seinem Mund. Das Wimmern, mit dem sein Sohn immer öfter aus dem Schlaf aufschreckte, zeigte, dass das Gegenteil der Fall war. Seit dem Ausflug nach Amlas und Kronstadt fraß etwas an dem Jungen, das Vlad nur allzugut kannte. Vielleicht sollte er ihn wieder zu Grigore schicken! Er griff nach seinen Stiefeln und kämpfte sich hinein. »Ich bin hungrig«, sagte er schließlich – ungeduldig, das Thema zu beenden. Er wollte und konnte sich nicht um etwas sorgen, das nicht zu ändern war!

Während auch Zehra sich wieder anzog, versuchte er, sich davon zu überzeugen, dass das drückende Gefühl in seiner Magengegend von seinem nagenden Hunger herrührte.

Kapitel 27

Einen halben Tagesritt von Tirgoviste entfernt, April 1457

Einige Tage später schien es Carol, als würde er sich in einem neuen Leben befinden. Das Gelächter der Mägde wurde von einer lauen Brise herangetragen und in den Wipfeln der Bäume beschimpften sich die Vögel. Vor einiger Zeit waren die jungen Frauen – zusammen mit den Töchtern des Bojaren – zu dem kleinen Flüsschen am Fuße der Festungsmauer aufgebrochen, um Wäsche zu waschen. Offenbar schienen sie trotz des kalten Wassers und der harten Arbeit Freude an dem zu haben, was sie taten. Carol genoss eine der wenigen freien Stunden, die Grigore ihm gestattete und saß mit seiner Kopie von *De rerum natura* auf der Wiese vor der Zitadelle. Er konnte es immer noch kaum fassen, dass das hier kein Traum war und dass er nicht jeden Moment erwachen und sich an der Seite seines Vaters wiederfinden würde. Seine Fingerkuppen glitten immer und immer wieder über das glatte Papier des Folianten – wie um sich zu versichern, dass die Dinge um ihn herum real waren. Die Farben der Verzierungen am Textrand leuchteten im Sonnenlicht, das Carols Gesicht und Hände wärmte. Der Duft der Blütenblätter, die sanft zu Boden segelten, vermischte sich mit dem Geruch des Grases und dem des Leders seiner Stiefel. Er schloss die Augen und lauschte auf das Kichern der Mädchen, während er an die Unterhaltung mit Petros, dem Mönch zurückdachte. Während des Besuches im Kloster Bistrița hatte Carol sich in die Bibliothek geschlichen, um endlich den gestohlenen Text zurückzugeben. Doch gerade als er das Buch an seinen alten, verborgenen Platz stellen wollte, hatte Petros ihn überrascht. »Ich weiß, dass du das Buch mitgenommen hast«, hatte er ihn mit einem verschwörerischen Zwinkern wissen lassen und Carol in eine Nische gezogen, wo niemand sie sehen konnte. »Aber das ist ein Geheimnis zwischen dir und mir.« Sein Mund hatte sich zu einem wissenden Lächeln verzogen. Der Schreck, den er Carol mit seinen Worten eingejagt hatte, wich der Ungläubigkeit. Sollte Petros den Diebstahl eines so kostbaren Werkes tatsächlich ungestraft lassen? Carol war zusammengezuckt, als der Mönch die Hand nach ihm ausgestreckt hatte. Aber der alte Mann legte ihm die Rechte sanft auf die Wange und betrachtete ihn einige Momente lang nachdenklich. Dann wanderte seine Hand zu seinem Hals. Er nahm sein eigenes Kruzifix ab, um es dem Knaben umzuhängen. »Behalte das Buch«, murmelte er. »Und vergiss nie: Wann immer du in Sorge bist, vertraue darauf, dass Gott dich niemals verlässt. Wo du dich auch aufhältst, seine schützende Hand ist über dir.«

Carol seufzte. Wenn er doch nur recht hätte! Er schlug die Augen wieder auf und versuchte, sich auf die lateinischen Verse von *De rerum natura* zu konzentrieren. Doch es wollte ihm an diesem Tag einfach nicht gelingen. Sein Kopf war zu voll von anderen Dingen. Außerdem hatte er inzwischen Stellen in dem umfangreichen Text erreicht, die er nicht verstand, weil ihm die nötigen Worte fehlten. Um nicht an all das zu denken, was er vergessen wollte, legte er das Buch schließlich zur Seite und beobachtete die jungen Frauen dabei, wie sie mit kleinen Brettern das Wasser aus den nassen Kleidungsstücken klopften. Außer den vier Mägden knieten auch Floarea und zwei ihrer Schwestern an dem flachen Ufer. Ihr Anblick ließ Carol schmunzeln. Wie eine Wilde drosch sie auf einen braunen Mantel ein, sodass die Tropfen in hohem Bogen davonflogen. Ihr schwarzes Haar löste sich aus dem Zopf, zu dem es geflochten war und ihre Wangen waren vor Eifer feuerrot. Seit seiner Rückkehr umschlich sie ihn und drang mit einer Neugier in ihn, die für ein Mädchen vollkommen unschicklich war. »Was liest du da?«, hatte sie ihn vor einigen Tagen gefragt. Bevor er antworten konnte, dass sie davon nichts verstand, hatte sie hinzugefügt: »Ich wünschte, ich könnte auch schon lesen!« Dann hatte sie ihre Mutter erblickt und sich mit einem leisen Kichern hinter einem Strohballen versteckt. Warum Grigore ihr so viel durchgehen ließ, wusste Carol nicht. Aber der ansonsten so strenge Bojar schien ein butterweiches Herz zu haben, wenn es um seine jüngste Tochter ging. Vor kurzem hatte er ihr sogar versprochen, dass er ihr bald beibringen würde, auf einer der kleineren Stuten zu reiten.

Bevor Carol sich vorstellen konnte, wie sie auf dem Rücken eines Pferdes auf und ab hüpfte, näherte sich von den Feldern her eine Gruppe robi mit Pflügen und Ochsen. Einige von ihnen gestikulierten wie im Streit, aber es waren die deutschen Worte, »Lass ihn in Ruhe!«, die Carol die Ohren spitzen ließen. Waren unter den Sklaven des Bojaren auch Deutsche? Er kniff die Augen zusammen, um besser sehen zu können. Tatsächlich waren einige der robi von hellerer Hautfarbe als die anderen. Merkwürdig, dachte er. Bei seinem letzten Aufenthalt auf Grigores Festung waren ihm keine Deutschen aufgefallen. Er hörte einen der Männer fluchen und sah einen Aufseher mit einer Peitsche herbeieilen. Dieser schimpfte auf die Sklaven ein, wies auf einen der Pflüge und schüttelte die Fäuste. Um nicht mitansehen zu müssen, was zweifelsohne bald folgen würde, rappelte Carol sich auf und trottete zurück in den Hof der Zitadelle. Dort verstaute er sein Buch in dem kleinen Kasten, den er eigens dafür angefertigt hatte, und brachte es in sein Quartier im Hauptgebäude des Komplexes. Er hatte gerade die Halle im Erdgeschoss passiert, als er aus einem der daran angrenzenden Räume Stimmen vernahm.

»Was denkst du, wird geschehen, wenn der Sultan den Bruder des Fürsten schickt?«, hörte er einen Mann sagen, dessen Stimme er nicht erkannte. »Das würde zu ihm passen«, fügte derselbe Sprecher hinzu. »Nicht nur, dass er unseren Herrn mit Tributzahlungen demütigen will …« Er verstummte.

»Erwähne den Prinzen niemals in Anwesenheit des Woiwoden«, entgegnete Grigore. Ein seltsamer Unterton schwang in seiner Stimme mit. »Er betrachtet ihn als einen größeren Feind als den Sultan selbst, weil er sein Vaterland verraten hat.«

Das Rascheln von Gewändern und Schritte verrieten, dass die Männer sich der Tür näherten. Carol huschte hinter einen der dicken Eichenbalken, welche die Decke stützten

»Man nennt ihn inzwischen überall nur noch Radu, den Schönen«, spuckte Grigores Begleiter aus. »Was für eine Schande für den Namen seines Vaters!«

Der Bojar stimmte mit einem Brummen zu und Carol atmete auf, als sie wenig später in den Hof hinaus verschwanden. Er legte die Stirn in Falten. Radu, der Schöne? Wenn er richtig verstanden hatte, war das der Name seines Onkels. Neugier machte sich breit. Ein Onkel, der offenbar Vlad Draculeas Feind war. Der Gedanke an einen Verwandten, der seine Abscheu gegen seinen Vater teilte, erfüllte ihn mit Hoffnung. Daran änderte nicht einmal der Umstand etwas, dass dieser Onkel offenbar ein Türkenfreund war. Er klemmte die Schatulle fester unter den Arm und setzte den Weg zu seiner Kammer fort. Nachdem er das Buch unter dem Bett verborgen hatte, ließ er sich auf der Matratze nieder und blickte auf seine Stiefelspitzen. Ob dieser Onkel ihm und seiner Mutter helfen konnte? Ein Schatten huschte über sein Gesicht, da er unwillkürlich an die Trauer im Gesicht seiner Mutter dachte, als sie sich von ihr verabschiedet hatten. Irgendwie hatte sie alt und verzweifelt ausgesehen – nicht so, wie er sie kannte. Er kämpfte gegen den Klumpen an, der in seiner Kehle aufsteigen wollte, und verschlang die Finger ineinander. Wenn er doch nur bei ihr sein könnte! Der Knoten kehrte zurück. Dieses Mal nistete er sich in Carols Kehle ein. Wann er wohl wieder an den Hof zurückkehren musste? Die Vorstellung, wieder Tag und Nacht in der Nähe seines Vaters sein zu müssen, ließ ihn frösteln. Immer noch träumte er von den Gepfählten. Auch der Junge, den er bei Kronstadt getötet hatte, suchte ihn beinahe jede Nacht in seinen Träumen heim. An manchen Tagen hatte er Angst davor, schlafenzugehen. Da halfen auch die Beichte und das Versprechen, dass Gott ihm vergeben hatte, nicht.

Er lenkte seine Gedanken zurück auf den unbekannten Onkel. Warum erwähnte sein Vater ihn nie? Hasste er ihn so sehr? Und wenn ja, warum? Er beschloss, die arnauti des Bojaren zu befragen, um herauszufinden, was diese über den geheimnisvollen Radu wussten. War er der Grund für die Wut in seinem Vater, die auf dem Rückweg nach Tirgoviste deutlich zu spüren gewesen war? Oder hatte Carols Mutter ihm die Stirn geboten? War er deshalb dazu bereit gewesen, Carol mit Grigore gehen zu lassen? Oder hatte seine Verbannung vom fürstlichen Hof einen ganz anderen Grund? War seinem Vater klar geworden, dass er nicht aus dem gleichen Holz geschnitzt war, wie er? Jeden Abend vor dem Zubettgehen betete er dafür, dass Vlad Draculea ihn zurück in das Kloster schicken würde. Zurück zu seiner Mutter und den Mönchen, der Bibliothek und den Büchern. Aber er ahnte, dass das niemals geschehen würde. Eine ganz neue Hoffnung schien die Last auf seiner Seele ein wenig zu erleichtern. Vielleicht gelang es ihm, seinen Onkel um Hilfe zu bitten und mit seiner Mutter aus dem Fürstentum zu fliehen. Er griff nach dem Kruzifix an seinem Hals. Er würde auf Gottes Gnade vertrauen, so wie Petros es ihm geraten hatte. Wenn er seine Sünden bereute und genug betete, würde der Allmächtige ihn vielleicht erhören.

Teil 3

Kapitel 28

Kronstadt, Februar 1458

»Ihr solltet das nicht tun.« Andreas Pfeilers Miene war ernst, seine Stimme sanft. »Es ist ein großes Risiko und Ihr habt die Gegend doch schon mehrere Male abgesucht.« Er hob die Hände – die Handflächen nach oben – und schüttelte den Kopf. »Eure Gemahlin sorgt sich um Euch. Warum tretet Ihr nicht die Heimreise an?«

Utz von Katzenstein gab ein Brummen von sich, das wie ein Laut klang, den ein wütender Bär machen würde. »Wollt Ihr mich loswerden?«, schoss er zurück. Er bückte sich, um seine dicken Fellüberschuhe zu binden. »Wenn ich Euch zur Last falle, kann ich jederzeit in einen Gasthof umziehen!«

Der Kronstädter Händler seufzte. »Ihr wisst, dass Ihr bleiben könnt, solange Ihr wollt«, entgegnete er. »Aber denkt Ihr nicht, dass Eure Gemahlin es verdient, dass Ihr heimkehrt? Leidet nicht auch sie unter dem Verlust Eures Sohnes? Es ist doch nun schon beinahe ein Jahr her.«

Utz schnaubte, richtete sich wieder auf und packte den mit Fuchsfell gefütterten Mantel.

»Ich denke, meine Gemahlin wird es mir ganz gewiss nicht danken, wenn ich nicht alles unternehme, um Hans wiederzufinden!« Er hörte sein heftiges Atmen und verzog das Gesicht, als Andreas Pfeiler mitleidig nickte.

»Es wäre Ihr mit Sicherheit lieber, dass Ihr mit ihm nach Hause kommt«, sagte er. »Aber manch eine Suche erreicht irgendwann den Punkt, wo man sich eingestehen muss, dass sie fruchtlos ist.« Sein Blick war warm. Das Mitgefühl in seinen

Augen schmerzte Utz fast noch mehr, als die Bedeutung seiner Worte.

»Er muss irgendwo sein!«, rief er aus. »Kein Mensch kann sich einfach so in Luft auflösen! Wenn er tot wäre, hätten wir ihn gefunden!«

Der Kronstädter legte den Kopf schief, als ob er nachdenken müsste. Dann fragte er: »Ihr wisst, dass Vlad Draculea die Gegend wieder unsicher macht? Und dass er um die Unterstützung des neuen ungarischen Königs gebeten hat?«

Utz lachte freudlos. »Ich mag verbissen sein, aber nicht blind«, versetzte er. »Selbst ich habe die Flüchtlinge bemerkt. Allerdings wird er sich nach dem Abkommen, das Euer Rat im November mit ihm geschlossen hat, wohl von Kronstadt fernhalten. Hermannstadt liegt nicht auf meinem Weg.« Er schob den Unterkiefer vor und fügte entschlossen hinzu: »Außerdem könnte mich selbst der Leibhaftige persönlich nicht davon abhalten weiterzusuchen!« Mit diesen Worten schulterte er das Bündel mit Vorräten, griff nach seiner Armbrust und machte Anstalten, das Haus zu verlassen.

»Ich wünschte, Ihr würdet den Jungen finden«, schickte sein Gastgeber ihm hinterher. »Meine Gebete sind mit Euch.«

Utz nickte wortlos und stapfte durch den frisch gefallenen Schnee auf den Pferdeschlitten zu, den er sich im vergangenen Herbst gekauft hatte. Nachdem er seine Habseligkeiten hineingeworfen hatte, schirrte er die Pferde an. Wenig später trabte er durch die Straßen von Kronstadt. Schon lange mutete er niemandem mehr zu, ihn zu begleiten, auch wenn Andreas Pfeiler ihm Knechte zum Schutz angeboten hatte. Er würde Hans auch alleine finden! Sein Sohn war noch am Leben! Alles, was er in Erfahrung bringen musste, war, wohin man ihn verschleppt hatte. Dieses Mal würde er nicht ohne ihn zurückkehren! Als er das Stadttor passierte, schickten ihm die Wächter verständnislose Blicke hinterher und schüttelten die Köpfe. In ihren Augen war er so gut wie tot. Wer sich in diesen Zeiten ohne das Geleit einer schwer bewaffneten Eskorte in die Berge wagte, war entweder lebensmüde oder ein Narr. Utz kniff die Augen zusammen, da der Schnee ihn blendete, und vergrub das Kinn im Fellkragen seines Mantels. Vielleicht war er ein Narr. Vielleicht war er auch lebensmüde, wer wusste das schon? Die einzige unumstößliche Tatsache war, dass er seinen Sohn finden würde! Er trieb die Pferde zu einer schnelleren Gangart an und trottete den Weg entlang, der ihn zu einem der Pässe führen würde. Er hatte bereits den Fuß der Berge erreicht, als er eine Gruppe Menschen erspähte, die aus Westen in seine Richtung strömte. Flüchtlinge aus Hermannstadt, dachte er, sobald er erkannte, dass einige von ihnen verwundet waren.

Plötzlich begriff er, was ihn dazu getrieben hatte, ausgerechnet jetzt aufzubrechen, wo die Gefahr am größten war. Gott hatte ihm einen Wink gegeben, den er erst jetzt verstand. Mit einem Schnalzen der Zunge lenkte er die Zugtiere nach rechts und trieb sie auf die Flüchtlinge zu, die ihn furchtsam beäugten.

»Woher kommt ihr?«, rief er den Männern und Frauen zu, deren Kleider zum Teil versengt waren. Einige von ihnen trugen Kinder, andere zogen schlecht zusammengezimmerte Bahren, auf denen Tote oder Verletzte lagen. Nur wenige waren unversehrt. Manch einer war durch böse Verbrennungen verunstaltet.

»Aus Stolzenburg in der Zibinsebene«, erwiderte einer von ihnen nach einem kurzen Zögern. »In der Nähe von Hermannstadt«, setzte er hinzu, als Utz fragend die Brauen hob.

»Habt Ihr gesehen, ob Vlad Draculea selber die Truppen anführt?«, fragte Utz. Doch außer dem einen oder anderen Kopfschütteln erhielt er keine Antwort.

»Kehrt um«, riet ihm der Mann, der zuerst gesprochen hatte. »Sie wüten, wie die Teufel!« Einige der Frauen bekreuzigten sich. Aber Utz ignorierte die Furcht, die sich in sein

Herz schleichen wollte und trieb seine Zugtiere wieder an. Er würde die Höhle des Löwen aufsuchen. Auch wenn er diesen Schritt mit dem Leben bezahlen musste. Es war ein walachischer Pfeil gewesen, der Hans getroffen und zu Boden gerissen hatte. Vielleicht sogar der Pfeil des Mannes, mit dem Utz' Schwester sich entehrte! Der Hass, der viel zu lange unter der Trauer begraben gewesen war, brach sich Bahn. Utz wünschte sich, er hätte Vlad Draculea damals getötet, als er Gelegenheit dazu gehabt hatte. Dann wäre seine Schwester niemals in dieser Wildnis geblieben und er hätte sich niemals zu einer Handelsreise hierher überreden lassen! Obgleich er den Pferden am liebsten die Peitsche gegeben hätte, zügelte er seine Ungeduld, damit sie nicht zu schnell ermüdeten. Wollte er Hermannstadt noch heute erreichen, dann musste er die Kräfte der Tiere einteilen. Ansonsten würde er mitten im Nirgendwo die Nacht verbringen müssen. Dazu hatte er absolut keine Lust.

Während der Hass auch den letzten Rest Angst vertrieb, malten die Kufen seines Schlittens einsame Spuren in den Schnee. Hinter jeder Biegung, bei jedem Zurückweichen des Waldrandes erwartete er, sein Ziel am Horizont zu sehen. Doch schon nach wenigen Stunden musste er erkennen, dass er die Strecke nicht an einem Tag bewältigen konnte. Die Pferde wurden immer langsamer und von Osten her zogen Wolken auf, die neuen Niederschlag verkündeten. Um nicht eingeschneit und Opfer von Bären oder Wölfen zu werden, mietete er sich deshalb kurz vor Sonnenuntergang in einer schäbigen Herberge ein, die er am nächsten Morgen mit wenig Bedauern wieder verließ. In der winzigen Kammer war es nur wenig wärmer gewesen als im Freien. Der fettige Eintopf rumorte immer noch in seinem Magen, als er die Pferde wieder anschirrte. Beim ersten Bissen hatte er befürchtet, die Wirtin wolle ihn vergiften. Doch da er die Nacht überlebt hatte, würde ihn der ranzige Hammel wohl nicht umbringen. Aber möglicherweise Vlad Draculea! Keine Sekunde machte Utz sich etwas vor. Er wusste, dass die Wahrscheinlichkeit, eine Begegnung mit Zehras Liebhaber zu überleben, gering war. Aber wenn er diesen letzten Versuch nicht unternahm, dann würde er sich niemals wieder selber in die Augen sehen können. Mit einem scheußlichen Gefühl in der Magengrube, das nicht von dem Eintopf herrührte, machte er sich wieder auf den Weg.

Als er sich am frühen Nachmittag schließlich der Gegend um Hermannstadt näherte, schärften sich seine Sinne. Lange hörte er die Reiter, bevor er sie sehen konnte. Hastig befestigte er einen weißen Stofffetzen an seiner Peitsche und schwenkte diese durch die Luft. Einerseits machte er die Soldaten damit auf sich aufmerksam; andererseits kennzeichnete er sich dadurch als Bote, der eine Nachricht ins feindliche Lager bringen wollte. Das war seine einzige Chance, so lange am Leben zu bleiben, dass er seine Bitte vorbringen konnte. Sobald ihn der Anführer der Abordnung erblickte, donnerten die Ritter auf ihn zu. Utz spürte, wie ihm der Schweiß aus den Poren trat. Viele der Reiter hielten ihre Lanzen nach vorne gerichtet. Der Anführer brachte eine Armbrust in Anschlag, deren Bolzen direkt zwischen Utz' Augen zielte.

»Ihr kommt aus Kronstadt«, bemerkte er mit einem Blick auf den Schlitten. Dessen Seite zierte das Wappen der Stadt. »Hätten meine Männer das nicht schon von Weitem gesehen, wäre dieser Pfeil«, er deutete auf seine Armbrust, »bereits in Eurem Herzen.« Er entblößte die Zähne zu einem hämischen Lächeln. »Trotz dieses Fetzens«, fügte er hinzu und zeigte auf die weiße Fahne. »Was wollt Ihr?« Utz unterdrückte seine Furcht. Er sandte ein kurzes Dankgebet zum Himmel, dass Vlad Draculea sich im vergangenen November mit den Kronstädtern geeinigt hatte. »Muss ich es aus Euch herausbrennen?«, fragte der Anführer schroff und winkte einen Fackelträger heran.

»Nein«, rief Utz heiser aus und räusperte sich. »Nein«, wiederholte er. »Ich bin hier, um mit Eurem Woiwoden zu reden.« Die Fassungslosigkeit verlieh dem Ritter das Aussehen eines verdutzten Schafes. Wäre Utz nicht von Bewaffneten umzingelt gewesen, hätte er lauthals gelacht.

»Ihr wollt *was*?«, fragte der Mann ungläubig.

»Ich möchte mit Eurem Fürsten sprechen«, wiederholte Utz geduldig. »Glaubt mir, er wird mich empfangen.« Er nahm den Siegelring vom Finger und hielt ihn dem Reiter entgegen. »Zeigt ihm diesen Ring.« Einen Moment lang sah es so aus, als wolle der Anführer den Abzug der Armbrust betätigen. Dann allerdings ritt er näher an Utz heran und griff sich den Ring.

»Eine Katze«, stellte er mit ausdrucksloser Miene fest und legte die Stirn in Falten. »Nun«, sagte er schließlich, verstaute das Schmuckstück in seiner Tasche. Dann winkte er vier Reiter herbei. »Wenn Ihr unbedingt einen langsamen und qualvollen Tod sterben wollt, dann werden wir Euch Euren Wunsch erfüllen.« Mit diesen Worten wendete er sein Pferd und gab den übrigen Männern zu verstehen, Utz passieren zu lassen. Flankiert von je zwei Rittern – die übrigen Soldaten im Rücken – trieb Utz seine Zugtiere an und betete, dass er den Tag überleben würde. Bereits nach wenigen Meilen gelangten sie in ein Gebiet, in dem der Schnee von der Asche verbrannter Gehöfte schwarz gefärbt war. Wie die Gerippe von toten Tieren ragten verkohlte Dachbalken in den farblosen Winterhimmel. Die Luft stank nach Ruß, Feuer und verbranntem Fleisch. Ein Würgen schnürte Utz die Kehle zu, als am Wegesrand die ersten Gepfählten auftauchten, deren nackte Körper von unsagbaren Torturen kündeten. Er spürte die Blicke der Walachen im Rücken und widerstand der Versuchung, den Kopf zu senken, um dem Grauen auszuweichen. »Ihr habt wirklich Mut«, höhnte einer der Reiter. »Vielleicht solltet Ihr Euch schon mal eine geeignete Stelle aussuchen, damit Ihr einen guten Ausblick habt.« Er brach in ein röhrendes Lachen aus, in das die anderen Soldaten mit einfielen. Als in einer Senke vor einem vollkommen verwüsteten Dorf das Lager des Woiwoden auftauchte, hätte Utz am liebsten wieder kehrtgemacht und wäre davon geprescht so schnell er nur konnte. Es war Wahnsinn, Vlad Draculea aufzusuchen!

Kapitel 29

Im Umland von Hermannstadt, Februar 1458

»W*oher* hast du diesen Ring?«, wiederholte Vlad die Frage. Doch die Antwort blieb dieselbe.

»Von einem Deutschen, der Euch zu sehen verlangt«, entgegnete der Bojar mit einem Schulterzucken. »Er trug eine weiße Fahne und kommt aus Kronstadt. Ansonsten hätten wir ihn auf der Stelle getötet.«

Vlad erhob sich von dem fellgepolsterten Stuhl in seinem Zelt und schloss die Finger um den Ring. »Wenn du das getan hättest, würdest du jetzt anstelle eines Bauern auf dem einbeinigen Ross reiten«, knurrte er. »Schaff ihn hierher!« Er steckte die Hand mit dem Schmuckstück in die Tasche und richtete sich zu seiner vollen Größe auf. Das Zelt, in dem er sich seit Beginn des Rachefeldzuges aufhielt, wurde von einer großen Feuerstelle geheizt. Plötzlich hatte Vlad das Gefühl, der Rauch beiße ihm in den Augen. Als er einen Schritt nach vorn tat, wäre er um ein Haar gestrauchelt. Was war nur los mit ihm? Warum brachte ihn dieser Ring so aus dem Gleichgewicht? Gewiss war Zehras Bruder nur hier, um ihm eine Botschaft für seine Schwester zu übergeben oder ihm seine Aufwartung zu machen. Ganz egal, warum er gekommen war, Vlad würde zusehen, dass er ihn so schnell wie möglich wieder loswurde! Er hatte keine Zeit, sich mit einem unbedeutenden Kaufmann abzugeben! Daran änderte auch die Tatsache nichts, dass dieser Kaufmann vor vielen Jahren an seiner Seite aus Tirgoviste geflohen war. Dass ihn allein der Gedanke an seine Geliebte so schwach machen konnte, war ihm unheimlich. Sie hatte eine Macht über ihn, die er nicht verstand. Das gefiel ihm ganz und gar nicht! Er schüttelte unwillig den Kopf, um die Schwäche loszuwerden und klopfte Schmutz aus seinem Mantel. Sobald sich die Leinwand des Einganges hob, setzte er etwas auf, das er für ein freundliches Gesicht hielt. Als einer seiner Männer Utz von Katzenstein hereinführte, herrschte er den Walachen an: »Warte draußen!« Dann richtete er die Aufmerksamkeit auf seinen Besucher und neigte leicht den Kopf.

»Was verschafft mir die Ehre?«, fragte er mit einem gespielt spöttischen Unterton. »Bist du gekommen, um dich nach deiner Schwester zu erkundigen?« Er sah Utz schlucken und bemerkte die nur schlecht verhohlene Furcht in den Augen des Jüngeren.

Utz blinzelte und erwiderte hölzern: »Nein. Ich bin hier, um herauszufinden, ob Ihr meinen Sohn getötet habt oder nicht.«

Die Worte trafen Vlad so unvorbereitet, dass er beinahe einen Schritt zurückgewichen wäre. »Deinen Sohn?«, fragte er verständnislos. Mit allem hatte er gerechnet, aber nicht mit so einer Anschuldigung. »Wieso sollte ich deinen Sohn töten?« Was hatte denn der Sohn des Kerls mit *ihm* zu tun? Die Furcht in den Zügen seines Besuchers verschwand und Hass trat an ihre Stelle.

»Das könnt nur Ihr mir sagen«, spuckte Utz aus. »Wieso habt Ihr all die Menschen dort draußen getötet?« Er funkelte Vlad kampfeslustig an.

Der Moment der Fassungslosigkeit verpuffte. Vlads Hand fuhr an den Schwertgriff. Drohend trat er auf Utz zu. »Du kannst froh sein, dass niemand Zeuge deiner Unverschämtheit ist«, zischte er und zog die Waffe. Er bohrte den Blick in den seines Gegenübers und legte die Klinge an Utz' Kehle. »Wärest du ein anderer, würde ich dir ohne mit der Wimper zu zucken den Kopf abschlagen.« Seine Hand zitterte vor unterdrückter Wut. »Da du allerdings der Bruder der Frau bist, die bald meine Gemahlin sein wird«, knurrte er und ließ die Waffe sinken, »werde ich dich dafür nur auspeitschen lassen.« Er sah, wie die Farbe aus dem Gesicht des Händlers wich. »Aber vorher kann ich dir versichern, dass ich keine Ahnung habe, was mit deinem Sohn geschehen ist.« Er ließ das Schwert zurück in die Scheide gleiten und holte den Ring hervor. »Den werde ich behalten«, sagte er. »Als Preis für deine Frechheit.«

Er trat von Utz zurück und brüllte: »Alecu!« Augenblicklich stürmte eine Wache mit gebleckter Klinge ins Zelt. »Übergib ihn Bogdan«, befahl Vlad. »Er soll ihm fünfzig Peitschenhiebe verabreichen und ihn dann aus dem Lager jagen!«

»Ja, *domnul meu*«, entgegnete der Soldat und packte Utz beim Arm.

»Wenn du mir noch einmal unter die Augen trittst«, drohte Vlad, »werde ich keine Gnade walten lassen.«

»Ich habe gesehen, wie Ihr und Eure Männer auf meinen Sohn geschossen habt«, fauchte Utz, ehe Vlads Scherge ihn davon zerren konnte. »Vor beinahe einem Jahr keine Meile von Kronstadt entfernt«, setzte er hinzu und sackte keuchend in sich zusammen, da der Soldat ihm einen Schlag in die Nieren versetzt hatte.

Vlad beugte sich zu ihm hinab. »Selbst wenn das der Wahrheit entspräche, bist du selbst Schuld daran«, flüsterte er dicht am Ohr des Zusammengekrümmten. »Wer sich in Gefahr begibt, kommt darin um. Das gilt auch für dich und deinen Sohn!« An den Bewaffneten gewandt, sagte er: »Schaff ihn fort!« Er verschloss die Ohren vor allen weiteren Worten, die aus Utz heraussprudelten, und presste die Handballen gegen die Schläfen, kaum waren die beiden verschwunden. Die

Begegnung hatte ihm Kopfschmerzen beschert. Die Anschuldigung traf ihn härter, als er es sich eingestehen wollte. Was würde Zehra wohl sagen, wenn sie von diesem Zusammentreffen erfuhr? Schrieb ihr Bruder ihr nicht regelmäßig Briefe? Wusste er, wo Zehra sich inzwischen aufhielt? Oder war das der Grund gewesen, warum er eigentlich zu ihm gekommen war – um herauszufinden, wo sich seine Schwester befand? Er massierte sich die Kopfhaut, aber der Schmerz verstärkte sich dadurch nur noch mehr. Ganz egal, warum Zehras Bruder ihn aufgesucht hatte, er würde in Zukunft alle Briefe an sie vorher öffnen lassen. Auf keinen Fall konnte er zulassen, dass man sie gegen ihn vergiftete!

Er hörte ein lautes Klatschen und einen gepressten Laut. Bogdan hatte bereits begonnen. Ein hässlicher Gedanke schlich sich in seinen Kopf. Am einfachsten wäre es, Utz von Katzenstein zusammen mit den anderen Toten zu verbrennen. Niemand würde je erfahren, was geschehen war. Er schloss die Haken an der Vorderseite seines Mantels und trat hinaus ins Freie. Dort bot sich ihm das übliche Bild von Verwüstung und Tod, und es waren nicht nur Utz von Katzensteins Schreie, die durch die klirrend kalte Luft hallten. Außer ihm brüllten noch ein halbes Dutzend Bauern ihren Schmerz hinaus, aber keiner von ihnen würde das Lager lebend verlassen. Eine Zeit lang sah er dabei zu, wie der Lederriemen ein blutiges Muster auf den Rücken des Ulmers malte. Schon nach wenigen Hieben platzte die Haut auf und der Schnee rund um den Schandpfahl färbte sich in Windeseile rot. Wenn Bogdan weiter mit soviel Eifer ans Werk ging, würde sich das Problem vielleicht von selber lösen. Dann würde Vlad seine Seele nicht durch den Mord an Zehras Bruder beschmutzen müssen. Sollte sie jemals herausfinden, was an diesem Tag vorgefallen war … Er führte den Gedanken nicht zu Ende, da sich von Osten her ein Reiter näherte. Die Farben seines Wappenrockes wiesen ihn als einen Mann des neuen ungarischen Königs, Matthias Corvinus, aus, auf dessen Unterstützung Vlad seit der Krönung vor einigen Wochen hoffte. Da die transsylvanischen Städte dessen Gegner Friedrich III. unterstützt hatten, war der junge König nicht gerade gut auf sie zu sprechen. Daher hatte Vlad ihn umgehend seiner Loyalität versichert und ihn um ein Machtwort im Zwist mit den Hermannstädtern gebeten. Vielleicht kam dieses schneller, als er zu hoffen gewagt hatte. Sobald der Bote ihn erreichte, sprang er aus dem Sattel und überreichte Vlad mit einer leichten Verbeugung eine versiegelte Nachricht. »Von unserem Herrn, dem König«, sagte er. Ohne dem Mann etwas zu essen oder zu trinken anzubieten, nahm Vlad das Schriftstück entgegen und machte auf dem Absatz kehrt. »Wartet hier auf meine Antwort«, warf er über die Schulter zurück und erbrach das Siegel noch bevor er sein Zelt wieder betreten hatte.

»*Vlad Draculea*«, las er.

»*Wir sind hoch erfreut über Eure Ergebenheit. Mit Unwillen haben Wir vernommen, dass sich eine der Sachsenstädte immer noch gegen Euch stellt und Euren Halbbruder, Vlad Călugărul, als candidatus für den walachischen Thron unterstützt.*

Seid versichert, dass schon bald der Befehl in Hermannstadt eintreffen wird, die Streitigkeiten mit Euch umgehend beizulegen.

Als König von Ungarn können Wir nicht dulden, dass sich Unsere Vasallen und Untertanen gegenseitig bekriegen.

Unterdessen befehlen wir Euch, die Kampfhandlungen einzustellen und umgehend in Euer Fürstentum zurückzukehren.

In Deo confidimus.

Matthias Corvinus, König von Ungarn.«

Ein zufriedenes Grinsen huschte über Vlads Gesicht. Das waren in der Tat gute Neuigkeiten, auch wenn sie bedeuteten, dass er seine Zelte abbrechen musste! Nach dem Abkommen mit Kronstadt im vergangenen November hatte er das Stapelrecht in der Walachei wieder abschaffen müssen. Im Gegenzug hatten die Kronstädter den Prätendenten Dan davongejagt. Dieser war wie ein Kleinkind an die Brust des deutschen Kaisers Friedrich III. geflohen. Aber wenn der ungarische König sich nun auf seine Seite stellte, würde sich dieser Teil der Vereinbarung ganz gewiss wieder umkehren lassen. Vlad brauchte die wirtschaftlichen Vorteile, welche sich aus dem Stapelrecht ergaben, dringend, um die Finanzen seines Reiches zu stärken. Während die Schreie der Gezüchtigten vor seinem Zelt immer mehr anschwollen, griff er nach Papier und Federkiel und verfasste eine Antwort an den ungarischen König. Sobald diese versiegelt war, überreichte er sie dem Boten und sah ihm nach, wie er dorthin zurückgaloppierte, woher er gekommen war. Erst, als der Mann am Horizont verschwunden war, fiel ihm die Stille auf, die plötzlich um ihn herum herrschte. Er wandte sich zu Bogdan um. Dieser ließ soeben die Peitsche sinken und machte sich an den Fesseln seines Opfers zu schaffen. Die Bauern neben Utz von Katzenstein waren bereits abgeschnitten worden und zu Boden gesunken, wo sie reglos liegen blieben. Utz hingegen taumelte einige Schritte rückwärts kaum war er frei. Dann fiel er am ganzen Leib bebend auf die Knie. Guter Laune wegen der Botschaft des Königs rief Vlad seinem Schergen zu: »Hilf ihm in seinen Schlitten und sag den anderen, dass sie ihn ziehen lassen sollen!« So wie der zerfleischte Rücken des Ulmer aussah, würde er ohnehin nicht weit kommen. Doch Vlad konnte seine Hände in Unschuld waschen, wenn er unterwegs erfror oder verblutete. Mit zusammengekniffenen Augen verfolgte er, wie Bogdan dem Katzensteiner in die Kleider half und diesem unter die Arme griff, um ihn auf den Schlitten zu hieven. Dann versetzte er den Pferden einen Schlag, sodass diese begannen, in Richtung Osten davonzutraben. »Tötet alle Gefangenen und brecht das Lager ab!«, brüllte er, nachdem Utz nur noch ein Punkt am Horizont war. »Wir kehren nach Hause zurück!«

Kapitel 30

Einen halben Tagesritt von Tirgoviste entfernt, Februar 1458

Es war noch lange nicht Mittagszeit auf der Festung am Ufer des Flusses Argeş. Allerdings hielt das die Männer in der Halle nicht davon ab, sich mit Wild, Eiern und Brot vollzustopfen, während sie aufgebracht miteinander diskutierten. Bemüht, seine Neugier zu verbergen, umklammerte Carol den Weinkelch und lauschte dem Gespräch zwischen Grigore und den vier Bojaren, welche vor zwei Tagen auf der Festung angekommen waren. Seit sie durch das Tor geritten waren, schien die Langeweile der Winterabende nicht mehr ganz so zäh. Der Knabe fragte sich, wann er wohl endlich herausfinden würde, warum sie Grigore aufgesucht hatten. Wann immer Carol mit im Raum war, schienen sich die Männer nur über Belanglosigkeiten zu unterhalten. Doch ihre ernsten Mienen verrieten ihm, dass ihr Besuch nicht nur reine Höflichkeit war. Heute war der erste Tag, an dem Carol etwas mit anhörte, das interessant zu sein schien.

»Wie weit sollen diese sogenannten Reformen noch gehen?«, fragte einer der Bojaren, ein graubärtiger Riese, soeben. »Kaufleute, Kleinadelige und Bauern! Wenn wir uns nicht vorsehen, sitzt bald kein Einziger von uns mehr im Staatsrat!«

Sein Gegenüber, ein jüngerer, hagerer Mann, schielte in Carols Richtung und senkte die Stimme. »Findet Ihr es weise, diese Angelegenheiten hier und jetzt zu besprechen?« Carol spitzte die Ohren während er vorgab, mit dem Nachfüllen des Weins beschäftigt zu sein. Inzwischen war er Meister darin, ein leeres Gesicht aufzusetzen.

Aber Grigore winkte ihn zu sich und sagte: »Carol, ich brauche dich hier nicht mehr. Geh in den Stall und miste die Boxen aus.«

Obwohl ihm der Protest auf der Zunge lag, schluckte Carol die Widerworte hinunter, nickte gehorsam und huschte aus dem Raum. Allerdings nur, um sich auf Umwegen wieder zurückzuschleichen und sich hinter einer Tür zu verstecken, die zu den Wirtschaftsgebäuden führte. Da diese vom Tisch der Männer aus von einem dicken Balken verdeckt wurde, bestand keine Gefahr, von ihnen gesehen zu werden. Mit vor Aufregung glühenden Wangen kauerte er sich neben den Spalt und hörte weiter zu.

Vielleicht würde er nun endlich wieder etwas über seinen Onkel erfahren. *Den* Mann, der immer mehr zum Sinnbild der Hoffnung für ihn wurde. Als er Grigore vor einigen Monaten nach ihm gefragt hatte, war es das erste Mal gewesen, dass sein Lehrmeister ihn ohne Befehl des Fürsten gezüchtigt hatte. »Ich will seinen Namen nie wieder aus deinem Mund hören!«, hatte er getobt und war davon gestürmt, während Carol sich die wunde Rückseite gerieben hatte. Er schüttelte die Erinnerung an dieses unerfreuliche Zwischenspiel ab und rückte näher an den Spalt.

»Wie viele Männer habt Ihr ihm dieses Mal mitgeben müssen?«, fragte ein Dritter.

»Achtzig«, erwiderte Grigore.

»Über einhundert«, brummte der Graubärtige.

»Bei mir waren es zwar nur vier Dutzend, dafür aber allesamt Reiter«, hörte Carol den Hageren sagen.

»Wie lange sollen wir diese Überfälle in Transsylvanien noch unterstützen?« Die Stimme gehörte dem Beleibtesten der Ritter. »Wäre es nicht einfacher, Vlad Călugărul …?«

Grigore fiel ihm ins Wort. »Nein!«, rief er aus. »Das wäre Verrat!«

»Verrat, Verrat!«, höhnte der Graubärtige. »Ist es nicht auch Verrat am eigenen Volk, dem Sultan die Treue zu schwören?«

Carol hörte, wie Stuhlbeine über den Boden kratzten und einer der Männer mit der Faust auf den Tisch hieb.

»Richtig! Wer garantiert uns denn, dass das nicht das eigentliche Ziel ist?«, knurrte einer. »Die Walachei den Türken kampflos auszuliefern!«

Carol hielt gespannt den Atem an.

»Ich denke nicht, dass wir das befürchten müssen«, beschwichtigte Grigore den aufgebrachten Sprecher. »Wenn Ihr ehrlich zu Euch seid, gereichen uns die Überfälle in Transsylvanien doch auch zum Vorteil. Habt Ihr nicht auch reichlich Beute gemacht?« Einer der Bojaren schnaubte.

»So viele robi wie Ihr haben wir nicht mitgebracht.«

Der Hagere brummte: »Habt Ihr Euch die Sklaven mit oder ohne das Wissen des Woiwoden unter den Nagel gerissen?«

Einige Sekunden lang herrschte Stille im Raum. Doch bevor Grigore die Frage beantworten konnte, entfuhr Carol ein Niesen.

»Habt Ihr das gehört?«, fragte einer der Männer. »Woher kam das?«

Ehe sie von ihren Stühlen aufspringen konnten, um der Sache auf den Grund zu gehen, rappelte Carol sich auf und rannte, so schnell er konnte, den Gang entlang. Mit einem zweiten, heftigeren Niesen, platzte er durch die Tür der Backstube und stob an drei Mägden vorbei in den Hof hinaus. Dort sah er sich keuchend um und flog auf die Stallungen zu. Mit rasendem Herzen griff er nach einer Heugabel, riss eine Boxentür auf und machte soviel Unordnung, wie er nur konnte. Als wenig später zwei der Bojaren mit misstrauischen Mienen in den Stall gepoltert kamen, hatte er Stroh in Haaren und Kleidern. Die Box sah aus, als habe er sich tatsächlich seit längerer Zeit mit ihr beschäftigt.

»Hast du jemanden bemerkt, der nicht hierher gehört?«, fragte ihn der Hagere misstrauisch.

Carol schüttelte den Kopf und hoffte, dass man ihm seine Aufregung nicht ansah.

»Nein, hier war niemand«, log er. »Jedenfalls ist mir niemand aufgefallen. Ich war ganz in die Arbeit vertieft.«

»Merkwürdig«, murmelte der Begleiter des Hageren. »Vielleicht war es nur eine Katze oder eine der Küchenmägde.« Nachdem sie sich die übrigen Boxen angesehen und die Sattelkammer durchsucht hatten, zogen sie achselzuckend wieder ab.

Carol atmete erleichtert auf.

»Warum hast du sie angelogen?« Die glockenhelle Stimme kam – wie immer – von oben und Carol fuhr nur leicht zusammen.

»Floarea«, stöhnte er. »Was hast *du* denn schon wieder hier zu suchen? Hat deine Mutter dir nicht verboten, dich im Stall herumzutreiben?« Er legte den Kopf in den Nacken und sah sie auf ihrem Lieblingsbalken sitzen. Die dicken Nägel, welche einer der Stallknechte ihr als Leiter in das Holz geschlagen hatte, waren blank poliert von ihren Schuhsohlen.

»Vater hat mir erlaubt, hier zu sein«, gab sie mit vorgeschobener Unterlippe zurück. »Ich will endlich auf einem richtigen Pferd reiten! Stuten sind langweilig!« Sie rutschte von ihrem Sitz und ließ sich neben Carol ins Stroh fallen. »Und du wolltest mir doch endlich Latein beibringen. Das, was der *cappellanus* uns beibringt, ist langweilig!« Ihre braunen Augen lagen anklagend auf Carol.

Wie so oft brachte sie ihn zum Schmunzeln. Alle Sorgen und Ängste lösten sich einige Momete lang in Wohlgefallen auf, als sie die Arme verschränkte und mit dem Fuß aufstampfte. Ihre Fröhlichkeit war wie ein Elixier, das in den vergangenen Monaten wie Balsam auf seine wunde Seele gewirkt hatte. Zuerst hatte er sie ignoriert und sich gewünscht, sie würde ihn in Ruhe lassen. Aber inzwischen war ihre Gegenwart so erfrischend wie die eines Schmetterlings. Durch sie war wenigstens ein wenig Freude in sein Leben zurückgekehrt. Er liebte es, ihr von dem zu erzählen, was er bei Lucretius gelesen hatte, da sie ihm so geduldig zuhörte, als handle es sich um ein Märchen. Er wischte sich mit dem Handrücken die Stirn und grinste sie an. Die Aufregung hämmerte zwar noch von innen gegen seine Rippen, aber Floareas Gegenwart beruhigte ihn. »Also, warum hast du gelogen?«, fragte sie, bevor er etwas sagen konnte. »Du bist eben erst gekommen!«

Carol stöhnte innerlich. Wieso musste sie nur so neugierig sein. »Wenn du es niemandem verrätst, bringe ich dir nachher ein paar lateinische Sätze bei«, sagte er.

»Tu es jetzt«, forderte sie. »Dann schweige ich, wie ein Grab.«

Das Wort ließ unliebsame Erinnerungen wach werden, und Carol war froh, sich in etwas Anderes flüchten zu können. »Also gut«, seufzte er. »Pass auf.« Er schloss die Augen, um sich die Verse besser ins Gedächtnis rufen zu können:

»E tenebris tantis tam clarum extollere lumen qui primus potuisti inlustrans commoda vitae, te sequor, o Graiae gentis decus, inque tuis nunc ficta pedum pono pressis vestigia signis, non ita certandi cupidus quam propter amorem quod te imitari aveo: quid enim contendat hirundo cycnis, aut quidnam tremulis facere artubus haedi consimile in cursu possint et fortis equi vis?«

Wie nachts, wenn er nicht schlafen konnte, übten die Verse eine beruhigende Wirkung auf ihn auf. Er spürte, wie sich auch der letzte Rest Furcht vor den Bojaren legte. »Wiederhole das«, befahl er.

»Wie soll ich das denn tun?«, fragte Floarea kleinlaut. »Das war viel zu lang!«

Carol stellte die Mistgabel in die Ecke. »Hol eine Wachstafel und einen Griffel, dann schreibe ich es dir auf.« Damit wäre sie eine Weile beschäftigt und würde vergessen, was sie gesehen hatte. Das mulmige Gefühl kehrte zurück. Er bückte sich hastig nach dem Wassereimer, um nicht über das Gehörte nachgrübeln zu müssen. Während er die Futtertröge füllte und frische Strohballen herbei schleppte, arbeitete sein Gehirn dennoch fieberhaft weiter. Sobald Floarea wieder auftauchte, nahm er ihr das Geforderte ab und ritzte die Worte in das Wachs.

»*Aus so tiefem Dunkel so strahlendes Licht zu erheben der du als erster vermocht hast, die Güter des Lebens erleuchtend, dir folg ich nach, o Zierde des griechischen Stammes, in deiner Füße geprägtes Mal setz ich die haftenden Spuren, nicht begierig so sehr zu streiten, als vielmehr aus Liebe, weil dir nachzustreben ich glühe. Was könnte denn streiten Schwalbe mit Schwan und was vermöchten mit lockeren Gliedern Böckchen Gleiches im Lauf und die Kraft des mächtigen Rosses?*«, übersetzte er das Geschriebene in krakeliger Schrift.

»Was bedeutet das?«, fragte Floarea, nachdem sie den Text mühsam vorgelesen hatte. »Das verstehe ich nicht.«

»Du brauchst es auch nicht zu verstehen«, sagte Carol. »Lerne es auswendig. Wenn du es ohne nachzusehen aufsagen kannst, gebe ich dir neue Verse.« So hatte es Petros auch bei ihm gemacht.

Das Mädchen nagte an seiner Unterlippe und schüttelte wenig begeistert den Kopf. »Ich glaube, ich will das doch nicht lernen.«

Carol lachte. »Nun«, erwiderte er, »wenn dir das zu schwer ist, dann wäre es vielleicht doch besser, du begnügst dich mit dem, was der *cappellanus* euch beibringt.« Was nicht viel ist, setzte er in Gedanken hinzu, da der Unterricht bei dem alten Geistlichen Carols Wissensdurst schon längst nicht mehr stillen konnte.

Floarea legte die Stirn in Falten und wippte auf den Fußballen auf und ab. »Nein«, sagte sie schließlich entschlossen. »Wenn du das kannst, will ich es auch lernen!« Damit klemmte sie sich die Tafel unter den Arm und trollte sich.

Carol feixte, als er sich vorstellte, wie lange sie brauchen würde, um den Text zu lernen. Warum es *ihm* so leicht gefallen war, die Sprache zu begreifen, wusste er nicht. Aber wenn er an Petros' Erstaunen über seine Fortschritte zurückdachte, dann konnte er sich vorstellen, wie schnell Floarea das Unterfangen aufgeben würde.

Mit ihr verschwand allerdings auch das trügerische Gefühl der Leichtigkeit. Seine Gedanken wanderten erneut zu dem belauschten Gespräch. Eine Gänsehaut kroch seinen Rücken hinauf, als er sich ausmalte, was geschehen wäre, wenn man ihn ertappt hätte. Worüber hatten die Männer sich unterhalten? Konnte es das sein, was er dachte? Waren diese Bojaren Feinde seines Vaters? Hassten sie ihn ebenso, wie Carol ihn hasste? Seine Hände zitterten, als er wieder nach der Mistgabel griff und mit dem Ausmisten weitermachte. Jedesmal wenn er an Vlad Draculea dachte, ergriffen ihn Furcht und Abscheu. Wütend rammte er die Gabel in einen Strohhaufen und ließ langsam die Luft aus den Lungen entweichen. Er musste aufhören, sich wie ein Mädchen vor seinem Vater zu fürchten! Nicht mehr lange, dann war er neun Jahre alt! Im nächsten Sommer wollte Grigore ihm beibringen, mit dem Schwert zu kämpfen. Wenn er alt genug war, um diese Waffe zu tragen, dann musste er lernen, seine Gefühle zu beherrschen. Ein Ritter tötete seine Feinde – so wie ein Bauer sein Vieh tötete! War es nicht das, was Grigore ihn gelehrt hatte? »Wer im Krieg sein Leben verliert, stirbt ehrenhaft«, hatte er gesagt. »Vergiss das nicht.« Carol seufzte und schulterte einen Sack Hafer. Wie es wohl sein würde, einen Menschen mit dem Schwert zu erschlagen? Würden alle Erschlagenen ein Stück von ihm rauben und ihn taub und leer zurücklassen, so wie der Junge aus Kronstadt? Oder würde er sich daran gewöhnen? Würden die Schrecken immer schneller verblassen? Er starrte auf die goldenen Körner und hoffte, dass er das nicht so bald herausfinden musste. Mit Gottes Hilfe würde er diesem Alptraum irgendwann entfliehen! Dazu musste er all seine Kräfte darauf konzentrieren, endlich mehr über den geheimnisvollen Onkel in Erfahrung zu bringen!

Kapitel 31

Griechenland, Mai 1458

»Sie stehen kurz vor der Kapitulation, Padischah.« Ömer Beğ, der General, den Sultan Mehmed mit der Eroberung von Athen beauftragt hatte, faltete die Hände vor der Brust und erwartet die Antwort seines Herrn.

Im Zelt des Padischahs drängten sich Wesire, *Beğs* und *Ağas*. Nicht nur Ömer Beğs Gesicht glänzte vor Schweiß. Auch Radu spürte, wie sich Tropfen aus seinem Haar lösten, sich einen Weg unter dem Stoff seines Turbans hervor suchten und in seinen Kragen rannen. Froh darüber, einen leichten Kaftan angezogen zu haben, wandte er kaum merklich den Kopf, um in den Genuss von etwas gefächelter Luft zu kommen. Ein halbes Dutzend Pagen gaben ihr Bestes, um die Versammelten zu erfrischen – allerdings ohne merklichen Erfolg.

»Wie lange wird es noch dauern?«, fragte Mehmed schließlich. Ihm war deutlich anzumerken, dass ihn die Verzögerung nicht mit Freude erfüllte.

»Die Akropolis wird unseren Kanonen nicht mehr lange standhalten«, gab Ömer Beğ zurück. »In spätestens zwei oder drei Monaten gehen ihnen die Vorräte aus.«

Mehmed brummte etwas Unverständliches und machte Anstalten, sich zu erheben. Augenblicklich sanken alle Anwesenden zu Boden und berührten mit der Stirn den Sand des griechischen Festlandes.

»Begleite mich nach draußen«, befahl Mehmed. Lediglich der Umstand, dass sich die goldenen Schuhe seines Liebhabers direkt vor seiner Nase befanden, verriet Radu, dass er gemeint war. Während die übrigen Würdenträger sich allmählich wieder aufrichteten, kam er gelenkig auf die Beine und folgte Mehmed aus dem kochend heißen Zelt. Kurz darauf fand er sich unter der stechenden Sonne Griechenlands wieder – flankiert von den Leibwächtern des Padischahs. Der Himmel erstrahlte in ebenso makellosem Blau wie das Meer. Wäre nicht das Donnern der Kanonen gewesen, hätte man sich von dem friedlichen Ausblick täuschen lassen können. Einige Sekunden lang sah Mehmed schweigend zu dem alten Tempel auf dem Festungsberg auf. Dann wanderte sein Blick zu dem Gebirge im Hintergrund. Er zeigte auf einen Schwarm Kraniche, der sich auf die Stadt zubewegte. »Ein schlechtes Omen für unsere Feinde«, murmelte er. »Es ist an der Zeit, dass wir aufbrechen. Ömer Beğ wird sein Versprechen halten. Bald wird ganz Griechenland mir gehören!« Er wandte sich zu Radu um und sah ihm in die Augen. »Komm heute Abend in mein Zelt.«

Ohne auf eine Antwort zu warten, machte er auf dem Absatz kehrt und bedeutete seiner Leibwache, mehr Abstand von ihm zu halten. Seit der Beschneidungszeremonie schien er noch mehr darauf bedacht, niemanden zu nahe an sich heranzulassen. Radu fragte sich, ob diese Eigenheit immer noch etwas mit der Verwundung vor Belgrad zu tun hatte. Traute der Sultan selbst seinen eigenen Leuten nicht mehr? Er schob die Überlegungen zur Seite und setzte eine gewichtige Miene auf, als Ömer Beğ und seine Begleiter an ihm vorbei eilten, um so schnell wie möglich an die Front zurückzukehren. Keiner der Männer zeigte, was er von Radu hielt. Aber das, was ihm von seinen Leibsklaven zugetragen worden war, reichte aus, um ihn zur Vorsicht zu mahnen. Niemand schien glücklich über die Tatsache, dass er die Gunst des Sultans genoss. Nicht wenige würden ihn lieber tot als lebendig sehen, weil er das Bett mit dem Padischah teilte. Sobald auch der letzte strahlend weiße Turban verschwunden war, machte er sich auf den Weg in den innersten Bereich des Lagers, um in seiner eigenen Unterkunft noch ein wenig zu ruhen. Erst als die Schatten der anderen Zelte über seine Leinwand krochen, begab er sich ins Badezelt und wusch den Schweiß des Tages ab. Die unmenschliche Hitze laugte ihn aus. Er fühlte sich müde, obwohl der Widerstand der Griechen sich bis jetzt in Grenzen hielt. Morgen, wenn sie nach Korinth übersetzten, würde sich die Lage vermutlich ändern. Allerdings wollte er daran jetzt keinen Gedanken verschwenden. Er ließ sich von einem Sklaven einölen, zog sich frische Gewänder an und tauchte die Hände in Rosenwasser. Auf keinen Fall wollte er nach etwas riechen, das die feine Nase seines Gül-jüz beleidigen könnte! Mit dem Prickeln der Vorfreude auf der Haut begab er sich schließlich zu Mehmeds prächtigem Zelt und bat die Janitscharen davor um Einlass.

Kurz nach Mitternacht verabschiedete er sich von seinem Geliebten, da die Vorbereitungen für den Aufbruch bei Sonnenaufgang bereits in vollem Gange waren. Zelte wurden abgebaut und auf Wagen verladen; die Luft roch nach frisch gebackenem Brot, Zwiebeln und Hammel; und das Blöken der Kamele verriet, dass diese Tiere ebenso ungeduldig waren, wie die Pferde der Sipahi und *Akıncı*. Der Tross aus Sattlern, Schwertschmieden, Apothekern, Händlen, Schneidern, Tuchscherern und Bogenmachern sammelte sich am Rand des Lagers, um den Truppen nicht im Weg zu sein. Schließlich, eine halbe Stunde vor Sonnenaufgang, riefen die Imame zum Gebet. Nachdem im Anschluss daran ein Kanonenschuss abgegeben worden war, brach die Vorhut aus leichter Kavallerie, Aufklärern und Akıncı auf. Diesen folgten die schwere Kavallerie und die Infanterie, deren Aufgabe es war, den Sultan zu schützen. Mit Bögen und *Arkibuzae* – Hakenbüchsen – bewaffnet, sorgten die Fußsoldaten dafür, dass niemand ihrem Herrn ein Leid zufügen konnte. Was ihnen auf diesem Feldzug hoffentlich besser gelingen würde als bei dem letzten, dachte Radu grimmig. Er selbst thronte auf einem mitternachtschwarzen Hengst, dessen Zaumzeug mit funkelnden Juwelen besetzt war. Wenn sich die Dinge so verhielten wie Mehmed erwartete, dann würde die Morea schon bald dem

Sultan untertan sein. Zwar weigerte sich einer der beiden Despoten immer noch, Mehmed Tribut zu zahlen. Doch wenn er sah, welche Vorteile seinem Bruder durch die Unterwerfung erwuchsen, würde auch er sicherlich in naher Zukunft dem Padischah huldigen. Sobald sie den Isthmus von Korinth überquert hatten, würde der Sultan die Zitadelle einnehmen, um danach weiter ins Landesinnere vorzustoßen. »Ich werde die Insel mit Feuer überziehen, bis sie sich mir ergibt!«, hatte er in der vergangenen Nacht – nach einem erschöpfenden Liebesspiel – geknurrt. »Das gleiche Schicksal wird den gesamten Balkan ereilen!«

Während Radu an der Seite des Sultans die felsige Landenge überquerte, ging ihm vieles durch den Kopf. Die Ereignisse spitzten sich zu, was ihn zum Teil beunruhigte und zum Teil erfreute. Vor wenigen Wochen hatte Mehmed seinen Großwesir Mahmud Pascha auf einen Feldzug nach Serbien geschickt, um den Zwist in diesem Fürstentum zu seinem Vorteil zu nutzen. Nach dem Tod des alten Herrschers stritten sich drei Regenten um den Thron – von denen einer der Bruder des Großwesirs war. Dieser war nach einer Revolte von seinen beiden Gegnern gefangen genommen und an Ungarn ausgeliefert worden. Das konnte der Sultan zweier Kontinente und Beherrscher zweier Meere auf keinen Fall dulden, denn er sah in Ungarn einen seiner größten Feinde, den es endlich niederzuwerfen galt. Radu zügelte sein Pferd, da sich die Ränge des Heeres an der engsten Stelle der Landbrücke zusammenschoben, und wischte sich mit dem Ärmel den Schweiß aus den Augen. Zwar hatten sich am westlichen Horizont einige Quellwolken gebildet, doch die Temperatur war nach wie vor niederdrückend. Auch in Mehmeds Bart glitzerten Schweißtropfen. Sein Gesicht hatte die Farbe roter Tulpen. Allerdings schien die Vorfreude auf die Eroberung dafür zu sorgen, dass ihm die Gluthitze nichts ausmachte. Radu ließ den Blick über den breiten Rücken des

Sultans gleiten und fragte sich, ob er ihn in dieser Nacht auch wieder zu sich befehlen würde. Er rutschte im Sattel zurecht, als seine Männlichkeit ihm mitteilte, was sie von dieser Aussicht hielt. Wenn die Dinge doch nur ewig so bleiben könnten, wie sie jetzt waren! Sobald der Palast in Konstantinopel fertiggestellt war, würde Mehmed mehr Zeit dort verbringen. Und Radu würde an den Ort geschickt werden, den er eigentlich niemals wiedersehen wollte.

»Die Tage deines Bruders sind gezählt«, prophezeite der Sultan immer wieder. »Sobald Serbien und Griechenland mir Tribut zahlen, werde ich Vlad Draculea ausreißen wie Unkraut!« Erst letzte Nacht hatte der Padischah dieses Versprechen wiederholt. »Dann, mein schöner *Meh-rŭ*, wirst *du* an seiner Stelle herrschen!«

Es hatte Radu viel Mühe gekostet, Begeisterung zu heucheln. Um nichts auf der Welt wollte er zurück in eine Heimat, die ihm verhasster war, als sonst irgendetwas auf der Welt! War sein erklärtes Ziel nicht immer gewesen, irgendwann Großwesir zu werden? Der Lärm der Mehterhâne-Kapelle lenkte ihn von den düsteren Überlegungen ab. Er sah zu der Zitadelle von Korinth auf. Wer wusste schon, wie lange die Niederwerfung der Morea dauern würde! Vielleicht fraß dieses Unterfangen so viel Zeit und Geld, dass Mehmed seine Pläne änderte. Obschon er im Grunde seines Herzens wusste, dass das nicht mehr als ein Wunsch war, redete Radu sich ein, dass er noch viele Jahre an der Seite seines Liebhabers zubringen würde.

Kapitel 32

Ulm, Mai 1458

Die Maisonne stach aus einem saphirblauen Himmel, an dem nur ganz im Norden einzelne Wolken vorbeizogen. Sophia von Katzenstein hatte schon vor Stunden den warmen Mantel abgelegt und überwachte – gemeinsam mit dem Verwalter Thomas – nur mit einer dünnen Fucke bekleidet das Abladen der Waren. Salz aus Schwäbisch Hall, Tuche aus Flandern, Salzheringe aus Hamburg, Edelsteine und Seidenstoffe, Baumwolle, Gewürze, Weihrauch und Alaun aus Venedig gehörten ebenso zu der Fracht der Fuhrleute wie Wein aus Köln und Speyer. Seit der Frühling Einzug gehalten hatte, liefen die Geschäfte bestens – beinahe zu gut, um ohne die Hilfe ihres Gemahls zurechtzukommen.

»Sie treffen sicher in den nächsten Tagen ein«, sagte Thomas mit einem schwachen Lächeln, als habe er ihre Gedanken gelesen.

»Sicher«, seufzte Sophia wenig überzeugt und legte selbst mit Hand an, um einen Ballen Baumwolle auf einem Handkarren zu verstauen. »Bring ihn ins hintere Lager«, wies sie einen der Helfer an, der in Richtung eines flachen Holzgebäudes abzog. »Ich frage mich nur, warum ich seit über einem halben Jahr nichts mehr von Utz gehört habe.«

Thomas packte einen Sack Pfeffer und hievte ihn prustend auf den Rücken eines Trägers. Sobald dieser sich trollte, um ihn in das gemauerte Gewürz- und Salzlager zu bringen, erwiderte er: »Briefe gehen verloren. Und es ist ein langer Weg.« Er zuckte die Achseln, da sie dieses Thema schon mehr als einmal besprochen hatten.

Mit jedem Tag, der ohne Nachricht von Utz verstrich, verstärkte sich die Furcht, die an Sophia nagte. Doch Thomas wiegelte jedes Mal aufs Neue ab.

»Ihr solltet Euch nicht so viele Sorgen machen«, fuhr er fort, nachdem er die Waren in eine Liste eingetragen und den Fuhrmann bezahlt hatte. »Wenn die Flüsse dort genauso lange zugefroren waren wie hier, dann ist das Hammerwerk nicht vor März wieder in Betrieb gegangen. Er hat doch geschrieben, dass der Schmied länger für die Waffen benötigt, als er angenommen hatte.«

Sophias Hand wanderte zu dem zerknitterten Brief, den sie immer bei sich trug.

»Verzeih, dass ich dir erst jetzt schreibe,« begann die Nachricht, verfasst im August des vergangenen Jahres,

»aber die Dinge hier haben sich verzögert. Jeden Tag vertröstet mich der Schmied aufs Neue und ich hatte gehofft, noch vor dem Winter nach Ulm zurückzukehren.

Sollte uns der Winter zuvorkommen, werden wir die Heimreise erst antreten können, sobald der Schnee geschmolzen ist.

Gott sei mit dir

Utz«

Kurz, unpersönlich und mit einer Botschaft zwischen den Zeilen, die Sophia mehr ängstigte, als sie es sich eingestehen wollte. Zwar hatte sie schon mehr als einmal eine der kostbaren Muskatnüsse gerieben und zur Beruhigung ihrer überreizten Nerven zu sich genommen. Allerdings war die gewünschte Wirkung ausgeblieben und ihre Sorge verstärkte sich mit jedem Tag. Dazu trug auch bei, dass Hans Multscher sie aufgesucht hatte, weil Jakob seit einiger Zeit offenbar niedergeschlagen und gereizt wirkte – ein Zustand, der so gar nicht zu ihm passte. Auf die Frage, was ihm fehlte, hatte der Knabe mit einem mürrischen »Nichts« geantwortet. Doch deutlich war zu sehen, dass etwas auf seinem Gemüt lastete. Vielleicht nagte die gleiche Angst an ihm, wie an seiner Mutter und ihn plagten die gleichen, düsteren Vorahnungen wie Sophia. Immer öfter kehrte der Traum wider, in dem sie ein

Ungeheuer auf ihren Sohn Hans niederstürzen und diesen zerreißen sah. Manchmal fragte sie sich, ob Gott sie mit diesem Fluch, den sie für das zweite Gesicht hielt, strafen wollte. Deshalb verbrachte sie immer mehr Zeit vor ihrem Hausaltar und betete für das Wohl ihrer Familie.

»Wann sollen die Pferde auf die Koppeln gebracht werden?«, unterbrach einer der Stallknechte ihre Gedanken. »Die trächtigen Stuten brauchen mehr Platz.«

Sophia wischte sich fahrig eine nicht vorhandene Strähne aus den Augen und mahnte sich zur Ruhe. All das war eine Prüfung ihres Glaubens! Wenn sie aufhörte, auf Gottes Gnade zu vertrauen, dann würde sie noch mehr Zorn auf sich ziehen, als sie es bereits getan hatte. Sie war eine Sünderin. Als solche musste sie Buße tun und sich dem Willen des Allmächtigen unterwerfen – egal, was dieser für sie bereithielt.

»Nehmt die Dreijährigen und die Wallache«, befahl sie und drückte sich an den Fuhrwerken vorbei, um dem Knecht in den Stall zu folgen. Ein wenig Ablenkung würde ihr guttun. Die Ruhe, welche von den Tieren ausging, war schon immer eine Wohltat für ihr Gemüt gewesen. Sie raffte die Röcke, um den Saum nicht zu beschmutzen, und steuerte auf das größere der beiden Gebäude zu. Der Wind spielte mit dem frischen Laub der Eiche, die den Kräutergarten überschattete, und trug den Duft von Heu und Stroh herbei. Der überdachte Heuboden über den Stallungen war nach vorne hin offen. Einen Moment lang überkam Sophia der Drang, die daran angelehnte Leiter zu erklimmen, und sich zwischen den Ballen zu verstecken. Wie einfach es doch als Kind gewesen war, vor seinen Problemen zu flüchten! Sie warf einen sehnsüchtigen Blick nach oben, riss sich aber zusammen und betrat wenig später die Sattelgasse. Erinnerungen an ihre Kindheit waren im Augenblick genauso unerwünscht, wie die Furcht vor dem, dessen sie sich insgeheim schon beinahe sicher war! Sie hatte eine Aufgabe im Leben! Diese würde sie solange erfüllen, bis der Tod sie davon erlöste.

Daher straffte sie die Schultern, stieg über einige Haufen Pferdemist hinweg und zeigte den Knechten die Pferde, die robust genug waren für die Koppel. Dann kehrte sie den Stallungen den Rücken und beschloss, dem Apotheker einen Besuch abzustatten, um sich noch etwas Wolfsmilch zu besorgen. Sowohl ihr Körper als auch ihr Geist bedurften der Reinigung – und dieses Purgativ würde dafür sorgen, dass es ihr schon bald besser ging! Mit dem Klappern der Hufe im Rücken begab sie sich ins Wohnhaus, erklomm die Stufen ins Obergeschoss und füllte ihre Geldkatze. Dann legte sie die etwas mitgenommene Haube ab, verstaute ihr Haar unter einer anderen Kopfbedeckung und warf der Schicklichkeit halber einen dünnen Umhang über ihre Schultern. So ausstaffiert griff sie noch nach einem Stapel Briefe, die sie im Untergeschoss einem Läufer in die Hand drückte. Als sie die Einfahrtshalle durchquerte, kam ihr unvermittelt die letzte Begegnung mit ihrem Vater in den Kopf, die über ein halbes Jahr zurücklag. Nachdem er sie ein weiteres Mal besucht und ihre Gefühle durcheinander gebracht hatte, war er wie vom Erdboden verschluckt. Nur dem Zufall war es zu verdanken, dass Sophia erfahren hatte, dass sich seine finanzielle Situation offenbar verbessert hatte. »Sein Vermögen ist inzwischen wieder beträchtlich angewachsen«, hatte ihr Bancherius ihr hinter vorgehaltener Hand verraten; und damit die Sorge zerstreut, dass Johann von Katzenstein tatsächlich nur hinter dem Vermögen ihres Gemahls her sein könnte, wie sie befürchtet hatte. Seit sie dies wusste, sehnte sie sich seltsamerweise danach, dass er wieder an ihre Tür klopfte. Aber er hielt sich fern – so wie sie es ihm bei ihrer letzten Begegnung befohlen hatte. »Ich will nicht, dass du mich weiterhin besuchst«, hatte sie erklärt, als er wieder aufgetaucht war. »Ich kann nicht vergessen, was du getan hast! So sehr ich es mir wünsche, es geht nicht.« Der Ausdruck auf Johann von Katzensteins Gesicht hatte beinahe dafür gesorgt, dass sie die Worte zurücknahm. Sein Anblick brachte einfach zu viele schlimme Erinnerungen zutage, als dass sie ihn ertragen konnte. Sie trat hinaus in die Sonne, schüttelte die unangenehmen Gedanken ab und wandte sich nach Osten. Dort tauchte sie in die Schatten einer engen Gasse ein, an deren Ende ein verwittertes Schild verkündete, dass sich im Keller eines Holzhauses eine Apotheke befand. Wenn ihr Geist wieder rein und ihre Nerven ruhig waren, würde alles wieder gut werden!

Kapitel 33

Ein Kloster in den Karpaten, August 1458

»Wir werden Euch vermissen.« Bruder Petros griff nach einer der Truhen, in denen Zehra ihre Habseligkeiten verstaut hatte, und winkte einen Novizen herbei. Diesem trug er auf, die Kiste auf dem Wagen zu verstauen, der zusammen mit einer halben Hundertschaft Soldaten vor den Mauern des Klosters wartete. Die Spitzen ihrer Lanzen blitzten über die Zinnen. Ab und zu wieherte eines der Pferde. Trotz der frühen Stunde raubte ihr die drückende Hitze bereits den Atem. Zehra wischte sich den Schweiß von der Oberlippe. Obwohl auch ihr einige der Brüder ans Herz gewachsen waren, empfand sie nicht einmal einen Bruchteil des Bedauerns, das deutlich in Petros' Zügen zu lesen war.

»Ihr werdet mir auch fehlen«, entgegnete sie artig und versuchte, sich nicht anmerken zu lassen, wie ihr Herz vor Freude hüpfte. Die vergangenen Monate waren ein Wechselbad der Gefühle gewesen; hatten sie von Glücksstimmung in abgründige Tiefen der Verzweiflung gestürzt, nur um kurz darauf wieder Hoffnung und Freude in ihre Seele zu pflanzen. Die Briefe von Carol hatten dazu beigetragen, dass sie die vielen einsamen Stunden ohne ihren Vlad und ihn überstanden hatte. Als Vlad dann zu Beginn des Sommers wieder öfter ins Kloster Bistriţa gekommen war, um Zeit mit ihr zu verbringen, schien sich alles zum Guten zu wenden. Doch wirklich gut wurden die Dinge erst jetzt! Sie senkte den Kopf, als Petros ein Kreuzzeichen in die Luft malte und sie mit seinem Segen bedachte. Dann verabschiedete sie sich von dem Klostervorsteher und seinem Stellvertreter, nahm ungeduldig deren Versprechen vieler Gebete entgegen. Nur mit Mühe hielt sie sich davon ab davonzurennen wie ein Kind. Der Boden unter ihren Füßen schien zu brennen, die Vögel in den Bäumen ihr zuzurufen, dass sie besser fliegen sollte, so wie sie; und die Mauern der Gebäude rings um den Hof rückten scheinbar immer näher – als wollten sie Zehra auf das Tor zutreiben.

»Gott sei mit Euch«, sagte der Vorsteher schließlich und Zehra schritt gezwungen ruhig auf die Pforte zu. Diese hatte sie geschützt, solange sie Gast im Kloster gewesen war. Aber heute erschien sie ihr wie die Tür eines Gefängnisses, das sie von Vlad fernhielt. »Lebt wohl«, erwiderte sie, ehe sie endgültig den Blick von den versammelten Ordensbrüdern abwandte und nur noch nach vorne sah. Mit Schmetterlingen im Bauch erreichte sie kurz darauf einen stabilen Wagen, dessen Dach und Wände bunt bemalt waren und vor dem vier schneeweiße Stuten versuchten, mit ihren Schweifen lästige Fliegen zu verjagen. Das Fell der Tiere glänzte im Sonnenschein. Ihr Kopfschmuck aus Federn tanzte in der kaum spürbaren Brise hin und her.

»Herrin«, begrüßte sie einer der Bewaffneten und reichte ihr die Hand, um ihr in das Gefährt zu helfen. Sobald sie auf der Bank im Inneren Platz genommen hatte, schwang er sich auf den Bock und gab dem Wagenlenker ein Zeichen. Dieser hob die Peitsche, schnalzte mit der Zunge. Wenig später setzten sich die Pferde in Bewegung. Die Rüstungen der schwer gepanzerten Reiter klirrten. Irgendwie übte dieses Geräusch – zusammen mit dem Knarren der Räder – eine beruhigende Wirkung auf Zehra aus. Obwohl sie sich nach einer durchwachten Nacht ein wenig abgeschlagen fühlte, konnte sie der

Versuchung, die Nase aus dem winzigen Fensterchen zu strecken, nicht lange widerstehen. Während der Karren den steilen Anstieg zum Kloster hinabrollte, ließ sie den Blick über die bemoosten Felsen, die bläulichen Tannen und die Berge am Horizont wandern. Hoch am Himmel kreisten ein paar Greifvögel. Einen Moment lang fragte sie sich, ob sie Angst vor Bären oder Wölfen haben musste. Dann allerdings schalt sie sich eine Närrin. Welches Tier würde sich in die Nähe einer solch furchteinflößenden Gruppe von Rittern wagen? Sie zog den Kopf zurück und lehnte sich gegen die Wand ihres Gefährts, während diesem Gedanken ein anderer folgte.

Ihre Hand glitt über ihren Bauch, dessen leichte Rundung inzwischen verriet, was sie seit Wochen wusste. Dieses Kind würde nicht in Sünde geboren werden, dachte sie. Es würde den Leib der Angetrauten des walachischen Fürsten verlassen. Nicht den seiner Geliebten! Sie zog die winzige Spiegelscheibe hervor, welche in den Jahren der Verbannung zu ihrem wichtigsten Besitz geworden war und betrachtete sich darin. Zwar hatte ihr eigener Anblick ihr immer wieder vor Augen geführt, dass sie so schnell verwelkte wie eine Blume im Herbst. Doch war das eigene Gesicht wenigstens etwas Gesellschaft in den einsamen Stunden, in denen sie gefürchtet hatte, sowohl Vlad als auch Carol für immer zu verlieren. Erstaunt stellte sie fest, dass ihre Augen glänzten wie die einer Fieberpatientin und dass ihre Wangen mit einer feinen Röte überzogen waren. Auch ihre Lippen wirkten voller als sonst und das Lächeln entblößte strahlend weiße Zähne. Was war mit der blassen Frau geschehen, die ihr sonst aus dem Spiegel entgegengeblickt hatte? Ihr Lächeln wurde breiter. Offenbar war sie genauso verschwunden, wie die Furcht, bis ans Ende ihrer Tage in dem Kloster bleiben zu müssen. Als der Wagen über einen Stein holperte und sie einige Zoll von ihrem Sitz gehoben wurde, spürte sie ein übermütiges Lachen in sich aufsteigen. Wie eine Flasche voller Seifenlauge – geschüttelt von einem tollenden

Kind – wollte sie überschäumen und ihre Freude in die Welt hinausrufen. Da sie sich vor den Männern ihres Gemahls jedoch nicht lächerlich machen wollte, presste sie die Hände auf den Mund und gluckste in sich hinein. Irgendwann – ihre Seiten schmerzten bereits – legte sich der Übermut wieder. Sie lehnte erschöpft den Kopf gegen die Seitenwand ihres Gefährts und ließ zu, dass ihre Lider sich senkten.

Kaum hatte sie die Augen geschlossen, vermischten sich die Geräusche um sie herum zu einem einlullenden Lied. Sie wurde von Erinnerungen an den Tag, an dem sie Vlad das erste Mal begegnet war, überwältigt. An einem regnerischen Dienstag im Oktober 1448, vor beinahe genau zehn Jahren, hatte sie auf unsicheren Beinen den Palast in Tirgoviste betreten. Alles war ihr damals bedrückend und feindselig erschienen bis sie Vlad erblickt hatte. Ein Ziehen durchlief ihren Unterleib, als sie zum ungezählten Mal den Moment durchlebte, in dem seine Augen sich in die ihren gebohrt hatten – kurz bevor er gefordert hatte, dass man sie ihm verkaufte.

»Was könnte ich haben, das Ihr begehrt?«, hatte der Zigeuner, in dessen Zug Zehra damals gereist war, gefragt.

Ohne zu zögern hatte Vlad auf Zehra gezeigt und gesagt: »Sie.«

Die Hitze im Wagen erschien ihr plötzlich drückender, als noch vor wenigen Minuten und sie öffnete den obersten Knopf ihres Gewandes. Vlad! Ein Schauer vertrieb die Hitze. Das Gefühl zwischen ihren Beinen ließ sie schneller atmen. Nicht mehr lange, und sie würde ihn Nacht für Nacht an ihrer Seite haben! Ihre Zungenspitze fuhr über ihre Lippen, die sich unvermittelt trocken und rissig anfühlten. Damals hatte sie ihn hassen wollen; hatte sich ihm widersetzen und eher sterben wollen, als sich seinem Willen zu unterwerfen. Doch dann hatte er sie umworben wie eine Königin und *ihr* die Wahl gelassen, wann sie sich ihm hingab. Sie schlug die Augen wieder auf und holte tief Atem. In wenigen Tagen würden sie zuerst

Verlobung und dann Hochzeit feiern. Dann würde nichts und niemand sie jemals wieder auseinanderbringen können!

Kapitel 34

Einen halben Tagesritt von Tirgoviste entfernt, August 1458

»Nicht so verkrampft!«, donnerte Grigore. Carol versuchte keuchend, dem Befehl Folge zu leisten. Allerdings brannten die Muskeln in seinen Armen und Beinen. Sein Hemd war so nass, dass es an seinem Rücken klebte. Seit über zwei Stunden übten er und Grigore auf dem Kampfplatz am Ufer des Flusses Arge bereits mit kurzen Schwertern. Carol wusste nicht, wie lange er diese Tortur noch aushalten würde. Seit er herausgefunden hatte, wie schwer die Waffe in der Hand lag, war seine anfängliche Begeisterung für den Schwertkampf verflogen. »Du darfst den Griff nicht umklammern, als ob du einer Ente den Hals umdrehen wolltest«, schalt Grigore. Er schob das eigene Schwert in die Scheide, um an Carol heranzutreten und ihm die Führung der Waffe erneut zu zeigen. »Halte es wie einen Vogel«, sagte er. »Denk daran, wenn du zu fest zupackst, erwürgst du ihn. Wenn du ihn zu aber zu locker hältst, fliegt er davon.«

Carol nickte und versuchte, den Rat in die Tat umzusetzen. Allerdings zitterten seine Hände so heftig, dass es ihm nicht gelang. Grigore brummte etwas Unverständliches. Er wollte gerade nach Carols Arm greifen und ihm demonstrieren, was er meinte, als das Geräusch von Hufschlag an ihre Ohren drang. Beinahe zeitgleich hoben sie die Köpfe. Grigore beschirmte die Augen, damit er die Reiter besser sehen konnte. Diese galoppierten am Waldrand entlang auf die Festung zu, deren Dächer in der Hitze flimmerten.

»Es ist soweit«, stellte Grigore mit einem Blick auf die Wappenröcke der Reiter fest und klopfte Carol auf die Schulter. »Lauf und wasch dich. Dann komm in die Halle.« Obgleich jede einzelne Faser in Carols Körper zu schmerzen schien, wünschte er sich plötzlich nichts sehnlicher, als bis ans Ende der Zeit mit Grigore die Schwerter zu kreuzen. Die Alternative war weitaus weniger angenehm. Er verkniff sich ein Seufzen, bückte sich nach seinen Habseligkeiten und trottete gehorsam auf die Pforte zu, über der die Glocke in dem neuen Glockenturm die Strahlen der Sonne zurückwarf. Die dicke Außenmauer schien einen Teil der Hitze zu schlucken, da ihm im Hof Kühle entgegenschlug. Zu seiner Linken schleppten die robi des Bojaren Getreide in die große Scheune, während vor den Stallungen ein Schmied Pferde beschlug. Mägde und Knechte huschten zwischen den Wirtschaftsgebäuden hin und her, sodass der Eindruck eines geschäftigen Bienenstockes entstand. Auf dem Dach des Haupthauses besserten einige Männer die hölzernen Schindeln aus, damit der kommende Herbstregen keine bleibenden Schäden hinterlassen konnte. Wehmütig sah Carol sich um. Wenn er doch nur mit Grigores Bediensteten tauschen könnte! Zwar war der Bojar ein strenger und unnachgiebiger Herr, doch mit dieser Strenge konnte Carol umgehen. Er widerstand der Versuchung, sich umzuwenden, als kurz nach ihm die Reiter das Tor passierten. Schließlich wusste er nur allzu gut, wer sie waren und was sie auf Grigores Landsitz wollten.

Beim Betreten des Haupthauses zog er unwillkürlich den Kopf ein. Noch immer hatte er sich nicht an die vier Zoll gewöhnt, die er im vergangenen halben Jahr gewachsen war. Manchmal fürchtete er, sich überall den Kopf zu stoßen. Seit er das zehnte Lebensjahr erreicht hatte, kam er sich erwachsener und männlicher vor – etwas, woran auch der Umstand, dass seine Wangen noch glatt waren, nichts ändern konnte. Nicht mehr lange, und er würde zum Knappen ernannt werden! Er durchquerte die Eingangshalle, steuerte auf die Waschstube zu und tat, wie Grigore ihn geheißen hatte. Obwohl der Gedanke, an den Hof seines Vaters zurückzukehren, ihn mit Hass und Furcht erfüllte, regte sich noch ein anderes Gefühl in ihm: die Freude, seine Mutter wiederzusehen. Während er sich einseifte und mit eiskaltem Wasser wusch, versuchte er, ihre Gesichtszüge in seiner Erinnerung nachzuzeichnen. Je mehr Zeit verstrich, desto schwerer fiel es ihm, sich ihr Lächeln, ihre Augen und ihre Stimme ins Gedächtnis zu rufen. Er seufzte, griff nach einem der kratzigen Handtücher und trocknete sich ab. Vielleicht würde das Leben in der Nähe seines Vaters erträglicher werden, wenn dieser endlich mit Carols Mutter vermählt war. Er legte das Tuch über den Rand des Holzzubers. Und vielleicht würde dann auch das Geflüster aufhören. Denn dass Vlad Draculea in Sünde lebte, obwohl er von seinen Untertanen die strenge Einhaltung der göttlichen Gebote verlangte, sorgte gewiss nicht nur auf Grigores Festung für Verdruss und Gerede. Zwar tuschelten die Mägde und Stallknechte nur, wenn sie dachten, dass niemand in der Nähe war. Aber Carol hatte oft genug Dinge mit angehört, welche die Sprecher den Kopf gekostet hätten, wenn Vlad Draculea sie vernommen hätte. Er biss die Zähne aufeinander, als eine kleine Stimme ihm einflüsterte, dass die kommenden Tage, Wochen und Monate wieder Schmerz, Blut und Gewalt bringen würden. Die Bilder, welche er tief in den hintersten Winkeln seines Verstandes vergraben hatte, wollten an die Oberfläche drängen. Doch Carol zwang sie wieder dorthin zurück und trat unwillig von dem Bottich zurück.

Es war endlich an der Zeit, dass er den Vorsatz in die Tat umsetzte: Er würde aufhören, sich vor seinem Vater zu fürchten! Schließlich war er kein Kind mehr! Hatte Grigore nicht gesagt, dass er das Zeug zu einem ausgezeichneten Ritter hatte? Sah Floarea nicht zu ihm auf, wie zu einem großen Bruder? Er schlüpfte zurück in sein Hemd und beschloss, dass seine Füße auch ungewaschen auf die Reise gehen konnten. Dann legte er den Schwertgürtel wieder um und machte sich auf den Weg in die Halle. Vielleicht bot sich am Hof in Tirgoviste eine Gelegenheit, mehr über seinen Onkel Radu in Erfahrung zu bringen. Oder ihn sogar zu treffen, wenn er die Tributzahlungen für den Sultan einforderte! War es nicht das gewesen, was Grigores Besucher gefürchtet hatten? Dass der Sultan den Woiwoden demütigen könnte, indem er dessen Bruder in die Walachei entsandte? Alle Gedanken an seinen Onkel traten in den Hintergrund, als er die Tür der Halle erreichte. Dahinter redeten aufgeregte Stimmen durcheinander. Carol überlegte, später wiederzukommen. Dann gab er sich allerdings einen Ruck, griff nach dem Knauf und betrat den Raum. Augenblicklich verstummte das Gespräch.

»Carol!«, rief Grigore aus und löste sich von der Gruppe Ritter, die ihn umringten. »Dein Vater erwartet, dass wir uns sofort auf den Weg machen. Schnür dein Bündel und sattle dein Pferd. Wir brechen noch vor dem nächsten Glockenschlag auf.« Mit diesen Worten entließ er den Jungen und wandte sich zurück zu den Männern. Einige von diesen warfen Carol finstere Blicke zu, denen der Knabe auswich, ehe er schleunigst dem Befehl des Bojaren Folge leistete.

In seiner Kammer angekommen, suchte er seine Habseligkeiten zusammen. Er stopfte alles in einen ledernen Sack, an dessen Grund *De rerum natura* schlummerte. Einen Moment lang rang er mit sich, ob er das Buch zurücklassen sollte. Doch dann ignorierte er das bange Gefühl und schulterte den Beutel. Auch wenn er seinen ehemals wertvollsten Besitz seit einiger Zeit mied wie die Geschöpfe der Nacht das Licht, wollte er dennoch nicht ohne das Buch reisen. »Das ist Gotteslästerung!«, hatte der cappellanus gehaucht, als Carol ihn nach einigen Wörtern gefragt hatte, die er nicht kannte. Als der Lehrer gefragt hatte, für welchen Text er die Übersetzung benötigte, hatte Carol ihm stolz seinen Schatz gezeigt. Die Stelle, über die er immer und immer wieder gestolpert war, hatte ihn zutiefst verwirrt. Er hatte vermutet, die lateinischen Worte falsch verstanden zu haben. Denn wie konnte es sein, dass Lucretius behauptete, das Universum habe keinen Schöpfer? Doch das Entsetzen des cappellanus hatte deutlich gemacht, dass er die Verse durchaus richtig interpretiert hatte. Wenn die Welt keinen Schöpfer hatte, wo war dann Gott? Diese Frage stellte sich Carol immer noch viel zu oft und sie machte ihm Angst. Die Idee eines Urstoffes war Carol schon kühn erschienen, aber Gott zu verleugnen ... Mehr als einmal hatte er den Allmächtigen seitdem um Vergebung für seine lästerlichen Gedanken angefleht. Er hatte es nicht mehr gewagt, *De rerum natura* anzurühren – aus Furcht, Gottes Zorn für immer auf sich zu ziehen. Doch jetzt hatte er keine Zeit mehr, sich über das Buch den Kopf zu zerbrechen. Er rollte das letzte Hemd zusammen und befestigte einen Umhang an seiner Schulter. Dann rammte er sich eine Mütze auf den Kopf, griff nach dem Bündel und rannte die Treppen hinab über den Hof in die Stallungen. In Windeseile sattelte er seinen Fuchs und ließ zu, dass die Vorfreude auf den Ritt alle anderen Gefühle verdrängte. Nachdem er dem Hengst einen Leckerbissen zugesteckt hatte, schob er ihm die Trense ins Maul und führte ihn in die Sattelgasse. Dort blieb er wie angewurzelt stehen, als er keine zehn Schritte von sich entfernt Floarea neben einer kleinen Stute stehen sah. Ihr Haar war zu mehreren Zöpfen geflochten, die sich an ihrem Hinterkopf zu einer Schnecke vereinten, auf der eine winzige Haube saß. Das Kleid, in dem sie steckte, war kostbar und von einem so tiefen Grün, dass es beinahe schwarz wirkte.

Sobald sie ihn erblickte, bedachte sie ihn mit einem Zahnlückenlächeln, das die Grübchen in ihren Wangen vertiefte.

»Ich komme mit an den Hof!«, verkündete sie mit stolzgeschwellter Brust. Die Sommersprossen auf ihrer Nase schienen zu tanzen, als das Lächeln zu einem Grinsen wurde. »Ich werde die Zofe der Fürstin!«

Carol glaubte, seinen Ohren nicht zu trauen. »Die Zofe der Fürstin?«, fragte er. Seiner Mutter? »Bist du dafür nicht noch ein bisschen zu klein?«

»Ich bin nicht klein!«, brauste Floarea auf. »Nur, weil mir Latein nicht gefallen hat, heißt das nicht, dass ich zu klein bin, um Zofe zu werden!« Sie stampfte mit dem Fuß auf, fasste sich aber sofort wieder und setzte ein damenhaftes Gesicht auf. »Natürlich bin ich nicht die einzige Zofe«, sagte sie so würdevoll, dass Carol sich ein Lachen verkneifen musste. »Alle Bojaren müssen ihre jüngsten Töchter mitbringen, hat Vater gesagt. Allerdings nur, wenn sie älter als neun Jahre sind.« Die Würde wich der Verlegenheit. »Dann sucht sich die Fürstin ihre Zofen aus«, setzte sie kaum hörbar hinzu.

Carol lachte. »Also ist es noch nicht sicher, ob du ihre Zofe wirst oder nicht«, stellte er richtig.

Floarea errötete. »Ja«, murmelte sie, »aber ich bete schon die ganze Zeit, dass sie *mich* wählt!«

Bete nicht, hätte Carol am liebsten gesagt. Hier ist es um so vieles besser als am Hof. Doch die unschuldige Freude in ihrem Gesicht hielt ihn davon ab. »Dann solltest du schleunigst machen, dass du in den Sattel kommst«, sagte er stattdessen und zog sich selber am Sattelknauf auf den Rücken seines Hengstes. Kurze Zeit später trabten sie Seite an Seite über den Hof – auf die arnauti zu, die darauf warteten, dass ihr Herr auftauchte.

Kapitel 35

Der Fürstenpalast in Tirgoviste, August 1458

Die palasteigene Kirche war zum Bersten voll. Schöne Frauen in bunten Gewändern und prunkvoll herausgeputzte Bojaren drängten sich in dem kleinen Schiff der Basilika, das eigentlich nur einhundert Menschen Platz bot. Heute, am Tag der Verlobung des Woiwoden, waren es etwa doppelt so viele und entsprechend groß war das Gedränge. Die Kirchenglocken läuteten seit Stunden. Wenn sie nicht bald aufhörten, würde Vlad der Kopf platzen. Eine scheinbare Ewigkeit stand er schon vor der Pforte des *Narthex* – der schmalen Vorhalle der Basilika – und wartete darauf, dass endlich seine Braut zu ihm geführt wurde. Immer wieder schielte er zu dem Tisch, auf dem die beiden Ringe lagen: ein goldener und ein silberner. Er hatte sie eigens bei einem ungarischen Goldschmied anfertigen lassen. Soeben entzündete der Priester die Wachskerzen und blies in das Weihrauchgefäß, das daraufhin dicke Schwaden ausspie. »Geduldet Euch nur noch einen Moment, Vodă«, bat er und strich sein reichbesticktes *Sticharion* – sein liturgisches Gewand – glatt. Ein *Epitrachelion* – ein blaues Band – hing an seiner Vorderseite hinab und reichte ihm fast bis an die Fußknöchel. Auf seinem Kopf saß eine mit Edelsteinen geschmückte Mitra, die ihm ein wenig zu klein war, sodass sein langes Haar platt an seine Wangen gedrückt wurde. »Warum dauert das so lange?«, grollte Vlad und sah sich erneut nach seiner Braut um. Doch ehe sich seine Unruhe noch mehr verstärken konnte, erschien Zehra am Arm des Brautführers Grigore im Rahmen der Pforte.

Ihr Anblick verschlug ihm den Atem. Als sie ihn mit einem strahlenden Lächeln bedachte, vergaß er alles Warten. Das weiße Gewand war zwar eng, aber züchtig geschnitten, und der Schleier auf ihrem Haar verbarg einen Großteil der dunklen Pracht. Der weiche Stoff des Kleides umschmeichelte ihren Körper wie Wasser. Hie und da blitzten Perlen zwischen den Strähnen hervor. An ihrer Stirn funkelte der Rubin, den Vlad ihr zu diesem Anlass geschenkt hatte. Obgleich der Stein von beispielloser Reinheit war, wurde sein Glanz von dem Leuchten in ihren Augen überstrahlt. Vlad widerstand nur mühsam der Versuchung, sie an sich zu ziehen und mit Küssen zu übersäen. Bald, mahnte er sich. Bald. Zwar gab es immer noch Momente, in denen er daran zweifelte, dass sie wirklich bei ihm war und für immer sein werden würde. Allerdings währten diese Augenblicke der Unsicherheit meist nur so lange, bis er die Wärme ihrer Haut spürte und den Duft einsog, den sie verströmte. Seine Hand zuckte, da er sie am liebsten ausgestreckt und in ihrem Haar vergraben hätte. Schnell schloss er sie zur Faust und zwang sich, den Blick von Zehra loszureißen. »Es ist soweit«, ließ der Priester ihn wissen. Er gab den jungen Mädchen, die Zehra umtanzten wie ein Schwarm Mücken, ein Zeichen, woraufhin diese Körbe mit Blumen aufnahmen und in den Innenraum der Kirche verschwanden. Dann nahm er die Ringe von dem Tisch, händigte sie einem Ministranten aus und bedeutete Grigore, Zehra an Vlads Seite zu führen. Nachdem er ihre Häupter dreimal bekreuzigt hatte, überreichte er ihnen je eine brennende Wachskerze und schritt ihnen voran in das Kirchenschiff. Die ganze Zeit über schwenkten zwei weitere Ministranten Weihrauchfässer vor ihm, bis sie an der mit einem Kreuz gekrönten *Ikonostase* – der Bilderwand – angelangt waren. Das prunkvolle und ehrfurchterregene Kunstwerk trennte den Altarraum von dem Kirchenschiff, das vom Gesang der Gläubigen widerhallte. Vor der zweiflügeligen Königlichen Tür, die zum Altar führte, erklomm der Kirchenmann ein steinernes Podest und erhob die Stimme: »Gesegnet unser Gott allezeit, jetzt und immerdar und von Ewigkeit zu Ewigkeit.«

»Amen«, antwortete das Volk.

»In Frieden lasset zum Herrn uns beten«, dröhnte der Priester, woraufhin die Gemeinde erneut wie aus einer Kehle erwiderte: »Kyrie eleison.«

Der Prediger bekreuzigte sich, bevor er fortfuhr: »Für den Knecht Gottes Vlad Draculea und die Magd Gottes Zehra, die sich heute miteinander verloben und für ihr Heil lasset zum Herrn uns beten.«

»Kyrie eleison.«

»Dass ihnen gewährt werden Kinder zur Fortpflanzung des Geschlechtes und alles zum Heil Erbetene, lasset zum Herrn uns beten.«

Und wieder erscholl ein mehrstimmiges »Kyrie eleison.«

»Dass ihnen herabgesandt werde vollkommene, friedliche Liebe und Hilfe, lasset zum Herrn uns beten.«

»Kyrie eleison«, murmelte dieses Mal auch Vlad.

»Dass sie bewahrt werden in Eintracht und fester Treue, lasset zum Herrn uns beten.«

»Kyrie eleison.«

»Dass sie gesegnet werden mit tadellosem Leben und Wandel, lasset zum Herrn uns beten.«

Während die Gemeinde erneut ein »Kyrie eleison« schmetterte, fragte Vlad sich, was noch alles erbeten werden musste, bevor die eigentliche Zeremonie begonnen werden konnte.

»Dass ihnen verleihe der Herr, unser Gott, eine gottgefällige Ehe und eine ungebrochene Gemeinschaft, lasset zum Herrn uns beten«, beantwortete der Priester seine unausgesprochene Frage.

»Kyrie eleison«, seufzte er und beschäftigte sich die nächsten Minuten damit, Zehra aus dem Augenwinkel zu betrachten. Auch sie schien wie auf Kohlen und hing wie gebannt an den Lippen des Priesters. Ihr Oberkörper war leicht nach vorne gebeugt und ihre gesamte Haltung verriet die Anspannung, unter der sie stand. Als schließlich ein »Amen« erklang, lenkte Vlad seine Aufmerksamkeit auf den Kirchenmann zurück und atmete erleichtert auf, da dieser endlich die Hand nach den beiden Ringen ausstreckte.

»Herr unser Gott«, posaunte er, »Du hast aus den Völkern die Kirche als eine reine Jungfrau Dir anverlobt, segne auch diese Verlobung, vereine und bewahre diese Deine Knechte in Frieden und Eintracht. Denn Dir gebührt alle Herrlichkeit und Ehre und Anbetung, dem Vater und dem Sohne und dem Heiligen Geiste, jetzt und immerdar und von Ewigkeit zu Ewigkeit.«

»Amen«, erklang die Antwort aus dem Volk.

Mit einem salbungsvollen Lächeln nahm der Priester den goldenen und den silbernen Ring in die Rechte und berührte damit zuerst Vlads und dann Zehras Stirn. Daraufhin bekreuzigte er Vlad und sprach: »Verlobt wird der Knecht Gottes Vlad Draculea der Magd Gottes Zehra, im Namen des Vaters und des Sohnes und des Heiligen Geistes. Amen.« Nachdem er dies zwei weitere Male wiederholt hatte, wandte er sich an Zehra. »Verlobt wird die Magd Gottes Zehra dem Knecht Gottes Vlad Draculea, im Namen des Vaters und des Sohnes und des Heiligen Geistes. Amen.« Auch diese Worte wurden noch zweimal wiederholt, bevor er die Ringe an ihren rechten Ringfinger steckte. Dann wechselte der Brautführer, die Arme kreuzend, die Ringe. Der Priester hub erneut zu einem Gebet an. Dieses schien sich über Stunden hinzuziehen. Vlad verkniff sich ein erleichtertes Seufzen, als der Mann endlich zur Entlassung und dem Schlusssegen ansetzte.

»Amen«, sagte er und griff nach Zehras Hand.

Begleitet vom Gesang des Volkes schritten sie den blumenbestreuten Gang entlang auf die Pforte zu, hinaus ins strahlende Sonnenlicht. Dort brandete ihnen augenblicklich der Jubel derjenigen entgegen, die keinen Platz in der Kirche gefunden hatten. Obwohl seine Leibwache in Windeseile einen schützenden Kreis um sie bildete, wurden er und seine neue Braut von der Flut der Jubelnden in Richtung Palast gedrängt.

»Sorgt für Ruhe und seht zu, dass alle, außer den geladenen Gästen, verschwinden«, zischte Vlad dem Hauptmann seiner Wache zu, bevor er Zehras Linke hob und sie an sein Herz drückte. »Nur noch das Bankett, fünf Nächte und eine weitere Zeremonie, dann werden wir endlich die Ehekrone tragen«, sagte er. Zwar hatte er vorgehabt, die Ehekrönung direkt im Anschluss an die Verlobung zu feiern. Aber seine engsten Vertrauten hatten ihm davon abgeraten.

»Je länger die Feierlichkeiten dauern, desto mehr Respekt wird man Eurer Braut entgegenbringen«, hatte Grigore eingewandt.

Als Vlad gegrollt hatte: »Wer ihr keinen Respekt zollt, lebt nicht lange genug, um es zu bereuen«, hatte Grigore beschwichtigend erwidert:

»Daran besteht kein Zweifel, Vodă. Ihr werdet jedoch nicht immer in Tirgoviste sein, um Unverschämtheiten umgehend zu ahnden.«

Obgleich es Vlad nicht gefiel, wusste er, dass Grigore recht hatte. Wenn er Zehra nicht gefährden wollte, musste er alles daransetzen, ihr die Hochachtung des Volkes zu sichern. Das leichte Unbehagen, das ihn bei diesen Gedanken überkam, verflüchtigte sich, sobald Zehra den Druck seiner Hand erwiderte. »Ich bin so aufgeregt«, flüsterte sie und Vlads Herz zog sich zusammen. »Dafür gibt es keinen Grund, Liebste«, sagte er und führte sie über die Schwelle des Haupttores in den langen Gang, der von einem steinernen Kreuzrippengewölbe überspannt wurde. Neben den mächtigen Säulen stand je ein Wächter. Am Ende des Korridors öffnete sich soeben die Pforte der großen Halle. Auch dort hatten die jungen Mädchen den Boden mit Blumen und Blütenblättern bestreut und es brannten so viele Kerzen, dass Vlad geblendet die Augen zusammenkniff. Die ansonsten kahle, fensterlose Halle war blank geputzt und wirkte strahlend – was gewiss auch an den kostbaren Wandteppichen lag, die Vlad eigens für diese Feier erstanden hatte. Hinter ihm verrieten das Rascheln von Stoff und das Auftreffen von Schuhsohlen auf dem Steinboden, dass die Gäste ebenfalls das Gebäude betreten hatten. Für den Bruchteil eines Augenblickes schoss Vlad die Frage durch den Kopf, ob er die richtigen Männer geladen hatte. Er spürte, wie seine Nackenhaare sich aufrichteten. Nur mit Mühe konnte er sich davon abhalten, unvermittelt herumzuwirbeln, um in den Gesichtern der Bojaren nach Falschheit zu suchen. Gewiss, nur diejenigen, die in den letzten Monaten ihre Treue bewiesen hatten, waren anwesend. Aber hatten die Walachen nicht in der Vergangenheit oft genug bewiesen, dass sie Meister der Verstellung waren? Was, wenn er unwissentlich eine der giftigen Wurzeln, die das Fundament seines Fürstentums zerstören wollten, in sein Haus gebracht hatte? Die ehrfürchtigen Verneigungen der wachhabenden Soldaten vertrieben diese Überlegungen. Er steuerte zielstrebig mit seiner Braut auf das Kopfende der langen Tafel zu. Auf den Tischen türmten sich bereits frisch gebackene Brotlaibe und hochglänzende Weinkelche funkelten im Kerzenschein. Carol und den anderen Pagen war es gelungen, sich an den Gästen vorbeizudrücken, da sie kurz hinter Vlad und Zehra in den Saal strömten. In Windeseile verteilten sie sich hinter den Stühlen und sahen zu, dass die Becher schon bald mit den köstlichsten Weinen gefüllt waren. Nur einen einzigen Blick gönnte Vlad seinem Sohn, ehe er die Augen wieder auf seine Braut heftete, deren Schönheit die aller anderen Frauen ausstach.

Am liebsten hätte er ihre Hand für immer gehalten. Doch sobald auch die Geladenen Platz genommen hatten, löste er sich von ihr und hob seinen Kelch zu einem Zutrunk. »Lasst uns auf die *Doamna* Zehra trinken«, rief er. Die kehligen Stimmen, welche ihm entgegen schmetterten, zerstreuten auch den letzten Rest Zweifel. Keiner der Anwesenden stellte eine Gefahr für seine Braut dar, so gut konnten sich selbst die Walachen nicht verstellen! Er nahm einen tiefen Schluck, genoss das Prickeln des Weins in seiner Kehle und beschloss, an diesem Tag alles andere zu vergessen. Morgen würde er sich wieder um die Angelegenheiten seines Reiches kümmern. Heute war nichts wichtiger als die Feier seiner Verlobung! Schneller als er den Kelch wieder abgestellt hatte, erschien eine Schar von Küchenmägden – beladen mit Brettern und Schüsseln voller Köstlichkeiten. Geräuchertes Rindfleisch im Paprikamantel verströmte ebenso seinen Duft wie *ciorba de perisoare* – saurer Gemüseeintopf mit Hackfleisch – und *ficat de pui* – Hähnchenleber in Rotwein mit Reispilav. Daneben lockten *ciorba cu carne* – Boretsch mit Lammfleisch und Liebstöckel, *caprioara* – Rehbraten – und *coliva* – eine schmackhafte Roggentorte. Obgleich er es kaum erwarten konnte, mit Zehra in seinem Gemach zu verschwinden, langte er kräftig zu und weidete sich an den bewundernden Blicken, welche die anwesenden Damen seiner Liebsten zuwarfen. Der Neid in den Augen mancher dieser Damen erfüllte ihn mit Stolz. Seine Gemahlin würde die schönste Frau weit und breit sein! Und sie würde ihm so viele Söhne gebären, dass sich nie wieder ein anderer auf dem walachischen Thron breitmachen konnte! Er biss in ein Stück Rehbraten und kaute genüsslich, während er sich ausmalte, wie er Zehra schon bald aus ihrem Kleid schälen würde wie eine köstliche Frucht.

Kapitel 36

Ulm, August 1458

Johann von Katzenstein genoss die Zuwendung der Hure in vollen Zügen. Ihre geschickten Hände glitten ein weiteres Mal an seiner Vorderseite hinab, verharrten kurz neckend in seinem Bauchnabel. Dann tauchten sie zwischen seine Beine, wo sich seine Männlichkeit in sich selbst zurückgezogen hatte. Er grunzte selig, als es ihr gelang, den Widerwilligen zu beleben. Um sich nicht vom Anblick ihres auf und ab wippenden Kopfes abzulenken, schloss er die Augen. Auch wenn es länger dauerte, als ihm lieb war, gab sein bestes Stück schließlich den Widerstand auf und ließ sich von den vollen Lippen der jungen Frau dazu überreden, Johann einen kurzen Moment der Glückseligkeit zu bescheren. Seine Hände krallten sich in den Stoff der Decke, als das wohlbekannte, glühend heiße Gefühl durch seine Adern schoss und ihn einige Augenblicke lang an einen Ort entführte, der nichts mit der Wirklichkeit zu tun hatte. Leider hielt der Taumel der Lust auch dieses Mal viel zu kurz an. Schon bald spürte Johann, wie sich die Kraft aus seinen Lenden zurückzog und ihn erschöpft und ausgelaugt zurückließ. Dennoch verschränkte er schließlich mit einem wohligen Seufzen die Hände hinter dem Kopf und wartete, bis auch die letzten Schauer der Lust abebbten. Als die dunkelhaarige Schönheit Anstalten machte, nach ihrem dünnen Kleid zu angeln, rollte er sich auf die Seite und tastete unter dem Bett nach seiner Hose. Sobald seine Finger den Stoff fanden, zog er an dem Kleidungsstück, griff nach der Geldkatze am Gürtel und zählte ein paar Pfennige auf die Matratze.

»Komm beim nächsten Mal früher«, sagte er – bereits wieder mürrisch, weil das verflogene Hochgefühl einen schalen Geschmack in seinem Mund hinterlassen hatte. »Dann bekommst du zwei Pfennige mehr.«

Die Augen des Mädchens leuchteten auf und sie griff hastig nach der Bezahlung. Die Münzen fest mit der Faust umklammert zog sie sich mit der anderen Hand ihr Kleid über den Kopf. Dann verstaute sie das Geld in ihrer Tasche, band sich ein buntes Tuch um den Kopf und huschte aus der Kammer.

Sie hatte schon längst das Haus verlassen, als Johann tief die Luft einzog, um den Geruch festzuhalten, der immer noch in der Luft lag. Süß und salzig zugleich, dachte er und fragte sich, warum manche Frauen besser rochen als andere. Lag es am Alter? Hatte Anna nicht auch so geduftet, als er ihre Dienste das erste Mal genossen hatte? Er rümpfte die Nase, da sich der eben noch verführerische Geruch plötzlich in etwas Unangenehmes verwandelte. Es war besser nicht an seine Gemahlin denken, nachdem er sich gerade mit einer Hure vergnügt hatte! Schließlich war sie inzwischen auch nichts anderes mehr! Er klatschte sich mit der Handfläche auf den nackten Bauch, um eine Schmeißfliege zu erschlagen, doch der Störenfried entkam. Nicht einmal einer Fliege konnte er mehr etwas zuleide tun, dachte er und fuhr sich über den kahlen Schädel. Nachdem er eine Weile an den Himmel seines Bettes gestarrt hatte, schürzte er die Lippen, prustete und sagte zu sich selbst: »Anstatt zu jammern, solltest du froh sein!« Er stemmte sich in eine sitzende Position, schwang die Beine aus dem Bett. Als im Untergeschoss eine Tür schlug, legte er die Stirn in Falten. War Anna etwa schon wieder zurück? Hatte sie Johann nicht vorgelogen, dass sie eine reiche Dame auf einem längeren Ausflug begleiten wollte? Obwohl Johann ihr die Eskapaden mit ihren Liebhabern gestattete, solange sie deren Geschenke an ihn abtrat, war sie dennoch nicht so dreist, es ihm unverblümt unter die Nase zu reiben. Auch wenn er ganz genau wusste, mit wem sie es trieb. Er schlüpfte in seine Kleider und beschloss, der Sache auf den Grund zu gehen. Vielleicht war es auch sein Sohn Johannes. Seit dieser die Schreib- und Rechenschule besuchte, wurde er immer aufmüpfiger. Wenn der Bengel nicht bald lernte, wie man sich als Sohn eines Adeligen benahm, würde Johann andere Saiten aufziehen müssen. Die kleine Stimme in seinem Kopf, die ihn immer wieder ärgerte, flüsterte ihm zu: Wie soll er denn wissen, wie sich ein Edelknabe benimmt, wenn er aufwächst wie ein gemeiner Städter? Ärgerlich über diesen ungewollten Gedanken gürtete Johann sein Schwert um, setzte sich seinen neuesten Hut auf und begab sich ins Erdgeschoss hinab, um nachzuforschen, wer sich dort herumtrieb.

Da die Magd und die Köchin auf dem Markt waren und er ansonsten kein Gesinde mehr unterhielt, konnte es sich nur um ein Mitglied seiner Familie oder um einen Eindringling handeln. Die Hand am Schwertknauf, durchmaß er die winzige Eingangshalle und sah, dass die Tür zum Hof einen Spalt offenstand. Ungehalten über diese Nachlässigkeit versetzte er ihr einen Stoß und blickte sich missgelaunt um. Wie immer erfüllte ihn die Schäbigkeit der halb verfallenen hölzernen Anbauten mit Verachtung für das, was aus ihm geworden war. Aber die Bluttropfen auf dem staubigen Boden sorgten dafür, dass sein Blick die verfaulten Schindeln, uralten Hühner und den lächerlich winzigen Kräutergarten, in dem allerhand Unkraut in der Sonne vertrocknete, kaum streifte. Stattdessen folgte er mit den Augen der verräterischen Spur, bis diese hinter einem Stapel Feuerholz verschwand. Mit wenigen kurzen Schritten überquerte er den Hof, zog das Schwert und trat die Scheite beiseite. Nur, um keine zwei Atemzüge später einen erstaunten Ruf auszustoßen und die Waffe sinken zu lassen.

»Was, bei allen Teufeln der Hölle, ist mit *dir* passiert?«, knurrte er und bückte sich nach dem zusammengekauerten Knaben hinter dem Stapel. An dessen bleicher Stirn prangte eine hässliche Platzwunde, aus der Blut über seine Wange lief und zu Boden tropfte. Auch seine Nase blutete und eines seiner Augen war halb zugeschwollen. Seine Kleidung war schmutzig und zerrissen. Die Lippen des Jungen bebten. Seine glänzenden Wimpern verrieten, dass er geweint hatte. Johann zog ihn grob auf die Beine und packte ihn bei den Schultern. »Antworte mir!« Die Haut seines Sohnes war so blass, dass die Sommersprossen auf Nase und Wangenknochen wirkten wie mit Tinte aufgemalt. »Mit wem hast du dich geprügelt?«, fragte Johann drohend.

»Die anderen haben angefangen!«, stieß der Junge schließlich mit zitternder Stimme hervor. »Ich habe mich nur gewehrt!« Er hob den Arm und wischte sich mit dem Hemd Blut und Schleim von der Oberlippe. Als er daraufhin die Unterlippe zwischen die Zähne zog und verstockt schwieg, versetzte Johann ihm eine schallende Ohrfeige.

»Ich habe nicht gefragt, wer angefangen hat«, donnerte er, »sondern mit wem du dich geprügelt hast!«

Sein Sohn duckte sich und hob schützend die Hände, als der Katzensteiner ein weiteres Mal ausholte. »Sie haben gesagt, du seist kein Ritter!«, heulte er und versuchte, vor seinem Vater zurückzuweichen. Allerdings kam er nicht weit, da die Wand des windschiefen Schuppens in seinem Rücken ihn aufhielt. »Und weil ich dem, der das gesagt hat, eine runtergehauen habe, hat der Lehrer mich zwei Stunden auf Erbsen knien lassen!« Er wurde von einem Schluckauf unterbrochen. »Dann haben Uli und vier andere nach der Schule auf mich gewartet.«

Johann brauchte nicht zu fragen, wer Uli war. Einige Sekunden war er hin- und hergerissen zwischen Wut über die Unverschämtheit der Ulmer Rotzbengel, Mitgefühl für seinen Sohn und dem Drang, ihm sein weibisches Geflenne auszutreiben. Als Johannes sich jedoch energisch über die Augen wischte und trotzig zu ihm aufsah, gewann der Zorn auf die Mitschüler des Jungen die Oberhand.

»Falls sie so etwas noch einmal behaupten«, versetzte er beherrscht, »dann zeig ihnen, was geschieht, wenn man sich mit einem Adeligen anlegt!« Er fasste seinem Sohn unters Kinn und sah ihm forschend in die grünen Augen. Auch wenn der Faustkampf nicht unbedingt eine Disziplin des ritterlichen Zweikampfes war, würde er dem Knaben beibringen, sich besser zu wehren. Reue stach ihm ins Herz. Er hatte die Erziehung seines Sohnes vollkommen vernachlässigt! Wäre er nicht so damit beschäftigt gewesen, Geld zu verschwenden und dann die Scherben seiner Verschwendungssucht zusammenzukehren, hätte er den Jungen schon längst in die Obhut eines anderen Ritters gegeben, statt ihn in eine Schule zuschicken, wo er unnützes Zeug lernte!

Johann bemühte sich um eine ausdruckslose Miene, während er auf den roten Schopf seines Sprösslings hinabsah. Ganz unrecht hatten diese Rotzlöffel nicht, dachte er betreten. Schließlich hatte Johann nicht nur seine Burg, sondern auch nahezu all seine Ländereien in dem Zwist mit der Adelsgesellschaft verloren, welcher der Gemahl seiner Tochter angehörte. Dieser verfluchte Utz von Katzenstein! Wenn Johann doch nur nie auf seine Mutter gehört und den Kerl nicht entführt hätte! Vielleicht hätte Sophia ihn auch ohne Zwang geheiratet! Allerdings hatte die damalige Situation kein Zaudern erlaubt. Er blies die Wangen auf und beschloss, dass es an der Zeit war, seiner Tochter endlich wieder einen Besuch abzustatten. Irgendwie musste es ihm gelingen, ihren Mann dazu zu bringen, Johann als Mitglied für eben die Adelsgesellschaft vorzuschlagen, die ihn ruiniert hatte. Geld besaß er inzwischen wieder reichlich – dank der Aktivitäten seiner Angetrauten, die lukrativer waren, als er jemals vermutet hätte. Sollte Utz sich quer stellen, würde er alles unternehmen, damit Sophia Fürsprache für ihn hielt. Schließlich wusste er nur zu gut, wie viel Einfluss eine Frau auf ihren Gemahl haben konnte. Wie genau er es anstellen wollte, dass sie sich für ihn einsetzte, war ihm zwar noch nicht ganz klar. Aber er zweifelte nicht daran, dass es ihm gelingen würde. Immerhin kannte er seine Tochter besser, als sie sich selbst! Sein Sohn war inzwischen fast elf Jahre alt. Wenn er nicht bald den Weg einschlug, den alle Edelknaben gingen, würde er für den Rest seines Lebens mit einem Stigma leben müssen, für das er nichts konnte. Diese Last wollte Johann nicht auf sein Gewissen laden. Sobald dieser verdammte Utz von Katzenstein endlich wieder den Weg nach Hause fand, würde Johann versuchen, die Karten in dem Spiel zwischen ihnen neu zu ordnen. *Wenn* er endlich heimkehrte! Seit wie vielen Monaten sich der Kerl bereits auf Handelsreise befand, hatte er vergessen. Aber es wurde allmählich Zeit, dass er sich wieder blicken ließ. Als sein Sohn begann, von einem Fuß auf den anderen zu treten, nahm er ihn am Arm und zog ihn hinter dem Holzhaufen vor. Zuerst einmal musste er dafür sorgen, dass sein eigen Fleisch und Blut sich gegen die Angriffe des Pöbels zur Wehr setzen konnte!

Kapitel 37

Kurz vor Ulm, August 1458

Die Wagenschlange wand sich langsam am Ufer der Donau entlang. Das Wasser des breiten Flusses glänzte wie flüssiges Silber, weil sich die Unterseiten der Pappelblätter darin spiegelten. Der Wind spielte in dem zum Teil vertrockneten Laub. Der Duft von warmem Holz und frisch geschnittenem Gras ließ Utz von Katzenstein den Gestank der mit Kuhmist gedüngten Felder vergessen. Diese hatten sie zwar schon vor über einer halben Stunde hinter sich gelassen. Aber Utz hatte den Eindruck gehabt, dass sich der unangenehme Geruch in seinen Nasenlöchern eingenistet hatte. Stechend und Übelkeit erregend waren ihm immer wieder Schwaden von dungschwerer Luft entgegengeweht, sobald er sich auf dem Kutschbock umgewandt hatte. Mehr als einmal hatte er sich gefragt, ob der Gestank ihn verfolgte. Daher atmete er gierig das Aroma von Harz, Erde und Gras ein, das in der Sonne vor sich hinbuk. Überall wendeten Kinder mit langen Holzgabeln die Haufen, damit die Bauern das Heu einbringen konnten, bevor eines der gefürchteten Sommergewitter niederging.

Immer wieder huschten kleine Schlangen über den Weg – aufgeschreckt aus ihrem Sonnenbad am Rande des Donaumooses. Über dem reifen Korn am Horizont flimmerte die Hitze. Utz spürte, wie ihm ein weiterer Schweißtropfen die Augenbrauen entlang die Wange hinab lief, bis er schließlich von seinem Kinn tropfte. Die Pferde wirkten genauso erschöpft wie die Lenker der übrigen Wagen – Knechte, welche mit Waren aus Ulm wieder aufbrechen würden, sobald sich die Zugtiere erholt hatten. Außer ihnen wurde der Zug noch von einer Handvoll Bewaffneter begleitet, die Andreas Pfeiler Utz aufgedrängt hatte.

»Ihr könnt nicht mit einem Vermögen an Waffen, Stahl und Ochsenhäuten reisen, ohne dass Ihr Geleitschutz mitnehmt!«, hatte der Kronstädter Händler auf ihn eingeredet. »Alles, was Ihr erduldet habt, wäre vollkommen umsonst, wenn Ihr unterwegs überfallen, ausgeraubt und erschlagen werdet.« Nur unter Aufbietung all seiner Höflichkeit hatte Utz sich die Worte verkniffen, die ihm auf der Zunge gebrannt hatten. Am liebsten hätte er seinem Gastgeber ins Gesicht gelacht und ihn gefragt, warum er dachte, dass dies ein schlimmes Schicksal wäre. Doch inzwischen war er froh, dem Rat des Transsylvaniers gefolgt zu sein und die Bewaffneten mitgenommen zu haben. Was nützte es, wenn er leichtfertig sein Leben aufs Spiel setzte? Hatte Gott ihm nicht deutlich gezeigt, dass er seinen Tod nicht wollte? Dass er nicht wollte, dass er aufgab und den Weg eines Feiglings wählte, anstatt sich seinem Schicksal zu stellen? Seine Hand wanderte unbewusst zu seinem Rücken, der an manchen Tagen immer noch schmerzte. Beinahe zwei Monate hatte es gedauert, bis der Kronstädter Arzt ihn gesund gepflegt hatte. Wie er überhaupt von Vlad Draculeas Lager zurück nach Kronstadt gekommen war, wusste er nicht mehr. Das Einzige, das er noch deutlich in Erinnerung hatte, war, dass er trotz der eisigen Kälte das Gefühl gehabt hatte zu verbrennen. Alles andere, von den letzten brutalen Hieben bis hin zum Erwachen in Kronstadt, war verschwommen und undeutlich. Mehr als einmal hatte Utz versucht, sich ins Gedächtnis zu rufen, was passiert war, nachdem der walachische Scherge ihn losgebunden hatte. Aber egal wie sehr er sich das Gehirn zermarterte, es wollte ihm einfach nicht gelingen. Vielleicht war es ein Segen, dass sein Verstand versuchte, die größte Erniedrigung seines Lebens zu verdrängen. Er legte die Hand zurück an die Zügel und starrte auf die Stelle, an der sein Siegelring immer gesteckt hatte.

Nackt und leer – genau wie sein Inneres. Er holte tief Luft und ließ den Atem langsam durch die Nase entweichen. Jede einzelne Marter, die Gott ihm als Strafe für seinen Eigennutz auferlegte, hatte er verdient! Wäre er nicht so eitel gewesen, sich durch Sophias Unnahbarkeit verletzt zu fühlen, dann wäre es niemals soweit gekommen! Ein Schwarm winziger Stechmücken tanzte auf ihn zu. Er schloss hastig den Mund, um sie nicht zu verschlucken. Sobald die Insekten in Richtung Uferböschung verschwanden, öffnete er den Mund wieder, da er das Gefühl hatte, durch die Nase nicht genug Luft zu bekommen. Möglicherweise lag es an der Tatsache, dass seine Heimatstadt immer näherrückte und er bald seiner Gemahlin unter die Augen treten musste. Der Gedanke an das Wiedersehen mit ihr bereitete ihm Unbehagen und Beklommenheit – und machte es ihm schwer frei zu atmen. Wie sollte er ihr beibringen, dass ihr Sohn nicht mehr lebte? Dass er vom Pfeil eines Walachen getötet worden war, als sie sich auf dem Weg zum Hammerwerk befunden hatten? Dass es Utz' Schuld war, und nur seine allein? Und dass er sie bis jetzt nicht davon in Kenntnis gesetzt hatte? Er stöhnte und biss die Zähne aufeinander, als die wohlbekannten Bilder ihn bedrängten. Warum gab es immer wieder Situationen in seinem Leben, in denen er sich so unendlich machtlos fühlte? Zuerst der Tag, an dem sein Vater ermordet worden war und man seine Schwester für die Tat verhaftet hatte, dann die erzwungene Heirat mit Sophia und jetzt die Erkenntnis, dass er sich seit beinahe eineinhalb Jahren etwas vorgemacht hatte. Er war ein Narr, ein verblendeter Narr. Es hatte erst der Grausamkeit des walachischen Woiwoden und der Gräuel in seinem Umfeld bedurft, um Utz die Augen zu öffnen. Er würde seinen Sohn nie wieder sehen! Mit dieser Wahrheit musste er nicht nur leben, er musste sie auch Sophia beibringen und sie um Vergebung bitten.

Der Lenker vor ihm zügelte seine Zugtiere, als ihnen einige Erntekarren entgegenkamen. Diese waren hoch beladen mit frischem Heu, auf dem erschöpfte Bauernkinder lagen. Einige von ihnen versuchten, sich mit den Zipfeln ihrer zerschlissenen Hemden Luft zuzufächeln. Aber ihre hochroten Köpfe verrieten, dass dem Unterfangen kein Erfolg beschieden war. Als einer der Knaben Utz angrinste, senkte dieser hastig den Blick, da ihn beinahe jedes Kind an Hans zu erinnern schien. Es war wie verteufelt! Er ballte die Hand zur Faust und versuchte, sich einzureden, dass er sich nicht vor der Begegnung mit seiner Gemahlin fürchtete. Immerhin war sie nur ein schwaches Weib! *Er* hatte vor Gott den Eid geleistet, dass er ihr Stärke geben würde, ganz egal, wie sie ihn aufnahm. »Das bist du ihr schuldig«, murmelte er und erschrak, weil er schon wieder mit sich selbst geredet hatte. Hieß es nicht, dass derjenige, der mit sich selber sprach, den Verstand verlor? Er wurde unvermittelt aus dem Grübeln gerissen, als er das bunte Dach des Gänsturms durch das Laub der Pappeln blitzen sah. Obgleich er die ganze Reise über Kraft für die Ankunft in Ulm gesammelt hatte, schien diese ihn plötzlich zu verlassen. Er hatte das Gefühl, dass ihm jemand die Kehle zudrückte. Um gegen das Gefühl anzukämpfen, lenkte er sich damit ab, ein weiteres Mal die Summe zu überschlagen, die er mit den Hakenbüchsen und Stahlbarren aus Ungarn erzielen würde. Die Reise hatte ihn zwar seinen Sohn gekostet, dachte er bitter. Aber sie hatte ihn zu einem schwerreichen Mann gemacht.

Viel schneller, als ihm lieb war, erreichten sie das Gänstor. Nachdem sie das Torgeld entrichtet hatten, holperten die Wagen durch die ländlich geprägte Oststadt, bis sie schließlich vor dem städtischen Waag- und Zollhaus zum Stehen kamen. Einige Sekunden lang schien es Utz, als wäre er am Bock festgenagelt. Plötzlich lastete ein bleischweres Gewicht auf seinen Schultern, das ihn zu Boden drückte. Als einer der Knechte eine Frage stellte, hörte er diese zuerst nicht.

»Wollt Ihr, dass wir hier abladen, Herr?«, wiederholte der Mann die Frage.

Utz blinzelte die Unsicherheit beiseite. »Ja«, sagte er heftiger als beabsichtigt. »Ladet ab und lasst die Waren prüfen, messen und wiegen«, setzte er etwas ruhiger hinzu. »Dann bezahlt den Zoll.«

Einige Handwerker, die sich auch als Zöllner verdingten, kamen bereits auf die Wagenansammlung zugeströmt – wie Aasfresser auf ein soeben verendetes Tier. Da ihn der Mut verlassen würde, wenn er nicht sofort tat, was er tun musste, stieg Utz schwerfällig vom Bock und gab den Knechten letzte Anweisungen. Dann fuhr er sich mit den Fingern durchs Haar, rückte seine Kappe zurecht und band seinen Rappen vom Wagen los. Dieser warf mit einem Wiehern den Kopf zurück – offensichtlich erfreut darüber, dass sein Herr sich endlich wieder mit ihm befasste. Die ganze Reise über war er am langen Zügel hinter dem Karren hergetrabt, da Utz nicht mehr Knechte als nötig hatte mitnehmen wollen. An seine bewaffneten Begleiter gewandt sagte er: »Sobald die Waren sicher in der Gräth sind, könnt ihr euch in einem Gasthof einmieten. Es wird sicher ein oder zwei Tage dauern, bis ihr wieder aufbrechen könnt.« Die Männer nickten wortlos und mit einem tiefen Ein- und Ausatmen zog Utz sich in den Sattel.

Der Weg über den Holzmarkt am Münster vorbei kam ihm vor wie ein Traum. War die Hitze außerhalb der Stadt schon drückend und auslaugend gewesen, schien sie innerhalb der mächtigen Mauern zu brodeln wie in einem Kessel. Obwohl es mitten am Tag war, hielt sich nur auf der Straße auf, wer unbedingt musste. Der Rest versteckte sich in seinen Häusern, im Schatten von Werkstätten, Ställen oder in der Kirche. Einen Augenblick lang erwog Utz, zuerst den Pfarrer aufzusuchen, um ihn um Rat zu bitten. Doch dann lenkte er seinen Rappen an dem gewaltigen Bau vorbei und langte wenig später vor seinem eigenen Hoftor an. Noch bevor er sich die Worte ins Gedächtnis rufen konnte, die er sich all die Zeit zurechtgelegt hatte, erschien sein Verwalter in dem Bogen, welcher die Durchfahrt zur Eingangshalle überspannte. Zuerst schien er Utz nicht zu erkennen. Doch dann weiteten sich seine Augen und er rief überrascht aus: »Herr! Ihr seid wieder da!« Ehrliche Freude zeichnete sich auf seinem Gesicht ab.

Das Gefühl der Erleichterung, das Utz bei diesem Anblick durchströmte, ließ ihn beinahe in Tränen ausbrechen. Um seine Schwäche vor dem fast quadratisch gebauten Mann zu verbergen, grinste er schwach und erwiderte gezwungen heiter: »Thomas, schön dich zu sehen.« Zu mehr war er nicht in der Lage, da sein Mund plötzlich zu trocken war zum Reden. Mit Gliedern, die sich anfühlten wie die eines Greises, ließ er sich aus dem Sattel fallen und schüttelte die angebotene Hand.

»Eure Gemahlin erwartet Euch schon sehnsüchtig.« Der Verwalter runzelte die Stirn und sah sich suchend um. »Wo ist Hans?«, fragte er, doch ein Blick in Utz' Augen schien genug, um zu begreifen. »Oh, allmächtiger Vater im Himmel«, murmelte er und schlug ein Kreuz. »Oh, Allmächtiger!«

Utz wollte etwas erwidern, sich rechtfertigen, erklären, was geschehen war. Doch die Worte blieben ihm im Hals stecken, als Sophia hinter Thomas auftauchte und mit einem Blick in sein Gesicht begriff. Schmerz verdunkelte ihre Augen und sie presste die Fäuste auf den Mund, während alles Blut aus ihrem Gesicht wich. Ein Abgrund tat sich vor Utz auf. Es kostete ihn alle Kraft, die er noch besaß, nicht kehrtzumachen und vor dem, was ihm bevorstand, davonzulaufen.

Kapitel 38

Athen, August 1458

Sultan Mehmed konnte die Erhabenheit, die von den Ruinen um ihn herum ausging, deutlich spüren. Blendend weiß – wie Knochen eines altehrwürdigen Märtyrers – leuchteten die Steine der Gebäude, die einst von den berühmtesten Dichtern des Altertums besungen worden waren. Die Propyläen, das Parthenon und der kleine Niketempel waren ebenso beeindruckend wie das Dionysostheater zu seinen Füßen. Während sein Blick über die verwitterten Stufen hinab glitt, stellte Mehmed sich vor, wie das Volk von Athen einst der Aufführung der Tragödien von Aischylos, Sophokles und Euripides gelauscht hatte. Wie es wohl gewesen sein mochte, bei der Katastrophe einer Tragödie *Katharsis* – die Läuterung der Seele von Leidenschaften – zu erfahren? Hatten die Menschen geweint und gejammert? Sich aus Mitgefühl und Furcht vor den Göttern gekrümmt und geduckt? Oder war es ein stiller Prozess gewesen, der jeden Einzelnen in sich selbst gefangen nahm? Während diese Gedanken in seinem Kopf kreisten, hatte der Sultan das Gefühl, einzig durch den Anblick des monumentalen Bauwerks, der Wiege des Theaters, etwas Ähnliches zu erfahren. Vor seinem inneren Auge verwandelten sich die Ruinen in ein belebtes Rund, dessen Ränge so dicht besetzt waren, dass kein einziger Athener mehr Platz fand. Auf hohen Schuhen deklamierten Schauspieler hinter eindrucksvollen Terrakotta-Masken *Oidipus* – die Geschichte des Mannes, der seinen Vater erschlagen und seine Mutter geheiratet hatte. Am Rande des Geschehens rauften sich die Schauspieler des Chores die falschen Haare während das Publikum den Atem anhielt. Er fuhr sich mit der Hand über die Augen, als das Trugbild von im Kreis wirbelnden Satyrn vor ihm aufstieg. Diese – halb Ziege, halb Mensch, Diener des Gottes Dionysos – erzählten scherzend und tollend Geschichten aus der griechischen Mythologie nach, um das Publikum nach den Tragödien wieder aufzuheitern. Er seufzte wehmütig. Wenn es doch nur möglich wäre, in der Zeit zurückzureisen und Zeuge eines solchen Stückes zu werden, dachte er. Wenn es ihm doch nur vergönnt wäre, den Männern, die er schon als Knabe bewundert hatte, von Angesicht zu Angesicht gegenüberzutreten!

Mühsam riss er sich vom Anblick des Theaters los und versuchte, aus den Trümmern unter sich die Stadt zu rekonstruieren, die er aus seinen Studien der griechischen Literatur kannte. Wie mochten die Bronze- und Eisengießereien ausgesehen haben, die sich um den Tempel des Hephaistos – des Gottes des Feuers und der Schmiedekunst – drängten? Und wie genau hatte sich die *Agora* –der Marktplatz – wohl an einem belebten Tag gezeigt? Hatten die Händler Zelte über ihren Waren errichtet? Oder sie unter freiem Himmel angeboten? Hatte es nach Schweinen gestunken? Und nach Mist? Oder hatte der Duft von Käse, Wein und Backwerk die Luft erfüllt? Hatte das Geschnatter der Sklaven und Frauen, die in einem der Brunnenhäuser Wasser holten, das tägliche Leben oder andere Dinge zum Inhalt gehabt? Die Neugier drohte, ihn zu zerreißen. Es war eine Schande, dass so wenig übrig war, in dem Männer wie er lesen konnten! Er lächelte traurig, als er den kleinen Flecken betrachtete, der von der einstmals stolzen Stadt übriggeblieben war. Wie eine Ansammlung verängstigter Kinder drängten sich die schäbigen Häuser in die Schatten der Ruinen – als erhofften sie sich Schutz von den Geistern der Ahnen. Wie gut, dass die Athener sich ihm ergeben hatten. Was für eine Schande es gewesen wäre, diese Stätte der Kultur zerstören zu müssen! Sein Lächeln wurde fröhlicher, als er sich daran erinnerte, wie der Abt des Kaiseriani Klosters ihm bei seiner Ankunft die Schlüssel der Stadt übergeben hatte. Wenn doch nur alle Besiegten so vernünftig wären! Als Belohnung für diese Kapitulation hatte Mehmed den Abt und seine Mönche von der Kopfsteuer befreit, die alle Nicht-Muslime bezahlen mussten. Das Kloster selbst hatte lediglich eine Goldmünze im Jahr als Steuer zu entrichten, was im Vergleich zu dem, was andere Klöster bezahlten, so gut wie nichts war. Ein schüchternes Hüsteln ließ ihn ungehalten herumfahren und die Stirn runzeln. Als er jedoch die Knaben sah, die sich vor ihm mit Geschenken in den Staub warfen, verflog sein Unwille. Bewundernd strich sein Blick über die geschmeidigen Glieder der jungen Griechen, die ihn an Gazellen erinnerten. Es würde ganz bestimmt nicht sein letzter Besuch in dieser achtunggebietenden Metropole sein, dachte er und klatschte in die Hände. Scheu und unsicher kamen die Burschen daraufhin auf die Beine und hielten ihm mit gesenkten Köpfen die Kostbarkeiten entgegen, welche ihre Herren dem Eroberer sandten.

Kapitel 39

Der Fürstenpalast in Tirgoviste, August 1458

Zehra von Katzenstein wusste nicht, wie sie die endlos langen Stunden bis zum Morgengrauen überstehen sollte. Die Kammer, in der sie alleine in einem viel zu großen Bett schlief, war stickig und heiß. Nachdem sie sich immer wieder auf der Matratze hin- und hergewälzt hatte, warf sie schließlich die dünne Decke ab und setzte sich auf. Das leichte Nachthemd klebte an ihrem Körper. Ihre Zunge fühlte sich pelzig, ihr Mund ausgetrocknet an. Durstig griff sie nach dem verdünnten Wein auf ihrem Nachttisch und hob den Becher an die

Lippen. Aber das Getränk schien ihren Durst nur noch zu verstärken anstatt ihn zu lindern. Nach einem weiteren tiefen Schluck stellte sie das Gefäß wieder ab, wischte sich die verschwitzten Haare aus der Stirn und versuchte, einen Lufthauch zu erspüren. Allerdings ohne Erfolg. Mit nackten Füßen tapste sie schließlich über den Holzfußboden zu dem hohen Rundbogenfenster, das sie mit Mühe aufstemmte. Das Quietschen der Angeln kreischte durch die totenstille Nacht. Sie sah, wie einer der Wächter im Hof misstrauisch den Kopf und die Fackel hob. Da allerdings eine knorrige Eiche dicht an der Palastmauer stand, konnte der Mann sie vermutlich im Dunkeln nicht sehen. Wenig später wandte er seine Aufmerksamkeit wieder dem gesicherten Tor zu. Obgleich es draußen nur wenig kühler war als im Palast, verspürte Zehra ein wenig Linderung, als eine kaum wahrnehmbare Brise über ihre bloßen Arme strich. Die Nacht roch nach Staub und dem Versprechen von Regen, das vermutlich auch dieses Mal nicht gehalten werden würde. Seit Wochen hofften die Bauern auf eine Unterbrechung der Dürre. Doch die Hitze schien sich in der Tiefebene festgesetzt zu haben. Während der Schweiß auf ihrer Haut langsam trocknete, genoss Zehra die frische Luft und ließ die Augen zum Himmel wandern. Dieser war sternenklar, und über der Spitze des Turnul Chindiei stand ein sichelförmiger Mond am Firmament. Gerade als Zehra den Blick abwenden wollte, huschte eine Fledermaus vorbei. Sie fuhr erschrocken zusammen. Warum sie sich seit ihrer Kindheit vor den lautlosen Jägern der Nacht fürchtete, begriff sie selbst nicht. Keinen Augenblick glaubte sie, dass es sich bei ihnen um Geschöpfe des Teufels handelte. Aber dennoch machten ihr diese beinahe unsichtbaren Kreaturen Angst.

Als der ersten Fledermaus eine zweite folgte, wich sie vom Fenster zurück und rang mit sich, ob sie eine Kerze entzünden sollte. Einerseits würde das Licht die Nacht und das Warten verkürzen; andererseits würde die Flamme allerhand Insekten anlocken. Auf keinen Fall wollte sie mit einem hässlichen Stich im Gesicht vor den Altar treten, um endlich Vlads Frau zu werden. Wenn doch nur bald der Morgen grauen würde! Sie ließ sich auf einen Stuhl sinken und zog die Beine unter ihr Gesäß. Wie lange würde es noch dauern, bis die Sonne aufging? Das Verlangen, das in ihr brannte, war überwältigend. Ihre Augen sahen tanzende Muster, wo nichts war, außer Dunkelheit. Sie malte sich aus, wie ihr Leben in Zukunft aussehen würde. Es war einfach zu viel für ihren Verstand, sich vorzustellen, dass sie dem Mann, den sie über alles in der Welt liebte, bald angetraut sein würde; dass es schon in wenigen Stunden keine Sünde mehr sein würde, wenn sie sich liebten. Sie legte die Rechte auf ihren Bauch und flüsterte: »Deine Geburt wird durch nichts befleckt sein.« Obgleich sie so glücklich war wie schon lange nicht mehr, spürte sie Tränen in ihren Augen aufsteigen. Am liebsten hätte sie nach einer ihrer Zofen – der quirligen Floarea – gerufen und sich von ihr die Zeit und den leisen Anflug unangemessener Schwermut vertreiben lassen. Allerdings schlief das Mädchen zusammen mit zwei anderen jungen Frauen tief und fest in der angrenzenden Kammer. Zehra wollte sie nicht wecken – hielt der kommende Tag doch schon genug Aufregung für alle bereit. Eine Zeit lang spielte sie mit dem Ring an ihrem Finger, bis ihre Gedanken irgendwann zu Carol wanderten. Sie wusste nicht, ob sie sich irrte, aber irgendwie hatte sie das Gefühl, dass ihr Sohn und ihr Bräutigam sich inzwischen besser verstanden. Aus den Blicken, mit denen Vlad den Knaben bedachte, schien weniger Strenge und mehr Stolz zu sprechen. Das lag vermutlich daran, dass sein Sohn schon fast ein junger Mann war. Ein Lächeln stahl sich auf ihr Gesicht, als sie an das würdevolle Gesicht dachte, mit dem Carol sie begrüßt hatte. Zwar war die kindliche Unsicherheit unter der Maske der Ernsthaftigkeit zu erkennen gewesen. Aber Zehra hatte das Spiel mitgespielt und sich von ihm in den Palast führen lassen. Nicht mehr lange, und er würde sie überragen, dachte sie.

Ein Seufzen baute sich in ihr auf. War er nicht vor kurzem noch ein hilfloser Säugling gewesen, der sich an ihr festgeklammert hatte? Wie war er nur so schnell so erwachsen geworden? Lag es daran, dass er das Kloster verlassen hatte und von einem der Bojaren ausgebildet wurde? Sie schüttelte den Kopf, als sie sich daran erinnerte, wie er mit kaum fünf Jahren darum gebettelt hatte, Latein lernen zu dürfen. Während die anderen Knaben im Kloster alles dafür gegeben hätten, im Freien herumtollen zu können, hatte Carol Wissen aufgesaugt, für das er eigentlich noch viel zu jung war. Wie würde er sich wohl verändern, wenn sein Vater ihn zum Knappen ernannte?

»Er ist mein Sohn«, hatte dieser gesagt, »und als mein Sohn wird er manche Dinge früher tun müssen als die einfachen Burschen.«

Zehra ließ den Seufzer entweichen und bedeckte ihren Bauch mit beiden Händen – als könne sie das ungeborene Leben dadurch vor dem beschützen, was es in der Welt erwartete. Sie zog die Beine unter ihrem Körper hervor und lehnte sich mit dem Hinterkopf an das Polster des Stuhls. Es nützte nichts, sich das Gehirn über die Zukunft zu zermartern. Das hatte sie in den vergangenen Jahren gelernt. Die Dinge kamen niemals so, wie man sie sich wünschte, sondern stets und immer anders; beinahe als könnte das Schicksal es nicht zulassen, dass man es vorhersah oder gar beeinflusste. Eine Weile starrte sie einfach nur geradeaus in die Dunkelheit und lauschte auf die Stille vor dem Fenster. Dann, als ihre Lider allmählich schwer wurden und sich ein Gähnen ankündigte, streckte sie sich, kam auf die Beine und tastete sich zurück zu ihrem Bett. Sie würde versuchen, noch ein wenig zu schlafen. Wenn sie die nächsten Stunden mit Grübeln zubrachte, sah sie am Morgen gewiss nicht so aus, wie sie es sich wünschte! Auch wenn sie nicht schlafen konnte, tat die Ruhe ihrem Körper und ihrem Geist sicherlich gut. Da die Luft im Raum durch das offene Fenster inzwischen erträglicher war, sah sie davon ab, es wieder zu schließen und schlüpfte wenig später zwischen die leichten Laken. Selbst wenn sie schwitzte, fühlte sie sich ohne Decke ungeschützt und angreifbar – den unsichtbaren Mächten der Nacht hilflos ausgeliefert. Sobald sie die Beine von sich gestreckt und sich in den Kissen zurechtgekuschelt hatte, senkte sich Müdigkeit auf sie herab. Es dauerte keine fünf Minuten, bis sie ins Reich der Träume abglitt.

Als sie zwei Stunden später aus dem Schlaf auffuhr, kämpfte ihr Bewusstsein einige Herzschläge darum, zu verstehen, was sie geweckt hatte. Ob es ein Traum war, der sie mit hämmerndem Herzen die Augen aufschlagen ließ. Oder ob etwas anderes das Gefühl der Panik auslöste. Der Eindruck, es säße jemand auf ihrer Brust, nagelte sie in den Kissen fest und ihr Puls drohte, sich zu überschlagen. Einige Augenblicke lang war sie zu keiner Regung fähig. Dann blinzelte sie heftig und sah sich desorientiert in der Finsternis um. Zuerst konnte sie nichts ausmachen. Aber dann löste sich ein Schatten vom Fenster. Sie erschrak bis ins Mark. Als würde die Gestalt über dem Boden schweben, näherte sie sich mit fließenden Bewegungen – unheimlich beleuchtet vom kalten Licht des Mondes. Lediglich ein bleich schimmerndes Oval verriet, dass es sich um einen Menschen mit einem Gesicht und nicht um einen Geist handelte, der sie heimsuchte. Verwirrung lähmte ihre Sinne. Ehe Zehra begreifen konnte, was die Anwesenheit eines Eindringlings zu bedeuten hatte, legte sich eine Hand auf ihren Mund.

»Du hättest bleiben sollen, wo der Teufel dich versteckt hatte«, zischte eine Stimme dicht an ihrem Ohr.

Ein Schrei baute sich in Zehra auf. Dieser blieb ihr allerdings im Halse stecken, als sie einen harten Schlag in den Unterleib verspürte, der sie zu spalten drohte. Glühender Schmerz schoss durch ihren Körper. Sie versuchte den Mund zu öffnen, doch immer noch verschlossen erbarmungslose

Finger ihre Atemwege. Daher brachte sie nicht mehr als ein ersticktes Wimmern zustande. Während der Schmerz sich in ein wildes Tier verwandelte, das sie von innen heraus zerfetzte, spürte sie warme Feuchtigkeit ihre Seiten hinabströmen. Ein seltsam gurgelndes Geräusch erfüllte den Raum und als sie bemerkte, dass sie zu schwach war, ihre Arme zu bewegen, begriff Zehra. Wie damals, als sie in die eisigen Fluten der Donau gestürzt war, griff etwas nach ihr und zog sie hinab in eine allumfangende Dunkelheit, die ihre Sinne betäubte und sie mit sich davontrug. Barmherziger, sei meiner Seele gnädig, dachte sie, bevor sie das Bewusstsein verlor.

Kapitel 40

Der gellende Schrei, der durch die Gänge des Fürstenpalastes hallte, war so markerschütternd, dass sowohl Vlad als auch Carol zusammenzuckten. Erst vor wenigen Minuten hatte die Sonne den Weg über den Horizont gefunden. Der Himmel vor den Fenstern erstrahlte in einem feurigen Orange. Wie der Tag zuvor, versprach auch dieser durch kein Wölkchen getrübt zu werden – was allerdings nur wenige Walachen mit Freude erfüllte. Vlad hingegen sah es als ein Zeichen des Himmels, das weithin verkündete, dass das Schicksal seiner Vermählung mit Zehra wohlgesonnen war. Was sollte jetzt dieser Tumult? Er runzelte die Stirn, da dem ersten Schrei weitere folgten. Die Tatsache, dass diese aus dem Westflügel des Palastes kamen, war Grund genug, dass er – plötzlich von einer überwältigenden Unruhe erfüllt – seinem Sohn den Schwertgürtel aus der Hand riss und ihn hastig umschnallte. »Komm!«, befahl er knapp und eilte hinaus auf den Korridor. Dort flackerten die Fackeln im Luftzug, den die rennenden Wächter auslösten, da sie keine zehn Schritte vor dem Woiwoden in die Richtung stürmten, aus der das Wehklagen erklang. Die

Schreie hatten sich inzwischen in Weinen verwandelt. Als Vlad sah, dass die Tür zur Kammer seiner zukünftigen Gemahlin sperrangelweit offenstand, fühlte er sich, als ramme ihm jemand einen Knüppel zwischen die Rippen. Wie von einem mächtigen Hieb getroffen, prallte er zurück und stieß einen Laut aus, der Carol erbleichen ließ. Mit weit aufgerissenen Augen sah der Knabe von Vlad zu der offenen Tür und zurück, bis auch er zu begreifen schien, was der Aufruhr bedeuten musste. Ohne auf Vlads Befehl zu warten, ließ er seinen Vater stehen und rannte in die Kammer. Die Stille, die dem Überschreiten der Schwelle folgte, war beinahe noch schlimmer als die Schreie. Unter Aufbietung nahezu übermenschlicher Kraft schüttelte Vlad die Erstarrung ab, zog sein Schwert und stürzte ebenfalls auf das Schlafgemach zu – bereit, jeden darin in Stücke zu schlagen.

Das Poltern, mit dem ihm kurz darauf die Waffe entglitt, hörte er kaum. Der Anblick, der sich seinen entsetzten Augen bot, ließ ihn wie von einem Puppenspieler gesteuert auf das Bett zustolpern. Vorbei an einer Handvoll erstarrter Zofen und der Gestalt seines ebenfalls regungslosen Sohnes taumelte er durch den Raum, der drohte, sich um ihn zu drehen. Ein Übelkeit erregender, süßlich-metallischer Gestank hing in der Luft, stach Vlad bis tief in die Nase und machte das Atmen nahezu unmöglich. Seine Schuhe gaben ein seltsames Geräusch von sich, als sie an dem klebrigen Film haften blieben, mit dem der gesamte Boden um die Bettstatt herum überzogen war. Verständnislos starrte er einen Moment lang auf die Dielen hinab. Nur um sofort darauf den Kopf wieder zu heben und den Blick auf das zu richten, was nicht möglich sein konnte. Wie im Traum streckte er die Hand nach der Gestalt aus, die blutbesudelt inmitten eines Schlachtfeldes aus zerwühltem Stoff lag, dessen Farbe Vlad für eine Sinnestäuschung halten wollte. Vorsichtig, als könne er sich daran verbrennen, berührte er die wächserne, kalte Haut des Trugbildes, das ihn ganz gewiss nur narren wollte. Anstatt sich in Luft aufzulösen und sich in die Frau zu verwandeln, ohne die er nicht mehr sein konnte, gab der Schrecken jedoch lediglich unter seiner Berührung nach und färbte seine Fingerspitzen rot. Eine Welle eisiger Furcht raste durch seinen Körper, machte ihm die Knie schwach und raubte ihm alle Kraft, die er jemals besessen hatte. Milchig und leblos starrten ihn die ehemals feurigen Augen seiner Geliebten an, deren Lippen grau und schlaff waren. Ihre einst schönen Gesichtszüge wirkten wie im Moment größten Entsetzens eingefroren und in ihrem Bauch klaffte eine furchtbare Wunde. Als habe ihr Mörder sie entweihen wollen, hatte er ihr das goldene Kruzifix vom Hals gerissen, das Vlad ihr erst vor wenigen Tagen geschenkt hatte. Dieses lag neben dem Bett auf dem Boden – inmitten der Lache aus halb getrocknetem Blut. Ehe er wusste, warum, hatte er sich gebückt, es aufgehoben und mit der Faust umklammert. Wenn er es nur fest genug an sein Herz presste, würde das Leben zurück in die leblose Hülle kehren und er konnte Hochzeit feiern!

Wie durch einen Nebelschleier nahm er das Schluchzen um sich herum wahr, das wieder angeschwollen war. Warum hörten die dummen Gänse nicht auf zu heulen? Vermutlich lag es nur an dem Geflenne, dass Zehras Seele sich nicht zurück in ihren Körper wagte!

»Haltet euer Maul!«, donnerte er und wirbelte zu den Frauen herum, die furchtsam zurückschreckten. »Haltet euer Maul!« Der Schwindel, der noch vor wenigen Sekunden gedroht hatte, ihn bewegungsunfähig zu machen, fiel von ihm ab. Zorn, so lodernd, wie er ihn noch niemals gespürt hatte, vertrieb alle anderen Empfindungen. Wie ein Besessener stürzte er sich auf das Schwert, das er hatte fallen lassen und umklammerte es mit so viel Kraft, als wolle er das Heft zerquetschen. Der tierische Laut, der sich seiner Kehle entrang, ließ die Frauen wimmernd noch weiter vor ihm zurückweichen.

Nur Carol verharrte wie zur Salzsäule erstarrt auf der Stelle und sah blicklos auf die Tote, während stumme Tränen seine Wangen hinabrannen. Eine der Zofen – ein etwa achtjähriges Mädchen – hatte seine Hand ergriffen und hielt sie fest umklammert. Ihr Gesicht glich einer Maske des Entsetzens und ihre Lippen bebten so heftig, dass ihr ganzer Kiefer zu zittern schien. Etwas in Vlads Kopf schien zu platzen, übergoss ihn mit Hitze und verwandelte die Wut in grenzenlosen Hass.

»Ihr verdammten Verräterinnen!«, tobte er und stürzte sich auf die ihm am nächsten stehende Frau, um ihr mit einem einzigen Schlag den Kopf abzuhauen.

Ihr Körper hatte kaum die hölzernen Dielen berührt, als auch die zweite Zofe wie eine abgeschlagene Blume zu Boden sackte. Wäre das dritte Mädchen nicht so dicht bei Carol gestanden, hätte es das gleiche Schicksal ereilt. So allerdings kehrte Vlad den Erschlagenen mit blutiger Waffe den Rücken und trat drohend auf die Wachen zu. Seine Schwerthand zitterte. Er musste mit der Linken nach seinem Handgelenk greifen, um zu verhindern, dass die Klinge ihm ein weiteres Mal entglitt.

Da in der Zwischenzeit weitere Männer eingetroffen waren, herrschte er zwei von diesen an: »Schafft sie in den Kerker!« Seine Stimme klang heiser – wie die eines Fremden. Das Tosen in seinen Ohren schwoll zu einem Dröhnen an, als er alle Kraft zusammennahm, um der Versuchung zu widerstehen, auch die Wächter an Ort und Stelle zu töten. Vielleicht war einer von ihnen der Mörder! Auch wenn ihre Kleidung unbesudelt war und Vlad die Blutspuren bei dem offenen Fenster registriert hatte, schrie ihm sein Verstand zu, dass sie die Schuld an Zehras Tod trugen.

Er presste die Kiefer aufeinander und kämpfte gegen das Ungeheuer an, das in ihm sein Haupt hob. Der Drang, wie ein Rasender zwischen die zur Hochzeit geladenen Gäste zu fahren, jedem einzelnen das Leben zu nehmen, war beinahe unwiderstehlich. Mit jedem Atemzug, den er tat und der seine Nasenlöcher mit dem Gestank des Todes füllte, wuchs das Bedürfnis, die gesamte Walachei für diese feige Tat büßen zu lassen. Allerdings hatte er noch genug Gewalt über sich, um zu begreifen, dass er seinen Zorn zügeln musste; ihn genauso kalt werden lassen musste, wie das Herz in seiner Brust, das für immer eingefroren war. Er hob die blutigen Hände an den Kopf – das Schwert immer noch in der Rechten – und presste die Ballen gegen seine Schläfen, um den Schmerz zu vertreiben. Am Rande seines Bewusstseins nahm er die Geräusche eines Handgemenges wahr, das Grunzen der Gefangenen, als diese grob davongezerrt wurden. Sie würden ihm alles sagen, was sie wussten! Wer auch immer für diesen hinterlistigen Mord verantwortlich war, würde noch an diesem Tag den qualvollsten Tod sterben, den ein menschliches Gehirn ersinnen konnte!

Carol wollte blinzeln, den Blick von dem schrecklichen Bild abwenden, aber etwas zwang ihn, weiterhin auf all das Rot zu starren. Wie gebannt folgte er jedem einzelnen Tropfen, der sich von dem riesigen Bett löste und mit einem leisen Geräusch auf den Boden fiel, um sich dort in einer Pfütze zu sammeln. Wo war all das Blut hergekommen? Diese Frage nagte an ihm, obwohl er die Antwort überhaupt nicht wissen wollte. Es war nicht seine Mutter, die dort lag! Dieses … *Ding* konnte nicht seine Mutter sein! Irgendjemand hatte seine Mutter aus dem Palast gebracht und durch diese Fremde ersetzt, deren Gesicht nicht einmal Ähnlichkeit mit dem von Carols Mutter hatte. Seine Mutter war schön und voller Leben! Nicht *so*! Er schluckte trocken und würgte, als der Geschmack von Blut in seinem Hals stecken blieb. Irgendetwas zerrte an seinem

Ärmel, Dinge geschahen um ihn herum, doch er nahm nichts wahr, außer der entsetzlichen Leere, die seinen Kopf füllte. Als habe etwas die Zeit verlangsamt, zog sich ein weiterer Blutstropfen in die Länge, bis er nach einer scheinbaren Ewigkeit erzitterte und ebenfalls auf den Dielen auftraf. Aus dem Augenwinkel nahm er Bewegung wahr, spürte die Berührung von Menschen, als sich Männer in den Raum drängten. Doch er weigerte sich, irgendjemanden anzusehen – aus Furcht, der Alptraum könne sich in Wirklichkeit verwandeln. Wenn er nur lange genug regungslos verharrte, würde ihn das Erwachen erlösen und er konnte mit all den anderen die Kirche betreten, deren Glocken soeben zu läuten begannen.

Kapitel 41

Ulm, September 1458

Sophia«. Utz' Stimme war flehend. Verzweiflung und Trauer brannten immer noch wie ätzender Schwefel in ihm, höhlten ihn aus und ließen ihn an manchen Tagen wünschen, Vlad Draculeas Scherge hätte ihn zu Tode geprügelt. Aber Sophias Schwermut ließ seine eigene Trauer wie etwas Falsches erscheinen. Etwas Halbherziges, das noch nicht einmal die Oberfläche des Elends durchdrungen hatte, in dem Sophia gefangen war. Seit seiner Rückkehr – seitdem sie ihn mit den Fäusten bearbeitet und ihn mit gotteslästerlichen Beschimpfungen bedacht hatte – war nicht ein einziges Wort über die Lippen seiner Gemahlin gekommen. Jedenfalls keines, das nicht an den Allmächtigen gerichtet war. Nachdem ihre verzweifelte Wut abgeklungen war, schien sie in einen Abgrund gestürzt zu sein, der tiefer war, als alles, was Utz sich jemals hatte vorstellen können. Wenn sie nicht im Bett blieb – betäubt von der Arznei, nach der sie ständig verlangte – vergrub sie sich in der Kammer mit dem Hausaltar. Dort lag sie manchmal von morgens bis abends auf den Knien, ohne auch nur einen einzigen Bissen zu sich zu nehmen. Auch heute kauerte sie vor dem geschnitzten Kruzifix und murmelte Unverständliches. Ihre roten Locken waren zerzaust und standen wild von ihrem Kopf ab. Die Fucke, deren ehemals weißer Saum ausgetreten war, bedurfte dringend einer Wäsche.

»Sophia«, wiederholte Utz und hielt sich im letzten Moment davon ab, sie sanft an der Schulter zu berühren. »Dein Vater ist hier.« Die Worte schienen bitter zu schmecken, aber Hoffnung vertrieb die Bitterkeit so schnell, wie sie gekommen war. Zuerst hatte er Johann von Katzenstein vom Hof prügeln wollen, als dieser ans Tor geklopft hatte; wollte die Drohung, ihn ins Narrenhaus werfen zu lassen, wahr machen. Doch dann war ihm ein Gedanke gekommen, der ihn alle Feindschaft vergessen ließ – wenigstens für den Moment. Vielleicht war der Hass auf Johann so groß, dass er den Panzer sprengte, in dem Sophia gefangen war.

»Als Ihr fort wart, hat er sie mehrmals aufgesucht«, hatte der Verwalter Thomas Utz wissen lassen. »Aber sie hat ihn jedesmal fortgeschickt«.

Der Zorn hätte ihn um ein Haar zu einer Dummheit verleitet. Allerdings war ihm schnell klar geworden, dass die Stadtwache ihn als Mörder verhaften würde, wenn er Johann von Katzenstein erschlug. Dann konnte er Sophia nicht *die* Stütze sein, die er geschworen hatte zu sein.

»Ich weiß, dass Ihr mich am liebsten umbringen würdet«, hatte der Besucher zu Utz gesagt, »aber ich bin hier, um Euch einen Vorschlag zu unterbreiten.« Den Vorschlag wollte Utz nicht hören. Aber den Versuch, seine Gemahlin aufzurütteln, musste er unternehmen.

»Sophia«, versuchte er es erneut. »Dein Vater.«

Keine Regung verriet, dass sie ihn gehört hatte. Was sollte er tun? Sollte er Johann zu ihr führen und ihn mit ihr alleine lassen? Konnte er das verantworten? Oder war es besser, sie bei den Armen zu nehmen und hinab ins Untergeschoss zu führen wie eine Blinde? Denn so wirkte sie an manchen Tagen auf ihn: wie eine Frau, die ihr Augenlicht verloren hatte und durch ein finsteres Tal irrte. Er zog unschlüssig die Oberlippe zwischen die Zähne. War der Wunsch, ihre zerbrochene Seele durch diese Begegnung zu kitten, ein frommer, der nichts bringen würde, als einen noch vollkommeneren Rückzug in das Schneckenhaus der Trauer? Einige Momente lang stand er ratlos im Raum und spielte die unterschiedlichen Möglichkeiten durch. Dann wischte er alle Zweifel beiseite und beschloss, ihr aufzuhelfen und sie tatsächlich mit *dem* Mann zu konfrontieren, den sie vermutlich noch mehr hasste, als ihn selbst. Er hatte kaum ihren Arm umfasst, als ein Schaudern durch ihren Körper lief und sie sich mit einem Schulterzucken von ihm befreite. Mit verschlossener Miene, die Augen fest auf den Boden geheftet, erhob sie sich aus eigener Kraft und kehrte dem Altar den Rücken. Auf unsicheren Beinen ging sie auf die Tür zu und zögerte, ehe sie die Hand auf den Knauf legte. Etwas schien in ihrem Kopf vorzugehen – die Falten um ihren Mund vertieften sich. Ihr Atem ging heftiger.

Nachdem sie einige Sekunden lang auf die Hand am Knauf gestarrt hatte, überraschte sie Utz mit einem knappen: »Führ ihn ins Kontor.«

Zuerst wollte Utz protestieren. Doch dann tat er, wie geheißen und eilte die Treppen hinab, um den Katzensteiner zu holen. Dieser hatte einen Knaben dabei, der etwa im gleichen Alter war wie Hans und Jakob. Als Johann Utz kommen sah, schob er den Jungen allerdings beiseite und gab ihm den Befehl, sich zu den Pferden zu trollen. Der Anblick des Burschen versetzte Utz einen Stich ins Herz. Er schwor sich, endlich seinen Vorsatz in die Tat umzusetzen. Seit seiner Rückkehr hatte er Jakob erst ein einziges Mal gesehen. Froh darüber, dass dieser inzwischen ganz bei Hans Multscher wohnte, mied er den Kontakt mit seinem Sohn, weil es genauso war, wie er befürchtet hatte: Jeder Blick in Jakobs Augen war, als blicke er in das Gesicht seines toten Sohnes. Die erste Begegnung mit ihm hatte einen Teil der Erinnerungen zurück gebracht, die Utz für immer vergessen geglaubt hatte. Jede Nacht kämpfte sein Bewusstsein seitdem aufs Neue darum, das Erlebte tiefer und tiefer zu begraben, damit es ihn nicht für den Rest seines Lebens verfolgen konnte. Doch immer häufiger gaukelten ihm seine Träume vor, wieder in Ungarn zu sein – auf erfolgloser Suche nach seinem toten Sohn. Warum genügte es nicht, dass er sich Tag für Tag marterte mit dem, was geschehen war? Dass ihn die Schuld innerlich auffraß? Musste Gott ihn auch noch damit strafen, dass er den Anblick des einzigen Kindes, das ihm blieb, nicht ertragen konnte? Er fragte sich, ob es Sophia ähnlich ging. Auch sie ging Jakob seit der Messe für die Seele seines verstorbenen Bruders aus dem Weg. »Ich glaube nicht, dass er tot ist«, hatte der Knabe trotzig behauptet und sich damit eine Ohrfeige von seinem Vater eingehandelt. »Ich kann ihn spüren!« Die zweite Maulschelle führte lediglich dazu, dass er die Behauptung wiederholt hatte. Utz seufzte. Vermutlich tat Jakob nichts anderes als er selbst. Hatte nicht auch er sich viel zu lange vorgegaukelt, dass Hans noch am Leben war? Froh über die Ablenkung in Gestalt seines Schwiegervaters wies er diesem den Weg in den ersten Stock. Wenn sein Plan Erfolg zeigte, würde wenigstens wieder so etwas Ähnliches wie ein Alltagsleben Einzug in sein Haus halten. Wenn nicht … Daran wollte er gar nicht erst denken.

Obwohl Johann von Katzenstein gekommen war, um Profit aus dem Unglück zu schlagen, welches das Haus seines Schwiegersohnes offenbar heimgesucht hatte, erschrak er, als er seine Tochter sah. Einen Schritt von einem überladenen

Schreibpult entfernt stand sie vor einem bunt verglasten Fenster, dessen rechter Flügel geöffnet worden war. Die ordentlich aufgereihten Bücher, Geldsäckchen und Federkiele standen in starkem Gegensatz zu ihrer Erscheinung, die alles andere als standesgemäß war. Anstatt des sorgfältig geflochtenen und mit einer Haube bedeckten Haares, fiel dies in einer unordentlichen Mähne bis auf ihre Hüften hinab. Die harten Linien, welche von ihrer Nase zu ihren Mundwinkeln liefen, erinnerten ihn unangenehm an seine Mutter Helwig. Ihre grünen Augen waren stumpf und ihre Stimme klang teilnahmslos.

»Warum kannst du mich nicht in Ruhe lassen?«, fragte sie. Doch den Worten fehlte die Schärfe.

Wie ein Jäger auf der Spur seiner verletzten Beute, witterte Johann, dass er den richtigen Zeitpunkt gewählt hatte. Wenn er jetzt klug agierte, würde es bald niemand mehr wagen, seinen Sohn auszulachen. Seine Augen zuckten zu Utz, dessen Bereitwilligkeit ihn überraschte. Sicher, dass sein Schwiegersohn ihn bedrohen oder gar festsetzen würde, hatte er vorsichtshalber ein Dokument eingesteckt. Das er allerdings nicht benötigen würde, wenn er die Situation richtig einschätzte. Offenbar war es nicht erforderlich, den Vorschlag zu machen, zu dem er sich widerwillig durchgerungen hatte. Somit würde das von Utz unterzeichnete Papier, mit dem dieser auf das Scheidungsrecht verzichtet hatte, weiterhin in seinem Besitz bleiben! Er verkniff sich ein zufriedenes Lächeln und sah von Sophia zu Utz.

»Ich weiß, dass ich in diesem Haus nicht willkommen bin«, hub er schließlich an. »Aber ich wollte euch mein Mitgefühl ausdrücken.« Er sah, dass es Utz Kraft kostete, nicht abfällig zu schnauben. Folglich richtete er seine volle Aufmerksamkeit auf Sophia. »Wenn ich könnte, würde ich dir deinen Sohn zurückgeben«, sagte er leise und trat auf sie zu, bevor sie etwas erwidern konnte. Ohne auf Utz zu achten, tat er etwas, das ihm nicht nur die Berechnung diktierte: Er zog sie in seine Arme und drückte ihren Kopf an seine Brust.

Zuerst fühlte sie sich an, wie eine gelenklose Puppe. Doch dann verkrampfte sich ihr Körper. Sie begann zu zittern und schließlich schlang sie mit einem Schluchzen die Arme um ihn. Wie ein Kind klammerte sie sich an ihm fest, presste die Nase in den Stoff seines Mantels und ließ den Tränen freien Lauf. Zu seinem Verdruss wurde Johann die Kehle eng, als er mit der Rechten über ihren Rücken strich und bemerkte, wie zerbrechlich sie geworden war.

»Es wird alles gut«, murmelte er – die Worte wiederholend, mit denen er sie vor langer Zeit auf Burg Katzenstein immer wieder getröstet hatte. Obschon er sich mit Zähnen und Klauen dagegen wehren wollte, überkam ihn ein überwältigendes Mitgefühl für seine Tochter, die sich immer näher an ihn drängte. Als wolle sie sich in ihm verkriechen, vergrub sie das Gesicht in seiner Kleidung und krallte die Hände so tief in den Stoff, dass er ihre Fingernägel spüren konnte. Entsetzt bemerkte er, dass auch ihm die Augen feucht wurden. Es kostete ihn alle Kraft, dieses Zeichen der Schwäche zurückzudrängen.

»Oh mein Gott, Vater«, schluchzte Sophia. »Hilf mir, bitte hilf mir!« Die Krämpfe, die sie schüttelten, wurden immer heftiger.

Johann fürchtete, ihr wehzutun, wenn er sie noch fester in die Arme schloss. Das, was er versucht hatte, sich einzureden, seit er sie zu der Heirat mit Utz gezwungen hatte, entpuppte sich in diesem Moment als lahme Lüge. Er konnte sein Herz nicht gegen sie verhärten und sie nur als Mittel zum Zweck sehen. Sie war seine Tochter! Der Schmerz in seiner Brust hatte nichts damit zu tun, dass ihre Fingernägel Male auf seiner Haut zurückließen. »Es wird alles gut«, hörte er sich erneut sagen, »Es wird alles gut.«

Eine halbe Stunde später befand er sich auf dem Heimweg. Sowohl sein Kopf als auch sein Herz fühlten sich seltsam leicht und schwer zugleich an. Er konnte sich nicht daran erinnern, wann er sich das letzte Mal seiner Gefühle so unsicher gewesen war. Mit dem Abstand zu Sophia ebbte die überwältigende Empfindung ab, die ihn ergriffen hatte, als sie sich an ihm festgehalten hatte wie eine Ertrinkende. Er schalt sich einen sentimentalen Einfaltspinsel. Gewiss, sie war seine Tochter und er liebte sie. Aber ein Blick auf den Knaben an seiner Seite sagte ihm, dass seine Verantwortung bei Johannes lag. Sophia war eine erwachsene Frau! Wie damals, kurz nach der Zwangsheirat, redete er sich ein, dass sie es weitaus schlimmer hätte treffen können. Ihr Gemahl war weder ungestalt noch bucklig. Hätte Helwig sie damals mit dem langweiligen Schreibersohn verheiratet, sähe ihr Leben sicher noch düsterer aus. Die Gefühle waren Utz von Katzenstein deutlich ins Gesicht geschrieben gestanden. Wenn er sie nur halb so sehr liebte, wie Johann vermutete, dann würde ihr Gemahl ihr irgendwann über den Verlust ihres Kindes hinweghelfen. Er wandte den Kopf und betrachtete seinen Sohn, der deutliche Spuren der Prügelei im Gesicht trug, von der Seite. An seiner Stirn prangte eine verschorfte Platzwunde und beide Augen waren von lilafarbenen Schatten eingerahmt. Seine Nase war noch immer leicht geschwollen. Allmählich fragte sich Johann, ob er sie nicht vom Bader hätte richten lassen sollen. Seine Hand wanderte zu seiner eigenen Nase, die ihm im Laufe seines Lebens sicherlich ein Dutzend Mal gebrochen worden war. Er lächelte. Wenigstens wirkten die Gesichtszüge seines Sohnes dadurch weniger mädchenhaft.

Er wurde wieder ernst. Obwohl er sein Haus mit einem festen Vorsatz verlassen hatte, war er seinem Ziel noch keinen Schritt näher. Gewiss, Sophia schien wieder Vertrauen zu ihm zu fassen. Aber wie lange würde er warten müssen, bis er diese Karte gegen ihren Gemahl ausspielen konnte? Tage? Wochen?

Oder gar Monate? Wenn es ihm gelang, sich wieder ganz in ihr Herz zu schleichen, ihr die Last der Trauer zu erleichtern und sie zurück ins Leben zu führen, dann würde Utz von Katzenstein ihm sicher für immer und ewig dankbar sein. Allerdings schien dies ein hartes Stück Arbeit zu sein! Er schielte erneut zu seinem Sohn. Der Anblick der hängenden Schultern und des eingezogenen Kopfes ließen ihn leise seufzen. Die Zukunft seines Sohnes war es wert, dass er sich erniedrigte und vergaß, wer die Schuld daran trug, dass er seine Burg verloren hatte! Nicht mehr lange, dann würde Utz von Katzenstein ihn nicht nur freiwillig, sondern auch freudig für die Aufnahme in die *Gesellschaft mit Sankt Wilhelm* einführen. In *die* Adelsgesellschaft, deren Mitglieder Johann von Katzenstein vor über zehn Jahren ruiniert hatten. Er verzog das Gesicht zu einer grimmigen Grimasse. Vielleicht hatte er dann sogar Gelegenheit, es dem Grafen Ulrich von Helfenstein heimzuzahlen und ihn auf ähnliche Art und Weise zu demütigen. Diese Aussichten zauberten ein weitaus fröhlicheres Lächeln auf sein Gesicht. Er beschloss, seinen Stolz wenigstens solange im Zaum zu halten bis er erreicht hatte, was er wollte.

Kapitel 42

Euboea, September 1458

Radus Kopf dröhnte wie eine der Kesselpauken der Mehterhâne-Kapelle. Das Getöse der Musiker war wie ein Reibeisen, das seine entzündeten Nerven zu zerfasern drohte, wenn er nicht bald Ruhe fand. Die Sonnenstrahlen, die gleißend von den Helmen und Waffen der Reiter zurückgeworfen wurde, stachen wie tausend Nadeln in sein Gehirn und ließen ihn wünschen, es wäre finstere Nacht. Jeder Schritt seines Reittieres verursachte ein kleines Erdbeben in ihm. Er fragte sich, warum Mehmed scheinbar frisch und munter im Sattel seines Vollblutes thronte. Kein Zucken, kein Zusammenkneifen der Augen, keine Regung in seinem Gesicht verriet, dass der Sultan mindestens genauso viel von dem schweren, süßen Wein getrunken hatte wie Radu. Die Säure, die seit dem Aufbruch aus Athen in Radus Magen brannte, wollte sich in regelmäßigen Abständen einen Weg ins Freie suchen. Doch seine Selbstbeherrschung wurde von den spöttischen Blicken, die einige der anderen Würdenträger ihm zuwarfen angestachelt. »Lustknabe« und »Schoßhündchen« nannten sie ihn hinter seinem Rücken. Allerdings wusste er nur zu gut, dass sie diese abfälligen Bemerkungen niemals laut genug aussprechen würden, damit er oder gar der Sultan sie ahnden konnten. Auch am vergangenen Abend waren ihm die missfälligen Blicke nicht entgangen, als er den Palast in den Propyläen betreten hatte, in dem Ömer Beğ und der Sultan residierten. Nach einem Abend voller Ausschweifungen waren Mehmed und er schließlich in einen Berg aus weichen Kissen gesunken, um sich leidenschaftlich zu lieben. Die antike Stadt schien etwas in dem Beherrscher der Gläubigen befreit zu haben, das er sonst verbarg; schien ihn lebensfroh, sogar fast leichtsinnig zu machen. Ein Charakterzug, der Radu mit noch mehr Begierde erfüllte, als er ohnehin schon für seinen Gül-jüz empfand. »Morgen werden wir die Insel Euböa besuchen«, hatte Mehmed trunken versprochen. »Ich werde endlich Aulis sehen, den Hafen, aus dem die Griechen in den Krieg gegen Troja aufgebrochen sind.« Seine Augen hatten geleuchtet. Wie so oft hatte Radu sich über den Feuereifer gewundert, den der Sultan an den Tag legen konnte, wenn es um die griechische Dichtkunst ging. Diese Liebhaberei und seine Begeisterung für die christlichen Reliquien, welche er in Edirne hortete, sorgten immer wieder dafür, dass Radu sich ein Schmunzeln verkneifen musste. Ein eisiger Windhauch schien ihm ins Genick zu wehen, als er sich ausmalte, was geschehen würde, wenn sein Gül-jüz bemerkte, dass er ihn belächelte.

Wie immer hatte die Furcht eine aphrodisische Wirkung auf ihn. Allerdings verpuffte diese sofort wieder, als die Borubläser der Kapelle mit voller Lunge ins Horn stießen und sein Gehirn drohte, seinen Schädel zu sprengen. Zum bestimmt zwanzigsten Mal seit ihrem Aufbruch aus Athen griff er nach dem Wasserschlauch an seinem Sattel und trank gierig. Auch wenn es besser war, das Wasser mit etwas Wein zu vermischen, hatte er an diesem Morgen darauf verzichtet, da ihm allein die Vorstellung Übelkeit bereitete. Warum konnte der Sultan nur so viel trinken? Und warum musste Radu es ihm nur immer gleichtun? Die Frage zu beantworten war einfach, aber sich an die Antwort zu halten, sie als guten Vorsatz zu nehmen, offenbar schwieriger. Er versuchte, seinen dröhnenden Kopf zu ignorieren und richtete den Blick starr nach vorn auf das trutzige Schutztor der Stadt, die soeben vor ihnen auftauchte. Eine Zugbrücke überspannte den Euripos – die kaum einen Steinwurf breiten Meerenge, welche das Festland von der Insel Euböa trennte. Die Strömung dieser Meerenge, so sagte man, änderte mehr als ein Dutzend Mal pro Tag die Richtung, wodurch sie schon das Schicksal zahlloser Schiffe besiegelt hatte. In Erwartung des Sultans war die Zugbrücke herabgelassen worden, und nicht nur der venezianische *bailo* – der Gesandte Barbarigo – wartete an deren Ende auf die Ankömmlinge. Auch zahllose Bewohner der venezianischen Festung hatten sich versammelt, um den mächtigen Herrscher willkommen zu heißen. Diese hielten Palmwedel in den Händen. In ihren Gesichtern stand die Furcht vor dem Eroberer, dem beinahe die gesamte östliche Welt untertan war. Einige von ihnen fielen gar auf die Knie. Radu fragte sich, ob sie wussten, dass es nur noch eine Frage der Zeit war, bis Mehmed auch die venezianischen Festungen in Griechenland unterwarf.

Als er die Ehrfurcht in den Zügen des bailo las, erfüllte Radu ein plötzlicher Stolz, der so überwältigend war, dass er ihm den Atem stocken ließ. Was für ein erhabener Herrscher sein Gül-jüz war! Wenn sie sich im süßen Rausch des Weines liebten, war er fleischgewordene Lust, ein Liebhaber, dessen kundige Hände Radu in Verzückung versetzten. Aber in diesem Moment – in voller Rüstung und mit der Hand am Knauf seines Krummschwertes – wirkte er beinahe übermenschlich. Eine solch gewaltige Macht ging von ihm aus, dass es selbst die Gebäude der Stadt zu spüren schienen. Waren die Mauern vor wenigen Augenblicken noch abweisend und uneinnehmbar erschienen, glaubte Radu jetzt zu sehen, wie sie sich vor der osmanischen Bedrohung duckten. Er wusste, dass seine Augen ihm einen Streich spielten. Aber nichtsdestotrotz nahm auch er eine würdevollere Haltung an und vergaß die Nachwehen des Trinkgelages. Als wäre es das Selbstverständlichste der Welt, einem feindlichen Herrscher mit eintausend Bewaffneten Zutritt zu gewähren, wies der venezianische Gesandte dem Sultan den Weg zu seinem Palast. Dort fand sich Radu wenig später an einer überladenen Tafel wieder, auf der die unglaublichsten Köstlichkeiten lockten. Während er in eine Fasanenkeule biss, rief er sich die Lage und Stärke der Wachtürme, die Tiefe des Wallgrabens und die Bewaffnung der Garnison in Erinnerung. Am Abend zuvor hatte Mehmed ihn damit beauftragt, auf all diese Dinge zu achten, damit er sie berücksichtigen konnte, wenn er wiederkam, um die Stadt niederzuwerfen.

Teil 4

Kapitel 43

Der Fürstenpalast in Tirgoviste, Januar 1459

Wie so oft seit dem feigen Mord an der einzigen Frau, die er jemals geliebt hatte, lauschte Vlad Draculea auf das Rauschen des Blutes in seinen Ohren und wunderte sich, dass sein Herz überhaupt noch schlug. Er fragte sich, warum das Eis in seiner Seele nicht alles in ihm eingefroren hatte, so wie es alles Licht, das jemals in ihm gewesen war, für immer erstickt hatte. Mit Augen, die seit dem grauenvollen Tag vor nicht ganz einem halben Jahr nur noch den Tod und das Leid anderer sehen wollten, starrte er auf das hinab, was einmal menschliche Körper gewesen waren und empfand – nichts. Der gesamte Hof seines Palastes war gespickt mit Pfählen, auf denen die verwesten Überreste all derjenigen steckten, die sein Zorn getroffen hatte. Nachdem die Wächter selbst unter schlimmster Folter keinen Schuldigen preisgegeben hatten, war Vlad willkürlich unter die geladenen Hochzeitsgäste gefahren und hatte Männer, Frauen und Kinder gleichermaßen hinrichten lassen. Bis einer der Altbojaren sich vor ihm auf die Knie geworfen und gestanden hatte, gesehen zu haben, wie sich eine Gestalt aus Zehras Fenster auf den Baum davor geschwungen hatte. Wer die Person gewesen war, hatte er allerdings selbst dann nicht gestanden, als Vlad ihm einen seiner Augäpfel in den Mund gestopft hatte. Inzwischen fragte er sich, ob überhaupt einer der Gepfählten etwas gewusst hatte.

Sein Blick glitt über die von der Sonne ausgebleichten Knochen und er beschloss, dass es an der Zeit war, die Pfähle frei zu machen. Irgendwann würde es ihm gelingen, herauszufinden, wer Zehra getötet hatte, aber bis dahin musste er sich auf das konzentrieren, was bevorstand: Die rigorose Durchsetzung seiner innenpolitischen Absichten. Wäre er nicht so dumm gewesen, die Hochzeit vor dem endgültigen Sieg über seine Widersacher anzusetzen, hätte es keinen gedungenen Mörder gegeben! Es war ein grauenvoller Fehler gewesen, Zehra in den Palast zu holen – ein Fehler, für den er sein Leben lang bezahlen würde. Er beobachtete, wie der Wind in das Haar eines der Gepfählten fuhr und es um sein knochiges Antlitz tanzen ließ. Hätte er doch nur all seine Kraft auf die Vernichtung der alteingesessenen Bojaren verwendet! Dann würde er jetzt das Kind in den Armen halten, das mit Zehra gestorben war. Er keuchte auf, als eine dunkle Wolke des Hasses ihn ergriff. Mit Mühe vertrieb er die Erinnerung an ihren geschlachteten Leib und konzentrierte sich auf die Mordlust in seinem Herzen. Bei seiner Entscheidung, Zehra endlich zu seiner Gemahlin zu machen, hatte er sich von seinen Gefühlen leiten lassen. Das würde niemals wieder geschehen, so wahr ihm Gott helfe! Er ballte die Fäuste und stützte sich mit den Knöcheln auf dem steinernen Sims ab, während er seine Stirn an der Scheibe kühlte.

Bevor er die Wurzel allen Übels – die verräterischen Bojaren – ausreißen konnte, gab es Dringenderes, wenn auch nicht Befriedigenderes zu erledigen. Wollte er sich jemals auf die Probleme im Inneren seines Reiches konzentrieren, musste er den Machtkampf mit den Transsylvaniern endgültig für sich entscheiden. Die Zeit drängte! Seinen Spionen zufolge hatte Sultan Mehmed inzwischen beinahe ganz Griechenland besetzt, während sein Großwesir Mahmud Pascha Serbien endgültig niedergeworfen hatte. Wenn Vlad die Streitigkeiten vor seiner eigenen Tür nicht endlich beendete, würde auch die Walachei bald wieder dem Sultan huldigen müssen. Das würde er niemals zulassen! Daher hatte er befohlen, das Stapelrecht wieder einzuführen. Auch wenn er damit nicht nur die Kronstädter und Hermannstädter, sondern auch seinen Vetter

Stefan hart treffen würde. Dieser schmollte immer noch, weil Vlad im letzten Jahr den Schwarzmeerhafen Kilia besetzt hatte. Daraufhin hatte Stefan im Gegenzug den Kronstädtern Handelsprivilegien angeboten. Doch die Auswirkungen seines Vorgehens auf Stefan waren Vlad egal. Früher oder später würde sein Vetter wieder zur Besinnung kommen und genau wie die Bojaren begreifen, dass es nicht nur unklug, sondern selbstmörderisch war, sich mit dem Woiwoden der Walachei anzulegen! Er trat vom Sims zurück, verschlang die Finger ineinander und ließ seine Knöchel knacken. Dann kehrte er dem Fenster den Rücken und gab dem vor Angst bebenden Boten endlich den Befehl, auf den dieser wartete: »Lass verbreiten, dass sich walachische Händler bis auf weiteres aus Transsylvanien fernhalten sollen«, sagte er. »Dort wird es nicht mehr lange sicher sein.«

Zwei Wochen später befand sich Vlad Draculea in der Nähe eines kleinen Dorfes am Fuß der Karpaten, wo ein Kronstädter Kaufmannszug von seinen Männern angehalten worden war. Dessen Mitglieder hatten ihren Handel offenbar nicht ordnungsgemäß über die zugelassenen Märkte abgewickelt, um sich die Vermittlungs- und Stapelgebühren zu sparen. Daher hatten die walachischen Soldaten die Waren beschlagnahmt und Nachricht an den Fürstenhof geschickt, woraufhin Vlad Draculea unverzüglich aufgebrochen war, um ein Exempel zu statuieren. Ohnehin kochte eine ungeheure Wut in ihm, seit er erfahren hatte, dass Kronstadt den ausgewiesenen Prätendenten Dan zurückgerufen und ihn mit Waffen und Geld ausgestattet hatte. Schneller, als es der vereiste Untergrund eigentlich zuließ, trabte er auf den Flecken Erde zu, der schon bald Zeuge einer Strafaktion von biblischen Ausmaßen werden würde. Vlads neuer Knappe – der Sohn eines ihm blind ergebenen freien Bauern – hatte Mühe, mit ihm Schritt zu halten. Da er auf den Feldern seines Vaters groß geworden war, steckten Kraft und Ausdauer in ihm. Nachdem Vlad Carol zurück zu Grigore geschickt hatte, war Vlad gezwungen gewesen, sich einen anderen Burschen zu suchen. Mit dem strohblonden Toader schien er einen guten Griff getan zu haben. Stark wie ein Ochse und gehorsam wie eine Magd hatte der Bengel sich erst eine Tracht Prügel eingefangen, als er schüchtern nach einem Pferd gefragt hatte. »Du gehst zu Fuß, wie die anderen Knappen«, hatte Vlad ihn angeherrscht und ihm ein Dutzend Hiebe übergebraten, die der Junge ohne mit der Wimper zu zucken eingesteckt hatte. Seitdem lief er wie ein Jagdhund dicht neben dem Hengst seines Herrn her, auch wenn ihm am heutigen Tag allmählich die Luft auszugehen schien.

Ohne auf das Keuchen des Burschen zu achten, gab Vlad seinem Falben die Sporen, sobald er die beträchtliche Ansammlung zusammengetriebener Händler entdeckte. Umringt von walachischen Soldaten standen sie auf einer Wiese, deren dürre, gelbliche Grashalme hie und da durch den Schnee lugten. Ein winziges Gehöft in der Nähe lag totenstill da. Vlad vermutete, dass sich die Einwohner im nahen Wald verborgen hatten. Neben einem halb verfallenen Viehunterstand zitterten zwei Dutzend magere Ziegen in der klirrenden Januarkälte. Die Tatsache, dass die Bauern die Tiere zurückgelassen hatten, sprach Bände. Vermutlich hatten sie heimlich Handel mit den Durchziehenden getrieben und fürchteten nun die Rache ihres Fürsten. Vlad riss unsanft am Zügel seines Pferdes und brachte es neben dem Anführer der Soldaten zum Stehen.

»Wie viele sind es?«, fragte er und sprang aus dem Sattel. Der verharschte Schnee gab knirschend unter seinen Stiefeln nach. Ohne ein Wort drückte er Toader die Zügel in die Hand, zog die dicken Fellhandschuhe aus und packte den Griff seines Schwertes.

»Etwa sechshundert, Vodă«, erwiderte der Mann mit einer ehrerbietigen Verneigung. Seine Männer hatten die Gefangenen umzingelt und trieben sie immer wieder mit Schlägen von den Feuern zurück, an denen die Walachen sich wärmten. Wagen, Zugtiere und die Lasten der Träger waren von den Soldaten ans Ufer eines zugefrorenen Flüsschens gebracht worden, wo eine Abordnung Bewaffneter nach Versteckten suchte. Sie schienen gerade fündig geworden zu sein, da ein spitzer Schrei durch die Luft gellte. Mit offensichtlichem Vergnügen zerrten die Männer zwei junge Mädchen an den Haaren von einem überdachten Karren und warfen sie in den Schnee.

»Bringt sie her!«, befahl Vlad und verfolgte mit zusammengekniffenen Augen, wie die Bewaffneten seinen Anweisungen Folge leisteten. Weinend und mit eingezogenen Köpfen stolperten die jungen Frauen in seine Richtung. Sobald sie ihn erreicht hatten, fielen sie auf die Knie und hoben flehend die Hände.

»Bitte tut uns nichts, Herr«, schluchzte die ältere der beiden, deren blaue Augen und blondes Haar Vlad unangenehm an Elisabeta erinnerten. Ihr rundes Gesicht war von einer schlichten Schönheit, die vor langer Zeit vielleicht sein Herzen gerührt hätte. Einige Momente sah er auf sie hinab, während Gedanken durch seinen Kopf gingen, die er dort nicht haben wollte. Dann verschloss er seine Ohren vor ihrem Bitten, deutete mit dem Kinn auf die übrigen Gefangenen und wies die Soldaten an: »Zu den anderen! Dann nehmt allen die Kleider ab und treibt sie zum Flussufer!«

Das Geschrei, das sich erhob, sobald die Walachen taten wie geheißen, war ohrenbetäubend. Die Todesangst trieb einige der Händler zu tollkühnen Fluchtversuchen. Schon bald färbte sich der Schnee rot. Ein großer Teil der Transsylvanier – vor allem die wenigen Frauen und viele der Lehrlinge – wurden niedergestreckt wie Grashalme, als sie in alle Himmelsrichtungen davon spritzen wollten. Der Rest fand sich nackt und mit Wunden übersät am Flussufer wieder, wo Vlad einer Handvoll Soldaten befahl, Löcher in den gefrorenen Boden zu hacken. »Ihr geht und schneidet junge Birken«, herrschte er eine andere Gruppe an und weidete sich an der Furcht in den Augen der Todgeweihten. Diejenigen, die noch nicht durch Fesseln bewegungsunfähig gemacht worden waren, versuchten, dem Los, das ihnen blühte, zu entgehen. Aber lediglich einer geringen Anzahl Glücklicher gelang es, von den Walachen erschlagen – und somit schnell getötet – zu werden.

Die Übrigen wurden auf die Knie gezwungen. Sie begannen vor Kälte und Furcht zu schlottern. Es dauerte fast einen halben Tag bis die Birken gehauen und die Pfähle in die Löcher eingepasst waren. Das Schlagen der Äxte hallte von den nahen Bergen wieder und nicht einmal der Schnee schluckte das unheilvolle Stakkato. Sobald gewährleistet war, dass die Pfähle fest und sicher standen, wurden diese wieder aus ihren Löchern entfernt und mit Talg eingefettet. Inzwischen hatten schon viele der Gefangenen das Bewusstsein verloren, einige würden die Marter vermutlich nicht mehr erleben. Nichtsdestotrotz wurden sie von den Soldaten aus der Menge gezerrt und – einer nach dem anderen – auf die Pfähle gezogen. Ihr Gebrüll klang wie süße Musik in Vlads Ohren. War nicht jeder Einzelne von ihnen indirekt mit daran schuld, was mit Zehra geschehen war? Hatten die Transsylvanier durch ihre Politik der Thronprätendenten nicht dazu beigetragen, dass die Bojaren es immer noch wagten, sich gegen ihn zu stellen? Boten Kronstadt und Hermannstadt nicht vielen der abtrünnigen walachischen Adeligen Unterschlupf? Das Gebrüll schwoll zu solcher Lautstärke an, dass es gewiss sämtliche Tiere im Umkreis von zwanzig Meilen aus dem Wald vertreiben würde. Schon bald wirkte es, als sei das Ufer des Flüsschens von einem Zaun aus Menschen eingerahmt.

Viele Stunden weidete Vlad sich an der Pein der Händler, saugte ihr Leid in sich auf und hoffte, dass das Stillen seines Rachedurstes die Kälte in seiner Brust vertreiben würde. Doch als die Sonne unterging klang die Wut zwar allmählich ab; das Eis in seiner Seele blieb. Sobald seine Männer die Feuer für die Nacht entzündeten, wandte er dem blutigen Schauspiel den Rücken und begab sich in das verlassene Bauernhaus. Dort hatte Toader inzwischen für Ordnung gesorgt, hatte ein Feuer entzündet und Felle ausgebreitet, wo vorher nur Stroh am Boden gelegen hatte. In einem Kessel köchelte *ciorba de burta* – Kuttelsuppe – welche die Bäuerin vermutlich am Abend zuvor zubereitet hatte. Dazu lagen ein halber Brotlaib, Schinken und Zwiebeln auf dem blank polierten Tisch. Erst jetzt spürte Vlad, wie hungrig er war. Mit knurrendem Magen ließ er sich auf einem wackeligen Schemel nieder und löffelte wenig später ein Mahl, das besser schmeckte, als er gedacht hatte. Morgen würde er die Karren der Gefangenen nach Vorräten durchsuchen lassen, da er vermutlich noch einen oder zwei Tage auf dem Gehöft zubringen würde. Im Laufe des Nachmittags hatte er Anweisung gegeben, jeden einzelnen fremden Händler, der sich noch in der Walachei aufhielt, zu ihm zu bringen. Wenn diese – hoffentlich schon bald – eintrafen, würde er ein für alle Mal klar machen, wie töricht es war, sich gegen ihn zu stellen und seine Befehle zu missachten! Nachdem er eine zweite Schale der Suppe geleert und Toader auf die Suche nach Wein geschickt hatte, lauschte er weiter den Schreien der Gemarterten.

Kapitel 44

Zwei Tage darauf traf ein Zug zerschundener Transsylvanier ein, in dem sich weitere dreihundert Händler befanden. Die Waren hatten Vlads Wachen ihnen bereits abgenommen und in den jeweiligen Orten gelagert, in denen sie die Männer aufgetrieben hatten. Daher stolperten die Gefangenen zu Fuß vor den Pferden der Soldaten her – viele von ihnen offensichtlich geschwächt von der Anstrengung und durchgefroren, da ihre warmen Pelzmäntel auch zu der Beute des Woiwoden zählten. Entkräftet und furchtsam blickten sie sich an dem für gewöhnlich weitaus weniger bevölkerten Ort um. Vlad sah, dass sich einige von ihnen bekreuzigten. In der Nacht zuvor war Schnee gefallen, doch selbst dem Überzug aus reinem Weiß gelang es nicht, das Grauen zu verbergen, das auf die Händler wartete. Das Entsetzen in ihren Gesichtern bereitete Vlad ungemeine Genugtuung. Er wünschte, der Kronstädter Magistrat könnte seine Untertanen jetzt sehen.

»Nehmt ihnen alles ab, was von Wert ist«, sagte er zu dem Anführer der Soldaten. »Dann treibt sie in die Scheune und verrammelt die Ausgänge.« Weitere Pfähle zu errichten, war viel zu mühsam! Immerhin hatte er noch andere Dinge zu tun, als unverschämte Krämer zu bestrafen! Nur wenige der Gefangenen besaßen noch genug Kraft, um sich zu wehren. Allerdings reichte diese bei weitem nicht aus, um dem Schicksal zu entgehen, dass Vlad Draculea für sie ersonnen hatte.

Sobald das Tor verriegelt und die Fensterluken mit Brettern vernagelt waren, ließ Vlad sich eine Fackel geben und warf sie auf das strohgedeckte Dach der Scheune. Dieses fing mit einem leisen Knistern Feuer. Das Geräusch, das entstand, als weitere Fackeln durch die Luft pfiffen, versetzte Vlad für einen Moment nach Albanien zurück. Doch die Erinnerung blieb nicht lange. Als der Rauch begann, ihm die Luft zu rauben, suchte er hastig Abstand von dem brennenden Gebäude. Angefacht von dem schneidenden Ostwind züngelten die Flammen schon bald hoch in den bleigrauen Himmel. Kurz darauf begannen die ersten Rußflocken durch die Luft zu tanzen. Scheinbar heiter segelten diese zu Boden, vermischten sich mit Schnee und Eis oder legten sich auf Kleidung, Haut und Bärte der Walachen. Das leise Knistern schwoll zu einem Rauschen an, das selbst die

Hilferufe der Eingeschlossenen übertönte. Das trockene Holz des Gebäudes brannte wie Zunder. Als eine besonders starke Bö in die Flammen fuhr, griff das Feuer auf den Nachbarschuppen über. Es dauerte nicht lange, bis auch das Haupthaus lichterloh brannte. Die Hitze, die von der Feuersbrust ausging, war so gewaltig, dass Vlad und seine Männer das Schauspiel aus sicherer Entfernung beobachteten. Das Tosen des Feuersturms schlug die Raubvögel und Aasfresser in die Flucht, welche sich in der Nacht über die Toten hergemacht hatten. Der Rauchgeruch vermischte sich innerhalb weniger Minuten mit dem Gestank von verbranntem Fleisch. Vlad rümpfte die Nase und kehrte der Scheune den Rücken.

»Sammelt euch beim Fluss!«, befahl er. »Es wird Zeit, nach Tirgoviste zurückzukehren.« Dort gab es einiges zu tun – unter anderem Briefe an den Magistrat von Kronstadt und Hermannstadt zu verfassen, in dem er den beiden Städten mitteilte, dass weder ihre Händler noch ihre Waren jemals den Weg zurück über die Karpaten finden würden. Sollten die Ratsmitglieder dann immer noch nicht begreifen, was geschehen würde, wenn sie den Prätendenten Dan nicht endlich an Vlad auslieferten, konnte ihnen nicht einmal mehr Gott helfen! Er ließ sich von Toader in den Sattel stemmen. Sobald seine Männer bereit waren, gab er das Zeichen zum Aufbruch. Der Tross aus beschlagnahmten Karren war beinahe eine Meile lang. Vlad fragte sich, wie hoch der Wert der Waren wohl war. Langsam und schleppend wand sich die Schlange die schneebedeckte Straße entlang und binnen Kurzem fühlte Vlad die Kälte durch seine Kleider kriechen. Nach der Hitze des Feuers erschien ihm der Wind besonders unangenehm, da er selbst durch den dicken, pelzgefütterten Mantel pfiff. Dort, wo seine Wangen nicht von seinem Bart bedeckt waren, stachen winzige Eiskristalle nach seiner Haut, als es leise anfing zu schneien. Froh über die Körperwärme seines Hengstes legte er die behandschuhten Hände auf den Hals des Tieres, dessen Atem dampfend in der Luft hing. Das Morden hatte ein seltsam leeres Gefühl in ihm hinterlassen. Zuerst hatte ihn die Bestrafung der Händler mit ein wenig Genugtuung erfüllt. Doch jetzt, da der Ort des Strafgerichtes hinter ihm lag, fühlte er sich wieder genauso taub wie zuvor. Der Wunsch, die ganze Walachei für den Tod seiner Geliebten büßen zu lassen, flammte ohne Vorwarnung wieder in ihm auf. Doch es gelang ihm, ihn zu unterdrücken. Nicht jeder seiner Untertanen trug Schuld an dem, was geschehen war. Nur der Teil, der seine absolute Macht als Woiwode in Zweifel zog und daher für fruchtbaren Boden sorgte, den die Adelspartei für die Saat ihrer Ränkespiele nutzen konnte. Ein Entschluss keimte in ihm auf. Wenn er das Tauziehen für sich entscheiden und ein für alle Mal den Sieg über seine Feinde davontragen wollte, durfte er vom heutigen Tag an keinen noch so kleinen Verstoß gegen Recht und Ordnung mehr zulassen. Egal, ob es sich um den Diebstahl eines Brotlaibes, um den Ehebruch einer Krämerin oder um den versuchten Sturz des Woiwoden handelte – keines dieser Vergehen durfte ungestraft bleiben! Hätte er von Anfang an härter gegen seine Untertanen durchgegriffen, würden im Palast Weib und Kind auf ihn warten.

Er zwang sich, die Gedanken auf etwas anderes zu richten. Doch keine zehn Meilen später veranlasste ihn etwas, die Hand zu heben – als Zeichen, dass seine Truppen anhalten sollten. Auf einem gefrorenen Feld am Rande des Waldes war ein Bauer damit beschäftigt, das löchrige Dach eines Stalles auszubessern. Sein zu kurzer Rock ließ Einblicke zu, die Vlads Auge beleidigten. Nicht nur sein blankes Hinterteil blitzte über den Bund der blauen Hose; auch sein fetter Bauch war zu sehen, als er sich neugierig zu den Reitern umwandte. Warum der Mann in solch leichter Kleidung seine Arbeit verrichtete, war Vlad ein Rätsel. Allerdings versetzte es ihn in Rage, dass die Frau des Burschen offenbar zu faul war, ihrem Mann längere Hemden und Röcke zu nähen. Er presste die Kiefer aufeinander. Er würde gleich hier und jetzt damit beginnen, seinen Vorsatz in die Tat umzusetzen. Ein Weib, das ihren Mann dergestalt vernachlässigte, verletzte alle Regeln des guten Anstandes! Einem Fürsten, der so etwas zuließ, würde mangelnde Stärke nachgesagt werden – und das nicht zu Unrecht. Mit grimmiger Entschlossenheit ließ er sich aus dem Sattel gleiten.

»Ihr kommt mit mir«, sagte er zu den ersten zehn Reitern. »Du schlägst einen Schössling«, trug er Toader auf, der augenblicklich davonstob.

Als der Bauer erkannte, wer sich ihm da näherte, ließ er wie vom Donner gerührt sein Werkzeug fallen und sank auf die Knie. »Vodă«, hauchte er und senkte den Kopf, als Vlad den Blick direkt auf ihn richtete.

»Wo ist dein Weib?«, fragte Vlad. »Antworte!«, herrschte er den Knienden an, da dieser nicht sofort etwas erwiderte.

»Im Haus«, stammelte der verängstigte Mann schließlich.

»Hol sie!«, sagte Vlad an einen seiner Soldaten gewandt. Wenig später schleifte dieser eine ausgezehrte Frau an den Haaren herbei. Vor Vlad angekommen, warf er sie zu Boden und versetzte ihr einen Hieb in die Rippen, als sie sich aufrappeln wollte.

»Wieso hat dein Mann ein zu kurzes Hemd an?«, fragte Vlad gefährlich ruhig. »Habt ihr kein Geld, um euch Stoff zu kaufen?«

Die Frau sah hilfesuchend zu ihrem Mann, doch dieser schwieg. »Herr«, hub sie schließlich furchtsam an, »es ist ein altes Hemd.« Sie wollte etwas hinzusetzen, aber Vlad schnitt ihr mit einer ungeduldigen Geste das Wort ab.

»Eine Frau, die ihrem Mann die häuslichen Dienste verweigert, ist nicht besser als eine Verbrecherin!«

Alle Farbe wich aus ihrem Gesicht, als Toader mit einem Schössling zurückkehrte, von dem er im Laufen die letzten Zweige abschlug.

»Die Strafe für Verbrechen ist der Pfahl!«, zischte Vlad.

»*Vodă*«, rief ihr Mann aus und kroch auf den Knien näher. »Ich bitte Euch, verschont sie! Sie ist mein Weib und eine gute Frau.«

Vlad nickte einem seiner Soldaten zu, der dem Bauern daraufhin einen Schlag ins Gesicht versetzte.

»Wenn sie eine gute Frau wäre, dann würde man deinen Hintern nicht schon von Weitem sehen!«, knurrte der Bewaffnete.

»Gib ihm einhundert Hiebe«, befahl Vlad, »dann denkt er in Zukunft daran, sich zu kleiden, wie es sich gehört.«

Während die Wache dem Mann Hemd und Hose vom Leib riss und begann, auf ihn einzudreschen, zwangen vier weitere Soldaten seine Frau nieder, entblößten sie ebenfalls und trieben den frisch gehauenen Pfahl in sie hinein. Vlad wandte sich brüsk ab und stapfte zurück zu seinem Pferd. Das Gebrüll der Bauersleute lockte die Mägde und Knechte des Bauern aus den Katen. Doch sobald sie sahen, was vor sich ging, verschwanden sie schneller, als Mäuse, die den Schrei eines Bussards gehört hatten. Nichts, aber auch gar nichts, würde er mehr ungeahndet lassen, dachte Vlad grimmig. Seine Untertanen sollten vor Furcht erzittern, wenn sie ihn sahen! Sollten zu Gott flehen, dass sie seinen Zorn nicht auf sich zogen! Dann würde es ihm gelingen, zu absoluter Macht zu gelangen! Nur, wer absolute Macht besaß, war in der Lage, seine Feinde zu zerschmettern! Er gab seinem Hengst die Sporen und preschte davon, ohne auf seine Begleiter zu warten. Hätte er absolute Macht besessen, als er zu seiner Hochzeit geladen hatte, dann … Er brach den Gedanken ab, beugte sich tiefer über die Mähne seines Falben und gab sich dem Rausch der Geschwindigkeit hin.

Als er einen Tag darauf das Stadttor von Tirgoviste durchritt, hatte sich sein Vorsatz verfestigt. Das, was ihn vor langer Zeit in den Kerkern des Sultanspalastes aufrecht gehalten hatte, gab ihm auch jetzt den eisernen Willen zurück, den er benötigte. Jetzt, wo Sultan Mehmed durch die Eroberung Serbiens und Griechenlands zu einer noch größeren Gefahr für die Christenheit geworden war, würden Vlads Glaubensgenossen schon bald nach einem Anführer rufen, der sie gegen die Türken ins Feld führte. Dieser Anführer würde er sein, Vlad Draculea, der Sohn des Drachen! Immerhin gingen Gerüchte um, dass der Papst plante, zu einem Kreuzzug gegen Mehmed aufzurufen! Er richtete sich im Sattel zu seiner vollen Größe auf und trabte hoch erhobenen Hauptes in die Stadt ein. Da Markttag war, strömten zahllose Menschen zum Marktplatz, den auch er und seine Männer überqueren mussten, um den Palast zu erreichen. Sobald sie der Reiter gewahr wurde, teilte sich die Menge. Vlads Blick fiel unvermittelt auf ein etwa sechzehnjähriges Mädchen, dessen Blondhaar im Licht der Januarsonne wie gesponnenes Gold leuchtete. Ein züchtiges Häubchen bedeckte ihren Kopf. Auch der Rest ihrer Kleidung war bescheiden und von einer Art, die keine Blicke anzog. Dennoch blieben Vlads Augen länger auf ihr liegen, als ihm lieb war. Einer plötzlichen Laune folgend ritt er auf sie zu, zügelte sein Pferd neben ihr und sah auf sie hinab. Heftig errötend sank sie in einen Knicks und verharrte regungslos vor den Hufen seines Pferdes. Ihr schlanker Hals ähnelte in seiner eleganten Wölbung dem eines Schwans und ihre makellose Haut lud dazu ein, sie zu berühren. Für den Bruchteil eines Augenblickes war Vlad versucht, die Hand auszustrecken – vielleicht färbte durch die Berührung etwas von ihrer Unschuld auf ihn ab. Aber dann fasste er die Zügel fester, riss sich von ihrem Anblick los und setzte den Weg zum Palast fort. Es gab Dinge zu tun, von denen er sich durch nichts ablenken lassen durfte, am allerwenigsten von sündhaften Gelüsten, die Zehras Andenken beschmutzen würden! Mit einem unangenehmen

Gefühl in der Leistengegend schwor er, sich eher eigenhändig zu kasteien, als sich für immer vor sich selbst zu entehren!

Kapitel 45

Der Sultanspalast in Edirne, Januar 1459

Radus Körper fühlte sich schwerelos an in der Hitze des Hamams. Auf einer mit Marmor, Agat und Jaspis ausgelegten Bank in der Mitte der gewölbten Halle genoss er die Wärme, die vom Fußboden nach oben stieg. Wie ein heißer Windhauch in der Wüste, dachte er und sog den Duft der Öle ein, der das Bad erfüllte. Die bunten Bodenkacheln des Raumes wurden von einem ausgeklügelten Rohrsystem so stark geheizt, dass es unmöglich war, barfuß darauf zu gehen, ohne sich die Füße zu verbrennen. Deshalb hatte der *Tellak* – der Badegehilfe – ihm beim Betreten des Raumes hölzerne Stelzsandalen umgeschnallt, die nun am Fuß der Bank lagen. Neben Radus Kaftan, Shalvar, Entari und Turban, seinen Waffen und den schweren Goldketten, die normalerweise seine Brust zierten. Das Plätschern der zahllosen Springbrunnen hatte eine einschläfernde Wirkung. Radu spürte, wie ihm die Lider schwer wurden. Die Hitzeschwaden schienen seinen nackten Körper zu umschmeicheln und die Feuchtigkeit in der Luft schlug sich in winzigen Tröpfchen auf seiner Haut nieder. Faul wie eine Raubkatze nach dem Verschlingen ihrer Beute räkelte er sich, gähnte und versuchte, an nichts zu denken außer an die wohlige Umgebung, in der er sich befand. Irgendwann verriet das Klappern von Holz auf Fliesen, dass der Tellak aus dem Nebenraum zurückkam, um ihn zu recken, zu kneten und die Verspannungen aus seinem Rücken zu vertreiben. Der Winter machte ihm in diesem Jahr besonders zu schaffen – was vielleicht auch daran lag, dass Mehmed sich wieder seiner Konkubine Çiçek zugewandt hatte, kaum waren sie aus Griechenland nach Edirne zurückgekehrt. Vorbei waren die Ausschweifungen mit seinem Gül-jüz, vorbei die Nächte, in denen sie sich im süßen Rausch des Weines geliebt hatten.

»Ein Sultan braucht so viele Söhne wie ein Baum Äste«, hatte Mehmed ihn mit einem kleinen Lächeln wissen lassen. »Nur ein starker Baum trägt viele Früchte.«

Radu zuckte zusammen, als der Tellak mit dem Knöchel seines Daumens über sein Rückgrat fuhr und alle Wirbel zum Knacken brachte. Die kräftigen Striche, mit denen der junge Mann Radus Muskeln lockerte, sandten eine Mischung aus Schmerz und Wohlbefinden durch seine Glieder. Er wandte erstaunt den Kopf, um den Burschen näher in Augenschein zu nehmen. In dem schmächtigen Tellak steckte mehr Kraft, als Radu ihm zugetraut hätte. Als dieser sich schließlich auf Radus Brustkorb kniete und mit einigen ruckartigen Bewegungen dafür sorgte, dass Radus Rippen ebenfalls knackten, konnte er nicht anders, als keuchend den Atem auszustoßen.

»Ihr solltet noch ein wenig ruhen, Herr«, mahnte der junge Mann, nachdem er von der Bank geklettert war. Sein kahlgeschorener Schädel und sein Gesicht glänzten vor Schweiß. Auch sein bloßer Oberkörper war so nass, als ob er sich mit Wasser übergossen hätte.

Radu grunzte eine Erwiderung und bettete den Kopf auf den Armen, die sich leicht und vollkommen locker anfühlten. Sein gesamter Rücken brannte, aber es war ein angenehmes Gefühl. Seine Gedanken schlugen einen Haken, der ihn ärgerte: Wie viel angenehmer das Gefühl wäre, wenn es Mehmeds Hände wären, die ihn kneteten! Er zog eine Grimasse. Hör auf damit, schalt er sich. War sein Gül-jüz nicht auch beim letzten Mal des Schoßes seiner Konkubine überdrüssig geworden? Hatte er sich nicht viel schneller als erhofft wieder auf Radu besonnen? Er drehte den Kopf, da sich ein Schweißfilm zwischen seiner Wange und seinem Oberarm gebildet hatte. Die Bewegung verursachte ein schmatzendes Geräusch. Allmählich ließ das Brennen nach und er beschloss, dass er lange genug geruht hatte. Mit einem Prusten stemmte er sich in die Höhe, schwang die Beine von der Bank und angelte mit den Zehen nach den Sandalen. Sobald er hineingeschlüpft war, erhob er sich, schlang ein halbseidenes *Pestemal* um die Hüften und fuhr sich mit der Linken über den frisch geschorenen Kopf. Wie seltsam ledern sich die Haut jedesmal kurz nach der Prozedur anfühlte. Als ob noch nie ein Haar darauf gesprossen wäre. Ein faules Gähnen renkte ihm beinahe den Kiefer aus. Gemächlich begab er sich in eine der kleinen, noch stärker erhitzten Zellen, welche rings um die Halle angeordnet waren. Aus zwei vergoldeten Fontänen sprudelte warmes und kaltes Wasser in ein Marmorbecken, auf dessen Rand ein Handschuh aus Ziegenhaar lag. Während er darauf wartete, dass der Tellak mit einer Schüssel aus Seifenschaum und einer Quaste aus Palmrindenfasern auftauchte, um ihn einzuseifen, sandte er ein Gebet zu Allah. Wenn dieser sein Flehen erhörte, würde der Bürgerkrieg in der Morea dafür sorgen, dass die osmanische Streitmacht schon bald wieder in den Krieg zog. Irgendwie ermüdete ihn das Leben im Palast mehr als das Leben im Feld. Kaum war die Nachricht von dem Zwist in Griechenland vor wenigen Tagen eingetroffen, hatte er gehofft, dass Mehmed sofort den Befehl zum Aufbruch geben würde. Allerdings schien das Behängen des königlichen Baumes mit Früchten von vorrangiger Bedeutung für ihn zu sein, dachte Radu bitter. Als der Tellak ein weiteres Mal erschien, ließ Radu jedoch alle Gedanken an Feldzüge und Schlachten los, um sich dem Genuss des Bades hinzugeben. Die Vergangenheit hatte gezeigt, dass er sich keine Sorgen machen musste. Folglich würde er die Ruhe genießen, solange sie anhielt und sich auf das vorbereiten, was gewiss bald folgen würde.

Kapitel 46

Einen halben Tagesritt von Tirgoviste entfernt, Januar 1459

»*Et dixit Dominus Deus ad mulierem quare hoc fecisti quae respondit serpens decepit me et comedi. Et dixit Dominus Deus ad serpentem quia fecisti hoc maledictus es inter omnia animantia et bestias terrae super pectus tuum gradieris et terram comedes cunctis diebus vitae tuae. Inimicitias ponam inter te et mulierem et semen tuum et semen illius ipsa conteret caput tuum et tu insidiaberis calcaneo eius.*«

Carols Augen streiften die Worte nur flüchtig, dann murmelte er die Übersetzung vor sich hin: »Und der Herr sagte zu der Frau, was ist es, das du getan hast? Und diese antwortete, die Schlange hat mich verführt und ich habe gegessen. Und der Herr sagte zu der Schlange, weil du das getan hast, sollst einzig du verflucht sein unter allem Vieh, unter allen Tieren des Feldes; sollst du dich auf deinem Bauch fortbewegen und bis ans Ende deiner Tage Staub essen. Und ich werde Feindschaft zwischen dir und der Frau säen, zwischen deinem Samen und ihrem Samen; dieser soll deinen Kopf verwunden und du sollst seine Ferse verwunden.«

Er legte den Finger auf die Textstelle und sah von dem Buch auf. Die Kerzen in dem kleinen Raum neben der Kirche waren bereits zu Stummeln heruntergebrannt. Es fiel ihm immer schwerer, die Buchstaben zu entziffern. Dennoch ging von dem lateinischen Bibeltext etwas Beruhigendes aus, das die Unruhe und Furcht in ihm wenigstens für eine Weile in Zaum hielt. Er starrte auf das bescheidene Holzkreuz an der Wand und ließ den Blick langsam über die Bücher des cappellanus gleiten. Warum der Mann eine lateinische Bibel besaß, hatte er Carol nicht gesagt. Carol war es auch eigentlich vollkommen gleichgültig – solange er etwas hatte, das ihn beschäftigte; seine Gedanken davon abhielt, sich wirr im Kreis zu drehen, sich zu überschlagen und jedes Ding, jedes Lebewesen nach einem Zeichen abzusuchen. Seine Mutter würde sich ihm zu erkennen geben, wenn sie ihn aufsuchte! Daran musste er so fest glauben, wie er nur konnte! Ansonsten würde die Trauer zurückkehren – und dieses entsetzliche Gefühl der Hoffnungslosigkeit, vor dem er sich mehr fürchtete, als vor dem Leibhaftigen selbst. Er ertappte sich dabei, wie er nach dem Schatten der Wache schielte, die vor der Tür Posten bezogen hatte. Seit Grigore aufgebrochen war, um zu Vlad Draculea zu stoßen, verfolgten ihn die Bewaffneten auf Schritt und Tritt. Nicht einmal auf dem Abort hatte er seine Ruhe, da ihn auch dort stets mindestens ein Mann begleitete. Sein Blick tastete die verzerrten Umrisse der Gestalt ab, während sein Verstand arbeitete. Bestand ein Schatten auch aus dem einen Stoff, dem Urstoff, von dem Lucretius sprach? War es möglich, dass sich die Schatten irgendwann in seine Mutter verwandelten? Sein Herz tat ihm weh, weil er nicht begreifen konnte, warum seine Mutter ihn so lange warten ließ. Um nicht wieder in fruchtloses Grübeln zu verfallen, lenkte er seine Aufmerksamkeit zurück auf den Text und übersprang einige Verse, bis er zu der Stelle kam, die ihm am meisten Mut machte.

»*Emisit eum Dominus Deus de paradiso voluptatis ut operaretur terram de qua sumptus est. Eiecitque Adam et conlocavit ante paradisum voluptatis cherubim et flammeum gladium atque versatilem ad custodiendam viam ligni vitae*«, las er.

»Daher schickte Gott, der Herr, ihn aus dem Garten Eden fort, um den Boden zu bestellen, aus dem er geschaffen war. So vertrieb er Adam und ließ das Paradies von Cherubinen und einem flammenden Schwert, das sich in jede Richtung wenden konnte, bewachen, um den Baum des Lebens zu beschützen.«

Er schüttelte den Kopf, da seine Übersetzung schlampig war. Aber das war nicht wichtig. Was zählte, war, dass diese

Worte der Beweis dafür waren, dass es Engel gab. Ganz egal, wie sehr Lucretius diese Tatsache leugnete, sie musste der Wahrheit entsprechen! Immerhin stand es in der Bibel geschrieben, und diese war das Wort Gottes! Seine Augen füllten sich mit Tränen, die er ärgerlich fortwischte. Er durfte nicht weinen! Das würde bedeuten, dass er nicht auf Gott vertraute! Er griff nach dem Kruzifix an seinem Hals, das Petros ihm geschenkt hatte. Doch der Gedanke an den Mönch führte unweigerlich zurück zu seiner Mutter. Er schluckte, als sich die Erinnerung an die grauenvolle Hülle, die sie zurückgelassen hatte, wieder in seinen Kopf stahl. Das, wozu sie geworden war, um aus den Klauen des Teufels Vlad Draculea zu fliehen und rein und unbefleckt – als Engel – zu Carol zurückzukehren und ihn mit sich fortzunehmen.

»Cherub«, murmelte er und versuchte, sich das überirdische Wesen vorzustellen, das ihn gewiss bald in einem Kranz aus Licht zu sich holen würde. Wie allzu oft schlich sich der Zweifel über Umwege in seinen Verstand. Konnte es wirklich sein, dass Lucretius Unrecht hatte mit seiner Behauptung, dass es keine Engel gab, es aber gleichzeitig stimmte, dass alles aus demselben Urstoff war? Wenn er sich einmal geirrt hatte, war es dann nicht wahrscheinlich, dass auch andere Behauptungen falsch waren? War das überhaupt wichtig, wenn Engel existierten? Er vergrub den Kopf in den Händen und schloss die Augen. Wann würde er aufhören können, in jedem Tier, jedem Busch und jedem Menschen nach Anzeichen seiner Mutter zu suchen? Wann würde sie ihn endlich von dieser furchtbaren Qual erlösen – als Engel oder in einer anderen Gestalt? Ein Stöhnen fand den Weg über seine Lippen, als sich die eine Frage, die er immer wieder zurückdrängte, ohne Rücksicht auf sein schmerzendes Herz in den Vordergrund schob: Was, wenn seine Mutter schon bei ihm gewesen war, und er sie nicht erkannt hatte? Was, wenn sie als ein Wesen gekommen war, auf das Carol nicht geachtet hatte? Wenn sie ihn aufgesucht hatte, ehe er begriffen hatte, dass sie wiederkommen würde?

Die Vorstellung zerriss ihn beinahe. Er ballte verzweifelt die Hände zu Fäusten. Wonach sollte er nur Ausschau halten? Warum musste Lucretius nur allem widersprechen, was in der Bibel geschrieben stand? Wem sollte er glauben? Er senkte hastig den Kopf und sandte ein Gebet zum Himmel.

»Vergib mir meine Zweifel, Herr«, flehte er und zog das Buch näher zu sich. Rettung war nur in diesem Text zu finden, dessen war er sich mit jeder Sekunde, die verstrich, sicherer. Er würde *De rerum natura* nie wieder anrühren und sich stattdessen damit beschäftigen, jedes einzelne Wort der Bibel auswendig zu lernen. Wenn er diese Aufgabe bewältigte, dann hatte Gott gewiss ein Einsehen mit ihm und gewährte ihm und seiner Mutter die Gnade, für die er täglich betete. Er rieb sich die Augen und fuhr mit der Lektüre des ersten Buch Mose fort, bis ihn die Kälte im Raum frösteln ließ. Ohne dass er es gemerkt hatte, war das Feuer im Kamin erloschen. Der Wind, der durch Ritzen und Spalten drang, führte dazu, dass die kleine Zelle empfindlich auskühlte. Auch wenn er lange nicht soweit gekommen war, wie er vorgehabt hatte, brachte das Klappern seiner Zähne ihn dazu, sich zu erheben und die Bibel zurück in das Regal zu legen. Nachdem er vor dem Kruzifix das Knie gebeugt und sich bekreuzigt hatte, trat er über die Schwelle in die Kapelle, wo ihm der Wächter einen mürrischen Blick zuwarf. Sicherlich konnte er sich etwas Angenehmeres vorstellen, als stundenlang in der kalten Kapelle zu stehen und die Amme für den Sohn des Woiwoden zu spielen. Aber Grigores Befehle waren eindeutig gewesen: Keinen Schritt durfte Carol tun, ohne dass jemand in seiner Nähe war.

»Ich will nicht, dass dir ein Unglück zustößt«, hatte Grigore gesagt. Die Sorge in seinem Gesicht hatte Carol Furcht eingejagt. Zwar hatte er jetzt nicht mehr so viel Angst, aber er war dennoch froh, dass er nicht alleine durch die Finsternis über den Hof gehen musste.

Sie hatten das Hauptgebäude schon fast erreicht, als Floarea mit einem Beutel und einer Fackel aus dem Küchentrakt auftauchte und auf Carol und seinen Begleiter zusteuerte. Seit dem schrecklichen Tag in Tirgoviste sprach sie kaum mehr ein Wort mit ihm und auch heute zuckte sie zusammen, als sie ihn sah. Aus ihrem Blick sprach nach wie vor Verstörtheit. Carol fragte sich, ob sie ähnliche Alpträume hatte wie er selbst. Hätte sie sich nicht an ihn geklammert, hätte Vlad Draculea sie ebenso erschlagen, wie die anderen beiden Zofen. Dieses Wissen verwandelte sein Blut immer noch in Eis. Sie errötete, schlug den Blick nieder und huschte an Carol und dem Bewaffneten vorbei in die Halle, die auch diese beiden kurz darauf betraten. Der Duft von Gebratenem erfüllte die Luft. Erst jetzt bemerkte der Knabe, wie hungrig er war.

Kapitel 47

Ulm, Februar 1459

Du hast hier gar nichts zu befehlen!« Die Wut in der Stimme seines Sohnes ließ Utz von Katzenstein neugierig ans Fenster treten, dieses einen Spalt weiter öffnen und in den Hof hinabsehen. Dort umschlichen sich Jakob und Johannes – Sophias Halbbruder – wie zwei Raubtiere, die kurz davor waren, einander an die Kehle zu gehen. Beide trugen noch ihre gute Kleidung, da sie zusammen mit Johann von Katzenstein, Utz, Sophia und Hans Multscher die Messe besucht hatten. Etwas entfernt von den beiden runzelte ein Stallbursche verwirrt die Stirn und sah von einem zum anderen, während er die Hände mit dem Pferdegeschirr langsam sinken ließ.

»Warum verschwindest du nicht dorthin, wo du hingehörst?«, zischte Jakob und hob die Fäuste.

Johannes tat es ihm augenblicklich gleich, wich jedoch einen Schritt zurück, als Jakob ihm vor die Füße spuckte. Die Gesichter beider Knaben waren gerötet. Selbst aus der Entfernung konnte Utz den Kampfeifer erkennen, der in den Augen seines Sohnes glomm.

»Ich habe nur getan, was mein Vater mir aufgetragen hat«, schoss Johannes zurück. »Und außerdem solltest du höflicher zu mir sein. Ich bin immerhin dein Onkel!«

Jakob schnaubte. »Lass meine Mutter in Ruhe oder ich schlage dir die Zähne aus!« Er holte aus und führte einen Hieb auf Johannes' Kinn, doch dieser wich geschickt aus und versetzte Jakob einen Schlag in den Magen.

Bevor Utz richtig eingreifen konnte, balgten sich die beiden am Boden und rollten durch den festgetrampelten Schnee wie zwei tollende Hunde. »Verdammt!«, stieß Utz aus, verzichtete auf Mantel, Mütze und Handschuhe und verließ die Stube, in der es ihm ohnehin zu heiß war.

»Was ist?«, hörte er Sophia fragen, aber er ignorierte sie. Leise fluchend hastete er ins Erdgeschoss hinab. Dort durchquerte er mit wenigen, ausgreifenden Schritten die Einfahrtshalle und fuhr kein Dutzend Atemzüge später zwischen die beiden Streithähne.

»Was fällt euch ein?«, schalt er, packte die Knaben beim Kragen und schüttelte sie. »Schämt ihr euch nicht, den heiligen Sonntag zu entweihen?« Er stieß sie so heftig von sich, dass sie mit dem Allerwertesten zuerst im Schnee landeten. »Wenn ich euch noch einmal dabei erwische, wie ihr euch prügelt, lasse ich euch von Uli das Fell gerben!« Diese Drohung zeigte eine gewisse Wirkung, da der hünenhafte Knecht sich auf einen Wink hin näherte und den beiden zurück auf die Beine half. Allerdings tat er das so wenig sanft, dass Utz ihre Zähne aufeinander schlagen hörte.

»Ich will nicht, dass er dauernd hier ist!«, spuckte Jakob trotzig aus und sandte mit den Augen Dolche in Johannes' Richtung. »Schläft er auch im Bett von Hans?«

Ehe Utz sich zurückhalten konnte, versetzte er seinem Sohn eine Ohrfeige, die diesen erneut zu Boden geschickt hätte, wenn Uli ihn nicht immer noch am Schlafittchen gehabt hätte.

Anstatt zu schweigen oder sich zu entschuldigen, fügte Jakob jedoch starrköpfig hinzu: »Warum glaubt ihr mir nicht, dass Hans noch lebt? Und warum ist *er* andauernd hier?« Tränen glänzten in seinen Augen. Er trat mit dem Fuß nach Johannes – allerdings ohne Erfolg. »Ich hasse dich!«, zischte er Johannes zu und Utz unterdrückte ein Stöhnen. Eigentlich hätte er auf der Stelle den Gürtel losmachen und die beiden windelweich prügeln müssen. Allerdings schmerzte ihn bereits die Vorstellung, Jakob ein Leid zuzufügen, da immer noch das Schuldgefühl an seinem Herzen fraß. Außerdem konnte er die Wut des Knaben auch ein wenig nachvollziehen, weil ihm die ständige Anwesenheit von Johann von Katzenstein und dessen Sohn ebenfalls ein Dorn im Auge war. Allerdings hatte er diese Geister eigenhändig gerufen und war somit selbst daran schuld, wenn er sie nicht mehr loswurde!

»Jakob«, erklang die Stimme von Hans Multscher hinter ihm. »*So* wirst du mich nicht davon überzeugen, dass du schon reif genug für ein Gesellenstück bist!« Die Miene des Jungen verdüsterte sich noch mehr. Er senkte den Blick. »Komm«, sagte der Bildhauer und legte dem Knaben die Hand auf die Schulter. »Deine Mutter möchte sich von dir verabschieden.«

Utz atmete auf. Auch wenn er wusste, dass es zum Teil Feigheit war, erleichterte es ihn ungemein, dass sein Sohn bei dem Meister und alten Freund der Familie wohnte. Die Wirkung seines Äußeren auf Sophia war schon schlimm genug. Aber seit der Junge angefangen hatte, steif und fest zu behaupten, dass er seinen toten Bruder spüren konnte, wusste

Utz oft nicht mehr ein noch aus. Was war, wenn er recht hatte? Er presste die Lippen aufeinander und sah den beiden hinterher, bis sie wieder im Haus verschwunden waren. Hans war tot! Hatte er sich nicht lange genug mit der gleichen Hoffnung gequält, die ohne Zweifel Jakob dazu trieb, immer wieder zu behaupten, dass er seinen Bruder spüren konnte? War er nicht selbst kurz davor gewesen, den Verstand zu verlieren, bis Vlad Draculea ihm klar gemacht hatte, dass es nicht einmal einen winzigen Lichtstreif am Horizont gab? Hatte er nicht mit eigenen Augen gesehen, was der Woiwode der Walachei mit denjenigen anstellte, die einen Überfall überlebten? Ehe ihm seine Fantasie die furchtbarsten Bilder vorgaukeln konnte, folgte er Hans Multscher und Jakob. Johannes ließ er in den Pranken des Knechtes zurück. Sollte Uli entscheiden, was er mit dem Bengel machen wollte, er hatte anderes zu tun! Die Häufigkeit, mit der Johann von Katzenstein und seine Brut inzwischen in Utz' Haus anzutreffen waren, stieß nicht nur Jakob bitter auf. Auch Utz hatte allmählich die Nase voll von den Besuchen seines Schwiegervaters. Obgleich dessen Anwesenheit dafür gesorgt hatte, dass Sophia wieder ins Leben zurückgekehrt war.

Allerdings gefiel Utz die Art und Weise nicht, wie ihr Vater seinen eigenen Sohn dazu benutzte, ihre Gefühle zu manipulieren. Er wusste genau, was Johann von Katzenstein damit bezweckte, aber er hatte sich geschworen, nicht auf diese Art von Erpressung einzugehen. Da es inzwischen zu mehr als einem bösen Streit zwischen ihm und Sophia – und jetzt zwischen Jakob und Johann – gekommen war, hatte er keine Wahl mehr: Er würde tun, worum Johann von Katzenstein ihn gebeten hatte! Auch wenn er dem Kerl lieber die Pest an den Hals wünschen würde!

»Wenigstens ist mein Vater für mich da, wenn ich ihn brauche!«, hatte Sophia ihm am vergangenen Sonntag an den Kopf geworfen, als er sie ersucht hatte, Johann nicht so oft einzuladen. »Und *er* bringt Leben mit ins Haus, anstatt es mit sich fortzunehmen!« Ihre Augen hatten sich augenblicklich mit Tränen gefüllte, die kurz darauf ihre Wangen hinab rannen. Zwar war ihr rotes Haar inzwischen wieder ordentlich und züchtig unter einer Haube verstaut. Dennoch wirkte sie auf Utz oft aufgelöst und fahrig. Wenn sie die Zeit nicht mit ihrem Vater und Johannes verbrachte, betete sie und noch immer wechselte sie kaum ein Wort mit ihrem Gemahl. Nur wenn sie stritten, dachte dieser bitter und rieb sich die roten Hände. Kaum war er wieder in die Wärme der Halle zurückgekehrt, wurde ihm bewusst, wie kalt dieser Februartag war, der sich schon in wenigen Stunden dem Ende neigen würde. Nachdem er die Stiege ins Obergeschoss erklommen hatte, wartete er vor der Tür der Stube, bis Hans Multscher und Jakob wieder auftauchten. Er schüttelte dem Freund die Hand und gab seinem Sohn eine Ermahnung mit auf den Weg.

Dann betrat er den überheizten Raum und sagte an Johann von Katzenstein gewandt: »Ich muss mit Euch reden. Kommt mit ins Kontor.«

Sophia hob argwöhnisch den Blick, machte aber keinen Einwand. »Wo ist Johannes?«, fragte sie stattdessen.

»Bei den Pferden«, log Utz, obwohl er nicht wusste, was Uli mit dem Bengel angestellt hatte.

»Habt Ihr es euch endlich anders überlegt?«, fragte der Katzensteiner Ritter, kaum hatte Utz nach ihm das Kontor betreten.

Soviel Berechnung lag in diesen Worten, dass Utz am liebsten auf dem Absatz kehrt gemacht und seinen Entschluss vergessen hätte. Da er diesen Störenfried und seinen Sprössling allerdings für immer aus dem Haus haben wollte, biss er die Zähne aufeinander und presste mühsam beherrscht hervor: »Ich werde Euch Eure Bitte gewähren, wenn Ihr Euch in Zukunft von Sophia fernhaltet.« Seine Stimme klang heiser.

»Welche Bitte?«, fragte Johann scheinheilig.

Um ein Haar hätte Utz ihm die Faust mitten im Gesicht platziert. Da er den Mistkerl jedoch loswerden wollte, machte er gute Miene zum bösen Spiel und verdeutlichte: »Ich werde mich bei den Hauptleuten der *Gesellschaft mit Sankt Wilhelm* dafür einsetzen, dass Ihr als Mitglied aufgenommen werdet.«

Ein zufriedenes Lächeln huschte über Johanns Züge.

Erneut hielt Utz sich nur schwer davon ab, ihm einen Schlag zu versetzen.

»Ich habe gehört, dass Ulrich von Helfenstein schon wieder im Zwist mit den Grafen von Württemberg liegt«, sagte Johann glatt. »Und dass er seine Schulden bei den von Oettingern nicht bezahlen kann. Obwohl er ihnen Burg Katzenstein überschrieben hat.« Das Lächeln verwandelte sich in ein Grinsen. »Warum gebt Ihr mir nicht außerdem genug Geld, um meine Burg zurückzukaufen? Dann seht Ihr mich und meinen Sohn nie wieder.« Er sah Utz herausfordernd an. »Die Gesellschaft wird sich gewiss glücklich schätzen, ein Mitglied zu gewinnen, das willens ist, diesen aufsässigen Ulrich von Helfenstein in die Schranken zu weisen. Mit wie vielen Mitgliedern liegt er in Fehde, obwohl es eigentlich verboten ist? Mit der Hälfte?« Er verschränkte die Arme vor der Brust. »Richtet der Versammlung aus, dass sie kein Schiedsgericht mehr benötigt, wenn sie mich aufnimmt. Ich mache gerne die Schmutzarbeit, für die sich die anderen offenbar zu schade sind.«

Utz schluckte seine Wut hinunter und griff nach Papier und Feder. »Das nächste Treffen ist am Sonntag nach dem heiligen Pfingsttag in Weißenhorn«, sagte er schroff. »Unterschreibt diesen Vertrag und ich werde Euch für die Aufnahme in die Gesellschaft vorschlagen.«

»Was ist das für ein Vertrag?«, fragte Johann argwöhnisch.

Anstatt einer Antwort hielt Utz ihm das Dokument unter die Nase und warf den Federkiel vor ihm auf den Tisch. »Unterschreibt«, knurrte er. »Danach suchen wir meinen Bancherius auf und Ihr verschwindet für immer aus der Stadt!«

Kapitel 48

Kurz vor den Toren von Tirgoviste, Februar 1459

Die Müdigkeit saß Vlad im Nacken, als er am dritten Sonntag des Monats von einem erneuten Einfall in Transsylvanien zurückkehrte. Seine Spione hatten ihm zugetragen, dass seine Warnung – die Hinrichtung von beinahe eintausend Händlern – offenbar nicht ausgereicht hatte. Kronstadt machte nicht die geringsten Anstalten, den Gegenkandidaten Dan aufzugeben. Anstatt ihn gefangen zu nehmen und an Vlad auszuliefern, gestattete der Magistrat diesem Betrüger, seine Kontakte zu pflegen. Selbst der ungarische König, Matthias Corvinus, schien inzwischen geneigt, sich von Vlad abzuwenden und Dan zu unterstützen. Die Massenverbrennung und das Pfählen der Händler – ungarischer Untertanen – hatten ihn scheinbar auf das Höchste erzürnt. Allerdings war er zu sehr damit beschäftigt, den deutschen Kaiser Friedrich III., mit dem er um den ungarischen Thron stritt, zu bekämpfen. Daher hatte Vlad beschlossen, erneut zu demonstrieren, wozu er fähig war, wenn sich die Transsylvanier nicht endlich seinem Willen beugten; und hatte ein weiteres Mal in der Gegend um Kronstadt gewütet. Mit der Geschwindigkeit eines Gewittersturms einfallen, aus heiterem Himmel zuschlagen wie ein Blitz und verschwinden, als wäre er ein Spuk. Diese Taktik war zwar äußerst erfolgreich, aber auch erschöpfend. Er unterdrückte ein Gähnen und rieb sich das Kinn, das von dem schneidenden Wind schmerzte. Selbst die Zähne taten ihm weh und er bemühte sich, den Mund geschlossen zu halten. Mit der Linken zog er die Zobelmütze tiefer in die Stirn, bis ihn die feinen Härchen in den Augen kitzelten. Neben ihm keuchte Toader durch den knietiefen Schnee. Der hochrote Kopf des Burschen verriet, dass ihm ganz gewiss nicht kalt war. Der Gleichmut, mit dem der Knabe alles ertrug, erfüllte

Vlad mit einer gewissen Hochachtung für ihn. Vielleicht würde er den Jungen für seine Furchtlosigkeit im Kampf mit dem belohnen, was er sich am meisten zu wünschen schien: mit einem eigenen Pferd.

Er schloss einen Moment lang die Augen, als die Sonne hinter den Wolken hervor blitzte und die Schneelandschaft in gleißendes Licht tauchte. Das Wechselspiel von schwarz und weiß verwandelte den Wald zu seiner Linken in etwas Unwirkliches und sorgte dafür, dass er den Blick auf den Hals seines Reittieres heftete, damit seine Augen sich ein wenig ausruhen konnten. Wenn er zu lange in die Ferne sah, begann die Helligkeit nach seinem Sehnerv zu stechen und bescherte ihm Kopfweh. Ohnehin war er Schnee und Eis allmählich leid und sehnte sich nach dem Erwachen des Frühlings. Vlad war froh, als sie endlich das Stadttor von Tirgoviste durchritten und er kurz darauf vor den Stallungen seines Palastes absaß. Toader, der genauso dampfte wie Vlads Falbe, nahm ihm auf einen kurzen Wink hin das Tier ab und verschwand mit ihm in der Sattelgasse. Da sich der Hof in Windeseile mit seinen Gefolgsleuten füllte, gab Vlad seiner Leibwache ein Zeichen und floh – mit den Männern auf den Fersen – aus der Kälte in die Wärme des Hauptgebäudes. Dort begab er sich schnurstracks in seine Badestube, wo zwei Mägde mit Holzeimern und Scheiten hantierten. Seine Zehen waren genauso steif gefroren wie seine Finger. Ein heißes Bad würde nicht nur seinem Körper gut tun. »Füllt den Bottich und lasst mich wissen, wenn das Bad bereit ist«, brummte er, ohne die beiden jungen Frauen genauer in Augenschein zu nehmen. Zu seiner Wache sagte er: »Ihr zwei geht und sucht den Palast nach unerwünschten Gästen ab.« Er wandte sich den anderen beiden zu. »Ihr kommt mit mir.« Dann kehrte er dem kleinen Raum den Rücken und eilte in die Halle, um nach dem *Stolnic* – dem Mundschenk – zu suchen. Nach den Entbehrungen der letzten Wochen dürstete es ihn nach etwas Besonderem, sowohl in flüssiger als auch in fester Form. »Vodă«, tönte es ihm entgegen, als sich Knie beugten und Köpfe senkten. Überall wimmelte es von robi, Knechten und Hofangestellten, welche die Rückkehr ihres Woiwoden offensichtlich sehnsüchtig erwartet hatten. Offensichtlich, dachte Vlad bitter. Aber was war schon offensichtlich? Seine Gedanken schlugen eine Richtung ein, die den Anflug von Wohlbehagen sofort zerschlug und den tief in ihm glimmenden Hass schürte. Wer wusste schon, hinter welchem falschen Lächeln sich die Larve eines Verräters versteckte! Er fasste sich an den Hals und umschloss das goldene Kruzifix, das der Mörder seiner Geliebten vom Hals gerissen hatte. Es war eine Geste, bei der er sich immer häufiger ertappte und die ihn ärgerte – zeugte sie doch von einer Schwäche, die er sich nicht leisten konnte. Mit steinernem Gesicht fegte er an den katzbuckelnden Dienern vorbei, gab dem Mundschenk seine Befehle und pfiff Toader herbei. Dieser hatte im selben Augenblick das Hauptgebäude betreten, in dem Vlad die Halle verließ. »Bring mir frische Kleider in die Badestube und mach Feuer in meinem Gemach.«

An die beiden Leibwächter gewandt sagte er: »Findet heraus, ob sich jemand unter das Gesinde geschlichen hat, der dort nicht hingehört. Foltert und tötet jeden, der euch verdächtig vorkommt.« Sollten seine Feinde denken, dass sie ein weiteres Mal in seinem Palast zuschlagen konnten, hatten sie sich geirrt! Jeder, der auch nur im Geringsten verdächtig war, würde ohne Gnade hingerichtet werden. Allerdings nicht, ohne vorher gefoltert und nach Zehras Mörder befragt zu werden. Er traute dieser Stadt nicht mehr. Hätte ihr von Anfang an nicht trauen sollen! Bevor der Hass ihn überwältigen konnte, kehrte er in die Badestube zurück, in der inzwischen dichte Dampfschwaden in der Luft hingen.

Der große Holzbottich in der Mitte des Raumes war noch nicht ganz zu zwei Dritteln gefüllt und eine der Mägde stammelte: »Es fehlt nur noch ein Eimer, Vodă.«

Die Furcht vor Bestrafung stand ihr ins Gesicht geschrieben, aber Vlad schnitt ihr mit einer ungehaltenen Geste das Wort ab. »Es reicht. Hilf mir mit den Stiefeln«, sagte er zu der Zierlicheren der beiden, die augenblicklich vor ihm auf die Knie sank, um zu tun, wie geheißen. Vlads Blick blieb einen Moment lang in ihrem Ausschnitt haften, dann riss er sich von der weißen Haut los und räusperte sich. »Eine ist genug«, herrschte er das größere Mädchen an und drehte sich um, damit die junge Frau, die gerade noch vor ihm gekniet war, ihm den Umhang abnehmen konnte. »Nun mach schon!«, grollte er, als diese fahrig an den Haken herumnestelte. »Meine Güte!« Er schob sie ungeduldig von sich und tat selbst, was eigentlich ihre Aufgabe gewesen wäre. Dann reckte er sich, ließ die Schultern kreisen und stieg in den Bottich. »Seife mir den Rücken ein«, befahl er und stieß ein wohliges Seufzen aus, als er den Schwamm auf seiner Haut spürte.

Die kreisenden Bewegungen, das warme Wasser und der Duft, der von der Magd ausströmte, bewirkten, dass ihn ein Gefühl durchrieselte, das ihn ärgerlich machte. Als die junge Frau den Schwamm erneut ins Wasser tauchte, um auch seine Brust und seinen Bauch zu waschen, packte er sie grob am Handgelenk und funkelte sie an. »Das mache ich selbst!«, zischte er, lockerte seinen Griff jedoch, als sie zusammenzuckte. Ihre blauen Augen waren furchtsam geweitet. Erst jetzt bemerkte er, dass es sich um dasselbe Mädchen handelte, das ihm vor einigen Wochen schon einmal aufgefallen war. Ihr blondes Haar war zu einem dicken Zopf geflochten und ihre Wimpern waren so hell, dass sie beinahe weiß wirkten. Die makellose Haut schimmerte samtig. Ihre Brust hob und senkte sich mit jedem heftigen Atemzug. Die Furcht ließ ihre Lippen leicht beben, aber es waren die Tränen in ihren Augen, welche Vlad die Hand senken ließen.

»Wie heißt du?«, fragte er und nahm ihr den Schwamm ab.

»Catrina«, hauchte sie und fügte hastig hinzu: »Vodă.«

»Catrina«, wiederholte er. »Ein schöner Name. Komm näher.«

Schüchtern tat sie, wie geheißen. Vlad musterte sie von oben bis unten. Etwa sechzehn Jahre alt, schlank und schön wie ein Sonnenaufgang stand sie da. Es hätte Vlad übermenschlicher Kräfte bedurft, nicht zu tun, was seine Männlichkeit ihm einflüsterte. »Zieh dich aus«, sagte er nach einigen Herzschlägen schließlich heiser. »Und setz dich zu mir.«

Der Schrecken verlieh ihrem Gesicht etwas noch Unwiderstehlicheres. Ihre Hilflosigkeit ließ soviel Begierde in Vlad aufwallen, dass er ein Stöhnen unterdrückte. Als sie keine Anstalten machte, seinem Befehl Folge zu leisten, erhob er sich mit einem Fluch, packte sie bei den Oberarmen und hob sie in den Bottich. »Du tust, was dein Fürst wünscht«, stieß er hervor und zerriss den Stoff ihres Kleides. »Sonst erlebst du, was es bedeutet, meinen Zorn auf sich zu ziehen.«

Als ihm ihre Brüste entgegen fielen, tobte die Lust mit solcher Macht durch seine Lenden, dass ihm schwindelig wurde. Ohne Rücksicht auf ihr Schluchzen zerrte er an ihrem Kleid, verlor jedoch die Geduld, da dieses nass an ihrem Körper klebte. Er konnte nicht länger warten! Mit so viel Kraft, dass das Wasser über den Rand des Bottichs schwappte, drehte er sie um und zwang sie mit einem brutalen Griff vornüber. Dann warf er ihr den störenden Stoff über den Rücken und starrte mit trockenem Mund auf ihre Blöße hinab. Perfekt gerundet, wie die beiden Hälften eines Pfirsichs, lockte ihre Rückseite; lud dazu ein, seine Triebe auszuleben, die er schon viel zu lange unterdrückt hatte. Mit einem erneuten Stöhnen grub er die Finger in das weiche Fleisch ihrer Hüften, zog sie an sich und drang kurz darauf in sie ein. Der Schrei, der ihr entfuhr, schien ihn noch mehr anzustacheln. Es dauerte kein Dutzend Lidschläge, bis sich jeder Muskel in seinem Körper verkrampfte und er sich so heftig in sie ergoss, dass er fürchtete zerrissen zu werden. Wenige Augenblicke später ließ er sich keuchend zurück in den kaum mehr halb vollen Zuber fallen und rang um Atem. Blicklos sah er dabei zu, wie der Stoff von ihrem Rücken langsam wieder nach unten glitt und mit einem leise platschenden Geräusch ins Wasser fiel. Obgleich sie immer noch trocken schluchzte, wirkte die junge Frau wie erstarrt. Als habe Vlad sie in der Mitte zerbrochen hing sie schlaff über dem hölzernen Rand des Bottichs und machte keinerlei Anstalten, sich wieder aufzurichten. Einzig ihr Weinen verriet, dass sie noch bei Besinnung war. Als irgendwann Schauer begannen, ihren Körper zu schütteln, stieg Ekel in Vald auf. Ekel vor dem, was er getan hatte.

Hatte er nicht geschworen, sich eher eigenhändig zu kasteien, als sich für immer vor sich selbst zu entehren und Zehras Andenken durch seine sündhaften Gelüste zu beschmutzen? Er stieß einen Laut aus, der dafür sorgte, dass das Weinen des Mädchens leiser wurde. Betete sie, fragte er sich, als geflüsterte Worte sich mit dem Tosen in seinen Ohren vermischten. Sie betete! Scham gesellte sich zu dem Ekel. Er wollte gerade den Mund öffnen, um etwas zu ihr zu sagen, als sich die Tür öffnete und Toader in die Badestube polterte.

»Eure Kleider, Vodă, wo soll …«, begann der Knabe, brach aber mitten im Satz ab. Mit offenem Mund starrte er auf die junge Frau, die bei seinem Eintreten verstummt war.

»Glotz nicht so!«, herrschte Vlad ihn an, stemmte sich aus dem Zuber und schnappte sich ein Tuch, mit dem er sich abtrocknete. Dann griff er nach Hemd und Hose und ließ sich von Toader in Stiefel und Rock helfen.

All die Zeit über verharrte das Mädchen regungslos, beinahe wie ein Tier, das sich tot stellte. Als Vlad nach der Peitsche griff, die er für gewöhnlich am Gürtel trug, hielt er einen Augenblick inne und Toader schluckte vernehmlich. Aber es war nicht der Rücken des Jungen, den Vlad zeichnen wollte, sondern sein eigener!

»Lass dem Mädchen ein neues Kleid bringen«, sagte er und fuhr mit der Hand in die Geldkatze an seinem Gürtel. »Das ist für sie«, setzte er hinzu und legte eine Goldmünze auf den Schemel, auf dem er gerade noch gesessen hatte. Dann stürmte er aus der Badestube und suchte nach einem Ort, an dem er sich für seine Schwäche geißeln konnte.

Kapitel 49

Einen halben Tagesritt von Tirgoviste entfernt, Ende Februar 1459

»Schnell, leg an! Er hat uns gewittert!«, zischte Grigore und zeigte auf den prächtigen Zwölfender, dessen Kopf soeben misstrauisch in die Höhe zuckte. Die vier Hirschkühe in seiner Nähe hoben ebenfalls die Köpfe, als hätte jedes der Tiere die Gefahr gleichzeitig wahrgenommen. Ihre Flanken bebten, als sich die Muskeln zur Flucht spannten. Fahrig vor Aufregung legte Carol die Armbrust an die Wange und zielte auf das Blatt des Hirsches, der im selben Moment zum Sprung ansetzte, in dem der Bolzen von der Sehne schnellte. Mit einem Surren pfiff das Geschoss durch die Luft, fand sein Ziel und traf die Beute direkt ins Herz. Das getroffene Tier wurde zur Seite geschleudert. Der Aufprall hallte dumpf von den Bäumen wider – ein Geräusch, das Carol eine Gänsehaut bescherte. Das warnende Röhren des Hirsches riss ab und verwandelte sich in ein Röcheln, dann wurde das Tier still. Innerhalb weniger Sekunden lagen auch die Hirschkühe von Pfeilen durchbohrt im Schnee. Die Jäger brachen in triumphierende Rufe aus.

»Ich habe getroffen!«, platzte Carol erstaunt hervor und sah stolz zu Grigore auf.

Dieser lächelte anerkennend und gab dem Knaben und den übrigen Jägern ein Zeichen, abzusitzen. »Wenn du ihn jetzt noch aufbrichst, gehört seine Leber dir.«

Carol strahlte. Um diesen Leckerbissen würde ihn jeder einzelne der Männer beneiden, die Grigore mit auf die Festung gebracht hatte! Vor einigen Tagen war der Bojar vom Hof in Tirgoviste zurückgekehrt – mit Begleitern, die zum Teil alte Bekannte waren. In einigen von ihnen hatte Carol die Adeligen erkannt, die er vor einem Jahr bei einem Gespräch belauscht hatte, das er schon fast vergessen hatte.

»Komm, sonst beansprucht einer der anderen Jäger die Beute für sich«, sagte Grigore und hielt ihm eines der gedrungenen Messer entgegen, mit denen die Männer die Bäuche der Tiere öffneten.

Kurz darauf kniete Carol neben dem Zwölfender und setzte die Klinge an. Die grausige Aufgabe erfüllte ihn mit Abscheu. Als das Blut begann, in Strömen zu fließen und seine Hände zu besudeln, verwandelte diese Abscheu sich beinahe in Panik. Das Weiß des Schnees und das leuchtende Rot des Blutes versetzten ihn in die Schlafkammer seiner Mutter zurück; brachten die Bilder zutage, die immer noch drohten, ihm das Herz aus der Brust zu reißen. Auch wenn er inzwischen wusste, dass seine Mutter stets und immer bei ihm war. Schwer atmend zwang er sich, nicht auf die Lache zu sehen und nahm das Tier aus, damit es – trotz der Kälte – nicht verhitzen konnte. Blut ist harmlos, hämmerte er sich ein. Blut ist harmlos! Du brauchst dich nicht davor zu fürchten! Seine Hände zitterten dennoch und er war froh, als er die Aufgabe hinter sich gebracht und das Tier mit Grigores Hilfe auf ein Lastpferd gewuchtet hatte. »Auf nach Hause!«, dröhnte der Bojar. Sobald auch die anderen ihre Beute festgezurrt hatten, trabten sie gemächlich den Weg zurück, den sie gekommen waren. Hoch über ihren Köpfen schimpften Eichelhäher Warnungen in den Wald, die für das erlegte Wild zu spät kamen. Wann immer die Reiter die tiefhängenden Äste streiften, brachen Schneebretter ab und bestäubten Mensch und Tier mit einem feinen Überzug. Als Carol eine Ladung in den Halsausschnitt rieselte, klopfte er sich fröstelnd die Kleidung ab und hoffte, dass er sich bald an einem Feuer wärmen konnte. Der Stoff seiner Hose fühlte sich klamm an, da er zu lange im Schnee gekniet hatte, auch seine Handschuhe waren feucht.

Wie froh er war, als endlich die Festung vor ihnen auftauchte! Noch strenger bewacht als sonst, wirkte sie abweisend und feindlich – trotz der bunten Fahnen auf den Zinnen. Carol trieb seinen Hengst zu einer schnelleren Gangart an, da er es kaum erwarten konnte, Floarea von seinem Jagderfolg zu berichten. Sicherlich würde sie seine Geschicklichkeit bewundern und mit leuchtenden Augen zu ihm aufblicken. Es erleichterte ihn ungemein, dass sie wieder sie selbst war und ihm nicht mehr furchtsam aus dem Weg ging. Wie er, schien auch sie die schrecklichen Ereignisse in Tirgoviste endlich aus ihrem Kopf verbannt zu haben. Er selbst würde den Tag, an dem er die Wahrheit begriffen und den Schmerz begraben hatte, für immer in Erinnerung behalten. *»Ecce ego mittam angelum meum qui praecedat te et custodiat in via et introducat ad locum quem paravi«*, lauteten die Worte, die ihn von seiner Seelenpein erlöst hatten. »Ich werde einen Engel schicken, der dir vorausgeht. Er soll dich auf dem Weg schützen und dich an den Ort bringen, den ich bestimmt habe«, versprach das zweite Buch Mose. Carol glaubte dem Wort Gottes mehr, als er Lucretius jemals geglaubt hatte. Seine Mutter brauchte nicht die Gestalt eines anderen Wesens anzunehmen, weil sie die ganze Zeit über bereits bei ihm war. Sie war sein Schutzengel – ein Engel, der seine irdische Hülle hatte fallen lassen, um bei ihm zu sein. Diese tröstliche Erkenntnis hatte einen Großteil der Trauer vertrieben, auch wenn er manchmal immer noch mitten in der Nacht erwachte und weinte. Sie war bei ihm! Stets an seiner Seite. Wo ihn das Schicksal auch hinführen mochte, sie würde ihm den Weg weisen und ihn vor Unheil bewahren!

Er ritt hinter Grigore durch das Tor, saß ab und hielt seinem Waffenmeister den Steigbügel. Seit die Männer zurück waren, verlief sein Leben wieder normal und er kam sich nicht mehr so fehl am Platz vor wie zuvor. Anstatt sich von einem robi bedienen zu lassen, verrichtete er nun wieder den Tischdienst und verbrachte nicht mehr den Großteil seiner Zeit in der Kapelle, statt sich in den Fertigkeiten eines jungen Edelmanns zu üben. Kaum war Grigore heimgekehrt, hatte er die Schwertübungen mit Carol wieder aufgenommen und ihn zudem stundenlang mit der Armbrust auf Strohzielscheiben schießen lassen. »Dein Vater hat zwar einen Knappen, aber es wird sicher nicht mehr lange dauern, bis er dich in seine Dienste nehmen will«, hatte er den Knaben wissen lassen. Obgleich Carol bei diesen Worten ein Schauer über den Rücken gekrochen war, fürchtete er sich nicht mehr davor, wieder nach Tirgoviste gerufen zu werden. Seine Mutter würde ihn vor Vlad Draculea beschützen! Was ihr als Mensch aus Fleisch und Blut nicht möglich gewesen war, würde ihr als sein Schutzengel ein Leichtes sein!

»Lasst die Tiere ausbluten«, riss ihn Grigore – der den herbeigeeilten Knechten Anweisungen gab – aus den Gedanken. »Und richtet der Köchin aus, dass sie morgen Abend ein Festmahl zubereiten soll.«

An Carol gewandt sagte er: »Bring die Pferde in den Stall und versorge sie.« Er kehrte dem Knaben den Rücken und rief den anderen Rittern zu, dass er sie in der Halle erwartete. »Dich brauche ich dort nicht«, ließ er Carol wissen und zog mit seinen Begleitern ab.

Carol sah ihnen neugierig nach. Er fragte sich, was die Männer wohl zu besprechen hatten. Ob es eine Möglichkeit gab, sie auch dieses Mal zu belauschen? Hatte er nicht schon überaus interessante Dinge erfahren, indem er heimlich gehorcht hatte? Ein Finger bohrte sich in seine Seite und ließ ihn den Blick nach unten richten.

»Floarea«, sagte er, vergaß die Bojaren einen Augenblick und grinste. Er hatte recht gehabt. Neugier und Bewunderung standen dem Mädchen ins Gesicht geschrieben. Lachend schob er den Kopf seines Hengstes beiseite, als dieser in seinen Taschen nach einem Leckerbissen suchen wollte und richtete sich zu seiner vollen Größe auf.

»Und, hattest du Erfolg?«, fragte das Mädchen. Sie spitzte damenhaft die Lippen, wie sie es sich von ihrer Mutter abgeschaut hatte. Ihre Augen funkelten neugierig und Carol lachte erneut.

»Ja«, erwiderte er. »Ich habe einen Hirsch erlegt.«

Floarea riss den Mund auf – alle Damenhaftigkeit vergessen. »Wirklich?«, fragte sie ungläubig. »Du ganz allein?«

»Natürlich!«, gab Carol zurück, nahm Grigores und sein eigenes Reittier beim Zügel und führte sie in den Stall. »Dachtest du, ich wäre ein zu schlechter Schütze?«

Floarea schlug die Augen nieder und errötete – das passierte ihr in letzter Zeit häufig. Ohnehin benahm sie sich anders als noch vor vier Wochen, sah Carol manchmal merkwürdig an und legte viel zu oft den Kopf schief. »Nein, nein«, wiegelte sie hastig ab. »Aber es war doch sicher nicht leicht.«

Bevor Carol etwas erwidern konnte, tauchte Floareas älteste Schwester auf und rief das Mädchen zu sich. Die Röte in ihren Wangen vertiefte sich. Schuldbewusstsein trat in ihren Blick. Was hatte sie nur, fragte Carol sich. Er schüttelte den Kopf, als sie ihm widerstrebend den Rücken kehrte.

»Ich muss gehen«, murmelte sie.

Kurz darauf verschwand sie im Haupthaus und Carols Gedanken kehrten zu seinen Aufgaben zurück. Die Pferde waren bald abgesattelt, gestriegelt und in ihren Boxen mit Futter versorgt, sodass Carol sich wenig später untätig umsah. Was sollte er tun? Für einen Besuch in der Schreibstube des cappellanus war nicht mehr genug Zeit. Ein Ausflug zum Übungsplatz vor den Mauern der Burg schien wenig reizvoll, da ihn die Wächter dorthin begleiten würden. Zwar hatte Grigore bei seiner Rückkehr Carols Bewachung ein wenig gelockert, aber außerhalb der Ummauerung durfte er keinen Schritt ohne Begleitung tun. Wenigstens folgten ihm die Kerle nicht mehr so dicht auf den Fersen, dass er nicht einmal niesen konnte, ohne dass sie das Schwert zogen, dachte er erleichtert. Mit der Lockerung der Bewachung war auch seine Beklemmung ein Stück weit gewichen und er fühlte sich nicht mehr wie ein Gefangener. Am liebsten hätte er Grigore gesagt, dass er keine Wächter mehr brauchte; dass seine Mutter ihn beschützte. Allerdings glaubte er nicht, dass der Bojar verstehen würde, was Gott Carol durch die Bibel zu verstehen gegeben hatte. Daher schwieg er und hoffte, dass Grigore ihm irgendwann zutrauen würde, dass er sich selbst gegen seine Feinde verteidigen konnte. Er verstaute das Sattelzeug in der Sattelkammer, zupfte ein paar verirrte Strohhalme aus seinen Kleidern und wischte sich die Hände an der Hose ab. Neugier nagte an ihm. Allerdings zog sich sein Magen zusammen, als er sich vorstellte, was geschehen würde, wenn er dieser Neugier nachgab. Sollte er? Er sah sich unschlüssig im Stall um. Niemand achtete auf ihn. Konnte er es wagen, dem Drang zu folgen und sich durch die Backstube zum hinteren Eingang der Halle zu schleichen? Eine Mischung aus Wissensdurst, Ungeduld und Furcht ließ ein Kribbeln über seine Haut kriechen. Bevor er den Gedanken richtig zu Ende gedacht hatte, befand er sich auf dem Weg zu den Wirtschaftsgebäuden.

Mit einem so mächtigen Schutzengel wie dem seinen, konnte ihm nichts passieren! Wenn er Grigore und seine Begleiter erneut belauschte, fand er vielleicht endlich heraus, wie er zu seinem Onkel Radu gelangen konnte. Gewiss war das der Weg, den seine Mutter ihm weisen wollte! Folglich durfte er sich nicht feige im Stall verstecken, sondern musste tun, was sein Instinkt ihm befahl. Seine Bewacher waren in der Nähe des Tores in eine hitzige Debatte vertieft. Kein einziges Augenpaar folgte ihm, als er in Richtung Küche huschte. Dort verbarg er sich einige Herzschläge lang hinter einem fast völlig eingeschneiten Haselstrauch und horchte auf die Geräusche im Hof. Sobald er sicher war, dass ihn keiner der Männer bemerkt hatte, schlich er durch eine Seitentür in das Wirtschaftsgebäude und drückte sich an der Wand entlang bis zur Backstube. Nur eine Magd stand am Ofen und hantierte mit einem Holzbrett in der Öffnung herum. Zu Carols Glück schien sie so damit beschäftigt, nach den Brotlaiben zu angeln, ohne sich zu verbrennen, dass sie ihn weder hörte noch sah. Er hatte den Durchgang zum Korridor schon fast erreicht, als ihn ein Ruf mitten in der Bewegung erstarren ließ. »Carol!«, posaunte es in seinem Rücken. »Du kannst wohl nicht warten, bis es Essen gibt?«

Der Schreck fuhr ihm in die Glieder und ließ ihn eine Sekunde lang fürchten, dass man ihn ertappt hatte; dass die ganze Welt wusste, was er vorhatte. Dann rauschte die Köchin jedoch auf ihn zu, zog ihn an sich und kniff ihm in die Wange.

»Die Jagd macht hungrig«, stellte sie fest, als ob sie wüsste, wovon sie sprach. »Hier.« Sie griff nach einem der frischen Fladen, welche die Magd auf einen mehlbestäubten Tisch gelegt hatte. »Iss etwas hiervon, dann hört dein Magen auf zu knurren.«

Zum Henker, dachte Carol. Er verzog den Mund zu einem verkrampften Lächeln. So viel zu seinem Vorhaben!

Kapitel 50

Eine Woche später bot sich erneut eine Gelegenheit. Nach einem erschöpfenden Vormittag auf dem Übungsplatz wähnte Grigore ihn in der Waffenkammer. Doch Carol hatte einem der robi eine Belohnung versprochen, wenn er tat, was eigentlich Carols Aufgabe gewesen wäre. Als Grigore und er auf dem Rückweg zur Festung waren, hatte es angefangen, heftig zu schneien. Die Kälte trieb Carols Aufpasser in die Nähe eines Feuers. Da die Waffenkammer nicht beheizt war, zogen sie sich in die Wachstube zurück, wo sie zweifelsohne entweder würfelten oder Karten spielten. Die Gelegenheit war also günstig. Carol musste unbedingt herausfinden, was vor sich ging, sonst würde ihn die Neugier zerreißen! Acht weitere Bojaren waren im Lauf der Tage auf der Festung angekommen. Grigore hatte sich mit ihnen und den übrigen Adeligen in die Halle begeben, kaum hatte Carol ihm sein Pferd abgenommen. Nachdem er sich vorsichtig im Stall umgesehen hatte, machte er sich so klein wie eine Maus, huschte ins Freie und eilte auf leisen Sohlen zur Backstube. Dort wartete er, bis die Mägde mit Platten voller Leckereien in Richtung Halle abzogen und kroch im Korridor hinter eine Eichentruhe. Sobald die Bojaren bedient und die Frauen wieder verschwunden waren, schlich er sich auf Zehenspitzen zu der Tür, hinter der er sich schon beim letzten Mal verborgen hatte. Mit angehaltenem Atem drehte er an dem Knauf und hoffte, dass das Schloss geölt war. Ein kaum vernehmbares Quietschen ließ ihn zusammenfahren und innehalten. Aber die Männer in der Halle schienen nichts gehört zu haben.

»Das werde ich nicht zulassen!«, hörte er Grigore ausrufen, sobald der Spalt etwa zwei Zoll breit war.

»Ach, begrabt doch endlich Eure Skrupel und seht ein, dass es unvermeidbar ist«, hielt eine etwas höhere Stimme dagegen.

Carol presste die Wange an den Türrahmen und versuchte, den Sprecher zu erkennen. Allerdings standen zwei breitschultrige Riesen mit dem Rücken zu ihm mitten in seinem Blickfeld, sodass er nicht viel mehr erkennen konnte, als deren Wappenröcke.

»Das sehe ich nicht so«, erwiderte Grigore aufgebracht. »Ich habe auch nicht begriffen, warum es nötig war, die Frau zu töten.«

Eine Hand aus Eis fuhr Carol ins Genick. Töten? Wollten diese Männer jemanden umbringen?

»Stellt Ihr Euch so dumm oder seid Ihr tatsächlich so dumm?«, höhnte eine Stimme, die Carol als die eines der beleibtesten Besucher erkannte. »Wenn wir sie nicht aus dem Weg geräumt hätten, hätte sie Vlad Draculea einen ehelichen Sohn geschenkt. Versteht Ihr das? Einen *ehelichen* Thronfolger, keinen Bastard!«

Carol gefror das Blut in den Adern. Seine Mutter! Diese Männer redeten über seine Mutter! Er presste die Faust vor den Mund, um nicht laut aufzuschreien.

Jemand schnaubte.

»Ihr widersprecht Euch«, ließ sich Grigore erneut vernehmen. »Wenn das der Grund war, warum sie sterben musste, könnt Ihr den Jungen in Frieden lassen. Denn er ist nur ein Bastard.«

»Habt Ihr Euch etwa mit ihm angefreundet?«, dröhnte ein Bass. »Das hättet Ihr besser nicht tun sollen. Ihr wusstet doch von Anfang an, was geschehen würde. Wir dürfen nicht zulassen, dass sich ein Woiwode dem Einfluss des Adels entzieht! Wenn eine erste Warnung nicht ausreicht, wird eine zweite nötig.«

Carols Herz setzte aus, als er begriff, dass es um ihn ging. Trotz der Hand vor seinem Mund entfuhr ihm ein Keuchen, das aber zum Glück in dem aufflammenden Streit unterging.

»Warum habt Ihr ihn nicht einfach bei der Jagd erschossen?«, fragte einer der Riesen. »So hätte es wie ein Unfall ausgesehen.«

»Der mich auf direktem Weg auf einen Pfahl befördert hätte!«, brauste Grigore auf. »Wenn Ihr ein solches Ende finden wollt, nur zu. Ich habe nicht vor, den Tod eines Narren zu sterben!«

Carol hatte genug gehört. Sein Herz hämmerte in seiner Kehle und er schmeckte Blut. Als er vorsichtig nach seiner Zunge tastete, merkte er, dass er sich vor lauter Anspannung darauf gebissen hatte. Langsam begriff Carol. Die Wahrheit traf ihn wie ein Keulenschlag. Grigore war ein Verräter! Das hieß, er war hier nicht mehr sicher. Er musste fliehen! Er kroch von der Tür fort, als habe er sich an ihr verbrannt und rappelte sich auf. In seiner Hast von dem Ort zu entkommen, der sich soeben in eine Todesfalle verwandelt hatte, strauchelte er jedoch nach wenigen Schritten und schlug hart auf dem Steinboden hin. Obgleich der Aufprall die Haut von seinen Handballen schürfte und dafür sorgte, dass seine Zähne aufeinanderschlugen, spürte er keinen Schmerz. Sein Atem ging so schnell, dass er kaum mehr Luft bekam. Furcht legte sich wie eine eiserne Zwinge um seinen Brustkorb. Wohin sollte er fliehen? Und wie sollte er aus der Festung entkommen, ohne dass seine Bewacher ihn aufhielten? Er leckte das Blut von seinem Handballen und zwang sich, etwas ruhiger zu atmen. Wenn er jetzt den Kopf verlor, würde ihm auch seine Mutter nicht helfen können! Ein Stöhnen stieg in ihm auf, als die volle Bedeutung des belauschten Gespräches zu ihm durchdrang. Diese Männer waren dafür verantwortlich, dass seine Mutter nicht mehr lebte!

»Allmächtiger Gott, rette mich aus dieser Not«, flüsterte er und hob den Blick zur Decke; als erwarte er, dass seine Mutter über ihm schwebte und ihm einen Wink gab, wie er der Gefahr entrinnen konnte. Ganz egal, wer für ihren Tod verantwortlich war, änderte das nichts an der Tatsache, dass sie ihn beschützte. Wenn er jetzt nicht auf Gott und seine Mutter vertraute, dann war er verloren. Auf Beinen, die sich anfühlten, als wären sie aus Wachs, stolperte er auf die Backstube zu und lugte vorsichtig hinein. Als er niemanden sah, wagte er sich über die Schwelle und verharrte einen Moment, um seine Gedanken zu ordnen. Irgendwie musste er die Festung verlassen und zu seinem Vater nach Tirgoviste fliehen. Sein Blick fiel auf eine frische *coliva* – eine Roggentorte – neben der sich mehrere Brotfladen stapelten. Wenn er nicht verhungern wollte, musste er etwas zu essen stehlen. Mit hämmerndem Herzen stopfte er die Roggentorte und zwei der Fladen in einen herumliegenden Sack, versteckte diesen unter seinem Mantel und hastete aus der Backstube. Draußen hatte sich der Schneefall inzwischen in einen Schneesturm verwandelt, der bewirkte, dass Carol kaum die Hand vor Augen sah. So dicht war der Vorhang aus wirbelndem Weiß, dass er die Stallgebäude erst ausmachen konnte, als er sich direkt vor ihnen befand. Froh darüber, dass die Waffenkammer direkt an die Stallungen angrenzte, eilte er die Boxengasse entlang und schlüpfte kurz darauf in den kleinen, nach Öl riechenden Raum. Dort griff er nach Schwert und Armbrust und schnürte seinen Umhang zu, um draußen nicht zu erfrieren. Dann schlich er zur Box seines Hengstes, zog das Tier in den Gang und warf ihm mit fliegenden Fingern Sattel und Zaumzeug über.

»Wollt Ihr noch einmal ausreiten, Herr?«, fragte einer der Sklaven, der sich unbemerkt genähert hatte.

Nur mit Mühe brachte Carol das Zittern seiner Hände unter Kontrolle und schaffte es, beherrscht zu klingen, als er dem Burschen antwortete. »Ich habe etwas vergessen.« Bevor der robi weiter auf ihn eindringen konnte, stemmte er sich auf den Rücken des Pferdes, zog seine Handschuhe an und trieb das Tier auf den Ausgang zu. Im Hof sah er sich ein letztes Mal um, ob ihn jemand beobachtete. Doch dank der Witterung hielt sich keine Menschenseele im Freien auf. Sein Herz schlug so heftig, dass er fürchtete, man könnte es hören. Bemüht, sich nicht ansehen zu lassen, was er vorhatte, ritt er zum Tor und bedachte den Torhüter mit einem schiefen Lächeln. »Ich muss noch einmal zum Fluss«, log er. »Ich habe irgendwo meinen Dolch verloren. Den mit der silbernen Scheide«, setzte er hinzu. Der Mann zog die Brauen hoch und schüttelte den Kopf. Er wandte sich um, rief etwas über die Schulter in die Stube. Wenig später tauchte einer von Carols Bewachern auf. Diesem war deutlich anzusehen, was er von der Idee des Jungen hielt. Allerdings wagte er es nicht, dem Sohn des Woiwoden zu widersprechen.

»Ich komme mit Euch«, sagte er und setzte sich eine Fellmütze mit langen Ohrenklappen auf den Kopf.

Als er auf den Stall zusteuerte, unterdrückte Carol einen Fluch. Wie sollte er den Kerl jemals loswerden? Er konnte ihn doch nicht einfach erschießen! Der Gedanke war kaum zu Ende gedacht, da tauchte der Mann schon wieder auf – mit einem weiteren Pferd im Schlepptau. Carol stöhnte. Offenbar würde er nicht nur einen, sondern zwei Soldaten abschütteln müssen. Ein Pfiff lockte auch den zweiten Bewacher aus der warmen Stube. Wenig später öffnete sich das Tor.

»Irgendwo dort bei der Kiefer«, sagte Carol. Er deutete auf die Stelle, wo er einen verkrüppelten Baum vermutete, den ein Blitzschlag in der Mitte gespalten hatte. Da das Schneetreiben immer dichter wurde, konnte man jedoch nicht einmal seine Umrisse ausmachen, geschweige denn die Einzelheiten der Landschaft. Er trieb seinen Fuchs an und überlegte fieberhaft, wie er sich die beiden Männer vom Hals schaffen konnte. Würden sie auf eine plumpe List hereinfallen? Er wartete, bis sie direkt neben ihm waren, erst dann rief er scheinbar erschrocken aus: »Da versteckt sich jemand!« Sein Finger deutete irgendwohin – mitten hinein in das weiße Nichts. »Ich glaube, ich habe eine Armbrust gesehen!«

»Wartet hier!«, befahl der ältere der beiden. Keine zehn Atemzüge später verschluckte der Schnee die Umrisse der beiden Genarrten.

Ohne auch nur eine Sekunde lang zu überlegen, wendete Carol seinen Hengst, rammte ihm die Hacken in die Flanken und preschte davon. Wenn er sich am Ufer des Flusses orientierte, sollte es ihm gelingen, den Wald zu erreichen. Dort würden ihm die Bäume zeigen, wo Norden war. Wenn Gott ihm beistand, würde die Flucht glücken. Er hatte bereits über eine halbe Meile hinter sich gebracht, als er gedämpfte Rufe vernahm, die ihm verrieten, dass die beiden sein Verschwinden entdeckt hatten. Mit einer Verwünschung drosch er seinem Hengst den Zügel über den Hals und brach in halsbrecherischem Tempo durch das niedrige Ufergestrüpp. Dieses wuchs parallel zum Fluss und wies ihm den Weg – jedenfalls hoffte er das. Ein falscher Tritt und er würde der Böschung zu nah kommen und in die eisigen Fluten stürzen! »Da vorne!«, hörte er einen seiner Bewacher brüllen. »Bleibt hier!« Aber eher würde Carol sich eigenhändig die Kehle durchschneiden. Weit über den Hals seines Reittieres gebeugt stob er durch den knietiefen Schnee, bis er nach einer scheinbaren Ewigkeit den Waldrand vor sich ausmachen konnte. Furcht, Wut und ein überwältigender Überlebenswille trieben ihn an und ließen ihn alle Gefahren vergessen. Grigore war ein Verräter! Dieser Gedanke kreiste in seinem Kopf, verspottete ihn und verdrängte alles andere. Grigore hatte Schuld am Tod seiner Mutter! Der Mann, den er für seinen Beschützer gehalten hatte, war nichts weiter als ein gedungener Mordgeselle! Sein Mund öffnete sich zu einem Schrei. Aber die Vernunft ließ ihn die Lippen aufeinanderpressen und weiter auf die Bäume zu jagen. Die Stimmen der Männer in seinem Rücken waren inzwischen verstummt. Es wäre selbstmörderische Torheit gewesen, sie durch blinde Wut wieder auf seine Spur zu locken.

Ein heiseres Schluchzen stieg in seiner Kehle auf, das er jedoch genauso unterdrückte, wie den Schrei. »Warum hast du das zugelassen, Herr?«, flüsterte er erstickt, während Tränen seine Wangen hinabrannen. Warum hatte die Verräter nicht augenblicklich Gottes Zorn getroffen? Er fuhr sich wütend mit dem Handrücken über die Augen und lenkte seinen Fuchs tiefer in den Wald, wo er sich schließlich nach Norden wandte. Der Schnee fiel hier nicht so dicht, wie auf dem freien Feld. Nach einigen Minuten gelang es ihm, sich zu orientieren. Hatten sie an diesem Baumstumpf nicht erst vor kurzem ein Wildschwein erblickt? Kam ihm die Gruppierung von uralten Eichen nicht bekannt vor? Und war dort vorne nicht der Unterstand, den Grigores Wildhüter ihm vor einigen Wochen gezeigt hatte? Er fasste die Zügel kürzer und griff an seinen Gürtel, um sich zu versichern, dass sein Schwert dort war, wo es hingehörte. Keine Sekunde lang machte er sich vor, der Gefahr entronnen zu sein. Sobald Grigore und die anderen Männer von seiner Flucht erfuhren, würden sie alle Hebel in Bewegung setzen, um ihn einzuholen. Er schauderte. Wer hätte gedacht, dass er der Ankunft am Hof seines Vaters jemals mit etwas anderem als Furcht entgegenblicken würde? Ein Heulen zu seiner Linken ließ ihn das Schwert aus der Scheide ziehen. Er hatte die Wölfe vergessen. Seine Nackenhaare richteten sich auf. Er zwang sich, nicht an die missglückte Flucht aus dem Kloster Bistriţa zu denken. Dieses Mal würde niemand kommen, um ihm zur Hilfe zu eilen. Dieses Mal würde er den Gefahren des Waldes allein trotzen müssen – so, wie es sich für einen Mann gehörte!

Kapitel 51

Ulm, Anfang März 1459

»Was?« Sophia von Katzenstein starrte Utz fassungslos an.

»Ich habe ihm Geld gegeben, damit er eure Burg zurückkaufen kann«, erwiderte dieser lahm und wich ihrem Blick aus. Seit Tagen fragte Sophia nach ihrem Vater und Johannes. Aber Utz hatte bisher nicht den Mut gehabt, ihr zu sagen, was er getan hatte. Vor allem, weil er nicht wusste, ob Johann von Katzenstein auch tatsächlich aus Ulm verschwinden würde.

»Das glaube ich nicht. Das …«, stammelte sie und brach mitten im Satz ab. Mehrere Gefühle hielten Widerstreit in ihrem Gesicht: Ungläubigkeit, Bestürzung, Empörung und – er war sich nicht ganz sicher, was der andere Ausdruck bedeutete. Allerdings gewann die Empörung innerhalb weniger Augenblicke die Oberhand und Sophia trat mit Feuer im Blick auf ihn zu. »Warum hast du mir das nicht gesagt?«, forderte sie zu wissen. »Dachtest du vielleicht, du könntest es vor mir geheim halten? So, wie du Hans' Tod vor mir geheim gehalten hast?« Anders als sonst füllten sich ihre Augen bei der Erwähnung ihres Sohnes nicht umgehend mit Tränen.

Utz fragte sich, ob ihre Trauer mit aller Macht zurückkehren würde, jetzt, wo Johannes sie nicht mehr von dem Verlust ablenkte. Irgendwie hatte er das Gefühl gehabt, dass Sophia sich an dem Knaben festklammerte – als könne seine Gegenwart alles ungeschehen machen. Doch diese Illusion würde zerplatzen, wie eine Seifenblase – wenn das nicht schon längst geschehen war.

»Wie konntest du nur?« Ihre Stimme überschlug sich beinahe. »Ich …« Sie brach den Satz ab, fuhr sich mit den Fingern in die Haare und wandte Utz den Rücken zu.

»Ich dachte, es wäre besser so«, hub Utz an.

»Besser?« Sie wirbelte zu ihm herum, trat wütend auf ihn zu und stach mit dem Zeigefinger nach seiner Brust. »Woher willst *du* wissen, was besser für mich ist?« Ihre grünen Augen sprühten Funken. Er wich instinktiv einen Schritt vor ihr zurück.

»Hast du vergessen, was er getan hat?«, fragte er nach einigen Momenten, in denen Sophia ihn schwer atmend anblitzte. »Hast du vergessen, was er und deine Großmutter uns angetan haben?«

Warum war sie so wütend auf ihn? Ärger regte sich irgendwo tief in ihm.

»Nein!«, fauchte sie. »Das habe ich nicht! Aber wenigstens hat *er* Leben ins Haus gebracht, anstatt es mit sich fortzunehmen!« Ihre Brust hob und senkte sich heftig. »Man muss auch irgendwann verzeihen können. All diese Dinge waren Helwigs Idee, nicht die meines Vaters!«

Utz glaubte, nicht richtig zu hören. *So* hatte sie sich die Wirklichkeit also schöngeredet! Er schob die Brauen zusammen und verschränkte die Arme vor der Brust, um sich vor ihrem Finger zu schützen. »Wenn du *ihm* verzeihen kannst, warum dann nicht auch mir?«

Die Worte hatten dieselbe Wirkung wie ein Schlag ins Gesicht. Mit aufgerissenen Augen wich sie vor ihm zurück, hob die Hand an die Wange und öffnete den Mund. »Warum kannst du mir nicht verzeihen, wozu dein Vater und deine Großmutter mich gezwungen haben?«, fuhr er fort – mit einem Mal in grausamer Stimmung. »Und warum kannst du mir nicht verzeihen, dass das Schicksal uns einen unserer Söhne genommen hat?« Er schob das Kinn nach vorne und ballte die Hände zu Fäusten. »Ist es denn meine Schuld, dass du keine weiteren Kinder empfangen kannst?«

Sie erbleichte.

Er war versucht, ihr das Dokument vor die Füße zu pfeffern, das er Johann von Katzenstein im Gegenzug für seine

Hilfe hatte unterzeichnen lassen. Darin hatte er sich das Scheidungsrecht zurückgeholt, zu dessen Verzicht Helwig und Johann ihn vor über zehn Jahren gezwungen hatten. »Ist es meine Schuld, dass dein Schoß unfruchtbar ist?« Die Wut war wie eine Welle, die ihn ergriff und mit sich forttrug. Er hatte genug von ihren Vorwürfen, ihrem Hass und ihrer Abscheu. Ja, er war für den Tod seines Sohnes mitverantwortlich! Aber es hätte auch eine Krankheit sein können, die ihn dahinraffte; oder ein Unfall. Wurden nicht ständig Leute von Fuhrwerken überrollt?

Sie sah ihn sprachlos an – kalkweiß, wie ein Totentuch.

»Ich wollte dir ein Ehemann sein, aber du lässt mich nicht«, knurrte er. »Ich wollte dir Stärke geben, aber du lässt mich nicht!« Ihr Schweigen brachte ihn erst richtig in Fahrt. Hätte sie ihn mit ihrer Feindseligkeit nicht aus dem Haus getrieben, wäre es niemals soweit gekommen! Dann säße er jetzt im Stadtrat und seine beiden Söhne würden den Beruf ihres Vaters erlernen. Der Zorn breitete sich weiter in ihm aus. »Ich habe mich fast ruiniert, um deinem Vater seine Burg zurückzugeben und dafür zu sorgen, dass er dir nicht wieder ein Leid antun kann«, bemerkte er kalt und griff nach seiner Schaube. Nachdem er sich den warmen Mantel übergeworfen hatte, rammte er sich einen Hut auf den Kopf und spuckte zornig aus: »Ich bin im Badehaus, falls jemand nach mir fragt!« Mit diesen Worten machte er auf dem Absatz kehrt und stürmte wenig später aus dem Haus.

Lange Zeit verharrte Sophia regungslos und sah auf die Stelle, an der Utz gestanden hatte. Die Stelle, von der er Worte wie Geschosse auf sie abgefeuert hatte; Worte, die wild in ihrem Kopf kreisten und sie schwindelig machten; Worte, deren Bedeutung zur Folge hatte, dass sich ihr Magen zusammenzog und sie ein überwältigendes Schuldgefühl überkam. Wie konnte er nur so grausam sein? Die Ungerechtigkeit seiner Vorwürfe bohrte sich wie ein Stachel in ihr Herz und drohte, ihre Seele zu vergiften. Er war ein Scheusal! Die Beine wurden ihr schwach und sie ließ sich an Ort und Stelle auf den Boden sinken. Ein furchtbares, grausames Scheusal! Zorn stieg in ihr auf und vermischte sich mit einer überwältigenden Trauer, die nicht nur etwas mit dem Verlust ihres Sohnes zu tun hatte. Ein wahrer Sturzbach an Tränen tränkte schon bald den Stoff ihres Kleides, mit dem sie sich immer wieder über das Gesicht wischte. Wie konnte er ihr nur so furchtbare Dinge sagen? War nicht *er* an allem Schuld? Nein, flüsterte eine kleine Stimme am Grunde ihres Verstandes. Das war er nicht. Schuld an allem war Helwig, ihre raffgierige Großmutter. Sie schniefte und wischte sich erneut Nase und Augen. Wäre Helwig nicht gewesen, dann wäre all das nicht geschehen! Dann wäre ihr Leben vielleicht nicht so entsetzlich. Sie suchte in ihren Taschen nach einem Tuch und putzte sich die Nase. Dann wäre sie die Frau eines anderen Mannes, der … Sie brach den Gedanken ab ehe er zu Ende gedacht war. Dann zerknüllte sie das Tuch in ihrer Faust und rutschte nach hinten, bis sie sich mit dem Rücken an eine Truhe lehnen konnte. Hätte ein anderer Mann ein besseres Los bedeutet? Wäre ein anderer Mann so großzügig gewesen, sie im Haus zu behalten, nachdem sie keine Kinder mehr empfangen konnte? Oder hätte ein anderer von seinem Recht auf Scheidung Gebrauch gemacht? Und was war mit dem Stockrecht, das Utz als ihr Gatte eigentlich hatte? Hätte ein anderer Mann sich ebenso von ihr zurückweisen lassen wie Utz? Oder sich mit Gewalt genommen, was ihm zustand?

Ein Zittern lief durch ihren Körper, als ein gewaltiger Seufzer aus ihr hervorbrach. Wütend über sich selbst, ihre Schwäche und die Tränen, zog sie die Beine an und vergrub das Gesicht in den Falten ihrer Ärmel. Wäre ihr Leben ein besseres, wenn Helwig sie damals an den langweiligen Schreibersohn verheiratet hätte? Oder an den unsympathischen Pfeffersack, den sie – unter anderen – zur Brautschau eingeladen hatte? Sie biss sich auf die Lippe und wiegte sich hin und her. Wenn der Schmerz doch nur endlich abklingen würde! Wenn es doch endlich aufhören würde, so entsetzlich weh zu tun! Warum heilte ihr Herz nicht? Und warum spielten ihre Gefühle ihr in letzter Zeit nur so furchtbare Streiche? Sie hob den Kopf und suchte mit den Augen nach dem Kruzifix an der Wand. »Warum, Herr?«, fragte sie. »Warum tust du mir das an?« Ein überwältigendes Bedürfnis nach Trost überkam sie und ließ sie nur mühsam zurück auf die Beine kommen. Erschöpft wie nach einem harten Arbeitstag tastete sie sich an der Truhe entlang zu ihrem Bett, neben dem eine kleine Flasche auf einem Tischchen stand. Mit unsicheren Händen entkorkte sie diese und träufelte etwas von der Arznei darin in den halb vollen Becher daneben. Wie immer würde diese Medizin aus Stechapfel, Mandragora, Bilsenkraut und Tollkirsche ihre Sorgen in Luft auflösen. Ebenso das Gefühl, das sie immer öfter beschlich und ihr Angst machte. Sie setzte den Becher an die Lippen, hielt jedoch inne, als ihr der bittere Geruch der Arznei in die Nase stach. Was, wenn dieses Gebräu daran Schuld war, dass sie vermeinte, Hans zu spüren? Was, wenn es ihren Verstand langsam, aber sicher auflöste? Sie zögerte und stellte den Trunk nach einigen Momenten zurück auf den Tisch. Sie musste aufhören, sich damit zu betäuben! Vielleicht war das Gefühl etwas, womit der Teufel sie quälen wollte. Aber vielleicht war es auch ein Zeichen Gottes, nicht zu verzweifeln.

Sie betrachtete die dunkle Flüssigkeit einige Momente lang, dann kehrte sie dem Tisch den Rücken. Utz hatte sie mit seinen Worten verletzt – so sehr, dass sie nicht wusste, ob sie ihn jemals wieder sehen wollte. Aber er hatte auch an etwas gerührt, das sie nachdenklich stimmte. All die Jahre hatte sie ihn für einen Vorfall bestraft, für den er genauso wenig konnte wie sie; hatte ihn für etwas bezahlen lassen, das er nicht verschuldet hatte. Auch wenn sie ihn im Moment am liebsten zum Teufel wünschen würde, regte sich Mitleid in ihr. Sie trat an den Altar und sank auf die Kniebank. »Vater im Himmel, weise mir den Weg«, flüsterte sie. »Hilf mir zu erkennen, was richtig und was falsch ist. Gib mir die Kraft, all das zu ertragen, was du mir armer Sünderin aufbürdest. Denn du bist allwissend und weise, barmherzig und stark. Amen.« Sie schlug ein Kreuz vor der Brust und versank in Grübeln. Der Streit mit Utz hallte in ihrem Kopf nach und die Anschuldigungen, mit denen er sie bombardiert hatte, drückten sie zu Boden. Er hatte recht mit dem, was er gesagt hatte, gestand sie sich schließlich ein. Hatte er nicht auch einen Anspruch darauf, dass sie ihm endlich vergab? War er nicht in den Zeiten höchster Not für sie dagewesen? Sie seufzte und hub zu einem Gebet an. Gott würde ihr aufzeigen, was er von ihr erwartete. Sie musste nur ihren Geist öffnen und ihn empfangen – dann würde er sie erleuchten und dorthin führen, wo sie irgendwann wieder Helligkeit finden konnte.

Kapitel 52

Kurz vor Tirgoviste, Anfang März 1459

Carol vermochte sich kaum mehr im Sattel zu halten. Der Ritt, der normalerweise in wenigen Stunden zu bewältigen war, hatte vier Tage gedauert und er war beinahe zu erschöpft zum Atmen. Der Schneesturm hatte mit einer Gewalt getobt, die scheinbar selbst die Tiere des Waldes verängstigt hatte. Doch an diesem Morgen lachte die Sonne aus einem blankgeputzten Himmel – als wäre das Unwetter nichts weiter als ein Spuk gewesen. Carol fror entsetzlich und sein Magen fühlte sich an, als habe ihn jemand mit einem Löffel ausgehöhlt. Seinem Reittier schien es ähnlich zu gehen, da es hin und her schwankte wie ein Grashalm im Wind. Die gestohlene Roggentorte und die beiden Brotfladen hatten nicht besonders lange vorgehalten. Er hatte seit über einem Tag nichts mehr gegessen. Außerdem schienen sich selbst seine Knochen inzwischen in Eis verwandelt zu haben, weil er es nicht gewagt hatte, ein richtiges Feuer zu entzünden. Zwar hatte er sich mit einer Fackel mehr schlecht als recht der Wölfe erwehrt – einigen von ihnen sogar den Pelz versengt. Aber ein größeres Feuer hätte die Verfolger auf seine Spur gelockt. Dieses Risiko hatte er nicht eingehen wollen, obgleich er annahm, dass Grigores Männer seine Spur im Schneegestöber verloren hatten. Wahrscheinlich war es ihnen gegangen wie ihm. Bereits nach wenigen Stunden war er vom Weg abgekommen und hatte sich heillos im Wald verirrt. Wären nicht die beiden Reisigweiber gewesen, läge er inzwischen vermutlich steifgefroren zwischen Dornenbüschen und Schösslingen. Er spannte die Muskeln an, um das Zittern zu unterdrücken, das ihn dennoch schüttelte, als wäre er nicht mehr als ein Sack Knochen.

»Halt!« Zwei Soldaten vertraten ihm den Weg, als er das Stadttor von Tirgoviste erreichte. Der größere der beiden hielt Carol die Hand entgegen, um den Torzoll zu kassieren. Aber sein Begleiter stieß ihn mit einem Kopfschütteln an. Dann flüsterte er dem anderen etwas zu und beide wichen zurück, um dem Knaben den Weg freizumachen. Etwas an der Art und Weise, wie sie ihn zuerst anstarrten und ihm dann nachsahen, kam Carol merkwürdig vor. Das erste Mal in seinem Leben war er froh, als der Palast seines Vaters vor ihm auftauchte. Was würde Vlad Draculea wohl sagen, wenn er ihm von Grigores Verrat berichtete? Würde er ihm glauben? Oder würde er ihn wegen seines Ungehorsams geißeln lassen und ihn zurückschicken an den Ort, wo man ihm nach dem Leben trachtete? Furcht machte sich in ihm breit – obwohl er sich geschworen hatte, sich nie mehr vor seinem Vater zu ängstigen. Wie in der Einöde des Waldes würde seine Mutter ihn auch hier vor allen Gefahren bewahren! Jedenfalls hoffte er das inständig. Er klammerte sich am Zügel fest, um nicht kurz vor dem Ziel vor Schwäche vom Pferd zu fallen und versuchte gegen die Bangigkeit anzukämpfen, die ihn beim Anblick der Festung ergriff. Wie immer wirkte der Palast auf ihn abweisend und düster – trotz der weißen Häubchen auf Dächern und Zinnen. Der Turnul Chindiei warf einen langen Schatten, der beinahe wirkte wie ein Finger; ein Finger, der ihm riet, so schnell wie möglich wieder in die Richtung davonzureiten, aus der er gekommen war. Mit jedem Schritt, den sein Hengst tat, schlug sein Herz heftiger gegen seine Rippen. Als er am Tor ankam, fiel es ihm schwer, eine ausdruckslose Miene zur Schau zu stellen.

Sobald die Wachen ihn erblickten, kamen sie aus ihrer Stube gerannt und eilten auf ihn zu, als hätten sie von seiner Ankunft gewusst. Einer der Männer pfiff zwei robi herbei, die Carol das Pferd abnahmen und ihm aus dem Sattel halfen.

»Euer Vater erwartet Euch bereits«, erklärte der Soldat, der Carol am nächsten war. »Er hat Befehl gegeben, Euch sofort zu ihm zu führen, sobald Ihr ankommt.«

Carols Herz setzte einen Schlag aus. Woher wusste sein Vater, dass er davongelaufen war? Wer hatte ihm davon berichtet? Die Hand der Wache schloss sich höflich, aber bestimmt um seinen Oberarm, und Furcht durchzuckte ihn wie ein Blitz. Waren Grigores Männer ihm zuvorgekommen? Hatten sie Vlad Draculea Lügen über ihn erzählt? Seine Beine gaben nach und nur der Griff des Wächters verhinderte, dass er zu Boden glitt. Schwindel gesellte sich zu seiner Furcht und er schloss einen Augenblick lang die Augen, da die Gebäude anfingen, sich um ihn zu drehen. Als er sie wieder öffnete, befand er sich bereits im Palast. Halb getragen, halb aus eigener Kraft gelangte er wenig später zu der geschlossenen Tür der

Halle, hinter der ihn zweifelsohne ein erzürnter Vlad Draculea erwartete. Allerdings war der Woiwode nicht allein. Kaum hatten Carol und sein Begleiter den fensterlosen Raum betreten, sah er eine Gestalt vor seinem Vater kauern. Dieser saß mit finsterer Miene auf dem thronartigen Stuhl am anderen Ende der Halle und wiegte etwas in den Händen, das Carol mit Entsetzen als sein Schwert erkannte. Hätte ihn der Soldat nicht auf den Fürsten zugezogen, hätte Carol auf dem Absatz kehrt gemacht und wäre zurück in den Wald geflohen. So allerdings blieb ihm keine andere Wahl, als auf Vlad Draculea zuzustolpern und furchtsam seinen steinernen Blick zu meiden.

Erst als er zwei Schritte von dem Knienden entfernt zum Stehen kam, sah er, dass ein Dutzend weiterer Männer im Raum war – allesamt in den Farben von Vlad Draculeas Leibwache. Der Woiwode nahm die Waffe in die Rechte und erhob sich, um sich drohend seinem Sohn und dem Mann am Boden zu nähern. Dieser hob den Kopf. Carol keuchte auf, als er erkannte, dass es sich um einen von Grigores Gefolgsleuten handelte. An seiner Schläfe prangte eine hässliche Platzwunde, ein langer Schnitt entstellte seine rechte Wange. Vlad Draculea sah finster auf ihn hinab und gab dem Soldaten zu verstehen, Carol zu ihm zu bringen.

»Vodă«, stammelte der Kniende und hob flehend die Hände. »Es ist, wie ich es Euch gesagt habe.« Sein Blick zuckte zu Carol. »Der Junge muss sich im Schneesturm verirrt haben.«

Todesangst sprach aus seinen Augen und Carol begriff, dass sein Vater ihm keinen Glauben schenkte. Die Wut, die dem Fürsten überdeutlich ins Gesicht geschrieben stand, hatte nichts mit ihm zu tun! Die Waffe war nicht dazu gedacht, *ihm* Angst einzujagen, sondern dem Kauernden. Vlads Hand legte sich schwer auf Carols Schulter und trotz der Erkenntnis, dass der Zorn seines Vaters nicht ihm galt, zuckte der Knabe zusammen.

»Wenn du die Wahrheit sagst«, versetzte Vlad drohend, »warum ist Grigore dann nicht selbst zu mir gekommen, um mich von diesem …«, er zögerte einen Moment, »*Missgeschick* in Kenntnis zu setzen?« Seine Stimme triefte vor Hohn. »Warum versteckt er sich dann feige wie ein Waschweib auf seiner Festung, anstatt seinem Fürsten Rede und Antwort zu stehen?« Er setzte dem Mann die Klinge an die Kehle. »Und warum war es überhaupt möglich, dass mein Sohn sich allein in einem Schneesturm verirrt hat? Waren meine Befehle nicht eindeutig?«

Der Mann schluckte und die Bewegung seines Adamsapfels führte dazu, dass die Klinge seine Haut ritzte. »Vergebt mir, Vodă«, brachte er schließlich mühsam hervor. »Ich bin nur der Bote.«

Vlad zog die Hand mit der Waffe wieder zurück und lachte freudlos. »Das mag sein«, erwiderte er kalt, »aber du weißt sicher, welches Los den Boten meistens ereilt.« Damit winkte er zwei seiner Männer herbei und befahl: »Foltert ihn. Ich will wissen, warum Grigore zu feige war, mir selbst von diesem Vorfall zu berichten!« Er kehrte dem Knienden den Rücken und griff Carol bei den Schultern. »Und du hast besser eine gute Erklärung für deinen Ungehorsam!«

»Ihr geht und bewacht die Tür«, herrschte Vlad seine Wachen an und wartete, bis diese die Halle verlassen hatten. Dann packte er Carol am Kinn und zwang ihn, ihm ins Gesicht zu blicken. Carols Augen erinnerten ihn immer noch viel zu sehr an Radu! Er vertrieb den Gedanken an seinen Bruder mit einem unwilligen Stirnrunzeln und herrschte seinen Sohn an: »Warum hast du ohne Erlaubnis die Festung verlassen?«

Der Knabe schrak vor ihm zurück und schlug den Blick nieder. Seine Lippen bebten, als er den Mund zu einer Antwort öffnete. »Grigore ist nicht der, der er vorgibt zu sein«, brachte er nach einigen heftigen Atemzügen schließlich heiser hervor. »Er und die anderen haben meine Mutter getötet!«

Vlad glaubte, nicht richtig gehört zu haben. »Was sagst du da?«, fragte er tonlos.

»Sie wollten mich auch umbringen«, setzte Carol kaum hörbar hinzu. Obwohl es ihn sichtliche Überwindung kostete, hob der Junge den Blick wieder und sah seinem Vater direkt ins Gesicht. »Sie haben gesagt, dass sie meine Mutter getötet haben, damit sie Euch keinen ehelichen Thronfolger schenkt«, stieß er hervor, »weil Ihr Euch dem Einfluss des Adels entzieht.« Seine Augen glänzten feucht.

Dieses Mal empfand Vlad keinen Zorn über die Schwäche seines Sohnes – nur über seine eigene Dummheit. »Dieser *fiu de curva*!«, fluchte er und brachte etwas Abstand zwischen sich und Carol. »Diese feigen Mistkerle!« Seine Hand schloss sich um den Griff der Waffe, mit der er am liebsten auf den verlogenen Boten losgegangen wäre; ihm Glied für Glied einzeln abgetrennt und diese als Botschaft zu Grigore geschickt hätte. Doch die Vernunft sagte ihm, dass er kühlen Kopf bewahren musste. Wenn er jetzt überhastet handelte, seinen Gefühlen folgte und sofort Rache nahm, hatte er den Kampf gegen die Bojaren womöglich für immer verloren. Er ließ das Heft wieder fahren und ballte die Hände zu Fäusten. Was für ein Dummkopf er gewesen war, auf Grigores Treue zu bauen! Was für ein unglaublicher Narr! Hatte ihm das Los seines eigenen Vaters nicht gezeigt, dass ein Woiwode niemandem, absolut niemandem vertrauen durfte?

Ein Husten, das Carol plötzlich schüttelte, riss ihn aus den Gedanken. Alle Farbe war aus den Wangen des Knaben gewichen. Seine Haut wirkte mit einem Mal aschfahl. Selbst seine Lippen waren grau und er fing an, vor Erschöpfung zu schlottern. Er taumelte einen Schritt nach hinten und wäre um ein Haar über einen der Tische gestolpert.

»Mir ist so kalt«, murmelte er und schlang die Arme um seinen Oberkörper.

Ein ungewohntes Gefühl der Sorge ließ Vlad die Hand ausstrecken. Doch kurz bevor seine Finger die Haut seines Sohnes streiften, hielt er sich zurück und ließ den Arm wieder sinken. »Wann hast du das letzte Mal etwas gegessen?«, brummte er.

»Gestern morgen, Vodă«, murmelte Carol, der sichtlich Mühe hatte, sich auf den Beinen zu halten.

Vlad überlegte nicht lange, durchmaß mit wenigen Schritten die Halle und rief zwei seiner Soldaten und seinen Knappen herbei. »Begleitet ihn in meine Gemächer«, wies er die Männer an. An Toader gewandt sagte er: »Besorg ihm etwas zu essen und sorge dafür, dass ihm wieder warm wird.« Er warf einen Blick zurück auf seinen Sohn, der sich auf eine Bank hatte fallen lassen und knurrte die Wachen an: »Wenn ihm auch nur ein einziges Haar gekrümmt wird, begegnet ihr dem Teufel, noch bevor der Tag endet!« Sein Herz drängte ihn, noch einmal zu Carol zurückzugehen und ihn in die Arme zu ziehen. Allerdings konnte er sich solcherlei Zeichen der Schwäche nicht erlauben. Daher wandte er sich nach kurzem Zögern zum Gehen und beschloss, sich eigenhändig um den Boten zu kümmern. Ein Anflug von Reue und Selbsttadel ließ ihn das Gesicht verziehen, als er an die Gefühle dachte, die ihn bei dessen Bericht erfüllt hatten. Beinahe wäre er ein Opfer einer List geworden, die ein Kind durchschaut hätte! Was war nur mit ihm los? Ein bitterer Geschmack stieg in ihm auf und er griff instinktiv nach der Peitsche an seinem Gürtel. Waren die Fehler, die er in letzter Zeit immer häufiger machte, eine Warnung? Unvermittelt tauchte das Bild der blonden Magd vor seinem inneren Auge auf, doch er schob es mit einem ärgerlichen Fluch beiseite. Kein Wunder, dass er um ein Haar den Lügen eines Mannes geglaubt hatte, der von einem Verräter zu ihm gesandt worden war. Die unerfüllte

Lust, welche mit jedem Tag heftiger in ihm tobte, schien seinen Verstand zu vernebeln. Wie sonst sollte er es sich erklären, dass bei den Worten des Boten zuerst Zorn über Carols Ungehorsam in ihm aufgeflammt war? Dass er vermutete hatte, der Knabe sei davongelaufen? Dass sich nicht augenblicklich Misstrauen in ihm geregt hatte? Er hätte sich keinen einzigen Moment täuschen lassen dürfen! Er stürmte den Gang entlang, bis er eine steile Treppe erreichte, die zu den Kerkern führte. Von dort drang das Brüllen des Gefolterten herauf – gedämpft durch eine dicke Eichentür. Wenn Carol davongelaufen war, um einer Strafe zu entkommen, hätte Grigore den Palast selbst aufgesucht. Schließlich hatte Vlad dem Bojaren freie Hand gegeben, was die Züchtigung seines Schutzbefohlenen anging. Allein die Tatsache, dass Grigore einen anderen vorschickte, hätte ihn sofort argwöhnisch machen sollen. Er nahm je zwei Stufen auf einmal und langte kurze Zeit später vor der Tür an, hinter der seine Männer dem Boten seine Geheimnisse zu entlocken versuchten.

Er stieß sie auf und bellte: »Hört auf!«

Lediglich ein Schatten der Verwunderung huschte über die Gesichter der Schergen, ehe sie dem Befehl Folge leisteten. Obwohl es Vlad mit jeder Faser drängte, dem Kerl so viel Schmerz wie möglich zuzufügen, ordnete er an, ihn loszumachen. Während die Ketten zu Boden fielen und der Gefolterte in sich zusammensackte, betrachtete er ihn kalt. Der Schaden hielt sich in Grenzen. Wenn er seinem Arzt auftrug, ihn wiederherzustellen, war er in spätestens einer Woche wieder wie neu. Dann konnte er ihn zurück zu Grigore schicken, damit er diesen glauben machte, dass Vlad ihm nicht grollte. Schon bald würde dieser *Tradator* Grigore sich wünschen, dass der Teufel ihn von seinen Qualen erlöste! Vlad rümpfte die Nase, als der Gefolterte Blut und Schleim ausspuckte. Gewiss würde es nicht schwer sein, dem Burschen klar zu machen, was geschah, wenn er Vlad hinterging!

Kapitel 53

Serbien, März 1459

Obgleich der Marsch durch das serbische Gebirge voller Entbehrungen war, fühlte Radu sich frei wie ein Vogel. Allah hatte seine Gebete erhört und seinen Gül-jüz und ihn selbst von dem langweiligen Palastleben erlöst! Zwar war Mehmeds Begeisterung für das Zeugen königlichen Nachwuchses recht bald abgeflaut, aber die Anwesenheit all der Frauen hatte Radu den Aufenthalt im *Sarayı* so sehr verleidet, dass er öfter als sonst die Bazare der Stadt durchstreift und Zerstreuung im Wein gesucht hatte. Trägheit hatte dafür gesorgt, dass seine ehemals schlanke Mitte sich inzwischen über seinen Gürtel wölbte. Selbst der neue Gespiele, den er sich zugelegt hatte, war ihm bald langweilig geworden, da seine Anwesenheit nur dafür sorgte, dass er sich noch mehr nach Mehmed sehnte. Wie sehr ihn die Neuigkeit vom Marsch nach Serbien erfreut hatte! Obwohl er vermutet hatte, dass der Sultan sich zuerst um den Bürgerkrieg in der Morea kümmern würde. Aber wer begriff schon die Wege des Sultans zweier Kontinente und des Beherrschers zweier Meere? Er grinste flegelhaft – froh dass alle Augen auf den tückischen Untergrund gerichtet waren. Er selbst hatte ebenfalls alle Hände voll zu tun, um zu verhindern, dass sein Reittier in die Schlucht zu ihrer Rechten stürzte. Doch der Übermut, der in ihm schäumte, ließ ihn die Gefahr immer wieder vergessen.

Nicht mehr lange und sie würden Smederevo erreichen – die Hauptstadt Serbiens, die Mehmed einzunehmen gedachte. Dreißig Meilen östlich von Belgrad gelegen, war Smederevo beinahe noch stärker befestigt als die Stadt, die dem Sultan vor knapp drei Jahren getrotzt und Schande über ihn gebracht hatte. Die Stadt, deren Namen man in seiner Anwesenheit nicht einmal aussprechen durfte. Als Radu unüberlegt darauf hingewiesen hatte, wie ähnlich sich die beiden Festungen waren, hatte Mehmed vor Wut den Weinkelch nach ihm geworfen und war mit hochrotem Kopf davon gestürmt. Das furchtsame Wiehern eines Pferdes hinter ihm ließ Radu die Erinnerung vergessen und den Kopf wenden. Etwas hatte offenbar das Pferd eines Sipahi erschreckt, sodass dieses auf die Hinterbeine stieg und zur Seite ausbrach. Ehe der Ritter das Tier zurück auf den Weg lenken konnte, verlor es den Halt, strauchelte und brach in die Knie. Sein Reiter wurde um ein Haar in den Abgrund geschleudert, doch ein geschickter Sprung nach links rettete ihm das Leben. Während der Sipahi sich blitzschnell vor den Hufen der Pferde seiner Hintermänner in Sicherheit brachte, rutschte sein Hengst den geröllbedeckten Abhang hinab und stürzte mit einem schrillen Angstschrei in die Tiefe. Radus Übermut verflüchtigte sich. Er fasste – genau wie die Männer um ihn herum – die Zügel nach. Er hatte keine Lust zu sterben! Wie so oft in letzter Zeit schoss ihm dieser Gedanke ohne Vorwarnung durch den Kopf und erfüllte ihn mit Selbstverachtung. Die Erkenntnis hatte sich bereits in Griechenland eingenistet und ihm viele Stunden der Scham bereitet. War es nicht eine Ehre für jeden Gotteskrieger, im Namen Allahs zu fallen? Sollte das Versprechen, im Paradies von Jungfrauen von blendender Schönheit beglückt zu werden, nicht ausreichen, um dem Tod mit Verachtung ins Auge zu blicken? Er rümpfte die Nase. Ob es etwas ändern würde, wenn der Koran von glutäugigen Knaben sprechen würde, wusste er nicht. Die einzige Sache, der er sich sicher war, war dass er keinerlei Bedürfnis verspürte, die weltlichen Genüsse verfrüht hinter sich zu lassen. Er beeilte sich, an etwas anderes zu denken. Wesentlich ernster, als noch wenige Minuten zuvor, folgte er dem schmalen Pfad, der sich immer weiter den Berg hinauf wand. Beinahe schien es, als führte er direkt ins Himmelreich.

Kapitel 54

Ulm, März 1459

Das Osterfest rückte schneller heran, als Sophia erwartet hatte. Irgendwie waren die Wochen seit dem hässlichen Streit mit Utz wie im Flug verstrichen, was vermutlich daran lag, dass wieder Hoffnung in ihr wohnte. Die Auseinandersetzung hatte etwas in ihr niedergerissen, hatte sie aufgewühlt und niedergeschlagen zugleich; aber auch einen reinigenden Effekt gehabt, der wesentlich stärker war als alles, was sie mit Arzneien und Purgativen erreicht hatte. Noch in derselben Nacht hatte sie wieder von Hans geträumt, hatte seine Furcht und Verzweiflung gespürt, als stünde er direkt neben ihr – aber auch seine Lebenskraft. Sie hatte aufgehört, sich vor dem zu fürchten, was ihre Träume brachten. Seitdem war das Gefühl seiner Gegenwart immer stärker geworden. Inzwischen war sie sich sicher, dass weder Jakob noch sie selbst sich täuschten. Hans war noch am Leben, ganz egal, was Utz oder die Männer aus Kronstadt behaupteten! Vogelgezwitscher drang durch das offene Fenster an ihr Ohr. Sie fragte sich, ob das Leben von Amsel, Drossel, Fink und Star wirklich so sorglos war, wie alle glaubten. Vielleicht ging es den Tieren genauso wie den Menschen. Und ihr Gesang war kein Zeichen von Freude, sondern eine Klage; eine melodische Klage zwar, aber nichtsdestotrotz eine Klage. Sie seufzte. Hatte sie nicht wirklich Wichtigeres zu tun, als über Vögel nachzudenken? Nachdem Utz nun doch beschlossen hatte, sich in den Stadtrat wählen zu lassen, musste ein Festmahl ausgerichtet werden, mit dem er sich die Unterstützung der wichtigsten Männer sicherte. Sophia hatte versprochen, trotz der Fastenzeit für allerlei Leckerbissen zu sorgen, für die sie bei der Osterbeichte um Vergebung bitten würde. Sie flocht ihr Haar zu einem dicken Zopf und setzte eine strenge Haube auf. Irgendwie fühlte sie sich dadurch nicht ganz so sündhaft, so schuldig an allem, was geschehen war. Sie wusste, dass es albern war, so zu denken. Aber in letzter Zeit schienen ihre Gedanken Haken zu schlagen wie Hasen, die vor einem Jäger flohen.

Als sie kurze Zeit später auf die Straße hinaustrat, wunderte sie sich über die Stärke, welche die Sonne bereits hatte. Obschon auf der Alb noch Schnee lag, wie die Fuhrleute berichteten, wärmten die Strahlen schon fast wie im Sommer. Die beiden Mägde, denen sie aufgetragen hatte, sie zu begleiten, schienen übermütig wie Fohlen. Aber als Sophia ihnen einen tadelnden Blick zuwarf, schlugen sie züchtig die Augen nieder und taten so, als würden sie sich nicht für die Handwerksburschen und Junghändler interessieren. Der Anblick ihrer geröteten Wangen und glänzenden Augen erfüllte Sophia mit Wehmut. Wie sie die jungen Dinger um ihre Unschuld beneidete! War die Stadt für sie nicht ebenso voller Verlockungen gewesen, als sie die Burg ihres Vaters das erste Mal verlassen und an den prächtigen Häusern der Patrizier vorbeigeritten war? Hatte nicht auch sie gehofft, das Glück und die Liebe zu finden? Sie schüttelte den Kopf über ihre eigene Torheit und schlug den Weg zum Marktplatz ein. Dort kaufte sie Karpfen, Aal, Lachs und Forellen, aber auch neugeborene Hasen, Enten und zwei Gänse. »Was schwimmt, ist ein Fisch«, hatte die Köchin gescherzt. Der Andrang am Stand des Verkäufers ließ darauf schließen, dass auch andere Patrizierhaushalte es mit den Regeln der Fastenzeit etwas weniger streng hielten. Mandelmilch, eingelegte Kirschen, Quarkkäse und Weißbrot folgten Fisch und Fleisch, sodass die Körbe der Frauen schon bald überquollen. Es gelang ihnen sogar, zwei Dutzend Eier zu erstehen – dafür würde Sophia gewiss mehrere Rosenkränze beten müssen! Obwohl das Getümmel auf dem Markt sie ablenkte, war sie froh, als sie sich schließlich wieder auf den Heimweg machen konnte. Ihre Füße schmerzten. Sie hatte sich vorgenommen, endlich mit Utz zu reden.

Seit dem Streit erschien er ihr härter und energischer. Aber irgendwie gab ihr das neue Gesicht, das er zeigte, ein Gefühl von Sicherheit. Anders als früher schien er die Dinge ohne Rücksicht auf Verluste anzupacken und seinen Willen durchzusetzen. Selbst wenn es bedeutete, dass seine Beliebtheit beim Gesinde abnahm. Nichts ließ er mehr durchgehen, kein noch so kleines Missgeschick ungeahndet. Manchmal fragte Sophia sich, ob er zu ihr auch irgendwann so hart sein würde. Der Gedanke erschreckte sie, rief aber im selben Atemzug ein seltsames Gefühl irgendwo tief in ihr hervor.

Sobald sie ihr Haus erreicht hatten, schickte sie die Mägde mit den Einkäufen in die Küche und machte sich auf die Suche nach ihrem Gemahl. Diesen fand sie im Gewürzlager, wo er mit dem Verwalter Thomas die Säcke zählte.

»Kann ich dich einen Moment sprechen?«, fragte sie und wunderte sich selbst darüber, wie unsicher ihre Stimme klang. Sie räusperte sich und sah Utz an, der jedoch in aller Ruhe etwas in eine Liste eintrug, ehe er sich ihr zuwandte.

»Wenn es schon wieder um Jakob geht«, sagte er barsch, »will ich nichts davon hören. Der Junge wird Kaufmann, daran kannst weder du noch Hans Multscher etwas ändern!«

Sophia schluckte den Ärger, der in ihr aufwallte, hinunter und schüttelte den Kopf. »Es geht nicht um Jakob«, sagte sie. Die Entscheidung gefiel ihr nicht, doch sie wusste, dass Utz nichts anderes übrig blieb. Jemand musste die Geschäfte nach seinem Tod weiterführen – jemand aus der Familie. Da sie nie wieder ein Kind empfangen würde, sollte sie eigentlich froh über diesen Schritt sein. Immerhin zeigte er, dass Utz nicht vorhatte, sich von ihr scheiden zu lassen. Obwohl er ihr in der Nacht, in der er betrunken aus dem Badehaus zurückgekehrt war, diese Drohung an den Kopf geworfen hatte. »Ich warte im Kontor auf dich«, sagte sie, machte kehrt und schloss wenig später die Tür der Schreibstube hinter sich. Ihre Handflächen fühlten sich plötzlich feucht an. Sie wischte sie ärgerlich an ihren Röcken ab. Das, was sie empfand, seit Utz ruppig und kurz angebunden war, verwirrte sie. Aber sie konnte und wollte im Moment nicht darüber nachdenken. Wenn sie ihr Ziel erreichen wollte, musste sie klug vorgehen und durfte ihn auf keinen Fall verärgern. Da ihre Hände eine Beschäftigung brauchten, griff sie nach einer Schreibfeder und zupfte die Fahnen auseinander. Als unvermittelt die Tür aufging und Utz den Raum betrat, ließ sie die Feder schuldbewusst fallen.

»Ich habe nicht viel Zeit«, sagte er. »Worüber willst du mit mir reden?« Seine dunklen Brauen berührten sich beinahe über seiner Nasenwurzel. Der Mund war eine grimmige Linie.

»Ich habe wieder von Hans geträumt«, begann sie und hob bittend die Hand, als er ihr ins Wort fallen wollte. »Ich weiß, dass er noch am Leben ist, so wie Jakob es auch weiß«, fuhr sie fort und biss sich auf die Unterlippe, die plötzlich zitterte. »Bitte schick Männer aus, die nach ihm suchen!« Es war heraus! Sie schluckte trocken, als er sie lediglich wortlos ansah und den Kopf schüttelte.

»Dein Sohn ist tot«, stieß er wütend hervor. »Ich habe mit eigenen Augen gesehen, was Vlad Draculea mit seinen Gefangenen macht.« Seine Stimme klang plötzlich heiser. »Du jagst einem Spuk nach!« Er wollte sich abwenden, aber sie trat hastig auf ihn zu und fasste ihn am Oberarm.

»Utz, bitte«, flehte sie. »Warum kannst du nicht ein paar Männer nach ihm suchen lassen? Der nächste Zug bricht doch bald auf, um neue Waffen zu kaufen. Bitte sag ihnen, dass sie sich nach Hans erkundigen sollen. Bitte!« Einen Augenblick sah es so aus, als wolle er sie ignorieren und ohne eine Antwort den Raum verlassen. Doch dann glättete sich seine Stirn.

Er seufzte.

»Also gut«, brummte er. »Aber du solltest dir nicht allzu viele Hoffnungen machen.« Er hatte die Hand bereits auf dem Türknauf, als er hinzufügte: »Warte heute Abend nicht auf mich. Ich treffe mich mit einigen Ratsmitgliedern im Badehaus.« Damit verschwand er, ohne auf eine Antwort zu warten.

Sophia sah ihm mit einer Mischung aus Ärger und Dankbarkeit nach. Was scherte es sie, wie oft er es mit den Huren im Badehaus trieb? Wenn er dachte, er könnte sie damit verletzen, dass er keinen Hehl mehr daraus machte, dann hatte er sich geirrt! Ein winziger Stachel in ihrer Brust wollte sie Lügen strafen. Aber sie ließ nicht zu, dass der Anflug von Eifersucht sich in etwas anderes verwandelte. Vielleicht traf er sich ja tatsächlich nur mit Patriziern, die ihm zur Wahl in den Rat verhelfen wollten. Sie hob die Feder vom Boden auf und steckte sie zurück in den schrumpeligen Apfel auf dem Tisch. Alles, was sie interessierte, war, dass schon bald wieder jemand nach ihrem Sohn suchen würde! Dafür war ihr kein Preis zu teuer. Vielleicht würden die Männer ihr noch dieses Jahr ihren größten Wunsch erfüllen und Hans nach Hause bringen. Sie ignorierte den Zweifel, der sich einschleichen wollte, und verließ das Kontor. Am Besten war es, sich weiter um die Vorbereitungen für das Festmahl zu kümmern. Wenn sie wollte, dass der brüchige Burgfrieden, den sie mit Utz geschlossen hatte, hielt, dann musste das Bankett für die Gäste zu einem unvergesslichen Ereignis werden.

Kapitel 55

Der Fürstenpalast in Tirgoviste, Ostern 1459

Mit einer Mischung aus Neugier und Unbehagen verfolgte Carol, wie mehr und mehr Besucher am Hof ankamen. Die herausgeputzten Gemahlinnen der Bojaren begrüßten sich mit einem dünnen Lächeln oder einem knappen Nicken, ehe sie sich ihren Begleiterinnen zuwandten, um gezwungen fröhlich miteinander zu plaudern. Die Anspannung, die in der Luft lag, war selbst für Carol spürbar. Die Falschheit schien allzu offensichtlich. Er fragte sich, wie es den Geladenen gelang, so zu tun, als ob dieses Osterfest nicht viel mehr war als eine Einladung zu einem üppigen Bankett. Dass sein Vater etwas plante, ahnte der Knabe wohl genauso wie die Gäste. Allerdings wusste er nicht, was Vlad Draculea vorhatte. Vielleicht wollte der Woiwode durch dieses Fest, zu dem er Bojaren aus dem ganzen Fürstentum geladen hatte, einfach nur seine Macht demonstrieren. Carol blies die Wangen auf und ließ langsam die Luft entweichen. Oder er wollte etwas anderes – etwas, das Carol sich gar nicht erst ausmalen wollte. Er griff nach dem Kruzifix an seinem Hals und spielte eine Zeitlang mit dem warmen Metall. Erst gestern hatte er die Beichte abgelegt, um unbefleckt das Fest der Kreuzigung Christi zu begehen. Endlich fühlte er sich wieder rein. Sicherlich hing das neben der Lossprechung auch mit der Tatsache zusammen, dass er *De rerum natura* auf Grigores Festung zurückgelassen hatte. Seit ihm klar geworden war, wie gotteslästerlich der Text war und was für unglaubliche Lügen Lucretius verbreitete, hatte er sich befleckt gefühlt. Vermutlich war es die Schuld dieses heidnischen Textes gewesen, dass er so lange nicht begriffen hatte, dass seine Mutter ihn als Engel begleitete. Doch jetzt war sein Herz offen und sein Geist bereit für die Führung, die Gott ihm anbot. Er würde nie wieder taub sein für den Ruf des Herrn!

Carol ließ sich auf dem breiten Fenstersims nieder und zog die Beine an den Körper. Da sein Vater sich mit seinen Beratern zurückgezogen hatte, blieb ihm etwas Zeit für sich – und diese würde er damit verbringen, die Ankömmlinge zu zählen. Die Aufgabe hielt seine Gedanken davon ab, immer wieder um dieselben Dinge zu kreisen. Er ließ den Blick über die zum Teil schreiend bunten Gewänder der Besucher gleiten und verglich Hüte, Mäntel und Pferde. Über dreihundert Bojaren waren bereits mit ihren Frauen und Kindern in den Hof geströmt und es wurden immer mehr. Beinahe schien es, als wolle das ganze Land sich an diesem Tag in Tirgoviste versammeln, um Vlad Draculea zu huldigen. Als Carol nach einer halben Stunde eine wohlbekannte Gestalt im Torbogen auftauchen sah, entfloh ihm ein überraschter Ruf. Hocherhobenen Hauptes thronte Grigore auf einem Pferd, dessen Zaumzeug im Sonnenlicht funkelte. Aber es war seine Begleitung, die Carols Herz einen Augenblick später stocken ließ. »Floarea«, murmelte er, sobald sein Blick auf das Mädchen, seine Schwestern und deren Mutter fiel. In weißen, blumenbestickten Kleidern folgten die jungen Frauen ihrem Vater, dessen Miene keine Gemütsregung verriet. Seine Gemahlin ritt an seiner Seite und strahlte, als ob es keinen schöneren Tag geben könnte. Ihr Haar war unter einer hohen Haube verborgen, in die Gold- und Silberfäden eingewirkt waren. Obwohl Carol wusste, dass er vor den Intrigen, denen seine Mutter zum Opfer gefallen war, sicher war, durchrieselte ihn bei Grigores Anblick ein Schauer der Furcht. Zwar hatte Vlad Draculea dafür gesorgt, dass ihn eine bis an die Zähne bewaffnete Leibgarde bewachte. Aber war es nicht möglich, dass seine Feinde dennoch einen Weg fanden, ihn zu töten? War seine Mutter nicht auch hier, im Herzen des Palastes, den Meuchlern zum Opfer gefallen? Er rieb sich die Arme, da ihm plötzlich kalt war und sah sich unbehaglich im Raum um. Gab es vielleicht irgendeinen versteckten Gang, durch den sich ein gedungener Mörder an ihn heranschleichen konnte? Verbarg sich hinter einem der Wandbehänge eine Geheimtür? Er wollte gerade aufstehen, um sich zu vergewissern, dass sein Verdacht unbegründet war, als ihn ein Gedanke wie ein Blitz aus heiterem Himmel traf und die Angst um sein eigenes Leben in den Hintergrund treten ließ. Warum hatte Grigore seine Familie mitgebracht? Die Frage verstärkte sein Unbehagen beinahe mehr, als die Vorstellung eines verborgenen

Feindes. Hatte der Bojar auf Befehl des Fürsten gehandelt? Oder wiegte er sich tatsächlich in Sicherheit, da Vlad Draculea ihm einen Boten geschickt hatte, der ihn seiner Vergebung versichert hatte? Einen Boten, der ihm mitgeteilt hatte, dass Carol für seine Ungeschicklichkeit und seinen Ungehorsam bestraft worden war?

Alles in ihm drängte ihn dazu, aufzuspringen und Floarea zuzurufen, dass sie davonreiten sollte, so schnell sie konnte. Denn dass ihr Vater den Palast nicht lebend verlassen würde, war so sicher wie die Heiligkeit der Kirche. Er zog fröstelnd die Schultern hoch. Würde sein Vater an diesem geweihten Tag auch Unschuldigen etwas antun? Bevor er weiter über diese Frage grübeln konnte, begannen die Glocken der palasteigenen Kirche zu läuten, um die Anwesenden zur Ostermesse zu rufen. Kurz darauf waren sowohl Grigore als auch Floarea aus seinem Blickfeld verschwunden. Es dauerte eine Zeit lang, bis sich das kunterbunte Treiben unter dem Fenster in einen geordneten Strom verwandelte, der nur noch in eine Richtung floss. Nicht alle Besucher würden Platz in der Basilika finden, doch durch die geöffnete Pforte würde jeder der Predigt folgen können. Da Carol auf Befehl seines Vaters diesem Gottesdienst nicht beiwohnen würde, begab er sich zu dem kleinen Altar in der Ecke der Kammer und kniete nieder, um im Stillen seine Gebete zu sprechen. Floarea, ihre Schwestern, ihre Mutter und alle anderen, um die er bangte, schloss er in sein Flehen ein. Dann lauschte er in sich hinein und wartete darauf, dass Gott ihm einen Hinweis gab, was er von ihm erwartete. Es erschien ihm, als habe er gerade erst begonnen, Zwiesprache mit Gott zu halten, da öffnete sich die Tür. Vlad Draculea trat über die Schwelle. Wie immer sorgte sein Auftauchen dafür, dass sich etwas in Carol zusammenzog und er unbewusst versuchte, sich kleiner zu machen. »Steh auf und hilf mir mit dem Mantel«, befahl der Fürst schroff und legte seinen Umhang über einen Stuhl. Daraufhin öffnete er den

Deckel einer Truhe und zog einen prunkvollen Mantel hervor, dessen rot-goldener Stoff an Feuer erinnerte. Nachdem er sich das Kleidungsstück mit einer geübten Bewegung um die Schultern gelegt hatte, griff er in eine kleine Schatulle und hielt Carol eine ebenfalls rot-goldene Brosche entgegen. Diese stellte einen Drachen dar, der sich mit seinem eigenen Schwanz zu erwürgen schien. Einen Augenblick bestaunte Carol die Schönheit des Stückes. Als der Fürst jedoch ein ungeduldiges Brummen von sich gab, beeilte er sich, den Stoff über der linken Schulter seines Vaters mit der langen Nadel des Kleinods zu fixieren.

»Gut«, sagte Vlad knapp und trat an einen Silberspiegel, um sich den dichten Schnurrbart zu kämmen. Dann griff er nach einer Mütze, um deren Rand fünf Reihen blendend weißer Perlen liefen und rückte sie auf seinem Kopf zurecht. Zusammen mit dem prachtvollen Umhang verlieh diese ihm das Aussehen eines Königs. An seinen Händen funkelte ein halbes Dutzend Ringe. Die fingerdicke Kette an seinem Hals endete in einem raffiniert gefassten Rubin.

»Komm, mein Sohn«, sagte er. »Es wird Zeit für ein ganz besonderes Festmahl.«

Etwas an seinem Ton gefiel Carol ganz und gar nicht. Allerdings blieb ihm keine Zeit, um darüber nachzudenken, da Vlad bereits an der Tür angelangt war und sich ungehalten nach ihm umsah. Als sie einige Minuten später die große Halle betraten, hielt Carol ehrfürchtig den Atem an. Hunderte von Kerzen tauchten den fensterlosen Raum in ein geradezu überirdisches Licht und ließen die farbenprächtigen Gewänder der Gäste leuchten. Die langen Tische bogen sich unter zahllosen Schüsseln und Platten. Nicht nur knusprig gebratene Ferkel warteten in einem Stück darauf, zerteilt zu werden. Gänse, Enten, Hühner, Wachteln, ja selbst ein halbes Dutzend Rehe waren am Spieß gebraten worden und lockten mit Düften, die Carol das Wasser im Munde zusammenlaufen ließen. Brotlaibe in fantastischen Formen zeugten von der Fantasie der Bäcker und in riesigen Schalen dampften saurer Kohl, Soßen und Eintöpfe. Nur die Bojaren und ihre Gemahlinnen waren anwesend – die Begleiter und Kinder wurden in der Küche oder in den Zelten im Hof verköstigt, nahm Carol an. Unsicher, weil alle Augen im Raum auf ihnen lagen, folgte er seinem Vater zu dessen Platz, wo er sich hinter seinem Stuhl aufstellte.

»Willkommen zu diesem Festmahl«, dröhnte Vlad Draculea und breitete die Arme aus. »Da wir reuigen Sünder nun wieder in den Schoß der Kirche aufgenommen sind und all unsere Schuld vergeben ist, wollen wir diesen Tag feiern. Greift zu, esst und trinkt, soviel ihr könnt.«

»Gott schütze Euch, Vodă!«, erklang es wie aus einem Munde.

Carol fragte sich, wer von den Versammelten diesen Wunsch aufrichtig meinte. Die Hand seines Vaters, die ihm einen leeren Kelch entgegenhielt, lenkte ihn von dieser Frage ab. Die nächsten Stunden brachte er damit zu, Vlad Draculea zu bedienen.

Beim Anblick all der Leckerbissen begann sein Magen schon bald zu knurren. Er hoffte, dass noch genug für ihn und die anderen Pagen übrig bleiben würde. Die Kohlebecken und Kerzenleuchter heizten den Raum schnell auf, röteten viele Gesichter und ließen die Damen zu ihren Tüchlein greifen. Als ob es am folgenden Tag keinen Wein mehr geben würde, floss dieser in Strömen, sodass schon bald die ersten Männer anfingen, ausfallend zu werden.

»Ich denke, es ist Zeit«, murmelte Carols Vater schließlich, erhob sich und gebot Ruhe. Allerdings dauerte es einige Momente, bis die angeheitert Schlemmenden begriffen hatten, dass ihr Fürst etwas sagen wollte. Ein Schatten des Zorns huschte über Vlads Miene.

»Jetzt, da ihr gegessen und getrunken habt, ist es an der Zeit, ein kleines Ratespiel zu machen«, hub er an. Endlich wurde es vollkommen still im Raum. Selbst den Betrunkenen war anzusehen, dass sie dieser Einfall befremdete, da so etwas nicht gang und gäbe war. »An wie vielen unterschiedlichen Tafeln habt ihr in eurem Leben in diesem Palast bereits gespeist?«, fragte Vlad. »An wie viele Fürsten der Walachei erinnert ihr euch?«

Carol sah verwirrt von seinem Vater zu den Anwesenden, die ebenso wenig zu wissen schienen, was der Woiwode von ihnen wollte.

»Du«, sagte Vlad nach einigen Minuten des Schweigens und zeigte auf einen der ältesten Männer in der Halle. »Wie vielen Woiwoden hast du gedient?«

Der Bojar kam schwankend auf die Beine und legte die Stirn in Falten. »Ich denke, es waren wohl an die dreißig, Vodă«, lallte er.

»Soso, dreißig«, wiederholte Vlad und strich sich den Bart glatt. »Und du?«, fragte er einen blutjungen Adeligen, dessen Wangen so rosig waren wie die eines Mädchens.

»Gewiss acht, Vodă«, sagte dieser mit einer Verneigung.

Vlad nickte und musterte die Versammlung, die allmählich unruhig wurde. »Wie kommt es, dass selbst *er*«, er deutete auf den jungen Bojaren, »bereits *acht* Fürsten hat kommen und gehen sehen?« Seine Stimme klang drohend.

Carol erschrak, als sich die Tür öffnete und Bewaffnete in die Halle strömten. Auch den Gästen entging diese Entwicklung nicht. Einige von ihnen begannen, nach ihren Waffen zu tasten.

»Ich will euch sagen, woran es liegt«, dröhnte Vlad. »Es liegt an eurer Falschheit!« Er zog sein Schwert, stieß seinen Stuhl um und packte Carol am Arm. »Und für diese Falschheit werdet ihr und diese Stadt heute bezahlen!«

Noch bevor Vlad den Satz beendet hatte, bildete seine Leibgarde einen schützenden Ring um ihn. Ehe Carol begriffen hatte, was vor sich ging, hatte sein Vater ihn der Wand entlang zur Tür gestoßen, wo der Woiwode wutentbrannt wieder zu den Geladenen herumwirbelte.

»Heute bekommt ihr den Lohn für euren Verrat!«, donnerte er.

Auf seinen Wink hin drangen die Soldaten weiter in den Raum vor und begannen, die überraschten Bojaren und ihre Gemahlinnen nierderzumachen. Carol stockte der Atem, als die Todesmutigen unter ihnen versuchten, sich zu widersetzen. Der Anblick ihres Blutes drohte, ihm den Magen umzudrehen. Viele sanken erschlagen zu Boden, während die schrillen Angstschreie der Frauen sich mit den Flüchen der Männer vermischten. Allerdings dauerte es nicht lange, bis die ersten einsahen, dass Gegenwehr sinnlos war und sich auf die Knie warfen. »Vodă, habt Erbarmen«, jammerten die Frauen, aber Vlad Draculea war taub für ihre Bitten.

»Bringt sie in den Hof«, befahl er schließlich. Er griff erneut nach dem Arm seines Sohnes, um ihn mit sich den Kreuzgang entlang auf den Ausgang zuzuziehen. Vollkommen überrumpelt von dem, was gerade geschehen war, stolperte der Knabe ihm hinterher, während sein Verstand vor Entsetzen wie gelähmt war. »Der Teufel soll diese Hurensöhne und ihre Brut holen«, knurrte Vlad, kaum waren sie im Hof angelangt. Er wandte sich der Kirche zu.

Im Schatten des Glockenturms waren Zelte für die Begleiter der Bojaren errichtet worden, in denen diese das Ostermahl begingen. Davor waren bereits Dutzende von Soldaten aufmarschiert, von deren Anwesenheit die ahnungslos feiernden Angehörigen der Adeligen offenbar noch nichts bemerkt hatten. »Es ist an der Zeit, auch diese Tafel aufzuheben«, versetzte der Fürst grimmig. Er rief den Soldaten einige knappe Befehle zu. Wenig später erhob sich Wehklagen und Weinen aus dem Inneren der Zelte.

Es dauerte nicht lange, bis die Bewaffneten die Töchter und Söhne der Bojaren ins Freie zerrten und mit Schlägen und Tritten auf den Boden zwangen. Viele von ihnen bluteten aus hässlichen Wunden und die kostbaren Ostergewänder manch einer jungen Frau waren von groben Händen zerrissen worden. Schleier wurden als Fesseln benutzt, Flehen und Schluchzen mit Hieben erstickt, bis schließlich an die zweihundert Gefangene vor Vlad Draculea im Schmutz lagen. Carol sah fassungslos auf die wehrlosen Knaben, Frauen und Mädchen, während das Entsetzen mehr und mehr Besitz von ihm ergriff. Als er inmitten der verängstigten Gefangenen ein totenblasses Gesicht ausmachte, das sich ihm mit weit aufgerissenen Augen zuwandte, wurden ihm die Knie schwach. Er stieß einen Laut aus, der ihm Vlad Draculeas ganze Aufmerksamkeit bescherte.

Kapitel 56

»Floarea!« Die Stimme seines Sohnes war kaum zu hören über dem Gejammer und Geheule der Weiber. Am liebsten hätte Vlad das Gesindel an Ort und Stelle erschlagen lassen, aber er hatte anderes mit ihnen vor.

»Floarea!« Der zweite Ruf des Knaben war etwas lauter – laut genug, um ein dunkelhaariges Mädchen, das neben einer unansehnlichen Vettel kniete, die Hände heben und den Mund öffnen zu lassen.

»Carol!«, rief es und versuchte, von der Frau wegzukriechen.

Allerdings gab Vlad dem nächststehenden Bewaffneten einen Wink, woraufhin dieser die Kleine an den Haaren in die Höhe riss und ihr einen brutalen Schlag versetzte, der sie augenblicklich wieder zu Boden streckte. Dort blieb sie regungslos liegen. Vlads Rechte schloss sich warnend um Carols Nacken, als dieser scharf die Luft einsog und Anstalten machte, sich von seiner Seite zu lösen.

»Wenn du auch nur daran denkst, ihr zu helfen ...« Er brauchte den Satz nicht zu beenden, da sein Sohn zu begreifen schien und sich in seinem Griff versteifte. »Treibt sie zu den anderen, aber sorgt dafür, dass sie von ihnen getrennt sind«, trug Vlad dem Anführer der Wachen auf. »Sie sollen dabei zusehen, wie ihre Väter und Mütter darum winseln, dass man ihnen endlich die Kehle durchschneidet!« Dann winkte er einen weiteren hochrangigen Soldaten herbei und sagte kalt: »Auch die Stadt wird heute endlich die Schuld für den Verrat an meinem Vater und meinem Bruder begleichen. Pfählt alle alten Männer und nehmt die jungen gefangen. Sie werden zusammen mit diesen«, er deutete auf die Kauernden, »meine Festung verstärken, bis sie vor Erschöpfung tot umfallen!« Endlich war die Zeit der Vergeltung gekommen! Er spürte, wie sich der Hass in ihm verwandelte, zu einem Wesen wurde, das seinen Verstand ausschaltete und sein Herz brennen ließ. Endlich würde sein Hunger nach Vergeltung gestillt werden! Endlich würde er das tun können, wovon er seit über einem halben Jahr Nacht für Nacht träumte. Ohne einen weiteren Blick auf die bebenden Gefangenen schob er Carol vor sich her zu der Stelle, an der die verwitterten Pfähle in den inzwischen bewölkten Himmel ragten. Wie gut, dass er sie nach dem feigen Mord an seiner Braut nicht hatte entfernen lassen! Jetzt würden auch die letzten Verräter ihr Leben darauf aushauchen und dafür sorgen, dass kein Walache es jemals wieder wagen würde, gegen einen Woiwoden zu intrigieren. Als er mit Carol im Schlepptau am Richtpatz angekommen war, nickte er seinen Männern zu. Kein Dutzend Wimpernschläge darauf begann das Töten.

Die Schreie der Gemarterten waren so markerschütternd, dass sich nach wenigen Augenblicken ein Lächeln auf sein Gesicht stahl. Mit jedem Pfahl, der in den Körper eines Bojaren getrieben wurde, durchströmte ihn ein Gefühl von überwältigender Stärke. Dieses hatte beinahe die gleiche Wirkung, wie die prallen Rundungen der Magd, die viel zu oft durch seinen Kopf spukte.

»Rühr dich nicht von der Stelle«, befahl er seinem Sohn. Er zog das Schwert, um sich auf die Suche nach dem Mann zu machen, den er eigenhändig zu Tode foltern würde.

»Bitte Vodă, verschont unsere Kinder«, hörte er eine Frau flehen, deren fetter Leib von Überfluss und Völlerei zeugte. »Sie sind unschuldig.«

Diese Behauptung ließ den Zorn mit noch mehr Gewalt in Vlad aufflammen. Bevor er sich davon abhalten konnte, war er bei der Frau und hieb ihr den Kopf ab.

»Kein einziger von euch ist unschuldig!«, spuckte er aus und versetzte ihrem leblosen Körper einen Tritt. »Kein einziger!«

Vier weitere Weiber streckte er nieder, bis er endlich weit hinten im Schatten der Palastmauer die Gestalt entdeckte, nach der er gesucht hatte. Zusammen mit einem Dutzend weiterer herausgeputzter Altbojaren stand Grigore mit trotzig erhobenem Haupt da wie eine Statue, der niemand etwas anhaben konnte. Der Ausdruck in seinen Augen – als diese sich auf das Gesicht des heranstürmenden Woiwoden richteten – sorgte dafür, dass der Hass Vlad die Sicht nahm. Einige dröhnende Herzschläge lang legte sich ein blutroter Schleier über sein Blickfeld. Sodass er zuerst auf den falschen Mann zufuhr und ihm die Waffe auf die Brust setzte. Als er seinen Fehler bemerkte, rammte er diesem kurzerhand die Klinge ins Herz und packte Grigore am Kragen seines teuren Mantels.

Ihre Blicke trafen sich. Eine Winzigkeit lang vermeinte Vlad, Bedauern in den Augen des Bojaren aufflackern zu sehen. Doch dann schlichen sich Furcht und Verachtung ein. Vlads Schwerthand zitterte, da es ihn mit jeder Faser drängte, den Mann, der für den Mord an Zehra mitverantwortlich war, auf der Stelle zu töten. Allerdings wäre dieses Ende viel zu gnädig gewesen. Seine Nasenflügel blähten sich, als er mühsam um Fassung rang.

»Noch bevor der Hahn den morgigen Tag verkündet, wirst du mir gesagt haben, wer euch bezahlt hat!« Er sah Verwunderung über Grigores Züge huschen und versetzte eisig: »Du hättest nicht so dumm sein dürfen, die Verräter auf deine Festung zu bringen. Mein Sohn hat euch belauscht!«

Ein Muskel in Grigores Wange zuckte.

»Und du hättest nicht so einfältig sein sollen, zu glauben, was dein Bote dir erzählt hat!« Vlad lachte abfällig. »Dachtest du tatsächlich, der Junge hätte sich im Schneesturm verirrt und wäre dann eher an meinen Hof geritten, als zu deiner Festung zurückzukehren?«

Grigore senkte den Blick, aber Vlad sah, dass er ins Schwarze getroffen hatte. Vermutlich waren genau das die Fragen gewesen, die Grigore sich gestellt hatte. Hätte Vlad den Boten töten lassen, anstatt ihn – unter Androhung schlimmster Strafen – mit Lügen zu Grigore zurückzuschicken, wäre er ihm niemals in die Falle gegangen. Und genauso über die Grenze nach Transsylvanien verschwunden, wie all die anderen Verräter, die gemeinsame Sache mit dem Prätendenten Vlad Călugărul oder dieser Made Dan machten! Er lachte freudlos und zerrte Grigore von der Gruppe fort. Es war Zeit, ihm seine Geheimnisse zu entlocken!

»Zieh dich aus«, knurrte er. Als Grigore zögerte, hob Vlad ohne mit der Wimper zu zucken die Waffe und schlug dem Bojaren die linke Hand ab.

Obwohl Grigore versuchte, den Schrei zu schlucken, brach ein gurgelnder Laut aus ihm hervor, der ein Lächeln auf Vlads Gesicht malte. Während Blut aus dem Armstumpf sprudelte, presste der Bojar das verletzte Glied an den Körper und krümmte sich zusammen, als könne er dadurch den Schmerz abmildern.

»Brennt die Wunde aus!«, ordnete Vlad an. Er wartete, bis zwei Männer Grigore wieder aufgerichtet und eine Fackel auf den Stumpf gepresst hatten.

Sobald die Soldaten Grigore wieder losließen, sackte dieser auf den Boden und blieb wimmernd auf den Knien liegen. Einige Augenblicke lang weidete Vlad sich an dem Anblick. Dann beugte er sich zu ihm hinab und zwang seinen Kopf nach hinten, bis Grigores Kehle schutzlos jeder Klinge ausgeliefert war, die auf sie hinabfahren wollte. »Wenn du denkst, dass diese Schmerzen schrecklich sind«, zischte Vlad dicht am Ohr des Bojaren, »dann warte, bis ich richtig angefangen habe.« Er ließ Grigores Kopf los und wiederholte eisig: »Zieh dich aus!«

Dieses Mal folgte der Bojar dem Befehl, auch wenn ihm jede Bewegung mit dem verletzten Arm Höllenqualen zu bereiten schien. Als er schließlich unbekleidet vor Vlad stand – seine schlaffe Männlichkeit für alle sichtbar – schoss Vlads Schwertarm erneut vor. Der Schrei hatte den Mund des Opfers noch nicht verlassen, als sein abgetrenntes Geschlechtsteil auf dem Boden auftraf. Ehe sein Opfer zusammenbrechen konnte, bedeutete Vlad einem seiner Schergen, ihn an einen Pfahl zu binden, auf dem bereits ein Gepfählter steckte. Das Brüllen dieses Gefolterten ignorierend, fesselte der Mann Grigore so, dass seine Arme hoch über seinem Kopf fixiert waren. Seine Beine band er ebenfalls fest, genau wie seinen Kopf, der immer wieder auf seine Brust fallen wollte. Da auch aus der Wunde zwischen den Beinen des Gefangenen viel Blut austrat, griff Vlad selbst zu einer Fackel und drückte diese seinem Feind in den Schritt. Dann zog er einen langen, schmalen Dolch und trat so dicht vor Grigore, dass er dessen Angst riechen konnte.

»Wer hat euch dafür bezahlt, meine Braut zu töten?«, fragte er. »Du hast die Wahl. Je eher du gestehst, desto schneller stirbst du.« Er machte eine bedeutungsvolle Pause, in der er versonnen die Blutstropfen betrachtete, die immer noch aus Grigores Wunden quollen.

Während sein Vater begann, Grigore bei lebendigem Leib die Haut abzuziehen, versuchte Carol, sich an Floarea heranzuschleichen. Das Mädchen schien noch immer bewusstlos zu sein. Aber eine der älteren Frauen hatte sie zu dem Ort getragen, an dem die Angehörigen der Bojaren dabei zusehen mussten, wie ihre Mütter und Väter starben. Viele von ihnen weinten und flehten um Gnade für ihre Eltern. Andere hingegen verfolgten das Geschehen vollkommen teilnahmslos – mit toten Augen und aschfahlen Gesichtern. Hie und da wollte eine Tochter oder ein Sohn aus der Gruppe ausbrechen. Doch die Bewaffneten prügelten sie erbarmungslos zurück. Ein halbes Dutzend junger Männer blieb tot am Boden liegen. Als Carol Toader, den Knappen seines Vaters, ganz in Floareas Nähe erblickte, schlich sich Hoffnung in sein Herz. Er mochte den Älteren, hatte sich schon einige Male mit ihm über Pferde unterhalten und das Leuchten in seinen Augen gesehen, als er Carols Hengst bewundert hatte. Wenn es ihm gelang, Toader dazu zu bringen, ihm zu helfen, konnte er Floarea vor dem grauenvollen Schicksal bewahren, das für sie vorgesehen war. Noch immer saß ihm der Schock über den unerwarteten Überfall in den Gliedern. Aber wenn er Floarea retten wollte, musste er alles andere um sich herum unberücksichtigt lassen. Was gar nicht so einfach war, da die Luft nach Blut stank und ihm zusammen mit den ohrenbetäubenden Schreien das Atmen schwer machte. Zum Glück achteten die Männer seines Vaters kaum auf ihn, als er sich dem Mädchen näherte, an dessen Schläfe eine böse Platzwunde prangte. »Toader«, zischte er, sobald er nahe genug war und winkte den Knaben heran. Er schluckte die Furcht, die sich mit scharfen Klauen in seine Eingeweide grub, hinunter und flüsterte: »Toader, ich brauche deine Hilfe.«

Der blonde Knabe sah ihn fragend an. »Wenn du mir hilfst, sie von hier fort zu bringen«, wisperte er und zeigte auf Floarea, »dann sorge ich dafür, dass du dein eigenes Pferd bekommst.«

Die Brauen des anderen Knaben schossen in die Höhe. »Hat der Fürst das erlaubt?«, fragte er und sah zu der Stelle, an der Grigore sich in eine Fetzenpuppe verwandelte.

Carol schluckte erneut trocken und bat in Gedanken um Vergebung für diese Lüge. Dann nickte er und erwiderte: »Aber die anderen dürfen es nicht bemerken, sonst wollen auch sie seine Gnade.«

Die Lüge klang lahm, aber Toader schien ihm zu glauben.

»Wenn wir behaupten, dass sie nicht mehr lebt, wird sich niemand für sie interessieren.« Er selbst war nicht kräftig genug, um Floarea unauffällig fortzuschaffen. Für Toader hingegen wog sie vermutlich nicht mehr als eine Feder. Wenn Carol mit dem Knappen ging, würde niemand es wagen, sich den beiden in den Weg zu stellen.

»Wie Ihr befehlt«, erwiderte der blonde Junge und bückte sich kurz darauf, um Floarea aufzuheben.

»Dort entlang«, flüsterte Carol. Er deutete auf einen schmalen Durchgang zwischen zwei Wirtschaftsgebäuden, hinter denen die Stallungen begannen. Die beiden Jungen hatten sich gerade zum Gehen gewandt, als eine tiefe Stimme hinter ihnen zu wissen forderte:

»Wohin bringt ihr sie?«

Carols Herz setzte einige Schläge lang aus. Er wagte kaum, sich umzudrehen, nahm dann aber all seinen Mut zusammen. Der Mann, der sie aufgehalten hatte, sah ganz und gar nicht so aus, als könne man ihm etwas vormachen. Vielmehr wirkte er, als wolle er sie auf der Stelle erschlagen.

»Sie ist tot«, stammelte Toader geistesgegenwärtig. »Wir wollten sie zu den Toten beim Haupthaus bringen.«

Der Soldat sah von Toader zu Carol und zurück, dann machte er einen Schritt auf sie zu. Er öffnete den Mund, um etwas zu sagen, wurde jedoch von einem scharfen Ruf unterbrochen. Nicht nur er wirbelte herum, sondern auch eine Handvoll umstehender Wachen, die allesamt der Gestalt entgegensahen, die blutbesudelt und zornentbrannt auf die kleine Gruppe zustürmte.

»Was tut ihr da?«, donnerte Vlad Draculea. Carol hörte, wie Toader keuchend die Luft einsog.

»Sie sagen, sie wollten dieses Mädchen zu den anderen Toten bringen, Vodă«, sagte der Bewaffnete ehrerbietig.

Der Fürst bohrte den Blick in die Augen seines Sohnes. Es kostete Carol alle Kraft, die er besaß, nicht die Lider zu senken.

»Wer hat das befohlen?«, knurrte Vlad. Als keiner der beiden antwortete, griff er nach der Peitsche an seinem Gürtel und spuckte wütend aus: »Soll ich euch hiermit die Zunge lösen?«

»Ich habe es befohlen, Vodă«, gestand Carol nach einigen Augenblicken des Schweigens schließlich. Seine Stimme war so leise, dass Vlad ihn kaum verstehen konnte. »Toader hat nur getan, was ich ihm aufgetragen habe.«

Einen Moment lang sah es so aus, als wüsste Vlad nicht, was er tun sollte. Doch dann schnellte er vor, packte Floareas Hals und presste die Finger in ihre Halsgrube. »Sie lebt noch!«, stieß er hervor.

Carol sah Begreifen in die Augen seines Vaters treten.

»Das ist Grigores Tochter«, versetzte Vlad viel zu ruhig. Dann hob er unvermittelt die Hand mit dem blutigen Dolch, wirbelte zu dem Soldaten herum und stieß ihm die Klinge ins Herz. Der Leichnam war kaum auf dem Boden aufgekommen, als er weitere Männer zu sich rief: »Werft diesen Burschen in den Kerker!« Er deutete auf Toader. »Und bringt das Mädchen zurück zu den Gefangenen.«

Carol stand starr wie eine Salzsäule. Sein Kopf war wie leergefegt. Kein einziger Muskel in seinem Körper schien seinem Verstand gehorchen zu wollen. Er sah fassungslos auf den Toten zu den Füßen seines Vaters, der ihn ansah, als wolle er ihn ebenfalls niederstrecken.

»Das Blut dieses Burschen«, er wies mit dem Kinn auf Toader, den die Wachen bereits mit sich fortzerrten, »klebt an deinen Händen«, presste er zwischen zusammengebissenen Zähnen hervor. »Genauso wie das dieses Mannes.« Er stieß den Toten zu seinen Füßen mit dem Stiefel an. »Aber glaube nicht, dass du ungeschoren davon kommst!« Mit diesen Worten kehrte er Carol den Rücken und herrschte seine Leibwache an: »Sperrt ihn in meinen Gemächern ein!«

Kapitel 57

Die Nacht war schon lange hereingebrochen, als sich endlich Schritte Carols Gefängnis näherten. Begleitet von ungehaltenen Stimmen und dem Klirren von Metall wirkten die Tritte so schwer wie die eines Riesen. Die Furcht, die sich irgendwann in den hintersten Winkel von Carols Herz zurückgezogen hatte, flammte so plötzlich wieder auf, dass ein Wimmern in ihm aufstieg. Vergeblich hatte er die letzten Stunden damit zugebracht, nach geheimen Nischen oder Gängen zu suchen; sich umsonst bemüht, das Fenster zu öffnen und einen Sprung zu wagen, der ihm sicher den Hals gebrochen hätte. Alles schien besser, als dem Zorn seines Vaters entgegentreten zu müssen. Inzwischen hatte er begriffen, warum Vlad Draculea den Soldaten getötet und Toader in den Kerker hatte werfen lassen. Sein eigener Sohn hatte es gewagt, sich seinen Befehlen zu widersetzen – eine Tat, für die er Carol eigentlich an Ort und Stelle hätte hinrichten lassen müssen. Stattdessen hatte jemand anders den Preis für Carols Ungehorsam bezahlt. Diese Erkenntnis ließ ihn schaudern. »Öffnet die Tür!«, hörte er seinen Vater grollen. Kurz darauf fuhr ein Schlüssel ins Schloss. Der schmale Lichtstreif verbreiterte sich rasend schnell und keine zwei Atemzüge später tauchte Vlad Draculea im Rahmen auf. In der einen Hand hielt er eine Fackel, in der anderen die Schlüssel, die er seiner Leibwache abgenommen hatte. Der Ausdruck auf seinem Gesicht war schrecklicher als der der Medusa. Beinahe wünschte Carol sich, dass sein Blick ihn zu Stein erstarren lassen würde. Wortlos trat der Fürst über die Schwelle, schloss die Tür und entzündete ein Dutzend Kerzen mit der Fackel. Dann steckte er diese in einen Fackelhalter und legte den Mantel ab. Seine Kleider waren rot vom Blut der Gefolterten, deren Schreie noch immer nicht verstummt waren. Carols Herz hämmerte so heftig, dass er die Hand auf die Brust presste. Allerdings ließ er den Arm sofort wieder fallen, als Vlad Draculea die Peitsche von seinem Gürtel losmachte und ihn anfuhr:

»Komm her!«

Zittrig, schwitzend und auf Beinen, die drohten, ihm den Dienst zu versagen, tat Carol wie befohlen und trat vor seinen Vater. Die Wut, die in dem Fürsten kochte, war so enorm, dass der Knabe sie spüren konnte. Jegliche Hoffnung auf Milde erstickte im Keim.

»Noch bevor morgen die Sonne untergeht, wirst du gelernt haben, was Gehorsam ist«, knurrte Vlad, packte Carol und stieß ihn auf die Knie. »Zieh das Hemd aus«, befahl er barsch.

Mit kraftlosen Händen tat Carol wie geheißen und wartete auf den ersten Hieb. Dieser kam mit solch gewaltiger Wucht, dass er nach vorn geschleudert wurde. Bevor er sich wieder aufrappeln konnte, folgten ein zweiter und ein dritter Schlag, die ihn bäuchlings am Boden festnagelten. Brennender Schmerz schoss seinen Rücken entlang, ließ ihn die Fingernägel in die Dielen krallen und jeden Muskel anspannen. Allerdings vergeblich. Hieb um Hieb legte sich wie Feuer über seinen Rücken und verwandelte seine Haut binnen kurzem in ein Muster aus blutigen Striemen. Während die Peitsche immer wieder durch die Luft pfiff, biss er die Zähne aufeinander und betete, dass er stark genug sein würde, nicht um

Gnade zu winseln. Floarea brauchte seine Hilfe! Dieser Gedanke war es, der ihn die Strafe lautlos ertragen ließ; dass er nicht brüllte, wie jemand, den man in siedendes Öl tauchte.

Schon bald vermischte sich das hässliche Klatschen mit dem keuchenden Atem seines Vaters, dem offenbar die Luft ausging. Irgendwann wurden die Abstände zwischen den Hieben größer und nach einer scheinbaren Ewigkeit der Qual hörten die Schläge schließlich ganz auf. Carol bemerkte dies kaum noch. Sein gesamter Körper schien nur noch aus Schmerz zu bestehen. Ein klebriger Schweißfilm lag auf seiner Stirn und er spürte etwas Warmes an seinen Seiten hinabrinnen.

»Steh auf!«, befahl sein Vater schließlich.

Carol brauchte mehrere Anläufe, bis es ihm endlich gelang, sich auf die Knie zu stemmen. Der Versuch, sich ganz aufzurichten, scheiterte allerdings kläglich, was ihm einen weiteren Schlag – dieses Mal ins Gesicht – einbrachte. Dann spürte er die Pranke seines Vaters im Nacken, als dieser ihn in die Höhe zog. Sein Gesicht war puterrot und auf seiner Stirn glänzten Schweißperlen. Er zerrte Carol brutal in die angrenzende Kammer, in welcher der Knabe normalerweise schlief. Dort bugsierte er ihn in eine Ecke, band seine Hände an einem Ring in der Mauer fest und sah ihn einige Augenblicke ausdruckslos an.

»Du wirst die ganze Nacht über hier stehen bleiben«, sagte er eisig. »Wenn du es wagst, dich zu rühren, werde ich dir eigenhändig die Haut abziehen!«

In seinen Augen sah Carol, dass Vlad die Drohung wahr machen würde, was ihn für einige Sekunden den Schmerz vergessen ließ.

»Morgen früh wirst du den Preis dafür bezahlen, dass du Toader dazu gebracht hast, dir zu helfen.«

Die Ungewissheit über die Bedeutung dieser Worte erfüllten Carol trotz des brennenden Schmerzes mit Kälte. Was meinte sein Vater damit? Was würde geschehen, wenn die Sonne aufging?

Die ganze Nacht über quälte er sich mit diesem Gedanken – teils, um sich von den unvorstellbaren Qualen abzulenken; teils, um nicht den Verstand zu verlieren in der Dunkelheit der Kammer, die sein Vater von außen verriegelt hatte. Bis zum Morgengrauen hallten die Schreie der Gemarterten von den Mauern des Palastes wider. Carol sah all die furchtbaren Dinge, die man ihm antun konnte, vor seinem inneren Auge vorbeiziehen. Obwohl ihm seine Fantasie Furchtbares vorgegaukelt hatte, war er nicht auf das vorbereitet, was tatsächlich auf ihn zukam. Kaum hatte der Hahn den neuen Morgen verkündet, vernahm er Geräusche im angrenzenden Raum. Kurz darauf wurde der Riegel aus seiner Halterung gehoben. Sein Vater war ganz in Schwarz gekleidet, was ihm das Aussehen eines übergroßen Raubvogels verlieh. Seine Miene schien wie aus Stein gemeißelt und er verlor kein Wort, als er Carol von seinen Fesseln befreite. Schlotternd, von Hunger und Schmerzen geschwächt und halb gelähmt von den Stricken, die ihm das Blut abgeschnürt hatten, taumelte Carol einige Schritte nach vorne und brach zusammen.

»Steh auf, oder du kannst noch mehr hiervon kosten«, herrschte sein Vater ihn an und entrollte die Peitsche.

Trotz der lähmenden Schmerzen zwang Carol sich zurück auf die Beine und blieb schwankend vor Vlad Draculea stehen.

»Zieh das an«, befahl sein Vater tonlos und hielt ihm ein Hemd entgegen.

Mit halb abgestorbenen Fingern griff Carol danach und tat, wie befohlen. Als der Stoff über seinen zerschundenen Rücken glitt, entfuhr dem Knaben ein Schmerzenslaut, für den er augenblicklich einen Schlag erntete.

»Ich will keinen Ton von dir hören!«, zischte Vlad. »Danke dem Herrgott, dass du mein Sohn bist!« Er wartete, bis Carol auch Schecke und Mantel angezogen hatte, dann stieß er ihn auf die Tür zu und knurrte: »Wo ist deine Axt?«

Carol glaubte, nicht richtig gehört zu haben. Wozu sollte er seine Axt benötigen? Hatte sein Vater vor, ihn im Zweikampf zu töten? Ein Stachel der Furcht bohrte sich in sein Herz. Mühsam brachte er hervor: »In der Waffenkammer.«

»Dann werden wir sie holen«, versetzte Vlad mit einem Unterton in der Stimme, der dazu führte, dass Carol schlecht wurde. Was auch immer sein Vater mit ihm vorhatte, es musste etwas so Entsetzliches sein, dass es ihm für immer als Warnung dienen würde. Kaum in der Lage, einen Schritt vor den anderen zu setzen, stolperte er den Gang entlang die Treppen hinab auf den Hof hinaus, wo sein Vater ihn zur Waffenkammer trieb. Dort angelangt zwang Vlad ihn, seine Axt aus der Halterung zu nehmen und führte ihn zurück in den Hof, über dem der Gestank von Blut und Tod hing. Rings um den Richtplatz lagen Berge von Leichen und auf den Pfählen rangen die Unglücklichen noch immer mit dem Tod. Die Gefangenen, unter denen sich auch Floarea befunden hatte, waren verschwunden. Carol fragte sich, wohin sie gebracht worden waren. Vor den Toren der Festung schrillten Schreie durch die Morgenluft, die davon kündeten, dass auch die Einwohner von Tirgoviste keine Gnade erfuhren. Er schauderte. Ohne ein weiteres Wort zu verlieren führte Vlad ihn auf die Pfähle zu. Carol unterdrückte nur mühsam ein Würgen. Die verstümmelten Leiber zeugten von der unglaublichen Wut, mit der die Schergen des Fürsten unter den Bojaren und ihren Frauen gewütet hatten. Doch der Anblick, der sich ihm kurz darauf bot, ließ ihn mit einem fassungslosen Ausruf ein Kreuz vor der Brust schlagen.

»Gnädiger Gott«, murmelte er und zog zischend die Luft durch die Zähne, als ihn ein erneuter Schlag seines Vaters traf.

»Gott wird dir nicht helfen können«, stieß Vlad Draculea hervor. »Diese Schuld wird für immer auf deinem Gewissen lasten!«

Carol hörte ein Schluchzen und es dauerte einige Momente, bis er begriff, dass er den Laut von sich gegeben hatte.

Vor einem Richtblock kniete ein zitternder Toader, der seinem Vater mit flehenden Augen entgegensah. Seine Nase schien gebrochen worden zu sein. Einer seiner Arme hing seltsam verdreht an seiner Seite hinab. Er wurde von zwei Wachen flankiert, die sich tief vor ihrem Woiwoden verbeugten.

»Du wirst ihm den Kopf abschlagen«, bemerkte Vlad beinahe beiläufig.

Zuerst dachte Carol, er habe nicht richtig gehört. »Ich?«, stammelte er – die Furcht vor Strafe vergessen. »Das kann ich nicht!«, platzte es aus ihm heraus.

Die nächsten Worte seines Vaters verwandelten das Blut in seinen Adern in Eis. »Entweder du schlägst ihm den Kopf ab oder die Männer schlagen dir den Kopf ab«, flüsterte Vlad drohend. »Es ist deine Entscheidung.«

Etwas in ihm sagte Carol, dass sein Vater diese Drohung nicht wahr machen würde. Er würde nicht seinen eigenen Sohn umbringen! Aber ein anderer Teil von ihm war sich dessen nicht so sicher.

»*Du* hast ihn dazu gebracht, sich meinem Befehl zu widersetzen. Also wirst *du* auch die Folgen tragen.« Vlad bedeutete seinen Männern, sich zurückzuziehen. »Leg den Kopf auf den Block«, herrschte er Toader an, der dem Befehl Folge leistete, wie ein Lamm auf der Schlachtbank.

»Vergebt mir, Vodă«, flehte er schwach.

Aber Carol konnte in seinen Augen lesen, dass er alle Hoffnung auf Gnade bereits aufgegeben hatte.

»Tu deine Pflicht!«, befahl Vlad, befreite die Axt seines Sohnes von ihrem Schutz und drückte sie Carol in die Hand. »Augenblicklich!«

Nie zuvor war Carol die Waffe so schwer erschienen. Wie Blei lag sie in seiner Hand und ihm fehlte die Kraft, sie zu heben.

»Ich werde es nicht noch einmal sagen«, knurrte sein Vater.

Carol wurde klar, dass es keinen Ausweg gab. Entweder er tat, was Vlad Draculea von ihm verlangte, oder er würde zusammen mit Toader sterben. Dass sein Vater Toader hinrichten lassen würde, ganz egal durch wen, das war so unumstößlich wie das Jüngste Gericht. Daher bat er Gott um Vergebung, holte aus und schloss die Augen, als der blitzende Stahl auf den Knienden hinabsauste.

Kapitel 58

Burg Katzenstein, April 1459

Johann von Katzenstein hätte am liebsten laut gesungen, als er an diesem strahlend schönen Frühlingstag über die Zugbrücke der Festung ritt, die endlich wieder ihm gehörte. Nichts schien sich verändert zu haben, selbst die moosbewachsenen Schindeln des Stalldaches waren noch genauso, wie er sie in Erinnerung hatte. Sogar ein Großteil der Mägde und Knechte, die ihm entgegen eilten, um ihn willkommen zu heißen, kamen ihm bekannt vor.

»Wie schön, Euch wiederzusehen«, begrüßte ihn der Verwalter, der vor vielen Jahren als Schreiber in die Dienste von Johanns Mutter getreten war. »Es war zu viel Kommen und Gehen in den letzten Jahren.« Der Mann verstummte, da er offenbar fürchtete, Johann könne die Bemerkung falsch auffassen.

Doch dazu hatte der Katzensteiner viel zu gute Laune. Sein Sohn Johannes ritt neben ihm. Johann ging das Herz auf, als er die staunenden Augen des Knaben sah.

»Gehört diese Burg jetzt wirklich uns?«, fragte der Junge, nachdem sie abgesessen waren. Er strahlte wie ein Kerzenleuchter, als er versuchte, alles gleichzeitig in sich aufzusaugen. »Darf ich auf den Turm klettern? Wo schlafen wir? Wie viele Zimmer gibt es?«

Die Fragen überschlugen sich und Johann konnte nicht anders als lachen. »Eins nach dem anderen, Junge«, sagte er und tätschelte dem Reittier seines Sohnes die Flanke. »Zuerst werden wir etwas essen. Ich habe einen Bärenhunger!«

Hinter ihnen verkündete das Holpern von Karrenrädern, dass auch seine Gemahlin Anna eingetroffen war – auch wenn Johann nichts dagegen gehabt hätte, wenn sie unterwegs verloren gegangen wäre. Zwar hatte sie nicht gewagt, gegen den Umzug aufs Land zu protestieren. Aber er hatte deutlich in ihrem Gesicht lesen können, dass ihr diese Veränderung nicht besonders gefiel. Vermutlich überlegte sie sich bereits, wie sie auch hier ihren Vergnügungen nachgehen konnte, dachte er. Allerdings würde er jetzt, wo er über genügend Geld verfügte, die Zügel straffer in die Hand nehmen und ihr keine Fehltritte mehr durchgehen lassen. In Ulm hatte es ihn nicht gestört, dass sie ihn mit ihren Verehrern betrog – solange sie deren Geschenke an ihn weitergab. Doch auf seiner eigenen Burg würde er sich von ihr keine Hörner aufsetzen lassen! Zur Not würde er sie in ihrer Kemenate einsperren bis sie verrottete!

Er schob die unangenehmen Gedanken beiseite und zog Johannes auf den Palas zu. Plötzlich konnte er es nicht mehr erwarten zu sehen, ob und was sich verändert hatte. Backhäuslein und Brunnenstube befanden sich noch dort, wo sie hingehörten. Als er die Treppe zur großen Halle erklommen und diese betreten hatte, stieß er ein erleichtertes Seufzen aus. Auch hier war alles so, wie er es vor über zehn Jahren verlassen hatte. Lediglich ein paar hässliche Wandbehänge und einige Kruzifixe waren hinzugekommen, doch ansonsten erweckte alles das Gefühl der Vertrautheit. Zwei bildhübsche Mägde sanken in einen tiefen Knicks, als sie ihn erblickten. Johann grinste, als sie ihm dabei wunderbare Einblicke gewährten. Vielleicht würde er seiner verwelkenden Gemahlin mit gleicher Münze heimzahlen. Das hatte sie mehr als verdient. Zunächst einmal wollte er seinem alten Heim wieder seinen Stempel aufdrücken und das Gefühl genießen, dort zu sein, wo er hingehörte. »Lass die Karren abladen und alles nach oben bringen«, befahl er seinem Verwalter, der ihm gefolgt war. »Und dann lass auftischen!« Am liebsten hätte er die Hände der Mägde genommen und sie vor Übermut im Kreis herumgewirbelt. Doch wenn er sich nicht vollkommen zum Narren machen wollte, musste er seine Freude noch ein wenig zügeln.

»Warum konnten wir nicht in Ulm bleiben?«

Die Bemerkung seiner Gemahlin vertrieb seine Heiterkeit und sorgte für zwei tiefe Zornesfalten auf seiner Stirn. Mühsam beherrscht wandte er sich zu Anna um, die sich naserümpfend in der Halle umsah.

»Hier sagen sich doch Fuchs und Hase gute Nacht«, nörgelte sie.

Johann verspürte den überwältigenden Drang, ihr den Hals umzudrehen. »Halt den Mund«, erwiderte er barsch und ignorierte ihr empörtes Aufkeuchen. »Wenn es dir hier nicht gefällt, kannst du gerne nach Ulm zurückkehren«, fügte er hinzu. »Allerdings zu Fuß und ohne Begleitung. Du hast die Wahl.«

Ihr Blick versprühte soviel Gift, dass Johann kurz davor war, sie zu packen und vor die Tür zu setzen. Da er allerdings keine Lust hatte, sich die Heimkehr von ihr verderben zu lassen, murmelte er einen unschönen Fluch und wandte sich an eine der Mägde.

»Geh und hol mir einen Krug Bier, schönes Kind«, sagte er und genoss das Geräusch stampfender Schritte, die verkündeten, dass Anna beleidigt abzog. Der Leibhaftige sollte sie und ihre falschen Augenaufschläge holen! Jetzt, wo er sich sozusagen inmitten eines prall gefüllten Obstkorbes befand, würde er schon bald etwas Süßes zum Vernaschen finden. Seine Männlichkeit schien ihm zuzustimmen. Einen Augenblick lang fühlte Johann sich, als sei er in einen Jungbrunnen gefallen. Dann erblickte er jedoch einen uralten Schemel, der halb unter die Treppe geschoben worden war. Ein Wehrmutstropfen trübte das Hochgefühl. Das mehrfach ausgebesserte Polster war mit unansehnlichen Rosen bestickt – Rosen, auf die seine Tochter Sophia im Alter von sechs Jahren unglaublich stolz gewesen war.

Er verzog das Gesicht und wandte rasch den Blick von dem Schemel ab. Er würde ihn verbrennen lassen! Ansonsten würde er das schlechte Gewissen niemals loswerden und dazu war das Leben im Moment einfach zu schön! Er sperrte alle Gedanken an Sophia und ihre Not in ein abgelegenes Kämmerchen seines Verstandes und beschloss, sich so bald wie möglich mit den Vorbereitungen zur Aufnahme in die Adelsgesellschaft zu beschäftigen. Seine ehemalige Verachtung für solcherlei Zusammenschlüsse war schon längst vergessen, da allein die von Sankt Wilhelm ausgerichteten Turniere ein Ereignis waren, das seinesgleichen gerne aufsuchte. Sein Herz begann vor Freude zu hüpfen, als er sich ausmalte, dass er in einigen Wochen wieder dort sein würde, wo ein Ritter hingehörte: Auf dem Kampfplatz! Und sein Sohn würde ihn als Knappe begleiten. Es war also höchste Zeit, Johannes endlich all die Dinge beizubringen, die ein Junge adeliger Herkunft beherrschen musste. Er sah sich mit einem Lächeln nach seinem Sohn um. Dieser hatte sein Reisebündel fallen lassen und drückte die Nase an eines der Fenster, durch welche man das Dorf Katzenstein und die Umgebung überblicken konnte. Alles an seiner Haltung verriet, dass er es kaum erwarten konnte, Feld, Wald und Wiesen zu durchstreifen. Gleich morgen würde Johann ihn mit auf seine erste Jagd nehmen.

Kapitel 59

Ulm, April 1459

Sophias Herz fühlte sich ungewohnt leicht an, als sie das letzte störende Härchen aus ihrer Augenbraue zupfte und die Pinzette zur Seite legte. Sonnenlicht strömte durch die geöffneten Fenster herein und ließ ihr rotes Haar leuchten wie auf Hochglanz poliertes Kupfer. Die Lockenzange hatte ein kleines Wunder mit der widerspenstigen Pracht vollbracht. Sie war heute mit ihrem Werk zufrieden. Anstatt der strengen, eng anliegenden Haube hatte sie eine Kopfbedeckung gewählt, die ein wenig luftiger war. Zusammen mit den beiden kunstvoll gelegten Schläfenlocken verlieh sie ihr ein strahlend junges Aussehen. Auch ihre Augen funkelten an diesem Tag wie Smaragde – hatte sie dem Glanz doch ein wenig mit Tollkirschensaft nachgeholfen. Lächelnd zupfte sie die blaue Seide über ihrer Brust zurecht, damit mehr von ihrer weißen Haut zu sehen war. Zufrieden mit ihrem Aussehen streifte sie sich schließlich ihre Ringe über und begab sich mit Schmetterlingen im Bauch in die Stube zum Frühstück. Seit Utz vor einer Woche neue Männer nach Ungarn geschickt hatte, fühlte sie sich wie verwandelt; verspürte Empfindungen, die sie kaum deuten konnte, die sie aber dazu brachten, Utz mit anderen Augen zu sehen. Bald schon würde sich ihr Gefühl bestätigen und es würde Nachricht eintreffen, dass Hans gefunden worden war. Dafür betete sie jeden Tag mehr als ein Dutzend Mal. Utz hatte durch eine großzügige Schenkung an das Ulmer Münster weitere Gebete für ihren Sohn erwirkt. Der Herr würde ihr Bitten erhören und ihr den verlorenen Sohn zurückbringen, dessen war sie sich inzwischen sicher.

Sie hatte die Stube erreicht. Männerstimmen verrieten, dass Utz und Thomas, der Verwalter, schon mit dem Mahl begonnen hatten und bereits die Angelegenheiten des Tages diskutierten. Als sie die Tür aufstieß, fiel ihr Blick zuerst auf ihren Sohn Jakob. Für einen kurzen Moment gab sie sich der Hoffnung hin, auch seinen Bruder am Tisch sitzend vorzufinden. Immer wieder ertappte sie sich bei diesem unsinnigen Gedanken. Jedes Mal schickte sie ein Gebet zum Himmel, dass ihr Wunsch irgendwann in Erfüllung gehen würde.

»Du bist spät dran«, begrüßte Utz sie kurz angebunden und runzelte verwundert die Stirn, als er ihre Aufmachung bemerkte. »Gehst du eine der Patrizierinnen besuchen?«, fragte er.

Zu ihrem Verdruss spürte sie, wie Hitze in ihre Wangen stieg. »Nein«, antwortete sie, »ich dachte, ich könnte dich heute zum Bancherius begleiten.«

Utz tauschte einen verstohlenen Blick mit Thomas. Dieser senkte die Lider und starrte mit ausdrucksloser Miene in seine Holzschale. Er stocherte darin herum, als erwarte er, einen Schatz in dem Haferschleim zu finden. Utz räusperte sich und wartete, bis sie sich gesetzt hatte. Erst als die Magd auch Sophias Schale mit dem dampfenden Brei gefüllt hatte, erwiderte er: »Jakob kommt mit mir. Er muss lernen, wie man Geschäfte abwickelt.«

Die Enttäuschung übergoss Sophia wie ein Schwall kaltes Wasser und erstickte ihre gute Laune. »Aber ich dachte, jetzt, wo du im Rat sitzt …«

»Was?«, fiel er ihr ins Wort. »Dachtest du, jetzt, wo ich im Rat sitze, musst du dich so oft wie möglich an meiner Seite zeigen?« Sein Ton war scharf und seine Augen hart. Er gab Jakob und Thomas einen Wink. Die beiden erhoben hastig und verließen die Stube. »Du auch!«, fuhr er die Magd an, die sich daraufhin ebenfalls so schnell wie möglich trollte. Er stemmte die Ellenbogen auf den Tisch und sah Sophia halb verächtlich, halb mitleidig an.

»Es ist mir nicht entgangen, dass es dir gefallen hat, bei dem Bankett die Gattin des Ratsmitgliedes zu spielen«, sagte er. »Aber zu diesem Spiel gehört mehr, als nur ein hübsches Kleid und ein nettes Lächeln in der Öffentlichkeit.« Er ließ den Blick von ihrem Gesicht zu ihrem tiefen Ausschnitt wandern und lachte freudlos. »Dazu gehört auch, die Pflichten eines Eheweibes zu erfüllen.«

Sophia hob instinktiv die Hand und presste sie auf die Brust, als müsse sie sich vor ihm schützen.

»Keine Angst«, stieß er abfällig hervor. »Ich werde dich nicht anrühren.« Er schnaubte. »Schließlich gibt es im Badehaus mehr als genug willige junge Mädchen, denen es eine Ehre ist, einem Mann zu dienen.«

Diese Bemerkung war wie ein Messer, das tief in Sophias Fleisch schnitt. Sollte sie nicht froh sein, dass er sie immer noch in seinem Haus wohnen ließ, anstatt sie davonzujagen, jetzt, wo er das Scheidungsrecht wieder besaß?

Utz erhob sich und griff nach Hut und Mantel, die an einem Haken an der Wand hingen.

»Bleib hier«, hörte Sophia sich sagen und war selbst überrascht. Was war nur in sie gefahren? Warum erfüllte sie das Gerede von den Huren im Badehaus mit einem Gefühl, das wohl brennende Eifersucht zu nennen war?

Utz musterte sie verdrossen, machte allerdings keinerlei Anstalten, die Stube zu verlassen. Einige peinliche Augenblicke lang herrschte Schweigen im Raum, dann stieß er heiser hervor: »Warum sollte ich bleiben?« Seine Brust hob und senkte sich heftig. Er ließ Hut und Mantel auf einen Stuhl fallen und trat unvermittelt auf sie zu, um sie bei den Oberarmen zu packen.

Bei der Berührung durchrieselte Sophia ein Schauer.

»Was dann?«, fragte er und sah hungrig auf sie hinab. »Speist du mich dann mit keuschen Küsschen auf die Wange ab und stößt mich von dir wie beim letzten Mal?« Seine Miene verfinsterte sich und er ließ sie wieder los. Als verbreite sie einen unangenehmen Geruch, rümpfte er die Nase und griff erneut nach Mantel und Hut. »Nein«, knurrte er, während er auf die Tür zusteuerte. Bevor er sie anzog, wandte er sich noch einmal zu ihr um und versetzte drohend: »Wenn du das nächste Mal mit dem Feuer spielst, wirst du dich daran verbrennen! Das ist ein Versprechen!« Mit diesen Worten knallte er die Tür hinter sich zu und polterte hinab ins Erdgeschoss.

Einige mühsame Atemzüge lang starrte Sophia auf die Stelle, an der er gerade noch gestanden hatte. Dann schüttelte sie den Kopf – wie um einen Spuk loszuwerden – und rieb sich die Arme. Die Stellen, an denen Utz sie berührt hatte, schmerzten, da sein Griff hart gewesen war. Aber es war mehr als Schmerz, der von dort aus über ihre Haut kroch. Es war ein Gefühl, das sie in letzter Zeit immer öfter in seiner Gegenwart empfand. Seit er *sie* zurückwies und alle Sanftheit aus seinen Zügen verschwunden war, wenn er sie ansah. Stattdessen lag etwas Rohes in seinem Blick, etwas, das Sophia einerseits ängstigte; das andererseits aber auch ein seltsames Gefühl tief in ihr entfacht hatte.

Die Flüche, die Utz vor sich hinmurmelte, nachdem er aus der Stube geflohen war, würden ihm mit Sicherheit qualvolle Ewigkeiten im Fegefeuer einbringen. Allerdings war ihm das im Moment vollkommen gleichgültig! Seine Männlichkeit versuchte, seine Hose zu sprengen. Überwältigendes Verlangen kochte in ihm. Wusste Sophia denn nicht, wie grausam es war, wenn sie sich so herausputzte? Wollte sie ihm besondere Qualen zufügen, obwohl er ihrem Wunsch nachgegeben und Männer nach Ungarn geschickt hatte? Oder spielte sie ein Spiel, das er nicht verstand? Er biss die Zähne aufeinander und schwor sich, stark zu bleiben. Auch wenn er ihr gedroht hatte, würde er sie niemals zu etwas zwingen, was sie nicht wollte! Er raufte sich die Haare, ehe er ärgerlich den Hut auf den Kopf rammte. Woher sollte er denn wissen, was sie wollte? Waren die Zeichen, die sie aussandte, in letzter Zeit nicht so zu deuten, dass … Er fegte den Gedanken beiseite und stürmte auf die Stelle zu, an der sein Sohn mit mürrischer Miene auf ihn wartete.

»Setz ein anderes Gesicht auf!«, herrschte er den Knaben an. »Oder du kannst mit den anderen Lehrlingen Säcke im Gewürzlager stapeln!«

Jakob schob trotzig den Unterkiefer nach vorn. Aber Utz hatte weder Zeit noch Lust, sich über sein bockiges Verhalten aufzuregen. Wenn der Bengel nicht spurte, würde er ihm von Uli das Fell über die Ohren ziehen lassen. Der hünenhafte Knecht war ohnehin nicht besonders gut auf den Jungen zu sprechen, da dieser immer wieder versuchte, das Gesinde herumzukommandieren. Seit Utz ihn von Hans Multscher fortgeholt hatte, schien ein Dämon in dem Knaben zu wohnen. Ein Dämon, der sich danach sehnte, von irgendjemandem ausgetrieben zu werden. Utz schob die Brauen zusammen und nahm seinem Verwalter das Bündel Briefe ab, das er mit zu seinem Bancherius nehmen wollte. Offenbar legten es alle Mitglieder seiner Familie darauf an, seinen Geduldsfaden bis zum Zerreißen zu spannen.

Teil 5

Kapitel 60

Der Fürstenpalast in Tirgoviste, Ende Februar 1460

Ein Laut, der nicht in seinen Traum passte, weckte Vlad Draculea, ließ ihn blitzschnell nach dem Dolch unter seinem Kissen greifen und sich aufsetzen. Angespannt wie eine Raubkatze vor dem Sprung lauschte er in die Dunkelheit in seiner Kammer, in der außer dem Geräusch von tiefen Atemzügen jedoch nichts zu hören war. Hatte er sich geirrt? Er ließ den Blick über Wände und Möbelstücke schweifen – in der Hoffnung, aus dem Augenwinkel etwas zu entdecken, was ansonsten im Dunkeln nicht zu sehen war. Doch nichts regte sich in dem Raum, dessen Fenster und Türen mehrfach verriegelt waren. Lange Zeit verharrte er dennoch kampfbereit und voller Anspannung auf der Bettkannte. Mit jeder Sekunde schienen sich seine Sinne weiter zu schärfen, bis er schließlich vermeinte, selbst den Staub und den Mäusekot zwischen den Bodendielen riechen zu können. Als er sicher war, dass er sich geirrt hatte, schob er die Waffe zurück an ihren Platz und kroch wieder zwischen die Laken. Der nackte Körper neben ihm verströmte Wärme und einen Duft, der noch von dem Liebesspiel zeugte, nach dem er ermattet eingeschlafen war. Er atmete einige Male langsam ein und aus. Plötzlich ergriff ihn eine Welle der Selbstverachtung. Wie so oft, wenn er das Bett mit Catrina geteilt hatte, verdunkelten Reue, Hass und ein überwältigendes Gefühl der Beschmutzung seine Seele und ließen ihn wünschen, sein Fleisch wäre stärker. Um nicht laut aufzustöhnen, presste er die Lippen aufeinander und vergrub das Gesicht in den Kissen. Warum gelang es seinem Geist nicht, die Lust zu beherrschen, die ihn manchmal an den Rand des Wahnsinns brachte? Warum konnte er das Mädchen wegen seiner Wirkung auf ihn nicht so sehr verabscheuen, dass er es schaffte, es für immer aus seiner Nähe zu verbannen? Diese Schwäche machte ihm Angst und veranlasste ihn immer wieder dazu, nach der Peitsche zu greifen, um sich selbst zu züchtigen. Allerdings ohne Erfolg. Kaum fiel sein Blick wieder auf sie, glitt über ihre Rundungen und ihr goldenes Haar, löste sich seine Entschlossenheit auf wie der Morgennebel an einem sonnigen Tag.

Er war versucht, ihre zarten Schenkel zu berühren, zuckte jedoch zurück, als sie sich mit einem Murmeln bewegte. Auch sie schien nicht besonders gut zu träumen, da sie begann, um sich zu treten und die Decke an sich zu ziehen. Ob sie sich immer noch vor ihm fürchtete? Als er sie nach ihrer ersten Begegnung in der Badestube zu sich gerufen hatte, war sie vor Angst beinahe gestorben. Doch irgendwann hatte sich ihre Furcht in Schicksalsergebenheit verwandelt und inzwischen gab sie sich ihm beinahe willig hin. Vlads Selbstverachtung wich unvermittelt dem Zorn. Warum hatte er nur zugelassen, dass die Lust sein ganzes Denken und Handeln bestimmte? Hatte er sich nicht geschworen, sich niemals wieder von Empfindungen leiten zu lassen? Er griff erneut nach seinem Dolch und schwang die Beine aus dem Bett. Wenn er noch länger ihren Geruch einatmete, würde er etwas Unbedachtes tun. Mit der Waffe in der Hand tastete er sich im Dunkeln zu dem Stuhl, auf dem seine Kleider lagen und zog sich an. Dann verstaute er die Waffe in ihrer Scheide und legte den Schwertgurt um. Eigentlich wäre es Carols Aufgabe gewesen, all die Knöpfe und Haken zu schließen. Aber Vlad konnte im Augenblick keine Gesellschaft ertragen. Er musste an die frische Luft, um seine Gedanken zu ordnen und die Beschmutzung der vergangenen Nacht abzustreifen. Keine Frau würde jemals ein Ersatz für Zehra sein! Seine Kehle wurde eng. Der wohlbekannte Druck in seiner Brust schien sein Herz zerquetschen zu wollen. Er blinzelte ärgerlich und ging zur Tür, um den Riegel aufzuschieben. Catrina war ein Mittel zum Zweck, mehr nicht. Er musste aufhören, sich ihretwegen Vorwürfe zu machen! Gott hatte den Mann geschaffen, damit er sich vermehrte und sich die Erde Untertan machte. Wenn unerfüllte Lust seinen Verstand vernebelte, würde er sich niemanden Untertan machen! Er trat auf den Korridor hinaus und setzte die steinerne Miene auf, hinter der er all seine Gefühle verbarg. »Vodă.« Seine Leibwache verneigte sich tief vor ihm und heftete sich an seine Fersen, als er den Gang entlang eilte und auf die Treppe zusteuerte. Der Luftzug seiner Bewegung ließ die Flammen der Fackeln wild hin und her zucken, sodass sein Schatten sich in ein bedrohliches Ungeheuer verwandelte.

Sein Mund verzog sich zu einem grimmigen Lächeln. Ein Ungeheuer. Sicherlich war es das, wofür ihn die Bewohner der Walachei inzwischen hielten. Seit dem Osterfest vor beinahe einem Jahr – der Hinrichtung der Bojaren und der Verschleppung ihrer Kinder zur Zwangsarbeit an seiner neuen Festung – duckten sich die Menschen, wann immer er auftauchte. Der Sieg über den Bojaren Albu – den Mann, der für den Mord an Zehra verantwortlich war, wie Grigore ihm kurz vor seinem Tod gestanden hatte – und die anschließenden Ausrottungsaktion hatten dafür gesorgt, dass sich selbst die tapfersten Walachen vor ihm fürchteten. Und das zu Recht! Niemand würde es jemals wieder wagen, den Frieden und die Ordnung in seinem Fürstentum zu stören, ohne auf das Härteste dafür bestraft zu werden! Wer nichts nützte, wer stahl oder den Gesetzen zuwider handelte, wurde ohne jede Gnade hingerichtet. Auch die Armen, die Bettler und die Zigeuner, die er hatte niedermachen lassen. Wenn man die Armen abschaffte, gab es keine Armut mehr im Land – und ein Reich ohne Armut war etwas, das jeder Fürst anstreben sollte! Ein kaltes Lächeln huschte über seine Züge. Schon bald würde die Walachei vollkommen gesäubert sein von unerwünschten Schmarotzern und Unruhestiftern. Die Neuadligen, denen Vlad die Besitzungen der getöteten Bojaren zugeteilt hatte, waren ihm blind ergeben. Inzwischen verfügte er über das, was er von Anfang an angestrebt hatte: über absolute Macht. Seine Vorgänger hatten sich damit zufrieden gegeben, *primus inter pares* – erster unter Gleichen – zu sein. Das hatte ihren Untergang besiegelt. Er war *primus super omnes* – erster über allen. Wer sich ihm nicht bedingungslos unterwarf, wurde ausgelöscht! Zertreten wie Ungeziefer unter dem Stiefel eines Kindes! Sein Lächeln erstarb, als eine leise Stimme in seinem Kopf ihn an seinen Misserfolg in Transsylvanien erinnerte. Zwar war es ihm gelungen, den Verräter Albu und seine Gefolgsleute unschädlich zu machen. Auch hatte er nahezu alle Einwohner im Umkreis von Kronstadt pfählen lassen, da diese Albu unterstützt hatten. Allerdings hatten die mächtigen Befestigungen der Stadt selbst seinen Angriffen getrotzt und er hatte zähneknirschend wieder in die Walachei zurückkehren müssen.

Er hatte das Tor zum Hof erreicht und bedeutete seinen Wachen, Abstand zu halten. Am östlichen Horizont zeigten sich die ersten Vorboten der Morgendämmerung. Vlad beschloss, sich zum Marktplatz zu begeben. Um den Nachklang von Schwachheit loszuwerden, war dieser kleine Ausflug genau das Richtige. Vor einigen Tagen hatte ein florentinischer Kaufmann auf der Durchreise bei ihm vorgesprochen und Vlad um bewaffnete Wachen gebeten, die sein Hab und Gut schützen sollten. Vlad lachte leise, als er an das Gesicht des Mannes dachte, der seine Antwort zuerst für einen Scherz gehalten hatte.

»Legt Euer Geld und Eure Waren einfach auf dem Marktplatz nieder«, hatte er dem Händler befohlen. »Sollte etwas gestohlen werden, erhaltet Ihr es von mir zurück.« Tatsächlich hatten tags darauf 160 Dukaten gefehlt, die Vlads Schatzmeister, der *vistierul-thesaurarius*, dem Florentiner umgehend ersetzt hatte. Vlads Gesicht wurde wieder ernst. Den Einwohnern von Tirgoviste hatte er befohlen, den Dieb zu finden, da er ansonsten ihre Stadt niederbrennen würde. Seit er sich häufig auf seiner neuen Festung in Bukarest aufhielt, war ihm die Stadt noch mehr zuwider als zuvor. Beinahe wünschte er sich, der Dieb wäre bereits über alle Berge. Das Klirren der Waffen seiner Begleiter hallte durch die ausgestorbenen Gassen, in denen sich nicht einmal streunende Katzen oder Hunde regten. Er wusste, dass es leichtsinnig war, nur mit zwei Soldaten den Palast zu verlassen. Aber er glaubte fest an die Macht der Angst. Als er an dem Brunnen angekommen war, neben dem die Waren des Händlers aufgeschichtet worden waren, fragte er sich, ob der Mann zusammen mit dem Dieb auf einem Pfahl enden würde. Er hatte seinem Schatzmeister Anweisung gegeben, ihm einen Dukaten mehr auszuhändigen, als er verloren hatte. Er richtete den Blick auf die Fenster des Gasthofes, in dem der Mann Unterkunft gesucht hatte. Hinter den Läden verriet schwacher Kerzenschein, dass der Florentiner bereits auf den Beinen war. Vlad beschloss, ihn in den Palast bringen zu lassen. Die Vorfreude auf das Spiel, das er hoffentlich mit dem Ahnungslosen treiben konnte, verscheuchte alle reuigen Gedanken. Nachdem er einen letzten Blick auf den Gasthof geworfen hatte, machte er kehrt und begab sich zurück in seinen Palast.

Zwei Stunden später – nach einem ausgiebigen Frühstück und einem Gespräch mit seinen neuen Beratern – erwartete er den Florentiner in der Halle.

»Herr, ich wollte Euch ohnehin aufsuchen«, begann der Mann, nachdem er sich tief vor Vlad verneigt hatte. »Es scheint, als ob Eurem Schatzmeister ein Fehler unterlaufen ist.« Er griff nach der Geldkatze an seinem Gürtel und zog eine Münze hervor.

Enttäuscht sah Vlad, dass es sich um einen Dukaten handelte – genau den Betrag, der dem Mann zu viel ausgezahlt worden war. Wie es schien, hatte Gott beschlossen, dass dieser Glückliche dem Pfahl vorerst entrinnen würde. Er verkniff sich ein Seufzen und wollte gerade den vistierul-thesaurarius anweisen, das Geld an sich zu nehmen. Doch stattdessen setzte er eine Miene auf, die seine Enttäuschung verbergen sollte und räusperte sich.

»Du bist ein ehrlicher Mann«, erwiderte er ohne viel Überzeugung. »Geh in Frieden und nimm den zusätzlichen Dukaten mit dir.« Er sah Erleichterung in den Augen des Kaufmannes aufflackern und beschloss, ihm noch eine gehörige Portion Furcht mit auf den Weg zu geben. »Hättest du ihn mir nicht zurückgebracht«, setzte er mit schneidender Stimme hinzu, »hätte ich befohlen, dich zusammen mit dem Dieb zu pfählen.«

Alle Farbe wich aus den Wangen des Mannes. Er stammelte einen Dank.

»Geh!«, befahl Vlad, nachdem er sich noch einige Momente lang daran ergötzt hatte, wie der Florentiner sich unter seinen Blicken wand. »Geh und verbreite, was geschieht, wenn man den Woiwoden der Walachei hintergeht!«

Der verängstigte Kaufmann verneigte sich so tief, dass seine Stirn fast den Boden berührte. Dann wandte er sich auf unsicheren Beinen dem Ausgang zu und verschwand im selben Augenblick, in dem einer von Vlads Boten hereingestürmt kam.

»Vodă«, keuchte dieser und warf sich vor Vlad auf die Knie. Er rang einige Augenblicke um Atem, ehe es abgehackt aus ihm herausplatzte: »Der Verräter Dan ist mit Truppen aus Transsylvanien auf dem Weg in die Walachei!«

Vlad glaubte, seinen Ohren nicht zu trauen. »Was?«, stieß er hervor und sprang von seinem Thron auf. »Was sagst du da?«

Der Mann nickte heftig mit dem Kopf und gestikulierte wild nach Norden. »Sie haben bereits die Karpaten überschritten!«

Vlad stieß ein Brüllen aus, das klang wie das eines wilden Bullen. »Endlich!«, donnert er. »Endlich wagt sich dieser Feigling aus seinem Versteck!« Seine Rechte schloss sich um seinen Schwertknauf. Am liebsten hätte er die Waffe augenblicklich gezogen, um Dan den Kopf abzuschlagen. Wenn er auch diese lästige Hürde noch aus dem Weg räumte, würden die Ungarn, der Papst und all die anderen Unwürdigen vielleicht begreifen, dass er nicht zu besiegen war. Dass folglich *er* der Einzige war, der die Christenheit in den Kampf gegen die Ungläubigen führen konnte! Er bedeutete dem Knienden aufzustehen.

»Lass Boten ausschicken. Die Männer sollen sich zum Kampf rüsten.« Kaum war der Soldat davongestoben, hieb er die Faust in die Handfläche und brummte: »Es scheint, als ob das Niederbrennen der Stadt noch ein wenig warten muss!« Er wirbelte zu Carol herum, der wie immer hinter seinem Thron stand, um seine Befehle zu empfangen. »Sieh zu, dass Pferde und Waffen bereit sind. Wir brechen morgen auf.« An einen seine Wächter gewandt sagte er: »Lass den Rat zusammenrufen.«

Kapitel 61

Nur mit größter Mühe gelang es Carol einen Jubelschrei zu unterrücken. Stattdessen schlug er den Blick nieder, nickte und erwiderte: »Ja, Vodă.« Froh darüber, dass alle Augen auf seinem Vater ruhten, versuchte er, sich nichts anmerken zu lassen. So schnell wie möglich huschte er aus der Halle. Dann rannte er zur Waffenkammer und suchte mit wild klopfendem Herzen all das zusammen, was in einem Kampf gebraucht wurde. Seine Aufregung war so gewaltig, dass er einige Male Lanze, Schwert und Schild seines Vaters fallen ließ, ehe es ihm gelang, alles auf einen Haufen zu schichten.

Während er nach Waffenöl und Lappen suchte, um den Stahl ein letztes Mal auf Hochglanz zu polieren, galoppierten seine Gedanken davon.

»Ich danke dir, Herr«, wisperte er und versuchte zu vermeiden, dass sein Blick auf die Streitäxte an der Wand fiel. Noch immer konnte er diese Waffen nicht ansehen, ohne augenblicklich an den Ort zurückversetzt zu werden, an dem er seine Seele verloren hatte. Beinahe jede Nacht verfolgten ihn Toaders flehende Augen und das Geräusch, mit dem die von ihm geführte Axt den Kopf des anderen Knaben von dessen Rumpf getrennt hatte. Seit fast einem Jahr versuchte er nun schon, seine Schuld durch die Beichte abzustreifen – allerdings hatte er das Gefühl, dass Gott diese Freveltat nicht so einfach vergeben konnte. Tag für Tag bemühte er sich aufs Neue, Toaders Gesicht zu vergessen. Doch es wollte ihm nicht gelingen. Zudem gab er sich die Schuld an Floareas Schicksal. Mit jeder Woche, die verstrich, war ein Teil der Hoffnung, ihr jemals helfen zu können, gestorben.

Bis jetzt! Wenn sein Vater nach Norden aufbrach, um sich dem Prätendenten Dan in den Weg zu stellen, dann bot sich vielleicht endlich die Möglichkeit zur Flucht! Sein Pulsschlag beschleunigte sich. Um die Aufmerksamkeit der anderen Knappen, die in die Waffenkammer strömten, nicht auf sich zu ziehen, zwang er sich, ruhig und tief zu atmen. Nach einigen Augenblicken legte sich seine Beklemmung. All die Zeit, die sie in Bukarest verbracht hatten, hatte er sich das Gehirn zermartert, wie er den Klauen seines Vaters entkommen konnte. Er musste fliehen, um Floarea zu befreien und sich anschließend zu seinem Onkel Radu zu begeben, der ihm ganz gewiss den Schutz nicht verwehren würde. Seine Hände glitten mechanisch über die kühle Oberfläche eines Schwertes. Jedenfalls hoffte er das. Denn wenn es stimmte, was er gehört hatte, war dieser Onkel genauso ein Feind seines Vaters wie Carol selbst. Er ließ den Lappen sinken. Wenn er doch nur genug

Mut hätte, seinen Vater zu einem Kampf herauszufordern! Er sah auf seine Hände hinab und verzog das Gesicht. Zwar war er inzwischen genauso groß wie sein Vater, doch seine Hände wirkten immer noch wie die eines Mädchens! Auch seine Arme und Schultern waren noch weit davon entfernt, die Kraft eines Mannes zu besitzen, sodass ein Zweikampf Selbstmord gewesen wäre. »Carol!« Der Ruf riss ihn aus den Gedanken. Er zuckte schuldbewusst zusammen. Allerdings handelte es sich lediglich um den neuen Waffenmeister, den sein Vater ihm zugewiesen hatte, nicht um Vlad Draculea selbst. »Bald kannst du zeigen, was du gelernt hast«, verkündete der Hüne.

Carol fuhr mit seiner Arbeit fort und entgegnete gespielt heiter: »Ich kann es kaum erwarten, endlich selbst einen Feind in der Schlacht zu töten.« Die Lüge schmeckte so bitter in seinem Mund, dass er am liebsten ausgespuckt hätte. Über eines war er sich inzwischen im Klaren: Feinde hatten sehr wohl Gesichter. Ganz egal, wie sehr er es versuchte, es würde ihm niemals gelingen, diese Gesichter zu vergessen!

»Wenn du dich an das hältst, was ich dir beigebracht habe, dann wirst du deinem Vater viele Köpfe zu Füßen legen können«, erwiderte der Waffenmeister. Er drosch Carol freundschaftlich auf den Rücken und verschwand in Richtung Stall.

»Ja, sicher«, murmelte Carol und verzog das Gesicht. Als ob er sich nichts Schöneres vorstellen konnte, als seinem Vater die abgeschlagenen Häupter von Menschen zu überreichen! Allein die Vorstellung ließ ihn schaudern, aber er zwang sich dazu, sich auf andere Dinge zu konzentrieren. Wenn er fliehen wollte, musste er sich einen narrensicheren Plan zurechtlegen. Dazu gehörte, dass er eine der Karten in seinen Besitz brachte, die sein Vater in seinem Schreibzimmer hortete. Ohne ein Verzeichnis der Straßen und Orte würde er den Weg durch ein ihm weitgehend unbekanntes Land niemals finden. Sein Vater hatte ihn auch in Bukarest beinahe wie einen Gefangenen behandelt. Er hatte schlecht fragen können, wie er zur Burg Poenari finden konnte, ohne augenblicklich die Aufmerksamkeit auf sich zu ziehen. Unauffällig sah er sich um und legte seine Arbeit nieder. Bei all dem hektischen Treiben würde es sicher niemand bemerken, wenn er sich zurück in den Palast stahl und die Gelegenheit beim Schopf packte. Sein Vater befand sich im Kriegsrat. Somit müsste es einfach sein, das Vorhaben in die Tat umzusetzen. Falls ihn einer von Vlad Draculeas Leibwächtern erwischte, würde er sich einfach eine Ausrede einfallen lassen – auch wenn ihm im Moment noch keine Idee kam. Er rang seine Furcht nieder. Niemand bewacht einen leeren Raum mit alten Papieren, machte er sich selbst Mut. Dafür herrschte zu viel Aufregung im Palast.

Bevor er es sich anders überlegen konnte, verstaute er die Waffen an ihrem Platz und drückte sich aus dem Gebäude. Im Hof suchte er sich einen Weg zwischen Pferden, Boten, Rittern und dem Gesinde hindurch und erreichte kurz darauf die Tür hinter der sich verbarg, was er suchte. Zu seiner Erleichterung war weit und breit keine Wache zu sehen, sodass er ungesehen in den Raum schlüpfen konnte. Schnell verriegelte er die Tür hinter sich. Es dauerte einige Augenblicke, bis sich seine Augen an das dämmrige Licht in der Kammer gewöhnt hatten. Zwei der drei Fenster waren mit hölzernen Läden verschlossen und durch das dritte fiel lediglich ein schmaler Lichtstreif herein. Dieser beleuchtete ein Bild an der Wand, das sein Vater von sich hatte anfertigen lassen. Wie beim ersten Mal, als er es gesehen hatte, fragte sich Carol, warum Vlad Draculea nicht befohlen hatte, den Maler hinzurichten. So viel Grausamkeit lag in den Zügen des Mannes auf dem Gemälde, dass dieser abstoßend und hässlich wirkte. Er zuckte die Achseln. Vermutlich war es genau das, was seinem Vater gefiel. Er riss sich von dem Bild los, sah sich um und eilte zu dem Tisch, auf dem sich Papiere, Bücher und auch einige Karten stapelten. In seiner Hast hätte er um ein Haar ein goldenes Tintenfass und einen Kerzenhalter zu Boden gefegt, doch es gelang ihm, die Sachen im letzten Moment aufzufangen. In fliegender Eile durchwühlte er die Dokumente auf dem Tisch, bis er endlich fand, wonach er gesucht hatte. Ganz am Boden eines Stapels befand sich ein halbes Dutzend Karten der Walachei, auf denen sein Vater die geplanten Bauvorhaben eingetragen hatte. Auch die Burg Poenari war durch einen Punkt markiert. Carol stopfte den Fund so schnell wie möglich unter sein Hemd. Wenn sein Vater ihn in diesem Raum erwischte, würde er sicher nicht mit Peitschenhieben davonkommen!

Er spürte, wie ihm der Schweiß auf die Stirn trat. »Beschütze mich, Mutter«, murmelte er und schlug ein Kreuz vor der Brust. Dann fuhr er sich mit dem Ärmel über das Gesicht und schlich zurück zur Tür. Es dauerte einige Zeit, bis er den nötigen Mut zusammengenommen hatte, um diese zu öffnen und vorsichtig in den Korridor hinauszulugen. Als er den Kopf durch den Spalt schob, drohte sein Puls, sich zu überschlagen. Aufregung und Furcht schärften seine Wahrnehmung, sodass er die Schritte der Wachen hörte, als die Männer sich noch am Fuß der Treppe befanden. Blitzschnell glitt er aus dem Raum und verbarg sich in einer der vielen Nischen hinter einer alten Rüstung. Während er versuchte, so leise wie möglich zu atmen, marschierten die Soldaten an seinem Versteck vorbei und bogen bald darauf in den Ostflügel ab. Erleichtert aber zitternd kroch er hinter dem alten Panzer hervor und fegte ins Erdgeschoss hinab zurück auf den Hof. Dort verlangsamte er die Schritte, um nicht unnötig aufzufallen und begab sich zurück in die Waffenkammer. Bemüht, sich nichts anmerken zu lassen, holte er die Waffen seines Vaters wieder hervor und fuhr mit seiner Arbeit fort.

Kapitel 62

Nicht ganz eine Woche später befand Carol sich an der Seite seines Vaters einige Meilen nördlich von Curtea de Argeş. Vlad Draculeas Spione hatten Dans Heer bereits vor Tagen am Bâlea-Pass, in der Nähe des Bâlea-Sees, gesichtet. Die Streitmacht der Walachen war dem breiten Fluss Arge gefolgt, der an einigen Stellen über das Ufer getreten war. Das Tauwetter hatte in diesem Jahr viel früher als sonst eingesetzt, was dazu geführt hatte, dass viele Äcker und Weiden überflutet waren. Im Norden ragten die schroffen Felsen der Südkarpaten in den bleigrauen Himmel, an dem ein stürmischer Wind die Wolken vor sich hertrieb. Die Gipfel der Berge waren noch schneebedeckt. Auch dort, wo die Sonne die Schatten nicht durchdringen konnte, trotzten Schnee und Eis dem Frühling. Die Armee seines Vaters war gewaltig und Carol bemühte sich, mit Vlad Draculea Schritt zu halten. Diesem war am Morgen von einem Boten zugetragen worden, dass sich Dan mit seinem Heer keine zehn Meilen von ihm entfernt befand. Seitdem legten die Truppen ein halsbrecherisches Tempo vor.

»Wir werden sie aufreiben wie einen Haufen Bauernlümmel!«, hatte Vlad geknurrt.

»Was, wenn sie uns in einen Hinterhalt locken wollen?«, hatte einer der neuen Bojaren gefragt.

Doch Carols Vater hatte lediglich den Kopf geschüttelt und abfällig gelacht. »Eine Falle, in die ich tappe, gibt es nicht!«, hatte er ausgespuckt und mit dem Finger auf eine Felsnadel gezeigt. »Dort werden *wir* sie in die Falle locken, nicht sie uns. Damit rechnet dieser Narr ganz bestimmt nicht!«

Mit dieser Einschätzung schien er recht zu haben. Als die Walachen an der besagten Stelle ankamen, waren die überraschten Transsylvanier noch dabei, sich hektisch zum Kampf zu formieren. Offenbar hatten sie nicht damit gerechnet, dass Vlad Draculea sie in diesem unwegsamen Gelände angriff.

Die Schlacht war vorüber, bevor sie überhaupt richtig begonnen hatte. Kaum wurde den Transsylvaniern klar, dass sie dem Heer der Walachen nichts entgegenzusetzen hatten, ergriff ein Großteil der Männer die Flucht. Wie die Hasen stoben sie in alle Richtungen davon. Ihre verwundeten und gefallenen Kameraden ließen sie zurück, um die eigene Haut zu retten. Auch Dan wollte sein Pferd wenden und fliehen. Doch einer von Vlads Rittern hob ihn mit einem geschickten Lanzenstoß aus dem Sattel und band ihm die Hände zusammen. Es dauerte nicht lange, bis Dan vor dem Woiwoden – der noch auf dem Rücken seines Falben thronte – auf die Knie gezwungen wurde. Carol, der nicht einmal dazu gekommen war, die Waffe zu ziehen, half seinem Vater aus dem Sattel. Als der Gefangene ihn ansah, wandte er den Blick ab.

»Du hättest am Hof des Königs bleiben sollen!«, zischte Vlad und spuckte vor Dan auf den Boden. »Das Schlachtfeld ist kein geeigneter Ort für Feiglinge.« Bevor der Kniende etwas auf diese Beleidigung erwidern konnte, befahl Vlad: »Schafft einen Priester herbei. Jemand muss die Totenmesse lesen.«

Dan erbleichte, gab jedoch keinen Ton von sich, als die Männer des Woiwoden ihn grob auf die Beine zerrten und in Richtung Fluss davonstießen. Betreten sah Carol ihm nach und fragte sich, welchen furchtbaren Tod sein Vater wohl für ihn vorgesehen hatte. Würde er ihn genauso pfählen, wie die übrigen Gefangenen? Oder hatte er etwas anderes mit dem Mann vor, der es gewagt hatte, in sein Fürstentum einzufallen? Ein erschreckender Gedanke schoss ihm durch den Kopf und veranlasste ihn, ein stilles Gebet um Vergebung zum Himmel zu schicken. Aber ganz gleich, wie viel Reue ihn erfüllte, der Gedanke ließ sich einfach nicht vertreiben. Was, wenn er das Schauspiel der Hinrichtung ausnutzen konnte, um endlich die Flucht zu wagen? Würden sein Vater und dessen Männer nicht viel zu beschäftigt sein, um auf ihn zu achten? Er hob die Augen zum Himmel und bat um Vergebung, weil er das Leid eines anderen zu seinem Vorteil nutzen wollte.

»Geh und bring mir eine Schaufel!«, herrschte Vlad ihn an. »Dieser *Ticalos* wird sein eigenes Grab ausheben!«

Carol schauderte bei der Vorstellung, ließ sich jedoch nichts anmerken und tat, wie sein Vater ihn geheißen hatte. Als auch der Priester herbeigebracht worden war, versammelte der Woiwode seine Soldaten in einer Senke und warf Dan die Schaufel vor die Füße.

»Grab ein Loch«, knurrte er. »Und du wirst ihm die Messe lesen«, befahl er dem Priester, der am ganzen Körper schlotterte.

Während der Mann die Stimme erhob und den Barmherzigen anrief, wich Carol so unauffällig wie möglich in die Menge zurück und flehte, dass sein Vater sein Verschwinden nicht bemerkte. Auf schwachen Beinen schlich er zu der Stelle, an der er seinen Hengst angebunden hatte. Er schenkte dem wachhabenden Burschen ein schiefes Lächeln und führte das Tier am Zügel auf einen Felsvorsprung zu. Hinter diesem machte das Tal einen Knick. Wenn es ihm gelang, die nächste halbe Meile ungesehen hinter sich zu bringen, war er außer Sichtweite. Der Wind pfiff immer noch unangenehm aus Osten. Die Luft roch nach Regen, der hoffentlich noch einige Stunden auf sich warten lassen würde. Am liebsten hätte Carol sich sofort in den Sattel geschwungen und wäre im gestreckten Galopp davongeprescht. Doch dann hätte ihn zweifelsohne jemand bemerkt und sein Vater hätte ihm augenblicklich Häscher hinterhergeschickt. Daher zügelte er seine Ungeduld und widerstand der Versuchung, sich alle zwei Schritte umzusehen. Sein Herz dröhnte wie eine Kesselpauke. Wenn die Flucht misslang, erwartete ihn vermutlich der Tod. Glückte sie allerdings, würde er endlich Floarea befreien und zu seinem Onkel an den osmanischen Hof fliehen können. Dort konnte es wohl kaum schlimmer sein als an der Seite seines Vaters. Endlich bei dem Vorsprung angekommen, hätte er vor Erleichterung beinahe geweint. Mit zitternden Händen zog er sich auf den Rücken seines Hengstes und tätschelte ihm den Hals – mehr um sich selbst zu beruhigen, als das Tier. Ein vielstimmiges Grölen verriet ihm, dass die Hinrichtung des Prätendenten sich ihrem Höhepunkt näherte und trieb ihn zur Eile an. Sobald sein Vater seine Flucht entdeckte, würde er Männer aussenden, um ihn zu suchen. Sollte er bis dahin nicht außer Sichtweite sein … Säure brannte in seiner Kehle. Doch er schluckte die Übelkeit hinunter und lenkte sein Reittier in Richtung Waldrand. Wenn er dem Wald einige Meilen nach Norden folgte und sich dann zurück in Richtung Fluss orientierte, konnte er das abgelegene Bergtal nicht verfehlen, in dem sein Vater die Festung Poenari ausbauen und verstärken ließ. Sollte er schneller sein, als alle Boten des Woiwoden, konnte es ihm gelingen, die Wachposten dort davon zu überzeugen, dass er im Auftrag seines Vaters handelte. Welche Lügen er ihnen erzählen würde, wusste er nicht. Aber er war sicher, dass ihm während des langen Rittes die richtigen Worte einfallen würden.

Stunden verstrichen, ohne dass er Hufgetrappel oder erzürnte Stimmen vernahm. Der Wind flaute ein wenig ab, allerdings fielen bald die ersten Tropfen. Froh darüber, wenigstens eine Weile im Schutz der Bäume reiten zu können, verließ Carol den immer lichter werdenden Wald erst, als ihm keine andere Wahl mehr blieb. An winzigen Dörfern und verlassenen Gehöften vorbei trabte er immer weiter, bis ihn schließlich der Hunger zu einer Rast zwang. Zum Glück hingen noch ein Schlauch mit verdünntem Wein und ein Sack mit Brot und Käse an seinem Sattelknauf, sodass er wenigstens etwas zu essen hatte, bis es ihm gelang, eine Bergziege oder etwas anderes zu erlegen. Hastig stopfte er das dürftige Mahl in sich hinein, dann saß er wieder auf. Erst als die Dämmerung einsetzte, sah er sich nach einem Platz für die Nacht um. Zwischen zwei Felsbrocken fand er schließlich eine Art Höhle, in der er wenigstens vor dem Regen geschützt sein würde. Nachdem er sein Pferd abgesattelt hatte, ließ er es aus einem hohlen Stein trinken und band es an einer Kiefer an. Dann verkroch er sich in die halbwegs trockene Nische. Aus Angst, entdeckt zu werden, wagte er es nicht, ein Feuer zu entzünden, weshalb er bereits nach kurzer Zeit entsetzlich fror. Hunger, Kälte und die Furcht vor Wölfen und dem Zorn seines Vaters verhinderten auch das letzte Bisschen Schlaf. Sobald der Morgen graute, machte er sich wieder auf den Weg. Dank der gestohlenen Karte gelang es ihm gegen Mittag, das gesuchte Tal zu finden. Rings um die Talsenke erhoben sich mächtige Berge. Ein Dorf duckte sich in die Schatten der Gipfel, über denen sich an diesem Tag ein blauer Himmel erstreckte. Lediglich ein paar weiße Wolkenfetzen erinnerten noch an den gestrigen Regen, aber auch diese zogen allmählich nach Norden davon.

Der Felsen, auf dem sich die Festung Poenari erhob, fiel so steil ab, dass die Arbeiter eine hölzerne Treppe errichtet hatten, über die sie Vorräte und Material aus dem Dorf zu der Baustelle schaffen konnten. Da Carol sich beeilen musste, beschloss er, diese Treppe zu nehmen, anstatt einen Umweg zu machen und von der anderen Seite des Berges zu dem gewaltigen Bauwerk hinaufzureiten. Er vertraute sein Reittier einem Bauern an, versicherte sich, dass sein Schwert und das Wappen auf seinem Rock gut zu sehen waren. Dann näherte er sich der Stelle, an der ein Dutzend Bewaffnete eine Gruppe ausgemergelter Jugendlicher antrieb.

»Nicht so langsam!«, höhnte einer von ihnen und briet einem etwa vierzehnjährigen Knaben einen Hieb über. »Sonst gibt es nichts zu essen.«

Seine Kameraden lachten und taten es ihm bei den anderen Trägern gleich. An jedem Absatz der Treppe warteten weitere Posten, um die Sklaven zu mehr Eile anzuhalten. Neben dem Aufgang hingen in regelmäßigen Abständen hingerichtete Gefangene in eisernen Käfigen, denen zum Teil schon das Fleisch von den Knochen fiel. Vermutlich sollten diese Unglücklichen zur Abschreckung dienen, damit die Gefangenen wussten, was ihnen blühte, wenn sie nicht gehorchten. Bevor Ekel und Zorn Carol dazu bringen konnten, etwas Unbedachtes zu tun, herrschte ihn einer der Soldaten an:

»Was hast du hier zu suchen?« Als sein Blick auf Carols Wappen und das kostbare Schwert fiel, runzelte er die Stirn und nahm das Gesicht des Knaben näher in Augenschein.

Carol straffte die Schultern. »Mein Vater schickt mich«, log er – in der Hoffnung, dass niemand sich fragen würde, warum er alleine kam. »Ein Mädchen wurde begnadigt. Ich soll es zu ihm bringen.«

Obschon dem Wachmann anzusehen war, dass er sich über diesen Befehl wunderte, wagte der Mann es nicht zu widersprechen. »Wenn Ihr die Frauen und Mädchen sucht, müsst Ihr beim Hauptmann nachfragen«, erwiderte er – die Anrede wechselnd – und zeigte nach oben. »Wir überwachen hier unten nur die Träger.«

Carol nickte wortlos und versuchte, sich nicht anmerken zu lassen, was ihm durch den Kopf ging.

»Geh mit ihm«, wies der Soldat einen Kameraden an, der Carol mit ausdrucksloser Miene musterte. Nachdem er den Jungen beinahe beleidigend lange mit den Augen abgetastet hatte, zuckte er die Schultern und setzte sich in Bewegung. Mit einem kurzen Stock trieb er die Gefangenen zur Seite und fauchte: »aus dem Weg, ihr Gesindel!«, wenn diese nicht schnell genug Platz machten. Als handle es sich um einen Spaziergang, erklomm der Bewaffnete die Treppen je zwei auf einmal nehmend. Bereits nach einem Drittel des Weges trat Carol der Schweiß auf die Stirn; nach der Hälfte rann er in Strömen. Als sie endlich am Fuß der Burgmauer ankamen, rang er keuchend um Atem. Über eintausend Stufen hatte er gezählt, ehe er aufgegeben hatte. Wie schafften es die armen Kerle, diese Tortur mehrfach am Tag und zudem mit einer Last auf dem Rücken zu überstehen? Er trocknete sich mit dem Ärmel das Gesicht ab und blickte zurück. Kein Wunder, dass die Arbeiter kaum mehr als Haut und Knochen waren! »Kommt«, sagte sein Begleiter und führte ihn durch einen schwer bewachten Durchgang in den Vorhof der Festung.

Auch dort herrschte reges Treiben. Wenngleich die Außenwände des Bauwerkes bereits fertig verstärkt worden waren, glichen viele der verfallenen inneren Gebäude noch hohlen Zähnen. Einzig der gewaltige Wohnturm wirkte bereits so, als ob man sich darin sicher verschanzen könnte. Entlang der Wehrmauer drängten sich Mörtelträger und Maurer auf Gerüsten und Laufschrägen. Das Schlagen von Zimmermannshämmern erfüllte die Luft. Der Zinnenkranz eines der fünf Wehrtürme war instand gesetzt worden und auf der Veteidigungsplattform hoch über Carols Kopf überwachten Bewaffnete das Land. Über eine Zugbrücke trottete soeben eine Gruppe Frauen in den Hof, deren Rücken sich unter schweren, mit Steinen gefüllten Körben bogen. Ihr Haar war schmutzig und strähnig, die fadenscheinigen Hemdkleider, die sie trugen, reichten ihnen kaum bis zu den Knien. Viele von ihnen waren durch Rattenbisse und unverheilte Wunden entstellt. Als ein Mädchen stolperte und in die Knie brach, drosch ein Treiber erbarmungslos auf es ein. Nur mit Mühe hielt Carol sich davon ab, dem Kerl die Peitsche wegzunehmen und sie ihm in den Rachen zu stopfen. Wenn er Floarea retten wollte, musste er sein Herz vor dem Leid der anderen verhärten!

»Dort ist der Hauptmann«, sagte sein Begleiter. »Er kann Euch Eure Fragen sicher beantworten.« Damit machte er kehrt und ließ Carol allein.

»Steh mir bei, Mutter«, murmelte der Knabe, dann nahm er allen Mut zusammen. Sollte der Hauptmann auch nur den geringsten Verdacht schöpfen, war es um ihn geschehen! Es hing also alles davon ab, dass er den Eindruck vermittelte, von seinem Vater geschickt worden zu sein.

»Ich bin auf der Suche nach einem Mädchen«, versetzte er deshalb so hochmütig wie möglich, nachdem er den Mann angesprochen hatte. »Sie ist begnadigt worden und ich soll sie zurück nach Tirgoviste bringen.«

Der Angesprochene runzelte die Stirn.

Carol beeilte sich hinzuzusetzen: »Mein Vater, Vlad Draculea, hat es befohlen.« Die Erwähnung des Woiwoden verfehlte ihre Wirkung nicht.

»Nach wem sucht Ihr?«, fragte der Hauptmann und fasste Carol forschend ins Auge.

»Ihr Name ist Floarea«, erwiderte der Knabe gezwungen ruhig. »Sie ist etwa zehn Jahre alt, hat schwarzes Haar und ist die Tochter des Bojaren Grigore.«

Der Soldat legte den Kopf zur Seite und dachte nach, schüttelte jedoch nach einer Weile den Kopf. »Es tut mir leid, ich kann mich nicht an alle Gefangenen erinnern.« Er deutete auf die Gruppe, die über die Zugbrücke gekommen war. »Am besten ist es, Ihr fragt die Frauen selbst. Sie wissen sicher, nach wem Ihr sucht.«

Carol nickte und kehrte dem Hauptmann den Rücken zu – froh darüber, nicht weiter mit ihm reden zu müssen. Als er die Trägerinnen erreicht hatte, erklärte er auch deren Bewachern sein Anliegen. Daraufhin befahlen diese den Frauen, ihm Rede und Antwort zu stehen.

»Ich kannte ein Mädchen mit Namen Floarea«, sagte eine von ihnen nach langem Schweigen schließlich. Carols Herz machte einen Satz. »Sie hat die ganze Zeit geweint.« Die junge Frau hielt inne und sah Carol mit leerem Blick an. »Aber sie ist schon vor langer Zeit gestorben.«

»Wo, zum Teufel, kann der Bengel nur stecken?«, tobte Vlad Draculea, als ein weiterer Bote ihm meldete, dass weit und breit keine Spur von Carol zu entdecken war. Wo war der Junge? Ein Mensch konnte doch nicht einfach vom Erdboden verschwinden! Er entließ seinen Mann mit einer ungehaltenen Handbewegung und nagte an seiner Lippe, während sich seine Nasenflügel zornig blähten. Hatte einer seiner Feinde den Knaben entführt – so wie er im ersten Moment angenommen hatte? Waren die feigen Transsylvanier zurückgekehrt, um seinen Sohn zu rauben? Während Vlad damit beschäftigt war, Dan dabei zuzusehen, wie er sein eigenes Grab schaufelte? Oder sollte Carol es tatsächlich gewagt haben zu fliehen? Er richtete den Blick auf die gepfählten Feinde, von denen einige noch am Leben waren. Auch der robi, der behauptet hatte, Carol gesehen zu haben, steckte auf einem Pfahl. Da der Bursche seine Lügen immer noch nicht widerrufen hatte, dämmerte Vlad langsam, dass Carols Verschwinden nichts mit den Ungarn zu tun hatte. Seit er seinem Sohn befohlen hatte, Toader zu enthaupten, war der Hass in dessen Blick nicht mehr erloschen. Aber war dieser Hass tatsächlich groß genug, dass der Bengel dafür den Tod in Kauf nahm? Denn das war die einzige Strafe, die auf ein solches Vergehen stehen konnte. Vlad war sich sicher, dass Carol diese Tatsache durchaus bewusst war. Er kniff die Augen zusammen und suchte den Horizont ab, als ob der Junge dort jeden Moment auftauchen könnte. Vielleicht hatte er sich nur auf die Suche nach Flüchtlingen gemacht. Vlad zog verächtlich die Oberlippe hoch und schüttelte den Kopf über seine eigene Einfältigkeit. Vielleicht war es aber auch an der Zeit umzudenken. Wenn er davon ausging, dass sein Sohn sich auf der Flucht befand, galt es, ganz anders vorzugehen bei der Suche nach ihm!

Kapitel 63

Der Sultanspalast in Edirne, April 1460

»Warum machst du solch ein sauertöpfisches Gesicht?«, fragte Sultan Mehmed. »Man könnte meinen, die Blumen widern dich an.«

Sein Begleiter bemühte sich, die Falten auf seiner Stirn zu glätten, was ihm jedoch nicht besonders gut gelang. Hätte der Sultan nicht so gute Laune gehabt, wäre er versucht gewesen, Radu für seine Missstimmung bestrafen zu lassen. Seit ihrer Rückkehr aus Serbien – das Mehmed inzwischen unterworfen hatte – wirkte der junge Mann unzufrieden und missmutig. Allmählich riss Mehmed der Geduldsfaden. Als Radu sich ihm zuwandte und ihm ein halbherziges Lächeln schenkte, verwarf er den Gedanken an Züchtigung jedoch sofort wieder. Wie konnte er jemanden bestrafen, bei dessen Anblick sich die Sonne vor Scham in den Wolken zurückzog? Dessen Wuchs an Anmut, Glanz und Vollkommenheit kaum zu übertreffen war? Und dessen blauen Augen heller strahlten als die Sterne am Himmel, fragte er sich und hätte beinahe die Hand ausgestreckt, um Radus Wange zu berühren. Da sie jedoch von Janitscharen begleitet wurden, hielt er sich von dieser Geste ab und schüttelte innerlich den Kopf. Wie konnte ein Wesen aus Fleisch und Blut nur so unglaublich schön sein? Das weiche, hellbraune Haar seines Begleiters war seidiger als das Fell einer Antilope. Die makellose Haut seines Gespielen suchte ihresgleichen.

»Was ist es, das dein Herz vergiftet?«, fragte er schließlich, als sie seinen geliebten Tulpengarten erreicht hatten. Er bückte sich, um ein Blütenblatt abzuzupfen und drückte die Nase in einen der duftenden Kelche. »Betrübt es dich, dass wir bald nach Konstantinopel aufbrechen?«, fragte er. Seit der Palast auf dem dritten Hügel der alten Kaiserstadt fertiggestellt war, wurden die Aufenthalte in Edirne immer kürzer und seltener. Das schien Radu offenbar nicht zu gefallen. Vermutlich, weil in Konstantinopel Mehmeds Konkubine Çiçek mit ihrem neugeborenen Sohn auf den Sultan wartete.

»Nein«, erwiderte Radu leise.

Als Mehmed sich ihm zuwandte, sah er, dass Tränen in den Augen des Jüngeren schwammen. »Was ist es dann?«, fragte er ungehalten. Er hatte keine Lust, Ratespiele zu spielen.

»Der Gedanke, dich verlassen zu müssen …«, hub Radu an und brach erstickt ab. Der Schmerz in seinen Zügen rührte den Sultan, doch er durfte nicht zulassen, dass Emotionen seine Entscheidung ins Wanken brachte.

»Weißt du«, sagte er gezwungen heiter, »andere würden sich vor mir zu Boden werfen und den Saum meines Gewandes küssen, wenn ich ihnen ein ganzes Fürstentum zu Füßen legen würde.« Er steuerte auf einen der vielen Springbrunnen zu und tauchte die Hand in das Becken, um im Anschluss dabei zuzusehen, wie die Tropfen von seinen Fingern zurück ins Wasser fielen. »Man könnte beinahe auf den Gedanken kommen, du seist undankbar«, fügte er schließlich kühl hinzu, trocknete sich die Hand an seinem Kaftan ab und fasste Radu scharf ins Auge.

Der junge Mann errötete unter seinem Blick. »Es schmerzt mich, wenn du das denkst.« Er zögerte einen Moment, ehe er hinterherschickte: »Padischah.«

Gegen seinen Willen musste Mehmed lächeln. Immer, wenn Radu ihn mit seinem Titel ansprach, rundeten sich seine Lippen auf die allerköstliche Art und Weise. Er zwang sich, mit den Gedanken bei der Sache zu bleiben und gab den Janitscharen mit einem Wink zu verstehen, dass sie sich zum Eingang des Gartens zurückziehen sollten.

»Dein Bruder ist mir immer noch den Tribut schuldig«, versetzte Mehmed, dem der Gedanke an Vlad Draculea die Stimmung verdarb. »Jetzt, wo Serbien sich unterworfen hat, ist der Zeitpunkt gekommen, auch deinen Bruder endlich zu lehren, was es bedeutet, sich mit dem mächtigsten Herrscher der Welt anzulegen!«

Er spürte, wie ihm der Zorn die Hitze in die Wangen trieb. Alle Gedanken an Radus Lippen waren mit einem Mal vergessen. Vlad Draculea war ein Dorn in seinem Fleisch, den es endlich herauszuziehen galt! Bisher war dieser Shaitan zu unbedeutend gewesen, als dass Mehmed sich wirklich für sein lächerliches Fürstentum interessiert hätte. Aber seit der Walache den Marktflecken Bukarest hatte befestigen lassen, stellte er eine unmittelbare Bedrohung für Mehmeds Bollwerke an der Donau dar. Zusammen mit der Tatsache, dass Vlad Draculea sämtliche türkenfreundlichen Bojaren hatte hinrichten lassen und den Tribut immer noch schuldig war, genügte dieser Umstand, um Mehmed zum Handeln zu zwingen. Ganz gleich, wie schwer es ihm fiel, sich von Radu zu trennen, es gab keinen anderen Weg! Er verschränkte die Arme vor der Brust und sah eine Weile schweigend dabei zu, wie Bienen um die Blumen summten. Dann verschloss er den Blick vor Radus Schönheit. Energisch verkündete er: »Sobald die Spione zurück sind, wirst du mit einer Streitmacht gegen deinen Bruder ziehen und mir seinen Kopf bringen!«

Kapitel 64

Ulm, April 1460

»Für jeden Tag, den Du, mein Gott mir gibst, an dem ich sehen darf, wie Du mich liebst; für jedes Licht, das mir den Weg erhellt; für jeden Sonnenstrahl in dunkler Welt; für jeden Trost, wenn ich in Ängsten bin, nimm, Herr, das Loblied meines Herzens hin!« Sophia küsste das Kruzifix auf ihrem Hausaltar und sprang von der Kniebank auf, um den Brief, den ein erschöpfter Bote ihr gebracht hatte, erneut zu lesen. Ihr Herz schlug beinahe doppelt so schnell wie gewöhnlich und ihre Knie schmerzten, da sie sich mit zu viel Schwung auf die Bank hatte fallen lassen. Doch der Schmerz ging unter in der Freude, die sie mit Trost und Wärme erfüllte.

»... *Ein Händler, der vor den Säuberungen aus der Walachei geflohen ist, hat einen robi, einen Sklaven, auf einem Gutshof gesehen. Auf diesen passt die Beschreibung Eures Sohnes. Wie es scheint, haben viele Bojaren dem Befehl des Woiwoden zuwidergehandelt und unerlaubterweise Gefangene gemacht. Sobald es wieder gefahrlos möglich ist, die Karpaten zu überqueren, werde ich Euren Knechten Leute mitgeben, damit sie Euren Sohn loskaufen können.*

Gott sei mit Euch und Eurer Familie

Andreas Pfeiler«

Sie ließ die Hand mit dem Schriftstück sinken und wischte sich die Tränen von den Wangen.

»Ich danke dir, Vater im Himmel, gütiger und barmherziger Gott«, flüsterte sie. Hans lebte! Das war der Beweis! Die Kammer verschwamm vor ihren Augen, als Erleichterung und Dankbarkeit dafür sorgten, dass der Damm brach, hinter dem sich ihre Gefühle viel zu lange aufgestaut hatten. Ihr Sohn war nicht tot! All die Träume, in denen sie ihn immer wieder vor sich gesehen hatte, waren ein Zeichen des Herrn gewesen! Ein Zeichen, den Glauben und die Hoffnung nicht aufzugeben und weiter auf Seine Gnade zu vertrauen. Während ihre Finger sich so fest um den Brief schlossen, dass sie diesen zerknüllten, rannen ihr die Tränen das Gesicht hinab und tränkten schon bald den Kragen ihrer Fucke. Lange Zeit stand sie einfach nur weinend im Raum; ließ die Verzweiflung frei aus dem Käfig, in den sie sie verbannt hatte, und spürte, wie Hoffnung den Platz der Mutlosigkeit einnahm. Auch wenn ihr die Vorstellung, dass ihr Sohn sein Dasein als Sklave fristen musste, ins Herz schnitt, war das unendlich viel besser als sein

Tod. Sie fiel erneut auf die Knie und flehte, dass Gott seine schützende Hand auch weiterhin über Hans halten würde. »Bitte verlass ihn nicht«, wisperte sie und blieb auf dem Boden kauern, bis ihre Tränen endlich versiegten. Dann – als sie nur noch Erschöpfung empfand – kam sie mühsam zurück auf die Beine und trat an ihr Bett, um sich auf die Matratze sinken zu lassen. Einige Zeit lang starrte sie Löcher in die Luft – ausgelaugt von dem Wechselbad der Gefühle. Irgendwann senkte sie den Blick und er fiel auf den Ring, den Utz ihr zur Geburt ihrer Kinder geschenkt hatte. Rot wie ein Blutstropfen, hatte er in den vergangenen Monaten allzu oft ihre Ängste geschürt. Doch in diesem Augenblick hatte sie den Eindruck, dass der darin eingravierte Spruch sie tatsächlich vor allem Bösen bewahren konnte. Sie betastete ihn mit den Fingerspitzen und wünschte den Mann herbei, der ihn ihr geschenkt hatte. Unvermittelt überkam sie eine überwältigende Sehnsucht nach seiner Gegenwart. Sie schloss die Hand um das Schmuckstück, beinahe als müsse sie es vor etwas beschützen. Sie musste Utz von den guten Neuigkeiten berichten! Wenn er hörte, dass sie recht gehabt hatte, würde er sie vielleicht mit weniger Kälte behandeln.

Ein Gefühl, das nichts mit Hans zu tun hatte, bemächtigte sich ihrer und ließ sie auf die verwaiste Bettstatt zu ihrer Linken sehen. Seit beinahe einem Jahr schlief sie nun schon allein in ihrer Kammer, aber noch immer konnte sie sich nicht daran gewöhnen. Auch wenn Utz' Gegenwart sie oft beklemmt, ja sogar geängstigt hatte, war seine Anwesenheit in schlaflosen Nächten tröstlich gewesen. Sie legte die Hände in den Schoß und versank in Grübeln. Schon nach kurzer Zeit schüttelte sie die Gedanken an ihre Einsamkeit jedoch ab und erhob sich mit einem Seufzen. Was auch immer sie in Bezug auf ihren Gemahl empfand, war jetzt nicht wichtig! Alles, ganz egal, wie sehr es sie auch verletzte, verblasste vor den guten Neuigkeiten. Und diese sollte sie Utz besser umgehend mitteilen! Sie strich das Papier glatt und verstaute das Schreiben in einer Tasche ihres Rockes. Daraufhin trat sie an den Spiegel, um ihr Haar zu ordnen und sich die Tränenspuren von den Wangen zu wischen. Auch wenn Utz sie so selten wie möglich anschaute, wollte sie nicht aussehen wie eine verwahrloste Tagelöhnerin. So viel Stolz besaß sie immer noch – trotz der Tatsache, dass ihr Gemahl sich schamlos mit den Huren im Badehaus vergnügte! Sie bekreuzigte sich ein letztes Mal vor dem Hausaltar, bevor sie die Kammer verließ. Wenn Utz schon wieder aus dem Rat zurück war, befand er sich gewiss im Kontor. Deshalb begab sie sich auf direktem Weg dorthin. Als sie die Tür nach kurzem Zögern aufstieß, saß er tatsächlich über einen Stapel Briefe gebeugt an seinem Schreibtisch und murmelte vor sich hin. »Was gibt es?«, fragte er ohne aufzusehen und griff nach einer Stange Siegelwachs. Der immer noch neu funkelnde Ring, den er wenig später in den Tropfen drückte, erinnerte Sophia an die Opfer, die Utz bereits für ihren Sohn gebracht hatte. Ein bedrückendes Schuldgefühl machte ihr die Brust eng. Zwar hatte er ihr nie berichtet, was genau in Ungarn geschehen war, aber seine Träume hatten ihn verraten. Sie unterdrückte ein weiteres Seufzen. Als er noch bei ihr geschlafen hatte!

Sie räusperte sich und zog den Brief hervor.

»Andreas Pfeiler hat Nachricht geschickt«, sagte sie. »Hans ist noch am Leben.«

Die Worte hatten eine durchschlagende Wirkung. Der Stuhl, auf dem Utz eben noch gesessen hatte, fiel mit einem lauten Poltern zu Boden, als er aufsprang und sie anstarrte, als wäre sie ein Geist.

»Ein Händler hat ihn gesehen«, setzte Sophia hinzu. »Er ist ein Sklave auf einem Gutshof.«

Wortlos trat Utz hinter dem Schreibtisch hervor, kam auf sie zu und nahm ihr das Schreiben aus der Hand. Seine Lippen bewegten sich lautlos, als er die Nachricht wieder und wieder las. »Oh, mein Gott«, flüsterte er schließlich. Als wäre er plötzlich schwer wie Blei, ließ er den Brief fallen.

»Der Herr ist gütig«, sagte Sophia und griff ohne Nachzudenken nach seiner Hand. Als Utz sich versteifte, traten ihr erneut Tränen in die Augen. Sie stieß erstickt hervor: »Die Männer werden ihn befreien und dann kann er zu uns zurückkommen.«

Ein Laut, der beinahe klang wie ein Husten, entrang sich seiner Kehle und Sophia sah, dass auch seine Augen in Tränen schwammen.

»Es wird alles gut«, sagte sie und legte schüchtern ihre andere Hand auf Utz' Oberarm. »Es wird alles gut.«

Kapitel 65

In der Nähe des Schwarzmeerhafens Warna, April 1460

Endlich! Carol hätte vor Erleichterung beinahe geweint, als er in den Hof des *Hans* – des zweigeschossigen Gasthofes – in der Nähe des Schwarzmeerhafens Warna einritt. Sein ganzer Körper schmerzte. Der Gestank, der immer noch von der Kapuze seines schäbigen Mantels ausströmte, bereitete ihm Übelkeit. Kurz nachdem er die Festung Poenari hinter sich gelassen hatte, war ihm klar geworden, dass die Häscher seines Vaters ihn packen würden wie einen Karpfen in einem Bottich, wenn er nichts dagegen unternahm. Daher hatte er bei einem Bauern seine Kleider und das silberbeschlagene Zaumzeug seines Hengstes gegen einfaches Ledergeschirr, fadenscheinige Hosen, einen alten Mantel und einige Münzen eingetauscht. Obwohl die Kleidung nach Schweiß, Tran und Schweinemist stank, hatte sie ihm bereits einmal das Leben gerettet. Keinen halben Tag nach dem Tausch waren Vlad Draculeas Soldaten an ihm vorbeigeprescht, ohne ihn eines Blickes zu würdigen.

Trotzdem hatte er sich von diesem Moment an tagsüber verborgen und war nur nachts weitergeritten. Die Hufe seines Reittieres hatte er zusätzlich mit Lumpen umwickelt. So hatte es zwar länger gedauert, die Grenze der Walachei zu erreichen, aber die Furcht vor Entdeckung war größer als alle Eile. Hass, Zorn und das Wissen, dass seine Mutter ihn beschützte, hatten Carol die Strapazen überstehen lassen und die Trauer um Floarea in Entschlossenheit verwandelt. Sobald er am Ufer der Donau angekommen war, hatte er all seinen Mut zusammengenommen und mit einem Kaufmannszug die türkische Grenze überquert. Allmählich verließen ihn jedoch die Kräfte. Wenn er nicht endlich wenigstens eine Nacht in einem Bett schlief, würde er bald vom Pferd fallen.

Kaum war er vor den Ställen des Gasthofes abgesessen, fegte er sich die Kapuze vom Kopf und sog einige Male gierig die Luft ein. Diese roch nach Salz, Fisch, Kameldung und frisch gebackenem Brot, was weitaus besser war, als der ranzige Gestank des alten Mantels. Das Aroma von gebratenem Fleisch und Eintopf gesellte sich zu dem Duft des Brotes. Er hörte seinen Magen knurren.

»Beğ«, begrüßte ihn ein etwa siebenjähriger Knabe und bombardierte ihn mit Fragen, die Carol nicht verstand.

Er sah den Jungen verdutzt an, zuckte die Achseln und deutete auf sein Pferd. Dann wies er auf den Stall, rieb sich mit der einen Hand den Bauch und gähnte demonstrativ. »*Evet*«, antwortete der Bursche, nickte mehrmals und verneigte sich kurz vor Carol, bevor er davonstob. Kurz darauf kam er mit einem Mann in einem langen gestreiften Gewand und einer weißen Kappe wieder, der Carol misstrauisch beäugte. Offenbar handelte es sich um den Wirt des Hans, in dessen Hof sich allerhand Waren von durchreisenden Händlern stapelten.

Auch er redete zuerst in einer unverständlichen Sprache auf Carol ein, bis er schließlich in schlechtem Rumänisch fragte: »Willst du ein Zimmer?«

Carol bejahte erleichtert und setzte hinzu: »Ein Zimmer und etwas zu essen.«

Der Wirt hob die Brauen und tastete Carols Erscheinung von Kopf bis Fuß mit den Augen ab. Dann wanderte sein Blick zu Carols Hengst, den der Knabe in weiser Voraussicht mit Schmutz beschmiert hatte. »Hast du Geld?«, erkundigte sich der Mann misstrauisch. Er hielt die Hand auf, als Carol in seiner Tasche kramte. »10 Asper«, forderte er und ließ sich von Carol Münzen auf die Handfläche zählen, bis die Summe voll war. Dann verstaute er das Geld mit einer flinken Bewegung in seiner Tasche und deutete auf eine Tür im ersten Stock des Gebäudes. Diese führte – wie die übrigen Türen des Hans – auf einen offenen Korridor hinaus, der von Säulen und einer niedrigen Brüstung umrahmt war. Ein Schindeldach überschattete diesen Gang, auf dem sich ebenfalls Säcke und Kisten stapelten. »Der Junge zeigt dir den Weg«, sagte der Wirt und ließ Carol stehen, um sich um ein halbes Dutzend Neuankömmlinge mit Lastkamelen zu kümmern.

Zehn Minuten später tauchte Carol den Löffel in eine Schale mit dampfendem Hammeleintopf und schlang das Mahl hinab wie ein hungriger Wolf. Auch ein halbes Fladenbrot und ein großes Stück Ziegenkäse verschwanden in seinem Bauch, bevor er sich gesättigt zurücklehnte und nach dem Becher mit Pfefferminztee griff.

»Bist du ein Händler?«, erklang plötzlich eine Stimme hinter ihm. Er wandte erschrocken den Kopf, wobei er etwas von seinem Tee verschüttete. Der Mann, der ihn angesprochen hatte, verzog den Mund zu einem Lächeln und sah auf die kleine Pfütze auf dem Tisch hinab. Er war zwar nicht besonders hochgewachsen, aber breit gebaut und hatte die Gesichtszüge eines Ungarn. »Der Wirt sagt, du sprichst Rumänisch«, fügte er hinzu. Er ließ sich gegenüber von Carol auf einen Schemel fallen. Sein Reisegewand war staubig. Der Hut auf seinem Kopf hatte ebenfalls schon bessere Tage gesehen. Seine Augen waren von einem hellen Wasserblau und schienen durch Carol hindurchzusehen. »Meine Begleiter und ich sind auf dem Weg nach Konstantinopel«, fuhr der Mann fort. Er lächelte erneut. »Vielleicht möchtest du dich uns anschließen.« Mit allem hatte Carol gerechnet, aber nicht mit solch einem Angebot. Er hob den Becher an die Lippen, um Zeit zu gewinnen und blinzelte, als sein Gegenüber die Hand ausstreckte. Um ein Haar hätte er sein Getränk wieder verschüttet, da sich die Finger des Mannes überraschend hart um sein Handgelenk schlossen.

»Es ist gefährlich, alleine zu reisen«, raunte dieser. »Überall lauern Räuber und Wegelagerer.« Er lockerte seinen Griff und schenkte Carol ein weiteres öliges Lächeln. »Gegen eine geringe Gebühr könnten wir dich vor den Türken beschützen.«

Carol widerstand der Versuchung, nach seinem Schwert zu greifen und dem Kerl zu zeigen, dass er seinen Schutz ganz gewiss nicht benötigte. Aber er durfte sich nicht verraten! Wenn irgendjemand bemerkte, dass er kein gewöhnlicher Reisender war, kein Lehrling oder Bote, würde er schon bald erschlagen in einem Graben enden. Oder noch schlimmer: als Gefangener an seinen eigenen Vater verkauft werden!

Daher räusperte er sich und setzte ein dümmliches Gesicht auf. »Wie viel verlangt Ihr für Euren Schutz?«, fragte er scheinbar ängstlich. »Ich muss Briefe zu einem Bruder meines Meisters bringen. Wichtige Briefe.«

Sein Gegenüber entblößte zwei schwarze Zahnreihen. »In Konstantinopel?«, fragte er. Carol nickte.

»Für einen Dukaten begleiten meine Leute dich bis zur Tür dieses Bruders«, entgegnete der Mann mit einem gierigen Funkeln im Blick.

»Ein Dukaten?«, keuchte Carol – gespielt erschrocken. »So viel besitze ich nicht.«

Der Mann schürzte die Lippen und tat, als müsse er nachdenken. »Wie viel könntest du denn erübrigen?«, fragte er.

»Vielleicht lässt sich auch für weniger ein Weg finden.« Carol kratzte sich am Kopf und verdrehte die Augen wie jemand, der eine Summe im Kopf überschlug.

»Ich habe etwa einen halben Dukaten bei mir. Wenn Ihr mich bis zum Haus des Bruders begleitet, bezahlt er Euch bestimmt den Rest der geforderten Summe«, sagte er schließlich. »Die Briefe sind sehr wichtig«, setzte er noch einmal hinzu.

Der Mann nickte. Als er den Blick von Carol abwandte, um die Gier darin zu verbergen, wusste Carol, dass aus der ersehnten Nacht in einem Bett nichts werden würde. Er verkniff sich ein Seufzen, bohrte in seinem Ohr und machte Anstalten, sich zu erheben.

»Wir brechen morgen bei Tagesanbruch auf«, sagte der Reisende. »Wenigstens ein Teil des Schutzgeldes muss vor dem Aufbruch bezahlt werden.«

Um ein Haar hätte Carol ihm ins Gesicht gelacht. Da er sich jedoch nicht mit dem Kerl anlegen wollte, erwiderte er eifrig: »Ich werde Euch das Geld morgen früh geben.«

Er verabschiedete sich und erklomm langsam die Treppe ins Obergeschoss des Hans. Wenn er sich jetzt ein wenig hinlegte, konnte er vielleicht noch ein paar Stunden schlafen. Auf keinen Fall würde er mit diesem Räubergesindel reisen, das ihm vermutlich nicht einmal das nackte Leben lassen würde.

Der Mond stand bereits hoch am Himmel, als Carol sich in den Stall schlich. Nachdem er seinem Hengst im Dunkeln Sattel und Zaumzeug übergeworfen hatte, umwickelte er die Hufe des Tieres wieder mit Lappen und führte es leise in den Hof. Die Lehrlinge der Händler, welche die im Freien gelagerten Waren bewachten, würdigten ihn kaum eines Blickes, da sie mit Würfeln beschäftigt waren. Wenn ihre Meister sie dabei erwischten, würden sie gewiss Ärger bekommen. Doch das war ihr Problem, nicht Carols. Froh darüber, dass der Hof des Hans nicht ummauert war, gelangte Carol kurze Zeit später auf die Straße hinaus und zog sich in den Sattel. Wenn er es geschickt anstellte und die Stadt zu seiner Linken mied, konnte er in wenigen Stunden über alle Berge sein. Zwar wusste er nicht genau, wo sich die ehemalige Hauptstadt des Osmanischen Reiches befand, in der sich der Sultan offenbar zurzeit aufhielt. Aber dem griechischen Händler zufolge, den er vor einigen Tagen befragt hatte, musste er einfach der Küste nach Süden folgen.

»Dann reitest du dahin, wo alle anderen auch hinreiten«, hatte der Mann mit einem Grinsen gesagt.

Das hohle Gefühl in Carols Bauch kehrte zurück und ließ ihn hoffen, dass er keinen Fehler begangen hatte. Sollte sein Onkel auch nur die geringste Ähnlichkeit mit Vlad Draculea haben, würde er sich vom Regen in die Traufe begeben. Was wusste er denn schon von diesem Radu? Lediglich, dass er Vlad Draculea ebenso hasste wie Carol selbst.

Kapitel 66

Knapp eine Woche später näherte er sich seinem Ziel. Nachdem er genug Abstand zwischen sich und die Hafenstadt Warna gebracht hatte, war er wieder dazu übergegangen tagsüber zu reiten. Allerdings sehnte er sich gerade jetzt die Kühle der Nacht herbei. Obgleich Wolken die Sonne verdeckten, war der Tag bereits nach wenigen Stunden so heiß, dass Carol versucht war, den schäbigen Mantel abzulegen. Da er darunter allerdings sein Schwert verbarg, wagte er nicht, so leichtsinnig zu sein und schwitzte lieber weiter. Seit er auf der Höhe des Golfes von Burgas die Küste verlassen und einige Meilen weiter inlands auf den Fluss Tunca gestoßen war, ritt er in einem Strom von Händlern, Pilgern, osmanischen Beamten und Soldaten mit. Diese zollten ihm jedoch zum Glück wenig Aufmerksamkeit, sodass sich Carols Angst vor Entdeckung bald ein wenig abschwächte – wenn auch nicht legte. Je näher er der ehemaligen Hauptstadt des Osmanischen Reiches kam, desto dichter wurde das Gewühl, bis er seinen Hengst schließlich zu einem langsamen Trab zügeln musste. Ochsenkarren beladen mit Holz, lebenden Ziegen, Schafen, Hühnern und Fässern voll mit allerlei Waren aus dem Umland waren dafür verantwortlich, dass es immer schleppender voranging. Doch als am Nachmittag des sechsten Tages endlich vergoldete Kuppeldächer und schneeweiße Minarette aus dem Dunstschleier der Hitze auftauchten, war alle Ungeduld vergessen. Carols Augen weiteten sich vor Staunen. Umflossen von den glitzernden Bändern zweier Flüsse lag die Stadt vor ihm inmitten einer fruchtbaren Tiefebene, deren Grün so satt war, dass Carol es zuerst für eine Sinnestäuschung hielt. Auf den Zinnen der Mauern flatterten Standarten. Die Waffen und Helme der Wachen warfen das gleißende Sonnenlicht zurück. Kunterbunt gekleidete Menschen drängten aus allen Himmelsrichtungen auf die Stadt zu. Diese schien sie anzuziehen wie ein Honigtopf einen Schwarm Bienen. Als Carol wenig später eines der Stadttore passierte, verwandelte sich sein Staunen in Ehrfurcht. Das also hatte seine Mutter gemeint, als sie vom brodelnden Leben einer Stadt erzählt hatte!

Während er sich in der Menge treiben ließ, sah er sich mit offenem Mund um und versuchte, alles auf einmal in sich aufzunehmen. Bereits eine halbe Meile hinter dem Stadttor säumten prächtige Steinbauten die Straßen, an deren Rändern sich fliegende Händler tummelten. Schattige Gärten luden zum Verweilen ein. Die Flussarme, die sich durch die Stadt wanden, wurden von zahllosen, zum Teil verspielten Brücken überspannt. Schon bald tauchten reich gekleidete Männer auf Kamelen oder Pferden von solcher Anmut auf, dass Carol sich für seinen schmutzigen Hengst schämte. Wohin er auch sah wimmelte es nur so von Männern und Frauen, Kindern und Tieren. Nicht weit von einem überdachten Markt entfernt entdeckte er schließlich einen gewaltigen Gebäudekomplex, bei dem es sich zweifelsohne um den Palast des Sultans handeln musste. So weit das Auge reichte, erstreckten sich Mauern, deren Zinnen mit metallenen Spießen gespickt waren. Wächter mit seltsamen Kappen und grimmigen Mienen flankierten die äußere Pforte, in der soeben eine Abordnung gepanzerter Reiter auftauchte. Beim Anblick der Soldaten zügelte Carol sein Reittier so abrupt, dass ihn sein Hintermann ungehalten anfuhr. Obwohl Carol kein einziges Wort verstand, sprach der zornig geschüttelte Treibstock Bände.

»Jaja«, murmelte er und ritt wieder an. Je näher er der Pforte kam, desto mulmiger wurde ihm. Er fragte sich, wie er es schaffen sollte, zu seinem Onkel vorgelassen zu werden. Stimmte es denn überhaupt, was die Bojaren gesagt hatten? Was, wenn niemand diesen Onkel kannte? Oder die Erwähnung seines Namens dazu führte, dass er augenblicklich festgenommen wurde? Er spürte, wie ihm die Beine schwach wurden. Was sollte er tun, wenn sein Onkel gar nicht im Palast war? Es war durchaus möglich, dass der Sultan ihn bereits in die Walachei geschickt hatte, um den Tribut abzuholen. Oder in eine andere Provinz. Carol brachte sein Pferd zum Stehen und ignorierte das Gezeter in seinem Rücken. Was hatte er sich nur dabei gedacht, hierher zu kommen?

Als ihm einer der Reiter hinter ihm einen Schlag in die Rippen versetzte, lenkte er seinen Fuchs hastig nach links. Sobald es ihm gelungen war, aus dem Strom auszuscheren, trabte er auf eine Dattelpalme zu, in deren Schatten bereits zwei Pferde angebunden waren. Zwei erschöpft wirkende Männer in knöchellangen Gewändern musterten ihn lediglich kurz, ehe sie zu ihrer Unterhaltung zurückkehrten. Einer von ihnen war noch so jung, dass seine Wangen genauso glatt waren wie Carols. Nicht zum ersten Mal war der Knabe froh, dass er älter wirkte, als er war – trotz der haarlosen Wangen. Erschöpft von der Hitze und dem langen Ritt ließ er sich zu Boden gleiten, machte eine Flasche vom Sattelknauf los und goss sich etwas Wasser in die hohle Hand, um seinen Hengst zu tränken. Dann sprach er die beiden Männer auf Lateinisch an:

»Entschuldigt, wo gibt es hier eine Herberge?« Da ihn die beiden verständnislos ansahen, wiederholte er die Frage auf Rumänisch. Doch auch damit hatte er keinen Erfolg. »Han?«, versuchte er es noch einmal.

Er atmete auf, als er Verständnis in den Augen des Älteren dämmern sah. Dieser wies auf den überdachten Markt, an dem Carol vorbeigekommen war und überschüttete ihn mit einem Feuerwerk aus unverständlichen Worten.

»Danke«, murmelte der Junge. Er verneigte sich leicht, so wie er es bei anderen gesehen hatte. Dann saß er wieder auf und kämpfte sich zu dem Bazar durch. Unter dessen Kuppeldächern war das Gewühl fast noch schlimmer als auf der Straße, da hier Alltagsgegenstände und Lebensmittel feilgeboten wurden. Wundervolle Düfte und seltsame Gerüche hingen in der Luft und machten Carol noch hungriger, als er es ohnehin schon war. Vorbei an Ständen mit Süßwaren, Blumen, Arzneiflaschen, Fleischspießen, Früchten, Stoffen, Teppichen, frischem und sauer eingelegtem Gemüse und Holzkohle gelangte er schließlich zu einem Gasthaus, dessen Wirt seine Sprache verstand. Dort mietete er sich für eine Nacht ein, ließ sich etwas zu essen bringen und fiel wie erschlagen auf eine klumpige Strohmatratze.

Als er am nächsten Morgen sein Frühstück aus Brot, Käse, Honig und Tee verschlungen hatte, begann er die Suche nach seinem Onkel. Zuerst einmal musste er herausfinden, ob Radu tatsächlich in der Stadt war. Vorsichtig befragte er als erstes den Wirt.

»Radu, der Schöne«, erwiderte dieser prompt und verzog das Gesicht zu einer komischen Grimasse. »Er ist ein Wesir des Padischahs«, setzte er hinzu und berührte Brust, Mund und Stirn mit den Fingerkuppen. »Allah beschütze ihn.«

»Ein Wesir!«, rief Carol aus. Er errötete, als der Wirt lachte.

»Aber ich bezweifle, dass man dich zu ihm vorlassen wird«, sagte der Mann. »Nur hohe Würdenträger dürfen die inneren Höfe betreten.«

Radu zuckte die Achseln und erhob sich. »Ich werde es versuchen«, entgegnete er, bezahlte den Alten und holte sein Pferd aus dem Stall. Dann reihte er sich wieder in das Getümmel ein und fand sich eine halbe Stunde später vor der Palastpforte wieder.

»Verschwinde!«, grollte einer der Wächter, als Carol – nachdem er die Männer schüchtern auf Rumänisch begrüßt hatte – Anstalten machte abzusitzen. »Hörst du schlecht?«, fauchte er und senkte die furchteinflößende Lanze, sodass die Spitze direkt auf Carols Brust zeigte.

Der Knabe schluckte trocken. »Ich bitte Euch, dem Wesir Radu zu melden, dass sein Neffe um eine Audienz ersucht«, stieß er mit zitternder Stimme hervor.

»Sein Neffe?«, bellte der Soldat. »Wenn das ein Scherz sein soll, dann hast du dir den falschen Tag ausgesucht!« Mit diesen Worten bohrte er den Stahl der Waffe so fest in Carols Brust, dass der Knabe vor Furcht aufkeuchte.

»Bitte!«, flehte er. »Ich kann Euch einen Beweis geben, dass ich nicht lüge!«

Der Druck der Lanzenspitze ließ ein wenig nach.

»Einen Beweis?«, fragte ein weiterer Wachmann, der seine Aufmerksamkeit nun ebenfalls auf Carol lenkte.

»Ja«, stieß der Junge hervor und schlug seinen Mantel zurück, unter dem er das Wams mit dem Wappen seines Vaters trug. »Seht, hier.«

Der zweite Soldat kniff die Augen zusammen. Er betrachtete das Wappen, als handle es sich um ein ekelhaftes Insekt. »Ich kenne das Zeichen dieses Drachens«, stieß er hervor und zückte unvermittelt einen Dolch. »Du bist entweder unglaublich mutig, oder unglaublich dumm«, setzte er hinzu, packte

Carol am Bein und zog ihn mit einer blitzschnellen Bewegung aus dem Sattel.

Carols Schreckensschrei riss ab, als er hart auf dem Boden aufschlug und alle Luft aus seinen Lungen entwich. Bevor er begriff, was geschehen war, bohrte sich das Knie des Janitscharen in seine Brust und er sah die Klinge auf sein Herz hinabfahren. Anstatt ihn zu durchbohren, trennte der scharfe Stahl jedoch lediglich das Wappen vom Stoff seines Wamses. Der Soldat stellte ihn grob zurück auf die Beine.

»Bete zu Gott, dass der Wesir dich empfängt.« Er entblößte zwei lückenhafte Zahnreihen. »Ansonsten wirst du diesen Palast nie wieder verlassen.«

Mit diesen Worten übergab er Carol einem anderen Soldaten, dem er Befehle gab, die der Knabe nicht verstand. Dieser packte ihn unsanft beim Kragen und zerrte ihn durch die Pforte in einen ausladenden Hof, in dem sich weitere Panzerreiter, Fußsoldaten und Bedienstete drängten. Hätte er nicht um sein Leben gebangt, hätten der Prunk und die Schönheit der Bauten Carol den Atem geraubt. So war es jedoch einzig die namenlose Furcht, die ihm die Luft raubte. Als sein Bewacher nach wenigen Minuten vor dem eisenbeschlagenen Tor eines Wachturms anhielt, wurden Carol die Knie weich.

»Schaff ihn in eine Zelle«, herrschte der Soldat den Mann an, der aus dem Turm aufgetaucht war. »Aber lass ihn in Ruhe!« Er stieß Carol von sich und setzte hinzu: »Noch.«

Kapitel 67

In der Nähe von Kronstadt, April 1460

Hättet Ihr vorher soviel Vernunft gezeigt, wäre all das nicht nötig gewesen.« Vlad Draculea machte eine ausladende Handbewegung und genoss das Grauen in den Gesichtern seiner Kronstädter Verhandlungspartner. Rings um den Tisch, der im Freien unter einer Linde aufgestellt worden war, erhoben sich Pfähle mit Untertanen des Kronstädter Magistrats.

»Jetzt, da Dan Euch nicht mehr mit seinen Lügen verblenden kann«, versetzte Vlad honigsüß, »begreift Ihr sicher, wie viel besser es ist, sich auf meine Seite zu stellen.«

Er sah, wie die Abgesandten schluckten. Einige von ihnen nickten und versuchten, dem Anblick der Toten auszuweichen – allerdings ohne Erfolg. Nicht umsonst hatte Vlad eigens dafür gesorgt, dass keinem, der an diesem Tisch saß, die Folgen eines Scheiterns der Verhandlungen entgehen konnten. Er beugte sich vor und stemmte die Fäuste auf den Tisch.

»Ihr werdet mir 10 000 Dukaten bezahlen und mir die walachischen Flüchtlinge, denen Ihr Zuflucht gewährt, ausliefern«, forderte er und ignorierte das empörte Einatmen eines besonders prunkvoll herausgeputzten Pfeffersackes. »Betrachtet es als eine Art Entschädigung«, fügte er beinahe heiter hinzu. »Sobald das Geld bei mir eintrifft, ziehe ich mich mit meinen Truppen zurück.« Er hob warnend den Zeigefinger. »Solltet Ihr Euch allerdings weigern zu bezahlen, dann wird bald niemand mehr übrig sein, der Eure Felder bestellt oder sich bereit erklärt, Eure Waren zu transportieren.«

Das Doppelkinn des Anführers der Kronstädter bebte, doch er wagte nicht zu widersprechen. Verächtlich musterte Vlad den Mann, der seit ihrer letzten Begegnung fett geworden war wie ein Mastschwein. Was wohl geschehen wäre, wenn er dessen Tochter Elisabeta geheiratet hätte? Er schob die Frage beiseite. Denn bei diesen Überlegungen kochte unzähmbare Wut in ihm hoch.

»Ich gebe Euch soviel Zeit zur Beratung, wie es dauert, bis dieser Schatten«, er deutete auf den Schatten eines Pfahls, »diesen Tisch erreicht.«

Er stieß seinen Stuhl zurück und bedeutete seinem neuen Knappen, ihm zu folgen. Sobald er sein Zelt erreicht hatte, befahl er dem Knaben: »Geh und horche ihre Burschen aus. Ich will wissen, was diese Kerle planen!« Er sah dem Jungen nach und zwang sich, den Zorn unter Kontrolle zu bringen. Wäre dieser vermaledeite Dan nicht in der Walachei eingefallen …! Er hieb sich mit der Faust in die Handfläche und fluchte. Warum nur musste Gott ihm immer wieder Steine in den Weg werfen? Was musste er noch tun, um Ihn davon zu überzeugen, dass er ein Krieger des Glaubens war? Er fuhr sich mit den Fingern in den Schopf und murmelte: »Was, oh Herr? Sag mir, was ich tun soll?« Er ließ sich auf ein Knie sinken und schlug ein Kreuz vor der Brust. Sicher zürnte ihm Gott nicht wegen all der Opfer, für deren Tod er beinahe täglich die Beichte ablegte? Und ganz gewiss sah auch der Herr, dass diese Opfer nötig waren, um das höchste Ziel der Christenheit zu erreichen: die Vernichtung der osmanischen Teufel! Er kam zurück auf die Beine und blickte sich in seinem Zelt um, als wollte er etwas entdecken, das nicht da war. Sein Zorn verwandelte sich in unstillbaren Rachedurst. Wenn dieser Streit mit den Transsylvaniern endlich zu seiner Zufriedenheit beigelegt war, würde er versuchen, ein neues Bündnis mit dem ungarischen König zu schließen. Dann konnte er mit Hilfe der Ungarn und des Papstes endlich gegen den verhassten Mehmed ziehen! Und ihn genauso auslöschen wie diesen Wurm Dan!

Er presste die Kiefer aufeinander, als die Erinnerung an Dans Beerdigung andere Bilder mit sich brachte: das Gesicht des Sklaven, der ihm die Nachricht überbracht hatte, dass Carol sich nicht mehr im Lager befand; die Furcht in den Augen des Hauptmanns, dessen Leiche inzwischen in einem Käfig vor den Mauern der Burg Poenari hing; und die immer wieder mit leeren Händen zu ihm zurückkehrenden Spione und Boten, die Carol ausfindig machen sollten. Einen kurzen Moment lang keimte Trauer in ihm auf. Doch wie immer begrub er sie augenblicklich tief am Grunde seines Herzens. Er hatte keinen Sohn mehr! Genau wie Zehra war auch Carol tot! Ganz gleich, was für Gefühle er jemals für ihn gehegt hatte, er durfte und würde nicht auf sie hören! Sollten seine Männer ihn jemals zu fassen bekommen, würde er ihn genauso hinrichten lassen, wie alle anderen Verräter, die sich seinem Willen widersetzt hatten. Durch seine Flucht hatte Carol sein eigenes Schicksal besiegelt! Vlad ballte die Hände zu Fäusten. Er hatte es gewusst, als er den Bengel das erste Mal gesehen hatte – in seiner Brust schlug das Herz eines Feiglings. Nicht nur das Aussehen hatte Carol mit Radu gemeinsam, auch dessen Feigheit! Vlad öffnete die Fäuste wieder und fuhr sich mit den Handflächen übers Gesicht. Genau wie er es vor so langer Zeit mit Radu getan hatte, musste er auch Carol aus seinem Herzen schneiden. Nur so würde er tun können, was nötig war, wenn man ihm den Jungen brachte. Er holte tief Luft, um die Schwere loszuwerden, die plötzlich auf ihm zu lasten schien. Vielleicht war es kein Zufall, dass Elisabetas Vater sich unter den Kronstädtern befand. Vielleicht wollte Gott ihm ein Zeichen schicken, wie er verhindern konnte, dass sein Fürstentum ohne Thronfolger blieb. Einige Momente lang starrte er mit leerem Blick in die Vergangenheit. Was wohl geschehen wäre, wenn er Elisabeta damals geheiratet hätte? Diese Frage zog einen wahren Rattenschwanz an Möglichkeiten nach sich, von denen keine einzige Vlad gefiel. Er blinzelte irritiert, straffte die Schultern und trat auf den Ausgang des Zeltes zu. Die Zeit war um. Wenn die Kronstädter vernünftig waren, würde er schon bald all seine Kräfte auf das *eine* Ziel konzentrieren können, für dessen Erreichung er so viele Opfer auf sich genommen hatte. Das war alles, was im Augenblick zählte!

Kapitel 68

Der Sultanspalast in Edirne, April 1460

»Was ist uns denn da für ein Vögelchen ins Netz geflattert?« Die Stimme des Sultans war sanft wie die eines Kätzchens. Seinen vollen Mund umspielte ein Lächeln und der Ausdruck auf seinem Gesicht wirkte beinahe gütig.

Allerdings ließ sich Radu keine Sekunde lang von dieser Sanftheit täuschen. In Mehmeds Augen glomm der Funke der Grausamkeit, den Radu schon allzu oft gesehen hatte.

»Wenn es sich tatsächlich um den Sohn deines Bruders handelt«, sagte der Sultan und deutete auf das Wappen, das einer seiner Janitscharen ihm gebracht hatte, »wäre er dann nicht eine wertvolle Geisel?«

Da Radu wusste, dass sein Liebhaber keine Antwort auf diese Frage erwartete, streckte er die Hand nach dem Stofffetzen aus und betrachtete den unverkennbaren Drachen. Zusammengekrümmt, sodass es einen Ring bildete, schien das Tier sich mit dem eigenen Schwanz zu erwürgen. Kein Zweifel, es war derselbe Drache, der die Brosche geziert hatte, die Mehmed Vlad ins Fleisch hatte einbrennen lassen. Derselbe Drache, den der Drachenorden in seinem Schild führte. Er ließ die Hand sinken und sah den Sultan an.

»Was hast du mit ihm vor?«, fragte er leise.

»Warum ist er hierher gekommen?«, antwortete Mehmed mit einer Gegenfrage. Er winkte einen der Pagen herbei, die neben der Tür des Gemaches kauerten. »Lass den Jungen zu mir bringen«, befahl er. »Er wollte dich sprechen«, sagte er an Radu gewandt. »Also wird er dich sprechen.« Er lächelte dünn. »Und außerdem wird ihm die seltene Ehre zuteil, dem Beherrscher der Gläubigen zu begegnen.«

Die unterschwellige Drohung war nicht zu überhören. Radu kroch ein Schauer über den Rücken. Wenngleich er den

Jungen nicht kannte, wünschte er ihm nicht, dass er zum Spielball von Mehmeds grausamen Launen wurde. Seit die Nachricht von den örtlichen Beğs in Griechenland den Hof erreicht hatte, dass diese die Hilfe des Sultans benötigten, um dem Bürgerkrieg in der Morea Herr zu werden, war Mehmeds Stimmung explosiv. Mehr als ein unachtsamer Höfling hatte bereits den Zorn des Padischahs zu spüren bekommen und verfrüht sein Leben ausgehaucht.

Vergessen schien der Plan, Radu gegen seinen Bruder in den Kampf zu schicken; vergessen der Vorsatz, Vlad Draculeas Kopf in Honig einzulegen. Alles schien zu verblassen neben der Gefahr, die Morea wieder zu verlieren. Jedenfalls war es so gewesen, bis die Leibwache des Sultans die Ankunft von Radus Neffen gemeldet hatte. Radu unterdrückte ein Seufzen. Er hoffte, dass das Auftauchen des Knaben nicht alles verändern würde. Er wollte nicht in die Walachei ziehen, um Vlad zu besiegen und den dortigen Thron zu besteigen! Ganz egal, wie sehr er seinen Bruder hasste! Er wollte in der Nähe seines Gül-jüz bleiben und irgendwann Großwesir des Osmanischen Reiches werden! Warum konnte Mehmed ihm diesen Wunsch nicht erfüllen? Sicherlich würde sich ein anderer Würdenträger finden lassen, der willens war, in die Wildnis zu ziehen. Das Geräusch sich nähernder Männer ließ seine eigenen Sorgen in den Hintergrund treten. Er richtete den Blick neugierig auf den Eingang. Nach einem kurzen, gedämpften Wortwechsel mit Mehmeds Leibwache, öffnete sich die Tür und ein schlanker, hochgewachsener Knabe wurde in den Raum gestoßen. Flankiert von zwei Bewaffneten, sah sich der Junge einige Augenblicke verwirrt um, bis ihn ein Schlag in die Kniekehlen zu Boden schickte.

»Verneige dich vor dem Padischah, der Sonne des Ostens, dem mächtigen Sultan!«, herrschte einer der Männer ihn an und ging – ebenso wie sein Begleiter – vor Mehmed auf die

Knie. »Der Gefangene, Herr«, sagte er mit niedergeschlagenem Blick und wartete auf eine Antwort des Sultans.

Diese blieb jedoch aus. Genauso sprachlos wie Radu starrte Mehmed auf den Knaben, der zitternd die Stirn auf die Fliesen presste. Zwar war im Moment nur sein schwarzes Haar zu sehen. Aber die wenigen Augenblicke, bevor er niedergesunken war, hatten ausgereicht, um Radu geräuschvoll die Luft einziehen zu lassen. Der Junge war ihm wie aus dem Gesicht geschnitten! Auch der Sultan schien die unheimliche Ähnlichkeit bemerkt zu haben, da er sichtlich um Fassung rang.

»Du darfst dich erheben«, brachte er schließlich heiser hervor. Als der Knabe nicht reagierte, wiederholte er den Befehl auf Rumänisch. Wie so viele Sprachen, beherrschte der Sultan auch diese fließend.

Die geschmeidigen Bewegungen des Jungen malten einen Ausdruck auf Mehmeds Gesicht, der Radu das Blut in den Adern stocken ließ. Mit leicht geöffneten Lippen ließ der Sultan den Blick vom Gesicht des Knaben seine Brust hinab zu seinen Händen gleiten, die sich nervös in den Stoff des Gewandes krallten. Eine Ader schlug deutlich sichtbar in der Halsbeuge des Gefangenen. Radu konnte Furcht in den blauen Augen lesen. Aber auch Trotz und Tapferkeit.

»Wie heißt du?«, fragte Mehmed schließlich.

»Carol, Herr«, antwortete der Knabe mit bebender Stimme.

»*Padischah*«, hörte Radu Mehmed sagen und zuckte zusammen, als sein Neffe ihn daraufhin hilfesuchend ansah. Ein Prickeln kroch ihm über den Nacken den Rücken hinab und ließ ihn frösteln. Als der Junge die Stirn runzelte, hätte er am liebsten fluchtartig den Raum verlassen. Denn es war, als ob er in einen Spiegel sah, aus dem ihm sein jüngeres Ich entgegen blickte. So unheimlich war die Ähnlichkeit, dass er versucht war, sich zu zwicken. Vielleicht war es ein Spuk, ein böser Traum, der Besuch eines Geistes, der ihn foppen wollte. Er starrte den Knaben an und wartete darauf, dass sich das Trugbild in Luft auflöste. Was es jedoch nicht tat.

»Padischah«, wiederholte der Gefangene schließlich scheu und schlug den Blick nieder, um den Sultan nicht ansehen zu müssen.

»Du hast Mut«, sagte Mehmed nach einer Weile, räusperte sich und trat näher an Carol heran. »Wie ein Löwe. Dein Name sollte Arslan sein, nicht Carol.«

Der Knabe wagte nicht, sich zu rühren, als Mehmed ihm die Hand auf den Arm legte. »Warum bist du hier, Arslan?«, fragte er schließlich, nachdem er Carol eine scheinbare Ewigkeit mit den Augen verschlungen hatte.

Radu spürte Eifersucht in sich aufwallen, aber auch Zuneigung. Am liebsten hätte er Mehmed gebeten, ihn mit dem Jungen allein zu lassen, damit er in Erfahrung bringen konnte, wieso sein Neffe – offenbar mutterseelenallein – aus der Walachei zu ihm gekommen war. Doch der Sultan ließ keinen Zweifel daran, dass er nicht vorhatte, Carol aus den Augen zu lassen.

»Du solltest antworten«, sagte Mehmed samtweich.

Radu sah die ersten Anzeichen der Ungeduld in seinen Zügen aufziehen.

»Ich wollte zu meinem Onkel Radu«, brachte der Knabe nach einigen Sekunden des Schweigens hervor – allerdings so leise, dass man es kaum hören konnte.

»Du wolltest zu deinem Onkel Radu?«, fragte Mehmed halb spöttisch, halb anerkennend. »Aber warum, um alles in der Welt, wolltest du das, Arslan?«

»Mein Vater ist ein ...« Der Junge brach mitten im Satz ab.

»Ein was?«, hakte Mehmed nach.

»Ein Verräter«, fügte Carol noch leiser hinzu.

Nicht nur Radu merkte, dass dies nicht der wahre Grund war.

»Soso, ein Verräter«, wiederholte der Sultan und schob die Brauen zusammen. »Bist du denn nicht auch ein Verräter, wenn du dich dem Willen deines Vaters widersetzt hast? Weißt du nicht, dass das eine Sünde ist?«

Radu sah, wie der Knabe erbleichte.

»Padischah«, sagte Radu flehend, da er ahnte, wohin dieses Spielchen führen würde. »Er ist eine wertvolle Geisel«, setzte er auf Türkisch hinzu.

»Das ist er in der Tat«, zischte Mehmed. »Aber ich muss dennoch wissen, warum er hier ist. Wenn er es mir nicht freiwillig sagt, wird ihm der Folterer die Zunge lösen.«

Radu hob beschwichtigend die Hände. »Lass es mich alleine mit ihm versuchen«, bat er. »Er hat Angst vor dir. Deine Macht ist überwältigend für ihn.«

Die Schmeichelei schien Wirkung zu zeigen, da Mehmed die Augen verengte, als müsse er nachdenken. »Also gut«, gab er schließlich nach. »Ich lasse euch alleine. Aber ich werde nebenan lauschen.« Sein Gesicht verzog sich zu einem listigen Lächeln. Radu verneigte sich dankbar. »Ich werde ihn nicht schonen, nur weil er dein Neffe ist«, warnte der Sultan. »Es wäre wirklich ein Jammer, wenn ich ihn hinrichten lassen müsste.« Er gab den Janitscharen ein Zeichen, ihm zur Tür zu folgen. An Carol gewandt sagte er: »Du solltest deinen Onkel nicht belügen. Auch das ist eine Sünde.« Mit diesen Worten rauschte er durch den Ausgang davon und ließ Radu mit dem Knaben zurück. Einige Augenblicke herrschte eine so vollkommene Stille in dem Raum, dass man den Flügelschlag einer Fliege hätte hören können. Dann gab Radu sich einen Ruck und trat auf seinen Neffen zu.

»Du musst mir die Wahrheit sagen«, drängte er den Knaben, der einen Knopf auf Radus Brust betrachtete. »Sonst weckst du den Zorn des Sultans.«

Endlich hob der Junge den Blick. Obwohl Radu erneut von einem Anflug von Zuneigung ergriffen wurde, zwang er sich, hart zu bleiben.

»Warum bist du hierher gekommen?«, fragte er schroff. »Belüg mich nicht!« Er sah, wie Carol schluckte, als ihm Tränen in die Augen schossen.

»Mein Vater ist *dracul* – der Teufel«, hauchte er und schlug beschämt die Hände vor sein Gesicht.

Kapitel 69

Ulm, Juni 1460

Das Warten auf Nachricht zermürbte Sophia. Wenngleich sie wusste, dass die Männer des Kronstädters Andreas Pfeiler keine Wunder vollbringen konnten, eilte sie täglich den Läufern entgegen, die ihre Briefe brachten. Jedes Mal kämpfte sie aufs Neue mit der Enttäuschung, dass nicht endlich die lang ersehnten Zeilen eintrafen, die ihr mitteilten, dass sich Hans in der Obhut des Kaufmannes befand.

»Die Reise ist lang und beschwerlich – auch für die Boten«, hatte Utz sie vor einigen Tagen beschwichtigt. »Du musst Geduld haben.«

Sie wusste, dass er recht hatte. Dennoch zehrte die Unsicherheit an ihr und das Bedürfnis, sich an jemandem festzuhalten, wuchs mit jeder Stunde, die ohne Neuigkeiten verstrich. Sie legte die kleine Harke nieder, mit der sie Unkraut in ihrem Kräutergarten gejätet hatte, und richtete sich mit knackenden Gelenken auf. Ihr Rücken schmerzte. Die Muskeln in ihren Beinen brannten von der ungewohnten Haltung. Aber die Arbeit half ihr, sich zu beruhigen.

»Warum ruht Ihr Euch nicht ein bisschen aus? Es ist viel zu heiß hier draußen.«

In der Stimme ihres Verwalters schwang Sorge mit und Sophia wandte sich mit einem erschöpften Lächeln zu ihm um. »Da hast du allerdings recht«, erwiderte sie. Sie griff nach einem Tuch, um sich den Schweiß aus dem Gesicht zu wischen. Seit vor einigen Tagen der Frühsommer Einzug gehalten hatte, war es klüger, sich zur Mittagszeit in der Kühle des Hauses aufzuhalten. »Du solltest auch aus der Sonne gehen«, sagte sie und tippte sich mit dem Finger auf den Nasenrücken. »Du bist schon ganz rot.«

Thomas lachte. Er schüttelte den Kopf. »Das macht nichts«, erwiderte er. »Wenn sich die Haut schält, kann Guta wenigstens eine ihrer Salben auftragen. Das wird ihr Freude machen.« Er lachte erneut und wandte sich ab, um auf das Warenlager zuzusteuern. Einige Augenblicke sah Sophia ihm nach. Dann seufzte sie, bückte sich nach ihrem Korb und suchte den Schatten des Hauses. Wenn sie und Utz doch nur ebenso glücklich sein könnten wie Thomas und seine Frau!

Mit einem weiteren Seufzen verstaute sie den Korb in einer der Abstellkammern und erklomm die Stiege ins Obergeschoss. Dort blieb sie einige Augenblicke unschlüssig auf dem Treppenabsatz stehen und überlegte, was sie als nächstes tun sollte. Da sich das Gesinde samt und sonders im Hof oder in der Küche befand, lag das Haus verlassen da. Utz hatte sich wieder einmal in seinem Kontor vergraben. Sie sah zaudernd von der Tür der Schreibstube zur Tür ihrer Schlafkammer. Sollte sie ihn stören und ihm die Bitte unterbreiten, die ihr seit Wochen auf der Zunge lag? Oder sollte sie den Einfall lieber noch ein paar Nächte überschlafen? Was, wenn sie sich irrte? Wenn der Drang in ihr sich wieder verflüchtigte und sie den Schritt bereute? Sie schürzte die Lippen und beschloss, sich erst einmal zu waschen. Die Arbeit im Garten hatte dafür gesorgt, dass sich der Stoff ihrer Fucke mit Schweiß vollgesaugt hatte. Sie fühlte sich klebrig und schmutzig. Das Gespräch mit Utz konnte warten. Vielleicht überlegte sie es sich doch noch anders. Immerhin wusste sie nur zu gut, was es bedeutete, wenn sie ihn bat, wieder das Gemach mit ihm zu teilen! Sicher schadete es nicht, die Angelegenheit noch eine

Weile zu überdenken. Auch wenn sie im Moment der Ansicht war, dass nichts schlimmer sein konnte, als die furchtbare Einsamkeit, die sie jede Nacht an den Rand der Verzweiflung brachte. Froh darüber, die Entscheidung vor sich herschieben zu können, betrat sie ihre Kammer, löste das Band ihrer Haube und warf sie aufs Bett. Dann befreite sie ihr Haar aus dem strengen Zopf, griff nach einem Kamm und ordnete ihr Haar. Als ob dadurch ein Gewicht von ihr genommen worden wäre, fühlte sie sich augenblicklich etwas leichter. Sie schüttelte befreit den Kopf, wie sie es als Kind oft getan hatte. Sobald auch der letzte Knoten entfernt und ihre Locken mit einem breiten Band wieder zusammengebunden waren, griff sie nach dem Waschkrug und füllte die Schale, in der er gestanden hatte.

Wie sehr sie sich nach einem Sprung in einen kühlen Bach sehnte! Immer noch schwitzend knöpfte sie ihr Kleid auf, schlüpfte aus den Ärmeln und ließ den Stoff fallen, sodass sie mit bloßem Oberkörper im Raum stand. Dann träufelte sie etwas flüssige Seife in das Wasser und tauchte den Schwamm hinein. Sie hatte ihn gerade ausgedrückt und auf ihre Brust gepresst, als jemand ihren Namen rief.

»Sophia!« Es war Utz' Stimme. Sie kam eindeutig aus dem Korridor. »Bist du hier oben?« Offensichtlich hatte er sie die Treppe hinaufkommen hören.

»Sophia!«

Bevor sie überhaupt antworten konnte, bewegte sich die Türklinke und er platzte in den Raum.

»Ich muss mit dir reden«, hub er an, verstummte jedoch abrupt, als sein Blick auf ihre Blöße fiel. »Wir ...«, stammelte er und starrte sie an, wie ein Gespenst. »Wir ...« Es war kaum mehr als ein Hauchen.

Hätte sie sein Auftauchen nicht so sehr erschreckt, dass sie mitten in der Bewegung erstarrt war, wäre der Ausdruck auf seinem Gesicht zum Lachen gewesen. Doch stattdessen blickte Sophia ihn genauso fassungslos an wie er sie. Zu ihrem unaussprechlichen Verdruss bemerkte sie, dass sich ihre Brustwarzen verhärteten. Auch Utz schien diese Reaktion nicht zu entgehen, da seine Augen tiefer wanderten. Sein Schlucken war deutlich vernehmbar in der totenstillen Kammer. Worüber willst du mit mir reden, wollte Sophia fragen, aber ihre Stimme versagte ihr den Dienst. Anstatt der Worte kam lediglich ein heiseres Krächzen über ihre Lippen, da sich ihr Mund plötzlich vollkommen ausgetrocknet anfühlte. Obwohl es in der Kammer immer noch drückend heiß war, breitete sich eine Gänsehaut über ihren Rücken und ihre Arme aus und ließ sie frösteln. Ihr Verstand sagte ihr, dass sie ihre Blöße bedecken musste; dass sie Utz energisch auffordern musste zu gehen. Doch ihr Gefühl raunte ihr etwas vollkommen anderes ins Ohr.

Befremdet registrierte sie, wie sich ein merkwürdiges Gefühl in ihrem Unterleib ausbreitete und von dort Hitze in ihre Glieder sandte.

»Sophia«, flüsterte Utz schließlich. Mit dem Aussprechen ihres Namens schien die Erstarrung von ihm abzufallen. Auch das Blut, das aus seinem Gesicht gewichen war, kehrte dorthin zurück und malte zwei rote Flecken auf seine Wangen. Begierde trat in seinen Blick und seine Muskeln spannten sich, als er sichtlich um Fassung rang. Die Knöchel der Hand, mit der er die Klinke umklammerte, traten weiß hervor. Nach wenigen Augenblicken ließ er den Griff los und drückte die Tür hinter sich zu.

Sophias Atem wurde flacher, da ihr klar war, was er vorhatte. Anstatt die Arme zu verschränken, um ihre Brust vor seinem Blick zu verbergen, hob sie beinahe trotzig den Kopf und sah ihm direkt in die Augen. Er hielt ihren Blick und näherte sich ihr langsam – beinahe wie ein Raubtier auf der Pirsch. Als er direkt vor ihr stand, blickte er einige Momente wortlos auf sie hinab, bevor er sie bei den Schultern fasste und rau hervorstieß:

»Ruf nach der Magd, wenn du willst, dass ich gehe.« Seine Zungenspitze glitt fahrig über seine Unterlippe. »Aber mach schnell, sonst ist es zu spät.«

Eine Mischung aus Furcht und Erregung durchzuckte Sophia, doch es kam kein Laut über ihre Lippen. Stattdessen legte sie den Kopf in den Nacken, schloss die Augen und wartete darauf, was als nächstes geschehen würde. Dieses Mal würde sie ihren Gemahl nicht von sich stoßen! Nicht nur ihr Geist sehnte sich danach, die Einsamkeit zu durchbrechen. Auch ihr Körper schien sich verändert zu haben. Er drängte sie dazu, dem Verlangen nachzugeben, das sie seit Monaten quälte. Als Utz' Mund den ihren fand, durchrieselte sie ein Schauer und sie schlang ohne Nachzudenken die Arme um seinen Hals.

Kapitel 70

Burg Katzenstein, Juni 1460

»Vergiss nicht, was ich dir beigebracht habe!«, schalt Johann von Katzenstein seinen Sohn, beugte sich zu ihm hinüber und versetzte ihm einen leichten Schlag auf den Hinterkopf. »Die Hacken nach unten, die Knie zusammen!«

Obwohl der Junge nun schon über ein Jahr lang Johanns Unterweisung genoss, war er immer noch bestenfalls ein mittelmäßiger Reiter. Das bereitete nicht nur Johann Verdruss. Auch sein Sohn schien darunter zu leiden, dass er offenbar keinerlei Gespür für Pferde besaß, da ihn die anderen Knappen in nahezu allen Disziplinen ausstachen. Johann rümpfte die Nase, als der Knabe erneut angaloppierte, ungeschickt über einen abgebrochenen Ast hinwegsetzte und dabei fast aus dem Sattel rutschte. Wenn er doch nur früher begonnen hätte, den Jungen zum Ritter auszubilden! Er lenkte sein eigenes Reittier um das Hindernis herum und rief Johannes zu:

»Versuche, der Vogelscheuche dort den Kopf abzuschlagen.« Er zeigte auf eine halb verrottete Strohpuppe, die auf einem der brachliegenden Felder langsam zerfiel. Mit einer mürrischen Falte zwischen den Brauen sah er dabei zu, wie der Junge das Schwert über dem Kopf schwang und sein Ziel um mehr als zwei Zoll verfehlte. Er stöhnte. Aus dem Bengel würde nie ein Ritter werden! Diese Erkenntnis hatte ihm schon bei dem Turnier in Ulm vor vier Wochen die Freude über seinen Sieg im Kolbenkampf verdorben. Inzwischen gaukelte er sich nicht mehr vor, dass Johannes' Versagen im Turnier der Knappen daran gelegen hatte, dass der Junge seinen Altersgenossen in der Ausbildung hinterherhinkte. Er schien einfach keinerlei Begabung oder Augenmaß zu haben – zwei Dinge, die für einen guten Ritter unabdingbar waren. Als es Johannes auch auf dem Rückweg nicht gelang, sein Ziel zu enthaupten, pfiff der Katzensteiner Ritter ihn zu sich und brummte:

»Das reicht für heute. Reite vor und sag dem Verwalter, dass ich ihn sprechen will.« Und versuche, dabei nicht vom Pferd zu fallen, setzte er in Gedanken hinzu, als er dem Jungen einen düsteren Blick hinterher schickte.

Er wusste, dass es ungerecht war, seine Enttäuschung an Johannes auszulassen. Wäre es nur die Ungeschicklichkeit seines Sohnes gewesen, die ihm die Laune zunehmend vergällte, hätte er sicherlich mehr Geduld an den Tag legen können. Aber Johannes' linkisches Gebaren schien der Tropfen zu sein, der das Fass zum Überlaufen brachte. Er schnalzte mit der Zunge und trieb sein schweres Kaltblut auf das Dorf zu. Dieses wirkte aus der Entfernung verlassen und öde, beinahe wie ein Totendorf. Kaum ein Drittel der Bauern hatte den Ausbruch eines furchtbaren Fiebers im vergangenen Winter überlebt. Johanns Augen wanderten zu seiner Festung, die sich auf einem steilen Felsen über der Ansiedlung erhob. Warum hatte das Fieber nicht auch Anna dahinraffen können, dachte er verstimmt. Dann müsste er nicht jeden Tag ihre keifende Stimme ertragen, wenn sie ihre Launen wieder einmal an den Mägden ausließ, die sie für Johanns Bettgefährtinnen hielt. Er lachte lautlos. Wenn sie doch nur recht hätte mit ihren Verdächtigungen! Doch nach anfänglicher Begeisterung hatte sich sein bestes Stück schnell wieder zurückgezogen und ließ sich nur noch höchst selten dazu bewegen, ihm einige kurze Momente der Befriedigung zu bescheren.

»Was soll's, du alter Narr«, schalt er sich murmelnd. Schließlich war er mit seinen beinahe sechzig Jahren kein junger Springinsfeld mehr. Er musste sich nicht schämen, dass ihm das Essen fast genauso viel Vergnügen bereitete, wie andere Dinge. Ein Grinsen stahl sich auf sein Gesicht. Die Freuden des Gaumens waren nicht zu verachten – diese Weisheit der Älteren hatte auch er inzwischen begriffen. Sein Pferd schnaubte und warf den Kopf, wie um ihm recht zu geben und seine Stimmung hellte sich ein wenig auf. Was grämte er sich? In vier Wochen fand das nächste Turnier in Ulm statt. Bis dahin würde sein Sprössling schon noch lernen, wie man sich richtig im Sattel hielt. Wenn nicht, würde Johann ihn einfach in den Dienst eines anderen Mitgliedes der Adelsgesellschaft stellen und sein eigenes Mütchen mit einem Raubzug oder einer kleinen Fehde kühlen. An diesen Aktivitäten würde gewiss auch dieses Jahr kein Mangel herrschen!

Er hatte das Dorf erreicht, passierte den Graben und trabte auf den gewundenen Anstieg zu seiner Festung zu. Die Hütten rechts und links der schmalen Gasse waren zum Großteil verfallen. Nur hie und da schirrten Bauern ihre Ochsen ab und schafften Heu in ihre Scheunen. Ein paar barfüßige Kinder begafften ihn mit weit aufgerissenen Augen. Beinahe hätte er die Alte übersehen, die ihm in der Nähe der Dorfschmiede vor die Hufe stolperte. Tief gebeugt, auf einen knorrigen Stock gestützt, humpelte sie auf den Dorfbrunnen zu – zweifelsohne, um den Krug in ihrer anderen Hand zu füllen.

»Pass doch auf, Weib!«, herrschte Johann sie an. Er zog so heftig am Zügel, dass sein Reittier auf die Hinterbeine stieg. »Hast du keine Augen im Kopf?«

Gemächlich wie eine Schnecke wandte die Alte sich zu ihm um, sah zu ihm auf und kniff das runzelige Gesicht zusammen. Dann murmelte sie etwas und schüttelte den Kopf.

»Hast du nicht gehört?«, fauchte Johann. »Geh aus dem Weg!«

Einen Augenblick lang schien es, als wolle die alte Frau seinem Befehl Folge leisten. Doch dann öffnete sie den Mund zu einem zahnlosen Lächeln. »Dein Vater ist schon lange tot«, krächzte sie und wiegte den Kopf hin und her. Ganz offenbar war sie schwachsinnig!

»Ja, doch, Alte, mach Platz!«, knurrte Johann, dem allmählich der Geduldsfaden riss.

»Er war ein guter Mann«, brabbelte sie scheinbar vollkommen unbeeindruckt weiter. »Aber er ist schon lange tot.«

»Das weiß ich!«, explodierte Johann. »Immerhin war Otto von Katzenstein *mein* Vater und nicht deiner!«

Das Kopfwackeln hörte auf. Sie hob die Hand mit dem Stock, um diesen schwach zu schütteln. »Aber nein«, schnarrte sie, »ich rede von deinem Vater.«

Johann spürte Zorn in sich aufsteigen. Wenn diese alte Vettel nicht zur Seite ging, würde er sie einfach niederreiten!

»Otto von Katzenstein *war* mein Vater!«, spuckte er aus und machte Anstalten anzureiten. Das meckernde Lachen der Frau ging ihm jedoch durch Mark und Bein und ließ ihn mitten in der Bewegung innehalten.

»Du siehst aber aus wie Matthes der Dorfschmied«, sagte sie und zeigte mit einem knotigen Finger auf die Schmiede. Sie lachte erneut, aber dieses Mal ging ihr Lachen in ein trockenes Husten über. »Er ist schon lange tot«, wiederholte sie, als der Anfall abgeklungen war.

Die Worte trafen Johann wie ein Blitz aus heiterem Himmel. »Was?«, keuchte er, aber das alte Weib hatte sich schon kopfschüttelnd von ihm abgewandt und tappte weiter auf den Dorfbrunnen zu.

Das konnte nicht sein! Er griff mit der Hand nach seinem Kragen, um diesen zu lockern, da ihm auf einmal das Atmen schwer fiel.

Die Alte war verwirrt! Dumm im Kopf! Vom Teufel besessen, was auch immer! Auf alle Fälle irrte sie sich! Otto von Katzenstein war sein Vater. Wenn er also überhaupt Ähnlichkeit mit jemandem besaß, dann mit ihm! Er sah der Frau nach und rang die Versuchung nieder, aus ihr herauszuprügeln, dass ihre Worte nichts weiter als eine Lüge waren. Sie war nicht bei Sinnen! Genauso, wie seine Mutter nicht bei Sinnen gewesen war, als sie ihm dieselbe Falschheit an den Kopf geworfen hatte – kurz bevor er sie fast erwürgt hatte. Er rammte seinem Hengst die Hacken in die Seite und preschte den Anstieg zu seiner Festung hinauf, als könne er so vor den Worten der alten Frau fliehen. Im Hof der Burg angekommen drückte er Johannes die Zügel in die Hand und stürmte in den Palas. Dort verrammelte er die Tür zu seinem Gemach, riss sich den Helm vom Kopf und raufte sich die Haare. Lügen, Lügen, Lügen, nichts als Lügen! Er pfefferte seinen Umhang auf den Boden und ließ sich mit einem Fluch auf einen Stuhl fallen.

Kapitel 71

Der Fürstenpalast in Tirgoviste, November 1460

»Lasst sie eine Stunde im Hof warten, dann führt sie in die große Halle.« Vlad Draculea zog verächtlich die Oberlippe hoch, sodass es aussah, als fletsche er die Zähne. »Wenn sie sich beklagen, dann richtet ihnen aus, dass der Woiwode sich in einer wichtigen Ratssitzung befindet.« Er entließ seine Leibwächter mit einer knappen Handbewegung und trat an eines der Fenster, um auf die türkische Gesandtschaft hinabzublicken. Herausgeputzt wie ein Haufen Hofdamen thronten die Männer des Sultans auf lächerlich prunkvollen Pferden, die Vlad ihnen am liebsten augenblicklich abgenommen hätte. Auch ihre Perlen, Juwelen und Goldketten sowie ihre schweren Kaftane stellten eine Versuchung dar, der Vlad nur mühsam widerstehen konnte. Allerdings hatte er anderes mit den Abgesandten seines Erzfeindes Mehmed vor. Diese waren zweifelsohne gekommen, um den längst fälligen Tribut einzufordern. Ein höhnisches Lächeln stahl sich auf sein Gesicht, erlosch jedoch sofort wieder, als sein Blick zu dem weiterwanderte, was bis vor einer Woche noch Catrinas schöner Körper gewesen war. Zwar hatten die Vögel sich inzwischen an ihrem Leichnam gütlich getan, doch das klaffende Loch in ihrem Unterleib wirkte dadurch nicht weniger abstoßend. »Dumme Gans«, brummte Vlad. Er wandte sich vom Fenster ab – die gute Laune plötzlich verdorben. Wieso hatte sie nicht einfach weiter sein Bett teilen und ihm schweigend zu Willen sein können? Weshalb hatte sie die Heirat mit Elisabeta zum Anlass nehmen müssen, Vlad vorzugaukeln, dass sie ein Kind von ihm erwartete? Was hatte sie denn gedacht? Dass er *sie* anstelle von Elisabeta zu seiner Gemahlin machen würde? Eine einfache Magd? Wie absurd! Er drehte versonnen an dem Ring, mit dem er die Ehe mit der Tochter des Kronstädter Magistrats und somit auch den Friedensvertrag mit den Transsylvaniern besiegelt hatte. Er ließ die Hand sinken und schob sie in die Tasche, in der ein weiterer Ring ruhte: ein breiter Goldreif, den ein buckelnder Kater zierte. Warum er das Schmuckstück nicht endlich fortwarf und die Erinnerung an Utz von Katzenstein und seinen Besuch begrub, wusste er nicht. Aber irgendwie schien das Kleinod an ihm zu kleben, wie ein Klumpen Pech. Er drückte seinen Daumen auf eine der Kanten. Einen kurzen Moment lang überkam ihn entsetzliche Trauer. Bevor diese ihn jedoch in die Tiefe reißen konnte, bäumte sich etwas in ihm auf und er ließ den Ring wütend wieder los. Die Vergangenheit war ohne Bedeutung! Die Zukunft würde er so gestalten, wie sie ihm gefiel, jetzt, wo er absolute Macht in seinem Fürstentum besaß!

Er trat vom Fenster zurück und begab sich in sein Schreibzimmer. Dort kramte er ohne wirklich etwas zu suchen in Papieren und Büchern und fragte sich, ob Mehmed ihm nach dem heutigen Tag endlich den Krieg erklären würde. Seit dem Abkommen mit den Transsylvaniern und den dadurch freigesetzten Streitkräften brannte er förmlich darauf. Hing nicht immer noch der Plan in der Luft, einen Kreuzzug gegen die Osmanen zu unternehmen? Zwar hatte sich der kühne Vorsatz des Papstes, Venedig, das Deutsche Reich, die Ungarn, den Herzog von Burgund, ja selbst den Turkmenenfürsten Usun-Hassan zusammen vor den christlichen Karren zu spannen, in Luft aufgelöst. Aber auch wenn Matthias Corvinus und der Deutsche Kaiser Friedrich III. immer noch mit Waffengewalt um die ungarische Krone stritten, war das Unterfangen für Vlad noch nicht gescheitert. Daran änderte auch die Tatsache nichts, dass die Venezianer sich nur beteiligen wollten, wenn alle christlichen Mächte den Zug mittrugen. Vielleicht waren diese Entwicklungen ein Wink des Schicksals. Wenn Kaiser Friedrich und Matthias Corvinus – die beiden vom Papst als Vorkämpfer der Christenheit vorgesehenen Herrscher – sich nicht an dem Kreuzzug beteiligten, bedeutete dies, dass Vlad die Rolle des Führers übernehmen konnte. Und zwar mit dem Segen des obersten Herrn der Christen, der seine Vorzüge gewiss auch bald erkennen würde! Jetzt, wo Mehmed damit beschäftigt war, die eroberten griechischen Gebiete in Provinzen umzuwandeln und im Osten gegen Usun-Hassan zu ziehen, war der Zeitpunkt so günstig wie nie.

Er breitete eine Karte vor sich aus und grinste, als er sich vorstellte, wie Mehmed auf die Forderungen des Turkmenenfürsten reagiert hatte. Da diese Vorstellung allerdings auch Mehmeds verhasste Fratze zurück in seine Erinnerung brachte, wurde er sofort wieder ernst und schob die Karte ärgerlich von sich. Es war an der Zeit, Mehmed endlich zu vernichten! Ganz egal, wie sehr sich der Rest der Welt vor dem großen Eroberer duckte, Vlad Draculea, der Sohn des Drachen, würde ihn das Fürchten lehren! Er verließ sein Schreibzimmer und machte sich auf den Weg in die Halle. Denn, wenn er Mehmed das Fürchten lehren wollte, musste er ihn zuerst einmal so sehr reizen, dass er einen Fehler beging!

Eine halbe Stunde später wurden die türkischen Gesandten zu ihm geführt. Durchgefroren und ganz offensichtlich verärgert verbeugten sie sich lediglich kurz vor ihm. Der Zorn über diese beleidigende Nachlässigkeit ließ ihm einen Einfall in den Kopf schießen, der ihn innerlich die Hände reiben ließ.

»Was erlaubt ihr euch?«, herrschte er die Männer an. »Warum nehmt ihr eure Turbane nicht ab. Wisst ihr nicht, dass ihr mich damit beleidigt?«

Verwirrung huschte über die Gesichter der Osmanen, die genau wussten, dass Vlad ihre Sitten und Gebräuche kannte.

»Herr«, hub einer von ihnen an, »selbst vor dem Sultan nehmen wir unsere Turbane nicht ab. So fordert es der Anstand.«

Vlad schnaubte. Er erhob sich von dem thronartigen Stuhl. »Es mag sein, dass euer Herr sich solche Missachtung von euch gefallen lässt«, sagte er ruhig. »Ich hingegen bin es nicht gewohnt.« Er winkte eine Handvoll Wachen herbei. »Nagelt ihnen die Turbane an den Köpfen fest!«, befahl er barsch. »Der Sultan wird lernen müssen, dass er seine Sitten und Gebräuche nicht allen anderen Herrschern aufdrängen kann!« Er machte Anstalten, den Raum zu verlassen, aber der Protest eines der türkischen Gesandten hielt ihn zurück.

»Wenn Ihr das tut, wird der Padischah Euren Sohn töten!« Die Stimme des Mannes überschlug sich vor Furcht. »Er ist seine Geisel.«

Obgleich die Worte wie Messer nach Vlad stachen, zwang er sich, durch keine Regung zu verraten, wie tief sie ihn trafen. Stattdessen richtete er den Blick auf den Sprecher, sah ihn einige Lidschläge lang ausdruckslos an und stieß schließlich hervor: »Ich habe keinen Sohn. Wer auch immer es ist, den euer Sultan gefangen hat, er ist ein Lügner!«

Teil 6

Kapitel 72

Ulm, Juli 1461

»Gott sei mit dir.« Sophias Hände zitterten, als sie Utz ein von Jakob geschnitztes Kruzifix um den Hals hängte. »Versprich mir, auf dich acht zu geben.« Sie umklammerte Utz' Hände und hätte ihn am liebsten nie wieder losgelassen. Sie sah, wie seine Wangenmuskeln zuckten, als er darum rang, die Haltung vor dem Gesinde nicht zu verlieren. Sie hatten sich bereits am Morgen in ihrer Schlafkammer voneinander verabschiedet. Aber Sophia konnte ihn nicht gehen lassen, ohne ihm wenigstens noch diesen Schutz mit auf den Weg zu geben. Mit Gottes Hilfe würde er heil und unversehrt zu ihr zurückkehren – mit ihrem Sohn.

»Mach dir keine Sorgen«, erwiderte Utz und beugte sich vor, als wolle er sie küssen. Kurz bevor sich ihre Lippen berührten, schien er sich jedoch daran zu erinnern, dass solch ein Verhalten in der Öffentlichkeit gänzlich unschicklich war. Er richtete sich wieder auf und räusperte sich verlegen. »Jetzt, wo Frieden in Transsylvanien herrscht, ist die Reise nicht besonders gefährlich«, erklärte er, um ihre Sorgen zu beschwichtigen. »Ich werde versuchen, vor Einbruch des Winters wieder bei dir zu sein.« Er befreite behutsam seine Hände aus ihrem Griff und zog die Mundwinkel nach oben. Allerdings misslang der Versuch eines Lächelns gründlich.

»Du wirst mir fehlen«, flüsterte er. Sophia spürte, wie Tränen in ihr aufstiegen.

»Du mir auch«, stieß sie erstickt hervor und suchte hastig nach einem Taschentuch, als Utz ihr widerstrebend den Rücken kehrte und auf den Bock eines Pferdekarrens kletterte.

Auf dessen Ladefläche stapelten sich Tuchballen und Schnitzereien, die Utz dem Kronstädter Andreas Pfeiler versprochen hatte.

»Pass gut auf sie auf, Thomas«, rief Utz seinem Verwalter zu. »Und sieh zu, dass die Stuten rechtzeitig gedeckt werden.« Er hob die Peitsche zum Gruß, dann setzte sich sein Karren – genau wie die seiner vier Begleiter – in Bewegung.

Hoffentlich stößt ihm nichts zu, dachte Sophia bange. Sie fragte sich, ob ihn die wenigen Männer bei einem Angriff wirklich beschützen konnten.

»Je weniger wir sind, desto weniger Aufmerksamkeit ziehen wir auf uns«, hatte Utz sie beruhigt. »Bei all den Händlern, die zu dieser Jahreszeit die Donau entlang ziehen, fallen wir so am Wenigsten auf.« Seine Argumente leuchteten ihr ein. Dennoch wäre ihr wohler gewesen, wenn er mehr Bewaffnete mitgenommen hätte. Was, wenn der Frieden in Transsylvanien nur von kurzer Dauer war? Was, wenn er wieder in die Klauen dieses schrecklichen Vlad Draculea geriet? Sie putzte sich die Nase und zerknüllte das Tuch in den Händen, während sie versuchte, nicht an die Narben zu denken, die den Rücken ihres Gemahls entstellten. Utz und seine Begleiter waren schon lange nicht mehr zu sehen, als Thomas sie sanft an der Schulter berührte.

»Es geschieht ihm schon nichts«, sagte er und bot ihr den Arm, um sie zurück ins Haus zu führen. »Macht Euch keine Sorgen.«

Wenn das so einfach wäre, dachte Sophia, nickte jedoch tapfer.

»Ich bin im Stall, wenn Ihr mich sucht«, ließ Thomas sie wissen, sobald sie das Obergeschoss erreicht hatten. Dann verschwand er zurück die Treppe hinab und ließ Sophia mit ihren Gedanken und Ängsten allein.

Eine Zeitlang stand sie unschlüssig im Korridor und zupfte geistesabwesend an einer Ecke des Taschentuches. Dann gab sie sich einen Ruck, steckte das Tuch wieder ein und machte sich auf den Weg ins Kontor. Wenn sie sich mit Arbeit ablenkte, würde die Zeit schneller vergehen.

Sie schloss die Tür der Schreibstube hinter sich und sog den Geruch ein, der in der Luft hing. Genauso beruhigend wie die Arme ihres Gemahls legte er sich um sie und erfüllte sie mit einem seltsamen Gefühl der Sicherheit. Sie ließ sich in den Sessel fallen, dessen Bezug immer noch die Wärme der letzten Person zu halten schien, die in ihm gesessen hatte. Sie griff nach einem der vielen Briefe auf dem Tisch und drehte ihn versonnen in den Händen hin und her. Wie hatte sie nur so lange Zeit ohne die Liebe ihres Gemahls leben können? Es war nicht das erste Mal, dass sie sich diese Frage stellte. Aber wie immer fand sie keine Antwort. Seit sie sich ihm vor einem Jahr das erste Mal willig hingegeben hatte, war jeder Moment ohne ihn eine Qual. Sie begab sich in ihrer Erinnerung zurück zu dem Augenblick, in dem sie die Vergangenheit begraben und ihm vergeben hatte. So wie sich selbst. Sie seufzte, als sie den Brief zurück an seinen Platz legte. Auch wenn das Liebesspiel genauso furchtbar begonnen hatte, wie in der erzwungenen Hochzeitsnacht, hatten sie Utz' Zärtlichkeiten bald mit Staunen erfüllt. Endlich hatte sie begriffen, warum manche Eheleute so häufig beieinander lagen. Ihr Herz wurde schwer, als sie an die vielen einsamen Nächte dachte, die vor ihr lagen.

Ein Poltern, dem ein ärgerlicher Ruf folgte, riss sie aus den Gedanken.

»Wenn ich dir sage, du sollst die Kiste nicht allein tragen, dann meine ich das auch!« Die ansonsten sanfte Stimme des Verwalters klang zornig. »Glaube nicht, dass ich weniger streng mit dir bin als dein Vater.«

Die Antwort ihres Sohnes ging in einem wüsten Fluch unter.

Sophia erhob sich, um ans Fenster zu treten. Unten auf der Straße bückte sich ihr Sohn Jakob soeben, um eine Kiste aufzuheben, deren Deckel aufgesprungen war. Was sich darin befand, konnte sie nicht sehen – den mürrischen Ausdruck auf dem Gesicht des Jungen dafür umso deutlicher. Der Anblick tat ihr weh. Sie fragte sich, ob sie seine Strafe aufheben sollte. Um den Jungen zu bändigen, hatte Utz ihm vor einem halben Jahr verboten, jede freie Minute in Hans Multschers Werkstatt zu verbringen. Seitdem schien Jakob noch störrischer als zuvor. Vielleicht half es, wenn Sophia ein ernstes Wort mit ihrem Sprössling sprach und ein Ende des Bannes in Aussicht stellte. Ganz gewiss würde Hans Multscher ihr zur Seite stehen, wenn sie ihn darum bat. Auf ihn schien ihr Sohn zu hören. Sie zog sich vom Fenster zurück und verließ die Schreibstube. Es war an der Zeit, einen alten Freund zu besuchen.

Kapitel 73

Der Sultanspalast in Konstantinopel, Juli 1461

Teilnahmslos saß Carol vor dem Eunuchen, der versuchte, ihn und zwei Dutzend andere Knaben in die Geheimnisse des taktischen Denkens einzuweihen. Obwohl er inzwischen beinahe fließend Türkisch sprach, blieben die Worte des Mannes bedeutungslos, da er mit den Gedanken an einem anderen Ort war. Seit über einem Jahr war er nun bereits Gefangener des Sultans – zuerst in Edirne, dann in Konstantinopel. Wenn es stimmte, was er gehört hatte, würde vielleicht bald die Zeit der Rache kommen. Er spürte, wie es tief in ihm begann zu rumoren. Sollte das Geflüster und Getuschel der Wahrheit entsprechen, würde es nicht mehr lange dauern, bis sein Vater dem Sultan als Gefangener übergeben wurde. Dann würde er dabei zusehen können, wie ein Scharfrichter Vlad Draculeas Kopf genauso erbarmungslos abschlug, wie *er*

Toaders Kopf hatte abschlagen müssen! Die wohlbekannte Bitterkeit stieg in seiner Kehle auf. Er schluckte. Wie er frohlocken würde, wenn dracul – der Teufel – endlich zurück in die Hölle fuhr! Er presste den beinernen Griffel in seiner Hand so stark auf die Wachstafel, dass dieser mit einem lauten Geräusch entzwei brach. Obwohl der Eunuch ihm einen irritierten Blick zuwarf, fuhr er damit fort, langweilige Leitsätze herunterzuleiern. Einige Momente lang sah der Knabe dabei zu, wie der magere Lehrer mit den Händen in der Luft herumfuchtelte, dann versank er wieder in dumpfem Brüten. Ein Schauer kroch ihm über den Rücken, als er daran zurückdachte, wie ihn die Leibwache des Sultans im vergangenen Winter in einen kleinen, fensterlosen Raum geschleift hatte. Dort hatte man ihn auf die Knie gezwungen und mit seiner Furcht allein gelassen. Bis eine scheinbare Ewigkeit später sein Onkel und der Sultan erschienen waren.

Wortlos hatten die beiden Männer ihn eine Zeitlang betrachtet. Er war sich vorgekommen wie ein Nutztier auf dem Viehmarkt. Dann hatte sich sein Onkel geräuspert und etwas gesagt, das Carol nicht richtig verstanden hatte – woraufhin der Sultan ihn zornig angefunkelt hatte. Er war auf Carol zugetreten, hatte sich zu ihm hinabgebeugt und ihm einen Dolch an die Kehle gelegt.

»Dein Vater sagt, er hat keinen Sohn«, zischte er. »Wenn das stimmt, wer bist du dann?«

»Padischah«, hörte Carol seinen Onkel flehen. »Sieh ihn doch an.«

»Das tue ich! Auch ich sehe, was du siehst.« Etwas in der Stimme des Sultans sorgte dafür, dass Carol es wagte, den Blick zu heben. »Aber wenn seinem Vater sein Leben nichts wert ist, was nützt er *mir* dann?«

Eigentlich hätte Carol sich fürchten müssen. Doch zu seinem eigenen Erstaunen empfand er nichts als grenzenlosen, abgrundtiefen Hass.

»Er ist ein junger Mann«, erwiderte sein Onkel. »Er kann dir genauso dienen wie ich.« Carol sah, dass er sich auf die Lippe biss und errötete. Als der Sultan ihn daraufhin erneut ins Auge fasste, war ein Ausdruck in dessen Augen getreten, der Carol unheimlich war.

»Wie recht du hast«, hatte er schließlich gesagt und sich von Carol abgewandt. »Wie recht du hast.« Mit diesen Worten war er auf den Ausgang zugerauscht und verschwunden, bevor Carol sein Glück fassen konnte. Danach hatte er ihn nicht mehr gesehen – genauso wenig wie seinen Onkel Radu. Dieser befand sich zusammen mit dem Sultan und einer gewaltigen Streitmacht im Krieg gegen Usun-Hassan. Was den Herrscher der Osmanen allerdings nicht davon abgehalten hatte, jemanden auszuschicken, um Vlad Draculea gefangen zu nehmen und nach Konstantinopel zu bringen.

Das erzählte man sich jedenfalls am Hof. Carol starrte auf die Bruchstücke seines Griffels hinab und ignorierte die Blicke des Knaben, der neben ihm saß. Wie er selbst, war auch dieser Junge eine Geisel – jedoch ein Weichling, der bei jeder Gelegenheit anfing zu heulen. Er schob das zerbrochene Schreibgerät auf der Wachstafel hin und her und fragte sich, ob es stimmte, dass Vlad Draculea den Gesandten des Sultans die Turbane an den Köpfen hatte festnageln lassen. Das verhasste Gesicht tauchte vor seinem inneren Auge auf. Er hielt sich nur mit Mühe davon ab auszuspucken. Natürlich stimmte es! War das nicht voll und ganz die Handschrift seines Vaters? Er griff geistesabwesend nach dem vorderen Teil des Griffels und begann, etwas in das weiche Wachs zu ritzen. Ehe er wusste, warum, hatte er ein schmales Gesicht mit einem Schnurrbart gezeichnet. Große Augen blickten unter einem Turban hervor, den ein taubeneigroßer Stein zierte. Als er erkannte, dass er seinen Onkel verewigt hatte, fuhr er sofort mit der flachen Seite des Griffels über das Wachs, um das Bild wieder auszulöschen. Er wusste immer noch nicht was er von dem Mann, den alle

Radu den Schönen nannten, halten sollte. Dazu kannte er ihn viel zu wenig. Alles, was er sicher wusste, war, dass er ihn nicht bewunderte. Er verschränkte die Arme vor der Brust und tat, als würde er den Worten des Eunuchen lauschen.

Was würde aus ihm werden, wenn die Männer des Sultans seinen Vater entmachteten? Würde er für immer hier am Hof bleiben müssen? Oder würde der Sultan seinen Onkel auf den Thron heben und Carol mit ihm zurück in die Walachei schicken? Er hatte keine Ahnung, was besser für ihn war. Die Ausbildung, zu der man die Geiseln des osmanischen Herrschers zwang, war zwar hart. Aber wenigstens lenkte sie ihn von all den düsteren Gedanken in seinem Kopf ab. Verglichen mit dem, was sein Vater ihm abverlangt hatte, erschienen ihm die Kampfübungen mit den anderen Knaben manchmal wie ein Spiel. Er ließ die Worte des Lehrers über sich hinweg spülen und versuchte, nicht an Vlad Draculea, seine Mutter, Toader oder Floarea zu denken. Auch wenn er nicht verstand, warum, zweifelte er immer noch nicht daran, dass Gott ihm den Weg an den Hof des Sultans gewiesen hatte. *»Ecce ego mittam angelum meum qui praecedat te et custodiat in via et introducat ad locum quem paravi* – ich werde einen Engel schicken, der dir vorausgeht. Er soll dich auf dem Weg schützen und dich an den Ort bringen, den ich bestimmt habe.« Diese Worte durfte er niemals vergessen. Dann würde irgendwann alles, was ihm widerfuhr, einen Sinn ergeben und er würde die göttliche Weisheit begreifen. Ein ärgerlicher Ruf ließ ihn auffahren und die Aufmerksamkeit zurück auf den Eunuchen richten. Dieser überschüttete einen etwa zwölfjährigen Knaben mit einer Flut von Schimpfwörtern, die dem Jungen die Schamesröte in die Wangen trieben.

»Du Sohn einer Ziege! Wie oft muss ich dir noch erklären, dass du deinen Verstand benutzen sollst?«

Obwohl die Lehrer nicht gerade sparsam mit Schlägen umgingen, entlockte dieser Ausbruch den Schülern ein Lachen. Das machte den Eunuchen nur noch wütender. Während Carol dem Gezeter nur mit halbem Ohr zuhörte, ließ er die Gedanken wieder abschweifen.

Kapitel 74

Bukarest, August 1461

»Die Gesandten Hamza Beğ und Junus Beğ sind eingetroffen, Vodă.« Der Bote verneigte sich so tief vor Vlad Draculea, dass dieser seinen Rücken knacken hörte. Täuschte es oder waren die Bediensteten hier in Bukarest ehrerbietiger als in Tirgoviste? Vlad verscheuchte den Gedanken mit einem Stirnrunzeln und ließ den Blick durch die riesige Halle schweifen, während er die Nachricht verdaute. Anders als in seinem Palast in Tirgoviste, war dieser Raum lichtdurchflutet und luftig – die gewölbte Decke von starken Pfeilern gestützt. Überall funkelten auf Hochglanz polierte Prunkrüstungen, die vor der Pracht der Wandbehänge jedoch fast verblassten. Vergoldete Kerzenhalter zeugten von einem Reichtum, der den angekündigten Besuchern ganz sicher ein Dorn im Auge sein würde. Als er dem Boten endlich gestattete, sich aufzurichten, leuchteten Vlads Augen vor Vorfreude auf das Schauspiel, das sich zweifelsohne in wenigen Minuten vor ihm entfalten würde. Er kannte sowohl Hamza, als auch Junus, der früher Kalabolenos geheißen hatte. Bevor er seinen Glauben verraten und zum Islam übergetreten war! Als einer der Sekretäre des Sultans war er Hamza, dem örtlichen Befehlshaber an der unteren Donau, offenbar als Berater mitgegeben worden, damit dieser sich von Vlad nicht zum Narren halten ließ. Er legte die Fingerspitzen aneinander und trug dem Boten auf, die Gesandten zu ihm zu führen. Am liebsten hätte er diese beiden Männer genauso behandelt wie die letzte Abordnung des osmanischen

Herrschers, doch er wusste, dass dies nicht möglich war. Ganz gewiss waren die beiden in Begleitung einer nicht zu verachtenden Streitmacht zu ihm gekommen. Die jüngsten Entwicklungen ließen es ratsam erscheinen, Mehmed nicht allzu offen herauszufordern.

War er noch vor beinahe einem Jahr sicher gewesen, dass es sich nur noch um eine Frage der Zeit handelte, bis man ihn zum Vorkämpfer der Christenheit ernannte, hatten sich inzwischen Zweifel eingeschlichen, ob es überhaupt jemals zu einem Kreuzzug kommen würde. Auch in diesem Jahr schien es dem Papst nicht zu gelingen, weitere Parteien für dieses Unterfangen zu begeistern. Matthias Corvinus und der Deutsche Kaiser hatten ihren Streit um die ungarische Krone immer noch nicht beigelegt; Venedig und die anderen italienischen Stadtstaaten sahen in die andere Richtung; und der neue König von Bosnien war damit beschäftigt, unter den Bogumilen-Ketzern in seinem Reich zu wüten. Gerade erst war Vlads Vetter Stefan von der Moldau plündernd in Transsylvanien eingefallen, weil einer seiner Feinde dort Asyl gefunden hatte. Daher konnte Vlad im Moment lediglich auf die Unterstützung der transsylvanischen Städte und seines zukünftigen Verwandten Matthias Corvinus bauen. Er verkniff sich ein Feixen, da in diesem Moment die Gesandten die Halle betraten. Wie klug es gewesen war, Mehmed mit den festgenagelten Turbanen vor den Kopf zu stoßen! Ohne diesen Zug hätte sich der ungarische König niemals so bereitwillig mit Vlad verbündet und ihm zudem noch seine Base Ilona anverlobt. Vielleicht hatte auch die Tatsache, dass Mehmed den Onkel des ungarischen Königs als Friedensbrecher in Konstantinopel hatte hinrichten lassen, etwas damit zu tun. Nachdem dieser versucht hatte, die serbische Hauptstadt Smederevo zurückzuerobern. Vlad zuckte die Achseln und erhob sich, um den Türken seinen guten Willen zu demonstrieren. Was auch immer den Ausschlag gegeben hatte, das Ergebnis war alles, was zählte. Und dieses Ergebnis würde ihn schon bald zu einem Verwandten des ungarischen Königs machen! Dass er immer noch mit Elisabeta verheiratet war, stellte kein Hindernis für ihn dar. Nachdem diese ihn davon in Kenntnis gesetzt hatte, dass sie ein Kind von ihm erwartete, hatte er sie von der Hebamme untersuchen und auf die Festung Poenari schaffen lassen. Was alles geschehen konnte, sobald das Kind das Licht der Welt erblickte, wusste nur Gott. Er schüttelte die Gedanken an Elisabeta und das, was er vermutlich würde tun müssen, ab. Dann trat er den Männern entgegen.

»Willkommen«, sagte er schlicht. Er verkniff sich ein Lachen, da die Hand des Sekretärs zuckte, als wolle er seinen Turban abnehmen. Ein scharfer Blick seines Begleiters sorgte jedoch dafür, dass er die Hand wieder fallen ließ und den Gruß erwiderte. »Was verschafft mir die Ehre solch hohen Besuches?«, fragte Vlad scheinheilig und genoss die Empörung, die in den Blick des örtlichen Befehlshabers trat.

»Das wisst Ihr doch wohl ganz genau«, grollte Hamza Beğ.

Aber ehe er fortfahren konnte, mischte sich sein Begleiter ein. Im Gegensatz zu Hamza war Kalabolenos von schlanker Statur und wirkte durch seine spitzen Gesichtszüge wie ein Fuchs. »Unser Herr, Sultan Mehmed, Allah möge ihn beschützen, bietet Euch seine Vergebung an«, hub er an. »Wenn Ihr Euch entschließt, mit dem ausstehenden Tribut von 10 000 Dukaten und 500 Knaben persönlich in Konstantinopel zu erscheinen, wird er Euch seine Gnade erweisen. Zudem müsst Ihr das Bündnis mit dem ungarischen König widerrufen.«

Es kostete Vlad einige Mühe, dem Mann nicht ins Gesicht zu lachen. Er wusste ganz genau, was es bedeutete, wenn Mehmed einen seiner Untertanen in dieser Art und Weise an den Hof zitierte: einen Schauprozess mit anschließender Hinrichtung zur Belustigung des Volkes! Er wahrte eine ernste Miene und tat, als müsse er über diesen Vorschlag nachdenken. Dann drehte er entschuldigend die Handflächen nach oben und beschied scheinbar bedauernd:

»Es tut mir leid, aber ich bin im Moment ganz und gar nicht reiselustig.« Es war ein Vergnügen zu sehen, wie sich die unterschiedlichsten Gefühle in den Zügen des Sekretärs spiegelten. Unglaube gejagt von Empörung wich nach einigen Augenblicken schließlich der Listigkeit.

»Das ist ein Jammer«, erwiderte Kalabolenos. »Aber Ihr wisst sicher, dass der Sultan kein ›nein‹ akzeptieren wird.« Seine Mundwinkel zuckten kaum merklich, als verspüre er Schmerzen. »Ein Bote, der ihm eine solche Nachricht überbringt, hat sein Leben verwirkt.«

Vlad stemmte die Fäuste in die Hüften. Er sah den Kleineren von oben herab an. »Das scheint mir Euer Problem zu sein, nicht meines«, erwiderte er glatt.

Kalabolenos schüttelte den Kopf. »Ich denke, Ihr wisst genauso gut wie ich, dass es auch Euer Problem ist.« Er hielt seinen Begleiter davon ab vorzutreten und einen Fehler zu begehen, den nicht nur er bereuen würde.

»Warum nehmt Ihr Euch nicht ein wenig Bedenkzeit?«, fragte er und zupfte den Stoff seines Kaftans zurecht, obwohl dieser makellos fiel. »Und wir reden in drei Wochen noch einmal über diese Angelegenheit?«

Vlad sah ihn an, als habe er ihm vorgeschlagen, nackt in der Donau zu schwimmen. Er entgegnete kühl: »Ich glaube nicht, dass sich bis dahin etwas ändern wird. Aber wenn Ihr Eure Zeit verschwenden wollt …«

Der Zorn im Blick von Hamza ließ ihn innerlich frohlocken. Deutlich war Mordlust in den Augen des Befehlshabers zu lesen, der Vlad sicherlich am liebsten an Ort und Stelle erschlagen hätte.

Kalabolenos hingegen wahrte einen kühlen Kopf und verneigte sich leicht. »Tut Euch selbst einen Gefallen und denkt sehr gründlich über das großzügige Angebot des Padischahs nach«, riet er Vlad. Dann murmelte er eine Verabschiedung und rauschte mit seinem Begleiter aus der Halle.

Drei Wochen darauf spielte sich eine ähnliche Szene ab, die sich weitere vier Mal wiederholte, obwohl Vlad seinen Hof in der Zwischenzeit wieder nach Tirgoviste verlegte. Im November schließlich erschien Kalabolenos ein letztes Mal – nur in Begleitung einer minimalen Streitkraft und ohne Hamza Beğ. Als auch bei diesem Treffen keine Einigung erzielt wurde, bat er Vlad, ihm wenigstens bis zur Grenze Geleit zu geben.

»Das will ich gerne tun«, erwiderte Vlad. Er versuchte, sich nicht anmerken zu lassen, dass er ganz genau wusste, was Kalabolenos vorhatte. »Allerdings muss ich noch einige Vorbereitungen treffen.«

Es dauerte vier Tage, dann brachen sie auf. Eine Truppe von 2 000 Reitern folgte ihnen mit so viel Abstand, dass der Sekretär sie nicht bemerkte. Als die Falle, in welche Hamza und Kalabolenos Vlad hatten locken wollen, zuschnappte, waren Vlads Soldaten in der Übermacht. In einer Schlucht in der Nähe der Donaufestung Giurgiu rieben Vlads Männer die Angreifer so gründlich auf, dass das Blut den inzwischen gefallenen Schnee in Windeseile rot färbte. Vlad selbst blieb den fliehenden Truppen des Beğs dicht auf den Fersen, sodass es der Besatzung der Festung nicht rechtzeitig gelang, die Tore hinter den eigenen Männern zu schließen. Noch bevor die Sonne am Horizont versunken war, gingen die Stadt und ihre Festung in Flammen auf. Die Gefangenen – unter ihnen Kalabolenos und Hamza Beğ – wurden nach Tirgoviste getrieben, wo Vlad sie allesamt pfählen ließ.

»Ihr sollt den höchsten Pfahl bekommen, damit jeder schon von weitem Eure Stellung erkennen kann«, verhöhnte Vlad den Befehlshaber, der ihn bis zum letzten Atemzug verfluchte.

Kapitel 75

Bulgarien, Februar 1462

»Brennt alles nieder!« Vlad wusste nicht, wie oft er den Befehl seit dem Sieg über Hamza Beğ schon gegeben hatte. Es konnten nicht mehr viele Ortschaften zwischen Serbien und dem Schwarzen Meer existieren. Novoselo und Silistria, Orsova und Vectrem, Giurgiu, Tutrakan, Nicopolis und Rahovo – in all diesen Städten hatte er seine Feinde erschlagen und die Köpfe von Türken und muslimischen Bulgaren gesammelt. Viele von ihnen waren in ihren Häusern verbrannt. Die Zahlen, die er Matthias Corvinus in dem Brief, der vor ihm lag, mitteilte, hätten eigentlich weitaus höher sein müssen. Er verzog angewidert das Gesicht, als er auf die beiden Säcke zu seinen Füßen blickte. Darin befanden sich abgeschnittene Ohren, Nasen und Köpfe, um die Wahrheit seiner Ausführungen zu bekräftigen – doch allmählich begannen sie zu stinken. Wenn es stimmte, was seine Spione ihm mitgeteilt hatten, rüstete Sultan Mehmed zum Gegenschlag. Deshalb war es dringend erforderlich, dass seine Verbündeten ihm endlich ihre Unterstützung in diesem heiligen Unterfangen zusicherten. Er schob die Säcke mit dem Fuß beiseite und hob den Brief auf, um ihn erneut zu lesen.

»Ich tötete Mann und Frau, alt und jung, von Oblucitza und Novoselo, wo sich die Donau ins Meer ergießt, bis nach Samovit und Ghigen. Wir töteten 23 884 Türken und Bulgaren ohne diejenigen zu zählen, die wir mitsamt ihren Häusern verbrannten oder deren Köpfe von unseren Soldaten nicht abgeschlagen wurden.« Er übersprang den Teil, in dem er die Einzelheiten auflistete und las dann weiter.

»Zieht nun Euer Heer zusammen, Eure Reiterei und Eure Fußtruppen, kommt in unser Land und kämpft mit uns. Falls Eure Hoheit verhindert ist, persönlich zu Hilfe zu eilen, sei Sie gebeten, Ihr Heer nach Transsylvanien zu senden … und falls Eure Majes-

tät auch dies nicht wollen, dann sendet soviel Ihr wollt.« Erneut glitt sein Blick weiter über einige weniger bedeutende Sätze, bis er zu dem Teil kam, mit dem er hoffte, Matthias Corvinus zu überzeugen.

»Laßt uns gemeinsam vollenden, was wir begonnen haben und diese Angelegenheit zur Entscheidung bringen. Denn wenn Gott der Allmächtige die Gebete und Bitten der Christenheit erhört, wenn er die Gebete seiner armseligen Diener günstig aufnimmt, wird er uns den Sieg über die Ungläubigen, über die Feinde des Kreuzes schenken.«

Zufrieden mit seinen Formulierungen setzte er seine Unterschrift und sein Siegel unter den Brief. Dann gab er ihn zusammen mit den beiden Säcken einem Boten mit auf den Weg. Ähnlich lautende Schreiben gingen an den venezianischen Gesandten in Ungarn, den polnischen König, Vlads Vetter Stefan und den Papst. Wenn ihm seine Glaubensbrüder jetzt nicht zur Hilfe kamen, würden sie die einzige Möglichkeit verspielen, die Ungläubigen endgültig zu vernichten!

Zwei Monate später trafen die ersten Antworten ein. Außer Matthias Corvinus, der erklärte, Vlad zur Hilfe eilen zu wollen, ernteten seine Bemühungen jedoch nichts als nutzlose Sympathiebekundungen. *»Gott sei mit Euch«*, endete der nichtssagende Brief des Papstes. *»Mit Gottes Hilfe«*, würde Vlad die Feinde in die Flucht schlagen, war sein Vetter Stefan überzeugt. Er selbst war leider immer noch zu beschäftigt, um Seite an Seite mit Vlad gegen den Sultan zu ziehen. Die Venezianer waren offenkundig zu feige, sich mit dem Osmanenreich anzulegen. Auch sonst schien sich keiner dafür zu interessieren, dass Mehmed ein Heer zusammenzog, das über 100 000 Mann umfasste. Begriffen diese Narren denn nicht, was auf dem Spiel stand? Wenn sie ihn jetzt im Stich ließen, würde eine einmalige Gelegenheit verstreichen! Er warf die Briefe in eines der ersterbenden Feuer, das nur noch schwach über die Balken eines eingefallenen Hauses züngelte. Auch die Einwohner dieses Fleckens waren erschlagen und gezählt worden, bevor Vlad befohlen hatte, sie zu verbrennen. An den anfangs unterträglichen Gestank hatte er sich inzwischen gewöhnt. Er sah dabei zu, wie das Feuer das Papier auffraß und ließ sich von seinem Knappen in den Sattel helfen.

»Zurück zum Lager!«, befahl er, wendete seinen Hengst und preschte über die verbrannte Erde davon. Es konnte nicht mehr lange dauern, bis der Sultan mit seiner Streitmacht auftauchte. So lange musste er sich überlegen, wie er nur mit Hilfe der Ungarn mit ihm fertigwerden konnte. Auf keinen Fall durfte er sich von Mehmed in eine offene Feldschlacht verwickeln lassen. Dazu war das Kräfteverhältnis zu ungleich. Hoffentlich trafen die Truppen, die Matthias Corvinus versprochen hatte, bald ein. Sonst würde der Boden unter Vlads Füßen ziemlich heiß werden.

Er beschloss, sich auf die walachische Seite der Donau zurückzuziehen und eine Generalmobilmachung zu befehlen. Seine Truppen aus freien Bauern, Panzerreitern und Jungbojaren würden bei Weitem nicht ausreichen, um den Plan in die Tat umzusetzen, der sich in seinem Kopf formte. Er musste auf andere Mittel zurückgreifen. Warum sollte ihm nicht gelingen, was Skanderbe in Albanien so erfolgreich in die Tat umgesetzt hatte? Wenn er alle Männer im wehrfähigen Alter sowie Frauen und Kinder ab zwölf Jahren einzog, konnte es gelingen, Mehmed trotz der überlegenen Truppenstärke das Fürchten zu lehren. Zudem gab es genug robi in der Walachei. Warum sollten er diese nicht als Sklavenaufgebot nutzen? Dann benötigte er noch Geschütze und eine Waffe ganz anderer Natur. Er lächelte grimmig. Wie gut, dass er nicht alle Armen und Kranken in der Walachei hatte hinrichten lassen! Jetzt würden sie doch noch einen Nutzen für sein Reich haben!

»Lass befehlen, dass die Männer die Zelte abbauen und die Wagen beladen sollen«, herrschte er den Bojaren Gale – einen seiner engsten Vertrauten an, sobald er sein Lager erreicht hatte.

Dann scharte er seine Leibgarde um sich und verteilte einen Teil der Beute an sie. Wie immer hatten die Männer tapfer gekämpft – obwohl an diesem Tag nicht besonders viel Tapferkeit nötig gewesen war. Schließlich zog er sich in sein Zelt zurück, um darüber nachzudenken, wie er den türkischen Koloss über seine eigenen Beine stolpern lassen konnte. Auf keinen Fall durfte er zulassen, dass Mehmed mit seinen Truppen die Donau überschritt. Wenn die Berichte seiner Spione stimmten, näherte sich die Masse des Heeres auf dem Landweg, wohingegen der Sultan selbst mit einer Flotte in die Donau eingesegelt war. Zusammen mit Vlads Bruder Radu!

Kapitel 76

Nicopolis, Mai 1462

Wie immer war es beeindruckend, die osmanische Armee lagern zu sehen. Radu stand am Bug des Schiffes, auf dem sich auch der Sultan befand. Dieses steuerte langsam auf die befestigte Stadt Nicopolis zu. Dort wartete der Teil der Streitkraft, der den Landweg genommen hatte, auf den Padischah. Die Zelte waren so symmetrisch angeordnet, dass die Reihen dazwischen schnurgerade wirkten. In der Mitte der Zeltstadt prangte der *otağ-ı hümayun* – der Bereich des Sultans – abgegrenzt durch den *zokak* – eine Art Vorhang aus dickem Tuch. Über Radu flatterten die Segel des Schiffes im Wind. Sein Blick zuckte von einem Donauufer zum anderen. Bogenschützen säumten die Bordwände – bereit, jeden auftauchenden Feind sofort niederzustrecken. Außerdem befanden sich sechs gewaltige Geschütze an Bord, mit denen man die Mauern einer Festung hätte zertrümmern können. Der Sultan selbst saß unter dem mit einer Kuppel geschmückten Baldachin am Heck des Schiffes. Radu hielt sich nur mit Mühe davon ab, den Kopf zu schütteln. Nicht nur er fand es leichtsinnig, dass Mehmed sich so auf dem silbernen Tablett präsentierte. Aber der Padischah hatte seine Einwände mit einer ungehaltenen Geste abgetan.

»Ich bin der Eroberer Konstantinopels, der mächtigste Herrscher seit Alexander dem Großen! Soll ich mich etwa verstecken wie ein Weib?«

Eine ehrliche Antwort hätte Radu mit Sicherheit den Kopf gekostet. Daher hatte er lediglich die Handflächen aneinander gelegt, sich verneigt und erwidert: »Deine Weisheit ist grenzenlos. Vergib mir, wenn dich mein Rat beleidigt hat.«

Diese Worte hatten bewirkt, dass die Zornesader auf Mehemds Stirn abgeschwollen war. Radu hatte erleichtert aufgeatmet. Seit Mehmed vom Fall der Festung Giurgiu und dem Tod seiner beiden Gesandten erfahren hatte, war er noch unberechenbarer als zuvor. Er hatte nicht nur den Boten verprügelt, der ihm die Unglücksnachricht überbracht hatte; zum ersten Mal seit langer Zeit hatte er auch seine Wut wieder an Radu ausgelassen. Und mit etwas gedroht, das bewirkt hatte, dass Radu sich nicht mehr dagegen sträubte, den walachischen Thron zu besteigen.

»Warum musst du mir ständig widersprechen?«, hatte Mehmed getobt und Radu einen Schlag mit seinem Gürtel versetzt. »Man könnte meinen, du hast keinen Respekt mehr vor mir!«

Ein weiterer Schlag war gefolgt. Als Blut aus Radus Nase geschossen war, hatte der Sultan zerknirscht den Gürtel fallengelassen und seinem Liebhaber ein Seidentuch ins Gesicht gedrückt.

»Das hast du nun davon«, hatte er – immer noch aufgebracht – gemurmelt und sich abgewandt. Eine Weile lang hatte Schweigen geherrscht, dann hatte Mehmed mit einem Seufzen gesagt: »Dein Bruder hat mich zornig gemacht. Hätte ich ihn doch nur damals getötet, als ich Gelegenheit dazu hatte!« Seine Miene hatte sich noch weiter verdunkelt. Nach einigen Minuten war etwas in seinen Blick getreten, das Radu ganz und gar nicht gefiel. »Hätte ich ihn allerdings damals getötet, wäre dein Neffe niemals an meinen Hof gekommen.«

Schon seit einiger Zeit hatte Radu befürchtet, dass der Sultan zu großes Interesse an Carol zeigen würde. Dies hatte einige Tage später beinahe zu einer Katastrophe geführt. Jedenfalls hätte Radu es als eine empfunden. Deshalb war er froh, dass sich Carol mit ihm auf den Weg in die Walachei befand – wo er bleiben würde, sollte es ihnen gelingen, Vlad zu vernichten. Daran zweifelte Radu keine Sekunde. Hatte der Sultan nicht auch Uzun-Hassan vertrieben und seine Hauptstadt eingenommen? Dieser Fürst hatte eine beeindruckende Armee aufgeboten. Ein Heer, von dessen Größe Vlad nur träumen konnte. Als das Schiff sich der Anlegestelle näherte, vergaß er den Vorfall im Palast und machte sich bereit, an Land zu gehen.

Carol fühlte sich unwohl in dem schweren Panzerhemd, unter dem der Schweiß in Strömen seinen Rücken hinab rann. Seit Stunden stand er nun bereits in der prallen Sonne – keine zehn Schritt von dem Mann entfernt, der ihm beinahe unheimlicher war als sein Vater. Verstohlen beobachtete er den Sultan unter gesenkten Lidern hervor, während er sich fragte, was in dessen Kopf vorging. Kein Muskel regte sich in dem geröteten Gesicht, allerdings wandte er sich in diesem Moment zu ihm um. Hastig schlug der Knabe den Blick ganz nieder. Auf keinen Fall wollte er die Aufmerksamkeit des wankelmütigen Herrschers auf sich ziehen. Nicht nach dem, was im Hamam des Palastes vorgefallen war. Noch immer war er sich nicht ganz sicher, was ohne das plötzliche Auftauchen seines Onkels geschehen wäre. Aber die Erinnerung an den unbekleideten Körper des Sultans war genug, um ihn frösteln zu lassen. Da ihm der Gedanke an diese Begegnung unangenehm war, versuchte er, an etwas anderes zu denken. Ob der Sultan Knaben liebte, wie die Gerüchte behaupteten, wollte er gar nicht wissen. Es zählte, dass sein Onkel ihn aus der unangenehmen Lage befreit hatte. Er starrte auf seine Stiefelspitzen und wartete darauf, dass das Schiff anlegte. Sobald die Leinen festgemacht und die Planken ausgelegt waren, setzten sich die Janitscharen in Bewegung. Es dauerte nicht lange, bis auch Carol wieder festen Boden unter den Füßen hatte. Eingekeilt zwischen der Leibgarde des Sultans und den Würdenträgern wartete er darauf, dass die Pferde herangeführt wurden. Sobald Mehmed im Sattel saß, schwangen sich auch sein Onkel und die anderen Paschas auf den Rücken ihrer Reittiere und trabten auf das Lager zu. Carol und die Fußsoldaten folgten in einigem Abstand. Mit jedem Schritt wurden die Augen des Knaben größer.

Tiefe Gräben umgaben das gewaltige Lager, in dem sich zehntausende von Türken aufhalten mussten. Eine Reihe von Kanonenwagen bildete einen weiteren Schutzring. Zahllose Banner und Standarten leuchteten in der Sonne. Die Luft war schwer vom Geruch der Pferde und Menschen. Am Rande des äußersten Ringes lagerte der Tross, der aus Sattlern, Schmieden, Tuchscherern, Kesselflickern, Kaftan-Schneidern, Kerzenmachern, Bäckern und anderen Handwerkern bestand. Im Hintergrund erhob sich die Ummauerung der Stadt Nicopolis, über der ebenfalls die Fahne des Sultans aufgezogen worden war. Vorbei an Karren, Pferden, Kamelen und scheinbar nicht enden wollenden Reihen von Zelten folgte der Zug der

Janitscharen dem Sultan, der auf das Zentrum des Lagers zusteuerte. Dort erwarteten den Osmanenherrscher Zelte von solchem Prunk, dass Carol zuerst glaubte, die Sonne spiele seinen Augen einen Streich. Angeordnet um diese reich bestickten königlichen Unterkünfte hatten die *Mehter* – die Zeltmacher des Padischahs – zudem Strukturen errichtet, die unterschiedliche Funktionen erfüllten. So gab es ein Zelt, in dem der Diwan zusammenkommen konnte, Zelte für die Wesire und Paschas, ein Hamam, ja sogar einen Ort, an dem die Reliquien aus Mehmeds Besitz gelagert wurden. All dies war so prachtvoll und atemberaubend, dass Carol einen Augenblick lang die Unruhe vergaß, die in ihm brodelte.

»Du bewachst das Zelt des Wesirs Radu«, wies ihn der Ağa der Janitscharen an, als sie den innersten Ring erreicht hatten. Er deutete mit dem Kinn auf eine Unterkunft, die keine zehn Schritt von dem »Palast« des Sultans entfernt war. »Das Essen bringt dir einer der Burschen.«

Mit diesen Worten ließ er Carol stehen, dem nichts weiter übrig blieb, als zu tun, wie geheißen. Obwohl sein Mund ausgetrocknet und seine Kehle rau war, bat er nicht um Wasser, sondern wartete geduldig, bis der *Yeniçeri sakâsı* – der Wasserträger – bei ihm vorbeikam. Nachdem er gierig getrunken hatte, nahm er seinen Posten wieder ein und verfolgte gespannt, was um ihn herum geschah.

Da jedoch bereits nach kurzer Zeit alle hohen Beamten und Offiziere den Schatten der Leinwände suchten, wurde ihm schon bald langweilig und die Unruhe kehrte zurück. Ein leichter Wind trug den Geruch der Donau in das Lager. Unvermittelt überkam Carol ein tiefes Gefühl der Trauer. Der Gedanke, in die Walachei zurückzukehren, brachte Erinnerungen zurück, die ihn traurig und wütend zugleich machten. Die bloße Tatsache, dass er schon bald wieder heimatlichen Boden unter den Füßen haben würde, genügte, um die Bilder seiner Kindheit wachzurufen. Andererseits schürten diese Bilder auch den Zorn in ihm und fachten den Hass gegen seinen Vater aufs Neue an. Während er gegen den Klumpen in seinem Hals ankämpfte, malte er sich aus, was geschehen würde, wenn er Vlad Draculea im Kampf begegnete. Würde er stark genug sein, den Schwur zu erfüllen? Hatte er inzwischen genug gelernt, um einem gnadenlosen Kämpfer wie seinem Vater trotzen zu können? Der Klumpen in seiner Kehle vergrößerte sich. Scham gesellte sich zu dem Durcheinander der Gefühle. Er durfte sich nicht vor dem fürchten, was unausweichlich war! Wie oft hatte er in der Zeit seit seiner Gefangennahme durch den Sultan Zwiesprache mit seiner Mutter und Gott gehalten? Und wie oft hatte er in seinen Träumen Antwort auf seine Fragen erhalten? Was auch immer geschah, war Gottes Wille! Mit der Hilfe seines mächtigen Schutzengels würde sein sehnlichster Wunsch schon bald in Erfüllung gehen.

Kapitel 77

Ulm, Juni 1462

»Geh weg! Lass mich in Ruhe!« Johann von Katzenstein schlug kraftlos nach dem Wirt der billigen Schenke, in der er seit einigen Monaten ein Zimmer bewohnte. Eigentlich war es mehr eine Abstellkammer, aber mehr konnte und wollte er sich nicht mehr leisten. Was mit dem ganzen Geld passiert war, hatte er vergessen. Aber, wenn er es vergessen hatte, war es vermutlich auch nicht wichtig. Oder? Er kniff die Augen zusammen, um zu verhindern, dass der Raum sich weiter um ihn drehte, und rülpste. Dann klopfte er ungeschickt auf das ausgefranste Wappen auf seiner Brust und versuchte, sich zu erinnern, wann er das letzte Mal nüchtern gewesen war. Allerdings mit wenig Erfolg. Seit er seine Burg nach einer erneuten Begegnung mit der alten Frau im Dorf fluchtartig verlassen hatte, befand er sich fast ununterbrochen im Rausch. Um sich zu erinnern, oder um zu vergessen – welches sein Ziel war, wusste er ebenfalls nicht mehr. Nur noch, dass die Worte der Alten ihn zerfraßen und ihm die Lebensfreude raubten.

»Was ist los mit dir?«, hallte die nörgelnde Stimme seiner Gemahlin immer noch in seinem Kopf nach. »Trink nicht so viel!«

Ob sie die Tracht Prügel, die er ihr in einem Anfall von blindem Zorn verabreicht hatte, überlebt hatte, war ihm egal. Er hatte sich nur darum gekümmert, seinen Sohn in den Dienst der Oettinger zu geben. Dann war er nach Ulm aufgebrochen, weil ihm jeder einzelne Stein seiner Burg zuwider war.

»Dein leiblicher Vater war nichts weiter als ein einfältiger Dorfschmied! Ein Bock, der seinen Schwanz nicht in der Hose behalten konnte! Und der Feigling, den du all die Zeit für deinen Vater gehalten hast, war nichts weiter, als genau das: Ein Feigling!« Es war, als wollten die Worte seiner Mutter ihn bis in alle Ewigkeit verfolgen. Manchmal hatte er das Gefühl, dass selbst die Bäume und Tiere ihn verhöhnten. Nicht mehr lange und er würde wahrscheinlich in den Wahnsinn abgleiten. Das Einzige, was ihn davor zu bewahren schien, war der Wein. Und davon brauchte er dringend mehr!

»Verdammte Scheiße«, knurrte er und winkte den Wirt zurück an seinen Tisch, obwohl er ihn gerade eben erst verjagt hatte. »Bring mir noch einen Krug Wein«, fuhr er den Mann an und legte die Hand an sein Schwert, als dieser den Mund öffnete, um etwas zu sagen. »Soll ich dir Beine machen?«, lallte er und sah dem Ulmer nach, als dieser sich kopfschüttelnd trollte. »Was erlaubt sich dieser Hund?«, brummte er vor sich hin, nachdem der Mann – immer noch kopfschüttelnd – im Nebenraum verschwunden war. Sobald das Gewünschte vor ihm stand, starrte er in die dunkle Flüssigkeit und versuchte, das Durcheinander in seinem Kopf zu ordnen. In wenigen Wochen würde das große Turnier in Ulm stattfinden, doch dieses Mal würde er nicht dabei sein. Einerseits bedauerte er diese Tatsache; andererseits wäre er ohnehin nicht in der Form, sich länger als einige Minuten im Sattel zu halten. Wenn er noch einen Sattel gehabt hätte, in dem er sich halten konnte. Er nahm einen tiefen Schluck und wischte sich den Mund, da ein Teil der Flüssigkeit an seinem Kinn hinab troff. Ein Jahr war es jetzt her, dass ihn die Worte der Alten getroffen hatten wie ein Blitz aus heiterem Himmel. Den ganzen Winter über hatte er erfolglos versucht, sie zu vergessen. Er setzte den Becher erneut an die Lippen und schloss die Augen, als der Alkohol sich wie Balsam über seine Seele legte. Eine Hexe, das war es, was die Vettel war! Genau wie seine Mutter! Eine eisige Hand schien nach seinem Genick zu greifen und er schüttete hastig noch mehr Wein seine Kehle hinab. Als er den Krug beinahe geleert hatte, drosch er die Faust auf den Tisch und stieß einen wüsten Fluch aus.

»Glotz nicht so!«, fuhr er den Wirt an, den das laute Geräusch zurück in den Schankraum gelockt hatte. »Verschwinde! Warum verschwindet ihr nicht alle einfach?« Johanns Stimme erstarb in einem Husten, das in einen heftigen Anfall überging. Als wolle sich sein Innerstes nach außen kehren, verkrampfte sich alles in ihm. Er fasste sich erschrocken an die Brust. Diese schien mit einem Mal von etwas umklammert, das sich erbarmungslos immer enger um ihn schloss. Immer heftiger schüttelte ihn der Hustenkrampf. Furcht stach wie eine Klinge nach seinem Herzen. Er bekam keine Luft mehr! Röchelnd versuchte er, seinen Kragen zu lockern, doch der Wein schien ihm alle Kraft geraubt zu haben.

»Hilf mir«, keuchte er und streckte die Hand nach dem Wirt aus, dessen Gestalt vor seinen Augen verschwamm. »Hilfe.«

Eine Woche später wurde Johann von Katzenstein zu Grabe getragen. Sophia verfolgte die Grabrede des Priesters mit ausdruckslosem Gesicht und wandte sich erleichtert zum Gehen, als die eingehüllte Gestalt ihres Vaters endlich in dem tiefen Loch auf dem Kirchplatz verschwand. Zuerst hatte sie die Nachricht mit Bestürzung und Trauer erfüllt. Doch anders als sie gedacht hatte, währte das Gefühl des Verlustes nicht lange. Obwohl sie ihrem Vater verziehen hatte, schien es, als befreie sein Tod sie von den letzten Fesseln der Vergangenheit. Dennoch schwammen Tränen in ihren Augen. Sie war froh, dass die Sonne sich an diesem Tag hinter Wolken versteckte. Irgendwie hätte sie es unangemessen gefunden, wenn der Tag, an dem ihr Vater beerdigt wurde, ein strahlender Sommertag gewesen wäre. Sie tupfte sich mit einem Tüchlein die Augen und stieß einen Seufzer aus. Ruhe in Frieden, dachte sie. Dann kehrte sie dem gähnenden Loch den Rücken. Als sie den Ausgang des Friedhofes erreichte, wandte sie sich ein letztes Mal um, aber von Johanns Gemahlin und Sohn war immer noch keine Spur zu entdecken. Ob er alleine in Ulm gewesen war? Und ob sie – so wie Sophia selbst – erst spät von dem Dahinscheiden des Ritters erfahren hatten? Vielleicht hatte ihr Vater seine Familie auf Burg Katzenstein zurückgelassen. Das wäre eine Erklärung für ihre Abwesenheit. Sie nahm dankbar den Arm ihres Verwalters an, der sie zu der Zeremonie begleitet hatte, und erwiderte seinen fragenden Blick.

»Nach Hause«, sagte sie und setzte energisch einen Fuß vor den anderen. Mit ihrem Vater war der Teil ihrer Vergangenheit gestorben, der stets einen Schatten in die Gegenwart geworfen hatte.

Kapitel 78

Ein Dorf am Fuße der Karpaten, Juni 1462

Außer dem Rauschen des Windes in den Wipfeln der Bäume war kein Geräusch zu hören. Die Stille des Waldes schien unheimlich. Ein azurblauer Himmel erstreckte sich soweit das Auge reichte. Die Ruhe um ihn herum ließ Utz hoffen, dass es kein Fehler gewesen war, die Warnungen der Kronstädter erneut zu ignorieren.

»Was Ihr tun wollt, ist Wahnsinn«, hatte Andreas Pfeiler ihn gemahnt. »Man spricht davon, dass ein Krieg mit den Türken bevorsteht. Ihr solltet lieber warten.«

Doch Utz hatte das Warten satt. Monat um Monat war verstrichen, ohne dass er die Spur seines Sohnes hatte aufnehmen können. Das Gehöft, auf dem ein Knabe gesichtet worden war, der wie Hans aussah, existierte nicht mehr. Aber ein Bewohner des Nachbarfleckens hatte Utz verraten, dass das Vieh und die Sklaven des verstorbenen Bauern in den Besitz seines Schwagers übergegangen waren. Dessen Hof lag am Ende des Trampelpfades, dem Utz und ein halbes Dutzend kräftige Männer gerade folgten. Ein winziges Bächlein schlängelte sich zu ihrer Rechten durch das kniehohe Gras. Hätte Utz nicht hinter jedem Baum, jedem Fels und jeder Wegbiegung Gefahr gewittert, hätte er die Schönheit der Natur um sich herum genossen. So allerdings sah er sich alle paar Schritte um und lauschte auf verdächtige Geräusche.

»Meint Ihr, die Türken können so schnell vordringen?«, fragte einer seiner Begleiter. Utz zuckte die Achseln. »Bis jetzt wissen wir ja noch nicht einmal, ob sie überhaupt schon in der Walachei sind«, erwiderte er und konzentrierte sich weiter auf das, was vor ihm lag. Wie so oft seit dem Eintreffen der Nachricht, dass der osmanische Sultan gegen Vlad Draculea zog, schweifte er zu seiner Schwester Zehra ab. Ob es ihr gut ging?

Würde er sie je wieder sehen? Bald verwarf er diese Fragen wieder, da er nicht wusste, wo sie sich aufhielt. Allein der Gedanke an den Woiwoden der Walachei schürte einen gefährlichen Zorn in ihm.

»Seht nur, dort vorne«, rief einer der Knechte aus. Er deutete auf einige Gebäude, die sich in einer flachen Senke versteckten. Auf den eingezäunten Koppeln grasten Ziegen und Kühe. Der Rauch eines Kochfeuers, der aus dem Kamin aufstieg, verriet, dass das Gehöft nicht verlassen war.

»Das muss es sein«, murmelte Utz. Er gab seinem Pferd die Sporen, weil er es nicht mehr erwarten konnte, endlich herauszufinden, wo sein Sohn war. So schnell, wie der unsichere Untergrund es zuließ, näherten er und seine Männer sich den Häusern, die aus der Nähe wesentlich schäbiger wirkten als aus der Ferne. Das Dach der Scheune hing an einigen Stellen so weit durch, dass man die Balken darunter sehen konnte. Eines der Stallgebäude bestand nur aus drei Wänden. Außer einem alten Weiblein und zwei Kleinkindern war weit und breit niemand zu sehen, sodass Utz sich fragte, ob man sie auf eine falsche Fährte geschickt hatte. Hier zeugte nichts davon, dass ein Bauer und mehrere Sklaven sich um die Geschäfte kümmerten. Sollten nicht irgendwo Männer auf den Feldern und Weiden zu sehen sein?

»Frag sie nach dem Bauer, den wir suchen«, trug er einem der Knechte auf, während er sich weiter suchend umblickte. Dieser ritt auf die Alte zu und winkte sie herbei. Nach anfänglichem Zögern brach die Frau in schrilles Gejammer aus – mit dem sie vermutlich beteuern wollte, dass es bei ihr nichts zu rauben gab – und machte Anstalten, vor dem Fremden zu fliehen.

»Bring sie zu mir, aber tu ihr nichts«, befahl Utz. Stirnrunzelnd sah er dabei zu, wie der Mann die Alte mühelos einholte und am Arm fasste. Ihr Geschrei wurde lauter, doch als der Knecht ihr etwas in die Hand drückte, verstummte sie so abrupt, als hielte ihr jemand den Mund zu. Der Austausch, der folgte, sorgte dafür, dass die Falten auf Utz' Stirn tiefer wurden. Als der Mann die Bäuerin schließlich zu ihm brachte, konnte er in seinem Gesicht lesen, dass die Reise umsonst gewesen war.

»Sie sagt, sie und die Kinder dort sind die Einzigen, die noch hier sind«, ließ der Knecht ihn wissen. »Alle anderen sind fort.«

Die Enttäuschung ließ Utz stöhnen. »Beschreibe ihr meinen Sohn«, sagte er heiser. »Ich muss wissen, ob er hier war. Und wenn ja, wo er jetzt ist!« Am liebsten hätte er die Frau so lange geschüttelt, bis sie ihm das sagte, was er hören wollte. Doch das hätte sie nicht nur noch mehr verängstigt, sondern sie vermutlich auch mundtot gemacht. Deshalb biss er die Zähne aufeinander und zwang sich zu Geduld.

»Die Männer, Knaben und Frauen sind vor einigen Tagen aufgebrochen«, übersetzte der Mann das Gebrabbel der Bäuerin.

»Wohin sind sie aufgebrochen?«, presste Utz hervor. »Wohin?« Er sah die Frau flehend an, aber diese schien nicht zu verstehen, was er wollte. Er spürte, wie es in ihm anfing zu brodeln. Wenn er Hans nicht bald fand, würde er Sophia nie wieder unter die Augen treten können! Das könnte er nicht ertragen! Nicht jetzt, wo sie ihn endlich genauso zu lieben schien, wie er sie! Er stöhnte erneut und umklammerte den Sattelknauf, um den Aufruhr in sich unter Kontrolle zu bringen.

»Ich bin mir nicht ganz sicher, ob sie richtig bei Trost ist«, sagte der Knecht nach einem weiteren gestenreichen Austausch schließlich. »Aber sie behauptet, dass alle außer ihr und den Kindern dazu gezwungen worden sind, mit dem Fürsten in die Schlacht gegen die Türken zu ziehen.«

Kapitel 79

Die Donau bei Nicopolis, 4. Juni 1462

Die Nacht war vor einer Stunde hereingebrochen und Vlad Draculea lauschte auf das Eintauchen von Ruderblättern. Verborgen hinter einem natürlichen Erdwall versuchte er, Geräusche auszumachen, die ihm verrieten, wo sein Feind sich aufhielt. Das Mondlicht ließ die Rohre seiner Geschütze glänzen und machte die Umrisse der Stadt Nicopolis am anderen Ufer sichtbar. Vor zwei Tagen hatten ihm seine Spione zugetragen, dass der Sultan plante, sein Heer überzusetzen. Aber bis jetzt hatte sich nichts geregt. Vlad war immer noch wütend, weil weder Matthias Corvinus noch das transsylvanische Kontingent, das er versprochen hatte, eingetroffen waren. So, wie die Dinge standen, würde er es wohl alleine mit der osmanischen Armee aufnehmen müssen. Seine Glaubensbrüder verdienten es nicht, Christen genannt zu werden! Wer zu feige war, für den einzig wahren Gott in die Schlacht zu ziehen, war nicht viel besser als Mehmed und seine Shaitane! Er zwang sich, den Zorn zu begraben, und spitzte weiter die Ohren. Wenn er Mehmed richtig einschätzte, würde dieser versuchen, ihn mit einer List zu überrumpeln. Da er sicher Kundschafter ausgeschickt hatte und ganz genau wusste, wo Vlads Streitmacht von 20 000 – zum Teil vollkommen unerfahrenen – Kämpfern lagerte, würde er sich hüten, ihm direkt in die Arme zu laufen. Viel eher, so vermutete Vlad, würde Mehmed versuchen, etwas weiter entfernt den Fluss zu überqueren und ebenfalls seine Stellung zu befestigen, ehe es zu einem Gefecht kommen konnte. Daher hatte Vlad kurz nach Einbruch der Dunkelheit seine Postition verlagert, um Mehmeds Pläne zu durchkreuzen. Wie unklug es doch war, dass die osmanischen Sultane die Söhne ihrer Feinde in der Kunst der Kriegsführung ausbildeten!

Ein Rascheln zu seiner Linken ließ ihn den Kopf heben. Doch es war lediglich einer seiner eigenen Männer, der sich bewegt hatte. Vlad unterdrückte den Drang, den Unvorsichtigen zu bestrafen, und lenkte seine Aufmerksamkeit zurück auf den Fluss. Was sollte man schon erwarten von Kindern, Bauern und Sklaven? Hie und da durchbrach das Schnauben eines Pferdes die Stille, aber der Fluss blieb ruhig. Ein paar Mal vermeinte Vlad, die Umrisse von Schiffen zwischen den Bäumen am Ufer vorbeigleiten zu sehen. Sobald er allerdings genauer hinsah, verschmolzen alle Schatten mit der Nacht. Lange Zeit verging, bis endlich einer seiner Späher neben ihm auftauchte und aufgeregt wisperte:

»Sie haben sich flussabwärts treiben lassen und sind dort«, er wies auf eine gewaltige Eiche viel weiter östlich, als Vlad vermutet hatte, »von Bord gegangen. Es sind Tausende!« Er holte keuchend Atem. »Sie haben bereits begonnen, sich mit Wall und Graben einzuschließen.«

Vlad stieß eine Verwünschung aus. Mehmed hatte ihn übertölpelt! Offenbar hatte er Vlads Gedanken erraten und seine Schiffe einfach weiter treiben lassen, als seine Kapitäne ihm zweifelsohne geraten hatten. Bis er außer Sicht- und Hörweite dort an Land gehen konnte, wo es niemand vermutet hätte – war das Wasser an dieser Stelle doch viel zu seicht. Vlad hatte seinen Feind unterschätzt! Selbst wenn er sofort den Angriff befahl, würde Mehmed genug Männer haben, um ihn solange in Schach zu halten, bis auch der Rest seiner Armee übergesetzt hatte. Alles, was Vlad jetzt blieb, war darauf zu warten, dass sein Feind vorrückte, um ihn zu dezimieren, bevor auch er seine Geschütze in Stellung bringen konnte. Er winkte seine Anführer herbei. »Befehlt den Männern, die Rohre dorthin auszurichten.« Er zeigte auf die Eiche. »Sie werden von dort kommen.«

Das taten sie auch – und zwar schneller, als Vlad vermutet hatte. Augenscheinlich hatte Mehmed nicht vor zu warten, bis seine gesamte Armee den Fluss überquert hatte, sondern wagte im Morgengrauen den Vorstoß allein mit seinen Janitscharen. In der Vlad nur zu gut bekannten Schlachtordnung rückten diese langsam mit Spießen, Schildern und Geschützwagen gegen ihn vor. Sobald sie nahe genug herangekommen waren, hielten sie an und begannen, in Windeseile ihre Kanonen aufzustellen. Das war der Moment, auf den Vlad gewartet hatte.

»Feuer!«, brüllte er.

Kurz darauf zerriss ohrenbetäubender Donner die Luft. Der Kugelhagel war so dicht, dass man einen Augenblick lang kaum den Himmel ausmachen konnte. Dann verschleierte der von den Einschlägen aufgewirbelte Staub die Sicht. Das Geschrei der Getroffenen hätte einem anderen das Blut in den Adern gefrieren lassen. Aber für Vlad war es so schön wie der Gesang von Engeln.

»Feuer!«, bellte er wieder und wieder. In kürzester Zeit lagen hunderte von Janitscharen tot am Boden. »Fahrt zur Hölle, Ihr Teufel!«, stieß er triumphierend hervor, als die Rohre weiter in kurzen Abständen Geschosse ausspuckten.

Die Morgendämmerung tauchte die grausige Szene in ein seltsam verwaschenes Licht, allerdings erkannte Vlad mit zunehmender Helligkeit auch, dass er nicht mehr lange im Vorteil sein würde. Unerschrocken und todesmutig machten die Janitscharen trotz des feindlichen Beschusses ihre Haubitzen bereit. Viel zu schnell glotzten zahllose Mündungen in Vlads Richtung. Als endlich auch die Türken das Feuer eröffneten, loderte Zorn in ihm empor. Einen Augenblick lang wurde ihm schwarz vor Augen. Rings um ihn herum starben nun auch seine Männer, aber etwas in ihm sträubte sich dagegen, das zu tun, was nötig war. Erst, als einer seiner Bojaren rief: »Vodă, wenn wir nicht weichen, werden sie uns aufreiben!«, kam er wieder zur Besinnung.

Zähneknirschend gab er die nötigen Befehle und zog sich in den Sattel. Sobald seine Männer sich formiert hatten, ließ er die Geschütze wenden – sicher, dass die Janitscharen ihn nicht verfolgen würden – und preschte in Richtung Turnu davon. Da offenbar noch nicht alle Osmanen den Fluss überquert hatten, würde ihm der schändliche Rückzug wenigstens einen Vorsprung verschaffen, den er zu seinem Vorteil zu nutzen gedachte. Zwar hatte er nicht verhindern können, dass Mehmed in die Walachei einfiel. Aber er würde alles unternehmen, damit der Sultan den Tag verfluchen würde, an dem er Vlad das erste Mal begegnet war! Als er sich umsah, war immer noch weit und breit keine Spur von den *Sipahi* – den osmanischen Panzerreitern – zu sehen. Auch die *Akıncı* – die Renner und Brenner – schienen noch vor Nicopolis zu liegen. Mehmed hatte zwar Vlads Stellung gesprengt. Doch dafür hatte er einen Fehler begangen, für den er teuer bezahlen würde. In weiser Voraussicht hatte Vlad die Stadt Turnu bereits räumen, Bauern und Viehherden in die Berge schaffen und alle Brunnen vergiften lassen. Als seine Streitmacht die Felder der Umgebung erreichte, befahl er, alles niederzubrennen, was den Türken als Nahrung dienen konnte.

»Hebt Fallgruben aus und verderbt die Flüsse«, befahl er. »Sie sollen jämmerlich zu Grunde gehen bei dem Versuch, uns in die Knie zu zwingen!

Carols Herz hämmerte so heftig gegen seine Rippen, dass es ihn ängstigte. Die Aufregung machte seinen Mund trocken und seine Wangen heiß. Haltsuchend klammerte er sich an seinem Zügel fest. Überwältigt von dem Schauspiel, welches das Heer des Sultans bot, ritt er hinter seinem Onkel inmitten einer Schar Sipahi, deren Rüstungen in der Sonne funkelten. Weit hinten am Horizont erkannte er eine Staubwolke. Dem Austausch zwischen den Männern entnahm er, dass es sich um die Streitmacht seines Vaters handelte.

»Es wird ihnen nichts nutzen«, knurrte einer der Panzerreiter. »Unser Herr ist wie der Sturm, der durch die Wüste fegt und alles verändert.«

Carol wagte nicht, den Sprecher anzusehen, da er fürchtete, man könne ihm seine Aufregung ansehen. Seit der Ankunft im Feldlager schwirrte ihm der Kopf und er wusste nicht mehr, was er denken sollte. Einerseits hasste er seinen Vater mehr, als irgendjemanden sonst auf dieser Welt. Andererseits war ihm der Sultan unheimlich. Manchmal fürchtete er, Gott könne ihn durch Satan versuchen.

»Ich bete zu Allah, dass ich es sein werde, der dem Padischah den Kopf dieses Hundes vor die Füße legt!«, brummte ein anderer Reiter.

Carol hoffte, dass Allah die Gebete des Mannes erhören würde. Ganz egal, wie sehr er sich wünschte, den Tod seiner Mutter zu rächen, wusste er nicht, ob er wirklich die Hand gegen seinen Vater erheben konnte. War das nicht eine furchtbare Sünde? Seine Linke wanderte verstohlen zu seinem rechten Oberarm, um die Stärke seiner Muskeln zu prüfen. Er schnitt eine Grimasse. Wenn nicht ein Wunder geschah und er über Nacht zu einem Riesen von zehn Spannen heranwuchs, würde die Begegnung mit seinem Vater ohnehin nicht zu seinen Gunsten enden. Er legte die Hand zurück an den Zügel und versuchte, das Brodeln in seinem Inneren unter Kontrolle zu bringen. Sobald es zu einem Zusammenstoß mit den Truppen seines Vaters kam, musste er all seine Sinne beisammen haben!

Kapitel 80

In der Nähe von Bukarest, 16. Juni

Die Hitze war beinahe unerträglich. Seit zwölf Tagen befanden sich Carol und das Heer des Sultans nun bereits auf walachischem Boden. Mit jedem Tag wurde die Lage im wahrsten Sinne des Wortes brenzliger. Immer wieder wurden die vorrückenden Truppen von Vlads Männern überfallen, die sich in den Eichenwäldern der Donauebene verbargen. In ständiger Kampfbereitschaft waren die Türken gezwungen, in gedrängten Reihen zu marschieren, da jede Lücke den Tod bedeuten konnte. Pfeile surrten aus dem Nichts durch die Luft. Mehr als einmal hatten die Geschosse Carol nur um Haaresbreite verfehlt. Der Sultan und sein Onkel Radu wirkten angespannt und grimmig. Auch Carol fürchtete inzwischen, dass es nicht ganz so einfach sein würde, seinen Vater zu besiegen. Eigentlich hätte er es wissen müssen! War er nicht viel zu oft Zeuge von Vlad Draculeas Entschlossenheit und Grausamkeit geworden? Er tastete nach dem ziegenledernen Schlauch an seinem Sattelknauf, der kaum mehr Wasser enthielt. Genau wie die anderen litt er unter quälendem Durst, aber Linderung war nicht in Sicht. Scheinbar hatte Vlad Draculea alle Brunnen und kleineren Gewässer vergiften lassen, wohingegen andere Wasserläufe umgeleitet worden waren. Dadurch waren weite Landstriche in Sümpfe verwandelt worden – und zu Brutstätten für tödliche Krankheiten geworden. Nur einmal hatte Sultan Mehmed den Fehler begangen, die Wasserträger dorthin zu schicken. Als am nächsten Tag über zweihundert Männer an einem furchtbaren Durchfall erkrankt waren, hatte er verboten, die Sümpfe weiter zu betreten. Carol schnaufte und wischte sich den Schweiß aus dem Gesicht. Eingekeilt zwischen zwei anderen Reitern fühlte er sich wie ein Gefangener in einem Meer aus Leibern. Er hoffte, dass der Padischah bald den Befehl zum Lagern geben würde. Nicht mehr lange, dann würden sie Bukarest erreichen. Vielleicht warteten dort Wasser und Lebensmittel auf die erschöpften Truppen. Das Ziel des Sultans war die Hauptstadt der Walachei. Allerdings fürchtete Carol, dass sie Tirgoviste nicht lebend erreichen würden, wenn sie nicht bald Nahrung fanden.

Viele Stunden später beobachtete Vlad Draculea im Schutz des Waldes, wie Mehmed sein Lager aufschlagen ließ. Wie immer hatte er Befehl gegeben, die Trupps, welche nach Lebensmitteln Ausschau hielten, abzufangen und ohne viel Federlesens zu töten. Dadurch wurde die Lage der Osmanen immer verzweifelter. Geschwächt und von der Hitze ermüdet, würde die Aufmerksamkeit der Soldaten nicht so hoch sein wie sonst. Er konnte endlich wagen, was er seit Tagen plante. Nicht umsonst hatte er den erschlagenen Türken ihre Uniformen abgenommen und einen Ağa der Sipahi entführen lassen. Dieser hatte kurz nach seiner Gefangennahme den Tod gefunden, doch seine Kleidung war unversehrt und wies Vlad nun als einen hochrangigen osmanischen Offizier aus. Noch ehe die Nacht hereinbrach, würde Vlad die Vergeltung üben, auf die er so lange gewartet hatte. Schon bald würde er von allen christlichen Nationen als Retter gefeiert werden! Er tastete nach seinem Kopf, um zu überprüfen, ob sein Turban richtig saß, dann nickte er seinen beiden Begleitern zu. Diese trugen ebenfalls türkische Kleidung und setzten – wie Vlad – grimmige Mienen auf, als sie ihren Pferden die Sporen gaben. Wenn der Versuch misslang, erwartete sie ein grauenvoller Tod. Dessen waren sich sowohl Vlad als auch seine beiden Getreuen bewusst. Sollte es den Osmanen jedoch gelingen, die Walachei zu unterjochen, würde ihr Los gewiss ein viel schlimmeres sein.

Die Sonne war noch nicht am Horizont versunken, als sie auf eines der bewachten Tore des Heerlagers zuritten und zum Gruß die Lanzen hoben.

»Allah beschütze den Padischah und schenke ihm ewiges Leben«, rief Vlad den Wächtern auf türkisch zu, die wie aus einem Munde erwiderten:

»Allah ist groß.«

Vlad verkniff sich ein verächtliches Lächeln und trabte an ihnen vorbei, die Gasse zwischen den Zelten entlang, bis er schließlich die Mitte der Zeltstadt und damit den *otağ-ı hümayun* – den Bereich des Sultans – erreichte. Dort vertrat ihm ein halbes Dutzend Janitscharen den Weg, die er aber umgehend anfuhr:

»Macht Platz! Ich habe Neuigkeiten für den Padischah.« Sein Auftreten war so herrisch, dass die Männer sich entschuldigend vor ihm verneigten und ihn kurz darauf passieren ließen. Als wäre es das Selbstverständlichste auf der Welt, passierte Vlad das Hamam, das Zelt des Diwans und den *Kasr-ı-Adalet* – den Pavillon der Gerechtigkeit – bis er schließlich erspähte, wonach er gesucht hatte. Der Anblick der schwer bewaffneten Leibgarde, der Wesire, Beğs und Ağas sorgte dafür, dass seine Begleiter sich beunruhigt umsahen. Doch Vlad empfand nichts als kalten Hass. Wenn es möglich gewesen wäre, ein solches Heldenstück zu vollbringen, hätte er Mehmed allein und auf der Stelle umgebracht. Doch solange das Lager nicht zur Ruhe gekommen war, hätte dieser Versuch ihn das Leben gekostet. Daher ritt er mit hängenden Schultern, scheinbar vollkommen erschöpft den ganzen inneren Bereich ab und prägte sich die genaue Lage des Zeltkomplexes ein, über dem das königliche Banner im Wind wehte.

Nicht einmal eine Stunde, nachdem er das Heerlager betreten hatte, befand er sich wieder im Wald bei seinen eigenen Leuten.

»Sobald der Nordstern dort steht«, sagte er zu dem Bojaren Gale und deutete auf einen Punkt am Firmament, »begibst du dich auf die andere Seite des Lagers und greifst an, wenn das Horn erklingt.«

Sein Gegenüber nickte und entfernte sich, um die nötigen Vorbereitungen zu treffen. Kurz nach Mitternacht saßen 7 000 Reiter in den Sätteln. Für dieses Unterfangen konnte Vlad keine unerfahrenen Kämpfer brauchen. Deshalb hatte er beschlossen, nur die Besten mitzunehmen.

»Bringt die Kranken!«, befahl er, als die ersten Fackeln entzündet waren. Kaum waren die beiden Karren mit den jammernden Pest- und Lepraerkrankten herbeigebracht worden, hob er die Hand mit der Fackel und donnerte: »Ihr wisst, was zu tun ist! Möge Gott uns den Sieg schenken!«

Während Gale und seine Abordnung sich nach Norden wandten, brach Vlad mit seinen Reitern nach Süden auf, wo sie kurz vor Verlassen des Waldes auch die übrigen Fackeln entzündeten. »Wir dürfen ihnen keine Zeit geben, sich zu formieren«, rief er und malte einen Kreis aus Feuer in die Luft. »Metzelt jeden nieder, der sich euch in den Weg stellt!«

Mit diesen Worten presste er seinem Hengst die Fersen in die Flanken und stob über den ausgetrockneten Boden auf das Tor zu, das er erst vor Kurzem friedlich passiert hatte. »Bringt die Kranken so weit hinein wie möglich«, brüllte er. Dann traf der Stahl seiner Klinge auf den ersten Gegner. Mit einer kraftvollen Bewegung hieb er einem der Torwächter den Kopf ab und preschte die Zeltgasse entlang auf den innersten Bereich zu. Seine Männer fächerten sich in Windeseile auf und es dauerte nicht lange, bis das erste Hornsignal erklang. Hunderte fielen, ehe sie nach ihren Waffen greifen konnten. Überall loderten Flammen in den Nachthimmel als Zelte, Karren, Tiere und Menschen Feuer fingen. Die gellenden Schreie der Opfer übertönten beinahe die Hornstöße, mit denen Vlads Männer ihre Ziele markierten. Wenn Galeş jetzt noch von der anderen Seite einfallen würde, wäre das Chaos perfekt. Blind für alle Gefahr drang Vlad unaufhaltsam zu seinem Ziel vor, wo sich wild durcheinander brüllende Janitscharen in Schlachtordnung aufstellten. Gefolgt von einer Hundertschaft Reiter, mähte Vlad seine Gegner nieder wie ein Bauer Grashalme, bis direkt vor ihm sein Ziel in den unheimlich erleuchteten Nachthimmel ragte. Mit einem furchtbaren Schrei schleuderte er seine Fackel auf das Dach des Zeltes, dessen Umrisse vom Rauch verwischt wurden. Augenblicklich fing die Leinwand Feuer, aber es war nicht der Sultan, der kurz darauf ins Freie gerannt kam. Sondern der Großwesir. Ehe Vlad auch ihn mit einem Schwerthieb niederstrecken konnte, begannen die ersten Pfeile auf ihn und seine Männer einzuprasseln. Es blieb ihnen nichts anderes übrig, als sich hinter den *zokak* – den Vorhang, der den innersten Bereich abtrennte – zurückzuziehen. Dieser bot zwar nicht viel Schutz, aber er genügte, um die Pfeile abzufälschen.

»Wo bleibt Galeş?«, zischte Vlad. Wenn der Bojar nicht bald von Norden her angriff, sanken die Chancen, den Osmanen eine vernichtende Niederlage zuzufügen, erheblich. Wut und Hass machten ihn beinahe handlungsunfähig. Er zwang sich, ruhig zu blieben. Warum er Mehmeds Zelt verfehlt hatte, verstand er nicht. Allerdings bedeutete dieser Rückschlag nicht, dass er den Sultan nicht doch noch in dieser Nacht in die Hölle schicken konnte!

Jedoch schien es, als wäre Gott seinem Vorhaben nicht sonderlich gewogen. Da Vlad fest mit der Unterstützung von Galeş und seinen Reitern gerechnet hatte, mussten er und seine Männer schon bald weichen. Obgleich er den Türken schwere Verluste zufügte, ließ er den Kampf im Morgengrauen abbrechen und zog sich zurück. Etwa 1 000 seiner eigenen Männer fielen den Pfeilen der Janitscharen zum Opfer, der Rest erreichte den Schutz der Bäume. Viele von ihnen waren verwundet. Die ihnen nachsetzenden Akıncı stießen bald ins Leere. Da sich Vlads Stellung in unwegsamem Gelände befand, wagten sie nicht, weiter vorzurücken.

»Bringt mir diesen Feigling Galeş!«, tobte Vlad und fuhr zwischen eine Gruppe Verwundeter, die lediglich Verletzungen an Rücken und Hinterkopf aufwiesen. »Und pfählt diese Verräter!« Sein Schädel dröhnte. Er spürte, wie der Zorn in ihm sich in etwas Furchtbares verwandelte. »Wäret ihr nicht davongelaufen wie die Hasen«, brüllte er die Unglücklichen an, »dann hätten wir den Sieg davongetragen!« Er rang keuchend um Atem und spuckte einen Klumpen zähen Schleim aus. Sein ganzer Körper schmerzte, aber dieser Schmerz war nichts gegen die Wut, die ihn zu zerreißen drohte. Er hatte versagt! Die einzige Möglichkeit verspielt, Mehmed zu vernichten! Alles, was ihm jetzt noch blieb, war, sich wieder in die Wälder zurückzuziehen und das türkische Heer weiterhin aus dem Hinterhalt zu überfallen. Er presste die Zähne aufeinander. Hätte er über mehr Leute verfügt, wäre die Geißel der Christenheit jetzt ein für alle Mal besiegt! Ein Schrei stieg in ihm auf und fand in dem Moment den Weg über seine Lippen, in dem der erste Verwundete auf einen Pfahl gezogen wurde.

Kapitel 81

Kurz vor Tirgoviste, Ende Juni 1462

Sprachlos vor Entsetzen starrte Mehmed auf das, was man nur als einen Wald der Gepfählten bezeichnen konnte. Seit dem nächtlichen Überfall auf ihr Lager verschlechterte sich die Moral seiner Truppen täglich, da Vlad Draculea sie angriff, wann immer sich Gelegenheit bot. Zwar befestigten seine Männer das Lager inzwischen jedesmal aufs Neue, aber die ständigen Überfälle zehrten an den Nerven. Zudem waren viele Soldaten an der Pest erkrankt. Häufig missachteten desmutige seine Befehle und tranken aus den verdorbenen Brunnen. Überall verspottete der Woiwode sie mit gepfählten Spähern. Mehmed hatte aufgehört zu zählen, wie viele seiner Janitscharen in Fallgruben den Tod gefunden hatten. Wie der Wind – schnell und lautlos – überfiel Vlad Draculea den Heerzug immer und immer wieder. Inzwischen zitterten sogar die Akıncı – die Renner und Brenner, von denen der Walache diese Taktik gelernt hatte – vor ihm. Mehmed schluckte den Ekel, der in ihm aufstieg, hinunter und fragte sich, ob Shaitan nicht doch mächtiger war als Allah. Was sich ihren Augen hier bot, würde selbst den härtesten Krieger das Fürchten lehren. Mehmed erschauerte, als er begriff, dass der Weg nach Tirgoviste direkt durch die unheimliche Ansammlung von Toten führte. Einige der Gepfählten waren bereits bis auf die Knochen verwest, wohingegen andere noch nicht lange dort zu hängen schienen. Er wandte fröstelnd den Blick von einem eindeutig osmanischen Opfer ab, dem man – wie vielen anderen – die Augen ausgestochen hatte.

»Er wollte verhindern, dass die Toten die Jungfrauen im Paradies sehen können«, flüsterte Radu, als habe er Mehmeds Gedanken erraten. Das hatte einer der Gefangenen des nächtlichen Angriffs bei Bukarest ausgespuckt, ehe er enthauptet worden war.

»Dein Bruder ist kein Mensch«, erwiderte der Sultan mit zitternder Stimme. »Dein Neffe hat recht, er ist dracul.« Er schauderte erneut, fing sich jedoch sofort wieder. Er durfte sich auf keinen Fall anmerken lassen, wie sehr ihn der Anblick erschütterte! »Bald gehört der Thron dir«, brachte er heiser hervor und ritt wieder an, um das Grauen hinter sich zu bringen.

Beinahe eine halbe Stunde lang dauerte der Zug vorbei an den getöteten Gefangenen, die Vlad in Bulgarien gemacht haben musste. Nicht nur Mehmed würgte, als sie unter den Toten selbst Säuglinge und Mütter erblickten, in deren Unterleiben inzwischen Vögel nisteten. Irgendwann erreichten sie einen kleinen Hügel, auf dem zwei besonders hohe Pfähle errichtet worden waren.

»Allah steh uns bei«, wisperte Mehmed, sobald er an der Kleidung erkannte, dass es Hamza Beğ und Junus Beğ waren, die ihn mit leeren Augenhöhlen und knochigen Schädeln angrinsten. »Ein Mann, der so etwas bewerkstelligt, ist nicht zu besiegen«, murmelte er. Hilfesuchend sah er zu Radu, dessen Gesicht ebenfalls totenbleich war.

»Wenn die Stadt erst eingenommen ist«, sagte Radu hölzern, »wird der Widerstand erlöschen.«

Mehmed riss den Blick von den Leichen seiner Gesandten los und rang um Fassung. Er würde sich nicht von einem Haufen Gepfählter in die Flucht schlagen lassen!

»Richtet die Geschütze aus!«, befahl er daher lauter, als nötig gewesen wäre. »Wir belagern die Stadt!«

Allerdings war überhaupt keine Belagerung nötig. Als Mehmed und seine Truppen nahe genug herangekommen waren, sahen sie, dass die Tore sperrangelweit offen standen und die Einwohner ausgeflogen waren. Vorsichtig, eine Falle fürchtend, näherten sich zunächst die Späher, dann wagten auch Mehmed und die Janitscharen den Vorstoß. Langsam, beinahe zögerlich, rückte die Streitmacht vor – stets wachsam, falls nicht doch noch irgendwo Feinde lauern sollten.

»Es sind alle fort«, berichtete Mihaloğlu Ali Beğ, der Anführer der Janitscharen, nachdem seine Männer die gesamte Stadt durchkämmt hatten. »Viele der Häuser sind abgebrannt. Es gibt weit und breit keine Lebensmittel.«

Mehmed stöhnte.

»Und kein Wasser«, ergänzte der Kommandant.

Carol war sich nicht sicher, was er empfand, als er die abweisenden Mauern des Fürstenpalastes vor sich auftauchen sah.

Trotz des strahlenden Sonnenscheins wirkten sie auch an diesem Tag kalt und abweisend auf ihn. Er hoffte inständig, dass der Sultan nicht vorhatte, dort sein Lager aufzuschlagen. Die Haare auf seinen Unterarmen richteten sich auf, als ohne Vorwarnung der Richtplatz mit dem Richtblock vor seinem inneren Auge auftauchte und das vergessen geglaubte Geräusch durch seinen Kopf hallte, mit dem seine Axt Toaders Hals durchtrennt hatte. Er kniff die Augen zu, um das Bild zu verdrängen. Dies hatte allerdings lediglich zur Folge, dass die Erinnerung an die Gepfählten vor der Stadt an Deutlichkeit gewann. Obwohl er oft genug Zeuge der Grausamkeit seines Vaters geworden war, hatte ihn der Wald aus Toten genauso erschüttert wie die Türken. Trotz der Hitze fröstelnd zog er die Schultern hoch und richtete seine Aufmerksamkeit auf seine Hände. Verbrannt und faltig wie die eines alten Mannes, dachte er und fragte sich, ob sein Vater auch hier die Brunnen hatte vergiften lassen. Vermutlich schon. Warum hätte er sonst die Stadt kampflos aufgeben sollen? Er rümpfte die Nase. Weil er sie und ihre Einwohner ohnehin gehasst hatte, beantwortete er sich die Frage selbst. Um sich nicht weiter mit seinem Vater beschäftigen zu müssen, hob er den Blick wieder und sah, wie sich der Sultan seinem Onkel näherte. Müde fasste er diesen ins Auge.

»Wir brauchen dringend Nahrung.« Die Stimme seines Onkels wirkte dünn. Genau wie alle anderen war auch er nur noch ein Schatten seiner selbst – die Wangen eingefallen, die Augen glanzlos und leer. »Wenn wir nicht verhungern wollen, müssen die Männer auf die Jagd gehen.«

Der Sultan nickte langsam und behäbig wie ein Greis. »Es wird das Beste sein, die Akıncı auszuschicken«, erwiderte er. »Wenn es ihnen nicht gelingt, Vorräte zu beschaffen, bleibt uns nichts anderes übrig, als den Feldzug abzubrechen!« Er machte eine entkräftete Geste. »Ansonsten werden wir elendig verhungern!«

Allerdings kehrten die ausgesandten Männer mit leeren Händen zurück. Lediglich einen kleinen Wasserlauf hatten sie ausfindig machen können, der offenbar von den Walachen übersehen worden war. Da dies nicht mehr war, als der sprichwörtliche Tropfen auf dem heißen Stein, befahl der Sultan am folgenden Tag den Rückzug.

»Wir werden im nächsten Jahr wiederkommen«, ließ er die entkräfteten Truppen wissen. »Mit genügend Proviant, um ein ganzes Land zu ernähren!«

Wenngleich die Gesichter der Männer grau waren vor Erschöpfung, jubelten sie ihrem Herrn zu. Auch Carol verspürte immense Erleichterung, als sie Tirgoviste den Rücken kehrten. Stets auf der Hut durchquerten sie die walachische Tiefebene, bis sie etwa einhundert Meilen östlich wieder auf die Donau stießen – erstaunlich unbehelligt von den Walachen. Unterwegs berichteten Mehmeds Spione, dass Stefan von der Moldau seinem Vetter Vlad Draculea offenbar in den Rücken gefallen war und den Schwarzmeerhafen Kilia besetzt hatte. Das erklärte das Nachlassen der Überfälle.

»Er hat sein Heer geteilt und ist mit 10 000 Mann auf dem Weg nach Kilia«, schnappte Carol auf. Die Antwort des Sultans ging im Jubel der Janitscharen unter. Einen Tag später gelang es Mehmed, den kleinen Haufen Kämpfer, den Vlad zurückgelassen hatte, in ein offenes Gefecht zu verwickeln. Zweitausend Gefangene wurden an Ort und Stelle enthauptet. Der Rest suchte zerschlagen das Weite. Dieser kleine Sieg verschaffte den Türken etwas Luft, da auch die Akıncı wieder mehr Beute machten. Kleinere Städte wurden ausgeraubt und niedergebrannt bis das Heer schließlich die Stadt Brăila erreichte, wo die Flotte des Sultans wartete. Dieser schiffte sich sofort nach seiner Ankunft ein. Wenig später stach der Großteil der Armee in See, um in heimatliche Gefilde zurückzukehren.

Überwältigt von den sich überschlagenden Ereignissen fand Carol sich nur wenige Tage nach dem Aufbruch aus Tirgoviste an Radus Seite in der Festung der Stadt wieder. Dort wurde er Zeuge, wie zahllose walachische Adelige zu seinem Onkel überliefen.

»Das Land ist erschöpft, die Menschen hungrig«, erklärte ein Bojar, als er sich tief vor Radu verneigte. »Vlad Draculea schadet seinem Volk.« Seine Augen blitzten zornig. »Er ist wie ein Narr, der den Ast absägt, auf dem er sitzt!« Der Mann machte eine abfällige Geste. »Wenn Ihr ihn fassen wollt, müsst Ihr die Burg Poenari einnehmen. Man sagt, er habe sich dorthin zurückgezogen.«

Wochenlang riss die Schlange derjenigen, die Radu ihre Treue versicherten, nicht ab. Sodass sich der Aufbruch zur Festung Poenari bis in den August verzögerte. Als es endlich soweit war, wollte das Herz in Carols Brust davon galoppieren. Ein Teil von ihm fürchtete sich davor, was geschehen würde, wenn er auf seinen Vater traf. Ein anderer Teil von ihm erinnerte sich jedoch an Floarea, weshalb er Gott um Vergebung für das bat, was er vielleicht tun musste.

Kapitel 82

Die Festung Poenari, August 1462

Es war einfach lächerlich! Er hatte die Türken vertrieben und dennoch fühlte Vlad sich wie ein Verlierer! Kochend vor Zorn stand er auf den Zinnen der Festung Poenari und ließ den Blick durch das Bergtal unter sich schweifen. Wenn er die Augen zusammenkniff, konnte er die Vorhut des Heeres erkennen, mit dem sein Bruder versuchen würde, ihn zu besiegen. Der Hass gegen Radu, Mehmed und all die anderen, die ihn verraten hatten, entlockte ihm einen heiseren Laut. Den er allerdings sofort bereute, da ihn die Soldaten im Hof verstohlen beäugten. Zorn gesellte sich zu dem Hass und ließ ihn wünschen, sein Vetter Stefan wäre ihm nicht in den Rücken gefallen. Hätte Stefan in seiner Gier nicht nach dem Hafen Kilia gegriffen, dann steckte Mehmed vielleicht inzwischen auf dem Pfahl, den Vlad eigens für ihn hatte anfertigen lassen. Er ballte die Hände zu Fäusten und schlug damit gegen den rauen Stein. Stattdessen war seine Streitmacht in alle Winde zerstreut, er musste sich verstecken und der ungarische König hielt ihn immer noch mit leeren Versprechungen hin! Wenn es stimmte, was Matthias Corvinus ihm hatte mitteilen lassen, stand ein Aufbruch des ungarischen Heeres zwar kurz bevor. Aber bis dahin würde Radu die Burg schon längst dem Erdboden gleichgemacht haben. Scheinbar hatte sich sein Bruder inzwischen in Bukarest eingenistet, wo er zum neuen Woiwoden ausgerufen worden war. Vlad biss die Zähne aufeinander. Nicht nur die Bojaren waren zu ihm übergelaufen. Ganz offensichtlich hatte ihm das einfache Volk ebenfalls die Treue geschworen. Es war klar, warum der Pöbel das getan hatte. Das Land war erschöpft, von den Türken und Vlads eigener Streitmacht verwüstet. Mit Radu saß ein Mann auf dem Thron, von dem sich die Menschen ein gutes Auskommen mit dem Sultan erhofften. Vlad hörte auf, gegen den Stein zu schlagen und wischte das Blut von seinen Knöcheln. Ob sie sich darüber im Klaren waren, dass sein Bruder ein Gespiele des Sultans war? Was würden sie wohl denken, wenn sie wüssten, weshalb Radu Mehmeds Gunst genoss? Sein Blick fand die Standarte des Sultans, die Radus Heer mit sich führte. Da der neue Woiwode über die Geschütze des Sultans verfügte, würde die Burg Poenari sicherlich nicht ewig standhalten. Vlad blieb nichts anderes übrig, als aus seinem eigenen Fürstentum zu fliehen! Er stieß einen hässlichen Fluch aus und versuchte abzuschätzen, wie schnell die Streitmacht sich ihm näherte. Es blieb nicht viel Zeit. Er konnte den Aufbruch nicht länger hinauszögern. Da er sein Bündnis mit Corvinus stärken musste, war allerdings noch eine Sache zu erledigen, ehe er sich auf den Weg nach Transsylvanien machte! Mühsam riss er sich von dem Anblick der feindlichen Truppen los und stürmte in den Palas der Festung. Wenig später stieß er die Tür zu einer Kammer im zweiten Geschoss auf.

» Vodă!«, rief die blonde junge Frau darin aus, die bei seinem Eintreten sichtlich zusammenschrak. »Was ...?«, stammelte sie. Ein Blick in sein Gesicht ließ sie verstummen. Als er wortlos auf sie zutrat, wich sie vor ihm zurück, bis sie mit dem Rücken gegen die Wand stieß.

Einen Moment lang zögerte Vlad. Dann schüttelte er die Schwäche ab und streckte Elisabeta mit einem Hieb zu Boden. Ihr Schrei wurde mehrfach von den Bergen zurückgeworfen, als Vlad sie aus dem Fenster warf. Einige Augenblicke lang sah er mit leisem Bedauern auf ihren zerschmetterten Körper hinab, ehe er ihre Kammer verließ und sich zum Aufbruch bereit machte. Den Sohn, den Elisabeta ihm geboren hatte, hatte er in weiser Voraussicht bereits vor Monaten nach Transsylvanien schaffen lassen, damit er den Osmanen nicht in die Hände fiel. Ganz gleich, ob die Base des ungarischen Königs ihm ebenfalls einen Sohn schenkte, er würde dafür sorgen, dass Mihnea nichts zustieß. Einen Moment lang flammten Erinnerungen an Carol und Zehra in ihm auf. Aber er ließ nicht zu, dass sie sein Herz erreichten. Entschlossen begab er sich zurück in den Hof, ließ seinen Hengst satteln und brach wenig später mit einhundert Mann nach Norden auf. Die Überquerung der Karpaten war weniger beschwerlich, als er befürchtet hatte. Allerdings war in Transsylvanien von Matthias Corvinus weit und breit keine Spur zu entdecken. Viele Wochen verstrichen ohne ein Zeichen oder eine Nachricht des Ungarn. In dieser Zeit lagerte Vlad mit seinen Männern vor den Mauern von Kronstadt – zusehends erbost über Corvinus' Hinhaltetaktik. Erst im November traf der König schließlich in Kronstadt ein. Augenblicklich machte Vlad sich auf den Weg zu ihm. Wenn sie sich beeilten, konnte Radu wieder vom walachischen Thron vertrieben und ein erneuter Kriegszug des Sultans verhindert werden. Schließlich hatte Vlad Mehmed davon abgehalten, nach Transsylvanien oder Ungarn vorzustoßen. Diese Tat würde ihm der ungarische König ganz gewiss honorieren! Obwohl er sich selbst als Verlierer fühlte, änderte dies nichts an der Tatsache, dass ihm etwas gelungen war, das mit dem Triumph von Belgrad gleichzusetzen war!

Allerdings sah Matthias Corvinus die Dinge anders, da er Vlad auf dem Weg nach Kronstadt verhaften ließ. Als er zu ihm gebracht wurde, kämpfte Vlad so heftig gegen seine Häscher an, dass der König ihnen befahl, ihn loszulassen.

»Was soll das?«, brauste Vlad auf – alle Höflichkeit vergessend. »Warum behandelt Ihr mich wie einen Feind?« Er spürte, wie das Blut in seinen Schläfen pochte. Am liebsten wäre er seinem Gegenüber ins Gesicht gesprungen.

»Ihr solltet gut auf Eure Worte achten«, entgegnete Corvinus gefährlich ruhig und hob die Rechte, in der er mehrere Bögen Papier hielt. »Ihr wisst sicherlich, was das ist«, stellte der König fest. Er sah zu einer Gruppe Männer, die Vlad erst jetzt bemerkte. Unter ihnen erkannte er einige Mitglieder des Kronstädter und Hermannstädter Magistrats.

Zorn flammte in ihm auf. »Nein!«, grollte er, »ich weiß nicht, was das ist. Und was auch immer diese Verräter Euch vorgelogen haben, Ihr solltet ihnen kein einziges Wort glauben!« Seine Stimme zitterte vor Wut.

»Der einzige Verräter seid Ihr!«, spuckte einer der Kronstädter aus. Allerdings brachte Matthias Corvinus ihn mit einem scharfen Blick zum Schweigen.

»Dies hier«, er fuchtelte mit einem Teil der Papiere in der Luft herum, »ist ein Brief an den osmanischen Sultan.«

Vlad schnaubte. Was hatte das mit ihm zu tun?

»Ein Brief, den Ihr verfasst habt«, beantwortete Corvinus die unausgesprochene Frage.

»Wer behauptet das?«, fauchte Vlad. »Dies …?« Ihm fehlten die Worte für die Männer, die ihn schadenfroh begafften.

»Nein«, erwiderte der König honigsüß. »Eure Unterschrift unter dem Brief bezeugt, dass Ihr ihn verfasst habt.«

Vlad sah ihn an, als habe er soeben in einer Kirche Gott gelästert. »Was?«, brachte er schließlich hervor.

»In diesem Brief bietet Ihr dem Sultan ein Bündnis an und versprecht ihm den Besitz der Walachei, Transsylvaniens und ganz Ungarns.« Corvinus' Miene verfinsterte sich. »Ihr deutet sogar an, dass es Euch gelingen könnte, der Person des ungarischen Königs habhaft zu werden.«

Vlad schüttelte fassungslos den Kopf. »Das kann doch nicht Euer Ernst sein?«, hauchte er. »Seht Ihr denn nicht, dass es sich um eine Fälschung handelt? Euch zugespielt von meinen Feinden?« Er wirbelte herum und zeigte mit zitterndem Finger auf die Transsylvanier. »Von diesen Verrätern?«

Matthias Corvinus neigte scheinbar nachdenklich den Kopf. Dann winkte er vier Bewaffnete herbei und befahl: »Schafft ihn in den Kerker!« An Vlad gewandt fügte er hinzu: »Der Einzige, der hier Verrat begangen hat, seid Ihr. Und darauf steht, wie Ihr nur allzu gut wisst, der Tod!«

Epilog

Bukarest, Oktober 1462

Carol stand regungslos hinter seinem Onkel und wartete darauf, dass der neue Woiwode der Walachei ihm ein Zeichen gab. Der Weinkrug in seinen Händen wurde allmählich schwer, doch das machte ihm nichts aus. Seit die Nachricht von der Gefangennahme seines Vaters am Hof in Bukarest eingetroffen war, herrschte Leichtigkeit in ihm. Alle Unbill, alle Entbehrungen schienen für immer vergessen. Zwar überfiel ihn seit seiner Rückkehr in die Walachei immer wieder tiefe Trauer. Aber die Strafe, welche Vlad Draculea bald ereilen würde, schien sich wie eine lindernde Salbe über die Wunden seiner Seele zu legen. Wann der ungarische König Vlad Draculea endlich hinrichten lassen würde, wusste niemand. Allein die Aussicht auf Vergeltung stimmte alle zuversichtlich. Carol trat an den Tisch seines Onkels, als dieser ihn zu sich winkte und schenkte ihm nach. Dann zog er sich wieder in den Hintergrund zurück und beobachtete die Männer, die sich in der großen Halle versammelt hatten. Keiner von ihnen würde Vlad Draculea auch nur eine Träne nachweinen. Aber jeder Einzelne von ihnen würde versuchen, die verbrannte Erde der Walachei wieder in fruchtbares Land zu verwandeln. Das war alles, was zählte. Er sah eine Weile dabei zu, wie die Männer die Beute der heutigen Jagd in sich hineinstopften und becherweise Wein ihre Kehlen hinabschütteten. Noch immer war er sich nicht im Klaren darüber, was er für seinen Onkel empfand. Nur eines wusste er sicher: Es war kein Hass. Ein Lächeln stahl sich auf sein Gesicht, als er daran zurückdachte, wie Radu ihm versprochen hatte, ihn zu seinem Nachfolger zu ernennen. Ob er sein Versprechen wirklich wahr machen würde, konnte nur die Zeit zeigen. Doch bis dahin würde Carol bei ihm bleiben und versuchen, nur die guten Erinnerungen aus der Vergangenheit in seinem Herzen einzuschließen. Alles Böse würde hoffentlich schon bald mit Vlad Draculea vom Erdboden verschwinden. Er ließ den Blick weiter durch die Halle schweifen. Als er an einem jungen Mädchen haften blieb, wünschte er sich, die Zeit würde schneller vergehen. Sobald alle Posten des Rates besetzt, alle Berater ernannt und die zerstörten Gebäude wieder aufgebaut waren, wollte sein Onkel ihm zwei Dutzend Männer zur Verfügung stellen. Auch das hatte er versprochen. Dann konnte Carol sich endlich aufmachen, um nach Floarea zu suchen. Er glaubte nicht, dass sie tot war. Inzwischen war er sich vollkommen sicher, dass die Gefangenen, die er nach ihr befragt hatte, gelogen hatten, um sie zu schützen. Je mehr Zeit verging, desto stärker wurde seine Überzeugung. Er starrte in den Wein und versuchte, das Bild der Freundin heraufzubeschwören. Leider waren ihre Züge in seiner Erinnerung schon lange verblasst. Würde er sie überhaupt wiedererkennen, wenn er sie sah?

Die Walachei, Oktober 1462

Auf einem Gehöft inmitten der walachischen Tiefebene zuckte ein junger Mann unter den Peitschenhieben seines Herrn zusammen. Er hatte schon wieder einen Fluchtversuch unternommen und auch dieses Mal zeigte der Bauer keine Milde. Wie durch ein Wunder hatte der Knabe, der früher Hans von Katzenstein geheißen hatte, den furchtbaren Kriegszug gegen die Türken überlebt. Nur um zurückgeschickt zu werden auf die Felder eines Bauern, der noch grausamer war als die früheren Besitzer. Diesem Herrn schien es Freude zu bereiten, seine robi zu geißeln. Wenngleich die Bestrafung beim ersten Mal so furchtbar gewesen war, dass Hans wochenlang im Fieber gelegen hatte, schien der Bauer ihn dieses Mal mit seinen Hieben umbringen zu wollen.

»Du wirst nie wieder ohne Erlaubnis einen Schritt über die Grenze dieses Gehöftes setzen!«, keuchte der Mann schließlich, als ihn die Kraft zu verlassen schien. »Dafür werde ich sorgen!«

Er warf die Peitsche auf den Boden und befahl einem Knecht, Hans loszubinden. Als dieser kraftlos zu Boden sackte, wurde er grob auf die Beine gezerrt und auf eine Feuerstelle zugestoßen.

»Schür das Feuer«, knurrte der Bauer. »Und leg dieses Messer hinein.« Er zog einen Dolch aus der Scheide an seinem Gürtel und reichte ihn dem Knecht.

Obwohl die Schmerzen Hans beinahe die Besinnung raubten, durchzuckte ihn eisige Furcht, als er begriff, was der Mann vorhatte. Er würde ihn umbringen! Mit einem Wimmern versuchte er, vor seinem Peiniger davonzukriechen, doch dieser grub brutal die Hand in sein Haar.

»Bist du soweit?«, fragte er den Knecht, der nach einigen Minuten nickte und das Messer wieder aus dem Feuer angelte.

»Herr?«, sagte er scheu. »Wollt Ihr das wirklich tun?«

So schnell, dass das Auge der Bewegung kaum folgen konnte, holte der Bauer aus und versetzte ihm einen Fausthieb mitten ins Gesicht.

»Wage es nicht noch einmal, meine Entscheidungen in Frage zu stellen!«, spuckte er aus und beugte sich zu Hans hinab. Dieser wollte erneut vor ihm zurückweichen, doch der Griff des Mannes war wie aus Eisen. »Öffne deine Augen, so weit du kannst«, befahl er. »Dann lasse ich dich vielleicht am Leben.«

Obwohl Hans nicht wusste, ob es nicht besser war, endlich zu sterben, tat er wie geheißen. Mit Härte im Blick führte der Bauer die rotglühende Klinge, bis sie direkt vor den Augen seines Sklaven war.

»Haltet ein!«

Nicht nur Hans fuhr bei dem heiseren Ruf zusammen. Die Hand des Bauern verweilte einen Moment lang reglos in der Luft, dann ließ er sie mit einer Verwünschung sinken.

»Wer seid Ihr, Herr?«, fragte er misstrauisch. Eine Gruppe Reiter hatte sich dem Hof genähert. Der Anführer legte drohend die Hand an seine Waffe.

»Ich will diesen Sklaven kaufen!«

Hans glaubte, seinen Ohren nicht zu trauen. War es wirklich möglich, dass Gott endlich ein Einsehen mit ihm hatte? Er hob den Blick zu dem Reiter und keuchte auf, als er ihn erkannte.

»Vater«, flüsterte er.

ENDE

Nachwort

Fakten und Fiktion

Was ist wahr an den furchtbaren Berichten über kaum vorstellbare Gräueltaten, die dem als Vlad der Pfähler in die Geschichte eingegangenen Walachen zugeschrieben werden? Diese Frage hat mir beim Verfassen dieses Romans im wahrsten Sinne des Wortes schlaflose Nächte bereitet. War Vlad Draculea wirklich eine solche Bestie? War seine Grausamkeit größer als die seiner Zeitgenossen? Oder steckt vielleicht Propaganda hinter den Erzählungen und Sammlungen von Anekdoten, die ich hier zum Teil habe einfließen lassen (z.B. die Geschichte von der Bauersfrau und dem zu kurzen Hemd; die Erzählung von dem Kaufmann und dem fehlenden Dukaten; die Episode mit den Abgesandten des Sultans, denen er die Turbane an den Köpfen festnageln ließ; und die über eine Geliebte, die er hat aufschlitzen lassen, als sie behauptete, ein Kind von ihm zu tragen)? Zwischen 40 000 und 100 000 Menschen sind ihm zum Opfer gefallen – und nicht nur seine Feinde endeten auf den Pfählen, die wohl die gesamte Walachei gespickt haben müssen. War er ein Kriegsheld oder ein Verräter? Ein Geisteskranker oder ein rücksichtsloser Taktierer? Oder vielleicht beides? Mit Sicherheit wird diese Frage wohl nie beantwortet werden können. Es dürfte aber feststehen, dass zumindest ein Teil seines Rufes auf den Anekdoten fußt, die noch zu seinen Lebzeiten in Umlauf gebracht wurden.

Unter diesen sind zwei besonders hervorzuheben, nämlich die vermutlich bereits 1462/63 in Wien gedruckte Flugschrift »Histori von dem posen Dracol« (»Geschichte vom bösen Dracula«) und Michel Beheims (1416 – ca. 1474/75) populäres Gedicht über den Woiwoden »Drakul«. Diese Schriften listen entsetzliche Grausamkeiten auf. Es drängt sich der Verdacht auf, dass sie für ein sensationslüsternes Publikum verfasst wurden. Anzunehmen ist, dass Vlad Draculea mit Sicherheit ein strenger Herrscher war, der auch die damals durchaus übliche Strafe des Pfählens angewendet hat. Diese war übrigens selbst in deutschen Städten gang und gäbe – bei Verbrechen wie Hochverrat und Ehebruch. Entweder wurden die Verurteilten so zu Tode gebracht, wie ich es in diesem Roman beschrieben habe. Oder aber es wurde ihnen ein Pfahl direkt ins Herz getrieben – womit klar wird, wo die Verbindung zu den Vampirlegenden zu suchen ist. Warum Bram Stoker ausgerechnet Vlad Draculea dazu auserkoren hat, als blutsaugende Kreatur der Finsternis in die Literaturgeschichte einzugehen, wird wohl für immer sein Geheimnis bleiben. Für mich war jedenfalls die historische Figur dieses berüchtigten Woiwoden so faszinierend wie sonst kaum eine Figur, der ich mich bis jetzt literarisch genähert habe (abgesehen von Richard Löwenherz).

Allerdings, das muss auch ganz deutlich gesagt werden, hat mich diese Gestalt auch so sehr entsetzt wie bisher kaum eine andere. Denn ganz gleichgültig, ob es damals üblich war, Menschen zu pfählen, zu rösten oder sonst etwas Furchtbares mit ihnen anzustellen; die Systematik, mit der Vlad Draculea vorging, ist das eigentlich Unvorstellbare an seiner Schreckensherrschaft. Die Köpfe seiner Feinde zu sammeln, zu zählen und dann eine Auflistung der Getöteten an einen möglichen Verbündeten zu schicken, zeugt von etwas, für das mir die Worte fehlen. Und es war wohl auch diese Kälte, dieses Regieren durch Angst, das ihm im Endeffekt den Hals gebrochen hat. Ein Herrscher, der sein eigenes Land lieber verwüstet als sich einem Feind zu unterwerfen, musste für seine Untertanen zu einem unhaltbaren Risiko werden. Deshalb ist es nicht verwunderlich, dass sein Bruder Radu solchen Zulauf fand und man versucht hat, Vlad mit gefälschten Briefen zu Fall zu bringen.

Eigentlich hatte ich zu Beginn des Projektes einen Dreiteiler geplant. Da Einiges jedoch erst im Lauf des Schreibens

Gestalt angenommen hat, endet die Geschichte um Vlad Draculea mit diesem Band. Zwölf Jahre lang (1462-1474) wurde Vlad vom ungarischen König gefangen gehalten – teils in Buda, teils in der Festung Visegrád. Es ist aber kaum davon auszugehen, dass man ihn in einem Kerker angekettet hat, da der König ihn 1467 mit einer seiner Cousinen oder Schwestern (das ist nicht ganz klar) verheiratet hat. Man kann wohl eher von einer Art Hausarrest ausgehen, das nach Vlads Übertritt zum römisch-katholischen Glauben zusehends gemildert wurde. Ein letztes Mal an die Macht gelangte Vlad (mit Zustimmung des ungarischen Königs) im November 1476. Um die Jahreswende 1476/77 wurde er allerdings in einem Kampf mit einem Kontingent türkischer Akıncı offenbar von einem gedungenen Mörder hinterrücks enthauptet. Sein Körper wurde in Snagov bestattet. Sein Kopf hingegen wurde in Honig konserviert und Mehmed übergeben, der ihn an einer Stange befestigte und zur Schau stellte.

Das Schreiben, in dem Vlad Matthias Corvinus die genauen Opferzahlen auflistet, ist zitiert aus Ralf-Peter Märtins Dracula: *Das Leben des Fürsten Vlad Țepeș*, ebenso wie die Worte des Predigers Capistrano. Was die Zahlen angeht, widersprechen sich die Quellen, daher habe ich, wo es sinnvoll erschien, einen Mittelweg gewählt. Sämtliche Lucretius-Zitate entstammen der Neuauflage von *De rerum natura*, die in der Bibliografie zu finden ist. Bibelzitate stammen aus der ebenfalls dort aufgelisteten *The Holy Bible*, die Zeremonie der Ehekrönung ist zitiert aus *Das Mysterium der Ehekrönung* von Erzpriester Sergius Heitz. Wie immer ist es mir an dieser Stelle wichtig, darauf hinzuweisen, dass es sich bei einem historischen Roman stets um ein Werk der Fiktion handelt. Es kann durchaus geschehen, dass Personen in einer Art und Weise agieren müssen, die nicht unbedingt ganz zeitgemäß ist. Ich bin allerdings stets bemüht, diese Diskrepanzen auf ein absolutes Minimum zu beschränken. Manchmal ist es auch vonnöten, Wörter zu benützen, die es zum damaligen Zeitpunkt noch nicht gab, um unschöne Wortwiederholungen zu vermeiden. Diesen Kniff verwende ich allerdings nur so oft wie unbedingt nötig. Dieses Mal sind es zum Beispiel die Wörter: Debakel, Loyalität, Türke, Depesche, Pulk, Eskapade, manipulieren und Pavillon. Man möge mir vergeben. Und noch etwas möchte ich hier anmerken: Ein Roman ist stets ein Spiel, auf das Leser und Autor sich gemeinsam einlassen, ein Spiel, das beiden Seiten nur dann Freude bereitet, wenn man sich auf dem gleichen Spielfeld aufhält. Daher war es mir so wichtig, Freunde von Vampirromanen zu warnen. Ein Genre ist gut mit einer Sportart zu vergleichen. Leser und Autor einigen sich von Anfang an auf die Art des Platzes, die Regeln und die Dinge, mit denen gespielt wird. Wer also in der Erwartung eines Fußballspiels (eines Vampirromans) an ein Tennisspiel (einen historischen Roman) herangeht, der muss und wird enttäuscht werden. Natürlich helfen Klappentext und Umschlag bei der Auswahl des Buches, aber es ist vielleicht dennoch fairer, besonders bei einem solch heiklen Thema, vorher zu warnen.

Wieder haben einige Museen und Privatpersonen dazu beigetragen, dass dieses Buch zu dem geworden ist, was es ist. Wie schon bei all meinen anderen Romanen bin jedoch auch in diesem Buch allein ich verantwortlich für mögliche historische Ungenauigkeiten und Fehler. Mein besonderer Dank gilt: Dr. Eva Leistenschneider, Kuratorin des Ulmer Museums, die mir geduldig zahllose, und auch sehr knifflige Fragen zur Stadtgeschichte beantwortet hat; Ramona Cruceanu, ohne die ich herzlich wenig über rumänische Sitten, Gebräuche, Speisen und Ausdrücke gewusst hätte. Und zum Schluss danke ich natürlich allen Buchhändlern, Lesern, Freunden und Familienmitgliedern, die mich unterstützt haben.

Silvia Stolzenburg, Juli 2014

Bibliographie

Akermann, Manfred. *Schloss Hellenstein über Heidenheim an der Brenz.* Heidenheim: DTP & Druck Matthias Kopp, 2006.

Asutay-Effenberger, Neslihan (Hrsg.). *Sultan Mehmet II. Eroberer Konstantinopels – Patron der Künste.* Köln, Weimar, Wien: Böhlau Verlag, 2009.

Babinger, Franz. *Reliquienschacher am Osmanenhof im XV. Jahrhundert.* München: Verlag der Bayerischen Akademie der Wissenschaften, 1956.

Boockmann, Hartmut (Hrsg.) u. a. *Mitten in Europa: Deutsche Geschichte.* München: Goldmann Verlag, 1990.

Ders. *Die Stadt im späten Mittelalter.* Frankfurt, Olten, Wien: Büchergilde Gutenberg, 1986.

Büchner Karl (Hrsg.). *Titus Lucretius Carus. De rerum natura. Welt aus Atomen.* Stuttgart: Philipp Reclam jun., 2012.

Jakob, Georg (Hrsg.). *Der Divan Sultan Mehmeds des Zweiten des Eroberers von Konstantinopel.* Berlin: Mayer & Müller, 1904.

dtv Lexikon des Mittelalters. 9 Bde. München: Deutscher Taschenbuch Verlag, 2003.

Erzpriester Sergius Heitz. *Das Mysterium der Ehekrönung.* www.orthodoxie-in-deutschland.de

Freely, John. *The Grand Turk: Sultan Mehmet II – Conqueror of Constantinople and Master of an Empire.* New York: The Overlook Press, 2009.

GEO Epoche 2. *Das Mittelalter: Ein neuer Blick auf 1000 rätselhafte Jahre* (1999).

Gibbons, Herbert Adams. *The Foundation of the Ottoman Empire: A History of the Osmanlis up to the Death of Bayezid I. (1300-1403).* Oxford: Clarendon Press, 1916.

Gilsenbach, Reimar. *Weltchronik der Zigeuner. Teil 1: Von den Anfängen bis 1599.* Studien zur Tsiganologie und Folkloristik 10. Frankfurt am Main: Peter Lang GmbH, 1994.

Goeggelmann, Hans. *Das Strafrecht der Reichsstadt Ulm bis zur Carolina.* In: Ulm und Oberschwaben, 47/48 (1991), 119-143.

Gold, Carl A. *Das Mittelalter in seinen Redewendungen.* Basel: Gassmann Verlag, 2008.

Greenblatt, Stephen. *The Swerve: How the World Became Modern.* New York, London: W.W. Norton & Company, 2011.

Hechelhammer, Bodo. *Das Korps der Janitscharen: Eine militärische Elite im Spannungsfeld von Gesellschaft, Militär und Obrigkeit im Osmanischen Reich.* In: Themenheft Militärische Eliten in der Frühen Neuzeit (hrsg. Gahlen, Gundula; Winkel, Carmen), 14 (2010) Heft 1. Universitätsverlag Potsdam, 2010, S. 33-58.

Halbfas, Hubertus. *Die Bibel.* Düsseldorf: Patmos Verlag, 2001.

Haumann, Heiko. *Dracula: Leben und Legende.* München: C.H. Beck, 2011.

Honour, Hugh ; Fleming, John. *Weltgeschichte der Kunst.* München, Berlin, London, New York: Prestel Verlag, 2000.

Kerler, Heinrich Friedrich. *Geschichte der Grafen von Helfenstein: nach den Quellen dargestellt.* Ulm: Verlag der Stettin'schen Buchhandlung, 1840.

Kinder, H.; Hilgemann, W./Hergt, M. (eds.) *dtv-Atlas der Weltgeschichte.* München: Deutscher Taschenbuch Verlag, 2000.

Kluge, Friedrich. *Etymologisches Wörterbuch der deutschen Sprache.* Berlin, New York: Walter de Gruyter, 2002.

Kruse, Holger; Werner Paravicini; Andreas Ranft (Hrsg.). *Ritterorden und Adelsgesellschaften im spätmittelalterlichen Deutschland. Ein systematisches Verzeichnis.* Kieler Werkstücke. Reihe D: Beiträge zur europäischen Geschichte des späten Mittelalters. Frankfurt, Bern, New York, Paris: Peter Lang, 1991.

Lang, Stefan. *Die Patrizier der Reichsstadt Ulm – Stadtherren, Gustbesitzer, Mäzene.* Ulm: Stadtarchiv Ulm und Süddeutsche Verlagsgesellschaft, 2011.

Leven, Karl-Heinz (Hrsg.). *Antike Medizin: Ein Lexikon.* München: C.H. Beck, 2005.

Link, Otto. *Alt-Ulm: Ein Stadtbild von Otto Link.* Tübingen: Alexander Fischer Verlag, 1924.

Marushiakova, Elena; Popov, Vesselin. *Gypsies in the Ottoman Empire.* Hatfield: Centre of recherches tsiganes and University of Hertfordshire Press, 2001.

Märtin, Ralf-Peter. *Dracula: Das Leben des Fürsten Vlad Ţepeş.* Berlin: Verlag Klaus Wagenbach, 2008.

Moeller, Bernd. *Geschichte des Christentums in Grundzügen.* Göttingen: Vandenhoeck & Rupprecht, 2008.

Nagel, Tilman. *Die islamische Welt bis 1500.* Oldenbourg Grundriss der Geschichte. München: R. Oldenbourg Verlag, 1998.

Nicolle, David. *The Janissaries.* Oxford: Osprey Publishing, 1995.

Peirce, Leslie P. *The Imperial Harem: Women and Sovereignty in the Ottoman Empire.* New York, Oxford: Oxford University Press, 1993.

Rabus, Karl. *Der Ulmer Bürgermeister bis 1548.* Diss. phil. Tübingen, 1952, S. 211-226.

Roth, Harald. *Kronstadt in Siebenbürgen: Eine kleine Stadtgeschichte.* Köln, Weimar, Wien: Böhlau Verlag, 2010.

Runciman, Steven. *Die Eroberung von Konstantinopel 1453.* München: C.H. Beck, 2007.

Schlunk, Andreas; Giersch, Robert. *Die Ritter: Geschichte, Kultur, Alltagsleben.* Stuttgart: Konrad Theiss Verlag, Sonderedition 2009.

Schmitt, Oliver Jens. *Skanderbeg: Der neue Alexander auf dem Balkan*. Regensburg: Verlag Friedrich Pustet, 2009.

Solms, Wilhelm. *Zigeunerbilder: Ein dunkles Kapitel der deutschen Literaturgeschichte. Von der frühen Neuzeit bis zur Romantik*. Würzburg: Verlag Königshausen & Neumann, 2008.

Soulis, George C. *The Gypsies in the Byzantine Empire and the Balkans in the Late Middle Ages*. In: Dumbarton Oaks Papers, Bd. 15 (1961), S. 141-165.

Stadtarchiv Ulm (Hrsg.). *StadtMenschen. 1150 Jahre Ulm: Die Stadt und ihre Menschen*. Ulm: Ebner Verlag, 2004.

Treptow, Kurt W. *Dracula. Essays on the Life and Times of Vlad Ţepeş*. New York: Columbia University Press, 1991.

Turnbull, Stephen. *The Ottoman Empire 1326-1699*. Oxford: Osprey Publishing, 2003.

Ulmer Museum, Reinhardt, Brigitte; Schulz, Ilse (Hrsg.). *Ulmer Bürgerinnen, Söflinger Klosterfrauen in reichsstädtischer Zeit*. Ulm: Süddeutsche Verlagsgesellschaft, 2003.

Ulmer Museum, Reinhardt, Brigitte; Stefan Roller (Hrsg.). *Das Alte Ulm. Grafik – Zeichnungen – Modelle*. Ulm: Süddeutsche Verlagsgesellschaft, 2006.

Ulmer Museum, Reinhardt, Brigitte; Michael Roth (Hrsg.). *Hans Multscher. Bildhauer der Spätgotik in Ulm*. Ulm: Süddeutsche Verlagsgesellschaft, 1997.

Vogt-Lüerssen, Maike. *Der Alltag im Mittelalter*. Norderstedt: Books on Demand, 2006.

Vogt-Lüerssen, Maike. *Zeitreise 1: Besuch einer spätmittelalterlichen Stadt.* Norderstedt: Books on Demand, 2005.

Württembergische Kommission für Landesgeschichte (Hrsg.). *Württembergische Geschichtsquellen. Bd. 8. »Das Rote Buch der Stadt Ulm«.* Stuttgart: Verlag von W. Kohlhammer, 1904.

Yerasimos, Stéphanos. *Konstantinopel. Istanbuls historisches Erbe.* Tandem Verlag, 2009.

www.allaboutturkey.com

www.osmanischesreich.com

www.kirchenlexikon.de

www.spiegel.de »Synästhesie: Menschliche Aura entsteht im Gehirn.« Spiegel online vom 20.10.2004

www.theottomans.org

www.deutschland-im-mittelalter.de

www.lateinwiki.org/The_Holy_Bible

Band 1 der Teufelsfürst-Trilogie:
Die wahre Geschichte des Vlad Draculea!

Silvia Stolzenburg

Der Teufelsfürst

416 Seiten
gebunden
Edition Aglaia
im Bookspot Verlag
ISBN 978-3-937357-75-1
17,95 €

Anno Domini 1447: Der junge Vlad Draculea, Sohn des Fürsten der Walachei, befindet sich in türkischer Gefangenschaft. Als Geisel am Sultanshof in Edirne geht er durch die Hölle. Ohnmächtig muss er dabei zusehen, wie der sinnesfreudige osmanische Prinz Mehmet seinem jüngeren Bruder Radu nachstellt. Um Radu zu rächen und seine Freiheit zurückzugewinnen, ersinnt Vlad einen teuflischen Plan …
Während Vlad Draculea im Herzen des Osmanischen Reiches um Vergeltung kämpft, muss sich die vierzehnjährige Zehra von Katzenstein in Ulm vor Gericht verantworten. Sie wird der Hexerei und des Mordes an ihrem Vater beschuldigt. Verzweifelt versucht sie, ihre Unschuld zu beweisen.

Atemlos-spannend … Sehr breit empfohlen.

ekz.bibliotheksservice

Das Buch hat alles, was einen lesenswerten historischen Roman ausmacht – viel Spannung, mehrere gut zusammengeführte Handlungsstränge …

Beate Rottgardt, Ruhr Nachrichten

Silvia Stolzenburg schreibt seit Jahren exquisite historische Romane! Ihr neuestes Werk »Der Teufelsfürst« knüpft daran an.«

Alex Dengler, denglers-buchkritik.de

Silvia Stolzenburg

Die Launen des Teufels

480 Seiten
gebunden
Edition Aglaia
im Bookspot Verlag
ISBN 978-3-937357-41-6
16,95 €

Silvia Stolzenburg

Das Erbe der Gräfin

448 Seiten
gebunden
Edition Aglaia
im Bookspot Verlag
ISBN 978-3-937357-45-4
16,95 €

Silvia Stolzenburg

Die Heilerin des Sultans

528 Seiten
gebunden
Edition Aglaia
im Bookspot Verlag
ISBN 978-3-937357-47-8
16,95 €

Drei Generationen derer von Katzenstein umfasst die mitreißende Trilogie von Silvia Stolzenburg. Spannend und kenntnisreich entführt die Autorin in eine Zeit, die von Gier, Aberglaube und der Furcht vor Gott und dem Schwarzen Tod geprägt war. Die Bände sind in sich abgeschlossen, sodass sie auch einzeln ein pures Lesevergnügen sind. Für alle Fans des Genres ein Muss!

»… auf alle Fälle zu empfehlen, man fiebert wirklich mit!«

SWR3 Radio Club

»… überzeugt mit Lebendigkeit und Anschaulichkeit, außerdem erzählt die Autorin atmosphärisch dicht und spannend.«

www.literaturkritik.de

Tereza Vanek

Das Geheimnis der Jaderinge

656 Seiten
gebunden
Edition Carat
im Bookspot Verlag
ISBN 978-3-937357-53-9
16,95 €

Shanghai anno 1882: Die verarmte Hamburger Reederstochter Viktoria Virchow kommt nach Shanghai, um dort ihr Auskommen als Gesellschafterin zu suchen. Durch ihre Arbeitgeberin, eine alte britische Lady, stößt sie auf ein dunkles Familiengeheimnis. Ein grüner Jadering und ein chinesisches Schriftstück aus Zeiten des Taiping-Aufstands geben ihr Rätsel auf. Gemeinsam mit dem chinesischen Akrobaten Jinzi versucht sie, das Geheimnis zu lüften. Die Spurensuche bringt die Deutsche und den Chinesen in Lebensgefahr.

Fesselnd, exotisch und spannend … Erneut ist es Tereza Vanek gelungen, ein spannendes, interessantes, informatives und fesselndes Buch zu schreiben, das den Leser unweigerlich in den Bann zieht. www.histo-couch.de

Eine echte Entdeckung im immer dichteren Gedränge der Auswanderersagas!
Charlotte Lyne, Autorin des Bestsellers »Die zwölfte Nacht«

Wieder ist der Autorin ein wunderbarer, vielschichtiger und informativer Roman gelungen… Sehr empfohlen! Sabine Mentges, ekz.bibliotheksservice

Tereza Vanek

Die Rebellin von Shanghai

680 Seiten, gebunden
Edition Carat
im Bookspot Verlag
ISBN 978-3-937357-81-2
17,95 €

Shanghai 1900: Viktorias chinesische Adoptivtochter Charlotte lernt den englischen Offizier David kennen. In ihm glaubt sie, den Mann fürs Leben gefunden zu haben. Doch die Beziehung scheitert an gesellschaftlichen Zwängen. Charlotte muss erkennen, dass sie ihre Herkunft nicht verleugnen kann. Auf der Suche nach ihren Vorfahren gerät sie in den Bann der Boxerbewegung und schließt sich den Aufständischen an.

Auch die junge Hamburgerin Elsa Skerpov kämpft mit dem Schicksal. Als man sie des Diebstahls bezichtigt und anzeigt, flieht sie nach Shanghai. Im Haus der Huntingdons findet sie eine Bleibe. Aber die ehrgeizige junge Frau zieht es bald weiter. Sie wird Schreiberin an der deutschen Gesandtschaft in Peking. Doch dann erschüttert der Boxeraufstand die Stadt und Elsa muss um ihr Leben fürchten.

»Die Rebellin von Shanghai ist ein wunderbares Buch, das sich hervorragend für lange, dunkle Winterabende eignet und die Leser in eine geheimnisvolle, spannende und faszinierende Welt entführt.« Birgit Borloni, www.histo-couch.de

Eva-Ruth Landys

Die dritte Sünde

576 Seiten, gebunden
Edition Carat im Bookspot Verlag
ISBN 978-3-937357-70-6
17,95 €

England 1838: Isobel de Burgh, die kapriziöse Tochter eines Gutsherrn, wird einem reichen Unternehmer zur Ehe versprochen. Sie will jedoch nicht auf intime Eskapaden verzichten und erpresst ihre Zofe Cathy, ihr Treiben zu decken. Isobel spielt mit dem Feuer: ausgerechnet ihr eigener Stallmeister Aaron Stutter ist das Objekt der Begierde. Skrupellos zwingt sie den äußerst attraktiven jungen Mann, ihre sexuellen Gelüste zu stillen. Als Aaron sich in Cathy verliebt, nimmt eine verhängnisvolle Ménage à trois ihren Lauf.

»... ein äußerst unterhaltsamer, prickelnder Roman, der zum Mitleiden und Mitfühlen einlädt. Die Vorfreude auf die weitere Entwicklung im zweiten Teil ist geweckt!«
www.histo-couch.de

Eva-Ruth Landys

Stadt der Schuld

544 Seiten, gebunden
Edition Carat im Bookspot Verlag
ISBN 978-3-937357-88-1
17,95 €

England 1840: Cathy und Aaron sind vor Isobels Rache in die Industriestadt Manchester geflohen. Das Leben dort ist hart, die Not allgegenwärtig. Aaron lässt sich angesichts des Elends auf gefährliche politische Aktionen ein und kommt erneut mit dem Gesetz in Konflikt. Da bietet ihm die reiche Mrs Ashworth Hilfe an, aber der Preis dafür ist hoch.
Währenddessen brechen über Horace Havisham die Folgen seiner skrupellosen Unternehmungen herein. Dabei hat er gerade die Liebe seines Lebens kennengelernt. Und diese Frau ist nicht sein eigenwilliges Eheweib Isobel ...

»Hier sind Unterhaltung, Nervenkitzel und historisches Wissen mit Bravour zu einem großen Gesellschaftsroman verarbeitet.« ekz.bibliotheksservice

Der dritte Teil der Trilogie „Wege nach Eden" erscheint 2015.

Schottland
Norwegen
Schweden
Nordsee
Dänemark
Baltisches Meer
England
Heiliges
Römisches
Reich
Flandern
Paris
Heidenheim
Nürnberg
Regensburg
Böhmen
Ulm
Passau
Wien
Wei
enhorn
Augsburg
Burgund
Frankreich
sterreich
Schweiz
Ung
Aquitanien
Aragon
Kirchenstaat
Bosnien
Rom
Albanien
Neapel
Mittelmeer